天使也会痛

永筠 著

作家出版社

你认识你自己吗？你认识这个世界吗？

他们是天之骄子，处于花样年华，怀负理想，对真知充满渴望。然而，当他们“睁眼看世界”，开始认知这个世界，开始用理想构建这个世界时，现实与他们的理想脱节了，错位了。现实做了理想的主人，理想沦为现实的奴仆。在现实面前，主人公一次次陷入苦闷、失望、痛苦、彷徨、迷惘甚至绝望之中……

引　言

在这个世界上，我唯一所知道的，就是我的无知。

——苏格拉底

1

九月的熙京是最宜人的，暑气已经散去，寒意还未降临。

二十日上午，熙京大学显得有些特别。在整个国立操场周围，各色彩旗随风招展，彩球静静悬浮于半空，操场主席台下布满各色盆花，近万名学生在操场整齐列队。主席台上方悬挂着大红横幅，上面写着“熙京大学××级新生开学典礼”。

这一天，是熙京大学新生开学典礼的日子。

在德良的记忆中，就是在这一天，他代表熙京大学新生在主席台上作了发言。也是在这一天，陈天衣校长满怀期望地对他讲到“格物致知”。

——格物致知。

令德良没有料到的是，就是这四个字，以及这四个字背后隐藏的实际意义，一直在后来的日子里暗中摆布着他，并深深影响着他求知路径的选择，自己的信念和信条原来也密不可分地同它孪生在了一起。

德良清楚地记得，开学典礼那天，陈天衣校长是用一种特别的语气为他作了介绍：“我们请来自碛砀山的天才，荃州理科状元，魏德良同学讲话——”

熙京的天气说怪也真的很怪，刚才日光还明晃晃的，此时不知怎么天空雾蒙蒙的。透过那层雾蒙蒙的东西，太阳煞有介事地悬在空中，就像一个隔着面纱冷眼看世间的人的脸。

德良站在主席台上的时候，显得有几分激动有几分窘迫，他用稚气未脱的学生腔讲道：“……我来自荃州南部的碛砀山区，我爱我的家乡，因为我的家乡很美。在我们那里，一到春天，冰雪还未融化，漫山遍野就开遍迎春花，那米黄色细碎的花瓣，把我们整个山村装扮得特别美丽。还有映山红，在山坡上一团一簇鲜红似火灿烂开放的就是映山红，小时候我们常爬到山坡上去采映山红，然后吃映山红的花瓣，映山红花瓣酸甜酸甜的，特别好吃。”

德良抿嘴一笑，似乎在回忆自己美好的童年。

“说起吃，我就想起家乡的野蕨菜。小的时候，我每天都要上山去采野蕨菜。为什么每天采呢？因为我们那里是山区，土地肥力不够，仅有的一点耕地都用来种水稻了，很少有人家种菜的，所以野蕨菜在我们那里并不算作野菜，它是名正言顺的一道家常菜。夏天我们采新鲜的野蕨菜，用开水一烫，放些咸盐和醋，拌着吃。冬天我们吃贮存的野蕨菜。”

空中有几缕雨丝飘然落下，德良的眼睛似乎有些潮湿了。所有的人都在专注地听德良讲话，操场上静静的，有几只在微雨中迅速穿行的鸟，抛下几声鸣叫，闪电一般离去。

“除了野蕨菜，荠菜、香椿叶，还有山坡上生长的野高粱果，这些都是我家乡的家常菜。我们家乡人的饭桌上离不开这些野菜，也不能没有这些野菜。好了，这就是我要说的我的美丽的家乡，还有我美丽家乡的家常菜谱。”

德良停顿了一下，接着饱富情感地提声道：“不知是从什么时候起，我萌生着一个愿望，就是让白菜、芹菜、油菜这些菜也能登上我家乡的家常菜谱，让家乡人也能吃到这些菜，让家乡人以及和我家乡人一样生活在山区的人们都能过上少吃野菜的生活，让他们都能过上远离贫困的富裕生活。”

德良的声音此时有些沙哑，似乎胸腔中有什么东西堵着，他长吁一口气，高声对着新生鼓舞道：“所以，作为熙京大学的一名新成员，让我们用学到的知识来改变贫困地区的生活面貌吧！是雄鹰就要翱翔天空，是海燕就要搏击风浪！最后，我用屈原的一句话来勉励大家也勉励我自己——路漫漫其修远兮，吾将上下而求索。”

雨开始寂寞无声地下起来了。熙京大学新生开学典礼在这场突如其来的雨中宣告结束了。

德良依然站在主席台上，目视着远方，痴痴地出神，似乎是沉浸在某种回忆中，又似乎是在为自己的未来作着某种设想。

陈天衣校长这时走到德良身边，拍拍他肩膀，满怀期望地循循诱导道：“魏德良同学，把你的才华都施展出来吧！熙京大学欢迎你这样的好同学。路漫漫其修远兮，吾将上下而求索。好样的！但要记住：——

格物致知。”

陈天衣校长走了。德良站在那里，目视着陈校长的背影，嘴里一遍遍地默念着：“格物致知……格物致知……”

透过那层灰蒙蒙的雨幕，太阳仍然亮亮地悬挂在头顶，似乎是一张戴着面纱泪眼婆娑的人的脸。

这种雨叫日光雨。

日光雨在气象学上是因降雨量水平分布不连续性引发的。产生降雨的只是狭小的一块雷雨云，形成狭小的一块雨区。因此，人们会发现，头顶的一块有雨，而不远的地方却是晴天。

日光雨多发生在北方夏季，人们常说“东边日出西边雨”就是指这种自然现象。千丝万缕的雨线从空中飘然落下，在阳光的辉映下闪耀着绚丽的光泽，使人恍然产生身置迤逦梦幻边缘的感觉。唐代刘禹锡曾对此有感而发：杨柳青青江水平，闻郎岸上踏歌声。东边日出西边雨，道是无晴却有晴。

“魏德良，你没带雨伞吧？”

一个女孩的声音惊动了正在深思中的德良。他拭了一下脸上的雨水，看到有两个女孩共同撑着一把雨伞站在他面前。

对他说话的那个女孩长得眉似墨画，目似秋水，纤巧挺拔，雌黄微卷的长发随意散在胸前脑后，浑身散发着说不尽的高雅与柔媚。

“德良，你没带雨伞吧？”这个女孩又问。

德良点点头。

女孩微微笑了笑，把手中一把柠檬色碎花雨伞递到德良手中，关切道：“这把雨伞你先拿着用，我们俩共用一把，快回宿舍吧！雨要下大了。”

女孩说罢，微笑着把身子往另一个女孩的伞下挤了挤。

德良犹豫了。

看到德良在犹豫，这个女孩粲齿笑了：“没关系，我是经济管理学院的，国际金融专业，我叫齐绮霏，你就叫我绮霏吧。你不是生命科学院的吗？理科状元，大名鼎鼎呢！”

德良点点头，又连忙摇摇头，然后轻叹一口气。

绮霏看到德良又点头又摇头的样子，终于忍不住咯咯地笑了，绮霏的笑声中荡漾着一种青春典雅的活力。

绮霏敛了敛笑容，双腮掠过一抹红云，目光热热地看着德良："别叹气了，你这么优秀考进熙京大学，我们大家都羡慕你呢。你刚才讲得真好，以后有机会一定去你家乡看看，看看你家乡的迎春花、映山红，尝尝你家乡的野蕨菜、荠菜、香椿叶。"

德良不由低下头，脸上露出一些羞赧，一时不知该对眼前这个叫绮霏的女孩说些什么。

看着德良的窘态，绮霏又笑了："这么害羞呢！好了，不逗你了，我们走了，再见——"

绮霏说完，拉着身边那女孩向台下跑去。

德良扭头目送。

这时，德良却看到一道幽深的、带着淡淡哀怨的眼神，一道与实际年龄不相符的眼神，这眼神来自绮霏身边的那个女孩。这个女孩身材娇巧，面容素洁，有着黑黑幽深的眼眸，乌黑透亮的马尾辫用紫绸蝴蝶结束着，女孩看上去显得很淑女。

在绮霏拉着这个女孩往台下跑的时候，这个女孩就一直扭着头用这种眼神看着德良。直到绮霏注意到她这种神情，使劲拽了她一把，她才转过头去。

绮霏朝德良扮了个鬼脸，边跑边冲他高声喊："记住还我雨伞啊——"

2

德良推开宿舍门的时候，楚迪正表情严肃地埋头看着《公羊传》。

德良的推门声惊动了楚迪，楚迪抬起头，脸上僵着的肌肉渐渐舒展开来，面部泛起些许笑容。

"噢，是状元郎回来了。"楚迪调侃道。

德良放下雨伞，拿起毛巾一边擦脸上雨水，一边回头认真地说："楚迪，跟你说好几次了，不要这么喊我，很别扭，叫我德良就行。"

"嗯，好好，喊德良，德良同学。"楚迪哈哈笑。

楚迪看德良不说话，有意打破沉默，没话找话道："德良，你的名字是谁给你取的，很有学问呢！”

“我二舅老爷。”德良换下微湿的衣服。

“你二舅老爷是个文化人吧？”

“嗯，他小时候上过几年学。”

“我说嘛，你看给你这名字取得，多有学问！”楚迪赞道。

“有学问？怎么讲？”德良不解。

“哎，你看啊，”楚迪的兴致来了，他用食指在桌上一笔一画写着，饶有兴趣道，“你名字中德字从结构上看，左边是彳部，右边是直和心部。彳即行，指行为。所以，德字的原意是直心而行的行为，是一种负责任的行为。”

“哎，楚迪，我说你这中文系的大才子什么时候改成孔乙已了？”德良笑着诘问，“你是不是也要给我说说茴香豆茴字的七种写法？”

“德良，我是在说真的，你的名字涵盖了咱们中华民族五千年的文化，可你活这么大还不知道。”楚迪一本正经地说。

“真的？我的名字真那么伟大？涵盖了中华民族五千年的文化?!”德良睁大眼睛故做惊讶状，他有些不相信楚迪的话。

“哎，德良，我给你分析一下，”楚迪用食指敲着另一只手的掌心分析起来，“你德字右边的直部，古时发‘得’的音。所以，得人之心为德。这就是说，德指一个人在处世时，一方面要心存善念，使自己保持很高的涵养，即，内得于己；另一方面又要善施于人，使别人各得其益，即，外得于人。”

楚迪说毕，咽了口唾沫。

德良点点头：“有点意思，楚迪，你接着说，我还真从来没听说过呢。”德良此时已换上一件淡绿色短袖衫，他搬了把椅子坐在楚迪面前。显然，德良对楚迪的话产生了兴趣。

德良就是这样的人，对一个新鲜话题的产生，不管它是多么精深还是多么荒谬，他都不会一下子将它全部接受或全部推翻，而是悉心聆听，认真琢磨，直至深入彻底地认识它。正是这种精神，造就了一个不断探索不断进步的他，也造就了一个被陈校长称作“碛砀山里来的天才”的他。

楚迪看德良听得感兴趣，谈话兴致也浓起来："德良，为什么我说你的名字涵盖了中华民族五千年的文化？你看啊，天有天德，如常讲上天有好生之德。人有人德，如常讲君子怀德小人怀土。此外人们说同心同德离心离德。在古代西周，统治者讲明德慎罚，汉武帝之后统治者讲德主刑辅，盛唐时期讲德本刑用，在清朝讲尚德缓刑，所以，中国人修身齐家治国平天下泱泱五千年的历史，是由一个德字贯穿了始终。"

楚迪一口气讲完，拿起杯子喝了口水。

"哦，有些道理。"德良似有所悟地点了点头。

"不是有些道理，而是就是这个道理。"楚迪开始进行填鸭式输灌，他感慨道，"家里人给你取这个名字，就是希望你一生具备优良的品德。正所谓德薄人难存。德，应该算作我们人生第一规。"

"嗯，也许吧。"德良点头道。

德良陷入了深思。

3

中午吃过午饭后，德良躺在床上小睡了一会儿，醒来后觉得自己大脑昏昏沉沉，像塞了铅似的。

这是浅睡眠的症状之一，德良知道。

从上高中的时候，午休就是这样，睡眠时间很短，睡得很轻，动辄醒来，入睡时大脑轻飘飘的，整个身体就像处在一片云团里，飘飘荡荡，浑然不知到底要飘向何处。醒来的时候整个大脑却又昏昏沉沉，身体疲倦不堪。

曾经将自己的情况问过医生，医生诊断是：长期思想负担过重，导致精神上的焦虑。医生建议是：放下思想中的包袱，通过一切手段给自己减压。

然而德良却一再反思，自己一直有什么放不下的呢？如果说在上高中的时候，那种负担或压力可以解释为是来自于考上一个好大学的坚韧不拔的努力，来自于不辜负父母和家乡亲人的期望。然而当这一年七月接到熙京大学的录取通知书时，德良却丝毫没有感到一丝的放松和减压，当喝下亲人们敬过的美酒时，他脸上强装笑颜，心情异样的复杂，精神上却更加凝重起来。

那是什么东西在一直搅扰着他，令他睡卧不安呢？

德良紧蹙着眉头向窗外看去，熙京大学西南一隅尽收眼底，弗朗西斯·培根大广场、世纪大讲堂、国际交流中心、新亚西亚文化研究中心遥相呼应，再往远看却是一片松柏叠嶂之地，朱红和青灰的中式屋顶在林木的摇曳中若隐若现，显得格外的神秘。

熙京大学其实德良并不熟悉。

下午没有课。德良想到了买一辆自行车，用最短的时间来熟悉一下这个学校。

德良用凉水迅速洗了把脸，大脑感觉清醒了许多。正要出门的时候，壁上的电话响了，德良犹豫了一下，接了。

是一个女孩甜甜的声音，一口标准熙京话，电话里的声音熟悉而又陌生："喂，是德良吗？"

"你是？"德良问。

"我是绮霏。"电话那端道。

"哦，是绮霏，我正打算找时间还你雨伞呢，你在哪儿？"

"我在你楼下。"绮霏道。

"好的，你等着，我马上下去。"

"好吧。"

德良听到绮霏在轻笑声中挂掉了电话。

德良带着雨伞匆忙下楼。在楼下，他四处看，找那个有着雌黄微卷长发眉似墨画的齐绮霏。

熙京大学宿舍楼间距很大，楼和楼间培植着绿色草坪，草坪间有由青灰板岩砌成的弯弯曲曲的小道，其间散落生长着雪松和龙爪槐。不是吃饭时间，宿舍楼前显得很安静，偶尔有几个夹着书本匆匆走过的学生。风静静地从身边吹过，空气有些潮湿，还有微微凉意，毕竟上午刚刚下过一阵太阳雨。

德良踟蹰着。

一张美妙绝伦春风满面的女孩子的脸从一棵雪松后慢慢闪出，笑容如五月盛开的笑靥花。

“德良——”女孩轻声喊。

德良吃了一惊，眼前的绮霏就如在电话里的声音一般，依然是熟悉而又陌生。绮霏已换上一件亮粉色V形领针织外套，银饰铆钉边中短牛仔裙裹着皓洁如玉的美腿。

“啊，绮霏……还你雨伞。”德良有些语塞。

“啊，不急。”绮霏也有些羞怯，面颊泛起一抹绯红，使得灿若春华的花容间更平添了些许妩媚动人。

绮霏忽然像想起什么似的，迅速翻她的黑色坤包。

“绮霏，找什么呢?”

绮霏此时已从包里找到一支中性笔。

“拿来!”绮霏道。

“什么?”

“雨伞啊，傻啊!”绮霏笑道。

“噢，给你。”

绮霏接过雨伞，动作麻利地掀起伞布一角，用笔在伞布内侧迅速写着字，一边写一边嘴里冲德良说：“不准看，回去再看!”

写罢合上伞，绮霏重又把它交给德良，笑容满面道：“给你五分钟时间把它放回你宿舍，再五分钟返回这儿!”

“放回我宿舍？我还你伞呀！你不要伞了？这是你的伞呀!”

“让你干啥你就干啥，你傻呀你!”绮霏说罢，忍不住咯咯笑了，笑得娇容满面桃花开。

德良犹豫了一下，拿着雨伞又往宿舍楼里跑去，顺着楼梯一直攀上六楼。当回到宿舍翻开这把雨伞时，他看到伞布内侧留有两列隽秀的字体：

带着它为你的未来遮风挡雨

——绮霏赠

德良愣了一会儿，忽又想起绮霏刚才说的话，慌忙合上雨伞，把它在床头放好，又噔噔噔地向楼下跑去。

4

“德良，今天你的演讲很精彩，我们都被感动了。”绮霏在德良一步之遥的前面边走边说。

“是雄鹰就要翱翔天空，是海燕就要搏击风浪。”绮霏重复着德良讲的话，“说得好啊！德良。”

“路漫漫其修远兮，吾将上下而求索。”绮霏接着熟谙地重复德良说的。

“德良，你能告诉我吗？你是不是一直在这种求索精神的支配下才从碛砀山区走出来的？德良，你能告诉我吗？你的理想是什么？”绮霏放慢脚步，有意和德良并排走在一起。

“也许是吧，”德良想了想，边走边体会着说，“父母没什么文化，可他们从小就教育我要做个争气懂事的孩子，我过去的那些老师也无不时时教导我，要奋发，要自强，我就是在这种环境里长大的。”

德良说到此，把目光投向绮霏：“我们的父母和老师都会这么教育我们的。”

绮霏迎着德良的目光点点头。

德良又道：“所以，这也就养成了我对知识的渴求。然而，你知道，我们所学知识是要应用于这个社会的，所以我的理想是……”

德良迟疑了。

“说下去，德良。你的理想是什么？”绮霏追问道。

“因为我们所学知识是要应用于这个社会的，所以，我的理想会应着这个社会的需要而发生转变。”德良终于说出了在他内心深处隐隐的一种感觉。

听了德良的话，绮霏似乎有所感悟，但还并不真正明确，接着又问道：“那你是希望自己成为一名科学家吗？”

“也许吧，也许我会当一名自然科学家。但也许……”

“也许什么，德良，也许会干什么？”绮霏侧过脸追问。

“也许我会去学习社会科学。因为我缺乏这方面的知识，我需要这方面的知识，我渴望在这方面做一些探索。”

“但你所学的基因工程专业是很有发展前景的呀！”

“也许吧，基因工程确实是一门前沿的自然科学。”德良目光静静眺望着远方，语气深重道，“但我们并不能为追求发展前景而去学习吧！如果追求发展前景，那长久下去，人们的知识不就固守在少数几个领域了？知识还怎么会向着更广袤的方向发展？知识还怎么推动社会向前发展？”

“德良，你的话我虽然听得有些不很明确，但我相信你，你干什么都会成功的。”绮霏满怀信任地冲德良点点头。

因为上午刚刚下过雨，道边积着一滩水，德良迈过积水，把一只手递给绮霏，绮霏接住德良的手，像只雨燕般欢快轻灵地跨过这滩积水。绮霏的手温软滑腻，德良一阵心跳，他知道自己的脸此时肯定是红了。绮霏双颊绯红一片，分外柔媚，她默默低下头，同德良手牵手肩并肩走着，从绮霏掌心中，德良能感觉到她热烈的心跳和火一样的热情。德良和绮霏怀揣同样的心事静静走着，默默品味着来自他们内心深处那种说不出的甜甜的感觉。

道路向西北延伸，这条路叫“紫荆路”，主干道两侧环境治理得非常好，枝繁叶茂的槐树和杨树隔出宽阔的步行道，步行道外侧不时会看到由绿叶小檗围成的整齐的草坪，草坪间种植着紫荆和木槿。时下正是木槿花期，白、粉红、紫红的大朵木槿花艳丽绽放，一团团一簇簇开满整个枝身，花叶交相辉映，光鲜夺目，蔚为壮观。整条紫荆路都浸没在随风飘荡的浓郁花香中。

紫荆路上的学生多起来。绮霏娇容满面地看了德良一眼，从他手中抽出自己的手，沿着步行道小跑着，然后，拐进道边花圃中。绮霏闻花圃中一株株烂漫开放的木槿花，像个在花丛中绚烂飞舞的彩蝶，绮霏面部荡漾着醉人的春色，似乎被这里阵阵浮动的花香所醉。

穿过披满蔷薇枝蔓的花廊，眼前出现一片色彩艳丽似花非花的植物，绮霏奇异地轻声呼道：“德良，你看，这是花吗？好艳丽啊！”

德良跑过来，看到一片一米高的苋科植物，菱状叶，顶部红黄绿三色叶搭配，红为鲜红，黄为亮黄，绿为透绿，似花非花，艳丽无比。

“绮霏，这不是花，是雁来红。”德良道。

“雁来红？”

“对，是雁来红，这些植物的叶子在秋天会变色，而当它们叶片变色时，正值大雁南飞之时，所以就被称为雁来红。”

“哦，雁来红……雁来红……大雁来时变红！”绮霏凑近叶片，细细看着，闻着，目光中一片遐想之色。

“关于雁来红还有一个传说，说它是由一个叫红香的姑娘所变。”德良遥想着。

“红香?”

“相传，在盐河边上，有个小伙叫雁子，有个姑娘叫红香，他们相互爱慕，订下婚事。可红香被当地恶霸的儿子看中，于是，恶霸就打发雁子到很远的地方去做苦工，并逼迫红香与他儿子成婚，红香宁死不从，一头撞死树下。后来，红香坟头就长出这种似花非花的植物。雁子听到红香死讯，也悲痛致死，死后变成一只大雁，大雁飞到红香坟旁时，红香坟头这种植物叶子就变得鲜红。于是，这种植物就被叫作雁来红。”

“哦，好动人的传说呀！”绮霏感叹道。

德良牵起绮霏的手，欣然道：“绮霏，往北走走吧！”

沿着紫荆路往北走，刚拐过路口，迎面过来一青年，强行把两张纸塞进德良手中。德良一看，是广告纸，熙京大学北门外一家餐饮店做的广告。广告词颇吸引人：

吃海鲜水果菜，喝水晶葡萄酒。

一个液体的狂欢节！

——熙京大学北门外四季海鲜城

绮霏把两张广告纸都拿在手里，折一张放入自己的坤包，笑吟吟道：“德良，看到了吧，巨大的贫富分化！在你家乡碛砀山区，人们吃的是野蕨菜、荠菜、香椿叶，而在这里人们吃的是海鲜水果菜。海鲜水果菜，你没吃过吧?”

德良苦笑着摇头。

绮霏道：“不光你没吃过，我从小在熙京城长大，也没吃过海鲜水果菜。海鲜和水果也能配菜！现代人真会吃！找个时间去看看。”

前面地势高低不平起来，德良和绮霏攀上一个人工草丘。站在丘顶向下望，有一个半亩大小的月牙形池塘，池塘周围垂柳枝条如发丝一般拂过水面，荡起阵阵涟漪，池水不深，清澈见底，有红色黑色金鱼在池底板岩上游弋。

池塘名曰：翠清池。

此时绮霏已将手中那张广告纸折成一个精致的纸鹤，放在掌心给德良看。

德良看了道："一只纸鹤，代表唯一的爱。"

绮霏白了德良一眼，嗔道："呸，这个你也懂？"随后，又一捂耳，蹙眉做出难解的样子："还唯一的爱！谁和谁呀？怎么刚认识你就听你说这种话？真肉麻呀！"

听绮霏这么说，看到她这个表情，德良不由呵呵乐了。

翠清池边用乱石修砌，有一些不知名的草在乱石间长着。看着这些疯长的乱草，德良忽然想起"君子之德为风小人之德为草"这句话，又想起上午楚迪的那番话，德良此时不禁告诫自己，处世务重德行。

"德良，我的纸鹤掉到水里了！"绮霏忽地惊声道。

德良望过去，果然看到绮霏刚才折的纸鹤漂在翠清池水面上。绮霏朝德良望一眼，嘟着嘴默默道："我下水把它捞回来。"边说着，边开始脱鞋。

"绮霏，我来捞！我穿着凉鞋。"德良止住绮霏，开始挽裤角。

德良踩着岩石在池水里走，逐渐向那纸鹤靠近。当他快要探身够到纸鹤时，绮霏却从地上捡起一个石块，朝他面前水面投去。石块击水，德良身上脸上顿时被溅满水渍。他一脸狼狈地抬起头，看着恶作剧的绮霏，绮霏却神采飞扬地笑着，用一个相机向他瞄准。德良慌忙擦脸上水渍。灯光一闪，德良的样子被相机定格成为永恒。

"这叫痛打落水狗！"绮霏得意地大声道。

"我要把它放大挂在床头！"绮霏咯咯笑着，从翠清池边跑开了。

向东又走过几个草坪花圃，拐过一个路口，看到两幢建筑，一幢是二层中式古典建筑，一幢是八层现代造型玻璃钢弧形建筑。这两幢建筑就是熙京大学莘莘学子求知识的地方——熙京大学图书馆。二层中式建筑人们称它为老馆，在熙京大学建校时落成，具有近百年历史。八层现代建筑人们称它为新馆。老馆红墙琉璃瓦，共有九条屋脊，垂脊和戗脊以直线斜线配合，棱角分明，屋顶飞檐四挑，像飞鸟轻灵展开的羽翼。

他们在老馆前一株君迁子树下站定。

绮霏将德良的一只手揽在掌心，静静将半个身子拥进他怀里，目光温柔地看着他，轻声道："德良，这就是老馆，近百年来我校和社会的许多仁人志士都曾在这里求知过，每次我来这里都有一种历史的回旋感，好像和他们面对面。

"德良，你要用心啊！"

一种母性的勉励使得德良心头一热，让他浑身振奋不已，德良表情深重地冲绮霏点点头。

德良和绮霏依偎着，他们瞻望着老馆如同瞻望着一座历史丰碑。

5

吃过晚饭，德良向八教去了。

初秋夜晚的暖风静静流淌，三三两两男女同学从身边走过，脸上洋溢着青春的笑容。路边长椅上有人在纳凉，月光和灯光把树影弄得斑斑驳驳。

弗朗西斯·培根大广场在强光灯的辉耀下亮若白昼。

有人在广场上玩滑板，人影像鱼一样在广场穿梭，滑板在脚底像装了弹簧似的翻来翻去。有人在大声喊着谁的名字，有人在大笑，有人从滑板上掉下来，坐倒在地上。

德良驻足看了看，发现这伙人中有个身影很熟悉，像是同宿舍的何炫五，德良想起炫五刚刚报了一个学校社团"滑板协会"。

德良刚想过去打个招呼，却看到炫五乘着滑板向一个女生撞去，那女生躲闪不及，两人一齐从滑板上掉下来。在酣畅的欢笑中，炫五趁势抓了那女生一把，女生也佯作生气喊着炫五的名字，打了炫五一下。两人又笑作一团。

德良犹豫了一下，没再走近，急忙向八教去了。

德良的宿舍共住四个人。除了德良外，还有中文系的楚迪、艺术系舞蹈专业的何炫五和法学院的陈丹宁。

对于楚迪这个人，德良能接受他，但又稍稍对他有些厌倦。因为楚迪的谈话更像他父母和过去的师长，不能说不好，但总感觉有些平庸了。

平庸的东西德良能勉强接受，但德良不喜欢平庸的东西。

对于何炫五，德良认为，算个异类，但又不是纯粹意义上的异类。他成天想标新立异，搞个非主流发型呀，牛仔裤上挖个洞呀，说点半荤不素的话让人爆笑借此哗众取宠啦，同时和多个女孩子厮混搞出一些花边新闻以吸引众人的眼球啦。

德良认为，炫五的异类仅限于形式，他的非主流也并非真正意义上的非主流，他缺乏思想和内涵，最后也只是落入俗套。

对于陈丹宁，德良觉得这个人一直讳莫如深，除了上课和回来睡觉，平素很少见他，据说在外面做钟点工。丹宁平时很少说话，德良对他说过的一句话印象比较深刻：在社会中寻找一切问题的答案。

这句话貌似简单，但它不正类似于马克思的“实践是检验真理的唯一标准”和毛泽东的“从群众中来，到群众中去”这些铁证如山的理论吗？

想到丹宁的话能同这些伟人联系起来，再看丹宁成天早出晚归讳莫如深的样子，德良不由对他刮目相看，这个人脑子里究竟在想些什么呢？

八教是一座现代多媒体教学楼，分A、B、C三座，呈“Y”字形平面向上建构。德良乘电梯上十楼，找了一间人少的教室，坐在靠窗户的一个位置上。他拿出《疾病基因控制工程》，迅速翻看。

这就是德良在学习上总是游刃有余的原因之一，天分再加勤奋，成就了一个碛砀山里的天才。但最重要的还不是这些，最重要的是德良身上那种孜孜不倦的求索精神。正是这种精神造就了他总是不断进步、不断创新。对德良来说，有一句话很适合：没有最好，只有更好。

德良常常引用球王贝利的一句话来勉励自己：我踢得最好的一个球是下一个球。

人类遗传学研究表明，人类的遗传微粒是脱氧核糖核酸，也就是通常说的DNA，是组成基因的材料。

德良认为，要揭开生命的奥秘，就要从整体水平研究基因的存在、结构与功能以及基因之间的相互关系。而基因组就是一个物种所有基因的整体组成。所以，研究基因应从研究基因组开始。

之所以选择人类基因组进行研究，是因为人类是进化史上最高级的生物，对它的研究有助于了解生命的起源，掌握生老病死的规律，进而掌握疾病的诊断和治疗。

所以人类基因学的研究任务是测出人类基因组DNA的30亿个碱基对的序列，发现所有人类基因，找出它们在染色体上的位置，破译人类全部遗传信息。

德良深吸了一口气，向窗外看去，夜幕下的熙京城灯火阑珊，宛如一个童话世界。

学校西门外“助学旅馆”的灯箱牌匾在夜色里似乎只有咫尺之遥。“助学旅馆”四个大字在霓虹灯的作用下显得分外妖娆动人。

何谓“助学旅馆”?

同宿舍的炫五曾这样描述：一男一女，拎着一个包，包里装有避孕套、卫生巾等一应物品，也备有速泡面、煮鸡蛋、火腿肠等应急物品，在夜色的掩护下，行踪诡异地开一个房间，然后……

然后下面的内容炫五不再说，只是哈哈怪笑。

炫五对同宿舍的德良、楚迪、丹宁道：“这，就是助学旅馆，特殊的助学方式!”

炫五抱怨地骂道：“什么他妈助学旅馆！美其名曰助学旅馆，我怎么越住（助）越是厌烦学习呢！成天上课不是走神溜号，就是昏昏欲睡。”

炫五又口中咽津沾沾自喜对三个人道：“这种特殊的助学经历，只有我何炫五这号人才会有，你们，不会有。”

然而，令德良万万没有料到的是，一年以后的一个夏夜，自己在一种极度迷惘和悲愤的状态下，竟然在那里有过一次奇特难解的经历。

回宿舍的路上，德良又在弗朗西斯·培根大广场停下来。

已是夜晚十点半，广场人迹寥寥，显得异常空旷。德良站在培根雕像前，仰视着这位过去了四个多世纪的伟大人物。

培根雕像的碑基上赫然刻着他的名言：

熙京大学为弗朗西斯·培根塑像，并把这个广场命名为弗朗西斯·培根广场，更多原因是培根对知识的重视和对自然科学的贡献。培根是近代自然科学的引路人，他是整个现代实验科学的真正始祖。

培根告诫人们：读书吧，书是知识的源泉。读书足以怡情，足以博彩，足以长才，读书使人能成为完美的人。

面对这位伟人雕像，德良久久难以释怀。

6

第二天天气不错。

下了第二节课，德良就往图书馆走，他想找几本书看。路过康博斯路口时，他发现这里人骤然多起来，有许多穿着文化衫的同学在这里做纳新宣传。

康博斯就是熙京大学原来的第三餐厅，由于地处学校交通枢纽，地理位置优越，所以全校的社团纳新活动都在这里进行，纳新广告牌沿着道路摆成列阵。

德良大概地瞅了一下，有美社、话剧、京剧、摄影协、键盘、国标、交响、合唱、网协、舞协、武协、篮协、跆拳道协、泳协、旱冰协、军乐队、民乐队，不一而足，大约有几十个社团在纳新。

德良想，大学的文化生活可谓丰富，但丰富的生活往往会使人迷失方向，就如一个人走进琳琅满目的商店，面对太多的选择，他却茫然而无从下手了。

在一个SRT纳新广告牌前，德良停下来。

SRT是为优秀大学生进入前沿科学所实施的训练计划。熙京大学SRT刚刚正式启动。

德良拿起桌上的一张纳新表，留意上面的纳新条件。

“德良。”

德良听到一个女孩在喊他，循声望去。

他看到这排桌子后面共坐着四个面目姣好的女生和一个脸上长着青春痘的男生，喊他的是桌子一角那个身材娇巧的女孩。由于他们都穿着印有SRT的白色文化衫，德良一时想不起在哪儿见过这个女孩。

喊他的女孩很兴奋，从座位上一跃而起，几步跑到德良跟前，并有意用身子挡住其余三个女生的视线。

但德良还是注意到其余三个女生把目光都投到他身上，而且眼神热烈，表情兴奋。显然这三个女生对德良也是有耳闻的，由于面前这个娇巧女孩的一声喊和她随后的异常反应，引起了她们三个同时的连锁反应。

德良一时窘迫，脸上有些泛红。

“德良，走！”面前这个娇巧女孩抓起德良的手，拽着他就跑。

“干吗？我……我要填表报名。”德良情急，说话结结巴巴。

“我已给你报好了。”这女孩一边拽着他走一边说。

“啊！你给我报好了？”德良一惊。

“嗯，我早给你报好了。走！咱们到那边去看看。”女孩用手指指道路对面的纳新社团。

德良被这女孩拽着噔噔噔地身不由己地往路对面跑去，他听到刚才那三个女孩在他们后面笑着喊：

“素心，你们去哪儿？”

“素心，你拐卖帅哥呀！”

拉德良跑的这个女孩叫温素心。德良想起来了，她正是昨天开学典礼同绮霏一起给他送伞的那个马尾辫束紫绸蝴蝶结的女孩。

素心和绮霏在同一宿舍楼住，素心是化学与环境科学学院材料化学专业一年级的学生。

“德良，SRT报名表我已给你填好了，这个适合你，我正准备找你说呢，你恰好就过来了，你说多巧呀！”素心兴奋地说。

“德良，我已给你想好了，还有两个社团也很适合你，你应该参加。”素心接着道。

“还有两个社团？什么社团？我不愿参加太多社团活动，那会影响学业的。”德良连忙摆手。

“不会影响你，只会锻炼你，去了你就知道了。”素心笑着道。

说话间他们来到一个纳新广告牌前，素心从这个社团组织人员手中拿过一张宣传单，递给德良：“你看看吧，你学疾病控制基因，应该不应该增加点实践知识？”

德良一看，是校红十字会的纳新，想了想，点点头：“应该。”

素心笑了，从组织人员手中拿过一张空白报名表，拉起德良的手，又飞快朝另一个方向跑去。

素心又停在一个纳新广告牌前，从桌上拿起一张宣传单给德良看：“三农学会，要不要参加？你在农村长大，要不要体察一下民情？”

“当然要了，能为农民农村农业做点贡献当然好了，这个我报。”德良俯下身迅速填表。

“德良，SRT我是组织者，‘红十字’和‘三农’我也报了，我想以后多参加一些实践活动，我们不能光读书。中午十一点半你没事吧？我在康博斯99号座位等你。”素心用幽幽的目光看着德良，等着他的回答。

德良看着素心的目光，幽幽的清如止水的目光让人不忍拒绝。

德良冲那目光点点头。

目光笑了，如一池波光闪亮的秋水。

7

德良又往图书馆方向走。

没走多远，他停下了。他想起了今天早上答应楚迪要送给楚迪的扶贫对子一套《中学生百科全书》。

楚迪有个一对一扶贫对子，是校南门外峰岚书店前一个修自行车男人的儿子，叫郑小锋，今年十二岁。这两天楚迪到处找同学朋友给郑小锋募捐衣物。德良早上答应楚迪，把原本要送给自己中学老师家孩子的一套《中学生百科全书》四卷本送给郑小锋。楚迪说上午十点钟领着郑小锋过来。德良一看表，现在十点半了，赶紧踅身往宿舍走。

刚到宿舍门口，就听得里面有人在争吵。德良推门一看，是楚迪和何炫五在为着一个什么事争吵。

宿舍里还有一个十二三岁的男孩。男孩眼睛大大的，眼神中带着一些山村孩子常见的羞怯，一张小脸被风吹得紫红。不用说，这个男孩就是郑小锋。郑小锋脚底放着一个铁灰色的脏兮兮的大帆布包。

“德良回来了，德良给评评理啊，你说这人还有没有点人性！”楚迪指着炫五对德良道。

事情是这样的，郑小锋十点钟来找楚迪的时候，楚迪告诉他，前面一幢楼里还有一个同学的一包衣物等着要捐出去。楚迪让郑小锋在屋里等他一会儿，然后就找那同学去了。

郑小锋于是在宿舍里等楚迪。不知怎么搞的，这个郑小锋在屋里等着等着，还在床上躺下了。宿舍里共两张上下铺，楚迪和炫五都睡下铺。郑小锋躺的那张床正是炫五的。

这时炫五回来了，看到自己床上躺着一个脏兮兮的乡下男孩，火气一下就上来了。他把郑小锋拎起来一把推倒在地，郑小锋被吓得哇哇大哭。

楚迪回来后得知原委就替郑小锋做主。

楚迪说：“不就睡了一下你床吗，他一个孩子你至于对他发那么大火吗。再说了，你那床成天乱七八糟的谁睡不一样呀。你把他打了你还有没有点人性，你连起码的爱心都没有，你这大学算白上了。”

炫五说：“有爱心的事都让你做了，我还做什么。你有爱心你做吧，你把你们家的房子卖了给他捐呀。”

楚迪说：“你这人道德素质太低，你还不如回家卖红薯。”

炫五说：“我家是洪都市的，我家不种红薯。”

楚迪说：“你还配是洪都市的呢，地球上也没你这号人。你说你成天干点啥不好呢，瞧你成天干的那些屌事，你能不能为社会着想出把力呀。”

“我干什么事了！”炫五急了。

楚迪和炫五已经剑拔弩张，看样子马上要动手了。郑小锋站在一边瞪着惊恐的大眼睛在看。

德良赶紧站在他们中间：“哎，你们俩都消消气。哎，炫五，躺也躺了，孩子还不懂事，你别跟他一般见识，回头床单你洗洗不就结了吗。哎，楚迪，你也说够了，别给人家上纲上线了，这么大点事你就给人戴那么大的帽子，差不多行了。”

“哎，德良，不是我上纲上线，你说，仁者爱人，爱人能仁，他……”

楚迪还要说下去，德良把食指立唇边，“嘘”了一下，示意他别说了。

当楚迪说“仁者爱人，爱人能仁”的时候，德良看到郑小锋在偷偷地乐。

德良从衣柜里找出那套《中学生百科全书》，一拉楚迪胳膊，扭头冲炫五和郑小锋说：“到点了，都吃饭去！”

炫五“嗯”了一声，自顾自地收拾他的床单了。

郑小锋拎起沉甸甸的大帆布包，跟在德良和楚迪后面，出去了。

到了第十餐厅，楚迪给郑小锋要了一个土豆烧鸡块，给自己要了一个醋熘白菜。德良要了一个素炒豆腐。

土豆烧鸡块一个菜十块钱，楚迪真舍得给郑小锋这孩子花，楚迪的家庭也不富裕，这些日子他参加勤工俭学活动挣的那点收入全给这孩子补贴进去了。看着省吃俭用闷头吃醋熘白菜的楚迪，德良不由得对他又心生几分敬意。

郑小锋大口嚼着鸡块。看来刚才发生的事对他的影响不大，他的胃口还不错，他把吃剩的鸡骨都扔在餐桌上。

德良瞟了一眼那剩鸡骨，心里不由一怔，他看到鸡骨根部还残留着不少肉。德良想，这要是在他家里，父母逢年过节做一次煮鸡块，德良要是这么吃，那他父亲一定会一边嘴里骂着“造孽”，一边拿着棍子追着他打。德良抬头看楚迪，楚迪只顾埋头吃饭，全然没有注意郑小锋的这个细节。

吃了一会儿，楚迪忽然抬起头来，想起什么似的问：“德良，你是理科状元，能入熙京大学读书的也算得上是全国各地的佼佼者，算是人才了。你说，做一个人是应该重才呢还是重德？”

“当然才和德都要重视，我们学校不也非常注视学生的德育吗？”德良道。

“如果让你在德和才二者之间取其一，你更侧重哪个呢？”楚迪又问。

“非得做出一个选择吗？”德良皱了一下眉。

“人不可能在任何时候都保持德和才的天平是平衡的，有些时候你不得不做出选其一而舍其一的选择。”楚迪道。

德良想了想，楚迪说的在理，人确实不可能在任何时候都能保持德、才的统一，人在德、才的天平上发生倾斜是不可避免的。

德良思忖片刻，摇摇头："这个问题我还真从来没有思考过，那你认为呢，你是怎么想的?"

"我自己认为一个人的德行更重要。"楚迪盯着德良的脸。

"为什么?"德良也看着楚迪。

"因为我认为，在当今社会中，才，好比是一把锋利的双刃剑，人们用自己的聪明才智来为人类造福，但如果人们的道德修为不够，这把剑反而伤害人类自己。"楚迪道。

楚迪又颇负感慨地说："现实社会中不是有许多有才有识之人，因为个人道德修为不够，误入歧途，走上违法犯罪道路，最后锒铛入狱，落得个一世骂名。"

德良嚼了一口米饭，咀嚼着楚迪的话，默默地点点头。

看看都吃完了，德良把那套《中学生百科全书》拿出来，递给郑小锋，认真地对他说："这套书不错，数理化、文史地都有，本来是要送给我初中老师家孩子的，现在送给你了，希望它能给你提供帮助。"

郑小锋"嗯"了一声，接过书来看也没看就把它塞进帆布包里。

德良把郑小锋吃的残渣剩骨用筷子搂到自己盘子里，说了声"走"，端着它率先往收餐柜去了。

出了餐厅门，德良看表，中午十二点，忽然想起素心的约定，一拍脑袋回头对楚迪说："你们走吧，我有点事。"迅速向康博斯跑去。

8

十二点多钟正是餐厅用餐高峰期，康博斯的生意比较好，整个餐厅就更显得拥挤不堪，来来往往端着饭菜托盘的学生摩肩接踵。

德良在康博斯里仔细找着99号座位。因为他头一次到这里，所以来来回回找了好几遍，才发现这个座位在通往洗手间的门道边。素心就在那里。素心看上去脸色黯淡，目光幽幽地盯着眼前两个碟子和两双筷子出神。

当德良走近时，却有一个端着托盘的男生走到素心跟前，指着她对面空座询问她，似乎问她对面座位有没有人。

素心点点头。

那男生表情失望地端着托盘又到别处找座了。

男生刚走，又有一个端着托盘的女生走近素心，也指指她对面空座询问。

素心锁着眉头，又点了点头。

那女生白了素心一眼，嘴里咕哝了一句不好听的话走了。

熙京大学的校风是反占座的，餐厅墙上明明白白贴着“你占着，别人就得站着”。德良比约定时间晚了四十多分钟，德良能想象得出，在这个期间有多少像刚才端着托盘的同学向素心询问她对面的空座，素心又挨了多少白眼和不好听的话。

德良满腹歉疚地走到素心跟前。

素心没有抬头。但德良能感觉到，素心知道他来了，因为素心的目光倏然间亮了一下，却又马上黯淡下去。

“素心，你还没吃饭吧，我给你买去，你吃啥？”为了弥补愧疚，德良忙不迭地说。

素心抬起头，神情黯然地看了他一眼：“你坐吧，我给你订好了。”随后站起身道：“你坐在这儿，我去取。”说罢，径直往餐窗走去。

在一个卖面食窗口，素心冲里面的师傅说着话，并用手向那师傅比画着，还回过头朝德良这边指指。那面食师傅也朝德良这边看，冲素心会心笑着，素心也笑，两个人像老熟人。

过了一会儿，素心微笑着端着一个托盘回来，托盘上放着一碗热腾腾的羊肉烩面，还有一碟糖蒜、一碟油炸辣椒。素心把烩面小心地从托盘端出来放到德良面前，把糖蒜和油炸辣椒也放到他跟前，然后搓搓手冲他微笑道：“吃吧！”

一股浓浓香气扑鼻而来。德良看到碗中面晶莹剔透，上面撒着枸杞、木耳和细切过的香菜，羊肉骨汤里漂着羊肉丁，还夹杂着水发黄花丝、水发粉丝和豆腐皮丝。

“吃吧，在你们家乡常吃这个吧？”素心微笑着问，脸上黯淡之色已尽数散去。

素心说的一点没错。德良在家乡峒城上高中时，特别喜欢到校门口一家烩面馆吃烩面，他对烩面情有独钟。而烩面在峒城也有着非常的地位，峒城有一种说法是“不吃烩面非好汉”。峒城的大街小巷有烩面馆近百家。

素心看猜中了德良心思，扑哧一声笑了：“饿了吧，快趁热吃吧！”

其实德良不饿，因为他刚才吃了两碗米饭一盘素炒豆腐。但现在他又饿了，因为人说“酒逢知己千杯少”，他此时却是“饭逢知己千碗少”，他怀念峒城的烩面已经很久了。他心里暗向素心打保证：这一碗肯定能把碗底也舔了。德良拿起筷子夹一口面，面口感柔软，光滑筋道，乳白的骨汤除了配菜的清香还有淡淡鸡汤味。德良此时想，即使在峒城，能做出这样烩面味道的面馆也为数不多。德良感激地看了素心一眼，他看到素心正宽慰地看着他。

“你怎么不吃？”德良忽然间想起来。

“我不吃，上午十点吃的早饭，现在还不饿。”素心答。

“你得吃点，不吃午饭下午会饿的，我去给你买！”德良起身要向餐窗去。

素心急忙拉住他，笑笑道：“我不吃，我……想减肥。”

德良只好又坐下。

刚吃几口，德良又想起什么似的放下筷子，一边翻裤兜一边问素心：“这烩面多少钱？我给你钱。”

“咳，你快吃吧！一会儿面都凉了。吃面是我请你的，一会儿还要向你请教问题呢。”素心用手挡住德良翻裤兜的手。

“咳，无功不受禄。”德良坚持着。

“好吧，那这顿算我请你，下次你在这儿请我吃面，好不好？”素心微笑道。

德良想了想，觉得也行，于是不再坚持。

素心两胳膊肘撑在餐桌上，托着双腮，专注地看着德良吃饭，脸上露着舒心的笑容，黑黑幽深的眸子里堆满喜悦之色。

素心的眼睛就像一泓变幻莫测的湖水，时而清澈见底时而又深不可测，德良是这么想的。

“素心，你刚才跟窗口卖面师傅在说什么？你们好像很熟？”德良问。

“能不熟吗？十一点半订的一碗烩面，汤和配菜我反复强调了好几次，可吃饭的主人快十二点半才来，他能跟我不熟吗？”素心笑着反问。

听素心这一说，德良心中又过意不去起来。

素心又轻声笑道：“你刚才坐在这儿的时候，我过去又唬了他一下。你没看见我冲你这边指吗？”

“你唬了他一下？你怎么唬了他一下？”德良不禁问。

素心笑着道：“我对他说，坐在这个座位的你可是个全国做烩面的名厨，这次是专程来熙京各大学应聘烩面师的，尤其想来熙京大学干，如果你烩面做得不好吃，让他尝到感觉不如他，他就可以参加厨师竞聘把你淘汰下来。”

听了这番话，德良不禁为眼前这个女孩的一番苦心良意而感动起来。

吃了一会儿面，德良又抬头问素心：“刚才你说要请教我问题，是什么事啊？”

“啊，没什么大事。我只是想问你对以后开展SRT、红十字和三农有什么想法吗？”素心粲齿一笑。

“我现在还没有太具体的方案。”德良道，“我只是认为，对于红十字和三农，我们首先应该做好的是理解它，理解它在当前社会中的重要意义，然后找出关于它们的社会问题所在，带着这些问题，再有的放矢地在实践中找出解决办法，这样既可以节省人力物力，也可以取得预期的效果。”

德良接着道：“而目前我们所能做的，也仅仅是做好一些宣传。你知道，我们都是学生，我们无法操纵政策，也没有强大的物质基础。所以我们力所能及的也仅是找出关于它们的社会问题根本所在，然后建议政府或其他相关部门修改。”

听罢德良这番话，素心赞赏地轻声笑道：“德良，说得好，听你说话让我想起一部影片，想起影片中在一只游船上召开秘密会议的党的‘一大’共产党员。”

“那SRT你是怎么想的啊？”素心又问，“我可是SRT的组织者，你得支持我的工作呀。”

“SRT我已经找到一个项目方案了，我会尽快把它细化并做成可行性报告，交给你，向院系主管领导申报。”德良胸有成竹道。

“啊！你已经有了。”素心激动地喊出了声。

德良点点头。

过了一会儿，素心小声问：“德良，一会儿吃完饭你干吗去?”

德良吸着汤面道：“一点半，上五六节课。”

“上完五六节课呢?”素心又小声问。

“上下午七八节课。”德良答。

“上完七八节课呢?”素心又问。

“吃下午饭。”德良答。

“吃完下午饭呢？你干吗去?”素心接着问。

“上晚上九十节课。”德良耐心答。

“上完九十节课呢?”素心继续问。

“上完九十节课都快九点半了，回宿舍翻翻书准备睡觉。”德良冲素心笑笑答。

素心笑了，黑黑幽深的眼眸无比深情地看着德良。

9

晚上德良回宿舍，一推门，看到楚迪和炫五正在电脑桌旁说笑着什么事。德良纳闷，这两人上午还为郑小锋的事弄得差点动起手来，怎么这么快就阴霾散尽天晴了。

楚迪看德良回来，站起身，兴奋地对他说：“哥们儿，告诉你一个好消息，洪都市又一个特大贪官被查处了。”

“是谁啊?”德良急问。

“就是副市长黄家诚呀。”楚迪道。

“啊！怎么是他呀！前两天还在电视上看见他呢。”德良吃了一惊。

“是啊，我们都知道的，前些日子，他又是视察贫困山区，又是关注希望工程，又是整顿经济秩序，又是查处腐败现象。原来他自己就是个特大腐败分子!”楚迪感慨道。

“真是知人知面不知心啊!”德良也感慨。

“光贪污受贿你知道他有多少?”楚迪看着德良道。

“有多少?”德良追问。

“五千万。”楚迪伸出五个指头比画着。

“这兔崽子，该杀!”德良义愤填膺，不由得骂一句。心想，这五千万能救助多少失学儿童，又能使多少乡镇企业走出困境?

“没想到呀，前些日子看他还是衣冠楚楚，实则是衣冠禽兽！表面上清正廉洁，其实一肚子男盗女娼!”楚迪也感慨地骂。

“伏法了吧?”德良问。

“明天枪决。”炫五从电脑前扭过头说。

“好，大快人心!”德良拍手。

刚才就是炫五在浏览洪都新闻时看到了黄家诚伏法的消息，楚迪也觉得这件事太过大快人心。于是楚迪和炫五上午的不快就烟消云散了，两人共同焦点都对准了黄家诚这件事。

三个人刚聊了不一会儿，陈丹宁回来了。

丹宁今晚回来得早些。这段日子他在外面做钟点工，一般都卡着在晚上十一点宿舍楼门关的时候回来，回来后洗漱一下就睡觉了。

楚迪是个热情人，又上去招呼丹宁：“哟，法学家回来了。来来，我们正在说一个大贪污犯伏法的事呢，请你给我们发表一下高见。”

“是黄家诚吧。”丹宁坐在椅子上头也没抬说。

“哎，不愧为法学家，法治敏感性真强！一说就中。”楚迪竖着拇指赞。

“咳，这叫什么法治敏感性，这两天我们法学院老师在课上经常叨叨这事。”丹宁道。

“丹宁，你觉得对黄家诚的这个处决公正不公正?”德良走到丹宁跟前问。

“这是恶与恶之间的相等交换，当然是公正的。”丹宁抬起头，“黄家诚身为一市之长，目无法纪，贪污金额高达五千万，对社会造成极大危害，这对社会来说是一种恶。所以，要想实现公正就必须用另一种相等的恶来交换，这种用来交换的恶就是法律对他的判决。”

德良想了想，又接着问：“丹宁，你是学法学的，你说，啥叫作公正?”

丹宁淡淡一笑："公正，就是相等的交换，相等的恶的交换是公正，相等的善的交换也是公正。"

丹宁又打比方："比如说，知恩图报，这是相等的善的交换，这就体现了一种公正。再比如说这个洪都副市长黄家诚犯罪被依法予以处决，这是相等的恶的交换，这也体现一种公正。"

"哎，丹宁的意思我明白了。"炫五举一下手插话进来，笑嘻嘻道，"他就是说，公正，说白了就是，你对我好，我也对你同样的好，你对我不好，我也对你同样的不好。你爱我，我也以同样的方式爱你，你不爱我，我也以同样的方式不爱你。丹宁，我说得对不对呀？"

丹宁含笑点头："可以这么理解。"

得到丹宁的认同，炫五颇得意，插科打诨道："丹宁，假如我要去抢救一个落水的MM呢，抢救落水的MM这算不算公正？"

丹宁笑道："这要看你救的MM过去是有恩于你还是有害于你，如果过去有恩于你，你救她，这是相等善的交换，是公正的；如果过去有害于你，你救她，这是不相等善的交换，是不公正。"

炫五一笑，又信口道："那我要以怨报德呢，以怨报德这算不算公正？"

"以怨报德当然是不公正了。别人过去对你有恩，给你予利，你却报之以怨怼，这是一种不相等善的交换行为，当然就是不公正的了。"丹宁道。

"那我要是去杀人越货呢？杀人越货算不算公正？"炫五又蹦出一句不着边际的话。

德良拍一下炫五的头笑道："咳，炫五，你能不能干点好事呢，不是以怨报德，就是杀人抢劫，你脑子有问题啊！"

丹宁笑道："这就要看你所杀的是什么人，所越的是什么货。如果所杀的是不义之人，所越的是不义之货，这是一种等恶交换的行为，那你的行为就是公正的。比如《水浒传》中梁山好汉抢了送给蔡京的生辰纲，因为生辰纲是地方官吏搜刮民脂民膏所得，是害民所得，把它抢了就是相等恶的交换行为，所以是公正的。"

炫五嘻嘻笑，把身子往丹宁跟前探了探，又一副义不容辞的样子道："那我要是学习雷锋好榜样毫不利己专门利人只求奉献不求索取呢，这算不算公正？"

丹宁淡淡一笑，不急不缓道：“毫不利己专门利人只求奉献不求索取是不公正的，因为它们都是不等善的交换行为！”

丹宁言罢，楚迪的眉头锁起来，接口问丹宁：“那你认为不公正的行为该不该坚持，该不该提倡?”

“不该提倡！”丹宁言辞干脆。

楚迪的情绪突然间有些激动，冲丹宁道：“照你这么说，毫不利己专门利人只求奉献不求索取都不该提倡?”

丹宁一脸坦然盯着楚迪：“不公正的行为何须坚持，何须提倡？当然是不该坚持，不该提倡！”

楚迪的情绪在此时有些失控，涨红着脸，大声道：“我们社会许多地方是需要不求索取无私奉献的，许多事情应给予更多的仁爱和宽恕！如果我们处处讲等善交换，处处以等善交换来论公正，每个人必将变得极端自私，极端利己，我们社会必将滑向道德沦丧的深渊！那样的话，国何将为国，家何将为家?!”

丹宁面色凝重，冷眼看着楚迪，似乎对楚迪这套大论不屑一顾。

德良看谈话陷入僵局，赶紧过去拍了拍楚迪和丹宁肩膀，对他俩道：“时候不早了，都洗洗睡吧！”

攀到上铺躺下后，德良品味着楚迪和丹宁的话，一时难以入睡。翻了个身，他感觉床头少了一样东西，想了想，终于想起来了，是绮霏送的雨伞。是绮霏送的雨伞不见了。那天下楼匆忙，德良就把它放在床头了。

德良攀下床，翻箱倒柜地找伞。没有找到。

他问楚迪见到没有。楚迪说：“没有。”

问炫五，炫五说：“没有。”

问丹宁，丹宁摇摇头。

有这两件事一搅，德良躺在床上，良久也没有睡意。

10

熙京大学的课程紧起来，疾风骤雨一般，感觉中除了吃饭睡觉就是在上课，没有多余喘息机会。

十一国庆放四天假，德良想，这下可以放松一下了。但十月一日早上太阳精神抖擞地升起来的时候，德良也硬撑着从床上爬起来。虽然他的身体有些疲倦，但他还是洗漱了一下，精神抖擞地下楼向图书馆去了。

德良所想的还是四个字："天道酬勤。"

十一节日期间，宿舍楼下的草坪边又多添了一些小盆鲜花，玫瑰和杜鹃在花盆里竞相争艳地开得旺盛，给节日平添了一些喜庆气氛。此时，德良忽然想起绮霏那天约他下楼时的情景，绮霏那天约他下楼就隐在草坪间的那棵雪松后面。

德良不由得向那棵雪松望了一眼。似乎有着一个魔咒的驱使，似乎有着一种神秘的心理暗示，在那棵雪松旁，绮霏正粉面桃花地冲着他诡秘地笑着。

德良体内似乎被一种什么钝器击了一下，他目光怔怔地看着绮霏。

这种感觉让德良在以后的日子里常常对自己的意志产生怀疑，熙京大学的漂亮女孩为数不少，但德良只有看到绮霏时会有这种感觉。绮霏的意外出现让德良一时怔怔地站在那里，他内心中有一些欣喜，有一些激动，还有一些不知所措。绮霏给他的感觉总是匪夷所思。

绮霏一袭运动装打扮，暖粉色韩版连帽卫衣，乳白色褶皱透气网球裙，FILA遮阳帽，雌黄的头发束在脑后，此时正神气十足笑吟吟看着他。绮霏手里拎着阿迪达斯网球包。

"绮霏，你怎么在这里？"

"我就不能在这里了？我算中你要出来，所以就过来了。"绮霏踩着草坪间的青石板，朝德良笑着一蹦一跳过来。

"你算出来了？你知道我出来要去哪儿？"待绮霏走近，德良故意问。

"去图书馆呗。"绮霏脱口道。

德良挠了挠头，费解的样子。

"你的那点心思我还不了解？"绮霏笑道。

"你了解？你怎么会了解我？你又不是我肚子里的蛔虫。"德良突然想逗绮霏一下了。

绮霏听了咯咯笑起来，道："没想到你这人还挺无赖，还占人家便宜！"接着，目光热热地逼近德良，笑道："我现在就是你肚子里的蛔虫了！怎么着吧你?”说着在他身上狠狠掐了一把。

德良一咧嘴，躲闪着，笑道：“嗳，你说你了解我的心思，你知道我现在又要去哪里?”

“你现在去哪里？你现在跟我去打网球，对不对?”绮霏笑着，又追上去拧德良胳膊。

往学校东面走，经过对外汉语教育学院和逸夫科学楼，再向北，是枫香路。枫香路向北经过第三教学楼，再踅而向东，远远可见一排齐高的锥形龙胆松，那里就是网球场了。

目光越过龙胆松，能看到攀缘在网球场钢筋网上枝繁叶茂疯长着的爬山虎。由于网球场附近培植着大量植物，网球场内清凉宜人。

绮霏从包里取出两个网球拍，递一个给德良：“先热热身吧!”

绮霏站在球场一侧，脱掉卫衣，露出里面柠檬色凡美疯狂伦巴女弹力背心。她向前斜弓一下身，手拍拍球拍，朝对面德良高声喊：“德良，记住，要像甩鞭子一样打!”

德良以前没打过网球，但打网球并不是一项高难体育运动，也不是一项对抗激烈的竞技运动，这更多应该算作一项休闲运动。人在轻松状态下体味着运动带来的欢乐，体味着运动所带来的身体上的愉悦，感受着大自然的恩赐，人融入自然之中，成为自然的一部分，大自然也成为人的一部分，人是自然的人，自然是人的自然，人和自然在运动中得到了和谐。

日光柔柔地泻下来，天空挂着丝丝缕缕淡蓝色的流云，像少女肩上淡蓝色的纱巾，没有风，树木间有鸟的鸣啭，绿色植物送来习习凉意的同时也送来阵阵草木的清香，沁人心脾。

打了一会儿，德良的球打得很熟练了，绮霏有意打一些边边角角的球，德良也有意气喘吁吁地窜来窜去跑着接球，接球时还尽量把动作搞得夸张一些滑稽一些，身体歪歪趔趔，跌跌撞撞。对面绮霏在忍不住地乐。在不远的另一个场地上，有两个打网球的女孩不时朝这边张望，也相视笑着。

绮霏颈部有汗渗出，在日光下如珍珠般晶莹闪亮，弹力背心已紧紧贴在身上，肩臂上也仿佛薄薄涂了一层润滑露，随着整个击球动作，肌肤更显弹性活力，身体呈现出玲珑柔美的曲线。

玩了大半个小时，绮霏提议说休息一会儿，他们在球场花廊下一张柳木长椅坐下来。花廊上披满了爬山虎和牵牛花，这些植物茎蔓交相盘绕，白色、玫红色、莹蓝色的牵牛花在茸茸翠绿枝叶间竞相绽放。

绮霏从包里拿出两听红牛饮料，拉开一听给德良，自己也开一听，惬意地饮起来。绮霏喝饮料的姿势非常优美，头微微后仰，双目微阖，睫毛轻闪，长发泻于脑后，随着香汗闪烁的玉臂屈起，宛若嫦娥奔月。德良不由感慨，红牛公司若由绮霏去做广告，销量定会大增的。

“德良，喜欢打网球吗?”绮霏问。

“喜欢。”德良点点头。

“德良，你知道是谁教会我打网球的吗?”绮霏斜过身子道。

“是你们体育老师?”德良猜道。

绮霏摇摇头。

“是你爸爸?”德良又猜。

绮霏又摇摇头。

“我猜不到了，那是谁呀?”德良道。

“是一个叫邈邈的男孩。”绮霏答。

“邈邈？邈邈是谁呀?”德良问。

“他是我高中的一个同学，他的大名叫徐邈邈，我就叫他邈邈。”绮霏道。

顿了顿，绮霏语气变得遥远而柔和：“他是在我高一那年从一个小城镇转到熙京城来的，他家离我家不远，都在惠新区二街。他家住的是租用房，他爸爸是名海员，很难见着回家几次，他和他妈妈生活在一起。我高一那年他转到和我同一个班，他学习刻苦，有钻劲儿，干什么都认真，性格倔强，爱钻个牛角尖。他的性格有点像你。”说到这儿，绮霏用深情的目光看了德良一眼。

“他真的像你，高一那年，他没过多久就成为我们班的尖子生了。”绮霏充满深情地回忆道。

“打网球就是他教我的，虽然我从小生活在熙京城，但还没有他接触这东西早。”绮霏边说着，边用手抚摸了一下球拍，就像满怀柔情地抚摸着一个人的脸。

“那一天，他不知从哪里弄来一副破球拍，拉着我的手对我说：绮霏，打网球去！”绮霏回忆道。

“我很好奇，就跟着他去了。那家网球馆就在我们后街。我不会打，他就教我怎么打。他对我说：绮霏，打网球就要像甩鞭子一样，球落在你左侧，你就向左甩一鞭；球落在你的右侧，你就向右甩一鞭，这是动作要领。他教我的这个方法简单明了，我一学就会了，打起来自己还感觉动作蛮优雅的，他真的很会教人，他真的很聪明。”绮霏满怀柔情地喃喃细语。

“哦，原来是他教你这么打球的。”德良微笑着。

“是啊，他给我说过的话不知怎么印象特深，直到现在还清晰如初。”绮霏也冲德良笑笑。

“他不只教我打网球，还辅导我学习，他辅导我学习也是这样的，用最简洁的话，然而却能切中要领，他爱给我举例子，总是用最简单的例子来解答一个复杂的问题，现在回想起来，他或许就是那种举重若轻、大智若愚的人吧。”说到此，绮霏脸上竟泛起甜蜜的红晕。

“他爱读书，我们那条街有个售书租书店，他总爱到那里，要是手里有些零花钱他就租书回去看，要是手里没钱了，他就蹲在店里一个角落看。”绮霏回忆道。

“那他爱读些啥书呢？”德良问。

“一些稀奇古怪的书，有些书名我都记不住。”

“稀奇古怪的书？”德良向绮霏递去询问的目光。

“对，像《物种起源》。”绮霏回忆着说。

“啊，那是达尔文的著作。”德良立即应道，“在我们生命科学院几乎谁都知道这本书，达尔文是生物进化论的奠基人，也是我们生物科学领域的鼻祖，他的书我们都熟悉。”

“是，是达尔文的著作。”绮霏也道。

“还有……还有……”绮霏回忆着，“对，还有不知是谁的《首要原理》和不知是谁的《失乐园》。”

“哦。”德良蹙了下眉。对于这两本书，德良也没看过。

“他还特喜欢文学。”绮霏回忆道，“他喜欢的作家有海明威、杰克·伦敦。他说他之所以喜欢他们，是因为他们是硬汉子，不仅是因为他们的生活经历和作品风格相似，就连死法都如此相似，他们都是硬汉子作家。他说做人就要做个硬汉子的人。他问我什么叫硬汉子呢？我说不知道。他就对我说：当生命处于极端危机，濒临死亡边缘，处于生死攸关的时候，仍能乐观向上，仍能勇往直前，仍能坚韧不拔，仍能胸怀宽广。他说这就是硬汉子，他说他就是希望自己做一个具有这样高贵品质的硬汉子，永远不惧死亡。”

绮霏说到这里，眼角已有些潮湿了。

绮霏又回忆着道：“我当时就说他，你干吗老提死亡呢？你才十七岁，你现在的生活不是好好的，你想那么多干吗？他就引用杰克·伦敦的一句话来回答我：当生活变得又痛苦又让人厌倦的时候，死亡就会前来哄你睡去，一睡不醒。他对我说：正因为我现在还没有痛苦没有厌倦，所以我才去思考死亡。”

“他很倔强，他要认准的理就会执着地走下去，他真的很倔强。”绮霏喃喃地说。

德良静静听着，在他看来，绮霏此时已完全陷入了对过去某段珍贵往事的追忆中。

“他还给我朗读杰克·伦敦的小说《热爱生命》中的一首诗：这就是生命中唯一的财富/活过并经历痛苦/能做到这一点也就不错/即使输掉了最后的赌注。”绮霏伤感道。

“妈妈对我说，远离这孩子，这孩子恐怕要出问题，小小年纪懂得个啥，总是谈苦呀生呀死呀的。妈妈对我说，这爹不在家没人管的孩子是不一样，性格都变了，绮霏你离他远点，这孩子邪性，不准出点啥问题了。于是，每次邈邈辅导完我功课，妈妈就赶他走，那时我觉得特对不住邈邈。”绮霏潮红着眼圈说。

“由于妈妈讨厌邈邈，邈邈后来辅导我功课就约定在他家到我家路边的那棵紫丁香树下。那棵树下也有一张这样的供人休闲的柳木长椅。”绮霏用手抚了一下身下长椅。

“紫丁香到了五六月份开着成团成簇的花朵，那醉人的香气让我至今难忘。”绮霏脸上又转过一丝甜蜜，把目光从远处投在德良身上。

“丁香花盛开的时候，他特别兴奋，仿佛整个世界都是他的，他在丁香树下不顾路人的驻足，饱富诗情地为我纵情诵读那首《雨巷》……我希望逢着/一个丁香一样的/结着愁怨的姑娘……”绮霏的脸色绯红一片，低下头不敢看德良的眼睛。

德良也低下头，为绮霏分享着她这一份美好的回忆。

“后来呢?”德良问。

“后来到了高二那年，有一天他忽然问我：绮霏，你认识你自己吗?我说我当然认识我自己，我是父母生父母养，我叫齐绮霏，这有什么不对吗?他说：不一定对，我们还没有完全认识自己。我问他何以见得呢?他就对我打比方说：他前天梦见后街店铺那条瘸腿的狗死了，昨天上午路过那家店铺时，看到那条狗果然刚死，怎么自己的梦竟那么准呢?还有，他上个礼拜二从过街天桥走，快走到桥下了，他感觉身后有双眼睛在盯着他，回头一看，果然发现有个中年妇女正用眼睛死死地盯着他。他对我说：绮霏，你说她为什么要盯我呢?我说：可能你长得像她家孩子吧。邈邈就又问我：那我为什么能感觉出来呢?

“邈邈的问题我真的无法回答，我只能对他说：邈邈，快复习吧，明年就高考了，你的问题咱们以后请教老师吧。但我能确信，邈邈又不知看什么古怪的书了，是那些书让他心中充满困惑。”绮霏说罢，目光悠长地望着远方。

“那后来呢?”德良又问。

“后来，后来我们高二期末考试到了，他居然考了我们全校第一名，我考得也很不错，我们都很高兴。”绮霏似乎想笑一下，但终究还是没笑出来，眼角却有泪水溢出。

德良此时隐隐感到，在绮霏的内心中，可能一直隐藏着一个巨大的苦痛，他不由朝绮霏身边坐了坐，拿起她一只手放在自己掌心，似乎这样做能给她心里一些安慰。

“六月下旬的一天，邈邈约我在丁香树下见他。那天丁香花开得特别浓艳，香气沁入人的每一个毛孔，邈邈背着一个旅行包，他说他是背着他妈妈出来的，他要外出两个月。他灿烂着笑脸对我说，他要在这次行动中体验着当一个硬汉子。他说，或许还有其他意外收获呢，能为那个是否认识自己的问题找到一些答案呢。”绮霏悲凉地说。

“我劝他不要远行，毕竟他还是个孩子，但我知道是劝不住他的，他的性格我知道，是那么倔强执着，他认准的事别人是很难说服他的。”绮霏此时面色惨淡。

德良轻轻捺了捺绮霏的肩，尽量让她平静一些。绮霏此时却再也不能自已，头靠在德良肩上，泪水夺眶而出。

“他肩上背着旅行包，边倒退着跑，边冲我喊：绮霏，两个月后我会回来的，我陪你一起上高三，上大学，我们一起去上熙京大学。绮霏，等着我——”绮霏终于失声痛哭了。

德良轻轻拍着绮霏的肩膀，此时说什么都是无用的，他知道绮霏正沉浸在一种美丽的悲凉中，一种悲凉的美丽中。

“高三那一年里，我一直在焦虑中等着他的消息，可是，杳无音讯。后来，他家的租用房也退了，他爸爸妈妈不知搬到哪里去了。听说他妈妈天天在家里哭，吵得左邻右舍没法睡觉，他家就被房东硬劝着给赶走了。”绮霏紧咬嘴唇，啜泣着。

“过去的一年多，我经常到他家过去的租用房门口还有那棵紫丁香树下徘徊，希望能看到他背着旅行包出现在我的面前，希望他突然出现在我面前时对我说：绮霏，我回来了，我在外面学到了好多东西啊！”绮霏把头埋进德良怀里，剧烈抽泣着。

“可是……”绮霏痛苦地摇着头。

良久过后，绮霏抬起头来，含着泪水看着德良的脸，声音喑哑地问：“德良，你知道是什么让邈邈离家外出的吗？”

“……”德良思忖着。听绮霏刚才讲述，邈邈的出走的确不是一个偶然，应该有着更深的动因，这个动因是什么呢？

“在这一年多来，我反复想了许多次，我觉得是一种东西把邈邈接走的。”绮霏凄凉道。

“是什么？”德良不禁问。

“是感召力。”绮霏肯定地说。

“感召力？”德良看着绮霏。

"对，是感召力，是一种文化的感召力把邈邈给接走了，是文化的感召力把他唤走的。"绮霏确信不疑地说，"德良你想，邈邈看了很多稀奇古怪的书，他又是个聪明爱思考的孩子，做事又是那么认真执着，所以他所接触到的一些文化就不免影响着他，而他又要去探究留在他脑子里的疑问，所以他就到现实中去寻找答案。这就是他离家出走的真正动因。"

"哦，是这样的啊……"听了绮霏的话，德良顿悟了。因为听绮霏讲述，邈邈的性格特点确实跟自己有几分相似。德良对自己逢到什么事会采取什么行动还不了解吗？

"德良，我真的怕再失去你，你和他是那么的相似，聪明、认真、执着、倔强，喜欢刨根问底，一旦认定一个道理就要坚决地走下去，我真的怕再失去你呀！"绮霏说完抱紧德良的胳膊，仿佛怕被夺去一件珍贵的东西。

德良缓缓地抚着绮霏，轻声道："不会的，不会的，我和他不是一样的……"

"德良，我真的很担心呀！看看我们周围的生活吧，我们被一些不知是该喜还是该忧的东西包围着，我们吃麦当劳、肯德基，喝雀巢咖啡、法国香槟、红牛饮料，我们穿韩款时装，着阿迪达斯、耐克运动装，我们的建筑仿欧设计，屋里装潢欧式地板配置欧式家具，我们购买德国品牌车，用日本电器，我们打网球、曲棍球、高尔夫球，我们跳爵士舞、拉丁舞，我们看西方书籍欧美影片，过复活节、圣诞节、感恩节，我们统统把这些东西叫作文化，文化这些东西从四面八方向我们席卷而来，它们不分地域、不分国界，它们相互交融、相互渗透、相互嫁接、相互繁衍，又生出新的更为奇怪的东西，但我们不知道这些东西会是什么。文化的作用力似乎看不到摸不着，但它却如一股地下暗流，无坚不摧，不管我们想不想接受，喜欢不喜欢，最终文化还是对我们起作用了。我们只能跟着节奏跳舞，我们无法摆脱文化对我们的影响，文化这东西就像一个巨大的看不见的手，牵引着我们朝着一个不可预测的未知的地方走去，我们不知道这个未知的地方是什么地方，但我们却肯定地知道，在前往这个地方的过程中我们自身会发生变化。"

听了绮霏的一番话，德良心里想，绮霏所说的不正是自己所困惑和担心的吗？面对我们陷入的这个巨大无形而又充满莫名恐惧的困境，我们谁又有权利来说明天呢？

仰视天，太阳已斜过正天。德良蓦地发现，头顶花廊上的牵牛花已尽数枯萎，德良心里不由一怔，刚才还开得明艳动人的牵牛花怎么这么快就凋谢了呢？它的骄人花期仅仅只是短短的半天吗？仅仅只有半天就划定它整个生命的意义了吗？

11

转眼间已过十月中旬，熙京的气温渐渐凉下来。

实验室里，德良穿着白大褂，站在一台蛋白分析仪前进行蛋白质纯化。

实验室内温度适宜。因为工作台的一些容器中，存放着许多菌类和藻类的实物标本，这些菌类和藻类需要适宜的温度，它们也需要适宜的氧气以及水或土壤。在德良眼中，德良并不把它们仅仅看作是一种生物，而是看作同我们一样有着勃勃生机的人。

我们原本其实同它们一样，是一种生物，或者可以说是一种物质。追溯到我们最古老的过去，我们的生命原本是宇宙中的一个颗粒，一个小小的尘埃，在这个意义上来看，我们不要忘记我们的过去，我们原本是很渺小的，只不过我们人类是宇宙的幸运儿。

生命的进化说到底是基因的进化。

在地球的光照、空气、温度、水和土壤变得越来越和谐的时候，便形成了我们今天所称的大气圈、水圈和生物圈。生命物质的进化速度开始加快，新的生命诞生了，又灭亡了，但却留下了它的基因，这个基因又孕育出一个更新的生命，这个生命比前一个生命更进步、更有活力，这个生命接下来也灭亡了，但它留下的基因孕育出的生命比它前一个更为进步、更富有活力。生命，就是在这生生不息的进程中演绎着它的多姿多彩，每一个生命的历程是那么短暂，又是那么蓬勃向上，它们共同的一个目标就是——向前、向前。它们的信条就是——生存、生存、发展、发展。它们在那条通往“生”的跑道上竞相赛跑。在这个过程中，优者存活下来，劣者被淘汰掉了。就这样，经过亿万年的努力，人类的古老祖先开始出现了，生活在海洋里的人类祖先——古老鳍鱼开始登陆了。

生命的进化说到底是基因的进化，但在整个生命的进化过程中，核酸和蛋白质是生命的最基本物质，生命活动是在酶的催化作用下进行的，绝大部分酶的化学本质是蛋白质，蛋白质是一切生命活动的调节控制者。所以只要揭示蛋白质、酶、核酸等生物大分子的结构、功能及相互关系，就能为研究生命现象的本质和活动规律奠定基础。

德良做完蛋白纯化实验，又做蛋白电泳实验。

这时，尉迟兰教授推门进来了，她微笑着对德良道：“德良同学，外面有个女孩找你，是你女朋友吧？”

接着，尉迟教授又神秘地笑笑：“你跟她去吧，实验由我来做。”尉迟教授说罢，已换好白大褂，站在分析仪前。

德良换下大褂，出门在楼梯转角处，看到素心正一脸期待地朝着他这边张望。看到德良出来了，素心眼眸里立刻溢满喜悦。

“德良，走，给你看样东西！”素心过来拉德良的手。

德良下意识地把手稍稍往后撤了一下，躲过素心的手。那天绮霏在网球场上偎着他说了那么多话，刚才尉迟教授又把素心当作他女朋友，这使得德良内心不禁有些尴尬，这才下意识地躲开素心的手。

素心眼睛中闪出些许失望，但还是高兴地说：“德良，走，到楼下看看！”率先向楼下跑去。

在生命科学院的自行车棚里，素心指着一辆靛蓝色八成新的28自行车对德良说：“怎么样，喜欢吗？我送给你的。”

德良心里不由一愣。片刻后，他才小心地问：“给……我的？”

“是啊，给你的。”素心微笑着背起手，得意地瞅着愣怔中的德良。

“花钱买的？”德良问。

“没……没花钱，是我自己的。”素心迟疑了一下。

“你啥时候买的车？”德良追问。

“咳，我早就有，你不知道吧？是咱校我一个老乡送我的，我也不怎么骑它，送给你了。德良，我知道你需要辆自行车，你总不想把时间浪费在走路上。”素心说完又冲着德良微微笑。

说实在的，德良确实需要辆自行车，熙京大学校园占地五千亩，在每天的求学中，他将有大量时间浪费在走路上，这些时间日积月累计算下来，可是笔不小的损失呀。本来他早就打算出去买，可不知怎么把这事一直拖到现在。看着素心将要送给他的自行车，德良真有点心动，但他马上为自己这种念头感觉到不耻。素心家在秀州一个小城镇，家境并不好，自己和她非亲非故，上次花钱请自己吃烩面，自己答应回请她一次，而迄今为止还未及做任何表示，这次她却又给自己弄了辆自行车，自己居然动心了。德良不由得自责起来：德良啊，你这是什么人格！有来无往非礼也，是谁教你这么做人的？

德良于是坚决地摆摆手："素心，我坚决不能接受，你什么都不要说了。"

看到素心表情有些着急，德良忙又补充："素心，这辆车你自己留着骑，别忘了，咱们同在一个校园学习，你和我一样也需要自行车啊，我过几天去买辆自行车，你陪我一起去挑，这样好吧？"

素心的面色好转一些，却马上接口道："德良，这车子太大了，不太适合女孩子骑，这样吧，这车你先骑着，就算我借给你的，你啥时候想还了再还给我，这样总行了吧？"

德良想了想，觉得这样也行，就默然地点了点头。

素心的心情好起来，她高兴地说："德良，这车子的车锁不太好用，走，咱们去换把车锁！"

德良点点头，推着车子往外走。素心跟在后面，样子欢快得跟个小鸟似的。

"德良，自打开学到现在，我还没有真正地出校门玩过呢，咱们学校的课总是那么紧，都快把我的弦绷断了。算起来，我就出过三次校门，一次是学校让咱们到校门口银行激活那个发的储蓄卡账号，一次是在教师节和几个同学一起去门口花卉市场给老师买了束鲜花，一次是和几个同学一起去火车站接了一位从洪都赶来我们学院做讲座的学者。"素心兴奋地说着。

"素心，我也没怎么出去过，咱们去哪儿买锁呀？哪儿有五金交电商店呀？"德良停下来问。

"我也不知道呀。"素心也停下来。

德良踌躇着，四处看。

“要不咱们往南门走吧，这里距南门近，出了南门咱们再问人。”素心出主意。

蓦然间，德良想起了楚迪的扶贫对子郑小锋，听楚迪说，郑小锋跟着他爸在南门外的峰岚书店前修自行车。德良知道，修自行车的摊位一般都备有车锁，他们既卖锁又负责给把车锁装好。

“走，去南门外，我知道有个修自行车的摊位，那儿卖车锁。”德良冲素心道。

刚出南门向左拐了不远，就听到有人吆喝：芦冰糖，蜜嘞糖葫芦——

循声望去，马路边有一个推自行车卖冰糖葫芦的男子，车后架立着稻草靶，靶上插满红彤彤娇艳欲滴的糖葫芦，远远看去，煞是诱人。早听说熙京冰糖葫芦有名，今日得以一见，果不其然。

德良对素心一笑：“想不想吃冰糖葫芦？”

“想啊，当然想啊！”素心高兴地拍了下手。刚才听到糖葫芦叫卖声，素心就有些心动了。

冰糖葫芦一块钱一串，一串十个果子，有海棠的有山楂的，德良各买了两串，和素心分了边走边吃。

留意临街店铺，德良寻找峰岚书店，因为郑小锋和他爸就在这个书店前修自行车。

终于找到峰岚书店。在书店前一棵老槐树下，果然有个修自行车摊位。

转过老槐树，德良看到一个十二三岁的男孩正蹲在地上给自行车轮抹黄油。这个男孩正是郑小锋。

“郑小锋。”德良唤。

郑小锋眼睛在德良身上狐疑地扫着，显然，他一时想不起德良来了，揣摩良久，才终于回忆起来，嗫嚅了一声：“德良哥。”

“郑小锋，生意还不错吧？你爸呢？”德良推着车走到郑小锋跟前。

“买午饭去了。”郑小锋答。

正说着，有一个四十岁左右的男人拎着一塑料袋东西朝这边走过来。

“爸爸。”郑小锋朝那男人喊一声。

这个男人是郑小锋的父亲，名叫郑凯。

“爸爸，是楚迪哥的同学。”郑小锋向郑凯解释。

郑凯瞅德良一眼，鼻子里“嗯”了一声。

“郑师傅，我叫魏德良，和楚迪住一个宿舍，你叫我德良就行。”德良也向郑凯做着自我介绍。

“嗯，怎么了?”郑凯开口道，把手中塑料袋放在地上。

“郑师傅，我的车锁不太好使，给我换一把车锁!”德良说。

郑凯走到德良自行车跟前，低头看了看车锁，又拍拍车座，言辞干脆地说：“可以换，你要换哪种价钱的车锁？有十五块的、二十的、二十五的、三十的、四十的，你要换哪种?”

“啊，这么多种车锁？这些车锁之间又有什么区别?”德良不解地问郑凯。

“这还用说，一分价钱一分货呗。”郑凯斜了德良一眼，“你是楚迪的同学，我就跟你说句实话吧，这十五的我拿根铁丝就能把它给捅开。”

“啊，拿一根铁丝就能捅开!”听了郑凯的话，德良着实吓了一跳。

“是啊，我劝你要买就买个好的。物有所值。”郑凯不紧不慢地说。

“那你是让我买个四十的？可那也太贵了，两个车锁钱就快赶上我买辆自行车了!”德良叫苦道。

“那就看你自己了，一分价钱一分货，图便宜就没好货。”郑凯淡然道。

“那十五块钱的你用铁丝就能捅开，那你怎么还卖？也有人买?”德良不解地问。

“咳，这不明摆着，就有不怕丢车的，你看像这种破车，”郑凯说着踢了下脚底一辆老式旧车，“这种车骑着都是个累赘，这种车还能怕丢?”

德良真犯难了。太贵的，他确实舍不得买，两把车锁就快是一辆自行车的价钱了。太便宜的，他确实是不敢买，一根铁丝就能把它捅开，这种车锁锁和没锁有什么区别?

素心这时在旁边小声给德良出主意：“那就要个二十五的。”

德良一拍脑袋，嗳，素心这主意高明，二十五，是这几个价码的折中价位，正合自己心意。

“二十五的质量咋样？你用铁丝能捅开吗?”德良问。

郑凯挤出一点笑容，道：“二十五的，质量还行，我用铁丝捅不开。”

“那我就要个二十五的，郑师傅，给我装个二十五的。”德良兴冲冲道。

郑凯一拍德良车座，如释重负说：“好，那就装个二十五的，来，小锋，取个二十五的过来！”

德良这时忽然想到自己手中还拿着两串冰糖葫芦，于是唤郑小锋：“小锋，给你吃一串糖葫芦！”把那串自己还没吃的冰糖葫芦给郑小锋递过去。

“这……”郑小锋犹豫着，把征求的目光投向郑凯。

“哥哥给你你就拿着吧，快谢谢哥哥！”郑凯批示道。

“谢谢德良哥哥！”郑小锋满脸喜悦，跑过来伸手接冰糖葫芦，但立刻又把手缩了回去，因为他发现自己两手沾满了黄油。

郑小锋又跑到工具箱前，在箱里翻着，看样子是想找个擦手的东西。翻了几下，他翻到一本被撕得破破烂烂的书，郑小锋把这本书拿在手里，“哧”的一声，又从上面扯下两页，然后他用扯下的书页擦着手上的黄油。那本被撕得破破烂烂的书也被他随手丢在地上。

德良一向对书这东西有着特殊感情，书对他来说就是知识，就是力量，他甚至把自己喜欢的书看作是生命的一部分，也许正是这种原因，造就了德良总能不断取得进步。看到郑小锋把书扔在地上，德良不由得又对这本书多看了几眼。

这本书封面已被撕掉，但那个彩印封底德良感到很熟悉。德良心里一动，把这本书捡起来翻看。书里内容他是那么的熟悉，是有关中学数学和物理方面的知识内容，被郑小锋撕到的那一页，正是讲解欧姆定律的一章。德良看书的侧封，上面依稀还能看到一列字体：

数理充电　中学生百科全书系列　第三卷

德良浑身紧张起来，他看郑小锋，郑小锋此时正拿着他给的冰糖葫芦美滋滋地品尝。

“郑小锋，你这书是哪儿来的？”德良问。

“一个大学生哥哥给的。”郑小锋闷头答。看来郑小锋已经忘了是德良赠这本书给他的了。

“这是不是我给你的那套《中学生百科全书》里的一本?”德良紧盯着郑小锋的脸问。

德良这么一说，郑小锋想起来了，吃冰糖葫芦的手僵在嘴边。

“郑小锋，你……”德良情绪有些失控。

“德良哥，我……”郑小锋像个无辜的羔羊。

郑凯这时在旁边看出了事情的端倪，正在给德良装车锁的手停下来，虎着脸凶郑小锋：“你怎么把别人送你的书给撕了，你个兔崽子，我削你个兔崽子!”

德良表情呆直地看着这本原本想赠给自己老师家孩子的书，它破烂不堪面目全非的模样，仿佛正在倾诉着德良的罪过。

德良的心尖在滴血。

“唉，算了，德良同学，这个孩子呀，从小就不爱看书学习，他就不是看书学习的那块料，我看他呀这辈子也只有跟我修车子了，你们以后可别再捐他书了。”郑凯回身对德良说。

看着德良还伫在那里对着那本书发呆，郑凯又说：“咳，德良同学，算了，我看这车锁钱就少收你五块，收你二十吧，这个兔崽子!”郑凯又狠狠凶了郑小锋一句。

车锁很快装好了。郑凯把德良给的钱捏在手里，神清气爽地说：“好了，大功告成，大功告成。”

说罢，郑凯又转回头凶郑小锋：“还不把午饭拿出来!”

郑小锋慌不迭地跑到郑凯刚才带回来的那个大塑料袋跟前，然后从大塑料袋里往外掏，掏出一个又一个的食品袋，待郑小锋打开这些食品袋时，德良一看，哇! 又惊了一跳。

一个食品袋里装着几个大白馒头，一个食品袋里装着半只熏鸡，一个食品袋里装的是快餐盒，快餐盒里盛着一份鱼香肉丝。

德良释然了，怪不得那天郑小锋在学校餐厅吃楚迪买的土豆烧鸡块时那么奢侈，原来这爷儿俩的生活水平还真不低。德良心中不由得为楚迪连连叫苦，你楚迪省吃俭用在餐厅里吃醋熘白菜，看看你的扶贫对子吧，却在这儿吃熏鸡，吃鱼香肉丝。

德良什么话也说不出来了，推起车子，扭头对素心说了声“走”，就头也不回地往回走。

身后，却听郑凯朝他喊：“德良同学，车子坏了到这儿来修，给你便宜！”

德良没应。德良心情不好。

素心跟在德良后面，默默地看着他，想说点什么，又不知该说什么，她知道德良此时心情很不好，她不想打扰他，让他静一静也好。

德良推着车低头往回走。他们走过几个店面，这时德良注意到地面褐色方砖上贴着一张张长方形的小纸条，这些小纸条不知是用什么胶粘在了方砖上，清洁工把这儿的地面扫得很干净，独有这种小纸条仍能安然无恙地贴在那里，而且，这些纸条上写着：

办证：13425833×××。

办证：13734225×××。

办证：15146534×××。

办证：15276877×××。

抬头看看路旁的水泥电线杆，上面居然也贴着一些同样的小纸条。

德良纳闷，问素心：“这是什么？”

素心看着这些小纸条，也茫然地摇摇头。

这时，从不远处向他们走过来一个青年，这个青年大约二十岁左右年纪，头发挺脏、挺乱。青年走到德良跟前，操一口鄂北口音，神情诡秘地问：“哎，哥们儿，要办证吗？”

“办什么证？”德良问。

“什么证都能办，身份证、毕业证、驾驶证、军官证、警官证、工作证、学生证、结婚证，啥证都能办，办不办？”青年道。

德良一脸茫然地摇摇头。

“要发票吗？”青年又问。

“啥发票？”德良问。

“普通发票和增值税专用发票都能办，要不要办？”青年道。

德良又茫然地摇摇头，“增值税发票”这名儿他头一次听说，他哪用得着这些东西呢？

“要碟吗？”青年又神秘地问。

“什么碟?”德良感到好奇。

“哎，你这人，就是A片。”青年道。

“A片？啥是个A片?”德良问。

“A片就是毛片，知道不？要带点情节的还是要纯毛的?”青年问。

德良还是听不大明白，又问：“毛片？啥是个毛片?”

“哎，你这人，是真不知道还是假不知道？就是男女这个……”说着，青年用手做了一个下流的动作。

“啊！你……”德良面红耳赤，仿佛感到自己受到了莫大的侮辱。

德良扭头看素心，素心也被这青年的动作羞红了脸并带有一些愠怒。

再看这青年，正为刚才的动作能把他面前的两位搞入窘境而自鸣得意呢。

“要不要啊?”青年有些不耐烦了。

“不要!”德良冲青年大声喊。

“不要你问这么多干什么，你吃饱撑的啊你!”青年恼了。

“你无耻!”德良终于爆发了。

“谁无耻？你说清楚点，削你丫的!”青年大怒。

素心赶忙过来拉德良：“德良，咱们走!”

德良一推车子，像避瘟疫似的转过身，但他却听到那青年继续挑衅：“都是年轻人，谁不知道谁呀？装什么假正经!”

德良再一次扭过头，大义凛然地直面着那青年，做出一副慷慨就义的姿态。但此时，德良已眼含泪花了。

看到德良这个样子，青年终于收起脸上无耻的表情，鼻子“哼”了一声才悻悻地走开了。

一路无语，但德良和素心的内心此时却波涛起伏，难以平静。

终于看到南校门了，这时临街的一个音像店却悠然飘来一阵歌声，有两句歌词德良和素心都听真切了：

外面的世界很精彩，

外面的世界很无奈。

……

德良和素心四目相接，但却谁也没有说话。

12

中午草草吃了点饭，德良就骑着车往宿舍跑。他心情很糟，想早点回到宿舍，躺在床上整理一下纷乱的思绪。

推开宿舍门一看，宿舍其他三人都在。德良想起来了，今天是周三，周三下午他四人都没课，所以一下碰一起了。

楚迪正坐在椅子上喜滋滋地吃香蕉，在他旁边还放着一塑料袋香蕉。丹宁和炫五也在一人拿着一根香蕉吃，不用说，肯定是楚迪散给他们的，看样子楚迪今天有什么喜事，请宿舍里的人吃香蕉了。

“德良回来了，来，吃香蕉!”楚迪站起身撅了根香蕉给德良递过来。

“不吃。”德良用手推开。

“咋了?”楚迪纳闷。

“不咋。心烦。”德良答。

“咋心烦了？上午看你还好好的，怎么一下就心烦了?”楚迪表示关切。

“德良是看上一个人害单相思了，快告诉大家，你的那个她是谁呀?”炫五把伸进嘴里的香蕉又拔出来猜测着大声嚷嚷道。

“真的？你看上谁了?”楚迪信以为真。

“我说他这两天心神不定的，原来是另有阴谋呀!”丹宁也坐在那里煽风点火。

德良白了一眼炫五和丹宁，又看一眼楚迪，不由又想起楚迪的扶贫对子郑小锋，再看看面前的楚迪，感觉楚迪挺可怜的，禁不住又“唉”的一声长叹。

楚迪赶忙拍拍德良肩膀，关切地说：“嗳，德良同学，可千万不要再心烦了，心烦伤神。再说了，天涯何处无芳草呢？此处不留爷，自有留爷处，凭你德良这么优秀的人才，还怕没有女孩拜倒在你的黄金膝下?”

“心烦不仅伤神，还伤肾呢!”炫五笑嘻嘻地说，“德良，你可不能把肾功能给伤了，伤了肾功能，你可一辈子做不成男人了!”炫五说罢，腾出一只手，爱抚地摸摸自己肾脏部。

“兄弟如手足，女人如衣帛，没必要为个女人费心。德良，省省吧！”丹宁也语出惊人地开导了一句。

“来，德良，吃香蕉，多吃几根香蕉，吃了香蕉准保你不心烦了。”楚迪把香蕉推到德良面前道。

“咳，没用，就是吃一百根香蕉也没用。”德良道。

“咋没用？我说有用就有用，不信你吃着试试。”楚迪倔强起来。

德良一笑：“好吧，那就听你的，吃一根。”拿起楚迪递来的香蕉，剥开后放嘴里咬一口，“嗳，楚迪，你今天买香蕉是怎么了？你有喜事？”德良忽又问。

“我是既有喜事又有烦事，喜忧参半，所以就买香蕉吃了。”楚迪乐呵呵道。

“你也有烦事？你有什么烦事？”德良问。

“是这样的。”楚迪道，“昨天给我们上《组织行为学》这门课的老师对全班同学做了一下性格心理测试，他对我的测试结果是，我属于抑郁质性格。他说这种性格易焦虑，情绪波动大。”

“啊，抑郁质？那你不就成抑郁症了吗？”炫五在一旁大笑道。

“少安毋躁，笑什么笑，抑郁质不等于抑郁症。”楚迪朝炫五摆了一下手道。

“说来听听，你是抑郁质，啥叫个抑郁质？”炫五紧着问。

楚迪索性坐下来，正色对炫五道：“这么跟你讲吧，在《组织行为学》中，人的性格特质共分为四种：多血质、胆汁质、黏液质和抑郁质。它就跟人的血型分A、B、AB、O四种一样，分别代表四种不同人的性格，不过它是根据人体内四种体液即血液、黏液、黄胆汁和黑胆汁所占不同比例而划分的。这四种体液在每个人的体内所占比例都不同，血液占优势的人就是多血质，黏液占优势的就是黏液质，黄胆汁占优势的就是胆汁质，黑胆汁占优势的就是抑郁质。我是属于黑胆汁占优势的一种，所以是抑郁质。”

“那抑郁质的性格又是个什么特征？”德良好奇地问。

“仁慈善良，乐善好施，观察力强，典型的完美主义者。”楚迪道。

“呸！你就完美你自己吧，你这抑郁质性格就没弱点吗?”炫五讥讽道。

“弱点？有啊，那就是跟抑郁这两个字有关，多愁善感啊。”楚迪不慌不忙答。

“嘿！你这弱点也怎么听得像优点似的，你咋不把多愁善感这个词换成自寻烦恼呢?”炫五继续挖苦。

“炫五，你就不能好好听楚迪说几句呢？瞎咧咧个啥！”德良指责炫五。

看着炫五不吭气了，德良又问楚迪：“你看我是哪种质?”

“你嘛，我早给你想清楚了，你和我一样，都是完美主义者，属于抑郁质。”楚迪道。

“我也是抑郁质!”德良惊了一下。不过听楚迪刚才说抑郁质性格易焦虑，自己还真有点抑郁质的特点呢。

“那你说说我是什么质?”炫五又按捺不住地问。

“你嘛，我也给你想好了，多血质。”楚迪道。

“我怎么会是多血质呢？我没感到我的血比别人多呀！”炫五大声嚷嚷着。

“你的血比别人多你还能感觉出来呀？除非把你的血都放光了量一量才能量出来，要不给你放血量量?”德良抨击着炫五。

“别、别，一放血我就完了！”炫五连连摆手，“哥，你就饶了我吧，管他呢，血多就多吧。楚迪，你快说说，这多血质是个啥说法?”

“活泼好动，热情开朗，情感、爱好、注意力易变。”楚迪答。

“嗳，知我者楚迪也!”炫五一拍膝盖激动地说，“你咋那么了解我呢？你可说到我心坎里了，这正是我的性格呀！你看嘛，刚入学那几天我加入一个滑板协会，玩了几天觉得没劲，我又加入旱冰协会了，并且成为旱冰协会的秘书长，带着那帮人玩了几天旱冰、跳了几次旱冰舞，我又觉得没意思，于是主动要求退出，接着我又加入柔道协会，练了几天柔道，后来发现来自日本的这套玩意儿怎么那么别扭呢，你说吧，两个人穿着半长不短的褂子，腰里扎根带子，光个脚丫子，在地上撕来扯去，滚来滚去，真有辱我们中国人的国魂，日本鬼子这玩意儿实在不能再练下去了，于是我又改练弘扬中华民族武术精神的中国功夫——李小龙创立的截拳道，练了几天，哎呀，这李小龙功夫实在太苦了，我怎么才能做到他的腰马合一呢，我只能做到腰酸背疼，一次玩双节棍不小心还把自己脑门打了一下，打得我眼冒金星，差点没起个大包。”

炫五一顿感慨之后，咽了口唾沫，向楚迪跟前凑了凑，又道：“现在我想好了，准备也像楚迪一样，搞个文的。楚迪，你不是一个叫什么文学社的社长吗？我准备也加入你们文学社，或者加入个书法协会什么的，舞舞文弄弄墨，当个文人，或许我还能在那里发现一个靓MM呢，这何乐而不为呢？说起这MM，你说我都想不通，我咋老换呢？一个MM，我只能新鲜那么几天，多过上一天，我要是还跟她在一起，怎么就感觉跟放久了的一条腥鱼在一起一样呢？我自己都纳闷我自己，我也想跟她们多好上几天，可我怎么总是兔子尾巴长不了呢？你说这上课，我怎么老是走神呢，也不知道脑子里想了点啥，课下同学说这老师讲得真好，我不知道哪儿好；同学说这老师讲得真差，我也不知道哪儿差。对外界我都不敢说我是熙京大学的，汗颜呢！你们说我是不是不可救药了！楚迪，你说得真对，真对，你可算说中我要害了！”炫五又是一顿大发感慨。

炫五的感慨把德良、楚迪、丹宁都给逗笑了。

德良斜瞅着炫五：“你总算还有点自知之明，还没有到不可救药的地步，好好给自己开个药方对症下药吧！”

炫五这时又注意到坐在那里沉默了许久的丹宁，忙问：“那丹宁是什么质，楚迪？”

“丹宁？”楚迪看了看丹宁，一边想着一边道，“丹宁……”

“我是胆汁质和黏液质的混合。”丹宁没等楚迪说出来就抢在前面说。看来丹宁在这方面也颇有研究。

“丹宁，你怎么知道的？你怎么还是混合的呢？”炫五纳闷。

“对，丹宁属于胆汁质和黏液质的混合。”楚迪道。

“为什么呀？为什么他是混合呀，我咋不是混合呀？”炫五纠缠着问。

“其实你也不是纯粹的多血质。”楚迪对炫五解释，“我们都是两种或三种的混合质，只是所占的比例多少不同而已。你是血液在体内所占的比例高些，其他体液所占的比例低些，所以称你为多血质。”

接着楚迪又对炫五道：“比如你炫五吧，你心境变化快，这也是胆汁质的特征，胆汁质的人也是易变的。”

楚迪又转向德良：“比如德良吧，他的勇于进取精神也是胆汁质的特征，胆汁质的人是很富进取创新精神的。”

楚迪又拿自己说事：“比如我和德良吧，我们俩都比较喜欢安静，性情内蕴，忍耐力强，这又是黏液质的特征。”

楚迪这么一说，炫五才彻悟般点点头：“哦，原来是这样的呀！”

少顷，炫五忽又一拍脑袋，恍然大悟般地一指丹宁，大笑道：“丹宁，原来你也是感情易变呀！老实交代，你是几天换一个MM？好哇，老谋深算，深藏不露呀！好哇，真看不出来你，瞅你一天不吭不哈的，险些大家都被你的假象给蒙蔽了，原来一肚子花花肠子，表面看上去衣冠楚楚，实则是那个衣冠……什么兽来着？我看你就像那个还没发育成熟的洪都副市长黄家诚！”

“想放狗臭屁撅到一边放去！”丹宁把手一摆冲炫五愤愤道，“谁跟你那德性一样啊！我看熙京大学你是number one！你是不可重复的！”

听丹宁和炫五两个人抢白，德良和楚迪不由得笑了。

德良又微笑问楚迪：“你刚才说你有喜事，快说说你的喜事是什么呀？”

“我的喜事是，我的那一篇《传统道德在当今社会的优越性》论文获奖了！”楚迪乐呵呵道，“所以啊，我高兴，但我又不能太高兴，人都说乐极生悲、物极必反，所以我得想法抑制我的情绪，所以我就买香蕉吃安抚一下我的兴奋神经，也一齐请你们客了。”

“啊，是这样，恭喜你呀！”德良举举手中的香蕉对楚迪道。

“咳，啥恭喜的呀，我只是有感而发。”楚迪道，“我们传统道德有着诸多好处，我们现代人几乎都把这些传统优势遗忘了。我写这篇论文就是想提醒一下世人重视这些珍贵的东西，没想到还获奖了！”

“嗳，你说说，传统道德有啥优越性呀？”炫五又凑到楚迪跟前问。

“咳，一时跟你也说不清。”楚迪笑眯眯地，目光展望着未来道，“总之一句话，我们每个人应多重视个人修养，多一些仁义，多一些礼让，多一些诚信，多做些有益于他人的事，推而广之，时而久之，我们社会就会成为一个老吾老以及人之老，幼吾幼以及人之幼的美好社会。”

楚迪言毕，眼睛里满是憧憬之色。

13

从某种意义上说，一所高校图书馆的规模和建设水平可以代表这所高校的办学力度。熙京大学拥有一流的图书馆，新馆和老馆藏书六百余万册。

德良从新馆借了两本书，向老馆走去。老馆门廊梁枋上都有彩绘雀替和卦落，多以S形曲线表现，蕴示着太极阴阳分界线，是风水学中常用的化煞法，符合“曲生吉，直生煞”的风水观念。在二楼找到一间靠窗阅览室，德良把书放桌上，到饮水间去接开水。

饮水间不大，两个水龙头排着两队六个学生，稍嫌拥挤。德良往右队站了站，他前面有三个人，最前面有个女生正弓身在热水器前接水，雌黄微卷的长发泻下遮掩着半个脸，淡蓝色紧身牛仔裤将身材衬得曲线玲珑。饮水间正面墙装有一面整容镜，德良一边排队等候，一边从镜中看自己。

这时，排在最前的那女孩已接完水抬起头来。德良蓦地一惊，在镜中，他看清了那张俏美的脸，竟然是绮霏。绮霏这时也从镜中看到了他，看样子，绮霏倒并不感太惊讶，只是脸上微微泛起红霞，拿杯子的手稍稍迟疑了一下，然后，绮霏在镜中向他微笑，是一种心照不宣的莞尔一笑，旋即，绮霏低下头，端着水杯转过身，从他身边悄然闪了出去。德良闻到绮霏身上留下的淡淡的玫瑰花香。

接完水走出饮水间，德良在走廊里没有看到绮霏。沿着走廊右拐，也是一排阅览室，德良往里看了一眼，他看到里面坐着安静阅读的学生，德良希望绮霏也在里面，并希望绮霏也能同时看到他，并收到一个他熟悉的笑容。没有看到。但德良看到里面有两个不专心的男生正一脸警觉地朝着他这边瞅。德良赶紧回身离开了。

也许是因为这段时间他太过劳累，也许是因为郁积在他头脑中有待沉淀的东西太多，也许是因为刚才从饮水间出来那种淡淡的思念和惆怅还滞留在心头没有散去，德良把水杯放在自己那张桌上，又转身出去了。

站在廊前檐下，凭栏而望，德良希望在老馆的红墙一侧，栾树后面，某个草丘石阶上，或者周围某个地方，能意外看到绮霏的身影，意外地看到绮霏在冲着自己微笑。

熙京大学西北一隅尽收眼底。远处，在栾树和刺槐相互掩映的林木深处，有他们一起走过的那个草丘，草丘后面，就是翠清池。绮霏在池边的一笑一颦再次浮现在他脑海。

低头看看老馆前那株君迁子，德良重又想起绮霏对他说过的话："德良，这就是老馆，近百年来我校和社会的许多仁人志士都曾在这里求知过，每次我来这里都有一种历史的回旋感，好像和他们面对面。

"德良，你要用心啊。"

一脉温暖的热流再一次如春水般漫过德良心田。

一寸相思千万绪，人间没个安排处。

在图书馆、第十餐厅、八教或校园的某个地方，德良偶尔会看到绮霏，她或单独或同两三个女孩在一起，每次都像今天一样，意外地突然出现，并不说话，却留下心照不宣的莞尔一笑，然后悄然离开。在德良意识里，绮霏似乎是一个谜，一个美丽的难解之谜。

在校园里，德良偶尔也会看到素心。素心看到德良后，除非她有急事，否则她会跟着他走一段路，说许多有关"SRT"、红十字和三农学会的事。在餐厅，素心看到德良，会买一份饭菜坐在他对面，更多的时候是自己不怎么动筷，而是边说着话边用关切的目光看着德良把饭吃完。在阅览室，素心看到他，会把自己的书本搬到他桌子对面，做一会儿作业停下来盯着他看一会儿，目光中充满温情和亲切。

德良心生一些感动，返身回屋，打开书却发现一张广告纸从扉页中滑出来。仔细一看，正是校北门外那家四季海鲜城的广告纸，是那次一个青年强行塞给他和绮霏的。广告词颇吸引人：

吃海鲜水果菜，喝水晶葡萄酒。

一个液体的狂欢节！

广告纸下面附有一张纸条，上面写有一行隽秀的钢笔字：

晚上七点半，我在校北门口等你。

是绮霏的字迹。德良心旌一阵动荡，绮霏什么时候到他桌前来过？环顾四周，阅览室里秩序井然，所有的人都在埋头读书，没有任何异常。低头看这张花梨木桌，桌面纹理呈青灰、黄褐、棕红几种颜色交错分布，圆晕如钱，大小相错，纹状怪异有若鬼面，亦若斑狸，在偏光作用下，梨木或明或暗，其间还透着点点变幻莫测的荧光。

晚七点半，德良准时候在学校北门口。

时下已入十一月，熙京的天气开始逐渐转凉，树叶也渐渐泛黄，秋风中增添了一些肃杀之气，夏季悬浮在空气中的不安和躁动也渐次隐匿起来。

橙黄色的一轮满月明晃晃地悬在对面楼顶。月亮如此盈满，今天是什么日子？德良有些茫然。

风飒然掠过，德良听到身后有轻盈的脚步声，接着，一股清新的玫瑰香息飘然而至，清香在他身后停下，与温热的气息敛在一起，笼在他周围。德良回身看，绮霏如玉女临风一样站在他面前。

绮霏穿一件淡粉色休闲西服外套，下着墨绿纹女童格子五分裤，脚上是咖啡色软羔皮筒靴，五分裤脚和筒靴之间露着修纤的玉腿，深褐色双腰带向下斜戳，显示着卓尔不凡的酷酷野性。

“德良。”绮霏温情地看着他。

“绮霏。”德良望着绮霏。

相视片刻。

“咱们走吧！”绮霏揽起德良一只胳膊。风在身后飒飒又起，绮霏似乎感觉有点冷，往德良怀里靠了靠。

熙京大学北门外是一条餐饮娱乐街，七点钟以后，街灯和酒楼店铺的霓虹灯都亮起来了。临街店铺有在门前做烧烤生意的，木炭烟雾混合着烧炙野味的香气充斥了整个街衢。

一些食品店前摆放着各种盒装月饼，德良忽然想起炫五几天前曾说过中秋节要到了的话，便仰头看看空中那轮皎洁的月亮，难道今天是中秋节了？再看身旁绮霏，绮霏此时却也在心领神会地微笑着看他。

“你是把今天中秋节都忘了吧？”绮霏含笑问。

“今天中秋节？我真的都忘了！”德良惊喜道。

“不光是你忘了，我也差一点忘了，我是昨晚接了妈妈打来的电话才知道今天是中秋节。你看看，熙京大学的课程安排厉害不厉害，能把中秋节这么大的传统节日都给冲淡了！”绮霏诙谐地说。

“是呀，能有熙京大学这样一种教学气氛也确属不易呀！”德良感叹道。

在德良看来，一所好大学不仅体现在“大楼、大师、大气”上，快节奏的课程安排和严格的课程考查机制也是一个衡量标准。熙京大学对学生所修课程有一套严格考查办法，这种严谨学风与社会流行的“上大学就是混”的说法是截然相左的。

“德良，学校课程真紧，这段日子我都有些吃不消了！”绮霏感慨地说。

“是有些紧了！”德良也感慨，“不过紧了也好，多一些压力就多一些动力，人总是在松懈中变得更懒惰。学校加紧一些，也是让我们在短时间内接触到尽可能丰富的知识，这也促使我们更积极努力一些呀！”

“德良，你认为人要做成大学问，应该经历怎样一个过程？”绮霏边走着，边若有所思地问。

德良抬起头，望着空中那轮明月，想了想：“曾听说人要做成大学问，必须经历三重境界。第一，独上高楼，望断天涯路。第二，衣带渐宽终不悔，为伊消得人憔悴。第三，众里寻他千百度，蓦然回首，那人却在灯火阑珊处。”

“很有趣啊！德良，这是谁说的？”绮霏笑问。

“这三重境界是清末学者王国维提的，他表达了人生‘悬思-苦索-顿悟’的治学三重境界。”

“那，请问一下，德良同学，你修到哪重境界了？”绮霏侧过脸，冲德良粲然一笑。

“我呀，第二重境界还没修完呢！你瞧我衣带也没宽，人也没憔悴。”德良用手扯扯自己衣襟，苦笑道。

绮霏失声而笑，随后，她敛了敛笑容，也学着德良的样，用手扯扯他衣襟，道：“那你得抓紧修炼啊！但我不希望看到你衣带渐宽人憔悴，我希望看到你——衣带渐窄，人健康！”

“衣带经常渐窄——那我岂不需要经常更换衣带了？经常更换衣带——那造成多大的浪费呀！”德良这时故意贫嘴。

“不浪费，只要你人健康，经常更换衣带所造成的浪费由我来负责，我来为你更换衣带。”绮霏也笑着即兴发挥起来。

话说到这里，绮霏又意识到有些语失，脸上顿时红霞一片，但从她脸上此时却能看出一丝带着羞涩的蜜意。

绮霏的言容让德良心底泛起阵阵情感的涟漪。街上车辆行人在路灯和月光的装点下都带着一些金黄闪亮的色泽。今夜，分外美丽。

“绮霏，你说你妈妈昨天给你打电话了，是让你回家过中秋节吧？”

“是啊。”

“你家住惠新区，学校离你家不远，坐公交车一会儿就到，今晚你应该回家和家人一起过中秋的呀，中秋节是团圆节。”

“嗯，和他们在一起过了好多年中秋了。今年，我想中秋节变变，想……自个儿出来走走，让你……陪我走走。”绮霏低首断断续续道。言罢，她抬头深情地看了德良一眼，重又低下头。

绮霏此时双颊娇红，在月光下分外动人，一阵情感的波澜又涌上德良心头，他给在月光下清澈如水的绮霏送去深情而感激的注视。

“绮霏，我们去哪儿？”

“嗯……先去四季海鲜城，我在那里订了一份海鲜水果菜，然后……找个地方，品尝一下。”绮霏笑吟吟道。

“吃海鲜水果菜，喝水晶葡萄酒，一个液体的狂欢节！”德良脱口说着那句广告词。

“嗯，从广告词上来看，这家餐饮不甘落俗。海鲜水果菜，我也是今年才听说，听说是熙京刚刚流行起来的一种吃法。”

此时，在德良心底，蓦然间又涌起过去在家乡吃野菜的情景，想起家乡那个有着特殊意义的家常菜谱。野蕨菜、荠菜、香椿叶，像葡萄一样甜甜软软的野高粱果，酸甜酸甜的映山红花瓣，想起这些，德良心中徒生许多酸酸甜甜复杂的情怀。

如今，家乡菜谱的许多野菜都被迎进城市，野蕨菜、荠菜被批量生产精致包装，然后进入超市、食品店，城里人怀着好奇花费不菲的价钱买着这些东西吃，试图体验这种来自乡村的自然香薰。餐桌上，这些野菜的吃法也花样百出，蒸、焖、爆、烧、烤、煨、煮、炖、涮。这是一种奇怪的饮食文化现象，乡村野菜改嫁到城里，受到厚待，然而却丢失了原始的文化背景，城里人在品尝这些野菜时，却未能体会到靠这些野菜养育长大的人的那份浓厚情感。

“德良，应该就是这家了。”绮霏停下来，看着眼前一幢中式酒楼道。

酒楼楼顶有“四季海鲜城”霓虹灯匾，从玻璃窗向里看，店里灯火通明，人头攒动，看样子生意相当不错。

德良绮霏相视一笑，正要举步进店，这时，却从街灯暗影里走出一个蓬头垢面的乞丐。乞丐径直走到德良面前，倚着木棍，伸出脏脏的一双手，在他面前颤抖着，嘴里咕哝着，头也不停地点着。

德良赶紧掏钱包，拣出一元钱给这乞丐递过去。乞丐接了钱，头仍点着，嘴仍咕哝着，又把手伸向绮霏。

德良赶紧又拣出一元钱，塞进乞丐手里。乞丐看了手中钱，表情似乎有些不满，依然乞求地点着头，嘴里依然咕哝着，手依旧在他们面前颤抖着。

绮霏暗拽德良后襟，小声说：“咱们走!”

待德良和绮霏转身离开时，却听那乞丐在身后用木棍捣着地面，嘴里凶凶地说了几句狠话。

看着乞丐离去，绮霏心有所思道：“德良，知道吗？在熙京，有相当一部分乞丐是职业乞丐。”

“职业乞丐?”德良不解地看绮霏。

“是啊，职业乞丐，以乞讨为职业。职业乞丐多数集中在闹市区、火车站和地铁这些人流量大的地方，他们一天工作八小时，但月收入都近万元或更多。”

“有这样的事?”德良诧异。

“当然有。”绮霏一笑，“有人做过计算，在人流量大的地方，一个乞丐乞讨一人的时间大约10秒钟，扣除搜索目标和来回走动的时间，大概1分钟乞讨一次得1块钱，乞讨8小时下来就是480块钱，当然也有人不给，除去不给的按成功率60%来算吧，那么一个乞丐每天乞讨八小时就能得到近300块钱，这样下来，一个乞丐的月收入就应该是近万元。”

绮霏冲德良笑道：“近万元的月收入！你看看，厉害不厉害？羡慕不羡慕？”

德良挠挠头，诧异道：“好厉害呀！这会是真的吗？”

绮霏笑道：“怎么会不是真的呢？在熙京，职业乞丐乞讨已不只是一种职业，甚至是一种时髦，做好了月收入上万元，而且收入稳定，他们与社会上其他成功人士一样，有房子，有老婆，有孩子，自己上八小时正常班，老婆在家做全职太太，他们的孩子有的也同我们一样在上大学。”

绮霏又补充：“当然，做得不好的也同我们社会其他行业失败人士一样，只能露宿街头了。”

德良挠头：“你这不说不知道，一说吓一跳，照这么看，熙京一部分乞丐过的是中产阶级生活呀！”

绮霏咯咯笑：“羡慕了吧？”

德良打趣道：“听你这么一说，我何止羡慕了，我都想加入乞丐的队伍了！”

绮霏“呸”的一声笑道：“你想当乞丐当得了吗？你当乞丐也只能当一个露宿街头的失败的乞丐！”又笑着接道，“虽说你是理科状元，乞丐在乞讨方面的IQ可不比你理科状元低呀！要不我测测你的IQ，看看你的IQ够不够当个合格的乞丐？”

德良慌忙摇头摆手：“好了，好了，就不要再测了，如果再测，我今晚做梦该梦到自己沿街乞讨了！”

绮霏纵情地打了一下德良的手，纵情地笑了。

14

从四季海鲜城出来，绮霏手里拎着一个大食品袋。她兴高采烈地走到德良跟前，道：“走！”

“去哪儿?”

“瑞福祥酱菜馆。”

“去酱菜馆干吗?”

绮霏咯咯笑：“放心吧，中秋节不会让你吃酱菜的!”

瑞福祥酱菜馆是老字号酱菜馆，做酱菜有近百年的历史，在熙京一带相当有名。从四季海鲜城穿街而过，向东二百米拐进一条胡同，走半盏茶工夫就到了。

这是一座五层的灰砖建筑。

“我上中学的时候，骑车回家从这里路过，妈妈常让我买点酱菜捎带回去。”绮霏一边攀着楼梯一边对德良说，“所以我对这里很熟悉，这家酱菜馆晚上只关店门却不锁楼梯门，过去我常跟同学到这里来玩，上这个楼的楼顶，站在楼顶上可着劲地喊。”

说话间，已拐上楼顶，空中明月如刚从水中捞出一样，清新脱俗地悬在头顶。楼顶虽面积不大，却极显宽敞。放眼望去，熙京一隅的中秋夜景已尽现眼底，高高低低的建筑在霓虹作用下涂抹着一层魔幻色彩，仿佛面前是一个神秘王国。城市的喧嚣在此退避三舍，四下里格外静，都市、苍穹、明月在这里和谐地融为一体。

在楼顶一张长椅坐下，绮霏开始像变魔术似的从食品袋里掏东西。她先是掏出一个精致的塑膜方盒，方盒里盛着白如玉盘的小饼子。绮霏冲德良扬扬盒子，美美道：“茯苓饼，熙京茯苓饼，吃过吗?”

德良摇摇头：“没吃过，茯苓倒是知道，一种生长在云南的名贵药材。”

绮霏斜了德良一眼：“你能知道茯苓是云南名贵药材总算不傻，这茯苓饼正是用茯苓粉和精制面粉调成的。”

德良急道：“绮霏，你别忘了，我可是学生物科学的，难道会不知道茯苓这种植物?用不用我给你说说茯苓的生长特性?”

听了德良的话，绮霏眉梢扬起喜色，她从容地从盒里拣出一块茯苓饼，举到德良面前，笑道：“哦，实在抱歉，一时又把你这个理科状元、生科院高才生给忘了，快吃块茯苓饼恕小女子无罪!”

德良无言地笑笑，接了茯苓饼捏在手里。茯苓饼形如满月，洁白如雪，饼皮薄如纸箔，表面压有精美花纹，其间还点缀着黑白芝麻粒，煞是好看。放到嘴里咬一口，饼皮脆极，入口即化，舌齿之间能感受到蜜饯松果桂花的甘香。

“很好吃嗳！皮做得这么薄，馅却调得这么香！”德良赞。

“那当然，这就是熙京城所谓的小吃大艺。”绮霏得意道。

绮霏又从食品袋里掏，她又掏出一个快餐盒。打开快餐盒，里面的菜白、黄、紫三色搭配，白色的是鲜嫩的脱皮虾肉，虾肉下面摆着菠萝蜜和哈密瓜块，虾肉中心浇着沙律酱。绮霏笑道：“海鲜水果菜，芥香鲜果虾球。”

“哦，这就是海鲜水果菜？”

绮霏微笑点头，从食品袋里又掏，又掏出一个快餐盒，盒里是一份拌羊肚，羊肚板和肚葫芦搭配着葱花香菜末，用辣椒油、芝麻酱、酱豆腐汤烹在一起，闻之让人馋涎欲滴。绮霏端着羊肚在鼻前闻一下，美滋滋道：“爆肚，熙京天桥爆肚祁爆肚，没吃过吧？”

德良摇头：“没吃过。不仅没吃过，也是头一次听说，什么是爆肚祁爆肚？”

绮霏一笑，夹一块肚板，朝德良递过去：“熙京天桥爆肚祁爆肚，很有名的！来，尝尝，看是不是正宗的？”

鲜嫩香脆的肚板让感官无比受用，肚板不油不腻，香脆可口，混合着调料的香味，顿时让人食欲大增。德良连点头：“嗯，是正宗爆肚，正宗爆肚祁爆肚！”

绮霏笑道：“爆肚祁爆肚你又没吃过，你怎么知道是不是正宗的？”

德良嚼着爆肚：“我的理由是，好吃的就是正宗的，不好吃的就是不正宗的。”

绮霏白了他一眼，笑道：“弱智。”

德良给绮霏夹了一块肚葫芦。绮霏细细品着，品一会儿，她微笑点头：“差不多，应该是爆肚祁爆肚。”又指指爆肚对德良说：“多吃爆肚，爆肚补胃。老熙京人在立秋之后，有吃秋的讲究，吃秋主要就是吃爆肚。这爆肚要爆得时间恰到好处，火候恰到好处，最佳标准就是食之脆嫩。”

德良不由一乐：“绮霏，你可真算得上一个老熙京了！”

绮霏笑笑：“老熙京不敢当，道听途说而已。”又道：“老熙京人讲究吃爆肚喝白酒。今晚没有白酒，只有拿白葡萄酒当白酒了。”说话间，已变魔术般拿出一瓶白葡萄酒。她把两个杯子斟满，端起一杯，豪情道：“德良，明月几时有，把酒问青天！”

德良笑笑，端起杯，对着绮霏和空中明月招招：“好，人生得意须尽欢，莫使金樽空对月！”

绮霏一笑，嗔道：“呸！什么把你给得意的？臭美吧你！”

德良笑道：“天上有美月，身边有美人，岂不快哉？”

“你又耍贫嘴了，看我不把这瓶子酒给你灌下去！”绮霏娇嗔着，一把握住瓶颈，做出灌酒状，手却滞在那里，脸上漾出喜色。

葡萄酒酒质醇和，味怡而不滞，爽而不落，醇而不酽。

随着杯酒落肚，绮霏面色娇红，微微卷起的睫毛在月光下如蝶翼般扑朔迷离，眼睑处莹粉色亮影此时则闪烁着媚丽动人的色彩，她不说话，只是用惜惜的目光静静看着他。

德良心中感叹，仰望空中明月，浅声道：“皓魄当空宝镜升，云间仙籁寂无声。平分秋色一轮满，长伴云衢千里明。”

绮霏也望着明月：“狡兔空从弦外落，妖蟆休向眼前生。”言罢，绮霏鼻尖微微抽动了一下。她目光幽幽地望着那轮圆月，若有所思。良久过后，绮霏嘴里闷闷地咒了一声：“妖蟆！”随即，她吟道：“嫦娥应悔偷灵药，碧海青天夜夜心！”

德良心头一震，扭头看绮霏，却见她眼中布满惆怅，似埋着莫名的忧伤。

“绮霏，你怎么了？”

“德良。”绮霏幽声唤。

绮霏在德良身边坐下，望着那轮清月，心有所思道：“德良，你说，嫦娥跟后羿在人间一起生活多好呀！后羿打猎，她采桑织布，夫妻二人和和美美，为什么她要舍弃后羿去偷吃那长生不老药呢？结果在月宫里变成了一只蟾蜍，终日被罚捣长生不老药，过着寂寞清苦的生活，她一定非常后悔了吧？”绮霏神情郁郁的，沉浸在一个古老的传说之中。

“绮霏，这只是传说，你不要伤感。还有传说是因为后羿与河伯之妻关系暧昧，嫦娥才一气之下吃了长生不老药，离开后羿飞到月宫去了。”

“即便那样，嫦娥也不应该舍弃后羿而独去月宫呀，她一个人在月宫寂寞，后羿也寂寞，她到月宫以后肯定后悔了吧？她肯定会想念后羿的，想念后羿平日对她的好，想念人世间的温情，她在月宫肯定备感凄清，备感孤独。后羿肯定也在想着她。她为什么当时那么冲动呢？两人永远地分开了，永远地不能再见面了，她为什么要那么干呢？”绮霏依然目光幽怨地望着夜空。

从绮霏郁积的表情中，德良能看得出这个从小在城市长大的女孩却是这般的善良。绮霏的善良让德良内心涌起脉脉感动的热流，他抚着绮霏肩胛，拿起一块茯苓饼，温情道：“绮霏，不要想那么多了，传说毕竟是传说，吃块茯苓饼吧！”

也许是吃了茯苓饼的作用，绮霏心情有些好转，她点点头：“茯苓饼做得挺好的，德良，你也吃！”

吃了一会儿，绮霏感触颇深道：“德良，为什么我们对圆如此情有独钟呢？中秋节称之为团圆节，吃的月饼叫作团圆饼，吃的饭叫团圆饭，全家人在这个节日聚一起叫团坐，还把花好月圆比作幸福美满生活，为什么一轮满月会引发浓重的乡愁和生离别恨竟能使少妇感伤壮夫垂泪？”

望着那轮满月，德良想了一会儿道：“这可能与古代天圆地方的宇宙观有些关系吧。古代人们对天和神敬奉祭拜，而他们又认为，天是圆的，地是方的，因而，圆不仅被看作是天道，而且被认为是运而不穷的神力，久而久之，人们对圆的理解形成心灵上的文化认同感，圆不啻于成为一种万事如意的同义语。比如古代的钱币都铸成外圆内方。”

绮霏点点头接道：“比如北京天坛是圆形建筑，地坛又是方形建筑，也合乎天圆地方的宇宙观。”

德良斟了酒，举杯道：“明月几时有？把酒问青天。不知天上宫阙，今夕是何年？……人有悲欢离合，月有阴晴圆缺，此事古难全。”

一阵秋风飒然而至，楼顶有细碎的纸屑静静刮行。绮霏感到些许寒意，把身子往德良臂弯里缩了缩。德良脱下身上的夹克，披在绮霏肩头。两人默默坐着，仰视当空皓月，思绪展开丰满羽翼，在月夜中静静滑翔。

“德良，月有阴晴圆缺，人真的也一定会有悲欢离合吗?”绮霏天真地问。

德良深思着，默默点点头。

绮霏似乎受到惊吓，蓦地抽出一只手，紧紧揽住他，轻声唤：“德良。”月光下绮霏楚楚动人，如受人怜爱的小鹿。

“德良，我希望天空总是晴的，月亮总是圆的，我希望有情人总是快乐的，永远也不要分开。”绮霏喃喃着。

德良冲绮霏笑笑，抚着她道：“绮霏，天空正因为有阴，我们才知道有晴，才会更珍惜晴。月亮正因为有缺，我们才知道有圆，才会更珍惜圆。人生正因为有悲离别苦，我们才知道合聚欢乐，有情人才会更珍惜在一起的快乐时光，才会更深地理解幸福的含义。”

听了德良的话，绮霏想了想，默默点点头。过了一会儿，她又摇摇头：“但我还是喜欢月亮总是圆的，有情人终成眷属，有情人永远也不要分开。”

德良又笑笑：“绮霏，圆的东西未必是好的东西，不圆的东西未必是坏的东西。你看，圆圈本身又意味着封闭，我们追求圆满，这势必形成相对保守的观念，行动上缺乏打破常规的勇气，团圆在这个意义上也是影响人进步的一个因素，你说对不对呀?”

绮霏想了一会儿，点点头：“德良，你说得对。”旋即，又坚决地摇摇头，娇纵道：“但我还是喜欢圆满，圆的就是好的，我就是喜欢圆，就是喜欢圆嘛!”

德良笑道：“绮霏，你听我说完嘛，喜欢圆当然是好的，换个角度讲，渴望美满团圆的生活，又恰恰是我们民族人情魅力所在，渴望团圆增强了民族凝聚力。比如海峡两岸同胞都渴望团圆，这种信念必将促使民族统一。”

绮霏在德良肩头捶一拳，笑道：“成也萧何，败也萧何，什么话都是从你嘴里说出来的，你长的是什么嘴呀?”

“人嘴呀。”德良笑着，一张嘴，露出满口的牙给她看。

绮霏又打了他一下，笑道：“我看你是狗嘴，狗嘴里吐不出象牙来!”

德良道：“虽然吐不出象牙来，但却能吞进虾肉呀!”说着，从“芥香鲜果虾球”中夹起一块虾仁，对绮霏道：“你看这白白的虾肉也不比那白白的象牙逊色呀！”

德良把虾仁放入嘴中，囫囵嚼着，边嚼边赞道：“啊，鲜美的虾仁啊！/你是如此奇异/如此的甘美/你虽然不是象牙/却胜似象牙/你有象牙般的颜色/白玉般的光泽/珍肴佳品的香郁/生猛海鲜的滋味/你诱出我的馋虫/让我产生吞你下去的欲望/啊，鲜美的虾仁啊！/我为你神往，为你彷徨/你要问我为什么彷徨/我会告诉你/因为我的身边坐着一位美丽的女郎！”

绮霏笑道：“你这也叫作诗吗？”

德良一脸庄重：“当然，我这叫打油诗，学问深着呢！没听说吗？浅入深出是没学问，深入深出是假学问，只有像我这样深入浅出才是真学问！毛泽东他老人家曾说——老太太的裹脚布又臭又长。浅显易懂，是不是学问？邓小平他老人家说——白猫黑猫抓住老鼠就是好猫。浅显易懂，是不是学问？还有……”

“好，好，真学问，那你这打油诗的诗名呢？”绮霏笑着打住问。

“诗名曰《咏虾仁·赏明月·颂美女·论古谈今》。”德良得意道。

绮霏一阵娇笑，道：“你这乱七八糟的是什么呀！驴唇不对马嘴！”

德良又从餐盒里夹出一块虾仁，举到绮霏面前，一脸真诚道：“来，美丽的女郎/请启开你的朱唇/接受我的情意/对这道美妙佳肴做一品尝！”

绮霏已笑得花枝乱颤了。稍后，她敛了笑容，也仿着德良口气道：“好，美丽的女郎/为了接纳你的情意/就对你献上的虾仁做一品尝！”一口咬去虾仁，也学着他的样子囫囵嚼着，目光却如春水般停在他身上。

看着绮霏把虾仁吃下，德良微笑着，却又迷惑地问道：“嗳，你吃一块，我吃一块，这就叫相濡以……绮霏，有个成语叫相濡以什么？”

“相濡以沫。”绮霏脱口答。

言毕，绮霏才感失口，娇嗔道：“谁跟你相濡以沫，你臭美吧！”跟着，几记粉拳又重重打在德良肩上。

德良“哎哟哟”咧嘴，口里不住喊：“冤枉啊！我没说相濡以沫，是你说的，冤枉！……相濡以虾仁……相濡以虾仁，这行了吧？”

绮霏又笑得前俯后仰了。

空中那轮金月徜游在寂邃清冽的夜的长河中，含着半张笑脸，静静注视着人世间此宵美景。

“绮霏，在月球背面有一个火山口叫万户火山口，知道为什么这么叫吗?”德良道。

“不知道，为什么这么叫?”

“万户这是一个人名，是我国明朝的一个学者，他为了探索人类航天的奥秘，在一把椅子后面绑了四十七支当时最大的火箭，他双手拿着风筝，坐在椅子上。他想利用火箭的推动力把自己送上天空，再利用空气对风筝的浮力返回到地面。结果在实验中，万户不幸身亡。世界科学家们为了纪念万户对宇航事业的贡献，就将月球背面的一个火山口命名为万户火山口。”

“哦，他的这种探索精神真叫人佩服!”绮霏感叹道。

“是啊，正是像万户这样前辈科学工作者们的探索，才使得现在人类实现了一个个登月计划和一个个航天计划。”

“是啊，德良你说得对，正是一代代科学工作者的努力探索，才换来我们今天的社会进步。”

“古人不见今时月，今月何曾照古人。”德良口中默默念着。

“绮霏，古人尚且有这样的求知精神，难能可贵，而我们现代人在许多事情上仍然不能自圆其说，许多结论都似是而非。”德良语重心长地说。

“德良，你心里有什么解不开的，能跟我说说吗?”绮霏拉起德良一只手关切道。

“绮霏，就拿我们头顶这个广寒宫来说吧，它激发了我们多么丰富的想象力，然而在科学界仍然是一片混淆。科学家们曾一再断言，月亮是地球早期与另一个天体发生猛烈碰撞时产生的，是从地球母体中分裂出来的部分。然而，现在这种论断却越来越受到另一种学说的严重挑战，那就是，月球是一个受智慧生物控制的天体，它是一个巨型宇宙飞船。”

“有这样的事？是真的还是谣言?”绮霏惊愕道。

“也算一种假说吧，但这种假说却有着更强的合理性。”德良凝思着道，“这种假说充分论证了，十五亿年以来，月球可能一直是外星人的宇航站，是一个受智慧生物控制的巨型宇宙飞船，在月球表层下很可能存在着一个更为文明的社会。”

绮霏颜面掠过一抹惊骇之色，不禁紧声道：“德良，假如这种说法是真的，外星人会不会危害地球，危害我们人类呀？”

德良沉思了一会儿：“大概不会吧，如果月球上存在的是一种高智能生物，它就不会去摧毁一个低智能的文明社会。这就好比一个智者看到一个孩子垒起一堆积木，他只会站在一旁玩味地欣赏这个孩子玩积木游戏，而不会拂手将孩子的积木堆打散。恶意打散积木堆的行径，只有愚人才干得出，所以，只有低智能社会才会产生弱肉强食和一个种族灭绝另一个种族的愚蠢行为；相反，假如月球上存在的是一种低智能生物，它也无法来摧毁我们人类社会和地球家园，因为它的文明程度还不能及。”

听了德良这番话，绮霏长舒一口气，喜道：“哦，那就好，那我们就不用杞人忧天了，可以和过去一样放心地赏月了。”

过了一会儿，看德良没有说话，绮霏又关切道：“德良，只是这件事在困扰着你吗？”

德良表情肃穆，清冷的目光穿过黑夜的隧道，他欲言又止。

“德良，有什么事就说出来，让我一起同你想想，或许就会好些的。”绮霏拉拉德良的手。

沉默良久，德良终于开口了：“绮霏，我是学生物的，过去常听老师说，人是脆弱的芦苇。对此我深有体会，也备感迷惑。人的脆弱性，不仅表现在心理上，也表现在生理上，人活一世，有许多的事情要做，学习、工作、家庭、婚丧嫁娶、赡老抚幼，人的一生并不都是顺顺畅畅，却大半是多灾多难，生老病死，在所难免，在人生的这条独木桥上，不管是哪个环节出了问题，稍有不慎，便命丧黄泉。在这个意义上，人确实是一根脆弱的芦苇。”

话至此，德良又沉默了。

过了好一会儿，他重又抬起头，面色凝重地问：“绮霏，你听说过辟谷吗？”

“好像是关于练气功的吧？”绮霏道。

“对，辟谷是一种气功态，人在辟谷时会自动停止进食。”德良道，“然而，从生物学角度讲，人以及其他一切生物的生命生理机制，都是靠体内新陈代谢来维持的。而在辟谷时，人不进饮食，人体内的新陈代谢又是如何维持呢？人不食五谷而食气，人的身心状态反而更好，对此我们生物科学界又该做何解释呢？”

“德良，辟谷真有其事吗？”

“是啊，关于气功辟谷在国内已出现多例，经检查，他们的身体完全正常，食道和肠胃等器官，毫无食物残存，却充满雾状气体，有的辟谷二百多天，一直精力充沛，这，我们生科界又该如何解释呢？”

听了德良的话，绮霏无语了，低下头，默默注视着他胸口。

德良目光凝重地看着绮霏，又道：“我们科学发展到今天，看似日新月异，看似发生了翻天覆地的变化，实则我们是固步不前，同过去没有多大区别，我们今天取得的成绩近似于那个古老的拔苗助长故事，许多成果都是急于求成，许多科研都是急功近利，许多科学结论都经不住进一步推敲，我们缺乏深入认真研究一个问题的精神！我们几乎连我们自身这个物种都没有搞清！”

绮霏抬起头，面色怅然地看了德良一眼，没有说话，却重又低下头，默默地注视着他胸口，攥他的手暗暗紧了些。

德良把凝重的目光投向那个遥远深邃的夜空，忧心道：“我们常说，人是脆弱的芦苇。然而，对于那些有着茁壮生命力的人来说，我们又如何诠释这句话呢？为什么有的人会嗜生啖眼镜蛇和蟾蜍？剧毒对他们的生理竟分毫未损，这样的人在我国已不是首次出现。”

德良茫然望着夜空，自语道：“假如吞食毒蛇在于人体的异常解毒功能，那不需饮食只喝生棉油度日的人呢？他们的生理又该如何解释？现在国内已发现一例，十五年来，这个人每日只喝一公斤生棉油，而她的身体却一直安然无恙。”

此时，绮霏把头深深埋进德良怀里，一只手揽紧他的腰，另一只手攥紧他的手，温热的脸在他胸口厮磨着，似乎在倾听他的心跳，又似乎在安抚一个呼唤着挣扎着的困惑心灵。

德良茫然望着寂寥的夜空，喃喃自语道：“我们常说，人是大自然的主人，人是宇宙的主宰，我们乐此不疲地研究着自然，研究着宇宙，然而，我们却连自己还没有完全搞清楚，我们人体究竟还隐藏着多少未知的秘密？我们认识自己吗？人究竟为何物？我究竟是谁？”

绮霏嘤嘤的哭声终于让沉浸在迷茫思绪中的德良打了一个冷战。俯身看绮霏，绮霏正伏在他怀中哭泣，娇柔的双肩随着泣声不住抽动。

“绮霏，你怎么了？”扶起绮霏的脸，他看到绮霏脸上挂满泪水，在月色下分外惨淡。

“德良，你不要说了……好吗？”绮霏哽咽着，“我了解你内心的矛盾，我了解……德良，你不要把自己搞得太沉重了，那样我会心痛的，我会心痛的……”

绮霏双手揽住德良的脖子，脸贴近他的脸，含着泪光凄美的眼神更近距离地端详着他，似乎在端详着一个即将分别的恋人。

良久过后，绮霏哽着声音道：“德良，还记得吗？还记得我给你讲过的邈邈的故事吗？”

绮霏掩饰着内心莫大悲痛呜咽着道：“你们是那么的相似，你们都执着、锲而不舍，有着强烈的求知精神，这是我所喜欢的，但这也正是我所担心的啊……”

绮霏呜咽着道：“我知道，你们的这种个性会使自己越走越远，越陷越深，我知道，你们为了求得真知都会义无反顾地走下去的，你们的个性都是那样犟，我走丢了邈邈，我不能再允许你从我的身边走丢了！”说罢，绮霏把脸紧紧贴在德良颊上，喉咙间又呜咽哭出声来，双手搂紧他的脖子，死也不肯松开。

此时此刻，德良才感到自己在这个中秋月夜犯下了多么严重的错误，他不该在这样一个美丽夜晚提起压在自己心头的某些沉甸甸的话题，他不该让这个纯真快乐的女孩背负一个心理包袱，他不该让这个女孩为自己担忧，他更不该在不经意中触痛了她刚刚愈合的伤口，让她忆起往事伤心难过。

德良一时想说什么，却又不知该怎么说。他此时只能抱紧她，轻拍着她背胛，希望以这种方式来抚慰她伤痛牵挂的心灵。

“绮霏，我不走，我不会离开你，我会永远和你在一起的。”良久过后，一股不知什么力量，德良唇齿间迸出了这样一句话。

绮霏的身子微微震动了一下，她止住哭泣，沾着泪水的脸从德良面颊移开，随后，她托起他双颊，凄清的目光深深注视着他，良久，她点点头，悠远的声音深重道："德良，我们永远不分开，永远不分开！"

看绮霏心情好转，德良笑笑："绮霏，给你讲个数学家为孩子换尿布的故事要不要听？"

绮霏在泪光中粲然一笑："要听。讲！"

德良道："一个刚当上父亲的数学家为自己刚出生的婴儿换尿布，他上下左右比画了半天，还是不知如何是好。为此，他只好向他妻子请教：亲爱的，你说尿布的斜边应该与屁股的什么地方对齐呢？"

绮霏破涕为笑了，她重重捶了德良一拳，娇嗔道："我看你就像那个数学家。"

"绮霏，我不像这个数学家，我觉得我倒更像爱因斯坦。"德良笑道，"你知道别人问爱因斯坦什么是相对论时，爱因斯坦是怎么回答的吗？"

"怎么回答的？"绮霏整理了一下头发满目生情地问道。

德良正了正容，一脸正经地沉着嗓子道："爱因斯坦说，当你坐在酷热的火炉边哪怕只有一分钟，你会以为已经过了两小时；当你和一位漂亮姑娘在一起，即使过了两小时，你觉得仅仅才过去一分钟——这就是相对论。"

德良又轻咳一声，微笑道："绮霏，你看，我和你坐了这么长时间，我觉得才过去半分钟，所以我正好吻合爱因斯坦的相对论，同伟大的爱因斯坦思想保持一致，这意味不意味着我就是爱因斯坦？"

绮霏此时已满目生辉，失声娇笑道："你又耍贫嘴了，我看你成不了爱因斯坦，你成挨拧撕衫正合适！"说罢，两手在德良身上一顿乱拧乱撕起来。

15

从瑞福祥酱菜馆楼顶下来，他们拐进了"芙蓉月"歌舞厅。

刚坐定，却见一个着卡其西服，留板寸头的中年男人信步走来。

“啊呀！是小霏呀！怎么好长时间没来这儿玩了？”中年人搓着手朝绮霏满脸堆笑道，“听说小霏考上熙京大学了，我正想着给你搞个庆祝舞会呢，没想到你这么快就来了，你这一来，我整个小舞厅都蓬荜生辉了，啊呀呀！” 中年人又忙不迭道。

“尚哥，你不要大声嚷嚷了，我这次是路过你这儿，你不要乱讲话，知道吗？”绮霏正色对这个被唤作“尚哥”的中年人道。

“啊呀，原来是微服私访呀！好好，我啥都不乱说，啥都不乱说。”尚哥压低嗓子合十点头。

“来，来，小霏，别坐这儿了，快到包厢里去。”尚哥又忙不迭地手往里让。

“小霏，这位是？”尚哥指指德良。

“啊，他是我男朋友，魏德良。”绮霏落落大方道。

德良心头一动，绮霏这种毫不避讳的介绍方式无疑荡起他心头一阵温暖，他为绮霏的率真所打动。

“啊呀，小霏，有眼力，果然是郎才女貌，真是天造地设的一对。小伙子不错，不错嘛！”尚哥边说着，边在德良肩头谄媚地拍了一把。

进了厢房，尚哥站在门口大声吆喝着服务生给这里餐饮，嘴里不停地训斥着几个服务生。绮霏侧过脸，朝德良笑了一下。德良指指尚哥的背影：“他是谁？”

“这个歌舞厅的老板，尚宝亮。”

德良环顾四壁，墙壁上贴着印花白壁纸，镶着筒灯，室内笼罩着橘色光线，红棕的沙发上搭盖着镂空花丝巾。房间虽然规格不高，但主人在卫生和布置上还是用了一些心思。

尚宝亮已从门口进来，嘴里不住咕哝着：“这帮服务生干活效率忒低，忒没眼力见儿，赶明儿炒了他鱿鱼。”

绮霏就笑起来，对尚宝亮说：“尚哥啊，你又要炒谁鱿鱼呀？人家这些外来打工的多不容易！你别动不动就炒人鱿鱼行不行呀？”

尚宝亮道：“这帮服务生多是刚来的，一点眼力也没有，我们说了这么长时间话，他们早该把餐饮给备好了，瞧瞧他们这效率！”

言罢，尚宝亮又紧着赔笑道：“好好，小霏说不让炒就不炒他们，赶明儿好好训训他们!”

绮霏就又笑了，问道：“尚哥最近生意好吗?”

尚宝亮把脸凑到绮霏跟前，压低嗓音神秘兮兮道：“不瞒小霏，我最近正为这事发愁呢，最近，唉，最近有几个捣乱的，常来这儿收保护费，唉，搅得生意难做呀！唉，说来话长……”

尚宝亮还要往下讲，绮霏用手朝他示意一下，扫了一眼旁边的德良，道：“尚哥，说来话长就先不要说了，以后再说，我这儿有客人，不方便，懂吗?”

尚宝亮看看德良，然后会意地冲绮霏点头：“对，对，以后再说，以后再说。”

服务生进来了，端上了核桃酥、豆沙酥、果脯蜜饯和糕点月饼，接着又上了咖啡和果酒。

尚宝亮指指果酒：“这是小霏最爱喝的樱桃果酒，要是知道小霏今晚过来，尚哥就多准备点花样，小店实在简陋，不成敬意。”尚宝亮双手合十作抱歉状，又转向德良：“老弟这些习惯吗？要不要来点别的?”

绮霏冲尚宝亮笑道：“尚哥，你要撑死我们呀！我们是吃了才过来的。”又瞅一眼德良：“他跟我一样，这些就行了。尚哥，你有事先忙去吧，我们坐一会儿，听听舞曲。”

尚宝亮嘴里“好好”地应着，出去了。

德良侧过身，冲绮霏笑笑道：“这个尚老板好像跟你很熟呀。”

绮霏扑哧乐了，道：“怎么？你吃醋了?”

“不是，我只是觉得莫名其妙。”

“什么莫名其妙?”绮霏笑道，“我以前上高中时常和同学到他这歌舞厅来玩，时间长了，就熟了，就这么简单。”

“可是……我觉得他对你过分讨好。”

绮霏一笑：“这很正常呀，他讨好我是为了揽住我这个回头客呀，讨好我也就是讨好上帝呀，因为顾客就是上帝呀!”

听绮霏这一说，德良无言了，只能望着她的脸，表情无奈地道了句：“上帝！Oh，my God！”

绮霏白了德良一眼，笑道：“傻样!”

舞池里，高雅华美的华尔兹过后，是顿挫明快的探戈，探戈过后，是舒展大方的狐步。

狐步过后，大厅里沉静了好一会儿。忽地，鼓、锣、钹等打击乐器乍然而起，炽热的音乐扑面而来，频闪灯抖动不停，时空隧道灯在舞池旋转。绮霏拉着德良往外走："跳舞去!"

"什么舞?"

"桑巴。"

舞池里已有几个身材姣好的女孩在做腰胯的律动和摆荡。绮霏面含微笑站在女孩们中间，伴着音乐，双臂优雅地舒展，垫步，迈步，腰胯随着步伐轻柔慢荡。

满天星转灯撒下光斑，绮霏迅速做了两个左右交叉步，腰胯前后摆荡，双脚轻捷跟进，左追步，右追步，宛如一个激情四溢的追风少女。

旋律激越，鼓点铿锵，飞盘光影在她脚下旋转，绮霏垫步转身，左右脚轻捷流畅地交替弹出，幻若踏着月光独自欣赏舞步的霓裳仙子。

鼓乐骤转，幻彩灯映在她脸上，绮霏的面部荡漾着青春的欢笑，伴着激越的鼓点，她狂放地抖动着肩部，抖动着腹部，抖动着臀部，身体的每一个部位都在奔放的旋律中舞蹈着，激情似火，狂放不羁。

绮霏的舞姿和气质让舞池里的几个女孩花容失色，她们不再扭腰摆胯，停下来围看这位丽人的表演，满厅的客人都把目光投在这位绝世佳人身上，偌大舞厅只有音乐和灯光伴着绮霏惊绝的独舞。

灯光频闪，音乐高亢达到极致，绮霏连续几个性感热辣的腰胯摆荡，接着转身侧踢腿，斜身做出一个右手击剑动作，与此同时，鼓乐戛然而止，频闪灯骤然熄灭，整个大厅一片沉寂，绮霏英姿飒爽的击剑造型如雕塑般冷凝在静止的音乐里。

过了片刻，不知从什么地方，尚宝亮响亮地拍着巴掌满面春风站到绮霏跟前，堆起一脸笑赞道："啊呀！小霏，一段时间不见，这舞功又大长了，真让我们大开眼界了!"

这时候，在场所有人才如梦方醒般地热烈鼓起掌来。一时间舞厅内掌声雷动。

绮霏收起造型，冲尚宝亮一笑道："让尚哥见笑了。"

大厅里的紫光灯和虹管灯重又亮起，伦巴舞缠绵曼妙的音乐悠扬飘来，绮霏和德良手拉着手，面对面走“∞”字形舞步，绮霏的眼神流光溢彩，舞态柔媚，步法婀娜，身形若即若离，扭腰摆胯之间洋溢着热辣辣的野性美。浪漫缠绵的伦巴过后，又是欢快活泼的恰恰，绮霏此时却又变得像个快乐的精灵，在“恰恰恰”的欢快乐声中摆臀送膝，姿态轻盈，俏皮可爱。

回到厢房坐下，德良给绮霏倒了杯樱桃果酒，给自己也倒了，端起杯，细细品着。

酸酸甜甜的樱桃酒浆直入肺腑，顿感精神为之一振，再品，却别有一番味道，究竟是什么滋味，一时却难以说清，绮霏刚才英姿劲舞带来的振荡此时似乎并未消减，却如这杯酸酸甜甜的樱桃果酒，愈品愈难品起来。

“绮霏，你的舞跳得好美！”德良发自肺腑道了一句。

绮霏揽紧德良一只手臂，目光生情地对他说：“德良，知道吗？我刚才的桑巴舞是给你看的，是为了给你一个人看的。”

绮霏又满目柔情说：“德良，我希望能跟你永远在一起跳舞，是永远，是一辈子。”

德良扶起绮霏的脸，深情地看着她，这是一张美妙绝伦的脸，柔美的眼眸中充斥着纯真的深情，这种深情足以让一个男人感怀一辈子。德良的目光攫住绮霏的目光，他深情凝重地对着目光点点头。

外面的音乐歇下来了，舞厅里传来尚宝亮洪亮的嗓音：

“尊敬的先生们、女士们，很高兴你们能在中秋之夜光临芙蓉月歌舞厅，谨此我代表芙蓉月歌舞厅全体员工向你们送去诚挚的问候和衷心的祝福，愿你们今宵在这里吃好、喝好、玩好，开开心心度过这个中秋佳节，也祝愿在座的各位官运亨通，财源滚滚。下面，我要为大家介绍一位嘉宾……”

尚宝亮的声音在这里顿了顿，嗓音又提高了许多：

“下面我要为大家介绍一位嘉宾，那就是大家刚才所看到的，我们美丽的舞蹈皇后，她是来自熙京大学的……来自熙京大学的小霏同学。她要为大家献上一曲《星光下的恋人》，大家掌声欢迎！”

全场掌声雷动。

绮霏瞅瞅德良，莞尔一笑，出了厢房，从大厅一侧款款走上歌台。歌台天幕光亮起，映照在绮霏一张明艳动人的脸上，绮霏此时双目藏情，嘴角含着意味深长的微笑，她远远地注视了德良一眼，深情会意地冲他微微点了下头。

柔光亮起，曼美的音乐如潮而至，绮霏深情唱道：

缤纷的天空里千千亿星宿，
就像是宝石镶嵌闪烁得通透。
踏着梦让我俩漫游宇宙，
穿梭星空里一起作诗句，
踏着梦共创作美丽故事。
这一刻全忘掉现实似梦，
我的心自今天给你操纵，
这一刻让星光印证心愿。
……

歌声曼曼，柔情绵绵，情到深处，让人流连，用情至真，感人至深，令人不忍。

歌毕，绮霏给在座的宾客作了一揖，悄然下台。

宾客为绮霏的歌声深深打动，良久过后，台下才终于爆发出热烈的掌声。

在厢房坐定，绮霏似乎仍沉浸在刚才的情感中，紧揽着德良一只手臂，靠进他怀里，把目光默默地投向室内一个暗淡的角落，若有所思。

德良紧紧抱了一下绮霏，附在她耳边轻声道："绮霏，谢谢你！"

"不要说谢谢，爱是不需要说谢谢的。"绮霏说这话时脸上看不出任何表情，但德良能感觉到她内心正翻滚着层层情感的巨浪。

大厅内鼓乐再起，又有宾客随乐翩翩起舞。人生就像这样的舞池，舞池里不能没有主角，不能没有人，而贯穿人和人之间联系的是情感这一条红线。

“砰”、“砰”、“咔拉”，大厅里传来一阵嘈杂声，有器皿被摔在地上，有人在粗鲁叫骂，还有女子受到惊吓的尖叫声。整个舞厅似乎突然间笼罩在一种巨大的恐惧之中。

德良和绮霏面面相觑。绮霏一拉德良的手，情急道：“出事了！我们出去！”

大厅此时乱作一团，七八个不明身份的男人，他们手持铁棍、铁链子，在厅内见物品就砸，男宾客被踢倒在地，女客则吓得尖叫着抱头鼠窜，随着玻璃杯摔在地上的声音，窗外的月光碎了一地。

“砸！”一个留着络腮胡黑塔似的男人狠狠地说。

这伙不明身份的人如注了兴奋剂，手中的钝物更疯狂地挥舞着。

这时，尚宝亮不知从哪个位置颠颠跑到黑塔男人面前，惊慌失措地连着弓身哈腰：“奎哥，手下留情，手下留情！”

“去你妈的！我给你留情，你给我留过情吗？”这个叫奎哥的黑塔男人怒骂着，一个巴掌扇过去，尚宝亮应声倒地。

“活劈了这兔崽子！太不守信用了，保护费不交，让弟兄们怎么吃饭！”从奎哥身后跳出一个尖嘴猴腮颊部有刀疤的男人，照着地上的尚宝亮狠踢了一脚。

“打他！”其他几个不明身份的人几乎同时怒吼。

尚宝亮被团团围住，事情到了不可收拾的地步。

此时，却见绮霏玉面泛青，眉心上挑，愤怼之情溢满颜容，陡然间，她一声娇喝：“癞疤四！”

那个尖嘴猴腮颊部有刀疤的男人蓦地一怔，他停下来，朝绮霏这边看。

“癞疤四，你干什么！”绮霏愤怒地朝刀疤男人呵斥。

刀疤男人踮着步子凑到绮霏跟前，眯起一双老鼠眼仔细地辨识着她。

绮霏抬手一指刀疤男人鼻子，大声喝道：“癞疤四，是不是还想找倒霉呀！”

叫癞疤四的刀疤男人终于像当头浇了一瓢凉水，猛地清醒过来，鼠眼里挤出一些干巴巴的笑，手不知所措地在身上擦着，嘴里尴尬道：“嗬……嗬……小霏，是小霏呀！”

"癞疤四，为什么打人!"绮霏怒道。

"小霏，不是，是这样的，弟兄们没饭吃了，讨点保护费。"癞疤四手足无措地解释。

"什么保护费！收什么保护费！我看你是找倒霉!"绮霏一指地上的尚宝亮冲癞疤四怒道，"把人给我扶起来!"

"小霏，别生气，有话好说，有话好说，哎，我扶就是了。"癞疤四赔着笑脸，去扶尚宝亮。

黑塔男人奎哥走到癞疤四跟前，一指绮霏，闷声道："老四，她是谁?"

"大哥，她是……"癞疤四把嘴凑到奎哥耳边小声说着。

听罢癞疤四的话，奎哥一张黑脸掠过一丝惊讶，他上下打量了一下绮霏，然后面无表情地点了一下头。

"大哥，咱们走吧!"癞疤四苦着脸对奎哥道。

"癞疤四，想走？没那么容易!"绮霏又喝道。

奎哥脸上一惊，诧异地看着绮霏。

"癞疤四，告诉你，把今天的事给我弄明白了，不然你别想走!"绮霏凛然道。

"小霏……我……"癞疤四面露难色，他把求助的目光投向奎哥，"大哥，你看……"

奎哥盯着绮霏的脸，思忖了一会儿，又面无表情地点了点头。

稍后，奎哥把嘴附到癞疤四耳边，悄声咕哝着。癞疤四点点头，挤着鼠眼凑到绮霏跟前，讪笑着："小霏，别生气，好了，这儿摔坏的东西我赔。"又踮步走到尚宝亮跟前，提着他衣角替他拍拍身上尘土，嘴里说着："哎呀，误会了，纯属一场误会!"眼睛却毒毒地在尚宝亮身上睨了一眼。

"癞疤四，这些摔坏的东西什么时候赔?"绮霏指了一下满地狼藉气势咄咄道。

"明天。小霏，明天。今天没带钱。"癞疤四赔着笑道。

"不，就今天，现在叫你的人回去取钱，听到了吗？快去!"绮霏命令道。

"这……"癞疤四满脸难色支吾着。

尚宝亮这时回过味来，他捂着痛处，拖着一条腿一歪一斜走到绮霏跟前，冲她尴尬笑笑："小霏，我看就算了，明天就明天吧。"

绮霏仍然余怒未消，指着癞疤四鼻尖厉声道："癞疤四，给我听清楚了，以后再干这种事，后果你自己掂量着，你猪脑子长点记性，不要自找倒霉！"言罢，绮霏手指入口，威严道："现在我叫你带着你这干人赶快从这儿滚出去，快滚！"

"哎，好好，我们这就走。"癞疤四点头哈腰应着，回身对奎哥无奈道："奎哥，咱们走吧！"

奎哥皱皱眉，看着绮霏的脸，踌躇了片刻，终于还是朝这帮不明身份的人手一挥，闷声迸出一个字："撤！"

待这些人全部离去后，绮霏脸色逐渐放晴，转身对尚宝亮道："尚哥，这帮人真太无法无天了！"

尚宝亮尴尬笑着，道："唉，窗户打开了，哪有不进蚊子的，这种事也习惯了。唉，今天多亏小霏了。唉，谢谢了！"尚宝亮说罢，两手不好意思地在身上擦着。

看着灯光下尚宝亮黯淡的脸，绮霏无奈地摇摇头。停了片刻，她转向德良："德良，咱们走吧！"

德良点点头，率先向舞厅门口走去。

尚宝亮手臂一张，急慌慌地朝绮霏喊："小霏，等一下！这儿有点东西你带着。"说罢一瘸一拐朝吧台跑去。

片刻后，尚宝亮拎着两个大精装盒子跑到绮霏跟前，喘着道："小霏，过中秋节了，带两盒月饼，回去给同学们吃。唉，今天照顾多有不周，以后常来玩！"

绮霏看看尚宝亮，又瞅瞅他手中的礼品盒，叹口气，道："尚哥，你还是自己留着吧，你也挺不容易的。"

尚宝亮咧嘴一笑："小霏，一定要收下，不然这大过节的，可是当哥的不对了。"说罢，硬生生地朝绮霏手里塞。

绮霏转头看德良已走到舞厅门口，情急，也顾不那么多了，拎过尚宝亮手中的盒子就去撵德良。

出了舞厅，绮霏撵上德良，娇喘着道：“德良，你也不等等我。”

德良没说话，又往前走。

绮霏跑上去，一把挽住德良，又转到他面前，看他的面部表情，但她没看出他面部有任何表情。

“德良，你怎么了？”绮霏晃了一下德良手臂。

德良没说话，只是目光定定地看着绮霏的脸。

“你怎么了嘛，怎么了嘛？”绮霏又晃晃德良手臂，娇声问道。

“莫名其妙！”德良面无表情地又迸出这四个字。

绮霏不禁失声而笑，她一把搂过德良胳膊，头靠在他肩上：“我当是啥事呢，原来是这事啊，我只不过是认识他们嘛。”

“你一个女孩子怎么会认识这样的人！”

“那怎么了，你是人，他们也是人，能认识你，就不能认识他们了？”绮霏昂首挺胸噘着嘴辩道。言罢，又用头蹭着他前胸，缠绵道：“德良，我又不是坏人，你这还看不出来吗？德良哥——”

绮霏的缠绵悱恻让德良的大脑茫然失去了头绪，低头看绮霏，她正亲昵地贴在自己怀里，像个需要呵护的小鹿。绮霏的手里还拎着两个大礼品盒子。

“绮霏，你还拿人家东西？”德良责问道。

“没有，是尚宝亮硬给塞手里的，实在没法。”绮霏笑嘻嘻道。

“唉，这是什么事呀！”德良一抓脑袋茫然不知所措。

“嗳，德良，两盒月饼，正好你一盒我一盒，拿回宿舍给同学们分了吃，可能他们中秋节还没吃到月饼呢！”绮霏贪财地说。

“我不要，你都拿去吧。”德良一推手拒绝道。

“你咋不要呢？你们宿舍那几个人不都挺好吃的吗？你看，何炫五……还有……”

“什么，你连炫五也认识？”德良敏感道。

绮霏咯咯笑：“看你急赤白脸的样子！又吃醋了！他这人，全校一半人都认识他，他在校舞协领舞时，我去那儿看过，他让我加入舞协，我看这人就烦，就再没去过，看把你急得！”

“噢，这样的。”德良木着脑袋闷了一句。

“好，就这样定了，两盒月饼，你一盒，我一盒，拿回宿舍给他们过个中秋节。”绮霏作着计划。言罢，又自语道：“这帮孩子们太苦了，大老远离家到熙京来上学，学习那么累，过中秋连个月饼都吃不到。”

德良转向绮霏：“你怎么知道他们没吃上月饼?”

绮霏道：“难说，兴许有不少没吃到的吧？你不是今天晚上才知道是中秋节的吗？你真是饱汉子不知饿汉子饥，自己今天好吃好喝玩了个尽兴，却全然不顾宿舍里那帮难兄难弟翘首以待哪个好心人给他们带块月饼，你说你良心上过得去吗?”说罢，绮霏调皮地白了德良一眼。

“这……”德良嗫嚅着无言以对。绮霏的巧言辞令却让他内心反倒自责起来。

“别这呀那的了，赶紧走吧！还愣着干吗！那帮难兄难弟还饿着肚子等着呢，咱们救人如救火呀!”绮霏笑道，揽起德良胳膊，踩着月光大踏步地往学校返去。

回到宿舍。德良一看，宿舍里其余三位都没睡，正在屋里没精打采地闲聊。

看到德良回来了，炫五从椅子里一跃而起，凑到德良跟前笑眯眯地围着他转，鼻子却如狐狸一样在空气里嗅着，然后，炫五怪怪笑道：“哈哈，酒水味……香水味，哈哈，德良度蜜月去了！快说快说，和哪个MM偷情约会去了，老实招来!”

楚迪和丹宁都把目光集中到德良身上，仿佛要在他身上找到可供取证的线索。

德良一拨炫五，闷声道：“哪儿凉快到哪儿待着去!”

炫五身子跌撞着，嘴里却嚷嚷：“心虚了吧，心虚了吧，不敢承认就是默认！来来，丹宁，你学法律的你当法官，来，楚迪，你当书记员，我当原告，德良现在他是被告，咱们快来审审他，把他今晚不可告人的秘密公布于天下。”炫五说完摩拳擦掌地作势起来。

德良把礼品盒子往桌子上一撂，一屁股坐在椅子里，坦然道：“你审吧，审半天我就只能告诉你一句话，那就是——中秋节晚上的月亮是圆的。”

炫五此时却把目光放在德良桌上的礼品盒上，他又大声嚷嚷：“发现物证了！楚迪丹宁你们看呀，这个盒子里就是物证。”

三个人几乎同时奔向德良带回的礼品盒子跟前。

丹宁命令道："打开它！"

楚迪道："不妥吧，非礼勿动。"

炫五道："管不了那么多了，德良今晚的全部秘密都在这里了。凡是关涉到MM身家信誉的事，我这个护花使者一定要插手查个水落石出。"说罢，动手就拆盒子。

丹宁在一旁冲炫五笑骂道："就你这德性还护花使者呢，你纯属是个采花大盗，少啰嗦那么多了，你赶快拆吧！"

盒子被拆开了，三个人同时一阵唏嘘，盒子里除了中间盛放四块做工精致的月饼外，其余全是精美糕点，这些糕点有沾黑白芝麻粒的，有点缀各色果脯蜜饯的，有夹奶油巧克力的，有呈芙蓉状的，颜色诱人，香气扑鼻。

楚迪小心问德良："能尝一块吗？"

德良点点头："就是给你们吃的。"

听了这话，三个人同时扑向糕点。炫五抢了一块芙蓉巧克力软糕。丹宁抢了一块紫蜜饯奶油切糕。楚迪则抢了一块精致月饼。

楚迪边吃月饼边可怜巴巴地对德良说："德良，今天中秋节我这才是吃到月饼，这熙京月饼很好吃呢！"

楚迪的话印证了绮霏刚才对德良说的话，楚迪今天真是差一点没吃上月饼。

丹宁边吃奶油切糕边深有感悟地说："以前也吃过奶油切糕，但味不及这个。看来找个MM好处诸多呀！最起码这生活水平大为改观，看来我也得找一个了。"

炫五嘴里嚼着芙蓉巧克力软糕，噎着嗓子颓声丧气道："德良，你的MM真好！我吃过那么多糕点，也没有吃过这么好吃的！我交了那么多MM，也没有一个送过我这么好的东西！德良，你的命真好！"

楚迪看德良坐着未动，拿月饼的手冲德良招招，道："德良，你也吃！"

德良从盒子里拣了一块红果脯奶油夹心芙蓉糕，呈在面前仔细端详着，芙蓉糕糕质松软，颜色诱人，散发着逼人的香气。德良忽然想，这样的糕点，其实对人们来说是一个阴谋，糕点师制作糕点的过程其实就是制作欲望扼杀理性的过程，他们竭力制作出赏心悦目令人馋涎欲滴的精美糕点，挑战着人们常规有序的理性，强大的欲望紊乱着正常的理性，常规的理性一旦向这种欲望屈服，糕点师的阴谋便获得成功。

16

“德良，快点！”素心朝刚从楼上跑下来的德良喊。

“会是几点开？”德良到素心跟前问。

“三点半，马上快到了，你快骑上自行车，带着我。”素心焦急道。

“好，好，我去取车。”德良嘴里应着，往车棚跑。

素心也跟着往车棚跑去。进了车棚，德良找到素心借他用的自行车，拍拍座上尘土，用钥匙打开车锁，取出车。

素心道：“咱们快走吧！你带着我，三农学会通知咱们三点半过去开会。”

“在什么地方？素心。”德良边推车往外走边问。

“四教四〇四。”

“啥内容？”

“分析农业、农村、农民的现状，讨论解决办法。”

“哎，车胎没气了！素心。”德良刚骗腿上车又从车上跳下来，急慌慌地说。说罢，蹲身查找故障。

素心也蹲下身子看，边看边说：“德良，怎么偏偏这个时候车子没气了，昨天你骑时不还好好的吗？”

“是呀，昨天骑时还好好的，怎么现在连一点气都没了呢？”德良纳闷道。

“是不是扎胎了？慢撒气没这么快呀！”素心猜测着。

“哎，找到了！怎么这么长的口子呀！”德良转了几下后车轮，看着车胎惊讶道。

“哎，真是的，怎么这么大口子呀！像有人拿刀子割的！”素心也看着车胎惊声道。

在自行车后胎上，赫然有着一个三厘米长的横切口，切口直入内胎，内胎肯定遭受到同样破坏。这样的切口，肯定是有人用锋利的刀片专门而为。是谁干这种缺德事呢？德良和素心惊愕地相觑一下。

裂开的切口此时却如一张阴森启开的奸佞的嘴，正在阴险地讥笑着他们的无知。

天空此时布满阴霾，像马上要下雨的样子。

“德良，咱们推着车子快走吧！会都快开了，来不及了，开完会再去修车。”素心催促道。

“好，好，只有这样了。”德良应着，推着车子快步向四教而去。

素心紧步跟在德良身旁，边走边说：“德良，听说咱们学校最近老出现这种事，校园车棚里的自行车被人无缘无故地割坏车胎，学校保安都加紧巡逻了，可干这坏事的人还未浮出水面。”

“谁这么缺德干这种事呢！干这事对他有什么好处呢？”德良拧着眉头愤愤自语。

“就是呀，我也纳闷，把别人车胎割坏对他有什么好处呢？”素心边走边做着种种猜测，“是为了报复？可又不像，学校里那么多人不可能都得罪他呀！是搞恶作剧为了拿别人的不幸作乐？可这么长时间了，也应该收手了，这已经构成犯罪了！难道这是个变态狂干的吗？难道……”

到四教了。

进了四〇四教室，德良看到里面黑压压坐着一教室人，一个男生正站在讲桌前讲话。德良认识，这个男生叫杨戟，熙京大学精仪系的学生，是这个三农学会的会长。杨戟看德良素心进来，朝他们微笑着点点头。

德良和素心往里走。这时，后排座位传来一个女生的声音：“素心，过来！”

素心循声望去，看到一个浓眉大眼的女生。素心一笑，冲她招一下手，唤道：“青桃。”

素心拽了下德良，笑着朝那个叫青桃的女生走去。

在青桃旁边的座位坐定，素心左手抬起指一下德良，小声对青桃道：“这是德良。”

青桃压低嗓子一阵咯咯笑，头探到德良跟前，一只手掩着口，大大咧咧地说："常听素心提到你，耳朵都生茧了，今天才和你面对面，好荣幸啊！"

素心推了青桃一把，笑骂道："你又烂嘴巴了！"

素心又右手一抬给德良指青桃："这是胡青桃，我同班同学，刚刚加入三农学会。"

这时，他们前排座位有个男生扭过头，冲德良喊一声："德良。"

德良一看，不是别人，正是丹宁。德良微笑着冲丹宁招了一下手。

青桃又把脸凑到德良跟前，掩着口问："他是谁？"

"我一宿舍的，陈丹宁。"德良答。

此时杨戟开始盘点工作。他道："现在我们三农学会成员已扩展到一百多人。我们的工作也进展得很顺利，从九月份开学到现在，我们为嗣州上房村图书馆募捐了千余册图书；接着我们又对熙京一些农民工生活状况进行了调研；前不久我们在世纪大讲堂举办大型讲座，请了国内知名农业专家讲授三农问题，与会者达三千余人……"

杨戟说了一会儿，然后抬手对大家笑笑："为了下一步更好地开展工作，烦劳我们三农学会会员献计献策，分析一下农业、农村和农民的现状，讨论一下解决办法。"

教室里一时发言很踊跃。

一女生站起："农民收入低、增收难，农民种田不赚钱，赚钱吃田不农民，这就是当下中国农民的现状……"

一男生站起："城乡贫富悬殊过大，中国的城市像欧洲，中国的农村像非洲，这就是当下中国农村现状……"

一女生站起："农民进城打工，许多找不到工作，在城市形成无业农民工群体，无业农民工群体是社会急需解决的问题……"

……

丹宁站起来，深沉着声音道："民惟邦本，本固邦宁。这句话的道理我们大家不会不明白。回想一下我们的历史，我们祖先大禹为民治理洪水，劳身焦思，三过家门而不入。《左传》昭公三年，齐国田桓子把粮食贷给民众，用大斗借出，用小斗收进，人民纷纷投奔于他，齐国政权最终落入田氏之手。在唐代，唐太宗曾对他的大臣说，统治者如果以损害百姓的方式来供养他自己，那就像割自己身上的肉来填饱自己的肚子，肚子饱了他自己也死了。在清代，雍正推行摊丁入亩，康熙诏令永不加赋。《史记》中记载的弑君三十六，亡国五十二，这些惊心动魄的史实无不联系着民心向背，无不在说明一个道理，这就是人民高兴不高兴，人民答应不答应，人民高兴的事就多做，人民不高兴的事就不要做……”

丹宁一改平素沉默寡言的个性，此时变得滔滔不绝起来。

素心捅了下德良，小声嘀咕：“他是不是在搞总统竞选演讲啊？”

德良笑一下：“好好听，别瞎说，丹宁的思维很有深度呢。”

素心噘了嘴，梗着脖子勉强听。

青桃此时专注地听着丹宁演说，双目熠熠生辉，一副崇拜至极的样子。

丹宁的演说已进入白热化，言辞配合上肢动作。他慷慨道：“农民是我们衣食父母，农业是我们国家根本，这个根本巩固了，我们国家才会长治久安。治国保民就必须先知稼穑之艰辛，要怀保小民，惠鲜鳏寡。我们国家是舟，我们老百姓是水，水可载舟，亦可覆舟。天听自我民听，天视自我民视……”

丹宁的演讲还未结束，青桃就率先鼓起掌来。素心使劲拽青桃胳膊，示意她不要激动，可青桃好像全然不知，鼓掌鼓得更热烈了。

素心把头凑向德良，低沉着脸小声嘀咕：“整个一个空谈家！”

青桃这时显得格外兴奋，热烈的目光投向丹宁，目光里充满着倾慕，身子也在座位上轻微拧动，似乎在按捺内心激动之情。

丹宁言罢，德良站起来道：“据我了解，现在我国相当一部分农民还处于非常贫困的生活当中……”

丹宁这时却又站起，他打断德良的话：“不错，现在我国相当一部分农民还处于非常贫困的生活当中。农民苦呢！有多苦？大家可能不知道，我告诉大家，我们熙京是朱门酒肉臭，那农村是路有冻死骨呢！大家听说过有的农村一家穿一条裤子的事吗？听说过有的农村家里娶不起媳妇兄妹同婚的事吗？”

杨戟赶紧抬手朝丹宁按按，笑笑道：“好，陈丹宁同学先停一停，请德良同学把话说完。”

丹宁意犹未尽地坐下。

德良接着道："据我了解，我国相当一部分农民还处在非常贫困的生活当中，农民和农民工是弱势群体，他们的权利最容易受到侵犯。而现在仍有一些乡镇机构对农民横征暴敛，给农民的生活带来很大负担，此外，随着越来越多的农民进城打工，社会上也出现了歧视农民工的现象，城市在对农民工的管理上也存在着许多纰漏。所以，我认为，对农民和农民工的新的维权方案有必要尽快出台。"

德良讲完，素心热烈鼓掌，教室里跟着爆起掌声。

随后，又有几个同学相继发言。末了，杨戟做总结发言，并安排下一阶段工作，同时要求每位提出珍贵建议的同学拟份报告交上来，学会将出一期简报。

从教室里出来，青桃朝丹宁跑过去："陈丹宁，等一下！"

青桃热辣辣的眼神盯着丹宁，脸上泛着红霞。丹宁看着眼前的青桃，笑一下："你叫？"

"我叫胡青桃，我们认识一下吧。"青桃想伸手握一下，但还是没好意思伸出手去。

"噢，胡青桃，名字挺好听的，那我叫你青桃你不介意吧？"丹宁呵呵笑着。

"当然不介意，同学们都这么喊我。"青桃面露喜色。

"现在到吃饭点了，我到第五餐厅吃饭，你去哪儿？"丹宁试探着问。

"我也到五餐厅吃饭，正好顺道，一块儿走。"青桃大大咧咧道。

素心这时在不远处喊："青桃，过来，我们回去！"

青桃扭过头，大大咧咧地对素心笑着道："我们去五餐厅吃饭，你们先回去吧！"

"青桃，你——"素心一跺脚急道。

青桃歪着头，冲素心扮了个鬼脸。

天阴沉沉的，有细微的雨滴从天空洒落下来，滑在德良脸上，德良感到丝丝凉意，大概要降深秋最后一场雨了吧，回头看丹宁，丹宁也在此时回头看他，冲着他嘿嘿笑着，阴沉的天幕映在丹宁半张脸上，丹宁的脸带着一些古古怪怪的阴气。

“素心，你快点先回去吧！趁着雨还没下起来，我去把车子修一下。”德良仰头看看天空说。

“我跟你一块儿去。”素心道。

“素心，你快回去，别把你也淋着了！我自己一个人推着车子跑得快，很快就跑到修车摊了。你跟我一块儿去，我就跑不了那么快了，跑得慢咱俩都得被雨淋着。”

听了德良解释，素心仰头忧郁地看了看天。空中有细微的雨滴飘落，把素心额前一缕刘海粘在眉梢上，素心的面颊此时看上去有些苍白。她深情地看着德良，然后听话地点点头：“德良哥，不要跑得太快了，注意安全，要是雨下大了，你就避一避！”

素心的话让德良一阵感动，不知怎的，鼻子一酸，他扭转头，尽量不让素心看出自己的表情。

“素心，快回去吧！我走了。”德良停了停，一推车把毅然道。

“德良哥，小心！”身后传来素心的高声叮咛。

德良没回头，推着车子飞快朝南校门跑去，德良不敢回头，因为他知道，在他背后，有一双黑黑的幽深的眼眸一直守望着他。点点滴滴的雨粘在德良眼睫上，一种不知是什么样的情感，刚才鼻腔中那种酸酸的感觉，此时却愈来愈浓起来。

出了校南门，到了峰岚书店前，德良看到郑凯郑小锋父子正在那里忙着修车。

这父子俩的生意看上去实在太好了，没有修和已修好的自行车在那里排成两行，他们此时不太像修车的，反倒像自行车行老板。虽然天空有雨滴飘下，这父子俩却并没有立即收摊的意愿，德良的到来也没有引起他们的立即注意。听德良推着车走到身边了，郑凯只闷着头职业性地答了一句：“放到那儿吧！”

倒是郑小锋看到了德良，他朝着郑凯提醒一句：“是德良哥来了。”

郑凯这才抬起头来，冲德良点点头：“噢，是德良同学来了。”

“郑师傅，我的车子不知怎么被割坏了车胎，给看看吧！”德良面带忧愤道。

郑凯在听到德良这话后，一张黑脸似乎倏地一红，但这瞬间反常却又马上淡去，他表情坦然说："噢，是吗？我一会儿看看。德良同学，现在我手上的活比较多，还有五辆自行车没修呢，你先把车子放到这儿，明天来取行吧？"

听郑凯这么说，德良把车子停好，顺便低头看了看郑凯说的那五辆还没修的自行车。这一看使得德良心里"咯噔"一下，五辆自行车乍看上去没别的毛病，全都车胎瘪着，再仔细看，全都同自己的自行车一样，车外胎被深深割了一个三四厘米长的口子。德良想起素心对他说的学校里经常出现这种割车胎的事，心中不由一股怒气冲上面颊，他激愤地对郑凯道："郑师傅，怎么这些车子都被割车胎了呢？"

郑凯的脸色在此时又是反常地一红，但又迅即平淡下去，表情坦然道："我也纳闷呢，怎么都被割坏车胎了呢？"

秋雨无声无息地飘落下来，冰凉凉的有些寒意，德良不由浑身打了一个冷战："郑师傅，那我先回去了，车子我明天来取，麻烦您了。"

郑凯笑呵呵道："不麻烦，好，德良同学，明天你过来取吧！"

正待转身离去，德良却又想起什么似的看看天对郑凯说："郑师傅，马上雨要下大了，快点收摊吧！"

"好，马上收摊，马上收摊。"郑凯嘴里应着，吆喝郑小锋："小锋，拿雨伞过来撑着点，我把手里这点活干完收摊。"

柠檬底色的碎花雨伞打开，让德良的记忆豁然一亮，多么熟悉的一把雨伞呀！郑小锋把这把碎花雨伞撑在郑凯头顶，自己也将身子尽量往伞下蜷。

这把极具诱惑力的雨伞让德良不由得向它走近了几步，然而，雨伞此时却像附着魔符一样，仍然在召唤着他，就像一个失散已久在痛苦岁月中煎熬的孩子在召唤着他的父亲。

德良忍不住向前跨上一步，掀起雨伞一角往伞里看，看罢后，德良的呼吸立刻急迫起来，伞布内侧两行隽秀字体还依稀可见：

带着它为你的未来遮风挡雨。

——绮霏赠

虽然这两行字被什么别的笔迹涂抹掩盖着，但它仍然倔强地依稀可见。

德良再也抑制不住内心的冲动，他大声问郑小锋：“这伞是哪儿来的?”

郑小锋从伞底下探出半个脑袋看德良，但他马上被德良惊怒的神情给镇住了。顺着德良逼人的目光，他也扭过头看那涂抹掩盖着的笔迹，看罢，郑小锋脸上露出惊悚的神色。从郑小锋神色中显然可以看出，他目睹到了他最不愿目睹的最大纰漏，纰漏的出现是因肇事者最初就做得不够精心，然而时间久了，连他自己都忘记了事情的起因，因而当伞的主人站在伞的面前时，竟没引起肇事者任何心理反应。

“郑小锋，这伞是哪儿来的?”德良又紧逼一句。

“这……伞……”郑小锋惊悚地嗫嚅着。

郑凯这时已看出了事情的端倪，他站起身来，一脸凶相地责问郑小锋：“这伞是哪儿来的?你不跟我说是捡的吗?”

“嗯，是……捡的。”郑小锋嗫嚅着。

“这伞是我的。”德良一把翻开伞布指着被涂的笔迹道。

“从哪儿捡的?快说!”郑凯踢了郑小锋屁股一下。

“从那边……那边……”郑小锋慌乱地不分方向地胡乱指着。

“是德良同学的伞，你快还给人家，快点!”郑凯又在郑小锋屁股上踢了一脚。

“德良哥，给你伞，给你。”郑小锋慌乱地一股脑把伞塞进德良手里。

德良小心地把手中的伞合拢起来，像找回自己思念已久的失散了的孩子，轻抚着它，这把伞似乎也正在他手中哭泣，向他诉说着此行的遭遇和痛苦。德良呆呆地站着，此时他觉得这把伞沉甸甸的，天空的雨下大了，雨水洒在他脸上，他的心凉透了。

“德良同学，雨伞找到了，幸亏没丢，幸亏没被别人捡到。”郑凯干笑一声道。

“德良同学，雨下大了，快回去吧!车子明天来取，明天上午就能修好。”郑凯又冲德良道。

“小锋，你这个兔崽子!雨下大了，还不赶快装车，把这些自行车和工具快往三轮车上装!回家!”郑凯虎着黑脸又凶郑小锋。

郑小锋从刚才的惊悚中醒过味来，撒开腿满地跑着拣工具去了。

看着他们父子忙碌收工的身影，德良此时都不知自己究竟该对他们抱有一种什么样的感觉。他转回身，步履沉重地向着来的方向走去。

雨愈下愈大了，雨丝幻化成雨线，雨线幻化成雨幕，天和地在这个雨水的世界里搅成一片混沌，人法地，地法天，天法道，道法自然。自然在此时此刻显示了无穷无尽的力量，人在此时却显得那么渺小和无能为力。前方是氤氲一片，路在脚下迷失了，一切可识的标志此时都显得那么的虚幻和不真实。

德良跌撞着步子，浑身冰凉着，雨水从头上浇下，流过他的眼眶，流过他的面颊，洒落在地上，然后漂向一个未知的方向。他不知道淌过面颊的雨水里有没有泪水，他也不知道自己是不是哭了，他只知道他此时有一种强烈的欲哭的感觉。

楚迪，你了解你的扶贫对子吗？若了解他们，你会失望，会痛心，会有欲哭的感觉吗？从你把你的扶贫对子领到宿舍那天发生了丢伞事件，到后来跟他们交往的一些事中，楚迪，如果换了你，如果这些事发生在你身上，你还会如从前那样看待你的扶贫对子吗？楚迪，我真的很可怜你。

17

冬至了。

这一年熙京的雪格外多，第一场雪下了之后紧跟着第二场、第三场……六出飞花入户时，坐看青竹变琼枝。

风雪消停，熙京大学焕然变成一个银色的世界，鸟瞰整个校园，一派琼楼玉宇、粉妆玉砌，高大的毛白杨凌霜傲雪，孤傲地舒展着毛茸茸亮晶晶的银色枝条，龙胆松如圣诞老人头上尖尖的白帽，华山松则如舆车龙辇的银色花盖，大叶黄杨此时则变成了蓬松松沉甸甸的大雪球。

到了夜晚，在雪的笼罩下，熙京大学显得比往常静谧祥和，空气格外清新，积雪在路灯的反射下变幻着莹莹光芒，建筑物的窗口上透着温暖诱人的灯光，路灯下有穿着厚厚冬装走过的学生，脸上漫溢着粲粲笑容。瑞雪兆丰年，这样的雪景在每个人内心中都增添了一份欣喜。

“楚迪，咱们文学社里总共有多少MM?”炫五在楚迪身后撵着问道。

“炫五，别老MM、MM的好不好?”楚迪咯吱咯吱踩着积雪，回首嘱咐炫五，“我们这是文学社，我是文学社的社长，刚吸纳你进入文学社，大家都看着你呢，你可不要让我下不了台，去了不要乱说话啊!”

“没问题的，楚迪，你就放心吧，我保证不给你抹黑。”炫五踩着积雪，“我还是有一定文学细胞的，小学的时候我还获过作文比赛大奖呢!”

炫五又絮絮叨叨道：“唉！这事还得赖我妈妈，我妈妈过去也是练舞蹈的，她就让我也从小学舞蹈，后来头脑一热，考熙京大学也报了个舞蹈专业。唉！现在冷静想想，这搞舞蹈的事业咋这么短暂呢？跳上十来年，年纪稍大了，谁还看我跳舞呀？那时我也跳不动了。妈妈现在就成天在家里对镜自怜，我知道她肯定在回忆她年轻时跳舞的时光，可她现在跳不动了，她跳舞也没什么人看了，她只能看年轻人跳舞，每天只能生活在回忆怀旧的日子里。唉！可她为什么也让我搞这舞蹈，重蹈她的覆辙呢？她是女人，可我是一大男人啊！我到了中年没了事业而别人的事业却正当巅峰，那多难堪呀！多让人笑话呀！楚迪，你说，男怕入错行，女怕嫁错郎，我这是不是入错行了?”

“嗯，炫五，你能想到这些，说明你还不是成天浑浑噩噩，脑子里还是在想问题的。”楚迪拍了一下炫五肩膀，“所以啊，你得珍惜你的年轻时光，多学点东西，现在还不晚。”

“所以啊，我这次加入你们文学社，就是提高我的文学水平来着，不单是冲着MM来着。”炫五笑嘻嘻地得意道，又拍拍楚迪肩膀，充满倾慕道，“楚迪，真的好羡慕你们中文系呀！充实的精神生活，高尚的情操，熏陶着一个人的一生。你们这一行就像陈年老酒，愈老愈香，混好了混个作家、文豪什么的，搞个名利双收。”

“炫五，你的名利双收思想是不对的。”楚迪眉一挑，“如果你要想追逐商业利益，那你就不要从事文学，我们用文学作品来给社会以教益，如果有了重利思想，势必玷污文学殿堂的圣洁。现在社会上粗制滥造的文学作品都是由于你这种重利思想造成的，你一定要打消这种不良思想，这样才能真正在文学殿堂里有所作为。”

“好了，好了，楚迪，不要教育我了，我不会玷污你们文学的纯洁性的，我打消这种商业利益思想还不行吗?”炫五笑嘻嘻地哈着冷气道。

穿过弗朗西斯·培根广场，拐一个弯，就看到十七层楼的新亚西亚文化研究中心了。

“楚迪，咱们的文学沙龙在新亚西亚文化研究中心几楼呀？今晚咱们文学社要谈什么内容呀?”炫五又问。

“在七楼七〇八，我们今晚就是要谈一下文学修养问题。”

“楚迪，我忘了，咱们文学社的名叫什么呀？我又忘了。”炫五又撵着楚迪问。

“三叶草文学社嘛，跟你讲多少遍了，你看你这是什么记性!”楚迪白了炫五一眼道。

“噢，三叶草，三叶草。”炫五笑嘻嘻地念叨着。

进入新亚西亚文化研究中心，楚迪和炫五乘电梯上七楼，推开了七〇八室的门。

这是一个类似会客厅的地方，室内铺着猩红地毯，房间中央有一圈茶几样的矮桌子，桌上摆着茶杯茶碗，大约三十个男女青年围着矮桌席地而坐，谈笑风生，脸上透着洒脱之气。室内暖气很好，温暖如春。房间拐角有台音响，正低声放着Babyface慵懒怅然的《When Can I See You Again》。

看到楚迪进来，人圈里就有人笑着嚷嚷：

“社长到了，社长大人到了!”

“楚社长到了!”

“大家鼓掌!”

紧跟着一阵噼噼啪啪的掌声。

楚迪笑着摆摆手，边脱鞋边道：“大家好!”回身对炫五小声吩咐：“炫五，脱鞋!”

炫五这才注意到，在靠门的角落里，整齐地摆放着一些男鞋女鞋。再看那些围着矮桌的青年，都是只穿袜子盘腿坐着，个个像聆听传道的孔子诸弟子。

坐定后，楚迪指指身旁的炫五对大家介绍：“这是咱们新纳的成员——何炫五。”

人圈里响起一阵接纳的掌声。炫五看到有几个面目姣好的女生在看他时轻声地笑，心里不由一喜。

楚迪开门见山：“今天咱们要谈一下文学修养，大家自由发言吧，想说什么都可以。”

听楚迪这么说，人圈又恢复了闲暇气氛，有的交头接耳窃窃嬉笑，有的细品香茗若有所思，有的仰视蓬灯似在倾听音乐。

楚迪看没人发言，就笑了笑点名：“青涯，你先说一下吧!”

青涯是个眉清目秀的男生，穿一件浅灰羊毛衫，显得干干净净。听楚迪点他，青涯一笑道：“文学即人学，谈文学修养，也就是谈人学修养。世事洞明皆学问，人情练达即文章。如果一个人把立身之术处世之道参悟透了，文学的修养也就跟上去了。”

楚迪点头微笑：“有道理，文学即人学，为人之学，不可不学。”

楚迪又把目光投到一个身材娇巧却古怪精灵的女孩身上：“枯叶蝴蝶，你是怎么想的?”

炫五听楚迪这么点名，感到有些纳闷，他捅一下楚迪，小声问：“为什么她叫枯叶蝴蝶?”

楚迪扭过头，对炫五小声说：“是笔名。”

炫五恍然大悟，噢，原来青涯和枯叶蝴蝶都是笔名，难怪听起来怪怪的。炫五想，据说枯叶蝴蝶是一种翅膀是枯叶颜色，擅长伪装自己迷惑天敌的昆虫，这个女孩长得古怪精灵，倒蛮像善于乔装给人假象的枯叶蝴蝶。

枯叶蝴蝶微笑道：“青涯把文学概括为两个字——人学。我也把文学概括为两个字——生活。纵观历史，为什么一些成熟大气的作家都是生长在动荡年代或有着曲折生活经历呢？我认为，正是不寻常的生活背景和曲折的生活经历使他们感悟到了生活，懂得了生活的真谛。”

枯叶蝴蝶的话赢得了人圈里噼里啪啦一阵赞同的掌声。

楚迪把目光又投向一个大眼长睫、肤洁如玉的漂亮女孩身上：“梦幻雨荷，你怎么认为呢?”

炫五不由得多看了这女孩几眼。因为正如楚迪所称呼的，这个叫梦幻雨荷的女孩长得恰如雨后清荷般清新脱俗。

梦幻雨荷莞尔一笑："据我个人感觉来说，好的文学作品是应该有意境的，诗有诗的意境、小说有小说的意境，就像音乐有音乐的意境、绘画有绘画的意境一样。好的文学作品同时也是一首好的音乐作品和一幅好的绘画作品。文学、音乐、绘画是应该融合为一体的。"

"说得好，我支持梦幻雨荷的观点。"梦幻雨荷话音未落，炫五就兴奋地带头鼓掌。

梦幻雨荷看了眼炫五，微笑一下。

炫五拍了一会儿巴掌停下来，冲众青年笑笑，把目光投在梦幻雨荷身上："雨荷，你刚才说文学、音乐、绘画应该融为一体，但你却丢了一样东西，这样东西也应该跟以上三样东西融为一体，这样东西很重要，但你却把它丢了，这是不应该的。"

听了炫五的话，梦幻雨荷先一怔，继而微笑着问炫五："是什么东西我丢了？请赐教。"

炫五轻咳一声，表情不愠不火地道了一声："舞蹈。"

或许由于炫五故弄玄虚的表情，人圈里有几个青年笑出声来。

梦幻雨荷目光含笑，朝炫五道："愿听其详。"

炫五看着梦幻雨荷，微笑道："我认为，舞蹈同文学一样，也是一种语言，是一种肢体语言，靠肢体来表达人的内心情感活动，表达人和环境的冲突，它们之间有着共通之处，可以融为一体并相辅相成。所以，提高文学修养的同时，也能够提高一个人的舞蹈水平。同样，一个人潜心研习舞蹈，他的文学修养也会有所改善。"

炫五的一番话赢得了包括楚迪在内的诸青年点头赞同。

梦幻雨荷这时却不肯罢休，她手点一下炫五："敢问这位同学，你是学什么专业的？"

"舞蹈。"炫五脱口道。

众青年哄笑。

梦幻雨荷面含微笑，表情款款道："哦，学舞蹈的，怪不得呢！敢问一下，你舞蹈研习到什么程度了？是否能辅助一下文学？"

梦幻雨荷微笑着，提高嗓音煽动道："我们请这位何炫五同学给表演一段舞蹈！让大家也提高一下文学的修为，大家同意不同意？”

众青年齐声哄道：“同意！”

炫五一时陷入困境。

楚迪慌忙打圆场，连连摆手道：“跳舞的事搁一搁，咱们先讨论文学。哎，刚才谈到哪儿了？”

“谈到文学的修养了。”一个叫是非是的男生报告。

“废话！什么叫谈到文学修养了，一直就在谈文学修养，谈到文学和舞蹈融为一体并相辅相成了。”一个叫红袍诸葛的男生纠正并报告。

“噢，谈到文学和舞蹈相辅相成了。好的，好的。”楚迪连连点头，又把脸转向炫五，“炫五，关于文学修养你还有什么看法吗？”

众青年把目光又齐刷刷投向炫五。

炫五一时紧张，脸赤一阵白一阵，侧目看梦幻雨荷，梦幻雨荷此时正面带微笑看着他，炫五感到心头一热，仿佛被谁推了一把，身上陡增一股勇气。

炫五又轻咳一声，表情不愠不火道：“文学嘛，说白了就是陶冶人给人带来精神愉悦的东西，如果达到这个目的了，文学作品便成功了。如何知道一篇文学作品是否给人带来精神愉悦呢？我这里有一个识别方法。”

话至此处，炫五偷偷看了梦幻雨荷一眼，他看到梦幻雨荷正专心地听他说话，不由精神又为之一振。他提了提声音道：“这个识别方法很简单，就是看到一篇文学作品，你想知道它写得好不好，你就把它带到厕所，然后边蹲大便边阅读它，如果这篇文学作品写得好，让你眼前一亮，此时你的大便就会畅通无阻；反之，如果它写得不好，让你眼前一暗，那你的大便也就会跟着排泄不通。”

炫五话未说完，却引来在座众青年的哄堂大笑，连梦幻雨荷也忍不住失声笑了。

看梦幻雨荷在笑，炫五的兴致更高了，他得意道：“大家知道这种识别方法叫什么吗？这叫厕所文学鉴赏法，这是我长时间亲身体会得出来的。”

炫五已有一种不吐不快倾囊而出的感觉，在众青年的笑声中，他又一副感触颇深的样子道：“啊呀，我说怎么作家在创作达到佳境时都称自己是宣泄，什么情感的宣泄，什么灵魂的宣泄，什么价值观念的宣泄，现在我才明白了，原来作家的宣泄都跟我的厕所文学有关系，我琢磨着，作家在创作达到佳境时，肯定大便是畅通的，不然为什么叫宣泄呢，那宣泄不就是排泄吗？排泄那不就是大便畅通吗？大家若不信，可以去采访采访那些大作家们，问问他们在创作达到佳境时是否大便是畅通的。”

炫五一番话让在场众青年笑作一团，梦幻雨荷更是笑得花枝乱颤。

楚迪也干笑了几下，但还是马上敛住笑容，他一边用手拽炫五，示意他不要乱说，一边抬手朝众青年按着，控制着紊乱气氛：“大家安静一下，安静一下，好了，炫五同学说得也有一定道理。好了，大家安静一下，关于文学修养的问题大家还有什么看法没有？”

看众青年一时难以安静下来，楚迪只好等着。这时楚迪瞥见人圈里有一个人没笑，是个男生，这个男生相貌俊朗却带着忧郁之色，楚迪知道，他是小丑，哲学系一年级的学生。

待众青年稍稍安静下来，楚迪冲小丑抬一下手：“小丑，你最近有什么想法呢？”

“我……”小丑的声音在犹豫。

“有什么想法就讲出来吧！”楚迪对小丑道。

“我在反思我自己呢。”小丑道。

“你在反思什么呢？”楚迪问。

“我在反思‘我是谁’这个问题呢。”小丑道。

“你是小丑呀！”有几个青年哄笑着冲小丑道。

“是啊，以前我只是给自己起了这么一个名，而现在我确实认为自己是个小丑了，是个生活的小丑。”小丑苍凉着声音道。

“小丑，你怎么了？没事吧？”楚迪关切地问。

“我没事，只是我最近感觉挺悲哀的。”小丑忧郁道。

“你悲哀个什么呀？”楚迪道。

“小的时候，我搞不清‘我是谁’这句话的主谓宾关系，后来长大了，我搞清了这句话的主谓宾。但到了现在，我却又迷惑了，这句话原来是那么沉甸甸的。”小丑苍凉着声音说。

小丑又苍凉道："虽然我现在还在上学，还没有真正步入社会，但我已感觉社会就如一只看不见的手，在操纵着我，操纵着我们每一个人。我们从小受家庭学校的教育，我们受国家法律和政策的支配，我们受社会道德的规范和约束。这些东西就像一只看不见的手，它在无形地操纵着我们。在这只无形的手的操纵下，谁又能告诉我，我原本是谁呢？我的原本又是个什么样子呢？我是善是恶？是美是丑？是真是伪？是勇敢还是懦弱？是坚定如铁还是优柔寡断？是顺从随和还是桀骜不驯？是墨守陈规还是异想天开？在这只无形的巨大的手的操控下，我失去了原本的自我，现在的我只是傀儡的我，现在的我只是一个被驯化了的我。在这只无形的手的操纵下，我戴上了伪装的面具。在这只无形的手的操纵下，我戴着枷锁跟着统一的节奏跳舞……"

话至此处，小丑的声音已然苍凉到了极致。

听了小丑的话，众青年面面相觑，都默然不语。

是啊，小丑说出的话又何尝不是众青年的心里话呢？是啊，我是谁？我们扪心问一问，我们究竟是谁啊？这句话就像一个巨大的铅块，压得在场每一个人呼吸急迫。

沉默良久。

终于，人圈里有一个鹅蛋脸、眼神灵动、带着顽皮精灵之气的女孩首先打破了这种沉闷，她笑吟吟地把头转向楚迪："社长，你最近在写什么？是在写诗吗？"

楚迪也有意打破小丑刚才一番话所带来的死寂，听了这个鹅蛋脸女孩的问话，忙趁势道："哦，是在写诗。"

"写什么诗呢？社长，能不能给我们看看？"鹅蛋脸女孩笑嘻嘻地道。

"这个不好吧，等发表了再看吧，冉然。"

"我一定要现在就看，社长，就让我们先睹为快吧，社长，求你了！"这个叫冉然的鹅蛋脸女孩冲楚迪笑着央求道。

"这个……这个……"楚迪踌躇着。

"我们一定要看看社长的大作！"一个叫吉檀迦莉的女孩响应一声，从人圈里跳出来，跑到楚迪跟前，一边伸手翻楚迪书包，一边嘻嘻笑道，"社长的书包里是不是就带着呢？"

楚迪挡住吉檀迦莉伸过来的手，连忙道：“好，好，给你们看好了。”

楚迪从书包里摸出一个黑皮笔记本，递给吉檀迦莉。

吉檀迦莉托着笔记本，翻看着，微笑念道：“噢，这首《九月》，发表过我读过；……这首《月夜》，发表过我读过；……这首《野百合》，我读过发表过；……这首《我愿化作急流》发表过我读过；……”

翻到笔记本最后几页时，吉檀迦莉眼睛倏地一亮，微笑着冲众青年高声念道：“感受微笑——献给R.R.的诗。”

随即，吉檀迦莉高举笔记本，朝众青年汇报：“社长给人写诗了！这个R.R.是谁？大家想不想拆穿他？”

众青年哄道：“拆穿他！”

楚迪此时已窘得满脸通红，他站起身去抢吉檀迦莉手中的笔记本。吉檀迦莉笑着躲开。却又有两个男生起来，笑着把楚迪按到原地坐下。

吉檀迦莉高声道：“要想知道谜底，我给大家读完这首诗就全知道了。”

吉檀迦莉掩着笑，故作深沉读道：

感受微笑——献给R.R.的诗

感受微笑
如感受达芬·奇思想的
灵动
蒙娜丽莎唇间浮起的
一痕
旷世久远

感受微笑
如感受阳光的昭示
恢弘和磁力
诱发自然的轮转
本能的向心
和不自觉的导向感应

感受微笑
如感受纯净的音乐
透明的旋律随意渲染
蝶的倩影
隐入梦的梨园
翩跹

感受微笑
如感受某种语言的陈式
没有语体没有排列
朴素回归着平淡
炽热掩饰着激越
坦荡的情愫于无言中
传递

感受微笑
如感受一段难忘的往事
日子开阖起伏
固执地厮守发黄的
旧照
日子久远
泥塑的身子捍卫着
枯萎的记忆

感受微笑
如感受一种
古典净洁
一种现代的睿智
一种时空倒置的悬念

一种阵痛后滴血的

心灵悸动

“哇——”吉檀迦莉读罢，众青年几乎不约而同地感叹了一声。

“是谁让楚大社长这么痴情呀！”樱下物语感慨道。

“她好幸福呀！”流星秘语感动道。

流星秘语把询问的目光递向楚迪，忐忑道：“她……不会是我吧？”

众青年哄笑。

韩冰挤兑流星秘语：“你想当R.R.呀？来，你笑一个，让大家看你像不像蒙娜丽莎唇间浮起的一痕。”

众青年又哄笑。

楚迪红着脸呵呵乐，目光有意无意地扫了一眼冉然。

冉然此时却低着头，默不出声地坐着，冉然的双颊绯红一片。

吉檀迦莉拿着楚迪的笔记本围着人圈踱步，边思考边嘴里念叨着：“R.R.……R.R.……”

吉檀迦莉的目光在众青年中搜寻。猛然间，她把目光投向低头坐着的冉然，像发现真理似的朗声笑道：“此人远在天边，近在眼前。冉然，请你把头抬起来！”

众青年把目光齐刷刷投向冉然，此时却见冉然低着的脸已红到了脖根。

楚迪见势不妙，慌忙连连摆手道：“好了，好了，时间不早了，今天的文学沙龙就到此为止了，感谢大家的积极参与，好了，散场了！”

梦幻雨荷却截住楚迪话茬儿：“社长，还不能完呢，还有一个节目呢！”

楚迪紧张道：“还有什么节目？雨荷？”

“看把你吓的！”梦幻雨荷笑道，“不是让你俩出节目。刚才说到文学和舞蹈相辅相成时，何炫五同学还欠我们一个舞蹈呢！”

楚迪长舒一口气，心想，梦幻雨荷这么一说，自己正好借势下台阶，把这个烫手的山芋抛给炫五。他看到众青年又齐刷刷把目光投向炫五，也忙着推了炫五一把：“对，对，你还欠大家一个节目呢。”

炫五搔了搔头：“还真跳呀！”

梦幻雨荷笑道："当然是真跳了。来，大家欢迎何炫五同学为我们跳舞，帮助我们提高文学的修为。大家鼓掌！"

众青年齐齐鼓掌。

炫五向梦幻雨荷问："跳什么舞？"

梦幻雨荷笑道："就来个专业点的，跳个芭蕾吧！"

众青年哄笑："对，对，就来个芭蕾舞！"

乐五音道："就跳《天鹅湖》吧，正好我带着小号，我来给你伴奏。"说罢，乐五音从书包里摸出一个金黄色小号。

梦幻雨荷咯咯娇笑，道："真是太好了！来，大家把桌子搬开，腾出场地来，灯光需要暗些才能出效果，把头顶的蓬灯给灭了！"

在梦幻雨荷吩咐下，众青年喜滋滋地搬桌子，熄灯，屋里只亮四盏橘黄色壁灯，气氛果然朦胧起来。

乐五音小号响起，仿佛一阵清风徐徐吹过，舒缓清澈，婉转悠扬，恍然间把人带到一片遥远、古老的大草原，草原上野花丛簇，野草丛生。在那里，有一个天然的淡水湖，湖岸飘荡着芦苇，在夜晚凄清的月光下，湖水清冽，波光粼粼，有成群的天鹅在这里汇集……

炫五紧身衣登场。他面色淡然，双臂向上侧翻卷，轻盈地做了一个起势，接着绷紧足背，脚尖点地，侧抬腿，双臂随之向上舒展，宛如一只凌波舒翅的天鹅。显然，炫五跳的是《天鹅湖》中奥杰塔公主的舞。

炫五轻盈向前撩腿冲步，手臂配合脚下优雅收展，宛如天鹅踏波展翅追逐。他单腿曲起，手臂向外舒展，身体借势一个转身，接着又一个旋转，然后分腿向前飞跃两步，停下后上肢一扬一展划动返身，脚步也跟着一波一波荡回到原位。

炫五足尖像钉在地上似的，单腿屈膝旋转，又单腿荡腿旋转，接着又转体旋转行走，宛若一只命运多舛的天鹅在清月笼罩的湖面上凄凉地独舞着忧伤……

梦幻雨荷看得痴了，记忆里燃起《天鹅湖》那个凄恻动人的悲剧爱情故事。

直到掌声重又响起，屋顶蓬灯重又亮起，梦幻雨荷才把思绪拉回到现实。她感觉她的面颊有一些热热的发烫。

乐五音收起小号，对大家说："好了，节目表演完了，马上就要收场了，就让我们一起唱Radiohead的《Thinking About You》来结束这次沙龙吧!"

众青年齐声唱：

Been thinking about you,
your records are here.
Your eyes are on my wall,
your teeth are over there.
But I'm still no one,
and you're now a star.
Why do you care?
Been thinking about you,
……

也许这首歌太过伤感了，也许这次沙龙有太多感人和值得回味的东西了，歌罢，当楚迪说"散吧"，他自己竟然有些伤感和不舍。他相信，在场的每个人心中，也都有着同一样的感觉。

曲终回眸这时从人群里急急地挤出来，对楚迪说："社长，等一等!"

曲终回眸挥着相机对众青年大声道："大家都站好了，我给大家合个影!"

于是众青年又都笑起来，他们把楚迪和冉然簇拥在中间。炫五也偷偷地挨着梦幻雨荷站在一起。

随着众青年齐声喊：茄子——

这次文学沙龙被永远地定格在了记忆里。

18

期末来临了，考试周接踵而至了，考试周过后学校就要放寒假了。

一周的考试如疾风骤雨般密集地进行。

天越来越冷了。严酷的考试如隆冬的严寒笼罩在每个人的心头。熙京大学校园路上多了一些表情凝重的学生，几乎所有学生在这一周里谈论的主题都同考试有关。

终于，随着一场纷纷扬扬大雪的降临，最后一天的考试结束了。天空像给大地落下了白色帷幕。所有的演员都该退场了。

翌日清晨，德良从楼上下来，他看到校园里到处银装素裹，粉饰玉琢，白皑皑的积雪在太阳辉映下发着耀眼的暖人的光芒。没有风，落雪后的空气非常清新，德良大口吐纳着，像要把郁积在胸中一个冬季的废气都吐出来。

考试结束了，心中或多或少有一些如释重负的感觉，踏着厚厚的积雪，德良漫无目的地走着。似乎，在德良的内心深处，他还从来没有像今天这样轻松过。

顺着紫荆路，向西北而去。道边草坪间覆盖的雪像一块块洁白的棉毯，挂在紫荆和木槿枝杈间的雪看上去则像大朵大朵丰收的棉桃，那些圆形石桌和鼓形石座此时却如破土而出的大大小小的白蘑菇。

由于阳光格外充足，雪地里已有一些男生女生在打雪仗、堆雪人，他们手里捏着大把的雪团，银粉般的雪沫子从指缝间飘散而下，挟着欢畅的笑声如欢悦的精灵在雪地里随处飘荡。

这是一个难得的瑰美的雪饰冬日图景。

漫步在这样一个冬日里，德良心中渐渐漫溢出一种淡淡的思念情结。

平生不会相思，才会相思，便害相思。

带着这种思念的惆怅，德良拐过路口，沿着还未经踩踏的积雪小路，径直攀行在一个白雪覆盖的人工土丘上。

这是一条熟悉的道路。

翻过土丘，就应该是翠清池了。翠清池在这样的大雪装扮下会是个什么样子呢？

站在丘顶，德良深吸一口清新空气，回身看自己刚刚踏出的足迹，这串足迹清晰生动地从远处蜿蜒逼近脚下。

蓦然间，德良注意到，还有一串新鲜足迹从另一个方向也蜿蜒到自己脚下，这串足迹没有在丘顶停下来，却又接着朝丘下翠清池的方向延伸过去。

顺着这串足迹，德良抬眼望去，在足迹尽头，他看到翠清池边一个女孩的身影分外熟悉。在阳光和白雪的辉映下，这个花树般倩美的身影周围似有烟霞笼罩，幻然间若世外仙子。

德良再也难以抑制内心的激动，他憋足力量冲着那个身影高声喊：

绮霏——

德良的呼唤声在雪地里震荡，翠清池边垂柳枝条上的雪粉沫子在声音的激荡下丝丝飘散。德良不顾一切地向丘下那个女孩跑去，他深一脚浅一脚在雪地里跑着，他朝着那个倩美的身影张开臂膊。

绮霏向飞奔而来的德良盈盈笑着，颜若朝华的面容间写满了忧思和渴望。她张开双臂，向前跨出一步，像受了诸多委屈般声音喑哑地喊了一声：

德良——

接着，绮霏热泪盈眶了。

毕竟，思念给人带来的心灵折磨太深了。

德良冲到绮霏面前，紧紧抓住她双手，目光深深地打量着她。她依如往昔一般明艳夺目，只是有些瘦了，热泪划过她俏美的面颊，显得凄凄动人，让人怜惜。绮霏也迎接着德良的目光，含着热泪凝望着他。时间就在这一刻停滞了，万籁俱寂，天和地之间此时似乎只有两个人，两个心爱的人在彼此深深地注视着对方，在彼此深深地记住对方。

“绮霏，你瘦了。”德良轻声道。

“德良，你也是。”

德良忽地笑了，他将绮霏一把揽进怀里。绮霏抱紧德良，破涕笑了。

德良轻轻捧起绮霏的颌，绮霏粲然一笑，两张潮湿而干渴的唇便紧紧地贴在一起了，两颗火热的心贴在一起。此时，他们彼此只能听到对方的存在，青春火热的心如熊熊燃烧的篝火，足以融化这个冰封雪域的世界。

久久热吻，绮霏轻轻推开德良的脸，柔声问：“为什么你来这里?”

“因为……想你。”

“你呢？为什么来这里?”德良也轻声问。

“因为……想你。”

又一阵炽热的情感汹涌而至，两张火热的唇重又紧紧贴在一起。

良久过后，绮霏已是红霞满面，她含情地看着德良。德良牵着绮霏的手，看他们秋季曾一起来过的翠清池。

翠清池此时已完全与周围的背景连为一体，冻结的池水藏在厚厚的积雪下面，雪覆盖在冰的上面，除了乱石修砌的池边和乱石间凄凄惶惶披寒的枯草外，没有其他标志可识别池的存在了。冬三月，自然界遵循藏闭的规律，或许，翠清池也着意将自己鲜活的身躯隐匿起来，以待来年春天迸发勃勃生机而养精蓄锐。

“德良，从中秋节那天后，我们就再没有在一起过，对吗？”绮霏挽着德良的手，咯吱咯吱踩着积雪道。

“是啊，学业太忙了，一晃就过去好几个月了。”德良感叹着。

“德良，我明白你，为了给你留一个空间，所以我尽量克制不去打扰你。可是……我天天都在想你。”绮霏睫毛闪动，眼圈有些潮红，心中似有千般委屈。

“绮霏，谢谢你，谢谢你理解我。”德良停下来，紧紧攥了一下绮霏的双手。

“虽然我们同在一个校园，偶尔我们也能相遇，但每次遇到，我们都擦肩而过，知道为什么我总不愿与你走得太近吗？”绮霏道。

“为什么？绮霏。”德良纳闷。确实，这也是一直困扰在他心中的一个谜团。

“我是怕与你走得太近耽误了你的学业。”绮霏默默地说，“我知道你有着执着的求知精神，也知道你对情感同样的执着和投入，可是要做好二者兼顾是会让你很累的。所以，我不想让你因为情感上过多的投入而影响你的学业，我……不想让你太累。”

绮霏低了头，又默默道：“所以，我即使是看见你也想尽力避开你，可是我越是这样做就越是思念你，我不知道这样做对不对，对你公平不公平，每遇到你一次，我就多一份对你的思念，多一份对自己的责备……”

“绮霏，我明白你的心思了。”德良探过肩，深情地拥了一下绮霏，

“绮霏，你不要责备自己，你怎么做都是对的，你责备自己我会心痛的。其实我何尝不是同你一样呢，我内心中常常念着你……”

“德良，翠清池给你拍的那张照片，我把它放大了一直放在我的床头，想你的时候我就拿起它，看它，回忆我们相处的这段美好时光。我常常在想，我因为有了你，现在的时光才变得美好，德良，是你给予我现在美好时光的。”绮霏停下来，双目湛湛看着德良。

“绮霏，我也是，每当想起你，想起你对我的好，我除了对你思念之外，还有的就是一种奋发的力量，为了你，为了回报你对我的好，我会奋发图强的。因为，我爱你。”

“翠清池给你拍的那张照片，我看了就想笑。你的模样特傻，弯着腰咧着嘴皱着眉满脸水渍像个耍水的小熊。”绮霏粲齿笑道。

“是吗？等有机会我也看看。”德良也笑道。

“你不能看，你看了不给我怎么办？这张照片只属于我一个人的。对，我给我们宿舍的人看过一次，把她们都给搞笑了，她们说这就是魏德良呀？怎么那么可爱呢！”绮霏甜美地笑着。

踏雪又走了一程，绮霏揽紧德良胳膊，头靠在他肩上，目光变得迷离，内心中似乎盛着一个美好夙愿：“德良，学期的课结束了，学校马上就放假了，我想去滑雪，今年的雪下得这么好！我想出去放松一下，你觉得怎么样呢？”

“滑雪，好啊！”德良赞道。

“那你愿陪我一起去吗？”绮霏满目期待地望着德良。

“到哪儿？”

“燕云岭滑雪场。”

“德良，我知道你放了假就想回家了。我不为难你，你不去我也就不去了。”绮霏又道。

“绮霏，我去。”德良顿了一下道。

“真的？德良，你陪我去？那我们明天就动身吧，到那儿住一宿，后天玩。”绮霏喜上眉梢。

“好啊！”德良微笑着应道。

“太好了！我要出去玩了！”绮霏撒开德良的手，像个孩子似的跑着喊，跑了几步她又转过身，满面笑容地倒着跑。

德良心中越发有些不忍，自己这段日子里亏绮霏太多了，这么长时间没有好好陪过她，现在一个小小的允诺竟然让她如此欣喜若狂。

“绮霏，小心!”德良看到绮霏身后有个矮树桩，急急地喊了一声。

绮霏还是被绊倒了。

绮霏仰面倒在雪地里，却索性把四肢都舒展地放松在雪地上，容颜娇红，面带笑容，嘴里大口哈着冷气。德良过去搀她起来，她却依然满目憧憬地看着天空，嘴里咯咯笑着，死死地赖在雪地上不肯起来。德良没办法，只好也跟着坐下，在她旁边眼瞅着她。

过了一会儿，绮霏像忽然想起什么似的从地上一纵而起，冲他笑着道:“德良，刚才你说什么来着?你是不是说你爱我了?”

德良点点头。

“那好，你现在用一种最纯洁的方式把你说过的这句话表示出来，记住，不准用嘴表示，不准用手表示。”绮霏娇笑着给德良出题。

德良坐在雪地上想了想。然后，他朝四下里瞅了瞅，他看到在不远的地方有一个废弃的小足球场。

德良一跃而起，向那个小足球场跑去，他跨过球场围栏，站在球场边上。

这个球场清晨还未曾有人涉足过，球场上均匀地覆盖着一层厚厚的积雪，宛若一张完整洁白的宣纸。

德良用目光测量了一下这块白纸，随后，他像跳踢踏舞似的，踩着细碎步子从球场的一端开始跑，他斜跑一跑，纵跑一跑，横跑一跑，再斜跑一跑，有时还停下来原地跳跳，仔细地踩踏一阵，样子滑稽可爱。

绮霏站在围栏外，笑着高声问:“德良——你在干什么呢?”

德良搓着手，哈着冷气，边跑边高声应:“绮霏——我在回答你的问题呢。你不是说……用最纯洁的方式表示吗?你不是说……不能用嘴表示吗?你不是说……不能用手表示吗?我现在只能用这种方式了，脚下这块白纸算不算纯洁?我这样来表示，好吗?绮霏——”

听了德良的话，绮霏面露惊喜之色，目光晏晏生情。看着活蹦乱跳的德良，她不禁有些痴了。

德良终于停止了跑跳，他俯身立在球场另一端，喘息着，红光满面地欣赏着自己的杰作。

整个球场雪地上赫然出现三个正楷大字：我爱你。

德良向绮霏跑过来，他拉着绮霏跨进球场，然后朝那个硕大的“爱”字头顶跑去。

德良拉着绮霏在“爱”字的头顶坐下来，然后对她说：“我在爱字的这一端，你在爱字的那一端，我和你共同拥有爱。”

德良躺下，伸出一只胳膊让绮霏枕着。

德良和绮霏躺在雪地里，恍然间如躺在飘然而至的纯洁的爱的云海中。他们看天空流云飞逝，看人间沧海变桑田。

19

许多年过去以后，当绮霏想起那个冬日时，仍怦然心跳。那是一个令人难忘的冬日。一月二十三日的暖阳，如一枚闪闪发光的金币，永远寄存在她的心中，弥足珍贵。

那天早上，绮霏戴着彩虹拼色条纹帽，绚丽的色彩给这个冬季带来别样暖意。雌黄微卷的长发收在耳后，额顶压一副茶色遮阳镜，背上双肩包里不知装着什么，鼓鼓囊囊向后坠着。

在那个冬日暖阳的映照下，绮霏肤光胜雪，真如明珠生晕，她吟吟笑着站在德良面前。德良感觉自己似乎被一道炫目的光射了一下。

“绮霏，你怎么背这么大的包！我来背！”德良伸手去摘绮霏背上的包。

“我自己背。”绮霏争着道。

两人相持了一会儿，最后还是相视笑了，各自背着自己的包向校外走去。

天气格外的好，银粉一样的阳光笼罩在清清冷冷的空气中，他们感到背胛上暖洋洋的。

出了东校门，是一条笔直的南北主干道，这就是著名的惠新大街。这里被称为中国的硅谷。鳞次栉比的高楼大厦和立交桥昭示着都市的文明，川流不息的人潮更是让人心生感慨，这里的每一个人都怀揣一个梦想，他们从不同地方汇集于此，而这里却是一个大熔炉，人们为了自己的梦想投入熔炉中锻炼，他们知道他们进来时是个什么样子，但他们却永远也不会清楚他们从炉里出来后会是个什么样子。

在汹涌的人潮中，绮霏揽紧德良，德良在绮霏耳边轻声说："我们现在是大逃亡！"

"我们是胜利大逃亡！"绮霏灿烂一笑补充着。

说话间，到了惠新站，他们找到989站牌，989是一趟往北去的长途车，中途经过燕云岭滑雪场，终点站是一百公里外的嘉嵇县。

上了989，他们找了后排的两个空位坐下。

车启动了。车里的乘客都安静下来。车在空间的轨道上按时间的概念运行。

车里没有一张熟悉的面孔。因为不熟悉，所以亲切，亲切营造着祥和。

绮霏面容娇红，双眸流动，顾盼生情。德良也有些动情，这是他们第一次一起远行，他暗暗紧握一下绮霏的手，绮霏身子微微一颤，柔软无骨地靠进他怀里。德良闻到一股淡淡的茉莉花香和温热的女儿体香。

两两相造，也两两被造，这是恋爱的三昧。

"德良，喜欢出来玩吗？"绮霏温婉地问。

"喜欢。"德良点点头。

"我特别喜欢出来玩。从小就有一个梦想，长大了要走好远好远的路，要到好远好远的地方去工作。"绮霏婉婉道。

"我也是。"德良也回忆着，"小的时候，就曾想过要离开家门，出去上学，出去工作，到远离家乡的别的什么地方去生活。"

"但是一直以来，我就没有离开过父母，即使有时候出来，也是跟随着父母一块儿出来。"绮霏道。

"嗯，我也一直没去过别的什么地方。"德良颇有同感道。

"我喜欢一个人出来，或者跟着我最亲密的人出来，我觉得那是一件非常开心的事情。"绮霏把温柔的目光投向德良。

德良心头一热，不禁紧紧拥了拥她。

车行行停停，时有乘客上上下下，车是现代人生活的一个载体，它承载着形形色色人形形色色的生活轨迹。

车窗结着一层烂漫的冰花，外面的景物都模糊起来。看着那些模糊的景物，德良心有所思了一会儿，问绮霏：“你说，为什么人在小的时候会有一种强烈的离家感？而在一个人老的时候，他又有一种强烈的归家感、归宿感？比如像那些想落叶归根的老华侨，那些思念故乡的游子。”

“嗯……不知道，德良，你认为人为什么会有这种心理呢？”

德良想了想，道：“可能人天生就有一种反叛心理吧。很小的时候，当人是婴幼儿的时候，父母给予了他们太多的爱，太多的呵护，太多的安全感，他们也对父母产生了太多的依赖。当人长到少年，长到青年的时候，他们觉得自己长大了，觉得自己懂得多了，觉得自己了不起了，可他们的父母还觉得他们是孩子，还要给他们原先那么多的呵护，那么多的爱，那么多的安全感。于是，他们就不服气了，他们就想冲破父母的呵护，冲破父母的爱，冲破父母给他们的安全感，他们想独立起来给父母看，给周围人看，以证明他们是完整独立的个体，以证明他们不依赖别人也照样行，于是他们就一心想着挣脱父母，离开家……”

听罢德良的话，绮霏微笑着点点头：“德良，你说的有些道理，我就有这种心理。那你说，人为什么在老年的时候又有强烈的归宿感呢？”

“那可能是因为，人到老年的时候已经历了太多的风风雨雨，人在这个过程中逐渐失去了安全感，一种强烈的寻找家园、寻找自己根的意识，迫使他们重返故里。因为年幼时的那种安全感，父母的那种爱，深深扎根在他们的意识里，深深烙印在他们心灵深处，永远难以泯灭，直到老了，他们才蓦然发现，真正让他们缅怀的，还是家乡，还是父母给予他们的那种难忘的安全感、爱和呵护。”

“德良，你说得很有道理，人的成长过程可能就是这样吧。不这样的话，人可能也难以成长。只有经历了，人才能真正地长大。这个过程可能少有人能逃避得了。”

“嗯，人就是一个矛盾体，永远就像一个站在暖室门口看风景的人。外面的风景很美，人想要出去看了，可外面也有不测风云，人就又要想着回到那间暖室。人如果不出去看风景，就永远不知道外面的风景之美。但人在内心深处，还是怀着对那间暖室深深的眷恋之情，因为真正使他们感到温暖的还是那间暖室。”德良道。

“嗯，德良，这大概就是人的恋家情结吧，我们每个人都多多少少会有这种情结。”

车在平坦的公路上缓缓行驶。路面有积雪，车开不快。

透过蒙着白霜的车窗，德良看到外面是一个模模糊糊的黑白轮廓世界。这是一个陌生的世界。陌生的也就是新鲜的，新鲜的充满强大诱惑力。

绮霏蜷在德良怀里，似乎睡着了，鼻息张翕着，如吐幽兰。

北方有佳人，绝世而独立，一顾倾人城，再顾倾人国。宁不知倾城与倾国？佳人难再得。

怀揽此绝世佳人，德良愿意车就这么行驶，永远不要停下来，他愿意一直就这么走下去，他愿意和她远离这个尘世之地，到一个永远都不为世人所知的天涯海角去过一种平淡清贫的生活。

爱情和命运究竟孰轻孰重？爱情所迸发的潜能究竟有多大？没有人能够给出令人满意的答案。

德良陷入了沉思。

不知过了多久，前排座位出现一些骚动，有人在擦着车窗的冰花往外看，有人在兴奋地高声道：“上燕云岭了！”

德良一怔，也擦着车窗往外看，他看到远处群山披雪，重峦叠嶂，在日光的映照下云雾缭绕，幻若人间仙境。前方宽阔的柏油路蜿蜒于群山之中，车已驶入燕云岭公路。

“绮霏，到燕云岭了！”德良轻推了推绮霏。

“嗯。”绮霏的声音似乎像梦呓。

“醒醒，咱们该下车了！”

“不下车，咱们不去燕云岭。”

“不去燕云岭？咱们不是要去燕云岭滑雪场吗？”德良纳闷。

“不去燕云岭滑雪场了，咱们去嘉嵇县。”绮霏秀眸微睁。

“啊？去嘉嵇县！去嘉嵇县干什么？”

“玩啊，嘉嵇县比燕云岭好玩，因为嘉嵇县有龙吟峡呀。”绮霏展颜一笑。

“龙吟峡？龙吟峡有什么好玩的？我看咱们还是别去龙吟峡了，咱们还是在燕云岭下车到滑雪场吧！”德良道。

“就去龙吟峡，去了你就知道了，你就哪儿也不想去了。不说了，睡觉。”绮霏慵懒地打了一个哈欠。

“绮霏，龙吟峡远吗？我们不要走得太远了，不安全。龙吟峡那边你去过吗？熟悉吗？我们不要走丢了。学校有规定，不允许我们走得太远。这两天的气候怎么样啊？那边的气候会不会有变？”德良不间断地说着。

“德良，你又婆婆妈妈了。有我带着你，你能走丢吗？看不出来你的安全意识还挺高的！”绮霏双手吊在德良脖子上，又晏晏笑道，“放心吧，走不丢的。学校都放假了，还不让我们出来放松几天？天气预报我也看了，这两天那边的天气不坏。”

德良还待再说，却听绮霏柔声唤：“德良哥——”绮霏双腮绯红，美目流盼，吊在德良脖子上的手暗暗使了些劲儿，德良一张唇不由自主地贴在绮霏唇上。一股热流顷刻在他全身传遍，思维就此停滞，激情的火焰将理性的羽翼焚烧得乌有，爱的潮汐奔腾而至，原始的野性狂舞着欲望的双手，本能为饥饿的羊群打开自由的栅门。干渴的舌如两条在沙漠中相遇的干渴的蛇，它们交织在一起，温暖在一起，用生命聆听着生命，用生命滋养着生命，用体温温暖着体温，用干渴抚慰着干渴，一起做着灵魂寂寞深处的爱的舞蹈。

绮霏双目微阖，两腮红润，沉浸在巨大的幸福之中。德良知道，绮霏的心中此时和他一样，愿爱的表白就此永远凝固。

20

龙吟峡位于嘉嵇县城东北十公里处的古刹村河口，古刹村河水源于海坨山东麓，经玉都山汇入古刹村水库。龙吟峡曲折逶迤，两岸山势险峻，群峰屏列。在夏季，水作青罗带，山如碧玉簪。碧水清波，绿得葱茏，柔得缱绻，拓山光鸟影于怀，纳长天白云于胸。有文人墨客感叹这里的山水，曾拟对联曰：小三峡胜似三峡，山比三峡险。小漓江赛过漓江，水比漓江清。横批：塞外一绝。

一九八一年，当地政府在龙吟峡谷口修筑了一条长九十米、高七十余米的拦河大坝，蓄水成湖，湖满自溢，形成巨大的人工瀑布，瀑布凌空而降，以排山倒海之势直入潭底，雷霆万钧，气势磅礴，有如万马奔腾。

而在冬季，可以观赏到龙吟峡的独特景致，那就是冰瀑、冰雕、雪雕、冰灯和彩灯。

989长途车在终点站嘉嵇县城南路口停下了。车上乘客纷纷下车，德良和绮霏也尾随下车。

刚从车上跨下，就见两个身上都裹着草绿色半新军大衣的中年汉子朝他们围过来。其中一位肤色发锈，神情低靡。另一位则嘴长得比一般人大些，嘴唇甚厚，颌下喉结高隆，前额和脖子青筋暴突。

肤色发锈者凑到德良跟前，沙哑着嗓子问："兄弟，坐三轮车吧？到哪儿？"说着，他指一下停在不远处的一辆脚踏三轮车。

德良扭头问绮霏："去龙吟峡，对吧？"

绮霏点点头对那人道："去龙吟峡畔的古刹村，可以吧？"

肤色发锈者连连点头："可以，可以，坐我的三轮车，十块钱，我送你们过去。"

这时嘴甚大者也凑到德良跟前，指指不远处停的一辆电动三轮车，露着满口黄牙道："兄弟，坐摩的吧，摩的跑得快，一会儿就到了，到古刹村十五块钱。"

肤色发锈者又抢着朝德良道："兄弟，坐三轮，这些天下雪你看看这里的路，不好走哇！安全第一啊！坐我的三轮车稳当，保你们安安全全到那里。又不贵，十块钱。"

嘴甚大者明显不悦，冲肤色发锈者一虎脸："老棉花，你说谁的不安全了？你他妈敢跟我抢生意，你活腻了！"

叫老棉花的肤色发锈者也不示弱，沙哑的嗓子骤然提高了八度："邱大嘴，你他妈的才活腻了，我在这儿做我的生意关你屁事！"

"老棉花，几天不练你你胆肥了！"邱大嘴一脸惊讶道。

"邱大嘴，你练谁？爷不怕你！"老棉花凛然道。

"哎，你个老棉花，你今天是吃了熊心豹子胆了，敢跟你爷我顶嘴？看你爷我今晚不回去收拾你！”邱大嘴威胁道。

“有能耐现在来，你爷我怕你？”老棉花一捋胳膊拉开了决斗架势。

目睹此情，德良忙想劝他们一下，却不知该说什么。他看了一眼绮霏，绮霏也正无奈地看着他。

这时，从不远地方又有一个中年男人走过来。这人长得一张阔脸，面色通红，身体肥胖，上身的黑色条绒夹克被沉甸甸腆起的大肚子撑得满满当当，仿佛在腹部填了一个枕头。

胖男人沉沓的步履使得邱大嘴不由扭头瞅了一眼。当看清来者，邱大嘴脸上陡然有些变色，他朝老棉花咕哝一声：“大河马来了！”

老棉花一怔，嘴里不自主地重复一声：“大河马！”说着，也即刻扭头瞅那胖男人。

看罢，老棉花脸上泛出惧色，他朝邱大嘴暗使眼色。邱大嘴会意。两人不约而同向各自停车的地方快步走去。回到各自车位，他们又驾车分别朝各自不同的方向迅速离去。值得称奇的是，此二人一扫刚才敌对状态，默契得就像合作多年的盟友。

叫大河马的胖男人看着邱大嘴和老棉花离去的背影，恶恶地骂了一句难听的话。然后，他走到德良和绮霏跟前，换上一副笑脸：“两位去哪儿？打的吧？面的。”

大河马原来是个面的司机。

得知德良和绮霏要去龙吟峡的古刹村时，大河马咧嘴一笑，抬手指了下远处停的红色出租车：“哎呀！又是到古刹村的，今天你们是我的第六趟客人了。哎呀！六六顺，快快，快上车，这大冷天的老在车外边站着干啥？”说着，大河马伸手拉德良。

德良挡一下大河马的手，问：“到古刹村多少钱？”

“哎呀，好说，好说，上车再说，这大冷天，老在外面站着干吗？”大河马又伸手过来拽德良。

德良闪一下，正色道：“多少钱啊？到古刹村。”

“哎呀，好说，计时打表的，不会骗你。来吧，上车吧！”大河马涎着一副脸皮道。

“一公里多少钱？”德良又问大河马。

“两块，一公里两块。起步价八块，前三公里算起步价，后面的路程按一公里两块钱算。只算单程价，不给你们加空驶费。”大河马道。

“啥叫空驶费？”德良问。

“你看老弟你这就外行了吧！空驶费就是我拉你们到古刹村以后，我还得开着空车回到这儿吧？开空车回到这儿得耗油吧？车得磨损吧？开空车回这儿的耗油和磨损这笔费用就是空驶费，照理说这笔费用应该由你们来出，今天我高兴，就不跟你们收空驶费了，只计单程费。”

“你也不能收空驶费呀！”绮霏这时在一旁插话，“满十五公里才能收空驶费，这儿离古刹村不到十五公里，你凭什么收空驶费？”

“哎呀！今天可算碰到高人了！”大河马吃了一惊，闪着眼睛疑问道，“嗳，大妹子，你哪儿的呀？你咋连这个都知道！”

“就这儿的。”绮霏睨了大河马一眼，搪塞道。

“就……这儿的？”大河马迟疑道，“呵呵，大妹子真会说笑，这嘉嵇的人我十有八九认识，听口音大妹子是熙京人吧？”

绮霏没有回答，侧过脸冲德良偷偷乐。

“绮霏，我算了一下，十公里下来大概二十二块钱，咱们坐吧！”德良对绮霏小声说。

“坐。”绮霏收起笑容决定道。

“哎，今儿可遇到痛快人了！来，兄弟、大妹子，我来给你们拎包。”大河马咧着嘴乐颠颠地过来取德良和绮霏身上的包。

上了车，大河马挂上离合，给了油门，车向着东北方向驶去。

“头一次去龙吟峡玩吧？”大河马问。

“……嗯。”德良答。

“这里的山在熙京城里见不到吧？”大河马问。

“……嗯。”德良答。

“这里的冬天很冷吧？”大河马问。

“……嗯。”德良答。

大河马的面的车况不好，车内噪音很大，德良只能含含糊糊地应答着大河马的散言碎语。

“噢，师傅，在昆山东路的嘉嵇体育馆停一下，我到那里取点东西。”绮霏想起什么似的对大河马嘱咐了一声。

“噢……体育馆……停一下。好的，好的。”大河马应着。

进入嘉嵇境内也就进入一个山的环抱之中，东西南三面环山，丛山叠起，奇峰罗列，群山覆盖着白雪，更显得雄奇迤逦。

路上的积雪已清扫干净，道路平坦。大河马的车在平坦的道路上不快不慢地行驶，但不知怎么回事，在道路小拐弯的时候，车身还是不稳地左右摇摆。

德良和绮霏也随着车的摆动左摇右摆。绮霏有些担心，她冲大河马大声提醒：“喂，师傅，你车开得稳点好吗？这很危险呢！”

大河马放慢车速，涎着脸皮应道：“好好，我开慢点好了，这不是我开车的事，是这道路不好走啊！”

车总算在颠颠簸簸歪歪扭扭的行进中拐进昆山东路，在嘉嵇体育馆一侧停下来。

绮霏看了时间，已是午时十一点，她拉德良一下：“走，跟我下去取点东西！”又扭头对大河马道：“我们去体育馆拿点东西，师傅你等一会儿，十分钟我们就回来。”说罢背着包跨下车。

大河马急急地在身后唬道：“去体育馆……快点回来啊！别跑啊！你们要不回来我可是能找到你们，嘉嵇的人十有八九我都认识！”

“跑不了，放心吧。我们不回来还能去哪儿呀？”绮霏嘻嘻笑着回应。

绮霏并没有进体育馆，而是拉着德良的手沿昆山东路往东跑。绮霏对这里非常熟悉，她穿街过巷，身影灵活得像一尾鱼。

“绮霏，去哪里啊？”德良问。

“去东岗派出所。”绮霏嘻嘻笑。

“啊？去派出所干吗呀？”

“报案啊，大河马作案了，我要找人抓他。”

“怎么会呢？他不是一直在开车吗，他作什么案了？”德良越发不解。

“看他不像好人，有作案的可能性，所以我就提前报案了。”望着德良一脸憨情，绮霏忍不住哈哈笑了。

“绮霏，这不合理吧？看人家不像好人，看人家有作案的可能性，你就报案了，这怎么能说得过去呢？”德良大惑不解。

“你还知道不合理？你还知道说不过去？我以为我带着一只小笨熊呢。”绮霏在德良身上连捶几拳笑道。

说话间到了东岗派出所。

绮霏让德良在门口等一下，然后她款步进了派出所院落。

没过一会儿，绮霏又从院落里笑容满面地出来。在她身后却跟着一个身着制服的警察，警察四十多岁年纪，肩上扛着一个用帆布和粗麻布裹得严严实实的管状东西。

绮霏走到德良跟前，指了下身边那位警察微笑道：“德良，给你介绍一个人，这是我孟叔叔，这个派出所的所长。”

德良正要向这个孟叔叔问好，却见孟叔叔笑容可掬地伸过一只手来。

绮霏又对孟叔叔说：“他是我的男友魏德良。”

孟叔叔满怀热忱地握住德良的手，使劲晃了晃，嘴里连连道：“好，好。”

绮霏非常高兴，接过孟叔叔肩上裹麻布的管状物，满怀欣喜地抱在怀里，然后，冲孟叔叔挥挥手：“孟叔叔进去吧！我们要走了。”

孟叔叔急道：“小霏，吃了饭再走吧！”

绮霏笑道：“不了，谢谢了！”牵起德良手，返身就走。

孟叔叔依然冲着他们背影提高声音道：“小霏，用那东西小心啊！注意安全——”

绮霏小跑着，笑着回应：“放心吧，孟叔叔——”

他们一口气跑到大河马车跟前，打开车门，把那裹麻布的东西放进车里，绮霏满面娇红冲大河马道：“好了！”

大河马伸出左手，指指腕上的手表：“等了你们十五分钟，是十五分钟。记着，不是十分钟。”

绮霏不耐烦地朝大河马摆摆手：“好了，知道了，让你久等了。”

车又在公路上朝古刹村的方向行驶了。

德良凑到绮霏耳边：“刚才到派出所拿的那东西是什么呀？”

绮霏咯咯乐，神情诡秘地附在德良耳边：“雪橇。咱们不是去滑雪吗？”

“噢……去龙吟峡滑雪？”德良问。

“嗯，去龙吟峡滑雪。”绮霏诡秘笑着。

“龙吟峡也能滑雪？咱们怎么不在燕云岭滑雪场滑雪呀？”德良又迷惑不解地问。

大河马这时听到了他俩说话，扭一下头插嘴道：“龙吟峡怎么滑雪？你们要滑雪找错地方了，要滑雪到燕云岭滑雪场去。”

绮霏哈哈笑，道：“还是这位师傅明白！”言罢，又把嘴凑到德良耳边，小声道：“小笨熊！以后就叫你小笨熊。”

过了一会儿，德良又想起什么似的凑到绮霏耳边：“那孟叔叔，你怎么认识的啊？”

绮霏愣一下，又咯咯笑，接着又神情诡秘地附在德良耳边：“一块儿练柔道认识的，他当过我教练。”

“练柔道？你学过柔道？”德良纳闷。

“嗯，不信啊？”绮霏含着笑，诡谲地看着他。

“嗯，不信。”德良摇摇头。

“嗨！看招！”绮霏陡然一声轻喝，左手攥住德良左腕，右手却从他后颈探过去，右手腕一翻，扳住德良左颌，把他的脸硬生生地从前扳转向后。随后，绮霏探脸过去，把一张温软潮湿的唇贴在德良一张朝后扭转着的歪咧的唇上。

小吻片刻。

绮霏撒开手，满面娇红地坐在那里咯咯笑。德良揉着被弄疼的脖子，脸因充血而变得通红。

绮霏笑道：“我算不算柔道三段高手？”

德良喘息着忙点头：“算，算，你算得上八段高手了！”

绮霏高兴地捧腹大笑。德良也红着一张脸，拧着眉头不自然地笑着。

大河马听他二人在后面又笑又闹，神情渐渐有些不自在起来。他干咳了几声，表情僵硬地问：“你们到古刹村什么地方啊？”

“噢，还没定呢。”绮霏一边跟德良说笑着一边随口应着。

“还没定？那我把你们拉到哪儿？”大河马神情有些不悦。

“随便哪儿到哪儿吧。”绮霏又随口道。

“随便哪儿到哪儿是哪儿?”大河马不悦。

“就是到古刹村随便一个地方我们下车，我们到那儿找旅馆。”绮霏道。

“噢……这样啊……”大河马若有所思地嘀咕了一声。

车又小跑一会儿，大河马闪着眼睛仿佛自语般地开口了：“你们说古刹村这地方，越是到了冬季是越吃香，越是天冷越吃香，就拿这两天来说吧，来古刹村的游客那真是疯了！我说，这龙吟峡的冰灯、彩灯、冰雕、雪雕、冰瀑就那么好看吗？这些玩意儿不都是由三样东西做的吗？说白了就是由冰、雪、灯三样东西做的，有什么好看的呀？可人们就有那么大的瘾，人一帮一帮地来，来了一住就是十天半月，把个小小的古刹村挤得都没了住处。来的客人不走，可是还有源源不断的客人往这儿拥。你们说，这古刹村会不会哪天有客人露宿街头呀？唉！这大冷天，要是没了住处住外面，就这龙吟峡的天气呀，再硬实的人一夜之间也成冰雕了!”

德良和绮霏停止了说笑，静静听大河马说话。

大河马接着又道：“前天，我拉了一对从熙京来的年轻人，这两人就跟你俩似的，也是到龙吟峡游玩来了，可是不知道这儿的情况，到了古刹村却没了住处，可把这两人急坏了！咋办呀？别玩了呗。回去呗。这两人还不甘心，站在山上看了一下外景，赶紧找车往回赶，可这时天已经晚了，天黑路不好走，已经没车送他们回嘉嵇了。这时也就是我，冒了巨大的风险，送他们回嘉嵇的。唉！想一想，这对年轻人也太鲁莽了，来古刹村玩也不事先打听一下古刹村的住宿行情，搞得光来回坐车跑路玩了，坐车跑路玩还是幸亏遇到我这个好心人，不然的话，他俩那天晚上只能露宿街头变冰雕了。”

听了大河马的话，德良有些担忧，忍不住问：“师傅，那今天古刹村的住宿情况怎么样呢?”

“难说!”大河马做出一脸丧气的样子，“我今天送了五趟客了，看到古刹村的旅馆客栈家家爆满，这就看你们运气了。”

“绮霏，咱们会不会……”德良把目光转向绮霏。

“会有的……应该会有的……”绮霏确定着。

“大妹子呀，还会有的？我说会没有的。”大河马面露难色，“你们来时连到哪家店住都不知道，就这么莽莽撞撞地来了。你说，我该把你们拉到哪儿呀？唉！家家爆满，总不能让你们满街跑吧。”

“师傅，你古刹村熟，你说哪家可能还有住宿？”德良忙问。

“唉！让我想想，让我想想……”大河马做出一副思忖的模样。

“哎，想到了！”大河马一拍方向盘，恍然大悟般地喊一声。车在大河马这一纵情之下摇晃着，德良和绮霏也随着车身左右晃荡。“农家院你们愿不愿住？”大河马问。

“有农家院？”绮霏反问。

“嗯，农家院，带大火炕的农家院，冬天睡着热乎着呢！”大河马笑眯眯地描述。

“绮霏，带大火炕的农家院！”德良欣喜道，“火炕你没睡过吧？冬天睡着可舒服了！我家里就烧火炕，小时候在家睡惯了火炕，我现在还不习惯睡床。”

“那我就带你们去住农家院？”大河马闪着眼睛哈哈一笑道，“据我所知，春巧家的农家院现在还没住满。”

“那好吧，那就去春巧家的农家院。”绮霏欣然道。

话说着，车已快到古刹村了。

21

俗话说：靠山吃山，靠水吃水。

这古刹村就是因为靠近了龙吟峡而变得富裕繁荣起来。

在古刹村，几乎家家户户都在做着旅游服务业。过去普普通通的农民院落，如今寸土寸金，家家用四合院一围，封疆划地，诸侯割据，然后在门框上、山墙上、房脊上等显眼地方竖起招牌，曰：某某客栈、某某旅馆、某某农家院。在院子外其他显眼位置上，又附加写道：内设餐厅，正宗川菜、正宗湘菜、正宗闽菜……还有的则更为详细地注明：内有台球、桥牌、麻将、卡拉OK，娱乐设施齐全，欢迎光临。

大河马的车驶入古刹村，在一户农家院门外停下了。大河马从车上跳下来，跑到门口大声喊："春巧，春巧。"

德良看清楚了，在这家门梁上竖有红底黑字招牌，上书：春巧农家院。

这时，从院落里出来一个女子。这女子约莫三十多岁年纪，长得腕白肌红，丰盈窈窕，顾盼之间熠然生辉，竟也是一个香草美人。

"春巧，来客了。"大河马靠近春巧谄笑道。

"大马哥，有你的！"春巧拍一下大河马肩膀喜上眉梢。

"住一宿多少钱啊？"德良下车后问春巧。

"哎呀，先到院里，到院里说话。"春巧喜滋滋地指引着，"看看我家这条件，保你满意。"

进了院，德良看到这个农家院环境还确实不错。四合院，东西南北客房都排着号，有个稍大的房间可能是餐厅。院子扫得挺干净，主人住后院。

"嗯，还行。"德良点点头，"一间一宿多少钱啊？我们要两间。"

"一间一宿八十元。"春巧答，又吟吟一笑道，"不过，兄弟哎，只剩最后一间了，你们俩住一间不行吗？"

听了春巧的话，绮霏脸上顿时红霞一片，显然，她被眼前这种窘境弄得有些不知所措。

"只剩一间了？那……怎么可以？"德良也红着脸嗫嚅着。

春巧哈哈乐："哎呀！兄弟、妹子呀，都什么年月了，小两口出来玩，还不在一起住，这传出去不叫人笑话吗？"

"什么，你说什么？我们不是……不是……小……"德良赤着耳根解释。

"不管怎么着，就剩最后一间了，你们只能住一起了。"春巧一敛笑容道。

"那我们到别的家去看一看。"德良把目光投向绮霏。

"到别的家？你们要从我家出去，就别再回来！别的家也一样，住得满满的！到时你们找不到住宿再到我家来，那时我可不接收你们！"春巧换了一副铁板的面孔，刚才那张妩媚艳美的脸顷刻间放射着逼人的寒气。

大河马这时插过来："大兄弟、大妹子啊，不是我说你们，我把你们费心把力地拉到这儿来，好不容易找了一间住宿，你们还挑肥拣瘦，要不然你们现在还在街头跑着找住宿呢！你们出去看看，现在哪儿还有住宿？是你们让我拉到这儿来的，到如今，你们又……你们说我这好心……"大河马肥厚的双掌一拍，做出一副追悔莫及的样子。

德良看看绮霏，绮霏看看德良。静默片刻，绮霏红着脸对德良悄声道："就住这儿吧。"

"哎，还是这妹子痛快！"春巧重又换上那副艳美妖娆的面孔。

"绮霏，合适吗？"德良表情慎重地低声问道。

绮霏绯红着脸，含着一丝不易捕捉的笑容，冲德良情意浓浓地默默点点头。

"好了，现在就付钱吧！住五号房间，一宿八十元。"春巧道。

"怎么这么贵呀！"德良心里又一紧。

"哎，大兄弟呀，你这又外行了吧！"春巧轻笑一声道，"这是什么地方？这是龙吟峡呀！在这儿，成天南来北往游客如流，这住宿能不高吗？你以为这是乡下呢？这儿叫古刹村，可按住宿费标准来看，把这里改称古刹市都不为过！哎，别那么多话了，快付钱吧！"春巧显出了不耐烦的样子。

话都到这个份上了，只有住下来，只有如数付钱。

给春巧付罢住宿费后，大河马走到德良跟前，抚着沉甸甸的肚子抱歉道："兄弟，计价表今天出了点故障，发票出不来了，费用我给你们算一下吧！"

德良道："多少？"

大河马道："共跑了十三公里，各项费用算下来共计五十二块钱。"

"五十二块钱？这怎么可能！"德良惊了一跳。

"兄弟，别急，我给你一笔一笔算。"大河马不紧不慢地说。

"你算呀，怎么也不会是五十二块钱！"德良急道。

"你看啊，"大河马掰着指头道，"我们跑了十三公里吧，前三公里算起步价这是八块钱吧；后十公里按每公里两块钱算，十公里这是多少钱？是二十块钱吧；我们有一段路程不好跑，车速低于了每小时十二公里，这段路程大约用去了二十分钟，按规定，车速低于每小时十二公里的，每累计五分钟加收两块钱费用，这段路程用去了二十分钟，也就是要加收八块钱；在嘉嵇体育馆我等你们十五分钟，每五分钟按两块钱算，这又是六块钱；还有，现在超过三公里每公里要加收一元钱的燃油补贴费，这个你们不知道吧，我们跑了十三公里就要加收十块钱的燃油补贴费。兄弟，你算一算，这一共是多少钱？是不是五十二块钱？”

“啊，还有燃油补贴费！你早说啊，早知你这么收费我们就在嘉嵇赶987环线了。”绮霏这时忍不住愤愤说。

“现在说也不晚呀。”大河马涎着脸皮阴笑着。

“怎么不晚？早说我们就不坐了。”绮霏气愤道。

“早说？你们也没早问呀。你们要早问我有燃油补贴费吗，我肯定会毫不隐瞒地告诉你们——有。哈哈！绝对不瞒你们。”大河马露出一脸厚颜无耻的笑。

“你这是乱收费！”德良愤怒地嚷道。

“小子，你说什么？你再说一句！”大河马恼了，一张阔脸上露出横肉。

“我要告你！”德良愤然一指大河马。

“小子，你长几个胆？”大河马用手拍拍德良肩膀，“知道你是谁吗？知道我是谁吗？大马哥！嘉嵇这一带远近闻名的大马哥！听说过吗？”

“我管你是谁！”德良一推大河马的手，义愤填膺，“我就是要告你，告你乱收费！看有没有人管你！”

“小子，你是不是没出过门！没见过世面！你爷我今天让你直着进这个门，躺着出去，你信不信？”大河马终于恼羞成怒了。

春巧这时插进来，她搡了一把大河马，责备道：“哎，我说大河马啊，我说你这个人，你就是那老毛病，有屁总憋着，你有屁把它早放出来不就啥事也没了吗？不就省了这麻烦了吗？人家小兄弟、妹子没出过门，你有话早给人家说在前面，也难怪人家兄弟、妹子跟你急呢，你瞧你这德性，你瞧你干的这没屁眼的事，屁憋在肚子里把肠子憋坏了吧？”

大河马把手一摆，回应春巧：“我憋啥了？我没憋。怪就怪他们没见识，坐车不知道问啊，我还腆着脸跟他们汇报啊？他们算老几呀！”

春巧道："我看这样吧，大河马，你也别那么小气了，五十二你也别二了，就收人家五十吧，人家兄弟妹子没出过门，你也别欺负人家了。"

春巧又转过脸来对德良和绮霏道："兄弟妹子啊，你们也别那么大火气了，出门玩都是为了图个高兴，图个顺心，图个平安。以后啊，你们出门也长个心眼，把价问清楚了再坐车，省得秋后算这糊涂账。"

看德良绮霏默然没有说话，春巧又脸色一沉："兄弟妹子呀，我可是把话都说尽了，出门在外都是为了个开心，都别把事做绝了，你们要硬是不听的话我也没办法，那该怎么办就怎么办吧。"

绮霏此时已因气愤而眼圈潮红，她看着同样愤怒的德良，咬了咬嘴唇，默然从裤兜里翻出五十元整钞，抛给大河马，牵起德良的手，头也不回地朝屋里去了。可想而知，绮霏在家从小到大也没受过这种窝囊气。

德良和绮霏在屋里静静坐着，谁也没有说话，因为他们还没有从刚才的不快中完全解脱出来。

坐了一会儿，德良感觉胸口发闷，他站起身，看到桌上放着一杯水，拿起来品一口，是杯凉水，一仰脖，一饮而尽，感觉胸中的闷气有所淡去。少顷，却又感到腹中有些不适，他对绮霏说："你等一会儿，我出去一趟。"

绮霏点点头。

出了春巧农家院，向右拐有个公共厕所，德良跑进去小解了一下，感到腹中的不适渐渐有所好转。他系好裤带准备回去，却听得厕所围墙后面有人在说话，说话声音不大，但挺熟。顺着围墙砖缝，德良看清楚了说话的正是大河马和春巧。

大河马和春巧面对面站在厕所围墙后面的一棵老槐树下。

春巧道："大河马呀，你宰人也太黑了吧？哪有你那么多变着花样的费用？你也真会巧立名目，还燃油补贴费？即使你收人家燃油补贴费也不应该收人家那么多呀，一下就让人家补贴你十块钱。你呀，黑了心了。人家还是两个孩子呢，你就这么宰人，你还有良心吗？"

大河马道："良心？良心值几斤几两，良心能当饭吃吗？老子要吃饭。老子不宰人老子就得饿肚子，老子只有宰人才能吃饱肚子，宰的人越多、越狠，老子的日子过得越好，不宰人老子干这行哪时才能发达起来？”

春巧道：“嗳，大河马，你还说话越来越深奥了。说实话，你就打算这么一直干下去？你就不怕出事？为了多收费，你是费尽了心思，前几年，你在你的出租车计价器上另装线路，让计价器多跳钱。后来你又改用红外线遥控器遥控你的计价器，多算车费。再后来你在白天晚上使用两台不同的计价器多跳钱。到了今年，你玩得更玄了，你把车的轮胎换成小轮，利用大小轮胎的直径差赚取虚拟路程钱，你知道不知道这很危险呀！你是在刀刃上行走！你知道不？大轮换小轮是容易出交通事故的！”

大河马道：“我能不知道吗？我也知道这是提着脑袋走夜路。可这有什么办法？我不也是为了早点有个出头之日吗？为了你和我，为了我们的幸福将来，我把命挂在裤腰带上赚着这黑心钱、卖命钱。就拿刚才拉的那对年轻人来说吧，在路上车就像中了邪似的，好几次开不稳，把那对年轻人吓得不轻。每次回来都像从鬼门关里捡了条命回来似的。”

“大马哥，听我的，别这么干了。”春巧把身子藏在大河马怀里娇声央道，“你这么干，我的心也跟着悬着呢，你为了我，就别这么干了。”

“唉！我现在都是身在江湖，身不由己了。”大河马叹息一声。

“大马哥，谢谢你，谢谢你给我接过来那么多客人，没有你给我店里接客，我的生意也不会这么红火。”春巧感激道。

“春巧，刚才你多收那对年轻人四十吧？”大河马问。

“嗯，一间客房四十，收他们八十。”春巧得意道。

“春巧，你真黑！你比我黑！”大河马刮了一下春巧的鼻子。

“大马哥，这也是跟你学的呀！”春巧模仿着大河马的腔调，提高声音道，“不宰人老子干这行哪时才能发达起来？”

“嗳，春巧，低声点，宰人可不是件光彩的事啊！”大河马扯了一下春巧的胳膊。

“宰人不是件光彩的事，那偷人是件光彩的事吗？”春巧谑笑道。

“这个……这个……”大河马支吾着。

“大马哥，这么多年来你一直关照着我的生意，我就是要报答你。”

春巧动情地说。

“春巧，有大马哥在，你就受不了欺负。”大河马一边说着一边手像壁虎一样在春巧身上游走着。

“今晚你要表现得更好。”

“嗯，肯定的。”

接下来是让德良不堪入耳的谑浪笑语，德良一捂耳，转过围墙，像逃避瘟疫似的撒腿往回跑。

在德良的内心中，又滋生出一种酸楚的要哭的感觉。对于这两个人，德良此时不知是该愤怼，该憎恶，该同情，该怜悯，还是该唾弃。他们是社会压榨机碾压出来的闪烁着黑色光泽的复杂多面体，他们是被遗落在生活角落里的嘤嘤啼哭的畸形儿。在他们身上，也流淌着火热的生活情感，流淌着与常人一样的原质的火热生活情感。

22

回到屋里，德良被眼前的情景惊住了。

绮霏此时正蹲在大炕上铺一张新床单。看得出，绮霏此时心情好多了。看见德良进来，绮霏脸上露出喜色，对他道：“来，咱们一起把它铺上。出来时我担心外面住宿不卫生，所以自带了一张床单。”

德良站在地上两手抻床单一端，绮霏蹲在炕上抻床单另一端，一张带青苹果图案的崭新床单便覆盖在大火炕的毛毡上，被铺之间半个屋子顷刻间被映衬得鲜活透亮起来，一种温馨和谐的气息扑面而来。

绮霏把床单四个边角掖在毛毡下，张开双臂，“扑通”一声扑倒在床单上，然后深深呼吸着床单散发出的爽心清香，接着又像个孩子似的满怀欢喜地在床单上打着滚儿，抚摸着床单上的青苹果，四肢也尽量地展开，似乎要舒展起全身每一个毛孔来体味这床榻之间带来的温馨。

德良看得有些感动，他静静坐在大炕一角，也伸手抚这张充满诱惑的床单，手刚伸出，却被绮霏接住了，绮霏窃笑一声，轻轻一拉，德良就躺倒在床单上了。这张神奇的床单再次驱动它的魔力，德良不由自主拥紧绮霏，两颗心紧紧贴在一起，激情如野草般疯长，他们在床单上恣意翻滚着，载欢载笑，刚才发生的一切不快都抛之脑后。他们只知道，此时此刻，他们是最幸福的。

良久过后，绮霏娇红着脸小声说："还没洗脸呢。"

德良这才意识到该打点水洗脸了，毕竟他们坐了很长时间车。他情意浓浓地说："我去打水。"说罢拿起脸盆，推门出去。

环顾春巧农家院，德良看到东北角有一个从墙壁探出来的自来水管，水管下面是接水槽，水槽前有一个女孩正在接水。

女孩身材娇巧玲珑，素面净洁，乌亮的修身皮衣把她一张面孔映得有些苍白。水管注入女孩脸盆"哗啦啦"的水响洞穿了德良的记忆，一个亲切的让人感动的身影从他记忆深处飘然而至，德良心头一怔。

"素心。"德良冲那女孩高喊一声。

女孩听到德良的声音，转过脸。德良看清楚了，清秀素洁的面孔，秋水般幽深的眼眸，眼眸中藏着他熟悉的淡淡忧郁之色。

"素心。"德良激动地跑向那女孩，"你怎么在这儿?"站在女孩面前，德良尽量克制着自己的激动。

女孩静静注视着一脸真实的德良，少顷，女孩"扑哧"一声俯首乐了，耳鬓的头发滑下遮住她半个脸，待再抬起头来时，颜面上竟有一丝羞赧。

"你认错人了，我不叫素心。"女孩歉意说。

"你不是素心?"德良不相信地摇摇头。

"不是，你认错人了，我叫汪媛媛。"女孩道。

"哦……认错人了，你不是素心，怎么长得这么像!"德良默默说。

"媛媛，怎么了?"

一个沙哑声音在喊眼前这个叫汪媛媛的女孩。循声望去，德良看到从自己隔壁房间出来一个中年男子，身上也同汪媛媛一样穿着黑色半大皮衣，男人有着沉郁的目光，微黑的脸庞透着一股成熟男人的刚毅。

看到这男人，汪媛媛喊一声"树敬"，就端着水盆朝他跑去。她把水盆放在男人脚下，揽住他一只胳膊，珍爱地小声责备道："树敬，你怎么出来了，你坐着，我给你打洗脸水嘛。"

树敬抚着媛媛的头发，爱怜地说："媛媛，不用你来，这些我都能干。”

媛媛抬头看看树敬，笑了，然后她又转过脸看站在水槽边的德良，对树敬小声道：“他把我认错了。”

“噢。”树敬抚着媛媛，目光慈怀地看着德良。

德良这时注意到树敬的颈部带有一些水肿之状。

树敬和媛媛相携着走到德良跟前，树敬温和地朝德良伸出一只手：“我叫郭树敬，昨天刚从熙京到这儿。”

德良握一下树敬的手也自我介绍：“我叫魏德良，也是从熙京刚过来。”

两个男人默默地注视着对方，似乎要从无语中获得对方一些信息，这是一种沉默的交流方式，或者说是一种感知方式。在德良的潜意识中，对这个素昧平生的叫郭树敬的人似乎并不陌生。

“德良。”

德良听到绮霏在喊他，绮霏不知什么时候已站在门口了。

树敬和媛媛同时把目光投向绮霏，目光相接，绮霏看媛媛时也愣了一下，但很快又恢复平常，看得出来，绮霏并没有把眼前的媛媛认作是素心。

绮霏走到德良跟前，端起盛水脸盆，冲树敬和媛媛礼貌笑笑，径直回屋去了。已是午时十二点半，吃饭时间到了，透过餐厅玻璃窗，有一些陌生面孔在餐桌间攒动。德良冲树敬媛媛点头微笑一下，也回屋了。

绮霏在脸盆架前静静坐着，看德良进来，回眸一笑：“德良，想她了?”

“谁?”

“她，素心呀。”

“……没有，只是觉得刚才那女孩特像她。”德良轻叹一声。

“嗯，确实像她。”

“竟有长得这么像的！绮霏，你怎么一眼就辨出来了?”

“凭直觉。”

“噢……直觉。”

“德良，能告诉我吗？你对她是什么感觉?”绮霏低了头，默默道。

“谁?”

"当然是素心。笨。"

"对她……感觉……感觉有点亲切。"德良回想着，默默说。

听了德良的话，绮霏有些失色，急急问："那对我呢？对我是什么感觉?"

"绮霏，对你我是心动的感觉。"德良一脸真情，"绮霏，其实我一直想告诉你，最近我时常做一些奇怪的梦，梦里会看到她，看到她那双黑黑幽深的眼睛，那双略带忧郁的眼睛，那双眼睛就那么紧紧看着我，让我心生愧疚和不忍之情。每次梦到这些，我就从梦中惊醒，绮霏，你说我是不是愧对她了?"

听了德良这番话，绮霏解颐一笑："德良，你的话我明白了。我在这里给你的解释只能是，爱情不同于亲情，爱情不是感恩戴德，爱情不存在愧对。你梦里时常梦到她，那是因为她待你好，你心存感激，所以总觉得亏欠了她，老是想着还她，你经常有这种潜意识想法，梦里就会时常梦到她。"

"绮霏，你说得对，她对我好，我真的没有理由对她不好。"

"嗯，德良，我知道，我喜欢你就是喜欢你这种性格，有情有义，我跟你在一起，心里踏实，我对你好，你是不会负我的。"

"绮霏，你放心，我永远不会负你。"

"永远有多远?"绮霏调皮问。

"……"

绮霏粲齿笑："不知道了吧？我相信世间没有一个人能回答得出这个问题。"接着目光悠悠望着面前那盆清水，似乎这个千古难解的答案就溶解在水里一样。过了一会儿，绮霏默默道："我不相信永远，我只相信现在，我只求你我在一起的每一天你爱我，不要负我。"

时值午餐时间，春巧农家院餐厅坐了许多人，吃饭的大多是这个院的房客。德良绮霏进去找到一张餐桌坐下，却看到这张桌对面吃饭的是郭树敬和汪媛媛。树敬和媛媛也看到他俩，欣喜地朝他俩点头。

一个侍员模样的女子走到德良跟前问："二位想吃点什么呀?"递上一个菜谱本子，如数家珍道："炒菜有肉炖豆角干、肉炒蘑菇、五花肉炒尖椒、香菇炒芹菜、红烧豆腐、白菜炖粉条、红烧鸡块……"

待侍员说完，绮霏问：“有没有特色一点的啊？”

侍员：“特色一点的，有啊。家酱肉、家乡肠、烤虹鳟鱼、垮炖虹鳟鱼……”

侍员话还没说完，德良座位旁边有个正吃饭的男子这时却接住话茬儿：“嗳，想吃龙吟峡这儿的特色呀，你们还就得吃这儿的烤虹鳟鱼、垮炖虹鳟鱼。”

侍员冲这男子礼貌一笑：“你吃了我们的烤虹鳟鱼和垮炖虹鳟鱼，味道确实不错吧？”

男子点点头：“一吃这儿的虹鳟鱼，就不想家了。”

侍员掩口失笑：“那你就一直住在我们这儿，我们天天给你做虹鳟鱼，保你永远不想回家。”

男子也笑了，接住话道：“我也想一直在这儿住下去，在外面玩谁不想呀？可不行呀，办完事就得回去了。”

德良仔细看了一下这男子，这男子大约二十七八年纪，穿一件蓝色粗布棉袄，脸形方方正正，肤色暗红，双眼眯眯着，目光中隐约可见一些游移不定之色。男子面前放着两个盛鱼的盘子，盘子里有打开平铺的锡纸，锡纸上是烤好的两条鱼，这两条鱼的鱼身非常匀称优美，鱼身一侧有一条清晰的彩虹样痕迹。不用说，这两个盘子里的鱼肯定就是刚才说的虹鳟鱼了。眯眯眼男子身边还坐着一个二十七八岁的女人和一个六七岁的小女孩，她们都在埋头吃饭。一看便知，这三个人是一家三口。

“德良，咱们就来一个烤虹鳟鱼，怎么样？”绮霏朝德良笑笑道。

“嗳，你们要吃烤虹鳟鱼就得要我这种吃法——锡纸烤虹鳟鱼。”眯眯眼男子这时又指指他盘里的虹鳟鱼插话进来道。

“为什么？”绮霏不由地问了一句眯眯眼男子。

“你们不知道吧，这用锡纸烤虹鳟鱼是西方的吃法，调料只有葱、姜、盐，这么吃不失虹鳟鱼的原本味道，吃起来鲜嫩清淡，过去咱们的吃法都不科学，口味太重，失去了原味。”眯眯眼男子阐释道。

侍员听眯眯眼男子这一说，不由扑哧乐了，道：“对，这位客人说得完全正确，这就是锡纸烤虹鳟鱼的特色。”

眯眯眼男子旁边的女人这时停住了吃饭，瞪了眯眯眼男子一下，揶揄道：“你吃了几天虹鳟鱼？还西方的吃法，还科学，啥叫科学？你跟谁讲科学了？你讲科学就不来这儿了。”

听女人这么说，绮霏也留意地看了下眯眯眼男子。树敬和媛媛也停下吃饭看这男子。

眯眯眼男子旁边的小女孩这时却嚷嚷开来：“爸爸，我不想吃锡纸烤虹鳟鱼，吃这个没味，我不想吃原味的，跟吃生鱼一样，我还想吃炖鱼。”

眯眯眼男子旁边的女人听小女孩这一说，脸色倏地一变，她狠狠捶了眯眯眼男子一拳：“听到了吗？兰兰说吃得跟生鱼一样，我吃得也跟生鱼一样，就你跟人不一样，就你有派儿，就你讲究，你乡巴佬一个，在这儿装什么装？”

女人这么一说，绮霏不由得扑哧一声乐了，树敬旁边的媛媛也在偷偷笑。

显然，这番话把眯眯眼男子有些激怒了，他睁大眯眯眼狠狠瞪一下身旁的女人，又环视桌上其他几个人，然后咽了口唾沫，抓起面前一杯啤酒一饮而尽。

女人脸色又厉害起来，她夺下眯眯眼的酒杯，响亮地往桌上一蹾，指指脚下道：“你喝了多少了？你看看你喝了多少了？你来这儿是喝酒来了？是度假来了？你事没办完，你酒没少喝。”

德良这才注意到在眯眯眼男子的脚下摆着五六个空啤酒瓶子，德良猜想，这男子应该在这个饭桌前坐了有一段时辰了。

“你妈的，你少管我，你滚！”眯眯眼陡然厉害起来，用手一指门外冲女人厉声道。

夹在这两人中间吃饭的兰兰此时停住了筷子，可怜巴巴地看着父母剑拔弩张的样子，小声说：“妈……爸……别吵了……”

“吵你妈个头，都是你，想吃啥你？吃炖鱼？吃你妈个头。”眯眯眼对着兰兰怒道。

“哇——”兰兰被眯眯眼一顿暴喝吓得大哭起来。

“你还哭，哭丧了，怎么生了你这么个倒霉孩子。”眯眯眼又骂道。

“哇——”兰兰哭得更厉害了。

“你再哭，你再哭，看老子不揍你。”眯眯眼一手抓住兰兰肩膀，一手轮起巴掌在兰兰屁股上狠抽起来。

“别打孩子，你个丧良心的！”女人呵斥着，一手挡住眯眯眼的来掌，一手扯住兰兰衣角，“兰兰，走，咱们走！”

兰兰跟着女人哭哭啼啼地走了。

餐桌在片刻风波之后又归于平静。

眯眯眼又从地上拎起未喝完的啤酒，给自己满满地注入杯中。

绮霏显然被刚才这家三口的吵闹影响了情绪，对吃虹鳟鱼失去了兴趣，回身对侍员简单说：“来香辣莜面条吧！来两盘。菜就来个香菇炒芹菜和白菜炖粉条！”

绮霏转过脸，对德良一笑：“吃香辣莜面条，听说蓟州北部一带莜面好吃。”

“不光蓟州北边有莜面，我们恽州的莜面才好吃呢！”眯眯眼男子这时又恢复了初始的热情，眯着眼悠然道，“我地里以前就种莜面，不过现在不种了，那东西产量忒低！”

“噢，看来你倒是个美食家了！”绮霏讥讽地搭上一句。显然，她对这个男子并没什么好印象。

“什么？美食家？”眯眯眼嘴里嘀咕一声，揣摸着“美食家”这个词，似乎他对这个名词颇感新鲜。

绮霏没有理他，只是把目光投向窗外。

23

“哎！敦平兄弟，敦平兄弟在这儿。”春巧不知什么时候站在了德良旁边，对着眯眯眼男子热情招呼道。

“敦平兄弟，喝几瓶了？”春巧坐在眯眯眼男子身边满面春风地问。

这个叫敦平的眯眯眼男子举起一个手掌的五个指头，示意——五瓶。

春巧脸上显出一副惊讶之色：“敦平兄弟好酒量！赛过景阳冈打虎的武松了！”

敦平憨脸一笑：“老板娘，这点酒算啥，在家里我能喝……”

“能喝多少?”春巧追问。

“能喝……不跟你说了……说了让慧芝听了又闹。”敦平有些醉意地摆摆手。

“唉，你媳妇慧芝也管你太严了，这男人是得有个女人管，可也不能管得太严，管得太严那男人还是个男人吗?这不喝酒不抽烟的男人还是个男人吗?”春巧说罢，瞟了一眼正在默默吃薏米粥和蛋炒饭的树敬和媛媛。

“唉……”敦平难言地叹息一声。

“敦平兄弟，现在冬天没什么农活了吧?”春巧找着话问。

“嗯，地里没活了。闲了。”

“净观法师找到了吗?”春巧又问。

“没有，净观法师出去云游了，两天后回来。”敦平道。

“等了他几天了?”

“三天了。”

“哎呀，敦平兄弟，净观法师从九华山云游到龙吟峡的金刚寺，你从恽州赶到涂州九华山，再从九华山一路追寻他到这儿，又在这儿虔诚地等他这么久。俗话说，心诚则灵。敦平兄弟，你的心愿一定会实现的。”春巧不阴不阳恭维着。

“但愿两天后能见到大法师。”敦平面色虔诚。

顿了顿，春巧又道:“生个男娃在你们那儿就那么重要?”

敦平表情凝重地点点头，自言自语道:“得续香火呀，家里老人都等着这一时刻呢。”

春巧听了“嘿嘿”笑着。

笑罢，春巧又道:“听人说，净观法师在这方面特灵。”

“嗯，真的灵!我们那儿有两家就是请净观法师作的法，果然生了男孩。”敦平一脸坚信。

“我听人说，找净观法师开光点化是要收功德费的，功德费还不少呢，是这个数!”春巧伸出一只手的四个指头。

“只要灵，收多少都行。”敦平坚定地说。

“这回肯定灵，有敦平兄弟这么虔诚，佛祖会赐予你一个健康漂亮的男娃的，你的心愿一定会实现的。”春巧拍拍敦平肩膀朗朗地笑了。

敦平也跟着春巧“嘿嘿”乐。

树敬和媛媛此时正默默吃饭，并没在意春巧和敦平说话。

媛媛将一颗剥好的煮鸡蛋放入树敬的薏米粥里，小声道：“树敬，多吃点！”

“嗯，媛媛，你也吃！不用管我。”树敬用汤匙扤了蛋炒饭给媛媛吃。

媛媛也扤了薏米粥往树敬嘴里送：“树敬，吃！”

春巧将这一幕看在眼里，俏美的嘴角轻轻一撇，目光瞥离二人，不屑地轻哼一句：“表演吧！”

敦平脸上憨笑着，跟着春巧的话道：“假！”

树敬和媛媛停了吃饭，目光如止水般看着他二人。

这时，餐厅门一响，一个穿半新草绿军大衣的中年汉子推门进来。

德良一看，这个男人他认识，正是在嘉嵇下车时他们碰到的蹬三轮车的老棉花。

春巧冲老棉花招招手：“老棉花，这儿来坐！”

老棉花把身上军大衣脱掉，哈着两只冻手，踮步走到春巧旁边坐下。一抬眼，老棉花看到德良和绮霏，发锈的面色一亮，冲他俩点点头：“到这儿来住了？”

德良点点头：“嗯。”

春巧看看德良绮霏，接过话茬儿，问老棉花：“你们认识？”

老棉花连点头：“认识，认识，他们只差一点没坐我的三轮车到这儿，后来生意被抢了。”

“噢？生意被谁抢了？”春巧问。

“被大……”老棉花看了看春巧的脸，似乎意识到什么，话到嘴边又将大河马三个字咽了回去。

“谁啊？”春巧急道。

“烦心的事还是不提为好。”老棉花神情蔫蔫的。

“唉！你这个老棉花呀，总是这么个德性，说话吞吞吐吐。哎，你吃什么呀？我让他们给你上。”春巧道。

“还吃傀儡饭，来一个五花肉炒豆角，再来一个烤羊腿，来瓶衡水老白干。”老棉花顺溜地说。

“好，我让他们给你上，喝完了咱们摸两把啊！”春巧笑吟吟地提议。

“没问题，今天感觉手气不错。”老棉花双手在裤腿上蹭蹭，“下午天太冷，我给自己放假了，不跑车了。”

“是吗？那太好了！我给你要菜去。”春巧笑哈哈地站起向厨房去了。

此时，德良和绮霏要的饭菜都已上齐。树敬和媛媛也已吃毕，他们朝德良绮霏微笑点头：“慢吃，我们先走了。”树敬的声音听起来有些嘶哑，有些气促，气促得让人担忧。

德良站起来朝他们点点头：“慢走，再见！”

德良和绮霏目送树敬媛媛相互扶携着走出餐厅。看着他们的背影，德良内心涌起一种真挚的感动。

餐桌上只剩下德良、绮霏、敦平和老棉花了。

敦平眯着微醉的双眼问老棉花：“你在这边干啥呢？”

“唉！在嘉嵇这一带蹬三轮拉客混口饭吃。”老棉花神情萎靡地答。

“你是蹬三轮车的？”听了老棉花的话，敦平惊讶地睁大眯眯眼。

“是啊，我还能干啥？一没文化，二没手艺，我能干啥？只能蹬三轮混口饭吃了。”老棉花情绪低靡道。

“你蹬三轮？……在嘉嵇这一带？……天天蹬三轮？……挣钱？……天天干这活？……冬天……也这样？”敦平不相信自己耳朵似的舌头打结地问。

“噢，是这样，冬天也这样。”老棉花被敦平问得有些没面子，他蜷了身子，脸色更加发锈，神情更加萎靡。

听了老棉花的回答，敦平兴奋地抓起桌上斟好的一杯啤酒，一仰脖，痛快地一饮而尽，然后“哈”出一口大气，仿佛胸中的郁闷尽数一吐而出，敦平的脸上就此变得红润而富有色泽起来。

“老棉花？你是叫老棉花吧？”敦平脸上露出了难得的自信的笑容，他拍拍老棉花的肩膀道。

“嗯，是叫老棉花，什么事？”老棉花老老实实地承认。

“听说，听说……这个……”敦平拖长语调卖着关子说，“听说这个常蹬三轮的人脚上长鸡眼。老棉花，你的脚上一定长鸡眼了吧？”敦平说罢，也为自己的风趣而得意地哈哈大笑起来。

老棉花显然被敦平的说法给弄得有些丈二和尚摸不着头脑，他搔着后脑迷惑道：“有这说法？我没长鸡眼呀。”

“是吗？这怎么可能呢。”敦平笑着往后仰了仰身子。

“真的。我没长鸡眼。”老棉花诚恳道。

“老棉花，不能吧？你可别骗你兄弟我了，来，把你的鞋子脱下来，让我们大家瞧瞧，到底长没长鸡眼。你们说，是吧？”敦平边说着边朝德良绮霏那边挤挤眯眯眼扮了个鬼脸。

“这怎么行呢？这大冷天的，让我脱鞋脱袜子，你这不是耍人吗？”老棉花冲敦平急道。

“哎，老棉花，你说谁耍你了？你说清楚点！”敦平的脸此时又倏地一拉，朝老棉花瞪圆眯眯眼发了横。

“你，你，你就是在耍人！”老棉花黑紫着一张发锈的脸急道。

“嘿嘿。”敦平忽又换上一副笑脸，拍拍老棉花肩膀道，“哎，没必要嘛，不脱就不脱嘛，不脱就不看了嘛，看把你给急得跟个大马猴似的。”

“你才像个大马猴呢，你说话能不能好听点！”老棉花更急了。

“哎，哎，别急，别急，你看你，跟你开个玩笑，你看你急个啥子嘛？”敦平一边摊开双手在老棉花面前故作慌乱地摆着，一边笑嘻嘻地不慌不乱地说着。敦平最后一句居然还模仿了四川话来展示自己的幽默本色。

“来，咱们聊点正经的。”敦平又给自己杯中斟满酒，手抚老棉花的双膝慢条斯理道。

“聊啥？”老棉花有些不耐烦地睨了敦平一眼。显然，老棉花对敦平这人有着深深的不满。

“哎，蹬车这活是不是很辛苦？”敦平颇好奇地问。

“是啊，能不辛苦吗？干啥不辛苦？”老棉花机智地反驳。

“哎，冬天蹬车冷不冷？”敦平接着好奇。

“你出去蹬车试试就知道了，我在这里给你说没有用。”老棉花接着机智。

“我是绝不会去蹬车的。”敦平一脸坚决地摇头摆手。

“那你还问啥?”老棉花乘胜追击。

“哎，一天蹬车能挣多少钱?”敦平又好奇道。

“不定，冬天少，夏天多，多了一天能挣上百块，少了一天只能挣十多块，有时天气不好就一个也拉不上，跑空车。”老棉花回味着道。

“噢……上百块……跑空车……”敦平若有所思地咀嚼着老棉花的话自言自语，样子像是在盘算老棉花的月收入。

“哎，你在哪儿住?”敦平又想起什么似的眯眯眼一亮问道。

“咋了?你要给我发住房补贴费吗?”老棉花又机智地调侃了一句。

“唉，我哪有那本事，就是想问问，聊天嘛，反正没正事。”敦平近似恬淡地说。

“我就在这古刹村住，租的房子。”老棉花诚恳道。

“家都过来了?”敦平紧逼一句。

“没有，老婆孩子还在老家。”老棉花老实交代。

“哦……”敦平像明白什么似的，嘴里一声轻应，似乎在吞咽一句往外说的话，脸上释然之情尽现。

敦平把身子又往后仰了仰，拿起啤酒杯，意味深长地小口品了一下，眯眯眼眯着玩味地看着老棉花，然后咂咂嘴，兴致盎然道:“老棉花，说个实在的，一个人在这边干这活，寂寞吗?”

“什么寂寞吗?”老棉花不解地问。

“唉，这你不懂呀?你自己在这边蹬车，你老婆不在身边，你寂寞吗?这你不懂呀?”敦平一副不耐烦的样子阐释道。

老棉花显然让敦平这个话题搞得有些窘迫，发锈的脸上泛起一些铁红，扭头看在旁边吃饭的绮霏，他发现绮霏并没太注意他们的说话。老棉花咽了口唾沫，嗫嚅着道:“不……没有……有时……”

敦平开心地笑了，眯眯眼这时显得贼亮，他指引道:“老棉花，听说嘉嵇这一带的鸡还不错，你有没有过……那个?……哈哈!”

老棉花被敦平的这句话推向了羞迫的绝境，发锈的脸色变得发乌，他倏的一下从座上站起，大声冲敦平嚷:“你……”

德良和绮霏也停下吃饭，绮霏脸上这时明显挂着一些难堪的羞赧。显然，她也被敦平的污言秽语所累。

敦平收了收脸上的笑，他一边拽老棉花的手，一边又厚颜道：“来，来，坐，坐，你说你激动个啥呀？你这么大个人了你激动个啥呀？好好，老棉花，你是好的，好样的，我错看你了，你是……那个叫什么来着？哦，叫……纯洁的，你是纯洁的，来来，坐下说，坐下说。”

老棉花终于气咻咻地又坐了下来。

敦平一口将杯中的啤酒饮尽，微醺着眯眯眼重又抚着老棉花的双膝，语重心长道：“老棉花，俗话说得好，哪有猫儿不沾腥？这马行无力皆因瘦，人不风流那是只为贫呢！知道啥意思了吗？”

“不懂，啥意思？”老棉花表情淡然道。

“钱呢！缺钱呢！缺孔方兄呢！”敦平一语道破天机。

“缺钱？我缺钱？”老棉花重又搔着头皮不知南北地道。

“嗯，你缺钱，你现在缺的就是钱。你有了钱，你说你老棉花会不会在外面风流快活？你说真心话！”敦平摆出一脸严肃追问。

“这个……我倒没想过……”老棉花搔着头皮不知所云。

“哎，老棉花，我给你算算，你看，你抽烟吧？”敦平又给自己斟满酒掰着指头道。

“抽。”老棉花道。

“喝酒吧？”

“喝。”

“摸麻将吧？”

“摸。”

“房租得交吧？”

“得交。”

“得吃饭吧？”

“得吃。”

“有时还得给家嫂和孩子寄两个吧？”

“得寄。”

“所以嘛，老棉花，你看看，你这么多的开销，而你挣那么点钱，还哪有钱出去风流呢？”敦平一推手摊牌。

“哦，是这样啊！”老棉花似有所悟。

“是啊，不是你不想风流，而是你没有能力风流。我认为，男人有了钱都会出去风流。哪个猫儿不沾腥？正像所有的男人有钱会变坏一样，所有的女人变坏才有钱。”敦平意气风发挥斥方遒。

“哦，是这样？”老棉花像被上了新鲜的一课。

“是这样。有了钱，你老棉花会变坏，我郝敦平会变坏，旁边这位兄弟也会变坏，我们都会变坏，谁也逃避不了。”敦平指了一下旁边静静吃饭的德良。

敦平的话如刀子一样直戳德良胸口，德良感到胸口一阵撕裂的疼痛，他知道，血，在他的体内正暗暗流淌。又有一个声音在他耳畔频频回响：是这样吗？是这样吗？男人是这样吗？女人是这样吗？人都是这样吗？

德良不想知道答案，因为他怕得到一个他不想得到的答案。

德良抬眼看绮霏，他看到绮霏也正在看他，绮霏俏美的脸庞上增加了一些凝重的雾气，看得出绮霏也在思考这个问题。德良和绮霏相视良久，绮霏的目光渐渐变得含情脉脉起来，随后，绮霏朝德良解颐一笑，充满柔情和无限爱怜，她拉过德良一只手，把半张温软的脸贴在他手背，然后如一只满怀信任和依赖的小猫似的，脸庞在他手背轻轻蹭着，蹭着。德良揽过绮霏肩胛，像安抚一个受惊吓的孩子似的，轻轻在她身上拍着，拍着。

忽地，不知是一股什么力量，德良猛然一拍饭桌，从凳子上一纵而起，手指敦平，厉声道：“错误！你说的完全错误！人不是这样的！不是这样的！男人不是这样！女人也不是这样！这只是你！这只能代表你自己！”

敦平显然被德良的士气一下给镇住了，他哆嗦了一下嘴唇，没有说出话来。

德良接着义愤道：“古往今来，有多少钢铁男儿，又有多少坚贞女子，他们又怎么是你这等鼠辈所可以比拟的，你这等鼠辈，是生长在社会肌体上的毒瘤，是躲在社会阴暗角落的粪蝇，是肮脏不能见阳光的人渣。”

敦平的嘴唇又动了动，但还是没有说出话来，在德良这种强大声势下，敦平此时大脑可能停滞于休眠状态。

“哎，怎么啦？这位兄弟怎么啦？这么大火？哎，敦平兄弟，你是怎么招惹这位兄弟了！惹他这么大火！”春巧不知什么时候出现在饭桌旁，眼睛看看德良又看看敦平急急地平息道。

德良虎视敦平。

敦平闷声不语，眯眯眼中泛起颓唐之色，少顷，拿起那杯斟好的啤酒，仰脖饮尽，酒落肚之后，旋即却又从胃里返出一个郁积不畅的酒嗝，随之口中也“唉”地长叹一声。

春巧看出了事情端倪，冲着敦平道：“我说，敦平呀，咱这喝酒没事，喝多少酒都没事，可咱这喝酒可得有酒德呀，可不能喝点酒就胡言乱语地伤人呀！”

这时老棉花的五花肉炒豆角和烤羊腿也上来了。老棉花一边啃着烤羊腿喝着衡水老白干一边心满意足地看着春巧教育敦平。

春巧道：“我说，敦平呀，咱这在外面喝酒可不像在家里喝酒，在家里，你忙完农活了，坐在大炕上，那怎么喝怎么聊都没事，只要不耽误农活就行，咱这在外面……”

春巧的话说到这里，正在啃羊腿的老棉花停了下来，他用手擦擦嘴边的油腻，警惕地看了看身边耷拉着眯眯眼神情颓唐的敦平，然后腾出一只手，冲着春巧指指敦平，道：“他，在家里干农活？……种地？”

春巧一笑道：“他，当然得种地了，不种地吃啥？”

老棉花听罢哈哈笑了。

老棉花边笑边用羊腿棒子点着敦平：“我道是什么大客人呢？原来是一种地的，哈哈！我道是什么跑大生意的，原来是一农民，哈哈！你们瞅瞅他刚才跟我说话那架势，压倒泰山似的，整个一君临天下，我还以为是什么身份呢？真被他给唬住了。呸！你装什么装！”

敦平身上此时像被针刺了一样，打了一个冰冷的激灵。老棉花的话使他从刚才的休眠状态中转移出来，他怒睁眯眯眼，冲老棉花骂道：“你是什么东西啊！一个臭蹬三轮车的，一个黄包车夫，一个社会下九流，一个刚从农村跑出来讨饭吃的乡巴佬，这儿还有你说话的权利？呸！你装什么装！”

“农民！”老棉花骂。

“乡巴佬！”敦平骂。

“臭种地的！”老棉花骂。

“扔了地刚从农村跑出来的乡巴佬！”敦平骂。

老棉花因骂得过瘾面色由发锈变得铁红。

敦平因骂得过瘾眯眯眼放射着凛冽的光芒。

春巧站在一旁，不知该对他二人劝什么，只是脸上肌肉僵硬地麻木地笑着。其他餐桌上也有停了吃饭朝这边看的，脸上也挂着一些同春巧一样怪怪的麻木的笑，看不出他们心里在想什么，可能他们都司空见惯了，可能他们什么都没想，这原本就不是个什么大事，一个简单的吵架而已。

德良实在听不下去了，老棉花和敦平的辱骂句句像刀子一样刺在他的胸口，他胸口再一次撕裂般地疼痛，再一次滴血，血像一股地下暗流，涌遍他的全身。

“行了！够了！”德良再一次拍案而起，怒目注视着这二人，然后他拉起绮霏，像躲避两个麻风病人似的迅速转身离开。

出了餐厅门，有一股清冷的风吹在德良脸上，他感觉外面的空气真的好新鲜啊！不知怎么，在他内心中，又有一种强烈的酸楚的感觉，这种酸楚感催化出酸楚的液体涌上他面部，他意识到有一种酸楚的叫作眼泪的东西此时夺眶而出了。

“德良，你哭了。”绮霏静静地看着德良关切道。

德良咬咬唇，默默地点点头。

又一阵凛冷的风吹在德良脸上，他感到沾着泪水的脸微微有些生疼，但他知道，自已真正的伤口在心里。这时，德良瞥见在院子一个角落有一株一米高的植物，分外显眼，分外熟悉，虽然这是一株在冬季枯死的植物躯干，但德良还是清晰地分辨出这株植物就是他童年时在山里常见的败酱草。

德良快步走过去，在这株枯死的败酱草前蹲下身。败酱草卵形叶对生，有着长长的叶柄，这是一种能够清热解毒、祛瘀排脓的药草。

“绮霏，你看，败酱草。”德良抹了下眼角泪水。

“败酱草?”绮霏也蹲下身子看这株植物。

“对，败酱草，这是一种能治病的药草。”

“哦……”绮霏轻声道。

“神农尝百草，始有医药。”德良嘴里默默念着。

“神农……神农……”德良喃喃着。

过了良久，德良转过身，惨淡着目光表情沉痛地看着绮霏，然后，他握紧绮霏的手，幽噎着声音问：“绮霏，能告诉我吗？我们是在什么时候把‘农民’、‘乡巴佬’这些词作为贬义词的？是在何时、何地、何种情形之下把它们作为辱骂人的话的？绮霏，你能告诉我吗？我们的共同祖先炎帝神农氏遍尝百草为人治病，发明农业存活人类，后代子孙才得以延续，得以繁荣，我们后代子孙又是在何时何地何种情形之下把这样辉煌的事业变为一项平庸事业的？又是何时何地何种情形之下把在土地上耕作的农民推向社会边缘的？绮霏，我的父辈是农民，我是农民的儿子，可我们都是神农的后代，我们都是农民的儿子，我们为什么都不愿承认自己是农民的儿子呢？绮霏，你能告诉我吗？我们社会是在什么时候有层次，什么时候有歧视的？绮霏，知道吗？刚才他们的辱骂句句都伤在我的心上，句句都像在骂我。农民是我们的衣食父母，为什么他们都不愿承认自己是农民呢？”

24

德良感觉身上很累，躺在被卷上，目光沉沉地看着屋顶。

春巧农家院的火炕很暖，可德良身上凉凉的。

绮霏坐在德良身边，把他一只手拉入自己怀里，用掌心的温热温暖着它，并借此感受他的心情，分担着他的苦痛。她知道，她只能以这种方式来抚慰爱人的心，语言在此时是苍白无力的，德良所面临的是超越语言障碍的思想困顿，而这种困顿对于聪明的德良来说，只能依靠他自我思想生命力的再生来予以消解，真正能够使他走出困境的还是他自己。

一阵倦意潮水般袭来，德良的意识如秋季云际间渐次渐远的鸟影，渐渐模糊起来。

德良推开门，看到街上滚着黄尘，有一些蓬头垢面的人从黄尘中走过，他们排着长队，赤裸着上身，光着脚板，肩上扛着沉重的麻包，他们中有年过七旬的老人，也有十四五岁的小孩，他们在黄尘中步履沉沓地走过，他们面带饥馑饿殍之色，这是一幅让德良意识里多少次心酸落泪的景象。

德良追上一个老者，急切道："大爷，我来扛吧！"老者面无表情地摇摇头，扛着麻包步履沉沓地走开。

德良又追上一个十四五岁的孩子，道："小弟，我来扛吧！"小孩也同样面无表情地摇摇头，走开。

德良站在街心，看着这些苦难的人，焦急而又心痛，他大声对着他们喊："停下来吧！歇一歇吧！"

所有的人就像没听到似的，依然表情麻木地扛着麻包走着。德良急了，冲到一个老者面前，拉下他肩上的麻包，一甩手扛在自己肩上。

这时，长队停下了，所有扛麻包的人都停下来看德良，他们走到德良跟前，围住他，仔细地瞅着他。这时，队伍中有一个中年汉子笑了，是一种面部肌肉僵硬的难得的一笑。

这个中年汉子走到德良跟前，将自己的麻包从肩上卸下，也放到德良肩上，然后哈哈笑着。

所有的人都哈哈笑了，他们纷纷把自己的麻包从肩上卸下，给德良放在了肩上，放在了背上。无数麻包放在德良的肩上和背上，压得他直不起腰来，喘不过气来，抬不起头来，德良只能听到他周围这些人的怪笑声和唏嘘口哨声，只能看到他们赤裸的脚板，看到他们赤裸的脚板在围着自己转圈圈，做着节律地跳跃，德良知道，那是他们特有的欢庆方式。

德良终于不堪重负，他背负着无数麻包像一座大山似的慢慢地、慢慢地向着地面贴近。他想求救，可他喊不出声来，即使他发出了游丝一样的呼唤，也被他周围这些人狂欢的怪笑声和唏嘘口哨声所淹没。大山一样的重物终于把他压垮了，他四肢屈张扑倒在滚滚黄尘中。他感觉自己是死了，又感觉自己似乎嘴里还苟延着一口气息。他感到自己死的样子极难看，就像一只被碾死的蜥蜴。可他又感觉到他的灵魂却飘飘荡荡地上升到云端中，灵魂无限痛惜地看了一眼自己那具悲哀的肉体，无限痛惜地洒下了一滴悲哀的眼泪，飘然而去，飞向一个不知名的地方去了……

“德良……德良……”绮霏在他耳畔轻声唤。

德良终于缓缓睁开眼，才发现自己原来是南柯一梦。

“德良，你做噩梦了?”绮霏焦急地替他擦拭着额头汗水。

待心情渐渐平静下来，德良轻声道：“我们出去走走吧!”

出了春巧农家院，是一条并不直的南北街，向南通向龙吟峡风景区。街上大部分积雪都已清扫干净，街角有扫起的雪堆和孩子们堆起的雪人。古刹村是处在一片群山环绕之中，山并不显得高大嵯峨，大多是圆形山包包，却绵延起伏，颇有层次感，山上覆盖着白皑皑的积雪，多多少少给人以敦实和厚重感。

此为午后申时，街上有出门倒脏水的当地居民，三三两两的游客在以古刹村为背景拍照，健壮的狗在雪地里撒欢，古刹村在这样的冬季里并不缺少生机。

“德良，咱们拍照吧?”绮霏辗然一笑，取出相机，“以山包包为背景照一个!”

“好。”德良回身看了一眼山包包，整整衣服，抖擞一下精神。

相机发出“嚓——”的好听声音。这是一架莱卡相机，清晰度高。德良想，但愿成像后不要被看到凄凉。

“和雪人照一个!”绮霏又笑着提议。

德良蹲在雪人旁，手扶雪人的头做了个秀。

“和大黄狗照一个!”绮霏笑着指指蹲在街边耷拉着耳朵晒太阳的大黄狗。

“好。”德良蹲在大黄狗旁边。古刹村因为是旅游村，常来一些陌生的游客，所以狗不怕人也不认生，相反，看样子还挺乐意同人在一起合影留念的。德良顺顺利利和大黄狗合了影。德良想，这就是文化的感染力，有了如今旅游业发达、文化生活浓郁的古刹村，狗也受到这种文化的不同程度的熏陶，文化的感染力印证在狗身上，古刹村狗的意识也变得不同寻常的前卫起来、时尚起来。

“绮霏，我来为你照!”德良对绮霏道。

“好。”绮霏把相机交给德良，跑到他对面，把雌黄微卷的长发泻于胸前脑后，稍迈左腿，左手抚左胯，右臂弯曲攀过枕部，仰抚云髻，冲着德良嫣然一笑，绛唇映日，风情万种。

“嚓。”德良揌快门急抓这一动人之景。

绮霏秋波微转，向右侧身，挺胸，提臀，右小臂横亘枕部，左手抚胸，风韵娉婷地冲着德良含情凝睇。

“嚓。”德良急抓这一动人情景。

绮霏右手托腮，侧下蹲，丰容盛鬋，笑比褒姒。

“嚓。”相机又一响。

绮霏背靠围墙，挺胸，挺腹，腮晕潮红，恰似海棠标韵，性感迷人。

“嚓。”

……

绮霏非常高兴，兴奋地对德良说：“在古刹村照，一会儿到龙吟峡风景区再照，咱们照冰瀑冰雕，照冰灯彩灯，照雪雕。”

看绮霏高兴的样子，德良一阵感动，伸手揽过绮霏，向着龙吟峡景区走去。走没多远，前面出现一对熟悉的背影，他们手携着手，肩并着肩，不紧不慢走着。

德良拉着绮霏紧走几步，撵上这两人。果然没有认错，这两人正是树敬和媛媛。

树敬和媛媛看到德良绮霏很高兴，欣喜地点着头，然后四人肩并肩走在一起。

树敬问德良：“在春巧农家院还住得惯吧？”

德良点点头。

“哦，那就好，就怕在城里待惯了，睡农家院大炕不习惯呢。”树敬朝德良绮霏笑笑说。

“不。习惯。我小时候一直睡大炕。我家是农村的。”德良道。

“噢。”树敬轻应一声，笑了，道，“我也是在农村长大。”

树敬目视远方，回忆着说：“我长大离开农村后，常常回想起过去在农村的生活，回想起那里的一草一木，想念童年时的每一个伙伴……”

顿一会儿，树敬又扭头问德良：“在熙京上大学？”

“嗯，在熙京大学读书。”

"哦，相当不错的大学呢！"

德良没言声，低着头闷闷走。

"什么专业？"树敬又问。

"我在生命科学院学基因工程专业。"

"生命科学院……"树敬嘴里默念着，表情渐渐凝重起来。

"科学……科学……"树敬似乎在自言自语。

树敬慢下步来，把凝重的目光瞥向德良："德良同学，我有一个问题，想问问——什么是科学？"

"科……学……"

"对，什么叫科学？"树敬又道。

"……"德良迟疑着，无语了。他有些茫然，是啊，什么叫科学？怎么自己从来没有注意到这个问题呢？曾经有多少次，自己为成功演绎着科学领域的一个个难题而自鸣得意，为自己还在科学的高峰上不断攀登而沾沾自喜，然而——什么是科学？这个朴素得不能再朴素，平白得不能再平白的问题，如今摆在他面前，却使得他顿时哑口无言了。

"德良同学，不是我故意刁钻，我也常想这个问题，可一直未能得到一个满意的答案。"树敬真切地说。

"你也常想这个问题？"德良纳闷。

"是啊，十五年前，我在龙吟峡负责建拦河大坝时就开始想这个问题，一直到现在，我还在想，但还是想不明白。"

"龙吟峡水库的水坝是你负责建的？"德良问。

"是啊，十五年前，我大学刚毕业，被选派负责建坝工程技术。现在十五年过去了，我再回这里来看看。"树敬道。

"哦，是这样的……"德良点点头。

"我清楚记得，十五年前，在龙吟峡建坝前，这里还是一块原生的自然风景区，有参天古树成荫，有原始草皮植被，各种野生动物随处可见。后来，当地政府为把这里变为一个经济旅游区，进行拦河、建坝、搭桥、修路，科技人员对这里进行了科学规划，重新设计了这里的园林，然后，大片大片的原始植被被清除，一株株参天古树倒下了，大批观赏性人工建筑建起了，停车场、加油站、游乐场、餐馆、精品屋出现了，游客来了，定居的居民来了，做生意的商贩来了，然而，野生动物却从这里消失了……”一口气说了这么多，树敬声音里间杂着一些气促。

媛媛轻拍树敬后背，珍爱道：“树敬，你不要说这么多了，你不能多说话的。”

“噢，没事，媛媛，我没事，今天看到德良同学了，还有他的女朋友，我就有一种遇到知己的感觉，心里就是有一些话想说出来……”树敬喘促着，缓缓说，“德良同学，开发龙吟峡旅游区，是经过科学规划和科学设计的，然而现在看看，这个结果科学吗？”

“树敬，你就不要说这么多了，医生不让你多说话，不然一会儿你会胸痛的。”媛媛在一旁焦急道。

听媛媛这么说，德良绮霏都转过脸看树敬。树敬此时脸色已略显苍白，有细细汗珠从额头渗出，显然，这是一种忍受疼痛之状。

“树敬，你怎么了？你哪儿不舒服啊？”德良紧张问。

树敬摆摆手，喘息着道：“没事，过去一点小毛病，又犯了。”

“那我们送你回去吧？你回去歇歇。”绮霏道。

“不打紧，不打紧，一会儿就好了。”树敬淡淡笑笑，他又指指前方，“你们看，前面就到龙吟峡环境区了，再往前走是彩灯区，然后是娱乐区和冰灯区。你们看，那山坡上建着各种造型的亭台楼阁，还雕塑着各种动物模型。你们看，那山间有缆车，有比翼滑道，有蹦极台，有腾龙电梯……”

一阵清风飒然而至，有一个小女孩朝这边跑过来。

小女孩停在绮霏跟前，仰着头问：“姐姐，你们也出来玩了？”

绮霏一看，这个小女孩正是在春巧农家院餐厅里看到的兰兰。

“姐姐。”兰兰出人意料大胆地拉住了绮霏的手。

绮霏蹲下身，微笑着问兰兰：“你爸爸妈妈呢？”

“在那边。”兰兰指了一下精品屋的方向。

抬眼看，郝敦平和慧芝正在朝着这边走。

绮霏又对兰兰说：“姐带了好吃的，你吃不吃？”

“什么呀？”兰兰问。

“嗯，你看看。”绮霏从坤包取出一袋精包装酱红食品，冲兰兰扬扬，“兰兰，你看这是什么?”

“这是什么?”兰兰好奇地问。

“加应子。果味加应子。”绮霏微笑道，“嗯，给你的，快拿着吃吧!”把加应子塞进兰兰手中。

兰兰拿着加应子，眉开眼笑地看着绮霏，然后道：“姐姐，我一直都想说来着，姐姐长得特别漂亮，是我长这么大所见过长得最漂亮的！我以前还从没有见过长得像姐姐这么漂亮的人呢!”

绮霏一笑，拍一下兰兰屁股道：“小小年纪，就是个马屁精。”

敦平和慧芝这时已走到近前，兰兰一蹦一跳到他俩跟前，扬起手中加应子，欢喜地汇报：“漂亮姐姐给了我一袋加应子……果味加应子。”

慧芝劈手朝兰兰肩头打一掌，厉色道：“你这个馋嘴!”又拿过加应子，细瞅袋里色泽诱人的果肉，重又塞回兰兰手中，面露喜色道：“拿着吃吧！你这个馋嘴!”

兰兰闷闷到一旁吃加应子了。敦平眯着眯眯眼盯着绮霏看，似乎在揣测眼前这位漂亮女孩的身份背景。

德良忽发奇想，对眼前几个人道：“大家都在春巧农家院住，也算有缘，今天碰一起了，正好我们带了相机，大家在这儿留个影吧!”

树敬赞同：“好，正好凑一起了，合个影!”

媛媛也表情欣喜地整了一下头发。

敦平又把直直的目光转向德良，没言声。

慧芝却道：“哟！还照什么相呀！你看我这穿得破破烂烂的，照出来准难看!”

就在这时，从不远处，传来一阵清澈嘹亮的歌声：

我们是共产主义接班人，
继承革命先辈的光荣传统，
爱祖国，爱人民，
……

抬眼望去，二十多个系着红领巾的少先队员排着整齐队列举着红旗朝这边走来。

这队少先队员走到德良他们跟前停下，为首一个臂上戴三条红杠标章的少先队员向德良他们敬礼：“叔叔好、哥哥好、姐姐好！”

德良知道，这个三条杠少先队员是少先队大队长。大队长小心地展开手中一块红绸布，红绸布里竟然是一些硬币和一些面值不大的零零碎碎的纸币。德良这才注意到队伍里有一个少先队员举着一块牌匾，牌匾上用粉笔歪歪斜斜写着：

爱心捐献

为了保护龙吟峡自然环境，给龙吟峡景区多添一些绿色，古刹村小学将开展植树活动，欲购买春季小树苗，希望社会有爱心之人能伸出援助之手，捐助一点树苗钱……

大队长走到树敬跟前，敬礼道：“叔叔，捐点树苗钱吧！”

树敬从兜里摸出十元钱，指指媛媛：“这是我们俩的，不多，就捐十元吧！”

德良摸出五元零钱，指指绮霏：“这是我们俩的，我们俩就捐五元吧！”

目睹此景，敦平慌忙背过身去，一双眯眯眼瞥向身旁的慧芝。慧芝已看清了眼前这一幕，插话提示敦平：“敦平，你家是什么户呀？”

敦平立刻如受点化似的一拍脑袋：“贫困户！哎，我家是贫困户！今年刚申请到的一个贫困户！”

慧芝面露得意之色：“就是呀！你家是贫困户，那你该怎么做？”

敦平迅速转过身，朝少先队员们摆摆手，一脸理直气壮道：“我家是贫困户，别人得救济我，怎么要我出钱救济别人呢？你们说，让我捐钱，有这道理吗？”

大队长和其他少先队员听了敦平的话，都面面相觑。敦平的话让他们觉得似乎有道理，又似乎没道理，似乎又有道理又没道理。

兰兰不知什么时候又站在了敦平身后，这时插嘴道：“爸爸，你不是说咱们家还够不上贫困户吗？你不是说是你请村长吃了饭喝了酒之后村长一高兴就给咱家批了个贫困户吗?”

兰兰话一出口，德良感到心头一凛。树敬和嫒嫒表情皆有凛然之色。绮霏在看敦平的眼神中已带有强烈的鄙夷之情。

敦平大怒，一把抓住兰兰肩膀，抬脚在兰兰屁股上连踢数脚，嘴里骂道：“你这个倒霉孩子！让你多嘴！让你多嘴！”

慧芝也面露愠色，她朝少先队员们一摆手，硬声道：“你们到别处去吧！我家是贫困户！”

大队长愣了愣神，还是朝敦平慧芝小鞠一躬，小心翼翼地抱紧包钱的红绸布，带着队伍走开了。

绮霏跨上一步，伸手挡开敦平，拽出兰兰，盛怒道：“别打兰兰，孩子没错！”

兰兰抱住绮霏双腿哭，绮霏蹲下身，对满脸鼻涕眼泪的兰兰小声说：“兰兰别哭，姐姐这儿还有加应子。”又从包里取出一袋加应子塞进兰兰手中。但兰兰仍啼哭不止。

绮霏又道：“兰兰，来，咱们照相！姐姐带了相机，来，给兰兰照相啰！看看相片中的兰兰满脸鼻涕啰！”

兰兰终于被绮霏逗笑了，忙用袖管擦脸上的眼泪鼻涕，朝绮霏点点头。

绮霏取出相机，对大家扬扬手：“咱们都在春巧农家院住，也算有缘，今天在这儿合个影，留个念，大家都站一起了！”

“嚓——”相机一声响，全部笑脸都定格在了相机中。

此时已近下午酉时，风景区大多游客都到餐馆吃饭了，街上稀稀落落还滞留着一些人，即将落山的斜阳给龙吟峡景区建筑和街道涂抹了一层神秘莫测的黄丹色。

这时，在不远地方，有一个衣装入时的青年男子在向着这边观望。

绮霏向这男子招招手，喊道：“你好！请过来一下，麻烦你给我们照张相！”

男子低着头走过来，到近前时，德良看到男子头顶头发用发胶做直，向上刺着半空，额上头发做曲，如波斯狗的颌须一样散乱地贴在前额，在他下颌上却长着密密麻麻的红色小粉刺。

绮霏把相机交给这男子，对他嘱咐道："你站在这里，把镜头对准我们，只需一摁这个钮，就可以了。"

男子"嗯"了一声，没抬头，眼睛盯在手中的相机上。

绮霏高兴地跑回德良身边，牵起他的手，对其他人说："大家都站好了！准备照相!"

男子抬起头来，眼神中飘出一些闪烁不定之色。他举着相机瞄了瞄，对众人说："站太近了，照不到所有人，你们再往远点站!"

绮霏高兴地对两边树敬敦平说："照不下全体人，咱们再往后站站!"

众人纷纷后撤。

男子又道："还是太近，再往远点站!"

听了男子的话，众人又不约而同地往后退了一步。

男子这时举起相机道："大家不要眨眼，笑一笑，好！现在大家回头看看，你们的后面是谁来了?"

话未落地，男子却猛一转身，拿着相机向来时的道路疾速跑去。

兔起鹘落，树敬大叫一声"不好"！抢先一个箭步向那男子冲去。

德良明白过来，这男子就是曾听说过的抢夺贼，也一个箭步追了出去。

树敬全速追赶，渐渐有些接近那贼了。就在这时，从道路一侧，斜刺里，突然有个人驾着一辆摩托车疾驰而来，向着树敬撞去。树敬紧急一个刹步，摩托车从他眼前风一般穿过。

摩托车在不远地方慢下来，抢相机那贼骗腿上车，摩托车载着他重又给足油门，风一般离去。德良看到，抢相机那贼在摩托车离去那一刻，还没忘记回过头，给了他们一个奸险的笑容，他颌上那红红小粉刺在丹黄斜阳映照下如北方秋季田间枯红的毒芹头，分外瘆人。德良从地上捡起一块石头，愤怒地朝着摩托车方向掷去，但破空飞行的石块此时却像一片树叶，悄无声息地飘落在不远一个地方。

"快报警!"树敬嘶哑着声音高声喊，言罢，整个身子却软软倒在地上。

"树敬，你怎么了?"媛媛飞身向树敬跑去。

媛媛扶起倒在地上的树敬。树敬此时面色苍白，额角有豆大的汗珠在顺着脸颊慢慢滑下，口中气息急促而凝重，胸脯也随着呼吸一起一伏。

“树敬，你没事吧？你不要吓我了！”媛媛抱紧树敬，声音中带有哭腔。

树敬苍白的脸上露出一丝笑容，他侧过头，喘促着对媛媛道：“我没事，媛媛，就是有点累！快报警！飞车贼还没跑远。”

“树敬，你怎么了？”德良和绮霏跑过来关切道。

“没事，我没事，就是有点累了，你们快报警！现在飞车贼还没跑远。”

“树敬，我们送你去医院看看吧！”德良焦灼道。

“是啊，送你去医院吧！”绮霏也道。

“唉！不用，还是那点老毛病，不用去医院。我这个不要紧，还是抓那贼要紧。”树敬喘促着说。

看着忍受疼痛的树敬，绮霏沉默了。而后，她眉心一蹙：“不报警，算了。”

“不报警？为什么？报了或许能追回来，不能让这些不法分子逍遥法外。”树敬睁大眼睛急道。

绮霏此时面色凝重，内心似乎盛着一种沉重的不可名状的东西。“我们送你回去吧！”绮霏又对树敬道。

“是啊，我们先送你回去吧！”德良也道。

“树敬，回去歇一会儿吧！”媛媛伸手搀树敬起来。

德良也搀住树敬另一只胳膊。树敬颤颤巍巍从地上站起，咬着唇，忍受着体内疼痛。

兰兰这时也已站到跟前，她似乎明白了眼前发生的一切，高声招呼还在远处观望的父母：“爸爸妈妈快过来！快来扶叔叔！”

敦平耷拉着脑袋慢腾腾走过来，在距德良他们几步远的地方，他又停下了，招呼兰兰：“兰兰，咱们走！”

兰兰道：“爸爸，去哪里？去追抢咱们照片的贼吗？”

“不去。”敦平道。

“那去送叔叔回去吗？”兰兰又问。

“不去。”敦平道。

“那去哪里？”兰兰不解。

敦平跨上前，扯一下兰兰的手："兰兰，你中午不是说爱吃炖鱼吗？前面有家饭馆，做炖鱼做得特别好，现在到晚饭点了，咱们到那儿去吃炖鱼，垮炖虹鳟鱼，可好吃呢！爸爸给你要一条大大的垮炖虹鳟鱼，好不好？"

兰兰似乎还想说什么，但敦平拽她的手使了把劲，便什么也说不出来了，跟在敦平身后"噔噔噔"地往前走。

慧芝也跟过来，她朝德良树敬他们这边扫了一眼，脸上流露出一丝同情与惋惜之情，然后调转身，跟着敦平走了。

龙吟峡的半个日头已经落下山去了，西天出现了七彩琉璃状云霞，有一抹霞光射到德良树敬四个人身上，在他们身上镀了一层亮亮的暖色调，有一抹霞光射到敦平和慧芝身上，在他们身上镀了一层暗暗的冷色调。

25

德良绮霏把树敬安顿休息之后，和媛媛交代了几句，便回屋了。

绮霏看样子很累，坐在炕沿边，低着头，双手支颐，泻下的长发遮着她半张脸，绮霏的眉宇间挂着一些沉郁之色。

德良心里清楚，今天所发生的几件事，不光给自己，也给绮霏，在心灵上带来了很大冲击，尤其是刚刚发生的突如其来的飞车抢夺事件，使得绮霏还没有从噩梦般的惊险中解脱出来，她需要时间平静，需要时间来平息跳动在她心尖上的震颤。德良相信，今天所发生的事，对于从小在父母身边长大的绮霏来说，是鲜有经历的，更何况绮霏有着比自己更强烈的疾恶如仇的秉性，这就使得今天所发生的事对绮霏造成的心理影响比自己更大，对她的伤害更深。

"绮霏。"德良坐在绮霏身边，轻声唤，伸出一只手在她背上抚着，轻缓地一波一波抚着，仿佛这样做能梳理她郁积不畅的心绪。

抚了一会儿，德良听得绮霏似乎暗暗笑了一声，他就蹲下身，抚着她双膝仰面看她。绮霏似乎刚刚敛住笑容，脸上笑翳还未散尽，双眸似笑非笑俯瞰着他。德良仰面看绮霏的脸，看绮霏的眼，就像大地仰视星空，星空是那么美丽，那么清澈，但此时星空中却充满惆怅，大地很着急，他对着星空摇摇头，晃晃脑，把两手放耳边招一招，捏着双腮吐舌头猫叫一声，大地动了，山动了，水动了，花木青草动了，星空被感动了，星空笑了，绮霏笑了。于是大地和星空拥抱在一起，大地知道，大地离不开星空，星空知道，星空不能没有大地，大地和星空只有在一起才是一个完整的整体，大地和星空拥抱着，共同抚慰着彼此心头的创伤，共同用爱的力量驱散留在心头那丝丝的寒冷和凄凉。

“绮霏，肚子饿了吧？出去吃点饭吧！”良久过后，德良小声在绮霏耳边提议。

绮霏点点头。两个人手挽着手走进春巧家餐馆。

吃罢饭，天已全黑下来。春巧家餐厅客房棋牌室都亮起灯来，廊台下的白炽灯也亮起来。春巧家的夜生活开始了。棋牌室有人影在灯光下晃动，洗麻将的声音如秋后阵雨，短促而凝重。从窗户望进去，春巧、老棉花还有两个不认识的人正围在一张桌上打麻将。

古刹村夜晚街灯明亮，积雪在灯光下折射着光芒，隆冬的寒气在灯光的沐浴中透着清清冷冷的暖意。向南，一条明亮的主干道一直通向远山尽头，在那里，是一片灯火辉煌之地，龙吟峡灯展在那里拉开了夜的帷幕。德良牵起绮霏的手，向那块盛名已久的胜地走去。

没有风，只有暖暖的寒意，这是一个观灯的绝好光景。道路上有行人，三三两两的，在灯光下如穿梭在河道觅食而去的鱼，面色中挂着一些神往和兴奋。德良和绮霏相偎着，在这条异乡道路上缓缓踱着，德良情意浓浓，绮霏讳道言痴，用心享受着这一宁静幸福时刻。

远处，万里长城轮廓灯在山间蜿蜒起伏，如一条在黑夜里伏在山间的游龙。“龙吟峡”三个硕大灯饰字在山坡平铺，分外显眼，山间亭台楼阁彩灯轮廓使人幻若进入童话家园。

彩灯区门口立着一个巨型盘龙灯柱，德良仰脸望着灯柱顶上黄灿灿的貔貅灯，问绮霏：“这叫什么灯？”

绮霏道：“看样子像华表，但缺了华表上面展开的两翼。”

德良道：“那咱们就叫它折翼华表灯吧！”

绮霏“扑哧”乐了，嗔道：“就你会起名！”

进入彩灯区，就进入一个彩灯的王国，龙舟灯、百鸟灯、蚂蚱灯、宝莲灯、京剧脸谱灯、浣女嬉水灯、八仙过海灯、八骏奔腾灯、鱼跃龙门灯，五光十色，绚丽多彩。

彩灯区过去是雪雕区。一尊巨型雪雕大佛出现在眼前，雕塑者构思巧妙，用工精细，远看大佛轻灵苍远，在灯光下佛光闪烁，如远从海外归来，近观却又有凝重敦厚之感，雪雕表面晶莹剔透，就像裹了一层硬硬糖浆。绮霏揽紧德良一只胳膊，哈着冷气仰视着这尊雪雕大佛，启颜笑了。

再往前走，是一座规模宏大的布达拉宫巨型雪雕。整座雪雕雕工细致，使人恍如置身寒冷的青藏高原，看到了那披着积雪气势雄伟、庄严肃穆的古堡式建筑群。绮霏站在布达拉宫雪雕前，不禁像个孩子似的踮起脚尖，瞻仰着，兴奋之情跃然脸上。

再往前走，绮霏惊呼一声，撒开德良向前跑去。德良这才看到，前面的雪雕原来是两个发财猪扛着金元宝。

绮霏停在发财猪跟前，拍手笑道："真好看！"

发财猪雕工细腻，栩栩如生，抬元宝的情趣更是形象逼真，憨态可爱。

"德良，给我和发财猪照个相！"绮霏站在发财猪跟前欢天喜地地大声要求着。

"绮霏。"德良低声唤。他站着没动，低下头，一阵难过从心底涌起。

当他再抬起头的时候，看到绮霏目光黯然地瞥过他，瞥向景区某个不被人注意的角落，仿佛她所要求的东西就遗失在那个角落里。显然，绮霏已意识到自己在欣喜状态下而产生的下意识语失，她的语失引起德良的难过，也引发出自己刚刚埋藏起来的难过。毕竟，他们的相机此时已不再属于他们了。

"绮霏。"德良又轻唤一声，走过去，站在她面前。

绮霏低着头，咬着嘴唇，忍着内心难忍之情。德良把她双手握在掌心，轻声道："不要想它了！"

绮霏默然不语。德良忽又想起什么似的道："绮霏，到前面看看，前面会有更好看的雪雕呢！"说罢，挽起她的手，快步向前走去。

前面果然也同样让人惊叹，有雪雕九龙壁、雪雕郑和下西洋、雪雕苏武牧羊、雪雕夸父逐日、雪雕林教头风雪山神庙、雪雕关云长千里走单骑。

绮霏重又高兴起来，脸上显出兴奋的娇红，拉着德良的手东瞧瞧西看看，嘴里赞叹着，欢快得像一只放飞的小鸟。

再往前走就是冰雕了。在这里，能看到各式各样制作精美的冰雕，有岳阳楼、黄鹤楼、滕王阁、成吉思汗塔，有昭君出塞，有哪吒闹海，有孔雀开屏，有二龙戏珠，有虎啸天，有飞天。

冰雕在创作上讲究形、色、光、动综合效应，在特色上求新、求奇、求美，五光十色的冰雕艺术品使人幻若进入一个冰的王国，一个梦幻世界。

德良和绮霏紧牵着手，像怕彼此走丢一样，小心地在冰雕艺术品中走着，新奇地看着，啧啧赞叹着，梦一样的冰雕营造了梦一样的幻境，两个心爱的人在梦的世界里幸福遨游。

他们不知不觉走到一座由亭台楼阁组成的冰城前，冰城正门上方闪烁着三个大字：冰迷城。

冰迷城的门口有一个卖脸谱的老人。

脸谱是老人自己做的，制作很简单，就是用油彩在纸板上画上人的面部五官轮廓，脸谱上画的有老人，有小孩，有年轻后生，有十八岁的姑娘，有戴眼镜的先生，有留胡子的汉子，有嘴角带黑痣的媒婆，有刘海剪得齐齐的淑女，每一个脸谱都带一根竹签，脸谱眼睛都掏空，捏着竹签用脸谱挡住自己面部，可以从脸谱上空洞的眼睛看对方。

老人的脸谱由于是自己做的，所以卖得很便宜，一毛钱一个，许多游客在老人那里买了脸谱到冰迷城里玩。德良一块钱买了十个脸谱，和绮霏进了冰迷城。

德良拿着脸谱跑到一堵冰墙后，他看到冰墙后藏着好几个人，都用脸谱挡着脸和同伴玩捉迷藏。德良也拣出一个脸谱，挡在面前，从冰墙后探出头，冲绮霏喊："喂——"

绮霏仔细看了看从冰墙后面探出的几张脸谱，笑了，道："德良，你是中间那个，脸上涂着黑胡子的那个！"

德良又转移，跑进一个冰亭里。冰亭的两个冰柱后面都藏着举脸谱的人。德良也藏在一个冰柱后，又拣出一个脸谱遮在脸上，探出半个头，憋起嗓子，朝绮霏怪声叫："哇——"

绮霏跑过来，指着德良的脸谱灿灿地笑："德良，你这个淑女！"

德良又跑，转到一个冰狮后，抽出一个脸谱，挡在脸上，然后等着绮霏接近。

绮霏跑过来了，她朝着德良脸谱上仔细瞅了瞅，然后爽朗地笑了，指着脸谱道："德良，出来！你这个带黑痣的媒婆！"

德良笑着转身跑开，他又藏到一对冰鹿后面，抽出一个脸谱，挡在脸上，然后等着绮霏。

绮霏四下里找了找，然后朝冰鹿走过来，她在冰鹿前停住，蹲下身，看着德良的脸谱灿烂笑道："这孩子，读书太用功了，你看看，一个不小心，把眼睛都给搞近视了！咳，德良同学，还不快把你的眼镜摘下来！"一边说着，一边伸手把德良脸前一张戴眼镜青年学生的脸谱慢慢揭下来。

德良咧嘴笑了，双手举起，做出投降姿势。

绮霏笑得蹲坐在地上。

德良一纵起来又跑，他穿过一个冰阁楼，然后躲在一个冰拱桥的桥基后，探头向绮霏那边看。

他看到绮霏朝他这边迅速追过来。

德良匆忙抽出一张脸谱挡在脸上，透过脸谱空洞的眼孔，他看到绮霏离他越来越近。

在距他十米远的地方，绮霏停下了。绮霏脸上的笑容渐渐散去，表情逐渐变得疼痛，变得扭曲，疼痛之情在倏忽间又隐去，眼神变得冷冽，迸射出带着利刃的憎恨和喷着火的愤怒。从认识绮霏以来，德良从没有见过她如此让人不寒而栗的表情变化。

绮霏忽然痛苦地一捂腹部，指着德良恨恨说："你是谁？你……你……贼……"绮霏因过度激愤而腹部绞痛，她慢慢俯下身，但她的手指她的目光仍如利剑一样戳在德良脸上。

"绮霏，绮霏，你怎么了？"德良慌忙撤下脸谱紧张地朝绮霏跑去。

绮霏终于看清了德良的脸，长吁一口气，面部松弛下来，眼睛里同时有泪迸出，她求助地看着德良，又狠狠指指他手中那张脸谱。

德良抬手看刚才挡在脸上的那张脸谱，令他万万没有想到的是，那是一张让自己刻骨难忘的丑陋的脸谱：一个青年男子的脸孔，男子头顶头发用发胶做直，向上刺着半空，额上头发做曲，如波斯狗的颌须一样散乱地贴在前额，在他下颌上长着密密麻麻的红色小粉刺。德良几乎像扔一个蜇手的毒虫一样，把这张脸谱丢在地上，随后，他伸出一只脚，狠狠踏上去，接着又踏上另一脚，狂踢猛踩，那张丑陋的脸谱在他脚底顷刻之间变得面目全非。德良还不解气，狠狠地朝着上面吐了口唾沫。

绮霏站起身，扶着德良，也朝上面啐了口唾沫，然后看着他，纵情地笑了。

从冰迷城里出来，德良发现那个卖脸谱的老人已经离去了。

德良不知道，这个卖脸谱的老人明天是不是还会来。德良不知道，这个卖脸谱的老人为什么要卖脸谱。德良不知道，这个卖脸谱的老人为什么要画各种脸谱。德良不知道，这个卖脸谱的老人为什么要画这么一张丑陋的脸谱。

难道卖脸谱的老人画脸谱是在临摹生活吗？

难道卖脸谱的老人发现了生活中这张丑陋的脸了吗？

26

从景区回来，已是十点了。

春巧家棋牌室灯火通明。春巧原先坐的那个位置现已换上了敦平，敦平的对面是老棉花，还有两个人黑着脸，看不清模样。他们已不再玩麻将，而在玩扑克牌，几个人的面前都散乱地堆着纸钞。显然，这几个人在赌博。

敦平此时赌入佳境，他撸着袖管，两脚蹲在椅子上，表情严肃，眯眯眼熠熠放光。老棉花也表情肃穆，发锈的脸色此时更加铁锈。

就听得敦平猛地拍牌喊：“开，对A带九！”

老棉花哈哈大笑，也猛拍牌：“撞大运了！哈，同花顺！”

他们玩的是“诈金花”。这是一种残酷的赌博方式，赌博的中心思想是玩诈、玩心理，当然需要有强大的赌资做后盾。德良想，今晚这个桌上将要有一个人凶多吉少了。

春巧不在棋牌室，她在餐厅里。春巧正在餐厅指挥侍员打扫卫生、收拾桌子。德良看到大河马也在餐厅。大河马正坐在餐厅靠墙一张桌子旁喝酒，他面前摆着一盘兔脖子，一瓶全兴大曲，大河马啃一口兔脖子，啜一口大曲，显得非常有滋有味，大河马的眼睛却在春巧丰盈窈窕的身上滴溜溜转。德良忽然想起，大河马今晚跟春巧有个约会。

再看春巧，春巧此时显得很兴奋，脸色红润，娇艳欲滴，如刚经雨水沐浴过的一朵鲜花。在春巧内心中，可能正为自己兴旺的生意和甜蜜的未来而庆幸畅想着。

德良回到房间的时候，绮霏已把被子铺好了。德良感激地看了绮霏一眼，绮霏双颊娇红，坐在炕沿边，似笑非笑的目光中带着一丝羞涩。德良和绮霏内心中都清楚，在这个晚上，在这里，龙吟峡古刹村的一个农家院，他们将共同度过一个难忘的夜晚。

“绮霏，我去打点热水，你洗洗。”

绮霏欣然点点头。

打水回来，德良给脸盆里兑了热水和凉水。绮霏先洗脸，洗罢脸后将洗脸水倒进脚盆，又兑了点热水泡脚。

绮霏的脚洁白如笋，光洁无瑕。她把脚伸向水盆，脚心沾水却并不急于伸进去，而是用脚掌轻拍水面，像在感受水温。绮霏脸上挂着渥渥笑容。

“水凉吗?”德良关切地问。

绮霏夸张地左右大大摆了两下头，柔情绰态看着他：“德良，搬个凳子过来，坐我对面，你也洗。”

“我……等一会儿……你洗完我再洗。”德良心里一慌，支吾着。

“不嘛，我让你现在洗，现在和我一起洗。”绮霏一脸娇态。

“这……”德良一脸的难为情。

“什么这呀那呀的，你看你磨磨叽叽一点也不干脆利落，这哪像个干大事业的人呀!”绮霏窃笑道。

“噢。”德良闷声应着，慢慢腾腾搬了椅子坐在绮霏对面。

德良开始脱鞋。脱了鞋后，开始脱袜子。

一种奇怪的感觉，从小在大山里光着脚丫奔跑着长大的德良，此时面对绮霏，一个他心爱的人，竟然羞于脱鞋脱袜子了。他的手停在袜口，满面赤红。

绮霏粉面娇红，抿嘴一笑，道：“不看你了，我闭眼，我睡觉，你脱吧!”言罢，微闭双目，竟像真睡过去一样。

德良袜子刚脱到一半，却听绮霏嘴里发出“哧哧”笑声。她微微睁开眼，抬起一只手在鼻孔前夸张扇着，粲齿笑道：“啊呀！谁的汗脚！这么大味呀!”

德良再一次满脸赤红，手僵在那里，不知下一步该如何动作。

绮霏抬起手，把他还挂在脚上的袜子一把扯下来，娇纵道：“这么大汗脚还不赶快洗一洗，你要熏死我呀!”

绮霏满颜欢喜，抬起双脚，把德良的脚踩在水下，脚心欢快地在他脚背拍打着，绮霏的双脚此时如两尾在水面上活蹦乱跳打挺的白鲢。

绮霏的双脚欢快了一会儿，动作渐渐慢下来，她双脚撩水在德良脚面上轻轻地蹭着。绮霏的脚柔软滑润，让德良想起童年时某个炎热夏日坐在河边的日子，德良挽着裤管坐在晒得发烫的石板上，脚吊在清澈温热的河水里，时而有调皮的鱼儿用吻碰碰他脚趾，从他脚面上大摇大摆地游过，那种酥酥痒痒的感觉，让德良记忆犹新。

绮霏探过身子拉起德良双手，展开放在自己双手掌心，绮霏的目光变得深情起来，她看着德良的脸，柔柔道：“德良，知道现在我们叫什么吗?”

“现在我们叫？……”德良不明白绮霏要说什么，把询问的目光投向她。

“嗯，现在我们叫什么？有一个成语，你猜猜。”绮霏粲齿一笑。

“现在我们叫？……”

“笨。”绮霏嗔道，“有一个成语不叫‘心心相印’吗？现在我们不就是心心相印吗?”

“现在我们是心心相印?”德良不解。

“你看，我们两手心相印，我的脚心踩在你的脚上，两脚心相印，这不就是心心相印吗？”

“哦，是这么个心心相印啊？”德良一搔脑袋道。

绮霏皓齿一露粲然娇笑。笑罢，她的目光又变得深情，粉面露着灼人的娇红，柔桡嫚嫚道：“德良，我们以后能做到心心相印吗？当我们在一起的时候，我们相爱，当我们不在一起的时候，我们相思，我们能做到吗？”

德良看着绮霏的脸，深深地点了点头。

绮霏又把德良双手往怀里拉了拉，情意浓浓道：“德良，当我不在你身边的时候，你能感觉我在想你吗？你能感觉我在等你吗？你能感觉我的苦、我的愁吗？你能感觉我的心跳吗？我能，我能感觉，当你不在我身边的时候，我能感觉你，我相信，我会感觉得到你的。”

德良心底一阵感动如波涛汹涌而至，他没想到绮霏对自己的爱有这么深，他鼻子一酸，使劲握了握绮霏的手，情浓意重道：“绮霏，别说了，感觉像生离死别似的。绮霏，我能，我能感觉，我也一定会感觉得到你的。”

绮霏低下头，看着水盆，看着水盆中那两双脚，两双在水中彼此相爱的脚，凝思良久，忽然“扑哧”笑了。

当绮霏再抬起头来的时候，已是满面星光璀璨，她目光悠悠含情，媚声道：“德良，能帮我洗洗脚吗？”

德良略一迟疑，欣然点点头。

德良弯下腰，手刚触到绮霏脚面，绮霏这时却笑了，她一把拉住他的手，笑道：“好了，好了，我知道你会的。”

绮霏重又郑重把德良双手放在自己掌心：“德良，当我老了的时候，当我走不动了，当我不再美丽的时候，你还能为我洗脚吗？”

凝望着绮霏的脸，德良抬手抚了抚她头发，情深意重道：“绮霏，在我心中，你永远年轻，永远漂亮，我永远会为你洗脚的。”

绮霏灿烂地笑了。她揽紧德良，热烈地拥着。

洗完脚，德良出去把洗脚水泼在院子的花畦里，德良想，在来年开春的时候，这里必将会生长出一雄一雌两株美丽的花树的。

棋牌室的喧嚣使得德良不经意地朝那儿瞥了一眼，此时敦平、老棉花几个人赌战正酣。

“对A带Q，开牌！”

“红心二五八金，哈！赢啦！”

德良看到老棉花神采飞扬地往自己跟前搂钱，看到敦平一脸的气急败坏，桌上其他两人则一脸的垂头丧气。

回到屋，绮霏已然坐在铺好的被子上，笑盈盈地看着他。

“绮霏，明天咱们到哪里？”

“明天？嗯……咱们去滑雪，不是说好的去滑雪吗？我带你到一个地方滑雪，特好玩！”绮霏一脸狡黠地说。

“噢，你到东岗派出所拿的这个东西就是雪橇了？让我看看！”德良指着立在门后的用帆布和麻布捆扎得严严实实的管状物道。

“不准看！明天去了那里才能看！”绮霏用手打了一下德良的手急嚷嚷道。

“不看就不看吧，急什么呀！”德良扫兴，一屁股坐在炕上。

绮霏笑盈盈地挪到德良跟前，抬一只胳膊肘搭在他肩上，柔声道：“不是我现在不让你看，是因为现在看了明天就没有神秘感了。”

“一个雪橇有啥神秘感呢？难道你的雪橇跟别人雪橇不一样，是白玉做的？”德良抢白道。

听德良这么说，绮霏“扑哧”乐了。她一噘嘴，娇纵道：“我的雪橇就是跟别人的不一样，我的雪橇下面会喷火，就跟铁臂阿童木脚底下那个东西一样，像火箭一样，哧——上天了！”绮霏说着，手在半空夸张地划了一个弧线。

“你就忽悠我吧！不跟你说那个了，我明天倒要看看你的火箭上天。现在，睡觉。”德良身子往被子上一倒。

“生气了？”绮霏把脸俯在他脸上。

“没有，只是想睡觉。”德良闭着眼道。

“我也睡？”绮霏慌慌地道。

“嗯，当然啰，你不睡觉吗？你不睡觉干吗？”德良睁开眼睛看一眼绮霏。他看到绮霏此时一脸惶恐之情，心中恍然明白了，冲她歉然笑笑："我都把你给忘了！"

环顾室内，室内大炕衔接后墙，后墙顶部有一页小窗，从小窗到对面大窗的窗框之间绷着一根晾东西用的铁丝。德良把绮霏换下来的春巧家的床单展开搭在铁丝上，于是床单就成了一幅帷幔，把大炕隔成两室。他把绮霏的被子往帷幔一室拉拉，又把自己的被子往帷幔另一室拽拽。

绮霏坐在炕角欣慰地看着德良干这些工作，双颊溢满甜情蜜意。

干完这些活，德良拍了拍手，走到绮霏跟前在她额头深深一吻，轻声道："好了，好好睡觉吧。"顺手灭了灯。

灯灭了，窗外的月影就投进来了，白蒙蒙的月光弥漫在屋子里，室内幻若置于一个朦胧梦境，一种祥和静谧的气息如音乐之水静静地流淌开来。

德良脱掉外套，翻开自己的被子。他听到绮霏那边没有动静，感觉绮霏还在被子上安安静静地坐着。

"绮霏，快睡吧，明天还要去滑雪呢。"德良对着帷幔道。

"嗯。"绮霏娇羞地应了一声。

接着是一阵窸窸窣窣衣服的响动。

德良躺在被子里，看着窗外月色，一时之间难以入睡。今天一天内所经历的事情如幻影般在他眼前闪过，每一件事情都像一颗意想不到的石子敲击在他心灵的平静水面上，激起他心头层层涟漪，让他心灵也跟随着这些涟漪一起震颤。虽然此时他还没来得及清晰理出这些事情的原委，还未沉淀出它的原态，但他可以肯定的是，这些事情是他周围生活的一个缩影，这些事情跟他的生活、他的学习息息相关，这些事情已经影响到他的生活，这些事情所包含的内核也是他以后要洞察的内核，也是他以后要思索和追溯的一个动因。

德良的身子轻飘飘起来，思想化作一片羽毛，在云间缓缓游荡，他要寻找一处寄所，一处和这片羽毛一样纯洁的寄所，让这片羽毛丰盈起来，成长起来，他俯下头，看见尘世间尘土飞扬，在那里，他看见了一张张熟悉而又陌生的面孔……

"德良。"朦胧睡意中绮霏在叫他。

德良缓缓睁开眼睛。他知道自己刚才进入浅睡眠。

“德良，我睡不着。”绮霏隔着帷幔嗲声说。

“哦……”德良揉了一下酸胀的眼睛。

帷幔一动，绮霏探过头来：“德良，我睡不着，脑子里老想着白天发生的事，好害怕呀!”

“绮霏，什么也不要想，一会儿就睡着了。”德良抚一下绮霏。

“可我忍不住老是想，尤其是那个贼的脸，想起来好可怕呀！德良，我要跟你睡一起。”绮霏缩着身子，似乎此时正有一张无形可怕的手笼在她周围。

德良抚抚绮霏双颊，把自己被子往墙角推推，让出一块地方。

绮霏欢天喜地抱着被子猫腰过来，把被子往空处一放，坐在被子上，娇柔温婉地看着他。借着月光，德良看到绮霏穿着淡粉碎花睡衣，修项秀颈间鬓云乱撒，酥胸半掩，芳菲妩媚。

“德良。”绮霏凑近，娇音萦萦，音似念奴。

德良闻到一股醉人的兰花幽香和女儿体香，绮霏的半个身子已斜入他怀里。

“德良，抱抱我。”绮霏悠声道。

德良紧紧搂着绮霏，绮霏星眸微阖，香腮红润，秀靥艳比花娇。德良心旌动荡，俯下身子，深深吻绮霏的唇，绮霏的唇温软潮湿，香馨圆润，如舒适地停在浅水中吸氧的两叶鲜嫩的蚌肉。绮霏浑身一颤，双手揽住德良脖子，迎着他的舌，热烈地吮吸起来。

月影斜移，窗外树的剪影静静映在窗幔上。有一只夜归的鸟在半空中甩下一声清冷的叫。月光从窗幔的缝隙中漫进来，朦朦胧胧洒了一地。

春巧家的大火炕很暖。温暖催生着静谧和祥和。

德良轻轻吻过绮霏娇巧玲珑的鼻，星月秋水的眸，光洁如玉的额，香莹似雪的项。绮霏嘴里近似梦呓般地“呃”了一声，身体一阵剧烈的颤抖，浑身酥软无骨，温热滑腻。她一个翻身起来，迎着德良狂热地吻起来。德良感到绮霏酥软香艳的胸部沉甸甸地抵住了自己前胸，绮霏的整个身子灼热无比。

斗转星移，月影在此时倏忽黯淡下去，月亮似乎在不经意间躲到了不知道的什么地方，屋内骤然笼罩着一层黑蒙蒙的寒意。

"咳，咳……"

德良听到隔壁传来一阵剧烈的咳嗽声。绮霏停下来，也侧耳倾听这个熟悉的声音。

"是树敬。"德良小声对绮霏说。

绮霏小心地坐到德良身边，屏住呼吸仔细聆听起来。

"树敬，胸还疼吗？"

是媛媛的声音。

"嗯，有点，有点疼，媛媛，给我拿点止痛药。"树敬嘶哑着声音道。

"树敬，你不能再吃止痛药了，今天你这是第七次吃止痛药了，你这样吃止痛药，我看着不忍。"媛媛哀哀地说。

"媛媛，拿来，我想吃了后跟你说会儿话。我看着日子就不长了，我想趁这个时候多跟你说会儿话。拿来，媛媛。"树敬喘促着道。

树敬的话说罢，德良和绮霏同时心中一凛，在黑暗中对视了一眼，一片不祥的阴翳向他们心头笼罩过来。

"唉……"媛媛一声叹息。

一阵抽屉的翻动，接着又是倒水的声音。

片刻之后，媛媛哀哀地责道："树敬，下午你要是不去追那贼，也不至于这样。"

"嗳，媛媛，可别这么说，遇到这种事我能不管吗？咳咳……"树敬咳嗽着说。

"可……医生跟你说了……你不能活动剧烈呀……"媛媛轻拍树敬的后背说。

"唉，都到这个时候了，看到这种事，能管就管一管，我这个性格，你还不知道吗？以后想管恐怕也管不上了，咳咳……"树敬咳嗽着。

"树敬，你别这样说，我听了心里难过……"媛媛哀恸着声音说。

"媛媛，别难过，你难过我看着心疼……好媛媛，别难过，咳咳……"树敬轻拍着媛媛。

"能不难过吗？树敬，你还这么年轻，那么多好生活等着你，可你却……呜呜……"媛媛泣声道。

“媛媛，别哭，别哭，两边的房间都睡觉呢，别哭，好媛媛，咳咳……”

“嗯，树敬。”媛媛收住哭泣。

“唉，人迟早会有一死的，留给我的死法是肺癌。媛媛，你别为我难过，我这心里只有一件事放心不下，就是你。”树敬黯然道。

“树敬……”媛媛哀怜道。

“媛媛，我们在一起只有两年时间，但我们却感受到了真爱、大爱。唉，为什么不能多给我一些时间呢？让我好好地爱你呢？媛媛，当爱情未来之时在奔忙和错失中度过，当真爱来临之时却到了弥留之际。我如今拿什么留给你？我的爱人……”树敬已是声泪俱下。

“树敬，不要说什么了，我感受到了，只有两年的时间我就全部感受到了，感受到了你的真爱、大爱、彻骨的爱。两年，足够了……树敬，谢谢你，谢谢你给予我的爱，我会永远铭记的……”媛媛悲恸地说。

“媛媛，我走了之后，你不要想我，因为思念是痛苦的。我不想让你为我苦，为我痛，为我心酸。我想让你好好的，快快乐乐的，无忧无虑的，我想让你天天同过去我们在一起的时候一样，无忧无虑的。假如你思念我，想我，在另一个世界的我会心痛的，因为，我生前给你的快乐太少了，我死后不能再剥夺你的快乐了……咳咳……”

“树敬……”媛媛悲痛欲绝。

“媛媛，我走了之后，你把我的骨灰撒进海里，你把我所有的遗物都烧掉，你离开我们曾在一起的熟悉的地方，去一个我们不曾到过的地方生活，因为这样，你才能迅速地把我的影子从你的记忆中抹掉，因为只有这样，你才能迅速地从思念的悲痛中解脱出来。媛媛，你能做到吗？就算是为了我，你能这样做到吗？……这是我的最后一个要求，媛媛……咳咳……咳咳……”树敬越发咳得厉害了。

“树敬……别说了……我答应你……你别说了，躺一会儿吧。”媛媛悲恸地答应着树敬。

夜重又归于寂静，月影不知什么时候又摸着黑爬出来了，只是失去了原先的光泽，灰蒙蒙的，如一个刚祭祀归来的人的脸。

德良感到自己此时胸腔内似乎压着一根巨大的枕木，让他说不出话来，喘不过气来，他内心压抑着呼之不出的巨大悲恸之情，抬头看绮霏，他看到绮霏眼角同样挂着冰冷晶莹的东西，在灰蒙蒙的月色下分外凄婉。

春巧家的火炕很暖，可德良和绮霏的心却是冷冷的。

德良捏了捏绮霏的手，什么话也没说，什么话也说不出来。他的脑海中一次次萦绕着树敬的话：当爱情未来之时在奔忙和错失中度过，当真爱来临之时却到了弥留之际。我拿什么留给你？我的爱人……

是啊，面对一个绝症患者临终前对他爱人这样凄绝的呼唤，面对他的临终嘱托，面对一个这样的胸怀，叫人又如何理解爱情理解命运理解宽容理解博爱呢？

27

岁暮阴阳催短景，天涯霜雪霁寒宵。

这是一个冰冷的清晨，德良推开冰冷的门，和绮霏一同出去了，他们要离开这个地方，离开古刹村，到远方去。

在门口，德良看到了敦平，敦平耷拉着脑袋坐在门阶上，看样子整夜未眠，枯木槁形，面如死灰。听到德良门响，敦平抬起头来，眯眯眼闪出微弱的一点光彩，他冲德良伸出一只手的两个指头，像诉苦又像在昭显什么似的道：“输了两千，玩了半夜就输两千。”

德良没有理他，把脸转过去，但德良还是看到敦平用手点着他隔壁树敬的房间恶声恶气地说：“我说咋就输了呢？他妈的我挨着一个要死的人住着，不走背运才怪呢！”

敦平接着恶骂：“咳、咳，他妈的一晚上咳，咳出来的全是晦气，我他妈沾晦气了，能赢吗？——死鬼！”

德良再也难以忍受敦平的恶语了，他回过头，用一种冷冽鄙视的目光逼向他，然后目光如匕首一般在敦平脸上狠狠地剜了一刀。

敦平感到了，打一个寒噤，停止了诅咒。

德良想，对于敦平这样的人，自己还能采取什么别的更好的方式吗？他此时此刻还真的想不出来。

德良牵起绮霏的手，迅速向院门走去，到门口，他们像忽然想起什么似的，对视了一眼，然后不约而同地回过头，朝树敬的房间深深地凝望着。在他们的目光中，捎去了对树敬和媛媛深深的敬礼和祝福。

因为天还早，古刹村大部分人还沉浸在睡眠中，堆着积雪的街巷很空，冷冷清清的。街心有做烧饼、炸油条的小贩正睡眼惺忪地开始和面、引火。

德良和绮霏沿着向北而去的道路快步走着，看看快要到村头了，他们相视一笑，长吁一口气。

这时，他们看到村头站着一个人，旁边停着一辆摩的。这个人身上严严实实裹着一件草绿色半新军大衣，身影很熟悉，感觉好像在哪里见过。

走近看，德良注意到这人嘴甚大，嘴唇甚厚，颌下喉结高隆，前额和脖子青筋暴突。德良认出来了，是在嘉嵇下车时遇到的那个开摩的拉客的邱大嘴。

邱大嘴也认出了他俩，大嘴一咧，乐道："嘿！真巧，真巧，咱们在这儿又碰到了。"

德良冲他笑笑道："你这么早啊？"

"咳，习惯了，早起点生意多，能多拉几趟。"邱大嘴讪笑着。

"一天能拉多少趟客？"德良问。

"不定，有的时候多有的时候少，夏天多冬天少，雨雪天很少能拉到客人。"邱大嘴答。

"就在嘉嵇这一带跑？"德良问。

"嗯，就在这一带跑。哪敢往别处跑呀？这一带跑熟了，虽然占不了便宜，但也不至于吃大亏。兄弟啊，你可不知道，我们这跑车很有说头的，在这个地头上混饭吃的，如果你贸然跑到别人地盘上，那就是自寻倒霉，到时人被打了车被扣了，反过来你还得请人家吃饭。"邱大嘴诉苦道。

"有这么没王法的事？"德良眉心一蹙道。

"王法？兄弟，啥叫王法？这'王'就是'土'字上头加一横，这一横是什么？就是压在那个'土'上的蛇！就是压在土地上的地头蛇！王法就是那个地头蛇的法！不是咱的法！"邱大嘴愤愤说。

“有这等事！”德良眉心紧蹙。

“唉，算了吧，兄弟，跟你说了你也不明白，我们这行混口饭吃难呢！唉，不说了，上车吧！你们，要去哪儿？”邱大嘴叹着气道。

绮霏这时已把捆得严严实实的“火箭雪橇”在摩的后座上放好，抬起头，欣然朝邱大嘴说：“沿着这条路往北走，走半小时路程，我们就下车。”

邱大嘴坐在摩的车驾驶座上，扭头问：“是什么地方？”

绮霏道：“甭管什么地方了，你往北走半小时我们就下车，多少钱？”

“好吧，一个小时三十块，半个小时就是十五块，收你们十五块钱。”邱大嘴一边启动车一边回答。

摩的带着德良和绮霏，离开古刹村，向北驰去。

邱大嘴兴致很高，这是他今天第一笔生意，他瞅着前方冲身后问：“你们是熙京来的吧？”

“是哩。”德良应。

“来旅游的？”

“嗯。”德良应。

“来对了，你们可算来对了！”邱大嘴兴致道。

“为啥？”德良问。

“唉！”邱大嘴叹息一声，“我说这会旅游的都不往那人多的地方扎，你们看看那北京故宫，人多得跟赶集似的，就是那么个大型四合院嘛，有啥看的呀？可这人啊，就是要凑那个热闹，在那院里瞅呀，转呀，摸呀，照呀，没个完没个了的。就算那地方是皇帝老子住过的地方，可这皇帝老子人都死了，都人去楼空了，就剩那么个烂摊子，可这人啊，就把它当个宝似的，保护起来，供起来。说白了，这都是人的好奇心理在作祟，总是看着这些东西想象着皇帝老子过去的日子，想象着他们如何前庭后宫地游玩，如何跟后妃们寻欢作乐。可这想有什么用呢？又不是你们跟后妃们寻欢作乐，想也白想！可这人呀，他就是要想！”

德良绮霏听了邱大嘴的话，相视一眼，不禁哑然失笑了。

邱大嘴接着道：“我说这会旅游的呀，都跟你们一样，往人少的地方去，你看嘉嵇这一带，风景多美呀！依山傍水的，东西南三面环山，南有燕云岭，北有龙吟峡，西有康西草原，东有仓米古道，中有妫河漂流，再往西北走有苦山、苦崖居。这一带，山连山，岭衔岭，峰接峰，有许多我连名字都叫不出的高山峻岭，据说有奇峰峻岭七十二座，到这里来玩，那才叫玩得有兴致！”

邱大嘴说得兴起，手扶车把，口中不自禁地哼起小调来，哼着哼着，声音渐大，德良听清楚了唱词，词句是：

> 穿林海，跨雪原，气冲霄汉。抒豪情，寄壮志，面对群山。愿红旗五洲四海齐招展，哪怕是火海刀山，也扑上前。我恨不得，急令飞雪化春水，迎来春色换人间……

伴着邱大嘴京剧唱腔《打虎上山》，摩的在嘉嵇北部蜿蜒的山路中穿行。

邱大嘴唱了一会儿，感觉时间差不多快半小时了，他停下唱腔，像想起什么似的，头向后扭一半，试探着问身后的德良绮霏：“上次你们从嘉嵇到古刹村，大河马跟你们收燃油补贴费了吗？”

提到燃油补贴费，德良感觉似乎自己身上一块耻辱的伤疤再次被人揭开，他内心隐隐有些疼痛。

“收了。”德良愤愤地说。

“收多少？”邱大嘴的背影似乎振奋了一下。

“收了十元。”德良愤懑道。

邱大嘴的背影似乎在凝思。凝思片刻，邱大嘴嘴里发出两声“嘿嘿”的鬼笑。笑罢，他陡然又提高嗓门唱道：“我恨不得，急令飞雪化春水，迎来春色换人间……”

邱大嘴把摩的开到路边，熄了火，然后头也不回地对身后冷冷道：“下吧！到了。”

邱大嘴率先钻出摩的，他迎着扑面而来的寒气，把身上军大衣往紧裹了裹，两个袖管交互一插，倚在驾驶楼边，身态闲然地等着德良绮霏下车。

德良把背包和火箭雪橇从后座取下来。绮霏美滋滋地把火箭雪橇抱在怀里，兴奋地对德良发号施令："背着包！你背着包！"不由分说地把两个包都挂在他肩上。

邱大嘴在一边等得有点不耐烦了，他轻咳一声，漫不经心道："来，把钱付一下吧！"

"多少钱？"德良问。

"刚才说的十五块钱车费，再加十块钱的燃油补贴费，共计二十五。"邱大嘴冷冷地算着冷账。

"什么？你也有燃油补贴费？"德良几乎不相信自己的耳朵。

"那当然了！在我们这一块儿跑车都收燃油补贴费！你看，大河马收了，我怎么能不收呢？大河马开的是车，难道我开的就不是车了？他燃的是油，难道我燃的是水啊？你看，你们都给了大河马这个钱了，难道不该给我这个钱啊？"邱大嘴的大嘴频翻，翻出一大串德良从来没想过也没用过的逻辑推理。

"你……这……个……人！"德良气急之下竟然结巴了。

"我这个人怎么了？我这个人怎么了？"邱大嘴朝德良挑衅地努着嘴。

"你……这个人！"德良气急得依然说不出下词。

"我这个人怎么了？我这个人也是人。大河马是人，我也是人，你们给了大河马，就得给我！"邱大嘴露出满口黄牙发狠地说。

"你不是人！"德良终于憋出一句狠话。

"什么？小子，你说什么？你再说一句，你看我不拿大嘴巴子抽你！"邱大嘴在巴掌中啐了口唾沫做出摩拳擦掌的姿势怒道。

"你打！我今天跟你拼了！"德良满腔愤怒一指邱大嘴。

"他妈的，这小兔崽子，你以为我不敢打你！我他妈的都穷得就剩一条命了，我有谁不敢打！"邱大嘴张牙舞爪道。

就在德良以同归于尽的姿势扑向邱大嘴的时候，德良注意到绮霏掩着口以一种非常悲怆的姿态从身旁跑开。

"绮霏。"德良下意识地冲绮霏喊一声，但他看到绮霏没有回头，却向着不远处一个山屺迅速跑去。

德良意识到事情有些不妙，他蓦然间明白刚刚发生的这件事已又重重地伤害到了伤口还未痊愈的绮霏，她此时正以一种她特有的刚正不阿的性格做着一件不可预测的事情。

“绮霏。”德良又喊一声。绮霏依旧没有回头，似乎朝着那个山屺奔跑得更快了。

德良急了，撇下邱大嘴，向着绮霏背影疾追而去。

“站住！想跑？没那么容易！把钱给我付了！”邱大嘴大喝一声，冲着德良也疾追出去。

德良展开全力追着绮霏，邱大嘴全速追着德良。

邱大嘴边追边气喘吁吁骂道：“想跑？小兔崽子，看我不追上去打断你的腿！”

邱大嘴越来越追近德良了，几乎一探手就能触到他，邱大嘴就伸手抓德良肩上的背包，嘴里狂叫：“钱、钱，拿钱来！”

德良在邱大嘴背后一拽之下慢下来，但绮霏仍速度不减地向着山屺奔跑。德良情急，手向后一打邱大嘴的手，激愤道：“别拽我，给你！”说着，从衣袋里抓出一卷钱，向后挥手扬给邱大嘴。

邱大嘴接到钱，定下身子，仔细数了数，没有再追。邱大嘴面露狂喜之色。

在后来的日子中，德良回忆起这件事的时候，德良猜想，自己扔给邱大嘴的远不止二十五块钱。但德良又想，对于一个撕心裂肺地喊出了“我穷得就剩下一条命了”的人，给他扔多少钱又算什么呢？

那个山屺不高，坡很缓，披着白皑皑的积雪，像个蒙着白色帐篷的蒙古包。绮霏从山的一侧缓坡很快攀到山上。她站在山顶气喘嘘嘘神态悲情地四处张望，像在寻找一种迅速解脱痛苦的方式。

德良焦急万状，快速攀上这个山屺。但绮霏此时已从山屺另一侧缓坡跑下去。

这一侧坡雪很深，绮霏深一脚浅一脚地在雪地里奔着，终于，她被没膝的积雪绊倒了。

德良看到绮霏扑面伏在雪地上，像睡过去一样，一动不动。他迅速抢过去，蹲下身，双手轻轻把她从雪地上扶起，焦声喊：“绮霏。绮霏。”

绮霏脸上和发间沾着雪粉沫子，目光直直瞅着前方，面无表情，形容惨淡。

“绮霏，你不要这样。”德良摇摇绮霏肩膀焦急道。

陡然间，绮霏像梦中惊醒过来似的，从德良怀中挣脱出来，双手挥舞刨打着地上的积雪，然后又扬起积雪，雪沫子顿时纷纷扬扬，飞落在她发间、脸上和肩头。纷纷飘落的雪粉像祭奠一个不白冤魂从空中纷纷落下的纸钱。

“绮霏，不要这样，你这样我看着心疼。”德良央道。

绮霏的双手渐渐慢下来，最后垂落在襟前。绮霏勾下头，长发垂下掩住她整个脸庞，目光直直地落在面前那片雪地上，少顷，德良听到嘤嘤的哭声，听到绮霏嘤嘤的啼哭声。绮霏哭了。

德良心如刀绞，在后来的日子里德良常常想，能使绮霏啼哭的人，除非是她爱得彻骨的人，否则一定是一个不可饶恕的人。

蓦然间，绮霏注意到压在身下的那个火箭雪橇，她一把把它从雪地里抓起来，迅速扯开捆扎麻布的细绳，然后抖开粗麻布和帆布。德良看清楚了，里面包裹着哪里是什么火箭雪橇，却分明是一杆双筒猎枪。锃亮的枪管在雪地里寒光闪闪，黑洞洞的枪口威慑着怪诞的世界。

绮霏从背包里迅速取出弹丸，熟练装膛，然后她双手端枪，向一个臆想中的目标瞄准，扣动扳机。“砰——”枪声响彻寂静的群山。一股淡淡的青烟在前方弥散开来。

绮霏连连装膛。

“砰——”

“砰——”

枪声催醒着死寂的群山，催醒着死寂的心。

绮霏将枪管戳在雪地上，喘息着，脸上渐渐泛出一抹红霞。德良知道，绮霏的愤怒已随着连连的火药枪响射向她臆想中的那个目标了。德良长吁一口气，攥紧的一颗担忧的心终于可以稍稍松懈一些了。

“绮霏。”德良在绮霏耳边轻声呼唤。

绮霏抬起头，满脸委屈地看着德良，看了一会儿，哽声道：“德良。”

绮霏偎进德良怀里，德良轻轻为绮霏擦去眼角的泪痕。两个人就这么相偎着，在嘉嵇北部山区冬季的某个清晨，两个恋人用心和心相偎着，在白雪皑皑银装素裹的世界里，用爱的温暖融解着彼此心中的疼痛。

太阳偷偷从东方探出头来，东方一隅出现了五光十色的早霞，周围的群山都披上瑰丽夺目的色彩，白蒙蒙积雪的远山和天际衔接在一起，大朵大朵的云团在天边幻化着，恍若是一座座山在那里变幻着形状，分不清哪里是天，哪里是地。

“德良，饿了吧?”

“嗯，有点。”

绮霏把雌黄微卷的长发绾在耳后，戴好彩虹拼色帽，取出茶色遮阳镜戴上，双管猎枪往肩上一扛，冲德良嫣然一笑，酷酷地一甩头，道：“走，吃早饭去!”

“去哪里?”

“跟我走。”

沿着向北的山路，德良看到沿途山崖峭壁上有顶着积雪傲然挺立的油松和侧柏，这些坚韧的植物，像楔子一样根劈坚硬的岩壁，从岩石缝隙中茁壮生长出来，岩石，在它们的根部留下了纵深的、狭长的、丑陋的疤痕。

“绮霏，你看，它们是那么地富有生命力!”德良指着那些油松和侧柏道。

绮霏向山崖看了看，粲然笑了，她知道德良所指，脸上现出一线娇红。太阳渐渐有一竿子那么高了，在阳光的映照下，银妆粉饰绵延的雪山反射着亮晶晶动人的光芒，山里的空气格外好，群山像个刚刚睡醒舒展四肢的婴儿，一派清新脱俗，一派娇憨可爱。

德良和绮霏沿着崎岖的山路又翻过两座山，在这个银装素裹洁白的世界里，他们的心情渐渐变得好起来。

才见岭头云似盖，已惊岩下雪如尘；千峰笋石千株玉，万树松罗万朵云。

走了半盏茶工夫，前面路口出现一块巨型石基，石基上题：狩猎区。绮霏笑道：“早餐来了。”

进了狩猎区，没多远，经过一片半顷见方低矮的灌木林，林子很密，株与株间枝丫交叉攀结，积雪厚甸甸覆盖在林木枝丫之上，像给这片灌木林盖了一床厚厚的棉被，棉被下面则成了避风挡寒的温室。有一些栗褐色小鸟在这片天然温室里起起落落。

绮霏把弹丸装入枪膛，猫着腰悄悄向灌木林靠近，在林前一道雪埂子后卧下身，把枪管伸出雪埂子，静静向灌木林瞄准，然后，她从地上捡起一颗石子，向灌木林中投去。

石子落地，惊动了灌木林下温室内的许多小鸟，它们纷纷起飞，由于灌木的枝丫上覆盖了厚厚的积雪，几乎像屋顶一样封住上面的生路，惊起的鸟儿便从周侧起飞逃生，林子内顿时乱作一团。有几只小鸟从绮霏埋伏的这侧林端飞出。

绮霏扣动扳机。“砰——”六只小鸟在散弹中纷纷落地。

绮霏迅速装膛，身子向前冲出去，冲到灌木林边缘。由于慌乱，有几只小鸟撞到顶部积雪摔在地上，有几只撞到林木枝干摔下来，在地上扑扇着翅膀晕头晕脑不知往哪个方向飞。绮霏手起枪响。“砰——”又有四只小鸟在散弹中丧生。

德良跑过去，看到小鸟背部栗褐色羽纹，蓝嘴角，白腹，知道这是山里常见的鹌鹑。

绮霏把地上的鹌鹑一只只捡进塑料袋，喜滋滋道：“这些人工养殖的鹌鹑，个头果然比野生的要大许多。”

“这个狩猎区不会有野生的吧?”德良不无担忧道。

绮霏朝德良瞅一眼：“这个放心好了，这里全是养殖的。我们是付费打猎，我已经都跟孟叔叔说好了。”

翻过山脊，前面坡上长着大片雪松和龙柏，松柏的顶部腰部挂着积雪，而根部由于风力作用破开积雪露出植被，虽然这些植被只是些枯黄的野草，却有许多鸟类来这里觅食。林间传来“咯克咯”、“柯哆啰”的鸣叫。

绮霏冲德良一笑，悄声说：“是山鸡。”

绮霏向西侧一块岩石跑去，借着岩石掩护，她从西向东向松柏林靠近。德良看到绮霏从一块岩石后转移到另一块岩石后，从一个雪埂子后穿跃到另一个雪埂子后，动作敏捷得像个百步穿杨的狙击手。

离松柏林还有五十米位置，绮霏停下，抬起枪，瞄准。“砰——”

与此同时，林间“咯——咯——”鸟叫声大作。

绮霏跑进松柏林，林里接着传出几声枪响。

当德良跑到林侧时，绮霏已喜洋洋地拎着三只羽翼丰满的山鸡从林间出来。

“山鸡飞得又低又慢，我在林里追着就打掉两只。”绮霏一脸兴奋。待把山鸡装入塑料袋，她又美滋滋道：“这下连中午饭都够了！”

“绮霏，我们接下来去哪里？”

“往北走，到苦崖居。”

“苦崖居？那是什么地方？”

“据说是中华第一迷宫。”

“中华第一迷宫？”

“嗯，据说它位于一条幽静的峡谷中，在峡谷陡峭的石壁上，遍布着一百四十七个石室，石室内有石炕、石灶台、石灯台、排烟道、壁橱，也可以看到户枢和门框、气孔和马槽。石室没梁没柱，没梯没板，却层层相通。石室或圆或方，非常美观。”

“那是什么年代开凿的呢？”

“不清楚，一直是个谜，有人说是唐辽年间，有人说是元代，还有人说是魏朝。”

“这些石室是干什么用的呢？”

“不清楚，有人说它是为长城驻军而开凿，是长城的附属物；有人说它是避战乱时的民众的栖身地；有人说它是草寇山贼的聚集地；也有人考证它是唐辽年间北方奚族迁居于此而成；也有考古学家认为，这些石室可能是地球上已经灭绝了的种族——矮人族的居住地。”

“矮人族？”

“对，矮人族，根据考古学家对居室高度和大炕宽度测量，推测出这些居室曾是身高在一米五到一米六之间的矮人族部落的栖息地。据说这个矮人族部落现在已经灭绝了。”

“灭绝了？”

“嗯，据说这个矮人族已经灭绝了。但这个矮人族曾迁徙于欧亚大陆，在土耳其也有这样的居室。他们穿越河西走廊，在河西走廊也有着一些他们的生活遗迹。”

“哦！苦崖居，真的好神奇呀！”

“嗯，我们就是要到苦崖居，要探寻一下这个神秘矮人族的栖居地，或许，我们还会有什么新发现呢！或许会发现一两个矮人族留下来的后代呢！”绮霏心驰神往。

“那咱们走大路到那儿吧！走大路，咱们拦一辆车，一会儿就到那里了。如果走小路呢，一则这山区冬季积雪不好走，走得慢。二则也容易找不着路。”德良分析着。

“不，走小路，这儿离苦崖居才多远呀！咱们一路上游着逛着就到了，我就不信在这个小小的山区能把两个大活人给丢了！”绮霏坚持着。

德良无语，只好走小路。

出了狩猎区向北走，经过一个三岔口，西岔口路的尽头有一个自然村落在云雪雾霭中若隐若现。东岔口则通向深山峭壁，这是一条猎户和探险者走的道路。他们选择了北岔口道路，这是一条并不艰险的道路。

顺着山路，转过两座峤峰，他们登上一座岿然屹立的山崮。山崮顶部非常平坦，就像一座超大型飞机场，风力在这里要大一些，积雪如银色海浪一般一波压过一波，薄薄地平铺于整个山顶。在这里，地球经过数亿年板块漂移和地质造山运动，这座山在水平构造力的作用下沿着水平面发生了横向切割，原先高高的山锥被过去地球上另一种外力齐齐地切去了，只遗留下平坦的横断面给这个星球上的物种昭示着历史的沧桑。

山崮东侧是一个深不可测的大峡谷，站在山崮东巅对着大峡谷说话会有着巨大回音，给人产生一种强烈的历史回荡感。

绮霏此时心情非常好，她振着双臂，迎着寒风，在平坦的崮顶来回跑着，像一个要放飞的风筝。绮霏欢颜笑着，绮霏的笑声给这个山崮带来了千古寂寞的欢悦。

绮霏对着峡谷和峡谷那边的群山喊：“喂——”

峡谷群山回应：“喂——”

绮霏笑了。她又大声喊：“你是谁？——”

峡谷群山回应：“你是谁？——”

绮霏粲齿而笑，道：“我是齐绮霏——”

峡谷群山回应："我是齐绮霏——"

绮霏高兴地一把拉过德良，激动地搂紧他胳膊："德良，给群山留下你的声音吧!"

德良冲绮霏笑笑，抚了一下她手臂，道："好吧。"

德良清了清嗓子，冲着峡谷和群山喊："喂——"

峡谷群山回应："喂——"

德良又喊："你是谁？——"

峡谷群山回应："你是谁？——"

听到峡谷群山这一响亮的发问，不知怎的，德良此时此刻竟有些茫然，有些不知所措了。

"我是……我是……"德良犹豫着，对着峡谷支吾着。

"德良，快，告诉峡谷和群山，你是魏德良。"绮霏催促。

"我是……我是……"德良依旧茫然地支吾着。

"德良，快，大声地告诉峡谷和群山，你是魏德良，你来了！你是这个大自然的主人！你是这个世界的主人!"绮霏焦急地催促。

踌躇片刻，德良终于喑哑着声音喊："我是……魏……德……良。"

德良听到峡谷和群山也喑哑着声音："我是……魏……德……良。"

从峡谷和群山这个回答的声音中，德良听出了迟疑，听出了胆怯，听出了费解，听出了迷惘，听出了尴尬，听出了不自信。

为什么会这样呢？在以后的日子里，德良每当想及于此的时候，他会在乍然之间感觉到，原来就在此时此刻，在他的内心深处，在他的潜意识之中，已经堆积了许多费解的困顿的迷惘的纠葛不清的灰色的沉重的东西，就是这些东西，沉甸甸地压在他心底，纷扰着他的思绪，让他对自己失去了自信，正是这些无形的东西在无形之中压抑着他，使得他在回答那简单的三个字"我是谁"时竟然也是那样勉为其难了。

绮霏虽然对德良的表现稍有些失望，但还是高兴地说："德良，说出来就好，给峡谷和群山留下我们的声音，现在我们是这个自然界的主人，我们是这个世界的主人，我们来了，我们是人，我们是这个宇宙的主宰，我们是万物的灵长。"

绮霏一时豪情万丈，她对峡谷和群山又高声诵道："人类是一件多么了不起的杰作！多么高贵的理性！多么伟大的力量！多么优美的仪表！多么文雅的举动！在行为上多么像一个天使！在智慧上多么像一个天神！宇宙的精华！万物的灵长！”

绮霏诵的是莎士比亚《哈姆雷特》中对人的精美颂言。

峡谷轰鸣，群山轰鸣，回音激荡，如涛如波，如阵阵赞美的掌声，又如给来的轰然嘲笑。

28

从山崮向北的缓坡下来，是一段蜿蜒崎岖的山路，山路尽头是两座披着积雪怪石嶙峋的山头，山路从这两座山中间穿行而过，远看这两座山的垭口就像张开对生的犬齿，犬牙交错，岩石的岩相形状极为相似，似乎一座完整的山只为了让出这条路，被硬生生地朝着相反方向拉拽开的。从山垭走进去，会有一种果入犬腹的凛然之感。

德良和绮霏从这个山垭口进去，他们看到一片广袤的覆盖着白皑皑积雪的山间高地。在这片高地上，一丛一簇的枯草刺破积雪在寒冬中瑟瑟抖动着身体，太阳投下金色光芒，给这片银色雪域增添了许多动人的暖意。可以想象得出这个地方夏季草长莺飞的繁荣景象。然而在冬季，这里却罕有人至了。

绮霏大口哈着冷气，好奇地打量着这块人迹罕至的雪域，像个孩子似的跑到德良前面，然后转过身，红霞满面地大声道：“德良，你猜，我现在想到什么了？”

“你想到……你想到了爱斯基摩人的冬天，是不是？”德良跑近绮霏，猜测着。

“不，我想起了人类的冰河时代。”绮霏道。

“嗯，这里真的容易让人想起冰河时代了！”德良欣然道。

“冰河时代，那时我们人类的祖先叫作智人，他们为了寻找自己生存的家园，三个一群，五个一伙，从一个大陆跨越另一个大陆，他们在冰天雪地里走着，他们与自然天灾和毒禽猛兽作着斗争，我们脚下走的路也许就是他们曾经走过的路。”

“绮霏，也许在数十万年之前，他们真的曾从这里走过！”

“他们每到一个地方，一定对身边的世界充满好奇，对他们的生活充满热情。他们两两成群，有男有女，在与自然作斗争中体味着生存和生活的快乐！德良，会是这样的吗？”

“绮霏，也许正是他们这种不屈不挠的乐观精神才延续了我们后代的人类。”

“德良，他们中会不会有你和我这样的？”绮霏面色娇红，跨上一步问。

“什么？”

“爱情。”

德良拉起绮霏的手，静静看着她。绮霏深情道：“德良，我愿和你一起做一对冰河时代的恋人，在那里，没有繁杂的社会关系，没有敌视，没有仇恨，没有恶，有的只是你和我共同的生活，有的只是你和我深深的爱。你愿意吗？”

德良凝望着绮霏，深深地点了点头：“绮霏，我愿意，我愿意和你一起生活在冰河时代，即使生活环境再恶劣，我也愿意，因为有你，因为有你和我在一起，再苦再难的生活我都觉得是美的，是甜的，即使在那样的生活中，我的生命周期会很短，但能跟你在一起生活，短短的生命我也知足了。”

绮霏深情地凝视着德良，德良凝视着绮霏，在这个寒冷的冬日里，他们深情脉脉地递出了他们温热湿润的唇，他们的思想插上翅膀，飞越时空的障碍，轮回到那个原始的荒蛮的冰河时代，他们在冰天雪地里纵情相吻，纵情相爱，他们的爱迸发着原始的野性和原始的真实。

纵然飞吻，纵然波横，天寒地冻纵相拥。

太阳渐渐斜上半天，嘉嵇北部积雪的山峦在阳光照射下逐渐显现出它粗壮的肢体和巍郁苍茫的气魄，粉妆玉砌的山谷中渐渐笼罩起一层暖如雨露般的淡淡的清新的雪霭。

天已接近午时。德良和绮霏拐过一座披雪的山峰，横在他们面前的是一个巨大的碟形谷，两侧谷坡平缓，谷底宽阔平坦，远远看去，谷中笼罩着一条长烟状的浓重雾气，雾霭隐约之处，似乎有一脉细流从山间蜿蜒而出，循着谷底，逶迤向东而去。

“是温泉。”德良兴奋地喊了一声。

顺着谷坡往下走，积雪越来越薄，脚下渐渐能感觉到积雪覆盖的石块了。到了谷底，可以看到在雪渍斑驳之间有一些分选磨圆得很好的砾石、砾沙和沙石，有一条蒸腾着蒙蒙热气的细流从沙石间潺潺流过。德良用手试了一下水流，温热热的，这脉温泉的泉眼就藏在周围深山之中。

绮霏把猎枪放在地上，拣了块干净板岩坐下，惬意地长舒一口气，抬眼望望周围群山，豪情地长声道：“天地灵洞，弥有耳！”言罢，又转向德良：“去捡些柴火来，我们埋锅造饭。”

德良蹲下身，附在绮霏耳边，小声笑道：“我去捡柴火了，把你留这儿我怎么放心？万一从山里蹦出一只小黑熊小笨熊什么的，那该如何是好呀？”

绮霏仰起脸，指指地上猎枪：“有它呢！十个小笨熊来了也不怕！”

德良还待再说，绮霏却从地上拎起猎枪，在他面前一晃，笑道：“小笨熊，还不赶快去拾柴火去！”

德良只好举起双手，转身，向前走。走了两步，却又把双臂放腰际，双手做环抱状，双脚也向外侧撇作外八字，然后身体一摇一晃笨重地向前踱着。他在模仿黑熊的走姿。

走了几步，德良回过头，看到绮霏正俯身瞅着他笑。他冲绮霏扮了个鬼脸，重又摇晃着身子笨重地向山里踱去。

离这个山谷最近的山麓地带，有片白桦林，林间还生长着毛白杨和槐树。在林子边缘，德良刚好能看到绮霏，于是他只在林子边缘一带捡拾柴火。

在秋季风劲的时候，一些桦树皮就被疾风剥掉了，落在地上，经过风吹日晒，这些桦树皮变得干燥腐脆，成为很好的引火材料，与它们一道有着同样命运的还有杨树枝和槐树枝。德良捡拾着柴火，不时抬头看一下在谷底欢快忙碌的绮霏，就像一个大人看护着一个在不远处玩耍的孩子一样。在这个寂寥的山谷中，德良知道，他有义务这样做。

捡了半捆柴火的时候，德良听到绮霏在谷底冲他喊：“我做好灶台了——”德良看到绮霏在灿烂地笑。

德良迎着绮霏的笑朝她挥挥手。

过了一会儿，德良又听到绮霏在谷底喊："我把鹌鹑都剥出来了——"

德良又朝绮霏挥挥手。

看着绮霏欢快忙碌的身影，听着她一声声呼唤，德良体内流动着一股强大的幸福之感，他知道，此时在绮霏内心中，也和他有着同一样的感受，每抬头看他一眼，每呼唤他一声，就多增加一份幸福的因子。放眼眺望群山，积雪的群山此时此刻是那么的娇美，山谷是那么的娇美，白桦林是那么的娇美，日头是那么的娇美，娇美的自然风景把娇美的人儿糅合进去，共同构成一幅完美和谐的自然画卷，其中人是这幅画卷的主题，人是最生动的，自然的美因人的美而美，自然的美因自然中恋人之美丽恋爱之美而美。德良愿这幅美丽的画卷就此凝固，愿时光就此停滞，愿他们这样的幸福生活永远定格。

"德良——山鸡太大——我剥不动了——你来帮我吧！"绮霏又在谷底喊。

德良找了根荆条，把拾好的两捆柴扎起来，负在肩上，匆忙向谷底去了。

回到谷底，德良把木柴卸下，看到绮霏用鹅卵石青石板砌成的灶台，还有脱掉毛的鹌鹑。十个鹌鹑都除掉内脏洗得干干净净放在塑料袋上。

"绮霏，你真能干！连灶台都会搭？什么时候学的？"德良笑笑道。

绮霏放下手中山鸡，白了他一眼，嗔道："你看不起人！我就不会搭灶台了？告诉你，我五岁时和小伙伴们玩过家家就学会搭灶台了。"

德良乐了，道："绮霏，你还玩过家家！你是给人家做媳妇了吧？"

绮霏脸一红，辩道："那是小时候，什么事也不懂。媳妇是个啥概念呀？根本不懂。"

德良却故意不依不饶，嘴一撇，一副扼腕叹息的样子道："哎呀，都给人家当媳妇的人啦，这可怎么办呢？"

绮霏的脸更红了，道："你没玩过过家家？你给人家当过多少回老公了？你说，你说！"话说着，已凑到德良跟前，手拿住他软肋上的一条干巴肉逼问。

德良挣脱绮霏的手，笑道："没有，我没玩过过家家。"

绮霏也把嘴一撇，道："哎呀，肯定是小的时候长得特丑，没有小女生看得上跟你过家家。”

德良嘿嘿乐：“好，好，这事就此打住。你早就给别人做媳妇了，我如今不嫌弃你，今天咱们重打鼓另开战，你该给我做媳妇了。”

绮霏含着笑朝地上重重啐了一口，鞭挞道：“你说这人说话真是恬不知耻嗜！脸皮咋这么厚呢？这脸厚得赛过城墙了，一锥子下去，扎不出个血来！”

德良哈哈笑，双手掩面，似乎真被锥子扎到脸上，跑到一边脱山鸡毛去了。

绮霏取出火机，从柴火捆里抽出一根槐枝，点燃，放一些燃木进灶里，用燃烧的槐枝引燃灶内燃木，又把洗好的鹌鹑逐一放在火口上，青烟顺着烟道出去，火舌舔着鲜嫩的鸟肉，一股好闻的烤肉味散发出来。

德良把三只山鸡都放在温泉水流中，热了一会儿，然后拎出来一只一只地脱毛。经过温水加热的山鸡毛非常好脱，德良满把抓着山鸡毛，一时间鸡毛乱飘乱飞，黏在他发上、眉上、睫上、鼻孔里。

这一幕被绮霏觑见了，俯身笑道：“德良，你知道你现在像什么吗？”

德良扇了一下黏在嘴上的鸡毛，透过飞舞的鸡毛，递一个微笑的目光给绮霏：“像啥？”

绮霏粲齿笑：“像黄鼠狼偷鸡！”

德良重又在鸡毛中递过目光，笑道：“黄鼠狼偷鸡还有个歇后语，你知道吗？”

“什么歇后语？是不是黄鼠狼给鸡拜年——不安好心？”

“唉，差矣！”德良叹一声，“这个歇后语是：黄鼠狼偷鸡——为了他未婚妻！”

绮霏听了先一愣，然后笑道：“德良，你又贫嘴，你看我不拿火枪打烂你这个黄鼠狼的嘴！”又从地上摸火枪。

德良忙举双手，告饶道：“别打别打，黄鼠狼不说了，干活！干活还不行吗？”

德良把脱掉的山鸡毛和内脏埋进一个沙坑，又把山鸡在温泉水里洗一遍，细细切成块，用塑料袋盛着，拎到绮霏跟前。

绮霏用槐枝翻烤鹌鹑肉，鹌鹑肉表面已现出焦黄诱人色泽，又从一个小瓶中倒一些佐料出来，手指掇着，细细撒在每块鹌鹑肉上，空气中顿时又飘起一阵浓香。鹌鹑肉烤好了，她又往灶里填些柴火，烤山鸡块。

德良从柴火里拣一块桦树皮出来，一边扇着火，一边看着绮霏。绮霏抬起头，冲他莞尔一笑，火光在此时倏然一亮，映在她脸上，绮霏瑰姿艳逸，颖之藻仪，微晕红潮一线，拂向桃腮红。德良恍然间被眼前这位绝色丽人惊呆了。

“德良，你看什么？”

“啊……没……没什么……没看什么……”德良回过神，支吾着。

“还没什么？看你老盯着人家看，不知在心里打什么坏主意呢！”

“没……没有……没有……”

绮霏粲然一笑：“没有就好，谅你也不敢有！这荒山野岭的，你能有什么坏主意呢！你要有我就拿火枪打你黄鼠狼的嘴巴，打你小笨熊的胆！”

德良连点头，笑道：“好，打，打得好。”

绮霏又笑了，往德良跟前坐坐，媚声道：“我怎么舍得打你呢？就是你真有坏主意了我也不会打你。你知道吗？当一个人爱上另一个人的时候，就明知他是一个十恶不赦的人，也是对他恨不起来的。”

德良心里一阵感动。

绮霏把头枕在德良膝上，若有所思了一会儿，幽声道：“德良哥，你爱我吗？”

德良点点头：“绮霏，不是跟你说过了吗，我爱你！我很爱你！”

绮霏又若有所思道：“要是我有一天做了对不起你的事，你会恨我吗？”

德良心里一颤，绮霏所说的这个问题他从来也没想过，也不会去想。在德良看来，绮霏在他心中是完美的，她怎么会有对不起自己的事呢？

“绮霏，你怎么会做对不起我的事呢？”

绮霏抬起头，看着德良眼睛：“要是真有那么一天，我做了对不起你的事，你会恨我吗？”

德良想了想，毅然道：“绮霏，要是真有一天你做了对不起我的事，我也不会恨你，因为我觉得你做的每一件事都是对的，你做的一切选择都是对的。”

话音落地，绮霏一个大亲吻袭在德良脸上，嗲声道：“德良哥，你真好！”又一个雀跃从石座上跳起，手舞足蹈满面娇态地围着他转了两圈，然后把头俯在他耳边，神秘兮兮道：“今天我要跟你在这荒山野岭里喝一杯！”

“什么？你在这儿也要喝！你带酒了？”

绮霏在自己背包里翻一下，得意地拿出一个小瓶，朝德良晃晃：“董酒，带了一小瓶董酒。”

“哈！在这里居然能喝上董酒！妙呀！”德良大喜。

绮霏打了他手一下，指指火灶：“别美了！看看，山鸡都快被你烤煳了！”

德良慌忙翻山鸡，又小撮捏着佐料均匀撒上。绮霏把两个人的刷牙杯取出，往里注入酒。一时间，空气中除了烧炙野味的浓香又弥散着悠长醇和的酒香。

此时已近正午，冬季和煦的阳光金子般洒满整个河谷，宽阔的碟形谷里有的地方冰雪覆盖，有的地方在暖阳和温泉作用下冰融雪化，裸露着大大小小的鹅卵石。放眼望去，河谷的曲折转弯处有侵蚀坑和点沙坝，在河床中心位置，还沉积着巨大的江心洲，可以想象得出，过去河水途经这里时的浩荡景象，如今河流改道，河谷干涸，只剩下这眼温泉之水燃起河谷的一点生机。

河谷空空的，静静的，暖暖的，融融的，让人产生一种缱绻慵懒之感。绮霏端起杯子，似乎已先有几分醉意，她情意浓浓道：“德良，今天你我有幸来到这天地灵洞之地，似乎是天设，也似乎是人和，能享受如此良辰美景，人生得意也莫过于此，自古曰：人生有限情无限。让你我情意就如青山永驻吧！”言罢，呷了一口。

德良端杯坐到绮霏身旁，揽着她肩胛，情浓意重在她耳边轻声道：“同调节器定相怜，一心不相离。绮霏，我们永远一心不相离。”言罢，也深呷一口。

绮霏把半个身子靠进德良怀里，咬一口鹌鹑肉，缓缓嚼着，细细品着，样子像在品味一个千古的话题，绮霏的目光变得悠长。

“德良，跟我在一起快乐吗?”绮霏幽声道。

德良紧揽她一下，深深点点头。

绮霏身子往德良怀里缩了缩，停了一会儿，道：“德良，我真的希望一辈子都看到你这样的快乐。可是……可是不能啊！你也有苦恼的时候，你总会有苦恼的时候。”绮霏抬起头来，眼眸中已布满惆怅：“德良，每当看到你苦恼，我心里有多痛苦，多揪心！你苦恼同时也痛在我心上，可看着你苦恼我却没有办法，每当此时，我是多么地恨我自己，我对自己的无能备感自责。”

绮霏的话让德良内心感激之情如潮水般阵阵袭来，他为面前这位纯情善良女孩的真情所深深打动。对于绮霏的真情，自己又以什么方式来回报她呢？绮霏期望他以什么方式来回报呢？德良知道，此时此刻，他只能以一种最简单最笨拙的方式来回报她，那就是：记住。

“绮霏，谢谢你，谢谢你对我的好，我不会忘记的。”德良沉重着声音说。

此时山鸡块在火上都已烤得焦黄，绮霏把它们收起来放一张纸上，重又回德良身边坐下。绮霏神情默默的，似乎怀负一个巨大的心事。她看着灶中火，过了好一会儿，才道：“德良，没有苦恼的你就不是我心中的你，有了苦恼的你又是让我时时心疼时时牵挂的你。”

绮霏静静地看着德良：“在你苦恼的时候，我就知道你有了困惑，遇到了难题，你在为这个难题为这些困惑而苦恼，进而你会去思考，你会去探究这些个难题，这是我最愿看到的。德良，你是那么聪明那么的执着，喜欢刨根问底，喜欢追根溯源，喜欢把那些问题那些难题搞得清清楚楚，希望每个问题的答案都是令你满意的答案。这也是我喜欢你的地方。可是……”

“可是什么？绮霏……”

“可是……”绮霏面色中写满惆怅，“可是有些问题是经不住推敲的，当我们走近问题核心的时候，那些问题却越来越令我们迷惑了，越来越令我们费解了，问题的答案越来越令我们失望了。我们将更进一步陷入巨大的困惑、孤独、苦恼之中，甚至是绝望之中。人越是聪明，越是执着，越是追求完满，越是理想化，他所得到的答案失望值将会越大。德良，你相信吗？”

听了绮霏这番话，德良低下头，思忖片刻，然后茫然摇摇头。

绮霏幽幽道：“德良，不管你信不信，这是我渐渐体会出来的。从邈邈身上，从你身上，从社会上一些在某个领域卓有贡献的人的成长经历上，我渐渐体会到了这一点。”

“难道事事都会是这种局面吗？”德良疑惑地问。

“不，我是说有些事上。”绮霏道，“你听说过‘水至清则无鱼，人至察则无徒’这句话吗？”

德良看着绮霏，默默点点头。

绮霏道：“这句话就是说，人不能对事事都太过明察秋毫了，否则人就会陷入巨大的孤独、失望、迷惘、痛苦之中。”

听了绮霏的话，德良似有所悟地点点头，又似乎还不太明白地摇摇头。

绮霏柔声道：“德良，没有苦恼的你就不是我心中的你，有了苦恼的你又是我时时心疼时时牵挂的你。你有了苦恼，就说明你已深入了问题的核心，你为这些问题所困所累，你陷入孤独之中，迷惘之中，痛苦之中，你在努力寻找解决这些问题的办法。但是，能够寻找到一个问题的真正解决办法又是何其难呀！人在这一过程中将经历着一个巨大的困境。所以，此时此刻，也是我最心疼你最牵挂你的时刻。”

德良终于听明白绮霏的心思了。从绮霏的话中，他听出了她对自己的爱慕、勉励、支持和期望，也听出了她对自己的关怀、忧虑、牵挂和不忍。德良再一次为面前这位美丽、善良、纯情、冰雪聪明的女孩的苦心和情意所深深打动，感激之情再一次如潮水奔袭而来，他紧紧揽着绮霏，情浓意重道：“绮霏，谢谢你，谢谢你对我的一番苦心和情意，我会好好珍惜的，我会永远铭记的，我不会令你失望的。绮霏，你不要为我担忧，你为我担忧我于心不忍，你想想，任何一个在社会上做出贡献的人，在他求得真知的过程中哪能不经历困境呢？哪能没有孤独、痛苦和迷惘呢？绮霏，请你相信，我会努力使自己走出困境的。”

听了德良的话，绮霏面露欣慰之色，拣了一个山鸡块塞进他手中：“德良，尝尝烤山鸡的味道！”

29

天意宁许巧，剪水做花飞。

天不知在什么时候下起了雪，轻飘飘的雪花舞动着轻灵的翅膀婷婷袅袅而来，像从天堂给人类传递福音的羽裳仙子。太阳已斜过中天，透过轻盈的雪花看日头，红彤彤娇艳可爱，仿佛一个坐在纱帐边搭着盖头的新婚女子的脸，阳光给静静滑落的润洁的雪花又镀上一层金辉，整个世界恍然变成了流溢着奇幻和神话色彩的冰雪伊甸园。

绮霏把吃剩的山鸡块和鹌鹑肉都装进包里，把剩下的小半瓶董酒也带着，收拾好背包。德良将灶膛的火熄灭。两人顶着淡淡的飞雪，向北而去。

出了碟形谷，从白桦林中穿过，前面又是一个三岔口。他们选择了偏向西北的道路，因为苦崖居在龙吟峡西北方向位置。走了大约半小时路程，再翻过前面两座山，应该就是苦山了。苦崖居就位于苦山一条峡谷中。

绮霏很高兴，沉浸在对苦崖居的巨大憧憬中。她在半坡上转回身，冲后面的德良喊："我们就要到目的地了！"

待德良到近前，绮霏从他身上卸下自己背包，喜滋滋道："德良，辛苦了，给我背了这么久的包，剩下这段路程，我自己来背。"

"绮霏，我来背吧！前面这段路不好走。"德良抢着道。

"不，我偏不，我偏背这一段。"绮霏甩开德良往山上跑。

"绮霏，前面山上有野兔呀什么的，我背着包，你追赶野兔，也追得快些呀！"德良撵着绮霏哄着喊。

"不，我背着包也能追住野兔！"绮霏口中答着，脚下却快起来，在崎岖山路上纵跃。

"绮霏，路上有积雪，小心摔倒！"德良急急地喊。

绮霏咯咯笑，回身冲德良喊："你追我呀！你追得上我吗？小笨熊。"

德良这时哪敢追呀！生怕自己一追，她情急之下在山路上滑倒，只能故意大喘气道："绮霏，你跑得好快呀！等等我呀！我跑不动了！"随后“哎哟哟”叫着蹲下身，手捂肚子，做痛苦状，眼睛却偷偷观察着前面的绮霏。

绮霏停下来，俯身看他，看了一会儿，忽然像看出破绽似的笑了，挥舞着猎枪喊：“装的！噢，噢！小笨熊在装熊！小笨熊在装大笨熊！”

德良只好收起伎俩，苦笑着站起身，无计可施地不远不近地跟在她后面。

到了山顶，绮霏已红霞满面，娇喘吁吁了。她火枪撑地，打量着眼前这个银装素裹的世界。山顶的风稍稍有一些大，雪依旧扇着轻灵的羽翼静悄悄地飘着，太阳依然红彤彤地挂在白雪帐幔的一角，连绵的雪山和天空中飘飞的雪花把天与地连接成一块舞动着的巨大白色纱缦，太阳则如一个在白缦上盈盈浮动的猩红彩球。

德良赶到绮霏跟前，喘息着道：“可算追到你了！”

绮霏心驰神往地打量着眼前这片神奇雪域。随后，她卸下背包，取出董酒和山鸡块，往德良手里塞一块，自己手里拿一块，又一甩手将背包负在肩上。

绮霏几把拧开瓶盖，随手将它抛进风雪中。她右手持瓶，左手持鸡块，振起双臂，迎着风雪，迎着风雪中的太阳，迎着脚下连绵的雪山，绮霏一时间豪情万丈。她大声道：“举手与天竞自由，纵豪情，胸怀敞！”言罢，举瓶豪饮一口酒，左手抬起，大咬一口山鸡肉，满嘴里嚼着，好不酣畅淋漓。

绮霏把瓶抵到德良面前，豪情道：“德良，喝！现在天底下只有你和我，让我们纵豪情，敞胸怀，洒脱一些吧！”

德良显然被绮霏的豪情所鼓舞，他一把接过酒瓶，仰脖灌去一大口。顿时，德良感到体内热血沸腾，他微醺目光，遥指苍天，澎湃激昂地大声道：“胸怀日月吾气魄，谁敢？气吞山河一线天！”

绮霏哈哈大笑，这次，她对德良的表现极为满意，搂过他脖子，大大地在他脸上亲了一口。

绮霏重又拿过酒瓶，饮一口，顶着飞雪，沿着山脊，踉跄着身子一副醉态往前走，边走边大声吟道：“南风送，上青云，吾辈岂是蓬蒿人？”

德良紧随其后，接过瓶子，饮一口，豪情道：“壮志凌云起，拔箭当空射！”

绮霏纵声长笑，从德良手中拿过瓶子，饮一口，又举到他面前，豪情道：“大丈夫当如此！是英雄，分我杯羹！”

德良此时已是浑身激荡，豪情满怀。他接过绮霏递来的瓶子，豪迈道：“胸怀日月，一杯豪情，吐然诺‘喝’！”言罢，一仰脖，一大口饮下肚。

绮霏接过酒瓶，沿着山脊跑，边跑边振着双臂纵情大笑，她遥指苍天，星眸微醺，纵情道：“慷慨激昂，意气风发，千古几人龙气？”

山脊曲折转移，绮霏脚下步伐踉跄，已醉态尽现，几欲跌倒。

一股凛冷的风挟着雪沫子扫在德良脸上，德良浑身一颤，思维清醒了些，他透过飞雪看到前面趔趄着身影踏雪而行的绮霏，一种巨大的危机感袭上他心头，他朝着绮霏背影急追几步，高声喊：“绮霏，小心——”

就在德良话音落地，绮霏摔倒了，手中的酒瓶也摔了出去。

绮霏伏在雪地上一动不动。

“绮霏——”德良冲向绮霏。

德良在她身旁蹲下，扶着她肩胛轻轻把她翻转过来，此时，他看到一张美妙惊艳的脸，绮霏微笑着，娇红明艳的面庞就如在冰雪里盛开的惊世骇俗的笑靥花。

“德良……来，躺下。”绮霏胸脯起伏着。

德良躺在绮霏身边。

天空的雪花依旧轻轻灵灵地飘着，在红彤彤的日头的照射下，如飞入尘世间天使的闪烁的眉睫。雪飘落在德良绮霏身上，覆盖了薄薄一层，飘落在他们脸上，融化成水，一种来自天地间圣洁的水，渗入他们肌肤，沁入他们心脾，这是来自上苍的爱的恩赐。

绮霏柔声道：“德良，你看，天空给我们落下了圣洁的纱帐，盖上了素洁的棉被，大地给我们铺好了净洁的白毯，太阳是给我们抛来的绣球，群山为我们做媒，我们现在是这个世界上最幸福的人。”

“嗯，绮霏，我们是最幸福的人。”德良拥着绮霏激动地说。

“天地间就你我两个人，我们像不像人类始祖伊甸园里的亚当和夏娃?”

“像，一个冰雪的伊甸园，你是夏娃，我是亚当。”

“我们是伏羲和女娲。”

“你是女娲我是伏羲。”

“我们现在是不是天底下最自由的?”

“我们现在是天底下最自由的。”

绮霏偎在德良怀里，柔情说：“德良，我现在真的好甜蜜，好幸福，好温暖呀!”

德良点点头，动情道：“绮霏，我们真的好温暖!”

雪花静静飘着，片片圣洁的雪花如婚堂里落下的片片圣洁的花金纸。风静静淌着，风传递着爱的信息。太阳羞红了双颊，不敢看这人间最动人最幸福的一刻。

德良和绮霏相拥着，相吻着，翻腾着，厮磨着，用心灵和心灵熨帖着，倾听着，体悟着，温暖着，爱抚着，他们在冰封雪域里用最热烈最激动的方式创造着人间大爱，他们如两条在冰天雪地里吐丝作茧的冰蚕，这个飞雪飘花的银白色世界，就是他们用吐出的爱的蚕茧编织而成的圣洁的爱的纱幔。

太阳不知在什么时候隐去了，雪愈下愈大了，簌簌地落地有声。风也大起来，山上的气温骤然下降了。

“绮霏，我们得赶紧下山，雪下大了。”德良仰脸望了望漫天的雪花。

绮霏从雪地上站起，挎上背包，扛起猎枪，冲德良粲然一笑，一甩头：“走!翻过前面的山，我们就到苦崖居了。”

绮霏在前刚走几步，却又回身冲德良笑道：“我要先走了，你追我，咱们看谁能先到苦崖居!”说罢，她沿着山脊北路跑起来。

“绮霏，别跑!危险!”德良高喊一声。一种巨大危机感重又袭上心头，他快步朝绮霏追过去，他要止住她。

绮霏感觉他在追了，咯咯笑着跑得更快了，边跑边喊：“德良，你追!”

“绮霏，别跑——危险——”德良停止了追赶，立在原地焦急万分地冲着在飞雪中奔跑的绮霏喊。

话音未落，德良看到绮霏在飞雪中摔倒的身影，几乎同时听到她“哎哟”一声呼叫。

德良急冲过去。绮霏这一次是真的摔倒了，从她绊倒的地方摔出一步多远，四肢平摊地扑倒在积雪上，肩上背包和猎枪甩到更远的山脊一侧谷坡上。这个谷坡是背风面谷坡，坡上覆盖着巨大的扇形积雪堆积面。绮霏的背包猎枪就顺着雪坡缓缓下滑。

绮霏从地上迅速爬起，冲向雪坡。她要去捡回自己的背包和猎枪。

“绮霏，别去！”德良一把抓住绮霏的手，急声喊。

“我的背包和猎枪！”绮霏指着在雪坡下滑的背包猎枪，焦急道。

“绮霏，不能去啊！”德良握紧绮霏的手，又重重地喊了一声。

绮霏只能眼巴巴看着雪坡上缓缓下滑并向谷底越滑越快的背包猎枪，急得泪花在眼眶打转转。德良从地上捡起一块拳头大的风棱石，向雪坡投去，石块触到坡面，立刻无声无息沉没于雪中。可想而知，人踩在雪坡表面，无疑会被淹没于无底的积雪中。

“绮霏，不能去呀！雪坡踩上去就没命了！”

绮霏泪眼巴巴地看着这个积雪的斜谷，声带哭腔道：“包里有我们的吃的，有我们用的，有……”

德良搂紧绮霏，在她耳边轻声安慰：“咱不要了，都不要了，只要人好好的就都有了。绮霏，别难过了，好吗？”

沉静了一会儿，绮霏在德良怀里点了点头：“咱们走吧，雪下大了。”

德良和绮霏扶携着重又走在北去的山路上。

风就在此时越刮越猛了，山间出现了北方山区冬季常见的白毛风，强劲的风挟持着雪粒子，贴着地面奔袭而来，席卷地面浮雪腾空而起，扶摇直上，飞沙走石一般漫天飞舞，如无数条苍龙在空中肆虐，突然间又急转直下，重重地一个跟头摔在地上，重又卷起地上积雪，重又狂飙起来。天渐渐暗下来，天地间被强劲的风搅得灰灰的黄黄的混沌一片，天空、山川、大地的轮廓渐渐模糊起来，脚下的路开始在眼前不真实起来。

德良用身体裹着绮霏，顶着风雪踉踉跄跄地分辨着脚下的山路。

风在山间呼啸，哀哀的如一个人悲恸的哭诉，幽灵一样在山谷里回荡，听了不禁让人毛骨悚然。

“德良哥，我害怕。”绮霏搂紧德良。

“别怕，别怕。绮霏，天一会儿就会晴的。”德良安慰道。

“德良哥，我看不见路！我们是在往哪个方向走呢？”绮霏在风雪中分辨着脚下的方向。

“绮霏，我们好像是在朝北……不，好像是在朝西……不，好像是在朝东……”德良在风雪中努力分辨着。

“我们迷路了！我们迷路了！”

德良听到绮霏在风雪中惊厥地喊。

一种巨大的恐惧感向德良袭来，他清楚地知道，在这样一个雪虐风饕的天气里，在这样一个绝壁千仞沟深壑暗的冰天雪地里，迷路对他们来说意味着什么。但与此同时，在德良内心深处，在他的潜意识里，又有另一个声音在不断提醒他：德良，你要坚强，你要冷静，你是一个男人，你有义务保护好你心爱的人。

“绮霏，不要慌，不要慌，小心点，咱们慢慢找，会找到路的。”德良安慰着。

德良裹紧绮霏，在风雪如注的山脊上仔细地摸索着搜寻着辨识着。但是，一切都是徒劳的，狂风疾雪扭曲改变了道路原来一切可识标志，目光可及的地方都变得迷幻起来，可疑起来。

在向山下搜寻中，绮霏有几次又险些滑倒，她面容通红，大口大口地喘着气，风雪酿制的低压和情绪上的惊悸让她呼吸窘迫。此时不光是绮霏，就是德良，从小到大也是头一次面对这种气候。德良此时此刻忽然想起早上看到的五光十色的早霞，他有些追悔莫及了。常听老人们说：早霞不出门，晚霞行千里。自己早上竟然疏忽了这样的一个细节。

绮霏又一次摔倒了。这次她是踩在了一块岩石的斜面上，因为岩石上凝结着冰雪，所以表面非常光滑，绮霏踩在这个斜面上就像踩在冰面上一样，直直地坐倒了，幸亏有德良拽着，绮霏才没有被摔痛。但德良和绮霏同时也惊出一身冷汗，因为在绮霏脚下，那就是覆盖着积雪深不可测的峡谷。

“德良哥，好怕啊！”绮霏从地上爬起搂紧德良哭道。

“不怕，不怕，绮霏。”德良拍着她后背心痛地安慰。

白毛风挟带着雪粒子狠狠抽过来，德良绮霏眼前一片冰雪迷蒙，脸上像被刀子割了一样，冽冽的生疼。

“德良哥，我们找个地方避避风吧?”绮霏可怜巴巴道。

放眼四野，到处是白茫茫、灰蒙蒙、黄浊浊一抹一块的，白毛风如发疯的野兽，哀嚎着疯狂奔袭，把天和地搅得一片混沌，一片狼藉。天空、大地和山川都改变了原样，一切变得似是而非，一切变得模棱两可，一切变得扑朔迷离，一切变得若影若幻。

一切都变成了魑魅魍魉。

危机四伏。

这样徒劳地寻下去，不仅是白白耗费体能，还有可能越走越远，甚至隐藏着巨大的失足危险。

德良冲绮霏点点头，拥着她小心地朝山的一个背风坡靠过去。

在背风坡，风稍稍小些，他们隐约看到坡底有一个黑乎乎的半圆轮廓。他们朝黑色轮廓靠近。走到近前，才看清楚这原来是一个山洞，洞口有两人高，洞不深，也就八九米的样子。洞口积着半人高的雪。

德良和绮霏踏雪进入洞中，在洞内一块橄榄岩上坐下。这是一个由早期地壳运动发生塌陷的山洞，洞壁仍保留着由于构造挤压力而产生的岩石变形和混溶的痕迹。

洞内虽可避风，但阴冷。绮霏身体在发抖。德良把身上背包除下，里面的物品都掏出，把自己带的一件棉衣给绮霏穿上，把空包垫在身下岩石上，让绮霏坐在包上。

绮霏感激地冲他笑笑，笑得有些僵硬。绮霏身体开始不住地哆嗦，嘴唇也在轻微发抖。德良探手在她额头一试，心底蓦地一惊：绮霏发烧了。

“绮霏，你高烧了!”

绮霏点点头，倚在他肩头，神情蔫蔫的。看着绮霏楚楚可怜的眼神，德良心里一阵难过，可摆在他面前的事实却令他一筹莫展：药、水都没有。他想生一堆火让她烤烤，想烧点热水给她喝喝，想再拿出山鸡和鹌鹑肉给她补充一下体能，但此时都不能了，随身一半物品都随着背包丢到山谷里去了，摆在他们面前的，是他们这次行程所万万没有想到的一个意外的可怕的现实。

德良低首，蓦地发现在自己包里掏出的物品中，有用塑料袋裹着的两个馒头。德良想起来了，这是他从学校出发时在食堂里买的两个馒头。德良如获至宝地一把把它抓在手里，翻开袋，扶着绮霏，把馒头递到她嘴边："绮霏，吃点馒头吧！"

"嗯，德良哥。"绮霏轻应着，馒头放在嘴边，小口咬着，眼睛望着洞外的风雪出神。

德良用塑料袋从洞外盛一些积雪，两手攥着挤压，把浮雪制成雪球。他把雪球递到绮霏面前："吃口雪吧！"

绮霏冲他笑笑，接过雪球，咬一口，重又倚在他肩头，看着洞外风雪出神。

此时洞外仍风雪交加，天地间到处是白茫茫、灰蒙蒙、黄浊浊一抹一块的。时间大概进入下午申时了吧。

"德良哥，天会晴吗？"绮霏若有所思地问。

"会的，会晴的。"德良轻声道。可他内心清楚，身处如此瞬息万变境地，自己这么说纯粹是为了安慰在惊恐和病弱中的绮霏，让她心里好受一点罢了。

"在天黑前会晴吗？"绮霏又出神地问。

"会的，在天黑前肯定会晴。"德良又确定地答着。

绮霏笑了，又咬一口馒头，然后把馒头递到他面前："德良哥，你吃！"

"我不吃，我不饿。"德良推开绮霏的手。

"我叫你吃嘛！"绮霏娇纵着，喘息着把一张热乎乎的脸凑到他面前，举着馒头往他嘴里送。

德良一阵感动，小咬一口馒头，他看到绮霏快乐地笑了。绮霏的脸色有一些苍白，苍白的颜面掩饰着减翠的长鬓。德良心生怜惜，把绮霏抱起，让她坐在自己膝上，把她身上棉衣重又整了整，然后抱紧她，他希望以这种方式给她一些热量，他没有其他办法。

"德良哥，你真好！"绮霏弱声道，脸上露出恹恹笑容。

德良用脸摩挲着绮霏额头，同她一起驱散着她体内的病痛，安抚着她一颗受惊吓的心。他把目光投向洞外，这时他唯一最大的希望就是天尽快晴，天赶在天黑之前尽快晴。

时间一点一滴地过去了，洞外渐渐地暗下去，那些黄浊浊一抹一块的东西已经看不见了，只能看见白茫茫和灰蒙蒙的一片。风仍然挟着雪粒子在山谷间嘶鸣。

时辰可能已近酉时了吧。在北方山区冬季，酉时一到就是该掌灯的时候了。

所有的等待都是徒劳的。

德良把目光收回到洞里，落在绮霏身上。绮霏此时似乎睡着了，又似乎一直在半醒状态之中，她双手紧搂着他，德良能感觉到绮霏发烫的身体，能听到她粗重的呼吸。凭感觉，他知道绮霏此时病情加重了。

“德良哥，我浑身好冷呀！”绮霏弱声道。

德良又紧紧抱了抱绮霏，脸紧贴着她的脸，绮霏的面颊烫烫的，用唇吻她的唇，绮霏的唇干干的，唇齿间不住地发抖，绮霏患了严重风寒。

“绮霏。”德良抱紧绮霏，心如刀绞，他感觉绮霏的痛都痛在他心上，他感觉这一切都是他造成的，他感觉自己没能照顾好她，他感觉自己此时无能又无助，他为自己的这种感觉而愧疚。

“绮霏，吃口馒头吧！”德良扶着绮霏，把馒头举到她嘴边，这是他此时唯一能做的安抚她的方式。

绮霏咬一口馒头，慢慢嚼着，忽地轻咳起来。德良拿过雪球，让绮霏咬一口，然后在她背上轻拍着。

吃了几口馒头，绮霏又弱声问：“德良哥，天快晴了吗？”

一阵难过接着一阵愧疚又奔涌而来。德良还是紧咬着唇点点头，哑着嗓子道：“快了，就快晴了。”言罢，难过和愧疚之情更盛，有泪花在他眼眶里打转转。

绮霏硬撑着身子从德良怀里坐起，目光惨淡地看洞外。洞外的光线更暗了，白茫茫的地方那是雪的光线反射。天似乎已全黑下来，但风仍挟着飞雪在山间凄厉嘶鸣。

绮霏出神地看了一会儿洞外，然后无言地躺下了，无言地卧在德良怀里，悠悠喘息着。少顷之后，突然又重重地咳起来。

“绮霏，绮霏。”德良抱起绮霏焦急地呼唤。

绮霏仍在咳。

绮霏的咳让德良心颤的痛。

“德良哥，我们回不去了……我们走不了了……我们在这儿过夜了。”绮霏止住咳嗽，断断续续说。

“绮霏，我们能走，我们一会儿就走。”德良心痛地哽着嗓子道。

“德良哥，我们在这儿过夜，晚上会被冻成冰雕吗？……大河马说，在这一带外面过一晚会被冻成冰雕。”绮霏又弱声道。

“不会的，绮霏，不会的，大河马不说真话。”德良心痛道。

绮霏重又挣扎着坐起身，搂住德良脖子，看着他的脸，凄然一笑道：“德良哥，今晚我要和我亲爱的德良哥……住山洞了。”

“绮霏，别动，躺着！”德良焦声道，重又把绮霏的身子放平在自己腿上，把她往紧抱了抱。

“德良哥，我要是死了，你会哭吗？”绮霏幽咽着声音道。

绮霏的话给德良心头重重一击，他有一种五脏俱裂的疼痛感。这是他第一次听一个快乐的女孩，一个自己心爱的人这样凄绝地说到死，说到自己死。这让他悲痛欲绝。

“绮霏，你说什么呢？你好好的，就是一点小感冒，我们一会儿就走。”

“德良哥，我要是死了，你会把我当作你的妻子对待吗？”绮霏又幽咽着道。

“绮霏……你不要再说了……”德良终于忍不住，抱紧绮霏眼泪夺眶而出。

“德良哥，别哭，别哭，我知道你会的，我真的好高兴啊！”绮霏轻拍着他微笑着弱声道。

“绮霏，别担心，有德良哥在，肯定让你好好的。”德良稳定着自己的情绪。

“嗯，我相信。德良哥，给我唱个歌吧！”

“想听什么歌呢？”

“什么歌都想听，只要是德良哥唱的。”

“那我就唱了。”

德良想了想，轻声唱道：

竹子开花啰喂，咪咪躺在妈妈的怀里数星星，星星呀星星多美丽，明天的早餐在哪里？

“停。德良哥，你唱什么？你把我当熊猫咪咪了？把你当咪咪的妈妈了？”绮霏盈盈一笑道。

“嗯，绮霏，你现在就是我怀中的咪咪，你是最需要关心的咪咪。”德良在绮霏耳边轻声说。

“嗯，那，你唱吧！”绮霏解颐一笑。

德良接着轻声唱：

咪咪呀咪咪请你相信，我们没有忘记你，高高的月儿天上挂，明天的早餐在我心底。

请让我来帮助你，就像帮助我自己，请让我去关心你，就像关心我们自己，这世界，会变得更美丽。

唱至此处，绮霏的双手紧紧搂住德良，头贴进他臂弯，像生怕丢失什么似的，满怀依恋之情。绮霏的眼里却有晶莹的东西在闪动。

德良又唱道：

太阳出来啰喂，照亮我也照亮你，一样的空气我们呼吸，这世界，我和你生活在一起。

绮霏眼里晶莹的泪花终于滑落下来，她紧紧搂着德良，似乎要把自己的身体和他的身体融化为一体，德良能感觉到绮霏激烈的心跳。绮霏泣然有声了，嘤嘤的泣声中有依恋，有感激，有深情厚爱，有对生的眷顾和对死的不忍。一首普通儿歌，在此时此地，竟如此熨帖而伤怀地牵发着一对爱人之间的深情厚谊，激荡着他们内心对生存和生活的呼唤和渴望。

30

时辰渐渐进入亥时了。外面的风停了，雪也停了，寂静的山野像个刚经历一场大病侵袭的孩子，蹲在那里大口大口地喘息着。借着雪光，德良能看清楚一点外面的世界了。白蒙蒙的那毫无疑问是雪，厚厚实实地披在山野上，雪最浅的地方也应该没膝了吧。黑乎乎的地方就不确定了，或者是岩石，或者是深壑，或者是斜谷。所有的路都被积雪封锁了，覆盖了。

山野里阒然无声，出奇的静，静得让人心跳，静得让人恐慌。

这是一个光怪陆离的世界。

这是一个活的死界。

到处都平平静静，到处都一派井然，可到处都充满杀机，到处都是死亡的陷阱，随时等待吞噬一个莽然闯入此地生灵的性命。

风雪虽然停了，但此时出去寻路无疑将陷入更大的危险之中，那些在积雪掩隐下的绝壁深壑就是躲在暗处伺机行凶的夺命杀手。

德良此时再一次喟叹大自然的神奇魔力了，人常常说人定胜天，常常说人是自然的主宰，可面对如此惊心动魄的遭遇，面对身患重病而不能得以医治的绮霏，自己还有什么理由和信心再大声疾呼“我，魏德良，是这个大自然的主人，是这个世界的主宰”?

山洞内的气温越来越低了。德良感到身体从上到下彻骨的寒冷，于是他抱着绮霏站起来，在洞内走一走，然后坐下，把她身上的棉衣再整一整，重又抱紧她，他知道绮霏此时比他更怕冷。

德良感到自己有一些饿了。他把馒头掰成小块，送到绮霏嘴边，让她就着雪球吃下去。德良心里清楚，两个馒头，他要把这关键的两个馒头留给绮霏。

绮霏的意识有一些模糊了，她阖着双目，嘴里轻呼他的名字。绮霏的脸火烫火烫的。德良心里阵阵难过。他此时只盼着时间快点过，再快点，天早点亮，太阳早点出，他要带着绮霏尽早逃离这个可怕的地方。

看到绮霏眉心紧蹙，他知道她此时头痛得厉害，他就捋她头发，用手指按摩发根，以减轻她的头疼。时间久了，他就给她搓搓脸，搓搓耳，搓搓手，搓搓脚腕，防止她被冻伤。

时间在一点一滴挨过。子时到了。

洞内的气温降到最低，降至多少度，德良不清楚，德良清楚地知道，肯定达到一个泼水成冰的临界了。德良开始抱着绮霏在洞里不停地走，不停地给她搓，也不停地给自己搓。他知道，此时他需要勇气和毅力，需要有战胜困难的坚强，他要保护他的爱人，他要让她好好生存下来，他要和她一起渡过这个难关。

腹内开始饥肠辘辘了，身体也渐渐疲惫，德良体味着作为一个人一生罕所体验的饥寒交迫和困顿疲乏。但德良清楚地知道，自己此时不能垮，不能倒下，自己一定要挺住，一定要战胜命运，摆在面前的是死神给他们出的一道难题，也是命运对他们进行的一次洗礼和考验。

绮霏就在此时意识又有些清醒了，她微微睁开眼，惊喜地看着德良，嘶哑着声音道："德良哥，我还活着！"

德良深情地看着绮霏，深情地冲她点点头，深情道："绮霏，德良哥在，怎么会让你出事呢？"

"德良哥。"绮霏声音哽咽，似乎马上要哭出声来。

"别哭，绮霏，一哭脸上就要结冰了。"德良揉揉她的脸道。

"嗯，听你的，我不哭。"绮霏哽着声音道。

"绮霏，你看，风雪都停了，咱们熬过这个时辰，天就快亮了，咱们就能离开这里了。"德良指指洞外道。

"嗯，德良哥，咱们有救了。"绮霏欣喜道。

"来，绮霏，吃块馒头。"德良把掰开的馒头块递到绮霏嘴边。

"嗯。"绮霏欣然张开嘴，咬了馒头慢慢嚼着。

"来，吃点雪。"德良把雪球递到绮霏嘴边。

"嗯。"绮霏欣然咬口雪。

吃了几口后，绮霏看德良坐着未动，就也停下来，哑着声音道："德良哥，你也吃！"

"不，我刚才吃了，现在不饿。"德良冲绮霏笑笑。

"不，我要你吃嘛！你不吃我也不吃了！"绮霏把馒头块放下生起了气。

"嗯，那好，那我吃一块。"德良只好拿起一块馒头放进嘴里，慢慢嚼着。馒头此时在他嘴里甘香可口，感官上无比受用。

"德良哥，你再吃点！"绮霏又指示。

"不，不能再吃了，再吃就太饱了。没听人常说吗？说——饿了发呆饱了发困。我要是再吃，那一发困，抱你的两手拿不住，手一撒，扑通，把你给摔到地上了！那可怎么得了！"德良笑着颠了一下怀中的绮霏。

绮霏盈盈地笑了，又拿起馒头吃，边吃边双目生辉地幸福地看着他。

吃了一会儿，绮霏脸上稍稍泛起一些红晕，她冲德良笑一笑，兴致道："德良哥，再给我讲一个故事吧！"

"嗯，好吧。"

德良看了看洞外，洞外山野覆盖着厚厚的积雪，像盖着一床巨大的圣洁的棉被，莹莹积雪把天空映得翠蓝翠蓝的，如一张熟睡的美人的脸。万籁俱寂。天空和大地此时却像一对相拥而睡的夫妇，沉沉的，沉浸在幸福的梦乡。

德良悠远着声音轻声讲：

在很久很久以前，天和地是一对恋人，他们情投意合难舍难分。所以，那时天地一片混浊。

后来，上帝让天用身体去做天堂的帏幔，天和地就被硬生生地分开了。

天俯视着地，地仰望着天，可天和地路隔遥遥。地忍受不了分离，他努力挺起胸膛，化作山峦，向天靠近。他伸出手臂，化作树木森林，向天张开环抱。

天忍受不了分离，努力地向地靠近。她把自己的衣衫化作云彩，拂过山峦，拂过地的胸膛。她把思念的泪水化作雨水，洒落大地，汇成江河。她把在天堂苦难的挣扎化作电闪雷鸣，向地诉说。

有一天，天特别思念地，她就震碎了自己的身体，化作片片晶莹的雪花，缓缓飞向大地。当她的身体全部投入大地时，她却发现自己的爱人不见了，大地不见了。

天非常伤心。

太阳就要出来了，天就该回天堂里去了。

大地一点一点融化天，然后把天缓缓托起。

天惊讶地发现，自己已经在爱人的怀抱里了！自己已经融化进爱人的身体里了！

后来，每当天特别特别思念地的时候，她就震碎自己的身体，化作片片的六角飞花，投入自己爱人的怀抱……

“哦，德良哥，真美呀！原来雪花还有这么美丽的故事，原来天和地还有这么美丽的爱情。”绮霏沉浸在美丽的遐想中。

德良把目光瞥向洞外，看着在沉睡中的天和地出神。

时间大概已跨过子时了吧。

山谷间寂寞而寒冷，一切日间活动的生灵都进入了沉沉睡眠中。

“德良哥，再给我讲一个笑话吧！要好笑一点的。”

“那就给你讲个懒夫妻的故事吧。”

“我愿听，懒夫妻的故事，德良哥，你快讲。”绮霏盈盈笑着催促。

“从前有一对懒夫妻，丈夫从来不洗脸，妻子从来不刷锅。”德良讲道。

“好听，好听。”绮霏咯咯笑着兴奋地催促，“德良哥，懒夫妻怎么样了？”

“一天夜里，有一个小偷……”德良讲道。

就在此时，有一个悠长的声音穿过寂寥的山谷，打破这个夜的死寂：“嗷——呜——”

“德良哥，你快讲，小偷怎么了？”绮霏又催促。

德良停止了讲述，他屏息侧耳聆听。刚才洞外那个声音他觉得很熟悉，似曾在什么地方听过。

“德良哥，怎么了？”绮霏一脸疑惑问。

“绮霏，你听。”德良小声对绮霏说。

“嗷——呜——”

空谷中又传来一声，而且声音渐大，似乎那声音正朝着这边而来。

“绮霏，是狼叫。”德良抱紧绮霏紧张道。

“什么？狼叫？……狼？”绮霏顷刻之间慌了，她的声音有些发颤。

“嗷——呜——”

声音凄厉，似在寒冷中诉说饥饿和孤独的遭遇。声音似乎就停在洞口不远处了。

德良内心一阵恐慌，喉间有一些干燥。从小到大他只在影视剧里见过狼的形象，见过狼是如何在夜间嚎叫，听说过狼是如何的凶残，可他从来没见过真正的狼。难道在这片山区里真的碰到狼了？德良抱紧绮霏，他的另一只手下意识地在地上乱摸着，手到之处触着一块锐利的石块，德良立刻把它攥紧到手里，他知道，不管怎样，此时他需要一种自卫的武器。

“德良哥，狼……”绮霏紧紧抱住德良惊慌道。

“绮霏，别喊！”德良压低嗓音。

德良听到洞外有细碎的轻轻踩踏积雪的声音向洞口接近。紧接着，一个毛茸茸的犬科动物小心谨慎地出现在了洞口，它的一双黄绿色如魔钻般的眼睛在黑夜里发着诡异的光芒。

德良的心悬起来，抱着绮霏警惕地一步步后撤，撤到紧贴洞壁。他此时一遍遍地告诫自己，一定不要慌，要沉着，要冷静，如果真是一只狼的话，自己也只有选择与它进行殊死恶斗，因为此时他担负着保护自己和爱人的责任。

那动物立在洞口，向洞内观察着，注视着洞内的德良和他怀抱中的绮霏。借着雪光，德良看清楚了，果然是一只狼，棕灰色旺盛的皮毛，直立的耳，尖长的吻，体形特征极似狼狗，但那条毛茸茸粗大的尾巴却挺直地垂在地上。这只狼并没有急于进攻，而是长时间立在洞口看着他们，狼眼闪烁着绿光，在夜色里分外瘆人。

德良抱着绮霏，紧盯着眼前这只狼，手里的石块攥得紧紧的。他沿着洞壁慢慢挪动脚步，他想寻找一个最有利自卫的地形位置。绮霏死死拖紧德良，紧闭双目，不敢看那狼，绮霏的身体在发抖，只是不敢喊出声来。

狼索性坐下后肢，挺直身子静静看着眼前这两个人。德良知道，狼是有灵性的动物，它对不熟悉的对手，不会贸然进攻，它在观察对方真实情况，揣摩对手底细，一旦摸清底细，它就会果断行动。

德良沿着洞壁慢慢挪动，这时，他感到身后洞壁有一个凹进去的死角，同时他脚下也踩到一块巴掌大的石头。

狼还是蹲坐在原地静静观察，等待着机会。就在此刻，德良猛一个转身，把绮霏放入洞壁死角，又迅速转回身，迅速捡起脚下石块，然后挥起双手石块。与此同时，狼开始发动攻势，狼冲了过来。也就在此时，德良听到身后绮霏一声凄厉惊叫。

狼就在距德良两步之遥停下了。狼仰起头，看着他手中两块锐利的石头，狼犹豫了，咧开嘴，龇出白森森锋利的牙齿，“呜——呜——”地叫着。狼开始徘徊，在距德良两步之遥的地方左右徘徊，狼的目光却死死盯住在德良身后缩在岩壁里的绮霏。显然，狼经过了一番深思熟虑之后，已经揣摩出它面前两个人中的弱者，它要打有把握的仗，它要伺机向绮霏发动攻击。

狼在他两步之遥巡回游走，左右徘徊，狼的目光一刻也不离开绮霏身上。德良也举着石块随着狼的游走身子转来转去，身体死死挡住后面的绮霏。

双方的对峙就这样进行了大约五分钟，狼始终没有捕捉到很好的进攻机会。狼停止了游走，在距德良两步之遥的地方又坐下来，狼在继续观察，继续等待机会，以组织新一轮进攻。

狼蹲坐在地上，眼睛盯着德良的一举一动，盯着他手中的石块，盯着他身后的绮霏。德良也举着石块紧紧盯着面前这只狼，盯着狼的一举一动。双方又开始对峙着，心理上较量着。

德良此时明白，这只狼之所以不敢贸然进攻，也是因为忌惮自己，害怕自己手中的石块，担心它在进攻中会受伤。狼现在肯定在揣摩衡量他的体能、毅力和勇气，也在盘算着贸然进攻后胜负的比率。德良明白，如果自己不在狼盘算清楚并清晰做出决定之前击退狼，后果将非常危险。与其被动等待狼做着判断，自己不如反客为主，主动出击退狼。而德良又明白，手中的石块不能脱手，石块脱手不管是否击中狼，狼都会无所畏惧地反扑上来，那时惨败的一定是自己。此时最好就是运用人的智慧，用虚张声势的办法来击退狼。想至此处，德良于是使足气力，口中“嗥嗥”大叫着，手中的石块冲着面前的狼乱挥乱舞起来。

狼显然被德良这一出乎意料的反常举动搞得有些害怕，它从地上一纵而起，朝后退一步，两眼警惕地看着他，眼中满是疑惑。德良知道他的这一招奏效，狼心理上有些害怕，他需要乘胜追击。于是，德良口中以更大声音“嗥嗥”叫着，咆哮着，同时纵上一步，手中石块冲着狼更疯狂地雨点般地挥舞着。

狼终于心理上崩溃了，它哀哀叫了一声，掉转身子，蹿到洞口，然后又扭回身，大惑不解地冲着德良看。德良大吼一声，声音响彻星汉，虎目圆睁，手舞石块又纵上一步，就在此时，他看到狼一个纵跃跳出山洞，飞也似的向山谷深处逃去。

在德良后来的回忆中，德良想，自己当时在情急之下口中的吼声应该是赛过虎啸了吧，而自己当时情况下的表情举动应该比一只猛虎更威猛一些吧，而这只狼的逃走一方面是被自己的虎啸和威猛所震慑；另一方面也可能是这只狼并不太过饥饿，所以它面对巨大危险也就知难而退择路而逃了。

德良迅速跑到洞口，向四野里望了望。山谷里依然一派死寂，没有任何异常。

德良踅身跑回洞里，跑到绮霏身边，俯下身，抱起她。他看到绮霏此时双目紧闭，面色苍白。他把手指探到她鼻下，似乎没感觉一丝鼻息。德良急捺绮霏人中。

“绮霏——”德良大喊一声，顷刻之间他泪流满面了，抱紧她，痛声道，“霏霏，你醒醒啊！你不能这样啊！”

德良抱起绮霏，恍惚着一双泪眼在她耳边轻声道：“霏霏，你快听，德良哥给你讲故事……

“从前有一对懒夫妻，丈夫从来不洗脸，妻子从来不刷锅……霏霏，你听到了吗？德良哥给你讲懒夫妻的故事呢……

“一天夜里，一个小偷摸到懒夫妻家偷锅。丈夫被惊醒了，爬起来一把抓住小偷。那小偷看被人抓住，慌忙取出刀子，照着他脸上就是一刀。小偷乘机跑了。

“……霏霏，你在听吗？……这时妻子也起来了，忙过来问丈夫：脸刺破了吗？丈夫摸着脸说：多亏我脸上的灰厚，一刀还没有刺透！丈夫看小偷是拎着锅跑掉的，就要去追，妻子拉住丈夫道：不用去追了，锅还在这儿，他偷走的是锅巴，亏了我平时不刷锅！

“……霏霏，你听到了吗？你笑一笑呀！”

德良抱着绮霏，目光痴呆地看着洞外，喃喃道：“霏霏，天就快亮了，咱们一会儿就走。霏霏，你快醒醒，咱们一起走。”

他俯下身，轻吻着她的脸，喃喃道：“霏霏，我是那么爱你，你难道不爱我了吗？你不理我了吗？霏霏，你快醒醒看，天亮了，太阳就要出来了……”

他抬起头，噙着泪水呆呆望着洞外，哽咽着声音唱：

太阳出来啰喂，
照亮我也照亮你，
一样的空气我们呼吸，
这世界，我和你生活在一起。

请让我来帮助你，
就像帮助我自己，
请让我去关心你，
就像关心我们自己，
这世界，会变得更美丽。

就在此时，绮霏的身子微微一动，跟着她嘴唇也颤动了一下，绮霏慢慢睁开眼睛。

“霏霏，你醒了！你终于醒了！”德良惊喜道，紧接着，却又悲喜交加地哭出来。

“德良哥，我还活着？”绮霏弱声道。

德良含着泪，确信地冲她点点头。

“我的头好痛呀！刚才在迷迷糊糊之中感觉头撕裂般地疼，还感觉自己的头血糊糊的一片，我的头是在流血吗？”绮霏弱声问。

德良心痛地咬紧唇，冲着她又确信地摇摇头：“霏霏，你没事。”

“德良哥，刚才狼冲进来，咬着你了吗？狼呢？”绮霏又关切道。

德良摇摇头：“没有，咱们都没事，狼被赶跑了。”

绮霏面露一丝欣慰之色，挣扎着从他怀中坐起，轻抚他的脸，柔声道：“德良哥，刚才你叫我什么了？你叫我霏霏，我听了好高兴啊！好亲切啊！德良哥，多希望我一生之中日日夜夜都能听到你这样的呼唤！那我该是多幸福啊！”

德良深情地冲她点点头：“霏霏，我一生一世日日夜夜都这样喊你。”

绮霏欣喜地双臂环在他脖子上，委屈地娇声道：“德良哥，刚才狼冲上来的一刻间，我以为我再也见不到你了。德良哥，我要是真的见不着你，那我可怎么办呢？那你可怎么办呢？我现在想起来真的好怕呀！”

“霏霏，不怕，不怕，现在咱们不是都好了吗？现在咱们就等天亮了，天一亮，咱们就离开这里。”德良拍着她背胛安抚着。

“嗯，天快亮吧！天为什么你还不亮呢？我和德良哥都一起盼着你快亮呢！”绮霏近似天真地自语道。

“来，霏霏，我给你搓搓脸，搓搓手，搓搓脚腕。冻坏了吧？”德良把绮霏放平在膝上揉着她的脸道。

“嗯，德良哥你真好，我以后要好好待你，听你的话。”绮霏娇声道。

“你一直待我很好呀，你啥时不听我的话了？”

“昨天我应该听你的，走大路。现在想一想，这一路上真的好可怕呀！”

“霏霏，昨天所发生的也算是大自然给咱们上了一课。我们常常说，人类是自然的主人，是这个宇宙的主宰。可面对昨天的事情，我们为什么又无所适从手足无措了呢？”德良回味着道。

德良略思忖一下，又回味深长道：“我们常说人类是自然的主人，是这个宇宙的主宰。这样说是不是证明人类太自信、太狂妄了？人类制造了先进的生产工具，运用先进科学技术，组织高技能人员对自然进行开发、改造、利用，我们人类向这个世界宣告，我们是这个世界的主人。可结果怎样呢？现在我们自然环境在大片污染，臭氧层变薄，水土流失，部分地区沙漠化，自然资源遭到破坏，气候也跟着变暖。这一切不都跟那个自信而又庄严的宣告——‘人类是自然的主人，人类是这个宇宙的主宰’有关吗？”

绮霏静静地听着德良这番话，品味着这番话背后悠长的内涵，然后凝望他的脸，肯定地点点头：“德良哥，你说得对，人是到了认识自己、反省自己的时候了。”

31

寅时刚过，德良准备出发了。他把地上的物品又塞回包里，背包挂在脖子上，用棉衣紧裹一下绮霏，把她负在背上。此时，天刚刚有一些泛亮，借着那么一点点亮色和雪光，德良背着绮霏踏雪而行，他要寻找走出这个山区的那条大路。

早上的寒气很重，山谷间还有一股不知从什么方向刮来的阴冷的风，德良不禁浑身打了一个寒战。他抬起手，给绮霏拽了拽衣领。

德良沿着山间高地走，他知道，低凹的地方积雪很厚，而且很可能还覆盖着深坑。他在积雪中探着步子往前走，这时他宁可走慢，也要保证安全，他不能再出现任何闪失了。

走了一会儿，前面的地形渐渐开阔起来，脚下的积雪也薄起来。德良心里一喜，脚下步伐加快了。但风在这块开阔地却硬起来，风擦在他脸上生生的疼，德良听到绮霏痛苦地呻吟一声。

“霏霏，难受吗？”

没有应声。一种不祥感笼上德良心头，他匆忙蹲下身，把绮霏放下。他看到绮霏面色苍白，浑身发抖，唇齿间不住地打战。显然，在早上风寒侵袭下绮霏病情又严重起来。

“霏霏。”德良一声呼唤，抱紧她，心痛万分。

“德良哥，我的头好痛呀！浑身好痛呀！”绮霏弱声说。

德良无助地环顾四野，他希望自己的目光能在一个什么地方捕捉到一个什么可以帮助的东西。

这时，远处一片白桦林闯入他视野。借着早上微弱的一点光线，他隐隐约约看到白桦林里有一个人。那个人一蹲一起的，似乎在捡拾着地上的什么东西。

德良抱起绮霏快速向那片白桦林跑去，向那个人跑去。在距那人不远地方，德良停下来，急声对那人道："快救救她吧！请问这里哪儿有医院？出山的道路在哪儿？"

那人显然被这个时辰从深山里突然出现的德良吓了一跳，他向后退了两步，怀中有两个东西掉下来。德良看清楚了，从他怀里掉出来的是两块桦树皮。原来这人是早上到林里来捡拾柴火的，看样子应该是当地山区居民。这人穿着厚厚的棉袄，戴着狐皮帽子，脖子上还箍着毛线脖套，口鼻遮得严严实实，只留一双眼睛。德良看到这双眼睛在看他时布满了怀疑和猜测。

"请问这附近有医院吗？"

那人摇摇头。

"请问出山的道路怎么走？"

又摇摇头。

德良焦急万分，指指怀中的绮霏恳切地大声说："请救救她吧！她病了，病得很厉害，我们昨天在山里迷路了，她得及时救治，请问附近哪儿有医院？出山的道路在哪儿？"

"呃，呃。"那人似乎明白了德良的意思，嘴里呃呃两声，"那边。"他指了下身后一座山冈。

德良不敢耽误，背起绮霏，飞也似的朝山冈那边跑去。

拐过那座山冈，德良看到似乎真有一条道路横在眼前。虽然道路上还覆盖着积雪，但积雪覆盖面非常平坦，而且还有作为道路标志的两排行道树。更让德良高兴的是，在道路不远的地方竟有一户人家。

此时天光泛亮了，但早上的寒气还凝聚在空气中，风仍然硬硬的。德良背着绮霏向那户人家跑去。到近前时，德良看清楚了，这是一户由高高围墙围起来的院落，院门是对开的铁皮大门。院门紧闭着。在门楣地方，德良看到横着一块牌匾，牌匾上书四个大字：悬壶济世。

“悬壶济世”是对古代行医者的美誉，可见这家主人是个行医者。德良瞥眼间也看到围墙上用白漆写的大大“医”字。

德良走近院门，却听院里有狗的狂吠声。接着，院里传出女孩呵斥狗的声音。

德良叩响大门。门开了。站在德良面前的是一个二十岁左右的女孩。女孩脸色皴红，精神疲倦，眼睛里带着一些忧伤，像刚刚哭过。看到德良背着绮霏立在门口，女孩脸现惊讶之色，她招手示意他们快进来。随后，女孩轻轻把门合上。

院子里吠声又起，德良循声望去，不禁吓了一跳。院子角落拴着一条健壮的狗，狗的体貌特征几乎跟晚上遇到的那只狼一样，只是从吠声和那条上卷的尾巴德良才确定它是一条狗，一条驯养的狼狗。狼狗狰狞着面孔挣着身上铁链子，作势要扑上来。

女孩又大声呵斥，狼狗这才委屈地低声叫着温顺起来。

这个院子挺大，齐齐一溜砖瓦房，有六七间。窗上都严严遮着蓝窗帘，样子像病房，又给人神神秘秘的感觉。女孩把德良引进中间那个屋子。屋里有个二十七八岁男子，正在火炉边神态悠闲地烤火。男子像是刚起床，头发蓬乱，半披着褂子。

“您是医生?”德良走近这男子。

男子点点头。

“请您给她看看吧！她好像患了严重风寒!”德良把绮霏放在墙角一张床上。

男子点点头，站起身，走近绮霏看。

男子在绮霏面前目不转睛地看，看了好一会儿，然后，拿起绮霏手腕，捏了捏，手停在腕上不动，像是在号脉，看样子是个中医。

把了会儿脉，男子扭脸对德良道：“是风寒，很严重！需要急治，否则危险!”

德良一听急了，道：“那拜托大夫快给急治吧！耽误不得了!”

男子深思着：“嗯，我会的。现在我在想一种见效最快的治疗办法。”

“什么治疗办法？什么治疗办法见效最快?”德良催问。

“用西医的办法，打点滴。但是……”男子做出一副难办的表情。

“但是什么？”

“但是我这儿没有先锋五号。”男子道。

“什么先锋五号？”德良不解。

“唉，这个你不懂，我要是给她输液打点滴的话，得输先锋五号、地塞米松和维生素C，见效很快。可现在我这儿没有先锋五号。”男子惋惜地说。

“那怎么办？”

“办法倒有。离这儿不远有家药店，那儿有先锋五号，可以买到。但是，你看，我这儿离不开人，脱不开身子，不能去啊。”男子道。

“远吗？”

“不远，走路五分钟，沿着外面这条公路向南走五分钟就到。”

“那我去买。”德良毅然道。

德良在绮霏额头轻吻一下：“霏霏，等我五分钟，我去买药。”

绮霏听德良要走，有些着急，嘴唇颤抖几下，弱声唤：“德良哥。”

德良心里一痛，轻声道：“我去去就回，五分钟的时间。我去给你买药。”

绮霏情深意重地冲他点点头，德良看了心里不忍，鼻子一酸，转过身，头也不回地冲出屋子，向外面跑去。

在院门外，德良看到刚才那个女孩。女孩见德良跑出，急忙伸手拦住，胆怯道：“你……去哪里？”

德良一愣，看女孩的脸，一张忧郁的脸上写满焦虑之情。

女孩又嗫嚅道：“你……不能……离开。”

德良一惊，从女孩的话中他觉察到一种危险。他趄回身，一个箭步穿回院子。就在此时，德良听到屋里绮霏惊声叫：“啊——”

德良一步冲进屋。他看到那男子双手正放在绮霏胸前。绮霏死死扼住男子手腕，眼中充满惊惧。

“德良哥——”看德良冲进来，绮霏大声呼救。

“你干什么！”德良大喝一声，冲过去一把将男子推开。

就在这时，刚才那女孩也冲了进来，她冲向男子，一头撞到他小腹，男子猝不及防，坐倒在地。

“德良哥，快带我走！”绮霏哭喊着。

德良满腔愤怒，冲到男子跟前，照着他头部狠狠一脚踢去。那男子闷闷地呻吟了一声。

德良抱起绮霏，飞速冲出屋子，冲出院子，向公路跑去。

冲出去的一刹那，德良仍清楚地看到院子里那条狗在疯狂地挣着身上铁链子，疯狂地冲着他吠叫。

公路上此时还没有人的踪迹，没有车辙，均匀地覆盖着一层积雪。德良抱着绮霏在公路上跑着，使劲跑着，没命跑着，似乎在逃离一个令人恐怖的世界。

“德良哥。”绮霏在德良怀中哭泣着。

“霏霏。”德良疼痛着。

“德良哥，我想回家。”绮霏哭泣着。

“嗯，霏霏，咱们这就回家。”德良疼痛着。

是啊，此时此刻，在绮霏和德良心中，唯有家是最安全的，是最温暖的，是最珍贵的，是最值得眷恋的。

究竟在公路上跑了多远，奔了多远，德良不知道，德良已没有了感觉，德良的感觉器官麻木了，他此时此刻只有一个念头就是跑，跑得越远越好，他要带着绮霏逃离这个令人恐惧的怪诞的世界。

德良终于汗流浃背了，终于筋疲力尽了，他抱着绮霏跪倒在公路积雪上，看着远方天光大亮的那一线披雪的远山，仰望苍穹，德良再一次泪流纵横了。

都说，男儿有泪不轻弹，只因未到伤心处。难道，真有一些什么东西让他一次次伤心的吗？

32

一辆大巴车沿着公路慢悠悠驶来。

德良截下大巴，抱着绮霏登车。大巴司机扭过头，冲德良道：“到哪儿呀？”

“嘉嵇。”

“到嘉嵇八十啊，先说好了。下雪天跑车，车价涨了。”大巴司机道。

德良没吭气，俯首看怀中绮霏。绮霏面色苍白，眉心紧蹙，唇齿间干涩涩的，身体仍在不停发抖。德良看了阵阵难过。在过去的一些时辰中，绮霏经历了一个人一生所罕能体验的寒冷、饥饿、病痛、惊惧的折磨和历练。德良相信，这一次的所有经历，对绮霏，对自己，在一生来说，都是刻骨铭心的。

连绵雪山渐渐向身后退去，路上行人和车辆越来越多起来。大概行了一半路程，车停下来。

德良看到前面停了好几辆中巴车，有几个穿着厚厚制服的交警从前面车上来下去。是交警在查车。

一个交警登上德良乘的大巴车，一脸焦虑地往车里瞅，焦急地问：“齐绮霏同学在车里吗？车里有没有齐绮霏同学？”

连问数遍。

德良听清楚了，轻推一下半睡中的绮霏：“霏霏，是叫你的。”

绮霏睁开眼，侧耳听一下，目光中露出希望，弱声道：“德良哥，快扶我下去，妈妈来找我了。”

德良抱绮霏下车，他在车下没有看到绮霏的妈妈，但看到了东岗派出所的孟叔叔。

“孟叔叔。”绮霏脚刚沾地就跌撞到孟叔叔怀里，像个小孩受了委屈般地哭了。

“小霏，唉！小霏你去哪儿了？你爸爸妈妈这两天可急坏了，派我们到处找。昨天下了那么大的雪，把我们都急坏了！”孟叔叔忧心忡忡地道。

孟叔叔又自责道：“孟叔叔以为你们走不远。唉！这事全赖孟叔叔，是孟叔叔给你们那玩意儿让你们出去玩的。唉！险些出了大事。”

绮霏还是嘤嘤地哭。孟叔叔又拍拍绮霏，哄道：“不哭了，小霏，再哭就不漂亮了，没事就好了，你妈妈在前面等着你呢，孟叔叔带你找妈妈去！”

绮霏抬起泪眼，冲孟叔叔点点头。

孟叔叔搀绮霏向一辆警车走去。走了两步，绮霏停下来，转过身，深情地凝望着德良，突然又张开臂膊，“哇”的一声哭着扑进德良怀里。

德良轻拍着绮霏背胛，轻声道：“霏霏，保重!”

绮霏强忍泪水，点点头，哽着嗓子道：“德良哥，保重!”

孟叔叔走过来，双手珍重地握了握德良的手，口里“唉”地叹息一声，又搀着绮霏向警车走去。

警车载着绮霏疾驶而去了，德良看到车轮扬起一层积雪的粉末，粉末凝聚在空中，如雾霭一般久久难以散去，德良的眼前也变得亦真亦幻起来，恍若刚刚经历了一场大梦，这是这场梦的结尾，又恍若是一场大梦的刚刚开始。

回到学校，学校已全放假了。

但熙京大学的假期并不缺少生机，因为有众多莘莘学子要利用假期时间在学校攻读钻研，所以学校的教室、食堂、宿舍都按往常一样运行。

德良推开宿舍门，看到楚迪正在收拾东西。楚迪准备回家。

楚迪对德良说，德良出去的这两天有个女孩常往宿舍打电话，询问他回来没有，样子好像有急事。

德良正同楚迪说着话，壁上的电话又响了。

德良拿起电话一听，电话里是素心。素心听到德良的声音，哭了：“你可算回来了，你出去的这两天，你都不知道我为你多担心，生怕你出什么事，我到处打听，他们都不知道你去哪儿了，可把我给急坏了。你走的时候怎么也不跟我说一声，你去哪儿了?”

德良心中产生一些愧疚，自己和绮霏出去玩，却让一个无辜的女孩为自己担忧，但他又不便直说，只好支支吾吾道：“我……我……去参加社会实践活动了。”

“参加什么社会实践了?”电话那头素心问。

“去参加……参加……”德良一时说不出来。

“你就编吧！你现在也学会骗人了。”素心在那边戳穿道。

不过冲德良内心情感来说，他对素心说的也算实话，去参加社会实践活动这个理由也无可厚非，因为他和绮霏这两天多来的所有经历，确确实实是社会给他们上了深刻的一课。

“本来我打算前天就走，我妈妈病重了，可我担心你，就一直等到今天。我坐今天下午的车回去。”素心又道。

德良心里又一阵愧疚，忙问：“下午几点的车?”

“下午五点半，到熙京南站坐车。”

“那我去送你吧?”

“不用了，我的东西不多。”素心低声道。

“我去吧，两天没见你了，怪想你的。你这一走，又是一个月见不着你。不行，我得去送你。”德良打趣道。从德良本性来说，他这么说话完全是囿于素心这两天对自己牵挂之情所做的一点精神补偿。

德良听到电话那端素心嘻嘻笑了，她高兴地说：“好吧，下午三点半，你在我们楼下等我。”说罢，素心先把电话挂了。

吃过午饭，德良在宿舍里躺了一会儿，就下楼向校外走去。他走进一家大型超市，中午在电话里他听素心说她妈妈病了，这次素心回家，他想借机给素心妈妈买点补品。毕竟，素心一直待自己很好。

年底了，超市推出大批礼品，看了让人眼花缭乱。德良在超市里逛了老半天，最终选了一盒秋海棠脯和一盒哈密瓜脯。他想，素心妈妈生病，吃这个正合适。

德良看了下时间，三点钟整，他开始往回走。当来到素心住的宿舍楼时，素心已经在楼下了。素心正站在石阶上东张西望，翘首以盼。

“素心。”德良从素心身后突然转出来喊。

素心惊了一跳，然后欢天喜地起来。她连蹦带跳来到德良跟前，伸出手来牵他的手。

德良趁势将两盒果脯塞进素心手中：“素心，拿着，给你妈妈的。”

“你买的?”素心有点不敢相信地问。

“嗯，你妈妈病了，代我向她老人家问个好。”

“德良哥。”素心眼圈有一些潮红，目光幽幽盯着德良的脸，看得出素心内心深受感动。

“走！咱们赶车去。”德良拎起素心的包道。

“德良哥。”素心甜声唤，重又高兴起来，跟在他后面，拎着果脯盒，一蹦一跳像只自由的小兔。

德良扭头看了一眼素心，心中想起和素心长得极为相像的媛媛，想起了媛媛的爱人——在生命弥留之际的树敬，心中有一种难言的悲痛。又不由得多看了几眼素心。

素心发现德良在看她，脸不禁红了。她小跑到德良身旁，把一张笑吟吟的脸探到他面前，嗲声道："德良哥，你真的想我了?"

德良又看素心，看了素心就想到媛媛，想到树敬，想到树敬在生命弥留之际对媛媛说的那番话，一股巨大的悲恸之情涌上他面部。

"德良哥，你怎么了?"素心看出他表情的巨大变化，小心关切地问。

"没事，我没事，就是想起一个人。"德良把脸从素心面前转开，压抑着内心悲痛。

"什么人呢？是女的还是男的?"素心又小心地问。

"是……女的……也有……男的。"德良长吁一口气。

"哦……"素心轻应一声，心中嘀咕着。

出了东校门，在惠新站等了一会儿，驶往熙京南站的320公交就来了。德良和素心上车，找两个座位坐下。

素心很高兴，轻轻把头靠在德良肩上。德良没动。他不想在素心临行前破坏她的好心情。

"德良，你给SRT写的那篇《脱氧核糖核酸分析方法的新路径》的论文已经引起校里有关专家的重视了。"素心欣然回味着说。

"噢。"德良应道。

"听说学校就你这个论题要安排立项呢!"素心欣然道。

"噢，听尉迟教授说了。"德良道。

"德良，就你这个论题立项研究，那你就是这个项目的牵头人呢!"素心兴奋地说。

"嗯，也许吧。"

"如果你这个项目的实验开发成功了，那在生科领域可是一个巨大的突破呀!"素心兴奋地向往着。

"这个……算不上什么。"德良低着头，黯然道。

不知是一种什么心情，面对自己的进步和成绩，面对素心对自己欢欣和期待之情，德良竟然一点也高兴不起来。此时此刻，在德良的内心深处，似乎还有一种不名言状的灰色的东西纠结着他，压抑着他，让他的心情黏糊糊的、沉甸甸的，始终明朗不起来。

“德良，听说咱们国家加入世界人体基因组工程碱基对排序的测试了?”素心问。

“嗯，听尉迟教授说了。”德良道。

“听说我国参与承担了30亿个碱基对1%的排序测试任务?”

“是这样的，听尉迟教授说了。”德良道。

“德良，我听学校有传闻说，让你也参与这1%碱基对的测试任务?”素心欣然试探着问德良。

“那可真让人倍感荣幸了!”德良不寡不淡地说。

“德良，你不高兴?这可是这个领域有些科学工作者一生梦想都企盼不来的!”素心担忧道。

德良把目光投向窗外。车已行至韩家口大厦一带。透过车窗，他看到大厦步行街上挤满了形形色色的人，他们脸上挂着形形色色的表情，他们行为着不一样的举止，怀揣着不同的心事。为什么在同一方天空之下，人和人的差别会如此之大呢?

“素心，校红十字会在什么时候进行社会实践?”德良想到什么似的忙问素心。

“四月初吧。你要参加的话，我和你在一组。”素心又高兴地说。

“素心，校三农学会什么时候进行社会实践?”德良又问。

“那得到放暑假的时候了，因为听说我们要到西部最贫困的农村去实践。”素心道。

“好，那三农学会去西部实践的时候，我和你一组去。”德良目光征求着素心道。

“好啊！有你陪着，我去哪儿都行，去哪儿都高兴。”素心大喜。

车驶进熙京南站。

德良买了站台票，把素心送上车，找到她座位，安顿着她坐好。然后道:“素心，我要下车了，路上小心!”

素心站起身，扑进德良怀里，哽着声音道:“德良哥。”

德良心头一热，拍拍她肩胛:“素心，车要开了，我要下车了。”重又安顿她坐好，向车下跑去。

车启动了。

素心从车窗探出头来，素心热泪满面，她挥着手冲车下德良喊：“等着我——开学再见——”

33

回到宿舍，已是晚上六点多。同宿舍的楚迪走了，丹宁和炫五早在两天前就回家了。宿舍里只剩德良一个人。

德良很疲倦，没有吃饭，躺在床上就睡着了。

他听到尉迟兰教授在耳边喊他，两人一起来到实验室。

实验室里灯火通明，里面有德良熟悉的生物样品，有他熟悉的测量仪、分析仪，还有他熟悉的量杯、量筒。

德良和尉迟教授在这些仪器前开始全神贯注地实验。

就在这时，实验室的灯突然全灭了，楼道传来一片嘈杂声，有一群不明身份的人举着火把冲进实验室。

借着火把的亮光，德良看清楚了，这哪是什么人呀！这分明是一群怪物！他们虽然有的西装革履，有的穿着某种标志的制服，有的穿着普通人的衣服，但他们都青面獠牙，面目可憎。

尉迟教授大声问：“你们是谁？你们是干什么的？”

为首的怪物哈哈大笑，他竖起拇指骄傲地指指他和他的同伴，对尉迟教授说：“我们是人，我们是这里的人。”

尉迟教授大声呵斥：“你们不是人，我们才是人，你们到底是什么东西！”

为首的怪物又笑了，他道：“现在我们是这个世界的人，你们不是人，不信你们出去看看！”

这群怪物把尉迟教授捆起来，把德良捆起来，把他们带到外面。

德良看到外面到处都亮着火把，弗朗西斯·培根大广场站满了穿着人的衣服的面目可憎的怪物。借着火把亮光，德良看到教室和宿舍的窗口上蹲满了怪物，食堂里也挤满了怪物。

弗朗西斯·培根大广场已搭起一座临时看台。德良看到有一个怪物首领在台上庄严宣布："现在我们是人，我们是这儿的主人，把所有不是人的人统统丢到山洞里去，把愿意变成我们人的留下来。"

德良这时看到了丹宁，丹宁妥协了，变成了穿着学生衣服的怪物。他看到许多平时他还熟悉的人都妥协了，也变成了穿着人的衣服的怪物。

德良也看到许多他熟悉的人拒不妥协，他们被捆绑着，押往山洞里去。尉迟教授就被捆绑着行走在自己前面。面对此情此景，尉迟教授低着头，什么话也说不出来。

来到街上，德良看到街上拥挤着怪物，还有怪物押解的拒不妥协的人群，这些拒不妥协的人也是要被丢到山洞里去的。

这是一个什么世界呀！我原先的那个世界到哪里去了呢？那个充满阳光和笑脸的世界哪里去了呢？德良焦急万分。

德良和尉迟教授被押到一个山洞。在这里，德良看到了绮霏和素心，她们已经是被丢到山洞里的。德良心痛万分，他问绮霏："咱们不是从山洞里出来了吗？不是妈妈已经接你回家了吗？你怎么又到山洞里来了？"

绮霏病恹恹的，面色苍白，唇齿之间干涩涩的，一如那天患风寒在山洞里的样子。绮霏看到德良后，眼睛倏然一亮，露出一些喜悦，但又迅速黯淡下去。她痛心地摇摇头，对他说："德良，你怎么不妥协呢，你没必要也来受这份罪，现在咱们的家都没了。"

"什么？咱们的家都没了？这怎么可能呢？"德良不敢相信自己的耳朵。

德良又转向素心："我不是刚送你回家了？你怎么不在家里到这儿来了？"

素心同绮霏一样，病恹恹的，幽幽的眸子里流露着惨淡和凄凉，她悲凉道："家没了，爹妈我没看到，我是被他们押到这儿来的。"

素心又焦急道："德良，你快回去看看，你的家还在吗？爹妈还在吗？你快回去看看！"

绮霏说："我掩护你，你快回家去看看，看看你的家还在吗？"绮霏就挡住那个看守怪物的视线，德良就跑出来了。

他一路狂奔跑回家。站在家门口他傻眼了，这哪是自己的家呀！家里被弄得一片狼藉，有几个怪物坐在他家炕上抽烟、喝酒、吃肉、打牌，烟雾弥漫，笑语喧阗。

德良气急了，大声问炕上的怪物："我爹妈呢?"

炕上的怪物指着他哈哈嘲笑："别找了，你爹妈或者被丢到山洞里了，或者变成我们的样子，跟我们一样了。"

德良听了悲痛万分，他大声冲着那些怪物喊："你们离开这里！这是我的家！"

可那些怪物像没听到似的，照旧吃喝打牌。

德良捶胸顿足，悲绝地振臂大呼："还我家来！——"

德良感到手臂一阵疼痛。他的手臂打在床框上。

原来又是南柯一梦。

德良满身大汗，爬起来一看，身下床单已被汗湿透了，脸还在不住地往下滴汗，心"咚咚"直跳。

实在太可怕了！他坐在床上，细想了想，确定这确实是个梦，从头至尾都是梦，这确实不是真的，他心里才稍稍平静一些了。

德良下床，用毛巾擦了把脸，看看时间，刚好子时十一点整。德良锁好房门，朝楼下走去，他想出去透透空气。

在门口话吧里，德良给乡里拨了个电话。乡里接电话的是个女的。德良告诉她今年寒假他不回去了，春节不回去过了，他要在学校里学习，让她给他父母捎个好，让他们放心。那女的知道自己乡里出的这位状元，满口高兴地答应了。

从话吧出来，德良沿着道路往北走。想想刚才给父母捎的话，他不禁有些好笑了。自己寒假不回去，是想留在学校里学习吗？不是，他清楚地知道自己不是想学习。自己之所以放假不回家是因为自己心情太芜杂太沉重太萧条，他不想带着这样一个心情回去，他想留在学校里好好整理一下自己的这些心绪，好好沉淀一下，好好思考一番。短短的一学期很快过去了，可就在这短短的一学期中，自己遇到了许多事情，许多事情的发生都是顺其自然的，都是自然而然的。然而，许多事情的发生又都是自己始料未及的，都是震颤着自己心灵的。自己为这些事情的发生失望过，痛心过，恼火过，甚至大打出手过，然而这一切事情的原委曲折究竟在哪里呢？这些事情的发生难道仅仅是个偶然吗？那造成人和人之间心灵上的缺失和差距究竟缘于何故？

这些，真的需要自己沉下心来好好思考一番了。

仰望夜空，天上繁星闪烁。那是一个深不可测的神秘世界。那是一个科学所要探索的世界。那里，激发着无数科学家前仆后继的探索。人类也在这个领域里取得了卓有成效的辉煌的成绩。并且，人类还将在这个世界里继续探索。

人类为这一壮举而乐此不疲。

然而，此时的德良真的犹豫了。科学能最终解决人类的所有问题吗？科学能为我们的生活设立目的吗？科学能回答我们人自身的意义问题吗？科学能发现隐藏在我们经验世界和日常生活背后的真理吗？

回顾一下这个学期，自己在生科领域的成绩和进步，虽然不是很大，但也算得上炙手可热了。素心听说的传闻是真的，在国家承担的世界人体基因组工程30亿个碱基对1%的排序测试任务中，学校已经把德良作为一个候选人报上去了。虽然最终选拔结果还没有落定，但这也足可说明校方对德良在这方面潜质和能力的相当肯定。

假如能入选为这一任务的承担者，这对一个从事生物科学的工作者来说将是多么大的荣耀啊！这是多少这个领域的科学家一生所梦寐以求的啊！然而德良作为一个入学不久的大学生就离这一殊荣那么近了。

然而，德良对自己所取得的这些成绩和进步并不乐观。他此时很失落，很困惑，甚至很消沉。

仰望星空，德良不禁在想，自己这些困惑和不解是在头顶这一方天空里吗？是在科学领域吗？是在自己所从事研究的生科领域吗？

不，不是。它是在自己的内心中。他是对自己不能认清自己而困惑，是对自己不能认清别人而困惑，他是对他周围所发生的一些人事的不解而困惑。

“仰望星空，失足落井”。

德良不想做一个仰望星空失足落井的科学家。因为德良现在越来越发现，生科领域的学习和研究对于自己已不是一个问题，而真正成为头疼问题的是人事，是一些包括自己在内的人事在困扰着他，常常使他陷入尴尬，陷入焦虑，陷入苦恼，陷入彷徨，陷入困境，甚至于陷入绝望。

德良，你认识你自己吗？在冥冥之中始终有这么一个声音。

德良，你认识你周围的人吗？

德良，你是谁？谁是你？你能清楚地说出来吗？

仰望星空，长叹一声，德良不禁黯然神伤。

隆冬凛冽的夜风飒然而过，德良打了一个寒战。看看表，已是午夜时分了。德良踅身往回返。

行至宿舍楼的自行车棚时，不知怎么，德良想起了下午刚刚坐车走的素心，想起素心送给他的自行车，心中感怀，不禁向自己存车的地方望了一眼。在路灯掩映下，德良看到车棚下影影绰绰有一个熟悉的身影。那身影不高，看样子也就是一个十二三岁的孩子。这个身影鬼鬼祟祟，在车棚的每辆自行车后蹲蹲起起，像在干着什么。

这个熟悉的诡异的身影立刻引起德良的警觉。德良一撤身，躲在一棵法桐树后。

那身影在朝着德良这边走，边走边蹲蹲起起在每辆自行车后干着什么。在距离德良越来越近的时候，德良终于看清楚了，这个身影正是郑小锋。

“郑小锋。”德良从法桐树后站出来唤。

“啊！”郑小锋惊了一跳。

郑小锋把刚刚蹲下的身子又直起来，抬起头来看德良。在灯光的映照下，郑小锋大惊失色，手足无措。郑小锋手里攥着的一个亮闪闪的东西在灯光下兀自发着寒光。

“郑小锋，干什么呢？”德良走近郑小锋。

“啊！德良哥。”郑小锋看清来人是德良，更显惊慌。

德良走到郑小锋跟前，看着他一张惊慌失措的脸，伸手抓起郑小锋那只攥着亮闪闪东西的手。在灯光下，德良看清楚了，郑小锋手里攥着的是一柄锋利的刀片。

“放开我！”郑小锋冲德良大叫一声。接着，郑小锋死命挣脱德良的手，夺路而逃。

郑小锋矮小的身影渐渐消失在远方黑暗中。德良俯下身，查看刚才郑小锋蹭蹭起起经过的每辆自行车。令德良惊讶的是，每辆自行车的后轮胎上，都赫然有着一个三厘米左右长的新鲜横切口，切口直入内胎。每辆自行车都因有着这样的口子而车胎瘪瘪。

裂开的切口在灯光下阴森森的，如一张张躲在黑暗中阴险奸佞的嘴。

割车胎！郑小锋刚才在割车胎！德良脑海中倏然间闪出这样一个令他痛心而又不愿接受的念头。

学校里经常出现的这种割车胎事件似乎一下子明朗了。

郑小锋夜晚潜入学校割轮胎，离学校南门最近的郑氏父子自行车摊修轮胎，修好的轮胎再被割坏，再由离南门最近的他家修好。结果，他家的生意格外好。

多么阴险歹毒的连环破坏牟利计呀！

德良慢慢直起身，抬眼凝望远处灯光尽头的苍茫夜色，表情木呆呆的，眼睛干涩涩的。这一次他的眼里没有了泪水，他的泪水似乎已经流不出来了。

34

整个寒假，德良如一只冬季蛰伏在洞穴里的可怜的昆虫，他瑟瑟抖动着自己寒冷的身子，抗御着来自他周围的寒冷，他不时擦擦自己的脸，拍拍自己的额，振振自己的翼，让自己清醒一些，让自己大脑清晰一些，以防在漫长的冬季沉眠过去。可他越是让自己清醒，越是想让自己的大脑清晰，冬季的严寒却越是令他昏昏沉沉乱无头绪。

他在寒冷漫长的睡睡醒醒半睡半醒中思考着，思考着在寒冷中求生存的一只昆虫的自身意义和生活法则。

他在寒冷中孤独地煎熬着，他在企盼着、想象着那个充满和风、阳光和笑脸的繁花烂漫的春天。

寒假过去了。新学期开始了。

开学发生的第一件事就是丹宁要搬出去住了。丹宁以闪电般的速度与胡青桃恋爱并同居了。他们在学校西门外的一条胡同里租了房子。

那天，丹宁雇了辆小货车来搬宿舍的东西。德良、楚迪、炫五都在，一起帮他往楼下搬。

丹宁爱养花，宿舍里有他养的好几盆花，有睡莲、万年青、君子兰、仙客来、金背大红月季，还有倒挂金钟。德良就帮着往楼下搬这些花盆。

在楼下，德良见着了青桃。青桃此时满面春风容光焕发，她看到德良，含笑大大咧咧地喊一声："德良。"

德良点点头，冲她笑了笑。

青桃走近德良，踮起脚，手掩在他耳边，兴奋道："等家里收拾好了，到家里来玩！"看到德良手里还端着一盆君子兰，青桃又高兴地跳起脚来："啊！君子兰！德良，把君子兰放到司机的驾驶室里，放后面容易颠折！"

又看到楚迪和炫五也端着花盆下来，青桃一时忙不暇接，指示道："把花盆都放在前面的驾驶室里！"

青桃嘴里开始不自禁地念叨起来："嗯……君子兰，君子兰要放在客厅窗台上，客人一进门应该首先看到的是君子兰。嗯……仙客来，仙客来也应放在进门显眼位置，仙客来访，不错，不错。嗯……睡莲，睡莲当然应该放进卧室啦。啊……这盆万年青嘛，当然应该放在客厅正中央了，幸福生活万年常青嘛！"

丹宁的东西都搬上车了。丹宁拍拍双手，春风得意地同德良、楚迪、炫五一一握手道别："哥们儿，过些日子到家里来坐坐，尝尝你青桃嫂子亲手烧的菜。"

丹宁和青桃都爬上车，青桃在车上向他们不住摇手："常来家里玩啊——"

回到宿舍，炫五一声叹气，拍着丹宁剩下的那张空床道："都说我炫五一天没正形儿，都说我炫五成天跟MM们厮混，你们现在看到了吧，最阴险最狡诈的敌人终于浮出水面了吧！"

炫五又感慨道："我炫五大张旗鼓地与MM大战一百八十个回合，终未攻下一城一池，你看这个丹宁，蔫不溜的，未失一兵一卒，暗度陈仓了！竟抢在我炫五前面——成家了！"

德良这时笑了，打趣炫五："你也可以暗度陈仓嘛！你不光可以暗度陈仓，你还可以暗送秋波嘛！你大战一百八十个回合未得一城，你可以再战一百八十个回合嘛！大战三百六十个回合你看行不行！”

楚迪被德良的话逗乐了，跟着附和道：“对，炫五，那你就再战她一百八十个回合你看行不行？就不怕你功夫深，铁棒磨不成它个针！”

炫五笑了，一指德良：“你别拿我开涮了！你说，你是不是也暗度陈仓了？我看你一天神神秘秘的，打着学习的旗号，搞着地下活动，你说，你刚放寒假的那两天失踪干什么去了？别以为我们都不知道！”

楚迪听了炫五的话，如受点化似的，幡然醒悟地朝德良大叫一声道：“好哇！不说我还真忘了，老实交代，你那两天干什么去了？回来就跟霜打了的茄子似的，蔫不溜的，一看就是没干好事！”

炫五一听来精神了，两眼放光道：“是吗？他回来的时候我没看见，楚迪你看见了？跟霜打的茄子似的，蔫不溜的？那肯定是没干好事。来，楚迪，咱们一起来审问审问他。”炫五边说边坏笑着朝德良靠近。

德良灵机一动，朝炫五笑道：“哎，炫五，我听说R.R.晚上经常不回宿舍。”

炫五一听愣了，立刻把目光转向楚迪，露出一脸惊讶，不敢相信似的问楚迪：“你和R.R.……”

“胡说，我和冉然是清白的。她晚上在上自习，上完自习到她姐家住，她姐就在熙京惠新区。”楚迪辩解。

“你就编吧，楚迪。那你为什么不回来住？”德良连蒙带唬。

“我什么时候没回宿舍住了？我天天晚上都回宿舍里住，这你们都是看见了的。”楚迪辩解。

“你周六周日白天没回来住！”德良继续唬着。

“周六周日我当然白天不回来住。”楚迪道。

“那就是了。”德良道。

“什么是了？”楚迪道。

“有些人就是喜欢白天作案，事情就发生在白天。”德良笑道。

“你……”楚迪一指德良有口难辩。

“那你周六周日干什么去了？”炫五插上来审问楚迪。

“我在教室里写诗。”楚迪老实交代。

“和谁写诗？”炫五继续审问。

“当然是我自己了，写诗还能跟谁写？”楚迪道。

“那R.R.这个时候在干什么？”炫五接着问。

“她也在写诗。”楚迪答。

“在哪儿写诗？”炫五问。

“在教室里写诗。”楚迪答。

“和谁写诗？”炫五问。

“当然是自己写诗了。”楚迪道。

炫五一拍巴掌，大声对楚迪道：“你俩都在写诗，都是在同一时间里写诗，都是在教室里写诗，又都是自己写诗。你说，你们是不是在同一时间同一地点干着同一件事情？”

“是啊。”楚迪道。

“那你是承认你们周六周日白天在干着同一件事情了？”炫五逼问。

“嗯，承认。”楚迪道。

炫五哈哈大笑：“这不就对了！经严肃审查，现公布，在周六周日白天，楚迪和R.R.在一起干着同一件事情，事情的发生就在周六周日白天。”

楚迪情急：“你这是什么逻辑！纯粹诡辩！”站起来，一指炫五：“你老实交代，是不是想打我们文学社雨荷的主意？告诉你，雨荷可是绝顶聪明的女孩，你恐怕再战三百六十个回合也得败下阵来，你就死心了吧！”

德良这时也来精神了，忙打听楚迪：“雨荷是谁？”

楚迪道：“笔名梦幻雨荷，地球与空间科学学院一年级的学生，是我们三叶草文学社的才女，真名申昕。”

德良笑道：“哦！我说炫五最近气色不错呢，原来是跟梦幻雨荷接上火了，这回可不要再战败了！啥时把梦幻变真实时告诉你两位老兄一声啊！”

炫五连连抱拳告饶：“两位仁兄你们就饶了我吧！现在八字还没一撇怎么让你们吵翻天了！看形势我这次又有失败的危险。俗话说：开水不响，响水不开。我这壶水又响得太早，难开啦！”

德良和楚迪听炫五这么一说，都拊掌大笑了。

35

新学期课程又如暴风骤雨一般来临了。

上课之余，德良常常会想起绮霏，想起和绮霏在一起的日子，想起绮霏对他说过的话，心中流淌着脉脉的思念和感动。绮霏现在怎么样了呢？自从开学以来就没看见她，听她班里的同学说她请假在家休息呢。

德良又有一些不安起来。龙吟峡苦崖居之行所发生的一些事情，确实给绮霏心头留下了一层难以抹掉的阴影，绮霏需要一段时间调理才能从这些阴影中慢慢走出来。

德良想给绮霏打电话问候一下，却疏忽没留下绮霏的电话号码。但转念一想，绮霏不是一个寻常意义的女孩，想想古刹村那天晚上她对自己说的心心相印，他知道，正如自己此时思念她一样，绮霏也正在思念着他。

“德良，当我们在一起的时候，我们相爱。当我们不在一起的时候，我们相思。”

德良长长一声叹息，心中不禁有些伤感，他为尘世间有着这样一种好女孩而伤感。

在冥冥感觉之中，绮霏似乎是一个谜，一个美丽的难解之谜。她像从古堡中走出的一个神秘异域女子，面部半掩轻纱，发间碧玉响铃簪，身上衣袂飘飘，她星眸流睇地凝望着你，向你款款而来，冲你神秘微笑，然后从你身边飘然而过，阒然消失，给你留下的只是暗香浮动，伴随着的还有无尽的想象和回味。

三月六日星期五，农历二月初八，惊蛰。这一天对德良来说是具有特殊意义的一天。

早上，德良刚走进实验室，尉迟兰教授就高兴地告诉他，他给SRT写的那篇《脱氧核糖核酸分析方法的新路径》的论文引起了学校相当重视，学校已批准就这个论题进行立项研究了。尉迟兰教授还告诉德良，这个项目研究的牵头人就是他。

尉迟教授满怀期待地对他说：“如果你这个项目实验开发成功了，那可是咱们生科领域一个巨大突破呀！”

尉迟教授说完，就出去了。十点多钟，她又回来了，手里拿着一份文件，表情异常兴奋，对德良说：“碱基对排序测试任务的测试人选已定下来了，你算其中的一个。”尉迟教授把文件给德良看。

这是一份中科院拟发的关于人体基因组工程碱基对排序测试任务的文件。上面盖着中国科学院的大红印章。文件最后一页附有测试人员名单，德良的名字就列在其中。

这份名单是象征中国生物科学界精英的名单。德良是所有人选中唯一一名被破格选拔的年轻人员。

尉迟教授对德良祝贺一番出去了。在尉迟教授出去的一刹那，德良注意到了尉迟教授花白的头发和淡淡失落的神情。德良又在名单中仔细寻找尉迟教授的名字。可是，他却没有找到。

几分钟以后，德良听到楼道里一阵急促的跑动声。接着，素心推门进来了。素心喘息着，满脸兴奋。素心的手里拿着一瓶香槟酒。

“德良，快！跟我走！”素心拽着他往外跑。他们跑出实验楼，绕过两幢建筑，向新亚西亚文化研究中心跑去。

进入新亚西亚文化研究中心大楼，素心拉着德良跑进楼梯间。他们小跑着一口气攀了十七层楼梯，到了这幢大楼的最高层第十七层，然后顺着楼道，他们又攀上楼顶。

这一天，天气格外的好，瓦蓝色的天空挂着几丝轻云，春天和煦的阳光金子般铺在楼顶上，暖洋洋的。在这里，放眼望去，熙京大学的大部分景致已尽收眼底。

“德良，我要为你的成功庆贺一下！”素心兴奋地说。她使劲摇晃着香槟酒，然后启开瓶盖。一股甜丝丝清凉的气息在空气中漫溢开来。素心咯咯笑着把瓶口对准德良。德良急忙闪避。但素心还是追着把香槟喷了他一身一脸。

看着狼狈不堪的德良，素心开心地捧腹大笑。

在楼顶上玩了一会儿，素心停下来，拉住德良的手，意味深长地对他说：“今天对你来说是一个特殊的日子，你所取得的成绩证明你是优秀的。我们今天站在这里，脚下是新亚西亚文化研究中心，头顶是一方蓝天，我们面前是高等学府熙京大学。德良，我有一个请求，希望你站在这里，敞开自己的心怀，自信地大声对这个世界喊出你的名字，让这个世界所有人都听到你。”

仰望蓝天骄阳，极目熙京大学这一神圣学府，想想自己的求学经历以及随后取得的进步和成绩，德良心中感慨万分。他此时想大声呐喊，想如素心所说，自信而高亢地对着面前这个世界喊出自己的名字，想向这个世界庄严地宣布他是魏德良，他是优秀的，他是出类拔萃的。

但德良终究还是未能喊出一个字。因为在他心中，另有一种沉甸甸的东西在压着他，有一种黏稠的东西缠绕着他，他未能解脱自己，这使得他不禁对自己的认知能力和解惑能力产生了怀疑，在这些凝结在心头的疑问还没有得到消解的时候，他还没有足够的勇气自信而有力地向这个世界喊出自己的名字，宣布自己是优秀的。因为在他内心中，他对自己要求是严格的，他不允许自己在还存有疑团的情况下做出一些违背内心真实状况的狂妄举动。

“素心，我不能，我不能喊出，我喊不出。”德良颓然道。

“为什么？德良，你是很优秀的，你要自信。”素心焦急地站在德良面前。

德良摇摇头，黯然道：“素心，我过去对自己一直还算自信，可是，最近在我身边发生了一些事情，这些事情令我很震动，也很震惊，这些事情的发生超出了我过去的认知范围，我对它们的发生感到困惑，我一直在苦苦思索这些事情发生背后的原委曲折，可是至今我还未能找到解释它们的适当理由，因而我在怀疑我自己的认知能力和解惑能力。所以，素心，原谅我，我现在还不能自信地喊出……”

素心默默听德良讲完，似乎感受到了他内心真实情感，默默地充满信任地冲他点点头：“德良，我明白你此时的心情了。”

德良又对素心说：“我想把碱基对排序测试任务的那个名额让给尉迟教授。她是我的老师，她也是生科界的知名人士，我觉得她承担这项任务比我更合适。”

“什么？这个名额你也要让出来？这可是你一次发展自己的机会

呀！这是多少生科界人士都梦寐难求的！”素心着急道。

“唉，素心，听我的，我还年轻，以后还有机会。况且，我最近被我周围发生的那一些事搞得心里很乱，我想静下心来梳理一下思考一下我身边的那些事情。”德良语重心长道。

听德良这么讲，素心也不好再说什么了，噘着嘴，满腹遗憾地点了点头。过了一会儿，素心又满脸关切道：“德良，虽然我不知你一直在思考着什么事情，但我知道你肯定在思考着一些重要的事情。有些事情我是帮不上你什么忙的，我只能祝愿你早日把它想明白，早日从自身的困境中走出来！”

“嗯，谢谢你素心，谢谢你这么关心我！”德良充满感激地握了一下素心的手。

36

三月中旬的一个周末，丹宁来了。

丹宁穿着一身笔挺的雪尼尔西装。一个月未见，丹宁明显胖了，脸上泛着红光，像个一夜之间发起来的暴发户。可以看得出，丹宁的日子过得不错。

丹宁坐在宿舍里跷着二郎腿春光满面地大谈幸福生活，让德良、楚迪和炫五大大地开了眼界。末了，丹宁道：“兄弟们，到我家去坐坐，尝尝你家嫂的手艺！”

下了楼，丹宁给素心拨了个电话，对德良道：“她是青桃的好朋友，青桃让她也过去吃饭。”

四个人走到弗朗西斯·培根大广场的时候，素心从女生楼那边跑着过来。到近前，素心兴奋地冲德良道：“咱们到青桃家去看看，我好长时间都没见青桃了。”

“你好长时间没看见青桃？她没来上课？”德良不由问道。

素心白了一眼西装革履红光满面的丹宁，扭过头对德良道：“她自开学就一直没上课，在家干家务呢！”

听了素心的话，德良心里不禁一沉，扭过脸来看丹宁，却见丹宁此时一副若无其事的样子。

五个人一行从学校西门出去，沿着大街拐进一条胡同。胡同尽头就是丹宁住的地方了。丹宁住的是二室二厅居民楼。

上二楼，丹宁按下门铃。屋里传来一个大咧咧的女孩的声音："来了——"接着，一阵趿拉拖鞋的跑动声。德良和素心相视一笑，他们知道里面的是青桃。

门打开了，德良看到一张美满姻缘的脸，青桃笑吟吟地立在门口。

"青桃。"素心跨上一步抱住青桃。

青桃咯咯笑着在素心脸上亲一口，道："小宝贝，啥时候能看到你也搬出来住在我的隔壁呀？"

素心小嘴一噘："我才不呢。"

青桃把头探向门外："都别外面站着了，快屋里坐吧！"

进屋一看，呵！丹宁的蜗居还真不错呢！客厅铺水波纹柚木地板，窗上悬细篾镂花百叶帘，四十九英寸平面直角液晶大彩电。最引人注意的是彩电对面的一套沙发，这套沙发沿墙弧形摆放，各个沙发长短不一。炫五瞅着屋里一阵啧啧称叹后，一个鱼跃跌在沙发上，沙发载着他弹个不止。德良在一个中短沙发上坐下，沙发靠背刚好抵住他腰部，颈部也正好放在靠背上的半弧内，沙发座深长，不软不硬，感觉非常舒适。

丹宁端了两盘水果放在茶几上，朗朗一笑道："哥们儿，知道这叫什么沙发吗？"

"叫啥？"德良问。

"这叫懒人沙发。"丹宁得意地拍着沙发道，"你们看啊，这套沙发长短不一，可正坐正靠，可仰坐仰靠，也可半仰半靠；可全坐全躺，也可半坐半躺；可午睡休息，也可临时小憩。沙发座深长，不软不硬，长时间坐卧也不会觉得累。沙发面防褶皱，可以穿着衣服随时想怎么躺就怎么躺。所以，这不是给懒人做的沙发吗？"

"行啊，丹宁，你躲在这小蜗居里做着懒人，你可真是自在呀！"炫五调侃道。

丹宁又哈哈笑，道："人一生三分之二的时间是在休息中度过的。一个人的生活质量如何，关键要看他的家如何。这家如何，既有物的因素也有人的因素。其中，这沙发和床就是重要的物的因素，沙发和床一定要舒适，一定要使自己回到家里充分放松。”

丹宁又美美地滔滔不绝说教道：“这做人嘛，除了学习工作，还要学会生活，学会享受。你看嘛，现在社会生活节奏是越来越快了，我们背负的压力也是越来越大了，每个人就像在社会机器上不停运转的螺丝钉，所以，要想适应现在的生活，就必须给自己提供一个休息的平台。这家就是休息的平台，所以我们要把家建造得舒适又舒适！”

德良打住丹宁：“好了吧，丹宁。这物的因素有了，这人的因素呢？”

丹宁拿起水果盘里的香蕉，给每个人发过去，指指在厨房里忙活的青桃，压低声音道：“就是她，你们温柔贤惠的嫂夫人。”

青桃似乎听到了丹宁在背后嘀咕她，在厨房喊：“丹宁，你说我什么坏话呢！你不帮我干活，还在背地里说我坏话，你昧良心了你！”

丹宁吐了下舌头，提高嗓门朝厨房应：“等一会儿，你没看我在陪客人吗？”

丹宁又开始美美地在电视柜里翻了，边翻边说：“新买的影碟机，给你们找几张碟，你们现在闲着没事看看。”

德良楚迪炫五都围过去，问：“啥碟？”

丹宁得意地道：“啥碟？好看的碟！”

丹宁翻出一大摞碟，楚迪翻了翻，失望道：“丹宁，你这儿全是些恐怖暴力片，怎么没点爱情故事片？”

丹宁在楚迪头上拍一下笑道：“你要啥爱情故事片？我和你青桃嫂子的恋爱就是现实版的爱情故事片，你还要啥爱情故事片！”

炫五翻着碟失望道：“丹宁，你这儿怎么没点动画故事片什么的？”

丹宁又用手拍一下炫五的头笑道：“你要啥动画片？你多大了？还看动画片！”

德良笑道：“丹宁，你怎么尽看些恐怖暴力片呀？你心理上没问题吧？”

“你心理才有问题呢……”丹宁又伸过手来在德良头上拍，但德良已有了防备，闪身躲过了。

丹宁扬扬手中的《血肉之花》道：“我之所以要看恐怖暴力片，你们明白这是为什么吗？”

“为什么?”德良楚迪炫五不约而同问。

“我看这些东西是锻炼我的心理素质，增强我的生存能力。”丹宁提高声音道。

“看这个能增强生存能力?”楚迪纳闷。

“对，就是要增强生存能力。”丹宁坚信不移地大声道，“人对人是狼，你们听说过吗？我们就是要学狼的生存规则，把人性变为狼性，学会血腥和暴力。”

“那你现在学会了?”德良看着丹宁，不冷不热问。

丹宁嘿嘿一笑，神秘道：“天机不可泄露。”

丹宁所说的“人对人是狼”，这对德良来说还是头一次听到。此时此刻，从德良内心情感来说，他是不能苟同丹宁这种看法的。虽然近些日子以来，他被身边发生的一些事所深深刺痛着，伤害着，但他对自己周围的生活和周围的人，还是揣着暖暖的热爱和期望。每当想起那些令他失望令他痛心的人事，他总给自己开脱着想，那些人事是偶然的，是暂时的，那只不过是一些纯粹的巧合和临时现象罢了。所以，此时德良对人性和人的生存规则的看法并没有降低到如丹宁这样程度。所以，此时此刻，他对丹宁有着这种低劣的狼规则而深感鄙夷。

这时炫五从电视柜里翻出一个塑料袋子，袋子里也装着影碟，炫五如获至宝地把它拿在手里，正要往外掏，丹宁劈手一把夺了过去，笑道：“这个，你可不能看。”

炫五急道：“是啥呀？不让人看。”

丹宁直起身，脸凑近炫五，诡秘地一拍他脑袋：“这是A片，你们未成年人禁止观看!”

丹宁美美地把A片收好，拿着往卧室去了，边走边又扭头道：“你们看碟吧，随便看!”

炫五也站起，跟在丹宁后面道：“到你卧室参观一下可以吧?”

丹宁停在门口，迟疑了一下，在炫五耳边诡秘道：“私房重地，谢绝参观!”说罢，从裤兜里拿出钥匙，“喀啦”一声把卧室门打开，闪身进去，又“哐当”一声把门关住，把炫五关在外面。

炫五尴尬地立在门口，用手点着卧室里的丹宁，对德良楚迪道：

“你瞅这人呐，怎么卧室还上锁！”

德良站起身，往厨房去了，他想帮青桃干点活。一进厨房，就闻到一股炖肉味。青桃和素心正坐在厨房门口择菜，看德良进来，素心给他递过一个小板凳。

德良坐下，拿起几根茼蒿，边择边笑笑道：“青桃，做什么好吃的呢？味这么香！”

“狗肉火锅。”青桃大大咧咧笑道。

“哦，狗肉火锅！我还从没吃过呢！我只吃过羊肉火锅，今天在你这儿要吃狗肉火锅了！”德良冲青桃笑道。

“一会儿你吃吧，比羊肉火锅好吃，特补身体，总让你吃了这回还想着下回。”青桃笑道。

“嗯，我信，闻这味，就知道了！”德良道。

青桃又转过脸来对素心道：“刚才咱们说到哪儿了？”

素心道：“说到买菜了。”

“对，说到买菜了。”青桃接住素心的话道，“我每天买菜都要到菜市场大棚尽头的地摊上买。知道这是为什么吗？”

“不知道。”素心摇摇头。

青桃讲解道：“因为在地摊上卖菜的都是市郊区农民。他们卖的菜多是他们自种自吃的，是他们吃不了多余的，他们就拉到这菜市场来卖掉。所以他们每天带的菜不多，在菜市场大棚里也没有他们的摊位，他们只在外面摆地摊，卖一早上，卖完了拉倒。所以我就赶大清早，去买他们的菜。”

青桃又道：“当然大棚里的菜也可以买，但这些菜都是大批量人工培植的，使用了大量化肥催生剂，还施了大量的防虫农药，然后菜贩子们又大批量地拉到这菜市场大棚里来卖。你别看这些菜表面上光鲜诱人，没有一点瑕疵，但卫生和营养价值已大不如农民自种的菜了。”

青桃从地上捡起一根沾着泥巴坑坑洼洼丑不溜的白萝卜，指着萝卜上的虫眼对素心说：“要买像这样的菜，有虫眼，闻上去没有其他异常气味的，这样的菜就说明是自家产的，没有施过农药和催生剂。虽然它不好看，但吃着有营养，吃着放心。即使实在买不着农民自家产的菜，你们也得记住，买回来的菜一定要在清水里浸泡上一个时辰，然后再洗了拿出来切，这样菜入口就彻底卫生了。”

听了青桃这一番话，素心和德良都面面相觑了。德良心里感叹，一个多月未见青桃，青桃在持家过日子上竟然突飞猛进。

素心粲齿笑了，拍着青桃的肩道：“青桃，你现在的变化可真大！这方面我真得跟你多学着点。”

青桃抚了一下素心的膝，语重心长道：“小宝贝，这方面你也真应该学学了，我们做女人的也不能光就知道学习，得学着怎样做好女人，怎样把自己的男人侍候好。”

素心忍不住咯咯乐，道：“青桃，你再教教我怎样做好女人，我一定好好向你学习，做个好女人。”素心说着，却不自觉地把目光递向德良，眼中充满柔情。

青桃娓娓道：“这首先嘛，要在吃上下些功夫。一日三餐首先要吃好，能自己动手做的一定不要在外面买。现在外面吃的东西有些是极不卫生的。你们也曾听说过了，漂白剂蒸的馒头，加入吊白块的米线，蛋精做的蛋糕，地沟油炸的油条。所以为了卫生，能自己动手做的一定要自己动手做。蒸馒头、烙大饼、包包子、包饺子，都要学着自己做。这就是过日子，日子就是这样过。”

青桃从地上拿起一棵油麦菜，边择边娓娓道：“就拿早餐来说吧，一天之计在于晨，所以早餐我绝对是要认真对待的。早餐首先要有水果或配制果汁，主食是我做的煎饼或煎鸡蛋，然后再喝碗稀饭或来杯牛奶。可长期这样吃也不行，什么都不能长期不变地吃，时间长了就吃腻了，得不时变换着花样吃，但早上的水果或配制果汁不能变，这是每早必需的，然后，可能是芝麻、核桃、燕麦这些熟粉混合加开水调蜂蜜，也可能是蒸红薯或蒸老南瓜，再配一杯自制豆浆。总之，早餐一定要吃好。”

话到此处，素心又咯咯乐了，她用手打了一下青桃，道：“你这女人当得可真是到位了！要是选家庭女模范的话，我肯定得投你一票。”

德良也笑着道：“我说丹宁这一个多月没见怎么就胖了呢！原来你这么给他吃，他能不胖吗？再不胖对不住自己良心了！”

青桃也咯咯乐：“这算什么，还有呢！素心，等我以后给你慢慢讲，怎么当一个好女人。”

素心听了又乐了。她瞅瞅德良，又拍着青桃道：“好，好，青桃，把你的经验都传授给我吧！”

37

砂锅中的狗肉已煨了不短时辰了。狗肉浓浓的香味从厨房里飘出来，进入客厅，在客厅里看影碟的楚迪炫五都急了乎地大叫：“好香！好香！”

丹宁从外面回来了，手里一边拎着一瓶白酒，一边拎着一瓶红葡萄酒。他是到外面买酒了。

青桃把电锅放在餐桌上，通了电，把煨在砂锅中的狗肉都倒进电锅里，又调了火候。狗肉再在电锅中煮一会儿就可以吃了。

青桃招呼大家端作料。青桃道：“六个人，六小碗作料，不够的还可以再添。”

素心把洗好的蔬菜也端上餐桌。青桃又说：“有想涮蔬菜的自己动手往锅里放。”

大家围着狗肉锅纷纷落座。丹宁把白酒和葡萄酒都打开，对大家招呼：“男的喝白酒，女的喝红酒。”

素心急道：“我不喝红酒。青桃，我喝茶水，你给我来杯茶水就行。”说着起身去找茶壶。

丹宁按了下素心的肩，笑道：“坐着，别动。你不喝红酒，难道要把红酒留给客人们喝呀！”

素心道：“嗯，留着给你们喝呀，你们谁愿喝谁就喝。我不喝酒，我喝茶水。”

丹宁又一笑：“咳，你是没听懂我说话意思。我说‘你不喝红酒难道要把红酒留给客人们喝呀’这句话，是来自一个笑话典故。”

“笑话典故？笑话还有典故？”素心瞟了一眼丹宁。

“是啊，笑话典故。这个笑话是这样的，”丹宁道，“从前有个人，娶了一个老婆。可没多久他又娶了一个小老婆。于是，他就跟大小老婆约好：以后如果他晚餐喝红酒，晚上就跟大老婆睡，如果他晚餐喝白酒，晚上就跟小老婆睡。小老婆入门的第一天晚上，他喝了白酒。第二天晚上，他说：嗯，白酒的味道真不错！于是他又喝了白酒。第三天晚上，他说：哇！白酒真是越喝越好喝了！于是他又喝了白酒。到了第四天晚上，他又说：白酒的味道真的比红酒好多了呀！大老婆实在受不了了，就生气地对他说：你不喝红酒，难道是要把红酒留给客人们喝啊！”

丹宁讲完，自个儿忍不住哈哈乐了。

青桃拉了拉素心的手：“小宝贝，知道你以前不喝酒，今天到我们家来了，咱俩喝红酒，你就少喝点！喝红酒养颜，越喝越漂亮，你就喝点吧！”说罢，青桃给素心杯子里斟了一杯红酒，给自己也斟满。

德良也劝：“今天就破个例，素心，就少喝一点吧！”

素心嘟着小嘴勉为其难地接受了。

丹宁给在座的男士都斟了白酒，举起酒盅，唱道：“今天请大家到家来，备下狗肉火锅，虽不是什么上等的东西，但足可滋肾壮阳，温胃补脾。今天就是让大家吃个痛快！玩个尽兴！来，大家端起杯，感情深的一口闷，感情浅的舔一舔，感情厚的喝不够，感情薄的喝不着。好，我先喝了！”说罢，酒盅一抬，一饮而尽。

丹宁这样的话放出来了，酒也喝了，就等着其余人响应了。德良楚迪炫五相视一笑，没辙，这种情况只有一口闷了，也都端起盅，一饮而尽。

青桃对素心说：“咱俩喝红酒，不听他那一套。来，素心，咱俩品一口。”

素心高兴地响应，端起红酒和青桃碰一下，品一口。

丹宁看大家都喝了，兴致来了，筷子一挥，指指锅里嚷嚷：“来，吃狗肉，吃狗肉，痛快吃，有想涮蔬菜的自己动手涮。”

锅中狗肉色泽酱红，入口鲜嫩。肉香而不腻，瘦而不柴，带着微微的咸辣，让人回味无穷。

楚迪炫五一边大口嚼着狗肉，一边热烈回应：“好吃！好吃！”丹宁和青桃吃着听着，心满意足地呵呵乐着。

吃了一会儿狗肉，又涮了点蔬菜，在座的每个人脸上都冒汗了。德良想，今天这狗肉火锅可算是吃得深入人心了。

又吃了一会儿，丹宁瞅瞅每个人的杯盅，发现有的新倒入的酒没动，有的盅子还是空的。他又坐不住了，指着空盅急声嚷嚷：“满上，满上！自觉点，满上！”

酒又都满上了。

丹宁道：“我看这么喝酒不行，有人偷懒不喝。我得做个游戏，让大家都得喝酒。”

青桃插话道：“别做游戏了。丹宁，大家喝好就为止了。”

丹宁道：“不行，你看大家喝好了吗？酒都没下。在我这儿喝酒，大家要是喝不好了，可是我丹宁照顾不周的责任，这个责任我可担待不起呀！不行，得做个游戏。”

楚迪道：“那你要做什么游戏呀？”

丹宁道：“007，007这个大家都会吧？”

在场的每个人都摇头。

丹宁轻笑一声：“看你们也都没在外面喝过个酒，007都不会，没见过个世面。”

炫五道：“那你说说007怎么玩吧，大家玩一下不就会了吗？”

丹宁道：“好吧。我就给大家讲一遍，做一次示范，然后正式开始，输了的要喝酒。”

几个人纷纷点头。

丹宁道：“这个游戏开始首先由一个人喊0，喊0的同时用手指向另外的任何一个人。被指的人马上也要喊0，同时他再任指另外一个人。这个被指的第三人口中要喊7，同时用手做手枪状指向另外的任何一个人。被指的这个第四人是假想中的中枪者，但他不发声也不做任何动作，而中枪者左右的两个人要把双手举起做投降状，口中同时要喊‘啊’的声音。”

丹宁环视桌上几个人：“全部游戏就是这样，做错动作或发错声音的都算输，得罚酒！好，现在从我开始喊0，我做一遍示范，咱们轮着来。”

丹宁抬手一指德良：“0。”

德良忙指楚迪：“0。”

楚迪忙指炫五："0。"

丹宁大笑，对楚迪道："你喊错了！你该喊7了，007嘛，你怎么给搞出三个0来。来，重来，再重来一遍！"

丹宁又抬手指德良："0。"

德良又指楚迪："0。"

楚迪忙把手比作手枪状，对准青桃，口中喊："7。"

这时，就见青桃和她左右的素心丹宁都"啊"地叫了一声。

丹宁又大笑，指着青桃和素心道："你俩都错了！青桃你被枪打中了，你不发声音也不做动作。素心，你口中喊'啊'的同时你得举起双手投降，不举双手算你输，得罚酒。"

丹宁这么一示范，大家都笑着领会了。炫五道："这007也挺好玩的。"

游戏开始了，果然效果不错，气氛挺紧张挺热烈。随着游戏越做越快，都不免有做错、喊错的时候，做错动作和喊错的都要被罚酒。饭桌上气氛轻松活跃多了，火锅吃得随便了，酒也喝得随便了。

炫五的兴致起来了，对丹宁道："来，玩江湖刀！"

丹宁道："好。"

于是两个人开始喊起来了："人在江湖飘啊！哪能不挨刀啊！"丹宁和炫五出手指比刀数，五刀管四刀，四刀管三刀，三刀管二刀，二刀管一刀，一刀管五刀。输了的喝酒。

德良看丹宁炫五在玩江湖刀，也对楚迪说："来，咱们玩傻瓜拳！"

于是，德良和楚迪也"你傻瓜、我傻瓜、他傻瓜"地喊了起来。

青桃看四位男士玩得兴致，一拉素心的手："来，小宝贝，咱们玩小蜜蜂！"

于是又响起了"两只小蜜蜂呀，飞到花丛中呀……"的声音。饭桌上一时之间又笑语喧哗。

时间不知不觉移至下午三时。酒过三巡了，菜也过五味了，每个人的脸上都醉意尽现了。

素心和青桃喝了不少红酒，脸上红扑扑娇艳艳的如要滴水的红樱桃。青桃下了手擀面，和素心先吃了。

吃罢，素心说想回去睡一会儿，青桃去送她。屋里就剩下四位男士了。

丹宁停止了玩江湖刀，冲炫五挤眼一笑：“炫五，农民伯伯进城会不会?”

炫五笑道：“会啊，有啥不会的!”

丹宁道：“来，那咱们玩这个，输了的喝酒!”

炫五道：“玩这个就玩这个，有什么不敢玩的!”

于是丹宁就吆喝起来：“红彤彤的太阳，蓝蓝的天，绿油油的草地，一望无边，农民伯伯进城，要看A级片。”接着，丹宁举起一只手的一个指头，冲炫五喊：“十五块钱一场!”

话一出口，炫五慌忙举起一只手的五个指头。

丹宁的一个手指和炫五的五个手指正好凑成“十五”这个数。这就是“农民伯伯进城”的玩法。

丹宁快意地哈哈笑，点点炫五：“你小子反应还不慢!”

炫五道：“不行，该我喊了!”

于是，炫五放声吆喝：“红彤彤的太阳，蓝蓝的天，绿油油的草地，一望无边，农民伯伯进城，要看A级片。”炫五猛地伸出一只手的三个指头，喊道：“三十八块钱一场!”

与此同时，丹宁慌忙举起双手凑出八个指头。

炫五点点丹宁，哈哈笑：“反应还行!”

丹宁道：“再来，不信就赢不了你!”又放声吆喝：“红彤彤的太阳，蓝蓝的天，绿油油的草地，一望无边，农民伯伯进城，要看A级片。四十九块钱一场!”

……

看着丹宁和炫五快意地玩着“农民伯伯进城”的游戏，微醉中的德良心尖上掠过丝丝的痛和丝丝难过，他仿佛感到一个自己一直深爱的人正在遭受着凌辱。但此时他却没有反抗，没有发作，没有愤怒，没有流泪，他只是默默地承受着，承受着这已成为游戏定式的歧视。他此时还有着痛，有着难过，是因为他内心深处还一直爱着他，那个生他养他的社会大家族“农民”。他没有反抗没有发作没有愤怒没有流泪，是因为他想起了敦平，想起了老棉花，想起了邱大嘴，想起了郑氏父子，想起了大家族中那些让他深深失望和倍感伤心的人。

吃累了，喝累了，也玩累了，丹宁伏在饭桌上，喘息着。然后，他抬起惺忪的醉脸，点着三个人硬着舌头道：“今天玩得高兴！知道为什么能这么高兴吗？告诉你们，就是因为有家，有家才能这么高兴！家啊，这真他妈的是个好东西！有了家就有了归宿，有了家就有了根基，有了家就有了幸福生活，有了家男人才有自信，有了家男人才活得像个男人。”

丹宁又硬着舌头点着三人道：“今天我高兴，就给你们参观一下我的私房重地。”丹宁摇摇晃晃站起身，从腰间抖出钥匙，摇晃着身子去开卧室门。

炫五也喝大了，看到丹宁开卧室门，也摇摇晃晃站起，一边摇晃着跟过去，一边冲丹宁硬着舌头嚷嚷：“丹宁，你他妈的有啥见不得人的！还把卧室门锁着？”

丹宁硬着舌头道：“我他妈也不愿锁，有啥见不得人的呢？可是他妈的青桃让锁，我他妈的能不锁吗？”

门锁在“喀啦啦”一阵响动之后被打开了，德良楚迪炫五被丹宁请了进去。

丹宁的卧室其实也没什么两样。卧室里一张双人床，两个衣柜，通向阳台的窗台上如青桃所愿放着一盆睡莲。丹宁卧室所不同的是，在大床的正面和侧面墙上，装着大大的两副衣镜。

丹宁一屁股坐在床上，床载着丹宁的身体欢快地起伏着。正面侧面衣镜中的丹宁也在床上欢快地起伏着。

床垫的弹簧非常好，这是一张高级美梦思双人床。

丹宁硬着舌头道：“不是跟你们说过了吗？人生三分之二的时间是在休息中度过的。一个人的生活质量如何，关键要看他的家如何，这家如何，既有物的因素也有人的因素。这床就是第一重要的物的因素。”

丹宁招手示意三个人过来，然后眯起醉眼，手附在嘴边诡秘道：“这床的选择除了舒适外，一定要有起伏感。”丹宁拍着床得意道：“这床就是要营造一种波涛汹涌的起伏感。”

丹宁指指两侧墙上的衣镜：“这衣镜要营造折射感，一种幻影重重的折射感。”又得意道：“折射感和起伏感一起帮助你创造成就感，创造你在床上的成就感。”

丹宁得意地大声道：“这就好比你是一个艺术家，但此时你也必须是一个艺术家，你在床上创作一个艺术作品，你身下的女人就是你待要创造的艺术原品，你要通过你的艺术想象力和艺术手法把她变成你自己的杰作，你通过折射艺术和起伏艺术体现你艺术家高超的技能。这床和衣镜是一个道具，它提供给你一个表演的契机，它使你的表演博得精彩，它会使你信心十足和富有成就，但真正表演的成败还取决于你自己，取决于你自身能力，取决于你自身的那杆笔。”

丹宁在哈哈笑声中拍着三人肩膀道：“这就是我所说的在高质量生活中，一个家中人的因素的一个重要方面。拿我自身来说，我是一个拥有大手笔的艺术家，通过折射艺术和起伏艺术，完全体现出了我的高超艺术技能，把我的成就感发挥到了淋漓尽致。”

从丹宁家里出来的路上，炫五完全醉了，德良和楚迪架着炫五往回走。

炫五醉得跟一摊烂泥一样，脚蹬着太空步，但炫五的大脑似乎还是清醒的。炫五大着舌头一路上不停地骂着丹宁：“他妈的，什么他妈高质量的生活，什么他妈艺术家，什么他妈的大手笔，什么他妈折射艺术、起伏艺术，什么他妈的艺术品，我看丹宁他是个淫秽品！他现在是个淫秽品！妈的他比我炫五还淫秽，还下流！”

38

时间在不知不觉中进入四月份了。

四月份校红十字会要组织出去活动，活动的内容很广泛，涉及了救助、募捐和各种形式的献爱心活动。素心和德良一组。安排给他们的任务是，到普宁区凯丰路63号的熙京城乡仓储大超市去宣传突发事故紧急自救常识。

校红十字会一个负责人嘱咐德良说，城乡仓储大超市是今年初投入营业的，超市规模大，品种多，客流量大，由于刚刚运营又缺乏一些经验，所以一定要做好这个超市的火灾等突发事件的紧急自救宣传工作，尤其是要做好那些弱势群体——妇女、儿童和老年人的宣传。

出发那天上午，德良素心备好抢救人体模型器材，就去赶车了。他们商定，把这一天的工作分成两个部分。上午，向城乡仓储大超市的顾客散发自救常识传单。下午，利用人体模型做紧急抢救演示，随后再做灭火器的使用演习。

熙京城乡仓储大超市离熙京大学不是很远，乘公交车沿凯丰路南行半个小时就到。车上，素心显得很激动，她贴着车窗看外面掠过的景物，像个头一次出门的孩子似的，不停地问着德良：

“这是什么地方？”

“那幢大楼是干什么用的？”

“那儿挤那么多人是在干什么呢？”

对此，德良有的能回答上来，有的回答不上来。但德良知道，素心并不求他能给她回答这些问题，素心只求能和他在一起，能在一起说说话。或者即使不说话，只要和他在一起，她也会感到高兴的。

“素心，你妈妈的病怎样了？”德良问。

“是得了甲减，不过现在病情稳定多了。”素心轻叹一声，接着又高兴起来，“德良，我把你送的果脯带给妈妈，妈妈特别高兴，还说想看看你呢！”

“哦……”德良脸不禁一红。

“我把你跟爸爸妈妈说得可好了，他们特别想见你。”素心又说。

“唉，素心，我没你说得那么好，是你把我想得太好了，我……”德良不自然地说。

素心低下头，默默的，像在想着什么心事，耳鬓浮起一轮红晕，她把身子往德良身边靠靠。过了好一会儿，素心抬起脸，躲避着德良的目光，低声道：“德良，喜欢……我吗？”

话出口，素心整个面庞绯红一片。这是一张少女情窦初开纯情的脸，这是一张真情善良的脸，这是一张纯洁得不允许让人说“不”难以拂绝的脸。

望着这张脸，德良犹豫片刻，默默点点头。

素心精神为之一振，幽深的眼眸倏然间亮起一片晴朗。旋即，她重又低了头，用试探的口吻低声问：“德良，你……爱……”

“素心，做我妹妹吧！”德良急忙打断素心。因为他已意识到素心下一句要问什么，一旦素心话从口出，那将覆水难收。接受，意味着背叛绮霏。拒绝，意味着伤害素心。

素心的表情在此时一紧，有一片失望的阴翳掠过她面颊。素心低着头，没有说话，似乎在品味着德良这句话沉甸甸的分量，又似乎在想着一些更为久远的东西。

良久，素心轻叹一声，抬起头，脸上的绯红渐已散去。她冲德良释然一笑：“德良哥，我本来就是你妹妹嘛。”

德良也如释重负地笑了，打趣道：“素心妹妹，我该送你一件什么东西作为我们兄妹的见证礼物呢?”

素心白了他一眼，哂笑道：“把你的心给我吧!”

德良呵呵笑，按一下胸膛道：“拿去吧！只要素心妹妹高兴!”

素心一笑，照着他肩膀狠狠擂一拳，嗔道：“你就知道贫嘴!”

车很快行至凯丰路63号了。德良抱着人体模型器材和素心一起下了车，向城乡仓储大超市走去。

熙京城乡仓储大超市是一幢新建十层大楼。由于是星期天，所以一大早超市门口就人流熙攘了。德良素心在门口选了一个有利位置，取出备好的紧急自救常识传单，对前来超市的顾客进行散发。他们一边散发传单，一边就传单一些内容做着讲解，尤其对妇女儿童老人认真讲解，因为这些人是弱势群体，突发事故应对能力差，所以是他们的宣传重点。

这一天，天气格外热，有一种盛夏来临的感觉，没多久，德良就出汗了。抬头看对面的素心，素心纤巧的鼻尖也有细细汗珠渗出，可她却全然没有理会头顶炎阳，认真发着传单，耐心给顾客做着讲解。德良内心不由一阵感动。

“素心。”德良喊一声，放下手中传单，来到她跟前，抬起手，手指拭一下她鼻尖的汗珠，“累了吧?”

素心抿嘴笑笑，摇摇头。

“热吧？”

素心又摇头笑笑。

“素心，你在这儿等着，我马上回来。”德良说罢，往超市里跑去。

在超市一楼，德良买了一瓶矿泉水，买了一瓶葡萄CC果汁，然后，乘电梯，上三楼。

三楼经营日用百货。德良到一个专营毛巾手绢的柜台，他想给素心买块擦汗用的手绢。这里有各种图案的手绢，有印着小燕子飞翔的，有小花猫滚线球的，还有小朋友手拉手春游的。

在这个柜台，德良看到一块丝线绣着蝴蝶的洁白手绢，两只在草间展翅翻飞的大蝴蝶栩栩如生，使德良不禁眼前一亮，忽然想起第一次看到素心时，素心马尾辫上束着的那个紫绸蝴蝶结。于是，德良买下这块蝴蝶手绢。

跑下楼，到素心跟前，德良把葡萄CC果汁递给她，然后展开手绢，冲素心笑笑：“喜欢吗？送你的，拿着它擦擦汗吧！”

素心接过手绢，抚着上面那两只展翅翻飞的蝴蝶，若有所思。继而，她抬起脸，目光含笑问：“为什么给我买带蝴蝶的手绢？”

德良笑笑，指指脑后：“想起头一次见到你时，你马尾辫上束着的那个紫绸蝴蝶结。”

素心一阵咯咯笑。稍后，她敛敛笑容，道：“亏你还记得！好，那我就收下了。”

停了片刻，素心又看着德良的脸，幽幽道：“这块手绢就算我们兄妹的见证物吧！我要好好珍藏它。”

德良和素心又开始发传单，做讲解。

时间在不知不觉中接近晌午，包中传单已剩不多，上午工作基本完成了。想想此时是午餐时间，素心肯定也饿了，德良举目望望街对面，看到有一家餐馆，上面写着“小二包子店”。

德良到素心跟前，问：“饿了吧？想不想吃包子？”

素心精神一振：“想吃。哪儿有？”

德良指指对面：“就在对面，小二包子，我过去买点回来。”

素心高兴地笑了，道：“快点回来，我肚子饿得咕咕叫了。”

德良取出素心和自己的水杯，冲她挥挥手，就向街心人行横道走去。过了街，德良进了小二包子店，买了两笼包子，给两个杯子里接了开水，又沿原路往回返。

德良站在斑马线一侧，等待着道口绿灯亮起。这时德良已看到对面超市门口的素心了，素心正踮着脚，朝自己挥手，脸上露着灿烂的笑。德良也朝素心挥挥手。

就在这时，德良注意到自己身旁站着一位年逾七旬的老太。老人手里拎着一个购物袋，颤颤巍巍站在德良身旁，以风烛残年飘摇的身躯比兴着钢筋铁骨全盛的城市。德良心中不由涌起一些怜悯，这就是他今天工作宣传的重点对象——社会弱势群体。

“大娘好！”德良朝老太礼貌地道了一声。

老人似乎没听清德良说话，似乎她急于过路，并没在意有人说话。老人迈动颤巍巍的步子，沿着斑马线，往前站了站。

此时，正前方的绿灯还没有亮起，左右两侧路口的绿灯还没有熄灭，公路上还穿梭着来往的车辆。意外情况就在这时发生了。公路左侧驶来一辆银灰面包车，车从老人面前疾驰而过。

由于老人在斑马线上站得靠前了些，谁也不会想到，这辆从老人面前疾驰而过的车，它所挟带的气流，竟使老人一个趔趄跌倒了。

“大娘！”德良大喊一声冲过去。

他看到倒在地上的老太面色苍白，手捺胸部，口中痛苦地呻吟着。

“来人啊！”德良冲过路的人群喊。

“快来救人啊！”德良又大声喊。

一些人围上来，围观躺在地上不停呻吟的老太。

人群中有人出主意：“快找救护车，送医院！”

有人道：“快拨120急救电话，得赶快抢救！”

还有人道：“快联系老人亲属！问问老人是哪儿的，找她亲属！”

也有人提醒：“看样子是心脏不太好，在没搞清是什么病的情况下，大家别碰老人啊！赶紧找医生来！”

素心已发现这边出事了，也跑着过来，蹲在德良身旁，焦急地对他说：“咱们快把她送医院吧！”

德良点点头："对，咱们把她送医院去。"

不知是谁打的电话，120急救车不一会儿就到了。

车上下来几个穿着白大褂的医生护士，蹲在老人身边进行了简单的观察诊断，其中一个中年医生道："可能是心绞痛！"说罢，他冲围观群众问："谁是病人的亲属？"连问数遍。

人群里没有应声。显然，这里没有老人的亲属，也没有认识老人的人。

中年医生面露难色，蹲在地上犹豫着。很明显，他是在为某种医患关系缺乏保障而犹豫。当他再次焦急地把目光投向围观人群时，德良清楚，病人是一刻也耽误不得了。

"我是她亲属！我同你们一道去！"德良蓦然间升起一股勇气，自告奋勇道。

中年医生瞅了德良一眼，似乎有些怀疑，但病人危急，也顾不上多说，只对德良简单地一挥手道："跟我们一块儿到普宁医院！"

德良把水杯和包子给素心，对她道："到超市把人体模型器材收起来，送回学校，下午咱们不做了，我送病人去！"

素心着急道："我跟你一起去！"

德良嘱咐素心："你先别去了，把那些东西送回学校，等我给你电话！"

老人此时已被抬上救护车，素心还待再说，那中年医生却对德良招手："快点，车要开了！"

德良向素心挥一下手，匆忙上车了。

救护车一路急驶，不一会儿便到普宁医院。老人被送进急诊室。

经过紧急抢救，老人病情得以控制，神志得到了一些恢复。然后，应医生要求，对老人做进一步诊断。

德良和护士一道，推着老人做检查。医院给老人做了心电图、心脏X线、冠状动脉造影等六项检查。检查结果，老人得的是心绞痛急性发作。

德良看了一下检查费用，惊了一跳，检查费近七百元。德良心想，此事不宜耽误，得赶快联系老人的亲人家属。

看着神志渐渐清醒的老太，德良问：“您在哪里住？”

“小鸾庄。”老人无力地说。

“你家里有亲人家属吗？”

“有。”

“能告诉一下你家里亲人的电话吗？”

“嗯……”老太支吾着想着。

“6212×××。”老太答。

德良将电话号码记下了，照着这个号码拨了个电话过去。接电话的是个男子，德良将老太体貌特征和刚才发生的事在电话里简单说了一下。

这个男子惊声道：“那是我妈！我马上过去！”

没一会儿，一辆崭新的金杯轿车驶进普宁医院大门。从车上下来一个理着寸头的中年男子。这男子下了车就往急诊室跑，边跑边大喊：“我妈呢？我妈呢？”

德良在门口拦住他，对他说：“你妈现在没事了。刚才是我给你打的电话。”随后，德良把医疗费用情况跟这男子讲了一下。

还未等德良说完，这男子就一把推开他，道：“我要去见我妈！”

男子冲进急诊室，四下里找。德良只好领着他去见老太。

娘儿俩见了面，那真是分外亲热。儿子看老娘安然无恙，眼泪汪汪地握着老娘的手，一时之间都不知该说些什么好，那情景真是达到了“执手相看泪眼，竟无语凝噎”的地步。德良不忍心看这样感动的亲情场面，便打算悄悄出去。

这时，儿子抹了一把泪眼圈，问老太：“妈，是谁送你到这里来的？”

“是他。”老太指指德良的背影道。

德良转过身，冲老太和老太的儿子谦和地微笑一下。

儿子没有理会德良的微笑，而是又抹把泪眼圈问老太：“妈，你是怎么摔倒的？”

老太又指指德良：“是他！”

德良心底蓦地一惊。

儿子几把擦干眼泪，接着问老太：“是他怎样？妈，你说，别怕！”

“是他把我推倒的！”老太声音弱弱地道。

老太终于说出了一句让德良听得心惊肉跳的话，这句话像子弹一样洞穿德良的心脏，他有一种灵魂出窍的感觉。

“小子，你他妈的找死呀！敢推倒我妈！”中年男子一个箭步冲到德良跟前，揪住他衣领，挥着大拳头怒不可遏。

“我没有！”德良挣着男子抓衣领的手，哑着嗓子辩白。

不知是男子扼德良脖子太紧，还是此时德良已被事情的突变惊得不知如何是好，他只感觉嗓子眼里像塞了一块铅，堵得自己说话是那么困难，为自己辩解是那么无力，他辩白的声音暗哑得几乎连自己都听不清楚。

“小子，看我不揍扁了你！”男子挥着拳头在德良眼前晃着。

“我没有！”德良挣着男子抓衣领的手，继续暗哑着声音做着这样无力的辩解。

此时此刻，德良真正能体会到一个人背负不白之冤的萧条凄冷心境了。而此时，德良背负的不只是不白之冤，而且是一个以怨报德，德良的心境此时更是一落千丈，他有一种欲哭无泪的感觉。

“儿子，别打他！”老太这时发话了。

“儿子，他推倒妈这事就算了，医院检查也出来了，妈没事，让他把医药费和检查费给付了吧！”老太弱弱地发话吩咐。

听了老太吩咐，男子扼衣领的手一紧，怒目圆睁对德良道：“便宜你小子了！看在我妈的分上，这顿揍先记着！付医药费检查费！”说罢，一把将德良推开。

“哪儿的？”男子凶着声音问。

“熙京大学的。”德良揉着被扼疼的脖子喘息着说。

男子听了愣一下。熙京大学蜚声海内外，普宁区民众没有不知道熙京大学的。但男子旋即恢复了刚才的表情，严厉道：“熙京大学？哈佛大学也不行！推倒我妈就得赔！”

随后，男子又换上一副奸诈笑脸：“看你还是个学生，也没什么钱赔得起，但这事你们学校得负责任！”男子边说着，边从裤兜里掏手机。

“你们学工处的电话？”男子硬声问。

“不知道。”德良答。

“校长办公室的电话?”男子硬声问。

“不知道。”德良答。

男子睨了德良一眼，把手机掂在左掌心，拇指开始摁键，边摁边嘴里轻蔑道:“你不说!你不说我就不会查吗?我查114。”

114查号台很快为这位男子查到了熙京大学学工处电话、校长办公室电话。

男子把电话放耳边，眼睛悠哉游哉地看着德良，对电话那端道:“喂，是熙京大学吗?……啊，是这样的，你们学校有一名学生，今天中午，在街上，推倒一名老人，老人摔得很重，住进了医院。……在什么地方?啊，是在凯丰路的城乡仓储大超市附近推倒老人的。……住进了哪家医院?啊，现在在普宁医院，那名肇事学生也被我扣在了普宁医院。……我是谁?啊，我是老人的亲属。请你们校方赶紧过来一下，处理一下此事。”

男子说罢，悠哉游哉地冲德良奸诈一笑，道:“等着吧，一会儿你们学校派人过来。但不管谁过来，你们赔我老妈的损失这是肯定的了。”

过了没多久，熙京大学学工处来了两名负责同志。

学工处的同志先同德良了解了一下情况。德良这时已从刚才事情突变的惊厥中渐渐平静下来。他明白了，面前这对母子这种以怨报德的做法最终目的就是想讹诈一笔医药费和检查费。德良如实地把事情来龙去脉向学工处的同志说了。末了，德良补充了一句:“我真的没有推倒老人，是她自己摔倒的，他们是想讹我!”

“什么?小子，你说什么?是谁想讹你?我看你小子不揍不行!”男子大怒，冲过来就要打德良。

学工处的同志赶紧拉开。一位同志问男子:“魏德良同学推倒老人，你看见了?当时在场的人有谁看见了?”

“我没看见，我是后来赶过来的。当时在场的都是一些过路人，没谁看见，谁也没注意到。”男子道。

男子顿一下，指着德良对这位同志说:“这个学生推倒我老妈，我老妈看到了。我老妈是唯一的目击证人。不信，你去问我妈。”

学工处的这位同志轻笑一声，没有吭气。

男子瞅着这位同志，逐渐厉色起来，大声道：“你们难道不相信我说的话？那你们说，这个学生没推倒我老妈，你们有何证据？在场的有谁看到了？你们找呀！有谁看到他没推倒我妈？找到了我就放人！我赔礼道歉!”

男子又大声嚷嚷：“你们找呀！你们找不到了吧！你们说，那他没推倒我妈，自己没觉得理亏，为什么他会把我妈送到医院里来？我和我妈都不认识他，他为什么这么好心？你们说，他干吗这么好心！你们说，我妈这么大一把年纪了，她会冤枉一个孩子吗？她会和一个孩子一般见识吗?”

男子振振有词地大声演说着，理由针砭不透，水泼不进。

学工处的两位同志和男子交涉了一会儿，但是，交涉的结果徒劳无益。

一位同志拍拍德良肩道：“魏德良同学，情况我们基本掌握了，你先回学校去吧，我们留下再做进一步的调查解决。”

中午，德良回到宿舍。刚进门，接到素心一个电话，素心在电话那端关切地问：“把她送到医院了?”

“送到了。”德良沉郁着心情答。

“她没事吧?”

“没事。”

“德良，我把包子给你送过去，你还没吃饭吧?”

“素心，你留着吃，我不饿。”

“听声音你好像很累，是不是生病了?”

“没有，我没生病。”德良沉郁着心情道。

“听着你好像有什么心事，是发生什么事了吗?”素心猜测着问。

“没有，没什么事。我只是想睡一会儿，感觉身上很乏。素心，你也好好吃点饭，休息一会儿，我先挂了。”说罢，德良同素心说了一声再见，就挂断了电话。

德良没有吃饭，也没有午睡。他吃不下，他睡不着。他躺在床上，大脑空空的，身体瘪瘪的，仿佛一只挂在树枝上风干的蝉蜕，在风中呜咽地哭逝着自己游离的肉躯。

下午三点多钟，校学工处来了通知，让德良到学工处去一趟。

接待德良的学工处同志，是中午去普宁医院的其中一位。德良到了才知道，这位同志也姓魏，同德良一个姓。

魏同志把德良拉到楼道一个僻静地方，然后对他低声说："德良同学，中午的事情处理完了，处理结果是学校为那位老人支付了全部医药费和检查费。你的这个事情学校主管领导已经知道了，领导让我找你谈谈，重要的是教育教育你。"

话至此处，魏同志顿了顿，长叹一口气，语气深长地道："教育你什么呢？这事我们还看不出来吗？这件事错不在你。我们唯一能教育你的就是，以后做事多留个心眼儿，人心叵测。"

从魏同志那里出来以后，德良步履沉重地行走在熙京大学办公楼区间，高耸林立纵横交错的办公楼让德良恍若步入迷宫。抬头看天，天上日头明晃晃的有些闪眼，德良有一种头晕目眩浑然不知身在何处的感觉。如魏同志所说，事情的错不在我，那事情的错在谁呢？如魏同志所说，做事以后多留个心眼儿，人心叵测。那我以后遇到这样的事情该怎么办呢？

39

五月来临了。五月是一个杨絮纷飞的季节。大街小巷烂漫飞舞的杨絮迷乱着每一个人的视线。

三叶草文学社要出去行动了。拿楚迪的话来说，文学既要源于生活，又要高于生活。所以，三叶草文学社全体社员应楚迪社长的号召，都要深入到生活中去，到生活中去寻找写作的素材。

冉然顺理成章地和楚迪到了一个活动小组。他们选择的活动地点是瑞香园，到瑞香园去看一看燕中都遗址。燕中都遗址，熙京人俗称"土阙"。

出发那天，空中依然漫舞着成团的杨絮，飘飞的杨絮遮蔽着阳光，整个世界被搅得灰蒙蒙的，不太明朗。楚迪和冉然并肩往东校门走，他们要去乘坐331路前往瑞香园的公交车。

“社长，我们选择燕中都遗址，是为了过去的那段历史吗?”冉然微笑着侧过脸问楚迪。在五月这个上午，冉然一双灵动的眼眸给这个杨絮弥漫的世界燃起一片亮色。

“是啊，那段曾经辉煌的历史可以激发起我们想象的热情。”楚迪微笑着答。

“社长，你相信历史?”

“怎么?冉然，你不……”

“不，我只是怀疑。”冉然笑笑道，“自从那次文学沙龙有了小丑那番话，我就在想，社会上的法律、政策、道德如一只看不见的手，在许多事情上操纵着我们，我们丢失了原本的自我，无法认清原本的自我，我们的自我都是被驯化了的自我。而对于我们耳濡目染的历史，又何尝不是一样呢?我们敢确定我们在书中所读到的历史就是真正的历史全貌吗?”

“可是，教科书中的历史是经过许多考古学家和历史学家所精心考证过的呀。”楚迪道。

冉然点点头：“不错，教科书中的历史是经过许多人精心考证过，难道这样就没有人为的主观因素在内了吗?历代史官和史学家都可以有选择地编纂历史。历史上每朝每代，也可以根据他们政治意图来决定什么样的历史成为他们朝代的历史。然而，过去的目击者消失了，许多历史证据都变迁或被毁坏了，我们所接触的历史只是一个被别人精心陈述的历史。”

听了这番话，楚迪思忖着点点头，笑道：“冉然，你进步了!”

话说着，已出了东校门。

楚迪和冉然找到331路公交站牌。这一天，331路等车人要比往常多一些，在站牌附近站了一大群。

等了一会儿，车驶过来了。等车的人群出现了骚动。车刚进站，还未停稳，有些人就迫不及待地跳下站台，围住车门急攘攘地跟着车跑。

这时，售票员从车窗探出头，挥着手大声喊：“车进站了!闪开!闪开!”

可那些人如没听到一样，依旧紧紧守住车门跟着车跑。公交车只好缓缓地勉强靠近站台。车停稳，车门打开，人群汹涌上车。

在这种情形下，有一个人的鞋子被踩掉了，在人群里急声喊："我的鞋！我的鞋！"回身捡鞋。后面的人却哪里顾得了他，蜂拥而上，把这人挤得东倒西歪，掉在地上的鞋始终难以捡起。

有一个人脾气比较大了点，上车时被后面的人冷不丁往前一攘，却偏偏停在那里不走了，回过头对身后的人凶道："你丫的挤什么挤？不知守点道德呀！"

他身后的人立刻回应："谁不守道德了！谁挤你了！是后面人挤的！后面人挤到我我才挤到你！"

他话音还未落，却立刻有不满的声音从后面传来："前面丫的，这儿是你们讨论道德的地方吗！你们上不上车啊！不上车让开，别挡住车门！"

还有更不满的声音："挡他妈前面干啥！好狗不挡道！"

前面那人一听立刻火了："他妈的，刚才是谁骂的？妈的我削你丫的！"

售票员这时又从车窗探出头来，手指吵架的人："都别吵了！一个一个上，别挤！听见没有！你们还想不想走啊！"

在售票员斡旋下，吵架的终止了吵架，气咻咻地往车上攀。掉了鞋子的这时也从地上摸到了鞋子，趿拉着鞋子跟在人群后面上车。待全部乘客都上车后，车门刚好能关上。售票员冲前面司机招呼一声："走——"公交车满载乘客驶向下一个站点。

由于车里挤了个水泄不通，楚迪和冉然的视野几乎全被周围乘客挡住了，他俩的目光只有集中在身旁座位一个青年身上。这是一个二十多岁的男青年，剪着毛寸头，脸上皮肤保养得又细又嫩，看样子像个土生土长熙京人。他闭着双目，耳里塞着耳麦，脑袋在陶醉地轻摇慢晃，似乎在享受音乐，车里的拥挤状况他似乎浑然不知。

楚迪和冉然注意了男青年片刻，不由得相视会意一笑。男青年的表情举动无疑给他俩在拥挤不堪中带来了小小的一点乐趣。与此同时，楚迪脑中还篡改了卞之琳的小诗——享受音乐的人在拥挤的交通车里享受着音乐，车里的人在享受着享受音乐的人。想到这一句，楚迪不禁哑然失笑。冉然似乎也得到一些感应，"扑哧"一声也俯首乐了。

“四营坊到了。”售票员大声报站。331公交车在四营坊站牌前缓缓停下。

车门打开，车上下去三四个人，却又紧跟着上来三四个。楚迪注意到，上来的这几人中，走在最后的是一个戴着宽边墨镜的中年男子，他手中握着一支黑色手杖，步履有些蹒跚，手中的手杖在他面前目标试探性地频繁乱点着。

这个男子视不见物。楚迪有着这样的感觉。

男子手杖触到车门，然后蹒跚着抓着车门把手上车。这时，售票员发话了，她大声对着车内乘客喊：“哪位乘客给这位残疾同志让个座？”

话一出口，车内许多人都把目光齐刷刷地聚到这个戴墨镜男子身上。哦，这是一位残疾人！他是个盲人！

出于一种不自觉的感情流露，楚迪给这位墨镜男子让出一些空地，并搭上双手扶了他一下。男子的身子有些僵硬，这种肢体感觉告诉楚迪，他对周围的环境确实麻木。

“哪位乘客给这位残疾同志让个座？喂！前面这位同志，你给这位残疾同志让个座！”售票员喊了两遍，看没人应，就直接点名楚迪身旁那位听音乐的男青年。

男青年耳里塞着耳麦，正在享受音乐，售票员的话他当然没有听到。楚迪情急，捅了一下这男青年：“哥们儿，说你呢！”

男青年停止了享受，睁开眼，摘下耳麦，如梦方醒地看着楚迪。

售票员又冲这男青年道：“喂！这位同志，请给这位残疾同志让个座！”

车里许多人又都把目光齐刷刷地聚在这男青年身上。男青年终于明白过来是什么事，他看了一眼墨镜男子，鼻子里哼了一声，在众人目光中，不情愿地从座位上站起，不情愿地离开座位。

楚迪扶墨镜男子坐到这张座位上。墨镜男子把手杖放在身旁，神色木然地直面着楚迪，直面着对面乘客。

透过墨镜男子黑色镜片，楚迪隐隐约约能看到他的眼睛。这是一双与正常人相差无几的眼球完好的眼睛，只是眼神中略现一些空洞。

不知这男子得了什么眼病？竟使这样一双眼球完好的眼睛不能视物，楚迪兀自在想，转过脸来看冉然，冉然也正目不转睛地盯着墨镜男子一张脸看。

“冉然，还不知他在哪个站下车呢？”楚迪指指墨镜男子小声说。

“是啊，不要让他坐过站了，咱们问他一下吧。”冉然也低声对楚迪说。

售票员此时也意识到了这个问题，她提高声音对墨镜男子道：“请问一下刚上车的这位同志在哪一站下？”

墨镜男子似乎没有听到售票员的话，依旧端坐在那里，神色木然。

楚迪又情急，他捅捅墨镜男子：“同志，请问一下，您是在哪站下车呀？”

“瑞香园。”墨镜男子闷声答。

哦，瑞香园。正好楚迪冉然也在这一站下车。楚迪冲冉然笑笑，然后指了下墨镜男子朝售票员大声回道：“他在瑞香园下车。”

售票员朝楚迪点点头，算是回应。

车在行行停停中已走过钟府路口，楚迪算计着，再过五站，就到瑞香园了。

虽然此时刚刚进入五月，但熙京的天气已经很热了。公交车里人多拥挤，没过多久，楚迪就汗湿沾衣了。冉然脸色红扑扑的，额头有细细的汗珠渗出。

楚迪从书包里取出一个硬皮薄本，递到冉然手中：“冉然，扇扇吧！”

冉然感激地一笑，捏着薄本在脸前频频扇起来。

车又行了一段路程，在一个站牌前戛然停下。车门打开。

“瑞香园到了！到瑞香园的同志请下车！”售票员高声报站。

楚迪对座位上的墨镜男子道：“瑞香园到了，我扶你下车吧！”

墨镜男子没有吭声，而是摸身边的手杖。握手杖在手后，墨镜男子站起来，手杖点着他前方地面开始下车。

楚迪在墨镜男子臂弯里搭上一只手，扶紧他，边往下走边大声对下车乘客讲：“大家让一让了！让这位盲人同志先下车！”

下车乘客看到楚迪搀的盲人，纷纷让道，楚迪扶墨镜男子小心翼翼下车。

下了车，楚迪扶墨镜男子站定，对他道：“你要去哪儿？我送你一程吧?”

墨镜男子直面着楚迪，木然地摇摇头，闷声道：“我自己走，这条路……我……很熟。”言罢，推开楚迪搭在他臂弯里的手，手杖熟练点地，沿着步行道径直朝东走去。

墨镜男子离去的方向正好是楚迪和冉然前往土阙的方向。

楚迪还待追上墨镜男子再说，冉然一把拉住他，微笑道：“看样子他经常走这条路。他都说很熟了，你就不要再帮他了。”

楚迪于是不再赶那男子。冉然拉一下楚迪：“社长，咱们慢慢走吧！前面过两个路口，就到土阙了。”

楚迪和冉然沿着这条步行道缓缓踱着。在他们前面不远，那个墨镜男子仍在手杖点地地搜索着前进。

走了没多远，道边有个报刊亭，冉然一拉楚迪的手，笑道：“社长，走，过去看看有什么书刊杂志!”

在报刊亭前站定，楚迪看到亭前架板上摆满了各种报刊杂志，有他熟悉的《熙京晚报》、《北方周末》，还有一些他不太熟悉的报刊杂志。冉然从架板上拿起一本《时尚》，随便翻看起来。

瑞香园这一带的毛白杨很多，所以，杨絮在这里恰如五月飞雪一般不分方向地漫天飞舞。它们模糊着人们的视线，混乱着人们的思绪，让人产生淡淡的忧愁。它们在丛草间、路阶下、报刊亭摊上飘动着、翻滚着，敛集成大团大团鹅绒一样测不出揣不透的悬疑的东西，敛集成一种剪不断理还乱的轻飘飘软绵绵的哀怨的东西。

冉然从《时尚》上抬起目光，刚才那位朝东而去的墨镜男子的背影此时正好收入她视野。冉然惊讶地发现，此时，墨镜男子的脚步已不再迟缓，也不再蹒跚，脚下步伐却硬朗起来，矫健起来。更令冉然惊讶的是，墨镜男子在又走出一段距离后，他竟然收起手杖，脚下健步如飞起来。从背影上看，这位墨镜男子与正常人并无两样，而且略有过之。

一种伪设的本末倒置的悬疑跃然闯入冉然的脑海，冉然与此同时做出了一种近乎玄虚空灵的猜测。

此时，墨镜男子已行至转弯路口的一面红墙旁。他停下来，回过头，如间谍一样警惕地向身后扫视了一眼，然后拐过红墙，向南去了。

冉然放下《时尚》杂志，一拉楚迪的手，急声道："社长，跟我来！"

冉然拉着楚迪飞速跑到路口红墙边。冉然像一个革命年代负责跟踪的地下党员，把头悄悄地从红墙拐角探出，她看到那个墨镜男子已南行至路边一处人工草丘旁。

男子停在草丘旁，又向四下里看了看，发现没有异常，然后他一步跨上围砌草丘的矮墙，向草丘另一侧走去。

冉然拉着楚迪，沿着墨镜男子刚才走过的路线疾速飞奔，一直到草丘矮墙边停下。草丘上有人工培植的旺盛的草皮，其间还生长着许多已满成年的榆树。冉然和楚迪看到墨镜男子踏着草皮在榆树间穿行，他的身形轻捷如风。

在墨镜男子拐过草丘的一瞬间，冉然拉着楚迪跃上矮墙，踏着草皮，迅速跟了过去。在即要拐过草丘的一株榆树旁，他们伏了下来。然后，冉然和楚迪从榆树后悄悄探出头来看。

墨镜男子就在距他们不远地方站着。

冉然和楚迪看到，在墨镜男子的对面，这时却站着一个抹着性感红唇的妖艳的女人。

女人咧着性感红唇冲墨镜男子咯咯乐，她把两条胳膊环在墨镜男子脖子上，笑道："杰哥，你又要这套花样了？"

"不要这套花样怎么跟你约会呀？"墨镜男子摘掉墨镜，在女人红唇上大大亲了一口。

女人哈哈浪笑，道："杰哥，车上的人又很多吗？"

"多！能少得了吗？看看那些没座位站着的人，累得臭死！一挤一身臭汗！"杰哥奸险地笑道。

"杰哥，他们又都纷纷给你让座？"女人兴味盎然问。

"那当然，他妈的老子是残疾人，老子是盲人，天经地义，谁有理由不给老子让座！"杰哥一拍胸脯奸笑道。

"车票也省了？"女人继续兴味问。

"那当然，他妈的老子是残疾人，老子是盲人，天经地义，谁有理由坐公交车跟老子要票！"杰哥又一拍胸脯道。

女人又哈哈浪笑，竖着大拇指道："杰哥，你真能！我真算服死你了！真不知你是残疾人、是盲人，还是那些让座的人是残疾人、是盲人？真不知是你瞎了眼了，还是那些人瞎了眼了？杰哥，你真能！我真算服死你了！”

“行了，你他妈少那么多废话吧！还不都是为了过来跟你约会吗？赶紧走！看电影去！《泰坦尼克号》快开演了！”杰哥奸笑着谩骂着女人，掏出一串钥匙，迅速打开锁在榆树下一辆自行车的链子锁。

杰哥推着自行车向草丘下走，走到草丘矮墙边，他扛起自行车，跨过矮墙。然后，他骗腿上车，在车座上坐稳，一只脚撑着地面，冲身后妖艳女人一挥手：“上车！”

妖艳女人乐呵呵地跃身坐在后座上，她抚着杰哥的肩妖媚道：“杰哥，你机智勇敢！坐上你的‘泰坦尼克号’，我们永远都不会沉没！”

杰哥哈哈大笑，脚使劲一蹬踏板，自行车扭扭晃晃沿着矮墙驶了出去。在自行车驶至楚迪冉然最近的那一刻，楚迪冉然清楚地看到了杰哥那双完好但却阴冷奸佞的眼睛。

从草丘上下来，楚迪和冉然没有前往土阙，而是沿着瑞香园一条不知名的街道走着。他们默默走着，不知走了多远，也不知走了多久，他们只感觉到日影已斜过西天，不分方向漫天飞舞的杨絮把日头搅得灰蒙蒙的，太阳可怜地躲在飘摇的飞絮中，一颤一颤的，如一个惊厥病人噩梦初醒时苍白惊悸的脸。

楚迪和冉然拖着沉重而疲惫的步伐，默默地在街道上走着，他们的发间和眉间已沾满了凌乱的飞絮，远远看去，莽莽苍苍的，似乎是从迟暮岁月里走出来的两个世纪老人。的确，他们的心在此时亦是非常的苍老，非常的疲惫，非常的不堪重负。

“社长，我们写首诗吧！”冉然道。

“嗯，写一首吧。”楚迪道。

“写首什么诗呢？”冉然道。

“就写一下自己今天感触最深的吧！”楚迪道。

“那，就写首《眼睛》吧！”

在楚迪后来的回忆中，他在《眼睛》中这样写道：

五月
飞雪一样的杨絮
漫天飘来
不分方向

飞絮遮蔽了人的眼睛
迷乱了人的视线

有一双眼睛闯入我的视线
这是一双完好健全的眼睛
但
架在鼻梁上的墨镜
和手中的盲杖
使他被理解为一个盲人
和一个生活中的残疾人
一个受援助的对象

一种欺骗在众目睽睽之下进行
一种愚弄在道义之上得意狞笑
盲人是乔装而成的盲人
明眼人成为实际意义上的盲人
良知遭到了践踏
德性在此时颠覆

人，再次
为自己眼睛的
短视
扼腕叹息

人常说，眼睛

是心灵的窗户
这样奸佞的眼睛
装配在怎样的心灵上
我，无法想象

五月
弥漫的飞絮
幻化成
测不出、揣不透的
浓厚的
悬疑

五月的飞絮
敛集成
绵绵的，剪不断的
哀怨
纷纷扬扬而来
不知从何而来
凄凄惶惶而去
不知到何处去

五月
飞雪一样的杨絮
不分方向飘来
它蒙蔽了人的眼睛
堵塞了人的思维
紊乱了人的神经

五月
荒诞不经的季节里

40

“雨荷，我们去哪里?”炫五紧跑几步撵上申昕。

“你说呢？我想听听你的意见?”申昕停下脚步微笑着看着炫五。申昕清澈的眼眸和光洁的皮肤给飘絮的五月带来一片晴朗。

“雨荷，你说?”炫五凑近申昕。

“打住，炫五，在外面不准喊我雨荷。”申昕提醒道。

“梦幻雨荷。”炫五立即纠正。

“听清楚了，炫五，在文学社里可以这么喊，在外面不准喊我雨荷或梦幻雨荷！我有名字，我的大名叫申昕，听明白了没有?”申昕板紧面孔，大声提醒着炫五。

“啊，好，好，听明白了，在文学社里我可以喊你雨荷或梦幻雨荷，在外面不能这么喊，在外面得喊你申昕，是这意思吗?”炫五看着申昕一张俏脸明确道。

“是。”申昕坚定如铁答，又点着炫五鼻尖道，“炫五，这次文学社出来活动，我本没想着跟你一组，是你死缠着硬要跟我一组，是你的一厢情愿，对不对?”

“啊，对，对，是我的一厢情愿，是我死缠着硬要跟你一组，这行了吧？申昕小姐。”炫五连连点头。

“什么申昕小姐！”申昕点着炫五厉色道，“听着炫五，不要跟我嘴贫，否则咱们分道扬镳，你走你的阳关道，我走我的独木桥，以后别再说话，更别说出来活动，听懂了吗？炫五。”

“啊，听懂了，申昕小……不对……是申昕同学，申昕同学。”炫五又险些失口。

申昕又点着炫五：“跟我出来，你最好注意仪表，注意谈吐，不要在我面前搞那个标新立异举动，你说你有什么标新立异的呢！染个头、烫个发，牛仔裤上穿个破洞，这就标新立异了？我最看不起这样的人了，你要是这样的话，就离我远点，我丢不起那人，懂吗?”

炫五连连认错："懂，我懂，那我现在把这头发剪了去，剪成秃子，这样你满意了吧？"

"好了，今天要出去活动，就不用了，以后注意！"申昕终于露出一点笑容。

"那，我们去哪儿活动？申昕。"

"你说呢？"

"我教你跳舞吧？拉丁舞、摩登舞、锐舞、街舞、芭啦芭啦舞，我都会跳，你想学什么？我来教你吧？"炫五提议。

"不跳，不想学。"申昕摇摇头。

"那你想干什么？要不我教你玩滑板吧？或者教你玩滑轮，咱们到弗朗西斯·培根大广场去跳双人组合滑轮舞怎么样？"炫五又提议。

"喂，炫五，你能不能别老是玩玩玩的，你都多大个人了，还是玩滑板、玩滑轮，我们现在是出去活动，这是文学社的活动，不是让你去玩，懂吗？"申昕大声提醒着炫五。

"啊，好好，我懂了，我们不是出去玩，是出去活动，那咱们去哪儿活动？我听你的，你说去哪儿我就跟着去哪儿，我唯你的马首是瞻。"炫五笑眯眯道。

申昕想了想，冲炫五微微一笑："炫五，咱们去义务劳动怎么样？"

"行呀，劳动就劳动，有什么不可以的，我正想活动活动身子骨呢！"炫五夸张地扭动了一下腰肢。

"那咱们到外面找家餐厅或饭馆，到那里去义务劳动，体验一下那里的生活，怎么样？"申昕兴致道。

"好呀，体验餐厅饭馆火热的生活，还可以在那里打打牙祭，岂不美哉？"炫五又笑嘻嘻地凑到申昕跟前，"申昕，我正想着中午该请你到哪儿吃饭呢，你看，我没说你倒先说了，说吧，申昕，咱们到哪家饭馆去吃？"

"炫五，我们不是为了去下馆子吃饭，我们是为了体验那里的生活。"申昕蹙了一下眉纠正道。

"好好，咱们是去体验生活，你说吧，咱们去哪家饭馆体验生活？"

"炫五，南巴旗桥去过没有？"

“没有，南巴旗桥在什么地方？”

“出咱们学校往北走，骑自行车大约二十分钟路程。”

“啊，这么远！咱们跑那么远干吗去呀？”

“南巴旗桥那儿有一家阿诗玛饭馆，我去年寒假前和班里同学在那里聚过餐，那个饭馆老板是我们云南曲靖人，我认识。”申昕道。

“哦，是你们老乡开的饭馆啊！”炫五嘻嘻笑道，“好好，那咱们就到这家阿诗玛饭馆去义务劳动，给你家老乡干活，这叫肥水不流外人田。”

“什么肥水不流外人田！”申昕严肃道，“炫五，你思想觉悟高点行不行？哪儿来的外人田？我们给谁义务劳动都是一样的，只不过阿诗玛饭馆我熟悉些，所以就想到了这个店。”

“啊，好好，是我觉悟低，给谁义务劳动都是一样的，天底下的劳动人民都是一家人，那咱们现在就向阿诗玛饭馆开拔吧！”炫五笑嘻嘻道。

“嗯，那现在去赶车吧！”

炫五又想了想：“骑自行车二十分钟的路，也不算太远，我们就骑自行车吧！我找辆自行车带着你，咱们沿途还能熟悉一下民俗生活！”

申昕顿一下，点点头：“嗯，也行，那你去借辆自行车吧！”

炫五“哎”地应答一声，乐颠颠地找车去了。

申昕举步走到一棵熙京丁香树下，一边等着炫五，一边欣赏着这株正值花期的丁香树。大朵大朵白色丁香花开满枝头，玲珑剔透，娇嫩逼人，浓郁醉人的香气沁入人每一寸肌肤，使人产生一种清清凉凉羽化成仙的感觉。极目眺望，飘飞的杨絮却仍然弥漫于整个天空，刚刚浮起的那种清凉感顷刻之间又折翼坠落。

没等多久，炫五骑一辆自行车回来了。车到近前，炫五一只脚撑着地，冲申昕笑嘻嘻招手：“申昕，上车！”

申昕侧身坐在后座上。炫五紧踩几步，自行车向北校门驶去。

出了北校门，汇入如流自行车道中，周围都是陌生面孔，轻风拂面，炫五不由兴致大起，脚下蹬车，嘴里不自禁唱起来：

哎——今天是个好日子，心想的事儿都能成，今天是个好日子，打开了家门咱迎春风……明天又是好日子，千金的光阴不能等，今天明天都是好日子，赶上了盛世咱享太平……

炫五唱的是热歌《好日子》。坐在后面的申昕听炫五兴致唱着，抿嘴乐。

一曲唱罢，还待再唱，申昕一记粉拳砸在炫五腰眼上，斥道："别现眼了，狼都快被你招来了！你看看，人们都在看你呢！"

炫五注意一下周围，发现果然有不少人停下脚步用好奇的眼光盯着他们看。炫五一笑，止住唱腔，脚下紧蹬几步，向街的深处驶去。

由于空中飘飞着浓重的杨絮，车辆能见度低，所以道路上就多了一些指挥交通的警察。在十字路口，炫五看到一个叼着哨子挥着小旗指挥交通的交警，侧过脸，在嘈杂声中提高声音对申昕道："申昕，你知道我小时候的理想是做什么吗？"

"你的理想？你的理想不是跳舞吗？是做个舞蹈家吧？"申昕也大声回应。

"唉，不对，跳舞那是我妈妈的理想，她是跳舞的，也逼着我学跳舞。跳舞那不是我的理想。我的理想说了你总不会相信，我小时候的理想是当一名警察。"

"当警察？"申昕愣一下，不自主地瞟了一眼道路上值勤的交警。

"对啊，当警察，这是我小时候的理想。"炫五大着声音回味着，"小的时候，我看过一些电影电视剧，里面的警察勇敢机智，沉着大胆，与不法分子殊死较量，他们有的是孤胆英雄，有的是喋血勇士，我为他们的光辉形象所深深打动，所以那个时候我就特想当一名警察。"

"那你现在还想当一名警察吗？"申昕问。

"唉，后来考上熙京大学了，学了舞蹈专业，我的这个当警察的理想似乎离我越来越远了，这个当警察的梦似乎再也难圆了，但对警察这个职业的情感却一直扎根在我心底，如果再给我一次选择职业的机会，我一定要当一名警察。"炫五不无遗憾地说。

"哦，你这么想当一名警察呀？"申昕笑道。

"是啊，当警察多神圣呀！当警察，为人民服务；当警察，做人民的公仆；当警察，维护社会治安；当警察，严格公正执法；当警察，同不法分子做斗争；当警察，为文明社会创造良好的形象。”炫五大着声音说。

“哦，炫五，真看不出来，原来你还有这么高的思想觉悟呀！”申昕笑道。

“咳，这算什么！这只是我崇高思想觉悟中的一小部分！你没看出我的地方还多着呢！你等着瞧好了！”炫五洋洋自得道。

“咳，你说这人呐，怎么经不住夸呢？夸他两句，他就上竿子了！说他胖，他还真就喘上了！”申昕调侃炫五。

听了申昕的话，炫五哈哈乐着一打车铃，脚下紧蹬几步，超过了前面一个慢悠悠的骑车人。

“站住——下车——”

炫五蓦地听到有个人冲自己一声喊，随即看到从道边突然穿出一个人，站在自行车道间，手点着自己。

炫五一惊，为了不至于撞到这个人，他手捏车把，来了个紧急刹车，自行车不由自主地朝右歪了一下，这时右侧却有一个骑车人从旁驶过，炫五又急往左拐，这样一来，他的车身就不稳了，自行车像一面墙一样朝右侧倒下去。

炫五半叉在倒地的自行车上，没有完全摔倒。申昕却完完全全坐倒在自行车后轮圈上。

炫五一时大为光火，他站直身子，正要痛斥这个突然闯出的不速之客，但这个不速之客这时却已站在炫五面前。

炫五定睛一看，站在他面前的原来是一名警察，穿着警服，铁板的面孔上戴着一副遮阳墨镜。墨镜警察手点炫五，硬声道：“还带！还带！”

炫五有些恼火，也有一些莫名其妙，他直视着墨镜警察，也硬声道：“还带什么？你看你把我们俩都弄摔倒了，你还有理在说！”

“还带什么？——还带人！这儿车多，自行车不准带人，听懂了吗！”墨镜警察硬声道。

“那你也不能指示都不打突然穿过来吧！你看你把我们俩都给弄摔倒了！”炫五边说着，边拉申昕起来。

申昕皱着眉，表情有些痛苦，显然这一下给她摔得不轻。

炫五看着申昕的脸，焦急地问：“摔痛了吗？”

申昕咬着唇，摇摇头，没有言语。

炫五有些气急，直面墨镜警察，大声道："你不打指示就从道边突然穿过来，把我俩都给弄摔倒了，你说怎么着吧？"

听了炫五的诘问，墨镜警察铁板的面孔掠过一丝惊讶，惊讶过后，面孔上又挤出一丝轻蔑的笑容。他凑近炫五，不阴不阳地揶揄道："那我还有错啰？"

"当然你有错！你没看到那牌子上写着'禁止斜穿猛跑'吗？"炫五生气地指了一下道路提示牌。

炫五的表情举动激怒了墨镜警察，他抬起戴着白手套的手，点着炫五硬声道："哎呀哈！你还给我上起课来了！带人，下车！听懂了吗？"

墨镜警察又点着炫五，一挥手命令道："赶紧扶起自行车，迅速离开这里，不要堵塞交通！听懂了吗？"

炫五还待争辩，申昕过来拉了炫五一把："咱们走吧！"

炫五愤愤扶起自行车，斜睨一眼墨镜警察，悻悻离去。

推着自行车和申昕闷闷走着，炫五又问："还疼吗？"

申昕摇摇头。

炫五愤愤道："这人还当警察呢！怎么这样掌握交通法则！指示不打，文明用语不讲，把人弄倒了还那么凶，真不知他怎么混进警察队伍的！"

申昕也接口道："这人咋这样蛮横呢！"

炫五刚才的好心情被墨镜警察一搅，全没了。一路上无语，推着车子默默走着，走了大约半小时路程，南巴旗桥进入视线。

阿诗玛饭馆就在南巴旗桥下不远。申昕脸上露出笑容，让炫五把自行车停在阿诗玛饭馆院子里，自己挑帘进了饭馆。

过了一会儿，饭馆里传出一阵乐呵呵的说笑声，接着从饭馆出来一个四十多岁唇上留髭的中年人，中年人站到炫五面前，搓着双手乐呵呵地对申昕道："哎呀，给我这儿义务干活，这怎么好意思呢？"

申昕笑笑："邹老板，没关系的，我们也是想感受一下你这儿火热的生活，给你添麻烦了，我们还得感谢你给我们提供这个机会呢！"

邹老板又搓着手哈哈笑："咳，我这儿有啥火热的生活呢，乱哄哄的都是些吃饭的人。"

申昕又打趣道："邹老板，你不会怕我们学到你开饭馆的经验吧？怕我们也跟着你学开饭馆，同你竞争吧？"

邹老板两手一摊，慌忙道："哪里哪里，小昕，你要是不嫌弃这儿，你们就在店里想干点啥干点啥吧！"

申昕又一笑，指指炫五道："这是我们学校的同学，何炫五。"又抬手给炫五指指邹老板："这是阿诗玛饭馆老板，邹老板。"

邹老板一脸喜色，握了握炫五的手："幸会、幸会！"说罢，邹老板手往里让，对申昕炫五道："快别在外边站着了，到里面来！"

邹老板开的阿诗玛饭馆并不大，厅堂内摆着十几张餐桌，穿过厅堂就是厨房。靠近厨房门口设着一个柜台，算是吧台，吧台里有酒橱，酒橱里摆着价格不一的烟酒饮料。

厨房里有四个人正忙着择菜配菜，三男一女，其中两个戴着白色高帽子，肯定是两位掌勺大师傅。还有一个是十五六岁的男孩，邹老板告诉申昕炫五，这孩子叫"门伢子"，是他一个远房亲戚家孩子，刚从云南过来，来他家饭馆帮忙干活的。那女的是个中年妇女，邹老板点点这妇女，幽默地给申昕炫五介绍：这是——内人。

申昕和炫五听邹老板这么称呼，都哑然笑了，她是邹老板的内人，也就是邹老板的老婆了。

邹老板的厨房有五个炉灶，有的炉灶上放着炒锅，有的炉灶上放着红土陶锅，厨房里还弥留着一股烹制鸡肉的浓香。申昕知道，云南汽锅鸡在国内享有盛誉，那灶上放的红土陶锅一定是做汽锅鸡用的。

此时刚上午十时，没到午餐时间，饭馆里还没有用餐的客人。申昕对邹老板说，我们帮着择菜吧。邹老板呵呵乐着同意了。

申昕从厨房抱了些空心菜、油菜和韭菜出来，放在厅堂靠窗一块地板上，又拿出两个矮板凳，递炫五一个，自己坐一个，然后俯身择菜。

炫五坐在申昕对面，抓起半把韭菜，眼睛却停在申昕身上。上午煦暖的阳光从窗外洒进，照在申昕半张脸上，申昕的皮肤光洁映人，灿比春华。炫五此时能感觉到对面这个蕙质兰心的姑娘兰花般的呼吸，能闻到她钨金一样长发飘散出来的淡淡的栀子花清香。申昕灵巧地翻动着手中的菜，整个圆润光洁的臂膊也跟着灵活地动起来，炫五一时看呆了。

申昕此时已发觉炫五在看她，双眉一挑，用手中几根空心菜在炫五身上抽一下：“炫五，干什么呢？不干活你看我干什么！”

炫五嘻嘻一笑道：“看你长得好看呀！”

申昕眉心一蹙，愠道：“炫五，刚那会儿跟你说什么了？你是不是又贫嘴？你可知道贫嘴的后果啊！”

炫五又嘻嘻笑：“申昕，你太让我动心了，我即使上刀山下火海，也要使你成为我的女朋友！”

申昕大怒，提高声音道：“炫五，你说什么呢！你再说我现在就走，真没见过你这号脸皮厚的人，告诉你，这次活动回去咱们就不认识！以后别想着再跟我出来！”

邹老板听到申昕的声音从厨房里跑出来，看申昕一脸怒色，忙摆着两手制止：“哎呀呀！小昕啊，对你男朋友别这么凶呀！我当初和你嫂子谈恋爱时……”

申昕把手中空心菜往地上一丢，硬声打断邹老板：“邹老板，你怎么这么说话呢！他不是我男朋友，你不要弄错了！”

邹老板怔了一下，尴尬在那里，嘴里“啊、啊”地没了下话。

少顷，炫五把申昕丢在地上的几棵空心菜重又捡起，默默择掉上面几枚枯叶，声音低低地冲申昕道：“好了，别这么大气了，我干活还不行吗？”

邹老板这才缓过神来，脸上重又堆起笑容：“好了，好了，没事了，小昕，都没事了！”

择了大约半小时菜，备齐了饭馆的上午用菜。申昕抬头瞅了瞅饭馆玻璃窗，对厨房里的邹老板高声道：“邹老板，我们给你擦擦玻璃吧？”

邹老板又从厨房跑出来，满脸笑容道：“哎呀，小昕，你们干半天了，歇一会儿吧！”

申昕说了一声“不累”，就去找水桶和抹布。邹老板返身回厨房拎了一塑料桶水出来。他把两块抹布递到申昕手中，叮嘱道：“擦玻璃的时候踩好凳子！要小心，别摔倒！”

申昕微笑着点点头。

申昕拿着抹布在屋里擦玻璃内侧，炫五擦玻璃外侧，两人一内一外正对着擦。申昕对炫五说，这样擦玻璃擦出来的干净，玻璃不留污点。

申昕和炫五一内一外擦玻璃。只隔一层玻璃，他们此时的距离非常近。有时申昕为了擦掉玻璃上的污垢，为了便于使力，把脸凑到玻璃很近，此时炫五更能清晰数数申昕扑朔闪动的睫毛数量，还能看到申昕乌黑透亮的瞳孔中映着自己的影子。

炫五不由得又浑身振奋。

擦了一会儿，炫五在外面指着玻璃喊："申昕，这儿有一块污点，我擦不掉，这污点应该是你里面的！"

申昕踩着窗台移到炫五跟前，仔细看，然后用抹布擦拭那块污点，擦了几下却没擦掉。这时炫五又在外面喊："申昕，你在污点上哈口气，就能擦掉了！"

以前，申昕擦玻璃擦不掉的时候，经常如炫五所说，哈一口气，然后用布擦几下就擦掉了。于是，申昕贴近玻璃，张开唇，对着那污点大大地哈气。

此时，一张美妙绝伦的唇就摆在炫五面前。炫五哪肯错过，一个大亲吻递了过去。炫五的嘴贴在玻璃上，隔着玻璃离申昕的唇只有秋毫之差。

申昕被炫五这一突如其来的举动惊了一跳，口中"啊"的一声，忙往后撤身，但她知道身后已无物可倚，情急之下她朝窗台旁的一张沙发倒去。

申昕跌坐到了沙发上。

申昕眼里迸出委屈的泪水。但她忍着没有哭出声来，只是任泪水默默地流出眼眶。

炫五跑进来，看着默默落泪的申昕，他此时真有些追悔莫及了。他没想到自己一个轻薄的举动，竟然会导致申昕这么大的反应，如果窗台下没有这张沙发接着，这件事的后果可想而知。申昕此时只是默默落泪，没有责备他。可炫五知道，申昕的这种表情比责备他、痛骂他更可怕。炫五此时心里清楚，在申昕的内心中，对他的讨厌又增加了许多。

"申昕，我错了！"炫五凑到申昕跟前慌慌地说。

申昕没有说话，只是把含泪的目光瞥向窗外。

“申昕，对不起!”炫五慌慌地道歉。

申昕无言地看着窗外，良久，又把目光收回到屋里，停在炫五的脸上，眼含泪光看着炫五，然后，申昕无言地摇了摇头。

“申昕，你不要这个样子嘛！给我一次改过的机会嘛!”炫五抓住申昕的手使劲摇晃着。

申昕从炫五手中抽出自己的手，擦净眼角泪水，往耳后捋了一下散乱的鬓发，平静对炫五道：“咱们干活吧!”

41

申昕和炫五在无言之中擦完了玻璃，又扫了地，擦了餐桌。这时已是午时十一点半了。阿诗玛饭馆开始陆陆续续地来吃饭的客人了。

邹老板从厨房跑出来，乐呵呵地忙着招呼客人。门伢子也从厨房跑出来，给客人倒水、递菜单、上菜。

也就是转瞬之间，邹老板饭馆里就坐满六桌人了。邹老板脸上有一些兴奋，也有一些应接不暇，他转到申昕跟前小声道：“小昕，我这儿来客人了，顾不上照顾你们，生意上有些事你们帮不上忙，你们快吃点饭，吃完饭想在这儿玩会儿就玩会儿，不想玩你们就回学校吧。”

申昕点点头：“邹老板你忙吧！不用管我们了。”

邹老板又去招呼客人了。申昕到厨房里看了看，要了两碗云南过桥米线，给炫五要了一个大碗，给自己要了一个中碗，然后把钱付给邹老板的“内人”。

申昕和炫五坐在靠近吧台一张餐桌旁，等着过桥米线，看着来吃饭的人。就在这时，门帘一掀，进来一个警察。这警察是个胖子，一张肉脸由于挂着过多下坠的肉，让人感觉脸上似乎在倏忽之间能掉出多余的脂肪来，警服的扣子全都敞着，露出衬衫裹着的鼓鼓囊囊的“将军肚”。

邹老板这时看见了，急忙朝这个警察迎上去，乐呵呵道：“哎呀哈！是麻警官来了！来来，快里边请，今天是您一个人?”

麻警官面无表情，鼻子里“嗯”了一声。

“今天要吃点啥，麻警官?”邹老板笑呵呵地问。

麻警官没吭气，而是面无表情地挺着大肚子往里走，走到靠近吧台申昕旁一张餐桌，麻警官停下来，把压在额前的大盖帽摘下，撂桌上，也不看菜谱，嘴里熟稔点道：“来个素炒牛肝菌，来个傣味烤罗非鱼，来个香油龙凤腿，再来一盘菠萝饭！”

邹老板又呵呵乐，道：“那喝点什么？”

“和昨天一样，来瓶泸州老窖。”

“好咧！”邹老板爽朗地应一声，草草写了个账单，然后跑到厨房通知厨师去了。

麻警官坐在椅子上，双肘撑在桌面，自顾自地往后抹着背头。申昕瞟了一眼麻警官，看到他敞着的警服肩上，扛着两杠一星。这是一个不低的警阶。

申昕和炫五的过桥米线做好了。申昕把大份的推到炫五面前，默默说了声“吃吧”，然后一手拿筷子，一手拿汤匙，从砂锅夹米线到碗里。炫五此时再不敢多言，也学着申昕的样夹米线到碗里。

过了没多久，麻警官的菜陆续上来了。麻警官给自己杯里斟了泸州老窖，自顾自地饮酒吃菜。

这时，阿诗玛饭馆门外传来几个人的嬉笑声。接着从外面进来三个人，两男一女，两个男人都身着警服，是警察。其中一个身材高大，四十岁左右年纪。另一个面皮白净，二十几岁的样子。女的则大约十八九岁，身材性感，穿着褚红条纹迷你超短裙，黑色的丝袜把腿衬得修长，衣衫领口很低，稍稍低首就能看到里面肉乎乎的两团东西。

看到这三人进来，邹老板又热情地迎上去，乐呵呵道：“哎呀哈！今天真是喜从天降，司空警官和蔡警官也来了，快快，里边请，里边请！”

被邹老板称作司空警官的高个子男人冲邹老板点了下头，脸上挤出一点笑，率先往里走去。

走到吧台附近位置，司空警官瞅见了正在自斟自饮的麻警官，脸上顿时绽出笑容，朗声喊道：“光耀兄。”

麻警官听到有人喊他，抬起头，看到了司空警官和蔡警官，也一脸惊喜，喊道：“哟，建业兄和俊友老弟！”

“光耀兄怎么一个人在这儿喝闷酒，是不是遇到什么不开心的事了?”司空建业哈哈乐着坐到麻光耀桌旁，把帽子摘下打趣麻光耀。

“咳，哪有什么不开心的，今天在这附近值勤，到这儿吃顿便饭。”麻光耀道。

司空建业哈哈乐，做手势指示蔡俊友和那个女孩坐下，接着对麻光耀笑道：“哦，那就好，没事就好。若有事，光耀兄可不准自己扛着，有事一定说出来，看兄弟我能不能帮你，这一带可是兄弟的辖区，兄弟只要跺跺脚，能让洞里的老鼠往外跑!”

麻光耀哈哈笑，道：“建业兄，客气了！你的法力我早见识过了！兄弟我有事肯定少不了麻烦你。哦，听说建业兄最近又有升迁?”

司空建业漾起一脸春风，他没有接着麻光耀的话，而是对站在一旁赔笑的邹老板道：“来，续菜！今天我得跟光耀兄喝几杯!”

邹老板急忙堆起笑容，递上菜谱：“司空警官，请点菜!”

司空建业在半空中打了一个响指，拿菜谱在手，迅速翻着，熟练点道：“汽锅鸡是必须的了，来个三七汽锅鸡！来个银耳陈皮炖乳鸽，来个鲜百合玉子虾球，来个沙爹鲜鱿!”几个菜点罢，司空建业合上菜谱，递到蔡俊友手中：“俊友，你点几个爱吃的!”

蔡俊友打开菜谱，从上到下迅速瞄着，翻着页，然后冲邹老板在菜谱上点了两下道：“就要这两个吧，红烧划水，小锅卤饵块!”

司空建业又转向麻光耀：“光耀兄还添什么菜?”

麻光耀摆摆手：“我就不再添了，够了。”

司空建业又翻着菜谱冲蔡俊友道：“吃点什么呢？今天吃虎掌金丝面怎么样?”

蔡俊友冲司空建业一笑：“我没问题。”

司空建业合上菜谱冲邹老板道：“两碗虎掌金丝面!”

邹老板一边嘴里应着，一边在账单上速记着。记罢，又问道：“喝点什么?”

司空建业看了看麻光耀面前的泸州老窖，道：“就跟光耀兄喝一样的吧，我们的账算在一起。”

这时，司空建业忽然想到坐在身旁一起来的性感女孩，扭过脸对那女孩道：“给你要个什么菜?”

女孩脸上荡过一些闪烁不定的尴尬和羞涩，用一口浓重的闽南话道："什么都可以啦！"

司空建业在菜谱上又迅速一扫，对邹老板道："再添一个翡翠芦荟，再加一碗虎掌金丝面！"说罢，合上菜谱，递到邹老板手中："快去准备吧！"

邹老板"哎"地应了一声，乐颠颠地去厨房吩咐了。

司空建业把脸又转向那女孩，笑骂道："翡翠芦荟，芦荟这东西可是好东西，妈的上等的养颜品，给你他妈的保养好了，你再他妈的好好干地下革命工作。"

女孩脸上立刻又荡起尴尬的羞红，掩饰着内心窘迫连连道："谢谢司空警官了！谢谢司空大哥了！"

司空建业表情一敛，朝那女孩硬声道："他妈的跟你说了，在外面不要喊我司空大哥，没记性吗？谁他妈是你大哥？你他妈管谁都喊大哥，我跟那些人一样吗？喊我司空警官！"

"哎，司空警官！"女孩在司空建业一顿训斥后，不自然地喊了一声。

麻光耀放下手中酒杯，把头探到司空建业跟前，色眯眯地道："建业兄，又开发了一个新项目？"

司空建业哈哈乐，不屑道："什么他妈新项目！光耀兄你看上了，让她跟你好了。"

麻光耀哈哈乐，连着摆手："行了，建业兄你还是自己留着吧！"

司空建业又把头转向女孩："你叫啥名字？我又忘了。"

"叫蓝可可，司空大……不……司空警官。"女孩改口答着。

"昨天你不是说你叫蓝可儿吗？怎么又叫蓝可可了。到底叫什么？跟我打游击啊！"司空建业脸色一板道。

"不是，我的身份证上写着蓝可可，有人叫我蓝可儿。"蓝可可辩白着。

"嗯？你的身份证？拿来，你的身份证。"司空建业冲蓝可可一伸手。

"没有，没带。"蓝可可闪烁其词。

"暂住证呢？拿来。"司空建业又一伸手。

"没有，没带。"蓝可可又闪烁着。

“呵呵，什么都没有，那就不好意思，到派出所里蹲几天，带信给你家人，让他们给你拿罚款过来。”司空建业淡淡一笑道。

“别别，司空警官，别这么干，不能让我家里人知道啊，让他们知道我就抬不起头来了。司空警官，你行行好，我什么都听你的，还不行吗？”蓝可可惊慌失措地央求着司空建业。

麻光耀又色眯眯地把头探向蓝可可，色眯眯地引导道：“这个好办，你把司空警官今晚侍候好了，侍候舒服了，不就啥事都没了。”

蓝可可瑟缩着身子，看看麻光耀，又看看司空建业，几分害怕几分尴尬几分羞涩地点点头，低声道：“行行，怎么都行，只要别让我家里人知道就行。”

司空建业仰头哈哈大笑，笑罢，又俯首低声问蓝可可：“干了多长时间了？”

“什么？”蓝可可不解地问。

“他妈，装糊涂，干你这种工作，他妈地下革命工作——暗娼，多长时间了？不懂啊？”司空建业怒道。

“刚来。头一次。”蓝可可瑟缩着低声说。

“他妈的，我查到的都说自己是刚来，头一次，可一用，都他妈的老油条了。”司空建业怒骂道。

此时，司空建业要的沙爹鲜鱿、鲜百合玉子虾球两个菜上来了。蔡俊友把几个人的酒杯都斟满酒，给蓝可可也倒了一杯。

司空建业把着酒杯在空中打一圈，道：“都他妈老熟人了，废话少说，喝！”

司空建业、麻光耀、蔡俊友端起杯子，一仰脖，一饮而尽。蓝可可也端起杯呷了一口。

司空建业大呼一声“痛快”，挥着手中筷子，冲众人道：“吃菜、吃菜！”

麻光耀又朝司空建业凑过脸来，微醺着目光接住刚才的话道：“听说建业兄最近又有升迁？”

司空建业微微一笑：“咳，小意思，刚被提为派出所所长。”

麻光耀立刻做出肃然起敬状，道：“恭喜建业兄高升，来，兄弟我敬你一杯！”说罢，给司空建业斟满酒，给自己也倒满，恭恭敬敬端起杯，一仰脖，一饮而尽。

司空建业笑笑，也不含糊，端起杯，也一饮而尽。

蔡俊友看麻光耀敬了司空建业，自己也不能落后，也给司空建业和自己斟满，说了几句恭贺话后，一饮而尽。

待司空建业饮下杯中酒，蔡俊友也把微醺的一张脸探到司空建业跟前，试探着请教道：“建业兄，你平步青云，小弟打心眼里佩服，小弟初出茅庐，涉世未深，多有不明之处，愿建业兄多给指教。”

司空建业哈哈笑，一拍蔡俊友肩：“俊友老弟过谦了，大家一家人，有什么不明之处，不妨说出来，何谈指教！”

蔡俊友一筹莫展道：“说出来不要笑话小弟无知，我一直不明白一个问题，就是警察怎么当？”

听了蔡俊友的话，司空建业哈哈大笑，笑罢，拍着蔡俊友肩道：“俊友老弟，你这个问题虽然幼稚了一些，但也不失为一个好问题。警察怎么当？想当年我刚入警的时候也曾想过这个问题。这确实算得上是一个最根本的问题啊！”话到此处，司空建业把手引向麻光耀，笑哈哈对蔡俊友道：“来，让光耀兄来说说警察怎么当！光耀兄经历这么多年，在这方面更有经验嘛！”

麻光耀哈哈一乐：“建业兄真是高抬了！既然建业兄让谈，我就谈谈。我想反问一下俊友老弟，你是想当什么样的警察？”

蔡俊友愣一下，然后道：“当然是想当像二位老兄一样春风得意，又能呼风唤雨的警察了！”

司空建业和麻光耀听蔡俊友这么说，都哈哈大笑，道：“俊友老弟还真会说话，是块好坯子！”

麻光耀敛了笑容，凑到蔡俊友跟前，压低声音道：“会走正步吧？”

“刚当兵转业，会走啊。”蔡俊友道。

“见了首长会打敬礼吧？”麻光耀道。

“当过兵，当然会啊。”蔡俊友道。

“那就OK了！”麻光耀哈哈一笑道。

“这就OK了？”蔡俊友不解。

“对，这就OK了，就这么简单！当警察就这么简单！”麻光耀一拍蔡俊友肩膀笑道。

“就这么简单？那，执法呢？执法怎么执？”蔡俊友不解地问。

“执法？看着执！该怎么执就怎么执，跟着感觉走。”麻光耀道。

“看着执？跟着感觉走？这行吗？”蔡俊友疑惑道。

“有什么不行的？我这么多年就是这样过来的，如今你看看我这警衔也不低呢！”麻光耀指指自己肩上的两杠一星对蔡俊友得意道。

看蔡俊友仍是半信半疑，麻光耀又笑哈哈地一拍蔡俊友肩膀道：“跟俊友老弟掏个心里话吧，我执法这么多年了，正当防卫和紧急避险，到现在我还搞不清呢！啥是个正当防卫？啥是个紧急避险？更别说什么《治安管理处罚条例》了！有事了，就跟着感觉走，看着来，该怎么处理就怎么处理，实在不行，就来个葫芦僧判断葫芦案，现在我不也混得好好的吗？”

在一旁饮酒吃菜的司空建业听了麻光耀的一番话，哈哈乐，他放下筷子推了一把麻光耀：“教俊友老弟一点正经的，他能跟你学吗？瞧你这个八十斤重的腐败肚子，就知道你一直搜刮民脂民膏导致的恶果。教俊友老弟一点正经的！”

麻光耀抚了一下突兀的肚子，咧开嘴嘿嘿乐。

这时，门伢子把司空建业点的银耳陈皮炖乳鸽和翡翠芦荟也端上餐桌。麻光耀从锅里夹了一块鲜嫩的鸽肉放在嘴里大嚼着，然后端起酒杯深饮一口，把一张通红的肉脸凑近蔡俊友，含着几分醉意神秘兮兮道：“看俊友老弟真诚，就教一点正经的，有个五字方针你记住了，保老弟春风得意。这五字方针就是——吃、拿、卡、要、收。”

麻光耀这么说，司空建业听了呵呵笑，他冲麻光耀一摆手，插话道：“哎，光耀兄说得片面了，你这五字方针可不行，要是光这五字方针，那你让俊友老弟犯法呀！你这不是让他吃枪子吗？”

司空建业燃起一支香烟，在烟雾中隐着一张脸想了想，颇为老道地说：“话不能说这么直接了，事也不能干得那么明显了。我想修正一下光耀兄的这五字方针，保俊友老弟春风得意，呼风唤雨。这就是——该吃的吃、该拿的拿、该卡的卡、该要的要、该收的收。这个方针记住了，俊友老弟可保万无一失，走遍天下都不怕。”

司空建业这么一说，麻光耀擂了一拳桌子，冲司空建业竖起拇指，赞道：“精辟！建业兄高明！”

蔡俊友仍不明白，又问司空建业：“那哪些是该吃的、该拿的、该卡的、该要的、该收的？”

司空建业嘿嘿一笑，眯着眼睛，“咝”地吸一口香烟进肚，继而从鼻腔中徐徐返出两股青烟。他把嘴附在蔡俊友耳边，压低声音老谋深算道：“视情况，灵活掌握。跟着我，慢慢学，多动脑，总之让它不显山不露水，神不知鬼不觉。”

话至此处，司空建业忽然想起汽锅鸡还没上，他在半空中打了一个响指，朝厨房喊：“汽锅鸡——三七汽锅鸡——”

邹老板正好在厨房，听到司空建业喊声，急忙回应：“就好了，马上就上！”

司空建业端起酒杯，畅快地一饮而尽，在返出一个酒嗝之后，拍着蔡俊友肩嘿嘿笑道：“俊友老弟，俗话说，人无外财不富，马无夜草不肥。就看你怎么用你手中的公权力，用得好了，你吃香的喝辣的，用得不好了，你穷得口袋里叮当响。警察也分三六九等，就看你做哪等警察，看你怎么做警察，看你做什么样的警察。”

汽锅鸡在此时做好了。邹老板在厨房喊门伢子：“门伢子，端汽锅鸡！”

门伢子正在一个餐桌旁给客人结账，嘴里“哎”地应着，却没立即回厨房去端。申昕已吃罢米线，对厨房邹老板道：“我来端吧！”

邹老板也顾不上多想，嘱咐申昕一句：“注意别烫着啊！小昕。”

申昕端着汽锅鸡，小心地给司空建业的餐桌送去。

申昕先把汽锅鸡放在桌边，把司空建业餐桌上的菜进行重新摆放，在这些菜中间让出一个位置，再把汽锅鸡放当中，以便桌上每一个人都能夹到锅里的鸡块。

申昕做这些工作时，司空建业、麻光耀、蔡俊友都停了喝酒说笑，把注意力转向申昕，眼睛直直看着她。就连坐在一旁的蓝可可此时也把目光转向申昕，目不转睛地看着她，而且目露惊羡之色。显然，申昕清新脱俗的姿色给每个人心里带来不小的冲击。

蔡俊友嘴里“咦”了一声，眯着醉眼问申昕：“小姐，哪儿的?”

“来店里干活的。”申昕随口应道。

“哦，来店里干活的。”蔡俊友沉吟着。

申昕正欲走开。蔡俊友这时却站起，一抬手抓住申昕一只手，道：“小姐，别走!”

“干什么?”申昕惊叫道，使劲挣开蔡俊友的手，又欲转身离开。

“小姐别走，坐下来，陪哥几个喝一杯!”蔡俊友重又抓住申昕手。这一次，蔡俊友抓得更死了。

申昕使劲挣着蔡俊友的手，急声娇呼：“你干什么，撒手!”

这时邹老板已听到厅堂里申昕的呼声，急急跑出来，抬手冲蔡俊友道：“哎，哎，别，别，蔡警官。”

炫五正为刚才惹恼申昕憋了一肚子气，此时看到这种情景，他呼的一下从座位上起来，指着蔡俊友大声喝道：“你干什么!”

空气在此刻似乎突然凝固了，饭馆里吃饭用餐的人都把目光投到蔡俊友、申昕、炫五、邹老板几个人身上。

司空建业这时嘿嘿一笑，从座位上站起。他抬起一只手，在蔡俊友肩上按了一把。

蔡俊友此时也怪了，他在司空建业的轻轻一按之下竟然乖巧地坐回到椅子里，抓着申昕的一只手也自然而然地松开了。

司空建业抬手在蔡俊友头上搡了一把，低声骂道：“刚他妈跟你说了，该拿的拿，不该拿的不拿，该要的要，不该要的不要，你他妈的这么快就忘了！笨蛋！这是你该要的吗?”

司空建业又把一张醉意浓浓的脸转过来，抬起夹着香烟的手一指炫五，硬声道：“你，干什么的?”

言罢，司空建业把手中香烟叼进嘴里，“咝”的一声惬意地深吸一口。在从鼻腔舒缓闲适地返出两股淡淡青烟后，司空建业离开餐桌，朝炫五踱步过去，边走边嘴里咕噜咕噜熟练地一连串道：

“你哪儿的?”

“干什么的?”

“身份证拿来看看！”

“暂住证有吗？”

邹老板这时着急了，匆忙走上去，拦在司空建业面前，堆起满脸的笑，道：“哎，哎，司空警官，司空警官，他是学生，他是学生，您别跟他一般见识！”

“学生？哪儿的学生？”司空建业停在邹老板面前，叼着烟，眯着醉眼问。

“他俩是熙京大学的学生，是来我这儿参加义务劳动的。”邹老板满脸堆笑道。

“熙京大学的学生？……参加义务劳动？”司空建业眯着醉眼，脑子里琢磨着。

“对，他们是熙京大学的学生，参加义务劳动，您别跟他们一般见识。”邹老板堆着笑搓着双手解释着。

“哦……”司空建业眯着醉眼，领悟般地点点头。然后，又做决定般地深深吸一大口香烟进肚，好长时间，才从鼻腔中口中返出丝丝缕缕青烟。

司空建业阴着的一张脸隐在青烟中。他把手中剩余的半支烟蒂掷在地上，抬起脚尖，使劲把烟蒂碾灭，然后抬起头来，脸上阴翳已尽数散去。他嘿嘿笑着对邹老板道：“邹老板，今天就给你这个面子，放他一马，下回可得让他小心了！”言罢，司空建业睨了炫五一眼，又回自己座位上去。

邹老板嘴里“哎、哎”地应着，冲申昕使着眼色道：“小昕，你不是说你爱打台球吗？饭馆门口就有台球案子，你出去玩一会儿吧！”

申昕这时对蔡俊友、司空建业、麻光耀三人已非常讨厌，不愿再多看他们一眼，于是疾步向餐馆外走去。

此时已过午时一点，日影斜移，天空中浮动着的大团杨絮依然使得光线很不明朗，整个世界似乎在杨絮纷飞的混沌迷乱中飘摇。望着眼前这个世界，申昕无奈地长长吐了一口积压在胸中的闷气。

阿诗玛饭馆两侧有围墙，在右侧围墙地方，确实支着一张台球案，案腿和边框锈漆斑驳，案面上散落着一些磨得仅能分辨出单花色的台球。这张台球桌是邹老板和伙计们在业余时间消遣娱乐用的。

申昕对身后炫五道："来，咱们打台球！"

由于炫五刚才充当了一个"英雄救美"的角色，申昕此时对炫五的讨厌又稍稍有所减少。申昕对炫五笑笑道："打台球你不一定能赢我。"

炫五正求之不得呢，忙应着申昕的话道："是吗？那来比试比试！"

炫五码球，申昕开球，玩最简单的，分选单花色，打黑八号球，谁先打完自己的八颗球算谁赢。

申昕的台球打得果然不错，击球时该刚则刚，该柔则柔，切球切得薄厚恰到好处，有时为了不给炫五留球，还能打出缩球和跟进球。球在案面上优美地画着弧线，申昕咯咯笑着，一路高歌领先。

炫五不知是遇着美女就掉链子，还是有意让着申昕，球总是打得歪歪扭扭，该进的球不进，不该进的球却进了。

申昕咯咯笑着，很快拿下第一局，道："怎么样，炫五，怎么样，打你没问题吧？"

炫五摸着脑袋，一副不服的样子，辩道："这局不算，这局你靠的是运气！"

申昕一听，恼了，冲炫五斥道："什么？靠运气？这是技术！不服再来！"

炫五道："再来就再来，看我怎么赢你！"

又开一局，结果比刚才的一局输得还惨。

申昕咯咯笑，用球杆点着炫五："服不服？"

"不服！"炫五摆出一副倔强的样子。

不服再来。又开一局。结果又输一局。申昕笑得前俯后仰，花枝乱颤。

时间不觉到下午两点多了，阿诗玛饭馆的客人都陆陆续续吃罢饭走得差不多了。这时，门帘向外一掀，出来一人，出来的人是麻光耀麻警官。麻警官此时已喝得满脸通红，他脚下不稳地在门前摇晃着，蒙眬着醉眼四处瞅，似乎在寻找一个什么处所。随后，他朝饭馆右侧墙角一摇一晃踱步过去。

在靠近墙角的位置，麻警官摇晃着身子站定，面对着墙角，然后开始解裤带。这一情景炫五和申昕都看到了。炫五和申昕都意识到了，麻警官下一步将要干什么。

申昕急忙把脸背过去，此时耳边却听得墙角有一阵撒尿的“哗啦啦”的声音。

麻警官尿毕，系好裤带，又摇晃着身子踱步向饭馆门口走去。这时，饭馆门帘掀起，出来一堆人，有司空建业司空警官、蔡俊友蔡警官、蓝可可和邹老板。

邹老板在门口抱着拳，冲司空警官语重心长地道：“司空警官，您看，小店的资金有限，这房租得缴，伙计们的工资得开，老婆孩子得生活，小店资金已难周转了，您看……您的账能不能……”

已喝得红光满面的司空建业听到这番话后，把手在空中一摆，眯着眼睛对邹老板道：“嗳，邹老板，你这么说就远了，不是早跟你说了吗？现在所里有些困难，困难一过，记在你店里的账一笔还清。”

邹老板苦着一张脸又嗫嚅着道：“司空警官……能不能……尽快……”

司空建业边转身往出走，边扭头对邹老板道：“邹老板，你就不要再说了，再说就远了！”言罢，司空建业又扭头补一句：“邹老板，你的小店，我会给你罩着的，你就放手干吧！”

蓝可可搀着半醉的司空建业上了公路，蔡俊友追随其后，摇晃着不稳的步伐费劲地攀上公路，麻光耀也大腹便便艰难地攀上公路，四个人先后钻进了停在那里的一辆警车。

警车抛出一股尾烟，离去了。

望着远去的警车，邹老板朝地上重重啐了一口，狠狠骂道：“一群什么东西！瞧瞧他们那德性，瞧瞧他们那副形象，整个害群之马！”

邹老板又指着远去的警车冲申昕诉苦道：“这些个王八蛋在我这儿吃喝留下了八万多块钱的欠账，他妈的就是拖着不还，我的小店都开不下去了！”

望着眼前这个杨絮飘飞混沌迷乱的世界，申昕想，她此时此刻应该回去了。她想回去写一篇小说，小说的题目她想应该把它拟定为《映象》。她想，这应该是一篇不错的小说，如果把它写好了，或许，能结缘于诺贝尔文学奖。

42

进入六月的那周里，天空总是低沉沉的，郁积着大团大团的阴云，如一个沉湎于思念中的人的脸，难以拂去颜容间的愁云。雨，则如恋人思念的泪水，时常在不经意间从空中洒落，丝丝缕缕，打湿大地，飘入爱人的襟怀。

在这样的天气里，德良会时常想起绮霏。想起绮霏，他的心尖上就会掠过一阵淡淡的疼痛感，他知道，这是深爱一个人心灵的震颤。

绮霏已于上个月来上课了。

在图书馆、第十餐厅、八教或在校园的某个地方，德良会偶尔看到绮霏，她或单独或同两三个女孩在一起。每当看到德良时，绮霏脸上会在倏忽之间掠过一抹不易觉察的羞赧的绯红，她依然会冲着德良莞尔一笑，并不多说话，从他身边悄然而过。从绮霏表情中，不难看出隐藏在她内心深处丝丝的甜蜜。

上个月，德良得知绮霏返校时，给绮霏宿舍拨了一个电话，他感觉那端接电话的正是绮霏。

“霏霏?”德良轻声唤。

德良听到电话那端绮霏轻声喘息。绮霏握听筒的手在微微颤抖，她的心也在激烈跳动。绮霏静默着，按捺着内心激动。无须太多语言，只要能感受对方的存在，感受对方的呼吸和心跳，感受对方热烈的内心世界，就足够了。

静默良久，绮霏忽地“哧哧”笑了。笑罢，绮霏轻声道：“你等着我啊!”说完，她就挂上听筒。德良听到绮霏那边“嘟嘟”的忙音。

星期五下午，德良没有课，坐在宿舍里，望着窗外阴雨绵绵，感觉绮霏也在宿舍，就又给她拨了电话。绮霏果然在，拿着听筒“哧哧”笑着，停了一会儿，绮霏问：“明天还会下雨吗?”

“大概还会下吧!”德良猜测着。

“嗯，那……”绮霏在电话里想象着，“明天若还下雨的话，我们到雨中走走，我会告诉你我在什么地方等你。明天若晴天的话，我们在阳光下走走，但我不告诉你我在哪儿等你。”绮霏说罢，笑着把电话挂断了。

雨断断续续下了一个下午。晚上躺在床上，侧耳聆听雨打阳台和梧桐树叶的声音，德良想，不管明天是雨天还是晴天，明天，应该是个好天。

翌日，德良醒来的时候，太阳刚好从窗帘缝隙中射进来，屋内煦暖祥和，屋外阳光普照，连日来的阴雨天气终于在这一天彻底放晴了。抬眼望天，碧空万里无云，雨水清洗了空气中一切尘埃，天穹湛蓝湛蓝的，新鲜湿润。太阳也似刚从水里捞出来，金光闪闪，通体上下还挂着一层薄薄的湿气。

德良洗漱完毕，下了楼。站在楼下，他茫然四顾。此时他面临着绮霏昨天给的一个难题：——若是晴天，一起在阳光下走走，但不知道她在什么地方等他。德良不禁哑然失笑，这个地方需要他去思考。

德良把目光投向楼前草坪间的雪松和龙爪槐，他希望在那些树后看到一张如五月笑靥花般美妙绝伦的脸。但是，绮霏没在树后。

德良进了第十餐厅，给绮霏买了她爱吃的糯米豆沙糕，又要了两杯热豆浆。然后，沿紫荆路往北走，来到翠清池。他看到池水清新亮丽，池边垂柳轻拂，池底金鱼自由游弋。在这里，没看到绮霏。

走过几个草坪花圃，德良来到熙京大学图书馆。他又看到老馆前的那株君迁子。君迁子比去年高了些，也更茁壮了，郁郁葱葱的枝叶在阳光下撑起一片绿荫。站在君迁子树下，他又想起绮霏说的话：

“德良，这就是老馆，近百年来我校和社会的许多仁人志士都曾在这里求知过，每次我来这里都有一种历史的回旋感，好像和他们面对面。

“德良，你要用心啊。”

想到这番话，德良心头又是一热。绮霏，谢谢你，我会永远铭记你对我的鼓励的。

德良去了那个废弃的小足球场，冬季足球场上积雪覆盖的情景又浮现在他脑海，德良想起了和绮霏躺在写着爱的雪地上看云来云往的情景。德良想，随着积雪融化，那写给绮霏的三个字已深深融入大地了，大地为他们今生爱情作证。

德良准备去一下他们一起打网球的那个网球场。

“你在找什么呢？”

德良蓦地听到一个让他再熟悉不过的女孩子的声音在喊他，转身看，不远处，绮霏正从一辆迷你彩色自行车下来。

“德良，你找什么呢？”绮霏推着迷你彩车小跑过来。在德良面前站定，她歪着头，眼眸中含着忍俊不禁的笑。绮霏身着粉红莲蓬领雪纺衫，海蓝四分裤间扎着海蓝水平纹丝腰带，超凡飘逸，仿佛一个乘着莲花从蓬莱海水中浮出的凌波仙子，浑身还携带着莲花的清香和海水的清新。

“当然是找你啊！”德良上前一步欣喜道。

“你怎么在这里找我呀？我什么时候让你找了？”绮霏一脸迷惑。

德良心里一愣，道：“你这不是明知故问吗？你昨天不是说，今天若还下雨，我们在雨中走走，你会告诉我你在什么地方等我。今天若晴天，我们在阳光下走走，但你不告诉我你在哪儿等我。这不是你说的吗？”

绮霏听德良这一说，咯咯笑。随后，脸上又迷惑不解起来：“啊？我说过这样话？我怎么不记得了？”

“你怎会不记得？这是你昨天在电话里说的呀！”

“哦……有这样的事？……让我想想……”绮霏歪着头，揉着太阳穴使劲想，想了一会儿，苦着脸朝德良摇摇头，“我真想不起来了，最近我脑子老是忘事，过去的好些事也想不起来。”

“啊！霏霏，你……”听绮霏这一说，德良心里咯噔一下，随即马上联想到上次出行。难道，上次的出行经历让绮霏的记忆发生了问题？

德良紧张起来，拉起绮霏手，焦急地道：“霏霏，你没事吧？”

绮霏苦着脸摇摇头：“前些日子我看医生了，医生说我得了那个叫什么……叫……叫失忆症，是间歇性的，过去有些事想得起来，有些事想不起来了。”

“啊！真的吗！”德良忍不住惊叫一声，拉紧绮霏手，仔细端详着她的脸，似乎要在她脸上寻找那失忆的症结所在。但他看到绮霏正可怜巴巴地看着他，冲他委屈地点着头。

这样静静看了良久，德良心底涌出些许悲凉，禁不住“唉”地长叹一声，把绮霏紧紧揽入怀里，自语道：“怎么会这样？”

绮霏怯怯道："现在我只还记得你是我男友，叫德良，嗯……小笨熊也是你，嗯……其他好些事都想不起来了。"

德良心里又一阵悲凉，他轻拍绮霏背胛，轻声安慰："霏霏，我可怜的霏霏……不打紧的……慢慢会好起来的……能记起这些就很好了。"

停了一会儿，绮霏仰起脸，可怜巴巴问："刚才你真的到处找我了？我真想不起跟你说过什么了……校园这么大！你一定找我找得很累了吧？"

看着绮霏一脸的无辜，德良掩着难过朝她摇摇头。

绮霏又楚楚可怜道："我现在脑子想不起事了，你讨厌我吗？"

德良默默摇摇头，扶起怀中绮霏的脸："霏霏，我说过，永远爱你，永远待你好，怎么会讨厌你呢？"

绮霏又可怜巴巴看着德良："我脑子记不住事了，以后什么也不会做了，你还会待我好吗？"

德良静静看着绮霏的脸，默默点点头："霏霏，放心吧，我永远会待你好的，即使你什么也不会做，什么也不做，我也会一生一世守在你身边的，永远照顾着你，不让你受一点委屈，不让你吃一点苦。知道吗？霏霏，因为你是我的最爱，你是我生活的另一半，没有你，我的生活不知会变成什么样子！"

听了德良的话，绮霏咯咯笑了，从德良怀中抽出身来，嗲声道："那，我现在肚子有些饿了！"

德良把装着糯米豆沙糕和热豆浆的食品袋在绮霏面前晃晃："霏霏，你爱吃的糯米豆沙糕，还有热豆浆。"

绮霏一把夺过食品袋，欢天喜地地掏出糯米糕，对德良指示道："给我推着车子，我得吃点，我好饿啊！"

德良推着车在一旁看她吃。绮霏把吸管插进豆浆杯，吸一口豆浆，咬一口糯米糕，然后贪婪地满口大嚼着。这让德良蓦地想起绮霏和自己在雪山飞雪中饮酒吃山鸡块酣畅淋漓的情景，心中不禁感怀。

"霏霏，慢点吃！"

"嗯，知道了。"绮霏头也不抬答。

"霏霏，豆浆有些凉了吧？"

“嗯，还行。”绮霏点点头。

望着眼前这个给予他深爱和真情的女孩，想一想命运竟然对她如此不公，德良心头不由又涌起阵阵悲凉。情到深处，又不自主“唉”地一声长叹。

听到德良叹息，绮霏停下来，又可怜巴巴看着他，怯生生小声道：“我看上去是不是有些傻啊？你是不是讨厌我了？嫌弃我了？”

德良把彩车靠在槐树下，双手抚着绮霏双颊，深情地吻吻她额头：“傻丫头，我怎么会讨厌你嫌弃你呢？我永远不会讨厌你嫌弃你的。”

“你叫我傻丫头，我是不是有些傻啊？”绮霏纠结着问。

德良呵呵乐，拍拍绮霏脸蛋，在她耳边亲昵道：“叫你傻丫头是因为爱你，你怎么会有些傻呢？在我心中你永远是最美丽最聪明的。”

绮霏又大咬一口糯米糕，近乎天真问：“那，什么是爱啊？”

德良一手推着彩车，另一手挽着绮霏的手，边走边缓缓道：“爱存在于彼此心灵之中，是心灵与心灵的谐振，这个意义上说，爱是一种感觉。爱是带着欣悦的倾慕带着责任的呵护，是带着哭泣的感动是刻骨铭心惦念的疼痛，爱还是同一口氧气下的共呼吸，同时也是‘执子之手，与子偕老’的生命兑现。”

“哦，爱原来还这么复杂呀！”绮霏双颊掠过一抹红云。

“嗯，人的一生不能没有爱。没有爱，人的一生会是苍白的一生，孤独的一生，荒蛮的一生；没有爱，人几乎不能存活，人也就不能谓之人。在这个意义上，爱也可以说是涂染生命意义的颜色。”

向东走，道路一侧有一个天然草丘，草丘上盛开着各色花朵，有金凤花、百日菊，还有两年生的金鸡菊，这些花开得姹紫嫣红，惹来许多蜜蜂和蝴蝶嬉戏。这条道路也因这里的金凤花而被命名为金凤路。

“累了吗？霏霏。”德良问。

“嗯，有一点。”绮霏点点头。

德良把彩车停在道边，拉着绮霏的手到树荫下一把长椅旁：“来，坐下，休息一会儿！”

坐在长椅上，德良把她一双手放在自己掌心，认真看着她：“霏霏，你真得失忆症了？”

绮霏一脸肯定地点点头。

“那你对过去的事有多少记得？”

绮霏可怜巴巴摇摇头：“不知道。”

德良握握绮霏的手，提醒道：“翠清池，翠清池你记得吗？”

绮霏摇摇头。

“去年冬天那个积雪的小足球场，你还记得吗？”

又摇摇头。

“老馆前那棵君迁子树你还记得吗？你在树前跟我说过的话还记得吗？”

“……”

“网球场还记得吗？你在网球场教我打网球还记得吗？”

“……”

“霏霏，芙蓉月歌舞厅和瑞福祥酱菜馆还记得吗？”

“……”

德良低下头，喟然一声长叹，重又把绮霏手放掌心，轻轻抚着她手背，似乎这样做能帮她找回一些失去的记忆。

静静坐了一会儿，绮霏浅声一笑，从德良手中抽出双手，嗲声道：“我想玩了。”

德良抬起头：“玩什么？霏霏。”

“嗯……”绮霏晃着头想着，眼睛到处瞅。

绮霏的目光停在一棵加杨树下，她从长椅上一跃起身，惊喜道：“这儿有一窝蚂蚁，我们逗蚂蚁玩！”说罢，一蹦一跳跑过去。

德良蹲到绮霏跟前，果然看到一群个头不小的黑蚂蚁，正忙碌着搬家。绮霏嘻嘻笑，从手中糯米糕捏下一小块，投到蚂蚁洞口。不一会儿，大群蚂蚁围住那块糯米糕，开始抬扛食物进洞。

绮霏把喝剩的半杯豆浆往蚂蚁洞口倒，豆浆顺着吸管注到蚂蚁身上，注进蚁洞，蚂蚁们被这突如其来的灾难顿时搞得惊慌失措，到处乱窜。绮霏笑嘻嘻道：“知道这是什么游戏吗？这是关云长水淹七军！”

德良笑道：“霏霏，这群蚂蚁也够倒霉的，连日来雨水淹了它们的家，刚有这么一晴天，你又来个水淹七军，它们活着可真不容易呀！”

绮霏一阵笑，然后抬起头，一脸坏笑地看着德良，忽地举起手中半杯豆浆，对准他一捏杯身，喊道："水淹小笨熊！"豆浆顺着吸管呈一直线射到德良脸上。

德良赶紧起身后撤，绮霏却追上来，咯咯笑着把半杯豆浆都注到他脸上头上。绮霏俯身大笑。德良狼狈不堪地蹲在不远擦着满头豆浆。

"小笨熊，过来，我给你擦！"绮霏朝德良伸出一只手。

"不！"德良怯怯地摇头。

"德良，过来嘛！没事了。咱不玩这个了，咱们玩别的！"绮霏跨上一步，娇声道。

"玩什么?"德良往近走走。

绮霏又晃着头想着，然后，欣然指指道边草丘："那草丘上的花多好看啊！你给我去摘几朵花吧！"

"学校禁止攀枝摘花！"德良小声提醒。

"嗯……不，那是个天然草丘，花是野生的，学校不禁止，你就给我摘几朵吧！"

"那，好吧。"

德良跑上草丘，摘了几枝花，又回到绮霏身边坐下。

"这些花真好看！是些什么花呀?"绮霏翻着手中的花欣喜道。

"这几朵粉红、大红和紫色的是金凤花，黄色的是金鸡菊，橙色的是百日菊。"德良一一指给绮霏。

"哦，金凤花，名字好听，花开得也真漂亮！来，给我在头上插一朵！"绮霏把头侧过笑吟吟道。

"嗯，好吧，我们霏霏头上要是插上花，那就更好看了！"德良说着，抽出一枝大红金凤花。花在绮霏发间插毕，德良蹲在她面前，看着她脸，笑着鼓掌："哇，真好看呀！这简直是采花仙子下凡呢！"

听他这么说，绮霏故意把头又歪几下，做出一副含羞扭捏状。

德良于是又拍手，笑道："哎呀，美是美，可就是脸上缺那么一点东西，显得有点美中不足！"

绮霏停止了扭捏，睁大眼睛问："还有什么美中不足的？我脸上缺点啥东西?"

德良呵呵笑，从糯米豆沙糕里抠出一小块豆沙，在手指间不紧不慢揉着，玩味深长地看着绮霏。

绮霏有些着急，晃晃德良的手：“你快说，快说呀！我脸上到底缺点啥呀?”

德良突然抬起手，把揉得圆圆的酱色豆沙往绮霏嘴角一粘，笑道：“头戴一枝花，嘴角上当然得有一颗痣，这样才像个媒婆呀!”

绮霏“啊”的一声，赶紧拂掉粘在嘴角的豆沙，咯咯笑道：“德良，你坏!”挥舞着双手抓他。

德良撒开腿跑，绮霏在后面紧着追。

跑出一段后，德良看绮霏难以追上，就折回身，朝她迎面跑来。绮霏看他朝自己跑来，又咯咯笑着展开双臂抓他，他在此时却巧妙一闪，躲过了绮霏，哈哈笑着朝道边加杨树跑去。

绮霏又跟着追过去。德良在加杨树间穿行，左躲右闪。跑了一会儿，绮霏在后面喊：“我追不上你！我不追你了!”德良停下来，看到绮霏蹲着身，娇喘吁吁地瞅着他笑。

绮霏冲他一伸手：“我追不上你，不追你了，咱们不玩这个，来，咱们玩别的!”又四顾看了看，目光又落在刚才那个草丘上：“德良，咱们逮蝴蝶吧!”

“好啊!”德良跑回到长椅旁，撕开那杯还没喝的豆浆杯压封膜，几口把里面豆浆喝尽，又拿起绮霏留下的那个空杯，朝她晃晃：“用这个逮!”

德良和绮霏一块儿上了草丘。他们看到花丛间飞舞着白蝴蝶黄蝴蝶，还有色彩斑斓的花蝴蝶。绮霏指着一只停在花上的花蝴蝶喜道：“德良，花蝴蝶真好看！给我逮一下这只花蝴蝶!”

德良撕下豆浆杯膜盖，拿着空杯蹑手蹑脚朝这只蝴蝶靠近，右手空杯突然对着蝴蝶罩过去，蝴蝶正好被罩进杯里。德良用膜盖小心挡住杯口，把杯子翻转过来，这只色彩斑斓的花蝴蝶便开始在杯里扑腾着翅膀四处碰壁了。

德良把杯子递到绮霏手中，绮霏喜不胜收地欣赏着杯中蝴蝶，啧啧称奇道：“德良，要是把它晒干制成标本，一定也很好玩吧!”

“那，蝴蝶一定会很痛苦!”德良接口说。

听德良这么说，绮霏侧过脸，注意地看了看他，又歪过头调皮说道：“我要把这只蝴蝶带回去，一针一针地刺穿它，然后把它晒干制成标本。德良，你觉得先刺它右眼呢，还是先刺它左眼?”

看到德良面部有一些失色，绮霏咯咯笑了，抱过他脖子，在他脸上重重亲了一口：“你心疼了?”

绮霏又在花丛中到处瞅。不一会儿，她又喊：“德良，这儿有一只大蜜蜂，我想要一只蜜蜂，你给我逮一下吧!”

德良跑过去，看到百日菊上果然停着一只褐色蜜蜂。蜜蜂身上裹着许多花粉，正在专心致志采蜜。德良还用刚才办法，用另一个空杯罩住蜜蜂，然后用膜盖小心盖住杯口，蜜蜂就在杯里“嗡嗡”叫着四处碰壁了。

德良又把装蜜蜂的杯子给绮霏。绮霏举着杯子欣赏着杯中蜜蜂，嘻嘻笑。她小心地移开一点膜盖，看到蜜蜂顺着杯壁爬上来，但移开口太小，蜜蜂爬在开口处“嗡嗡”叫着，想出却又出不来。绮霏伸出食指，用指尖捅蜜蜂的头，捅了一下又一下，挑逗着这只蜜蜂，嘴里开心笑着，美不胜收。

冷不丁，绮霏“呃”地一声叫，手中杯子掉在地上，蜜蜂也随之从杯中飞出去。

“霏霏，怎么了?”德良跑过来。

绮霏可怜地伸出食指给他看。

“蜜蜂蜇你了?”

绮霏可怜巴巴点点头。

德良接过绮霏的手，在她食指尖吹了吹，然后把她食指放在嘴里，轻轻吮着。当他抬起头来的时候，他看到绮霏此时正专注地看着他，绮霏眼中布满柔情蜜意。

“德良哥。”绮霏深情道。

绮霏和德良拉着手慢慢坐下。他们坐在花丛中，感受着花草清香沁入肺腑的甜润，感受着阳光之水在身边流淌出美妙的乐章，感受着莺歌蝶舞欢庆这个灿烂的夏天。

绮霏把那个装蝴蝶的塑料杯拿过来，打开膜盖，那只斑斓的大蝴蝶便从杯中飞出，蝴蝶在他们头顶欢快地舞出优美的舞步，然后翩翩向着自由的天空飞去。

“德良，她的爱人一定等得她心急如焚了，让她找她的爱人去吧！”绮霏望着渐次渐远隐入云际的蝶影悠声道。

德良揽着绮霏，拿起她一只手，又顺手从身边摘下一朵金凤花，放在鼻前闻闻，然后摘下一枚花瓣，对绮霏温情道：“金凤花，许多人都把它叫指甲花，霏霏，我用它给你染染指甲吧！”

43

中午，德良和绮霏双双走进第十餐厅。

德良给绮霏要了一大盘扬州炒饭，扬州炒饭是绮霏爱吃的。绮霏给德良要了一大碗疙瘩面，疙瘩面是德良爱吃的。两人又要了一碟腌萝卜，到保温桶上接了两碗白开水。这是他们刚刚说定的，要过一下清水生活。

找个靠窗位置坐定。德良扤着吃绮霏盘里的扬州炒饭，绮霏扤着吃德良碗里的疙瘩面。淡了，就吃口腌萝卜。咸了，就再喝口白开水。两人吃得心领神会，好不酣畅淋漓。很快，德良碗里的疙瘩面吃完了，绮霏盘里的扬州炒饭也吃完了。两人都不同程度地冒汗了。他们相视笑着，携手走出第十餐厅。

在银杏道的一株百年银杏树下，他们坐在那里的一把长椅上。中午，这儿静悄悄的，银杏树在阳光怀抱中，低垂着嫩绿叶片，听着鸟儿婉转鸣啾恹恹欲睡。草坪上的青草也慵懒地弯下嫩绿的腰肢，做着午间舒适小憩。

绮霏掏出指甲刀，从自己头上剪下一根长发，又从德良头上剪下一根短发，捏着两根头发打了一个结，然后轻轻拽拽，将这个结紧了紧。

绮霏把打着结的两根头发递给德良，柔声道：“德良，这是我们结在一起的头发。这个结，你打不开，我也打不开。”

德良把打结的头发捏在手里，翻看着。绮霏雌黄的头发和自己乌黑的头发此时紧紧结在一起。他试着解了解，根本无从下手，更别说能打开。

绮霏从坤包里拿出一张彩纸，把打结的头发放进纸里，手指灵巧翻动着，转瞬将纸叠成一个“心”形。绮霏盈盈笑着，把包着结发的“心”形叠纸装进德良衣袋，柔声道：“这个，你留着，这是我们爱情的见证。”

接下来，德良和绮霏彼此相互拉着手，用指甲刀细细给对方修着指甲。正午的时光就这样在身边幸福地静静流淌着。

绮霏似乎睡着了，靠在德良怀里，像一株开在盛夏季节的睡莲，睡得非常美丽，非常动人，嘴角还挂着幸福的微笑。

下午，德良和绮霏手挽着手，在校园里到处逛。

他们先是在紫荆路买了雪糕，一人拿一根雪糕，边走边吃。在康博斯十字路口，他们挽着手看橱窗和字牌上张贴的社团活动海报、求职信息和名家讲座。

“德良，什么时候你做客熙京大学的名家讲坛？”

“嗯……在……不久的将来！”

绮霏笑。德良也笑。

向西走，沿着爵月湖湖堤走。他们在湖堤柳荫下看湖中泛舟的人。

“霏霏，猜猜我心里现在想什么？”

“嗯……你现在在想……你在湖中泛舟，是如何把桨掉进湖里，小舟是如何在湖心打转转，你又是如何哭着喊着求助人们来救你。”绮霏笑道。

“哇，你真知我也！”德良呵呵笑着吻了绮霏一口，“我正想着我在湖中泛舟，是如何把桨掉进湖里，小舟如何在湖心打转转，当我被困湖中孤立无援彷徨无奈的时候，一个美女又是如何驾着一叶飞舟来救我，那个美女现在就站在我面前。”

“真的吗？我真的猜对了？”绮霏睁大眼睛问。

“真的啊，要不我们心有灵犀一点通呢！”德良做出一副确定不疑的样子。

看到德良脸上又忽地闪过诡诈之气，绮霏咯咯笑着在他小臂掐了一把，嗔道："你就贫吧！"

向北走又拐进体育馆。站在体育馆阶梯座最高处，他们肩并肩手牵手看下面正在进行的一场留学生篮球对抗赛，池场里有黑白棕三种肤色的人在围着一个篮球跑。

绮霏问德良："会打篮球吗？"

"会那么一点点。"

"那，你教我打篮球吧！"

"好啊，那我教你最基本动作。伸出手来！"德良道。

绮霏把双手伸出来。

"举起两手，和我掌心对掌心！"德良举着双手示意。

绮霏举起双手，与德良双手掌心对掌心。

"来，跟着我喊'你拍一，我拍一，一个小孩坐飞机'，边喊边做拍手动作！"德良手掌轻拍着绮霏手掌示范。

"德良，你这是打篮球的基本动作吗？"绮霏一边笑着跟德良做拍手动作，一边不解地问。

"没错，这是打篮球基本动作，专练手感的。想当年，迈克尔·乔丹打篮球就是这么练出来的。"德良拍着绮霏的手道。又笑道："来，接着做拍手动作，接着喊，你拍二我拍二，两个小孩丢手绢。你拍三我拍三，三个小孩来搬砖。你拍四我拍四，四个小孩写大字。你拍五我拍五，五个小孩敲锣鼓。"

"德良，光这么拍，啥时才能学会打篮球呀？"绮霏笑道。

德良含着笑，停止了拍手，如一个教练般地朝绮霏正色道："好，今天打篮球的入门知识'拍拍手'已成功练毕，手感已形成。明天，我正式教你打篮球基本功第一步，原地运球和原地投篮！"

"什么呀！你这拍拍手是小孩游戏。什么练手感！什么入门知识！骗人！"绮霏咯咯笑着朝德良腹部推了一把。

体育馆再往北，路过游泳馆。他们面带微笑地听游泳馆里传出的"哗哗"水声。

德良问绮霏："霏霏，会游泳吗？"

"当然会了，什么泳姿都会。你呢？"

“我，光会狗刨。”德良笑道。

“那，德良，我来教你游泳吧！教你蛙泳，爱不爱学？”

“好啊，蛙泳，好看，我喜欢，怎么教？”

“先学基本功。”

“什么基本功？”

“来，听我口令，立正站好！”绮霏下口令。

德良慌忙原地立正站好。

“目视前方！”绮霏下口令。

德良匆忙目视前方。

“双臂由外向腹部内侧做环抱状！”绮霏命令。

他做环抱状。

“双脚掌呈外八字向前走，走的同时，左右肩也要跟着左右脚的节律晃动。”绮霏笑着命令。

照着做了。

走出几步，却听绮霏在他身后喊着口令笑道：“一、二、一，一、二、一。哈哈，知道这是什么基本功吗？这是蛙泳的入门知识，小熊掰棒子——掰一个丢两个！”

德良这才停下脚步，转回身，看到绮霏此时已笑得前俯后仰，才知道刚才被她给愚弄了。

向东走，路过建筑学院。熙京大学建筑学院正在搞成立八十周年庆祝活动，学院主楼披着大红纵幅标语，门口悬着氢气球，有一些穿西装人士进进出出。

德良对绮霏唏嘘：“建筑学院成立八十周年了！那它也就是八十岁了？”

“是啊，它八十岁了，这个没有问题。”绮霏盈盈笑着紧揽一下德良手。

“那它一岁的时候你多大？”德良故作不解地问。

“我那时还没出生呢！”绮霏笑吟吟作答。

“哦，还没出生呢？”德良自言。

“嗯，这有什么问题吗？”绮霏笑吟吟一歪头。

“问题倒是没什么问题，就是你妈妈有没有曾对你讲过一件重要的事?”德良把询问的目光引向绮霏。

“什么事?”

“就是在八十年前，有个人曾对你妈妈的妈妈的妈妈说，他要等她女儿的女儿的女儿一百年，后来这个人钻进时空隧道待了八十年之后，出来了。”德良忍俊不禁道。

绮霏咯咯乐，道：“你是不是想说，这个人就是你呀?”

德良一副惊讶的样子：“霏霏，你咋知道的?你妈妈真跟你提过这件事?”

绮霏乐着点头：“我妈妈是提过，但她说的那个人不是钻进时空隧道待了八十年，而是在鼠洞里藏了八十年，直到八十年后他才重见天日。”绮霏说罢，已笑得揉肠捧腹了。

德良此时只能干巴巴地呆立着，干巴巴地瞅着绮霏，也跟着不知南北地干巴巴地“嗬嗬”乐。

从数学系物理系楼前走过，又穿过政府管理学院和社会学系。然后，踅而向西，经过新闻传播学院和心理学系，他们来到新亚西亚研究中心门前。从宽大的玻璃门望进去，一楼大厅似乎在举办一个什么人的画展，人头攒动，拥挤着一些前来观摩的各界人士。

德良看了看，一揽绮霏：“是办画展的，人太多，不进去!”

绮霏盈盈笑着，揽紧他转身就走，学着他的话：“是办画展的，人太多，不进去!”

又踅而向南，来到世纪大讲堂。他们看到扇形阶梯讲堂高朋满座，一个老学者正在讲台滔滔不绝地讲演。多媒体投影幕布写着：大东亚周边国家政治关系。

德良一拉绮霏手：“讲政治的，没听头，走!”

绮霏盈盈一笑，又揽紧他转身就走，学着他的话：“讲政治的，没听头，走!”

他们手挽着手穿过国际文化交流中心，穿过弗朗西斯·培根大广场。顺着重阳路往南走，是通往熙京大学图书馆的道路，这条路上有许多来来往往的学生。德良在这里碰到许多他的同学，那些同学都面带一点点惊讶微笑着同他打招呼，德良也微笑着同他们招手作答。在这条路上，绮霏也碰到许多她的同学，那些同学也都带着一点点惊讶微笑着同她招手，绮霏也微笑着同他们点头作答。

熙京大学的才子和熙京大学的校花的恋爱秘密会在这一天之后被炒得沸沸扬扬的。但德良和绮霏内心清楚，他们的这种公之于众正是他们爱情升温的一个侧影。这种公之于众的爱情升温对他们来说是甜蜜的，是幸福的，也是让人羡慕的。

踩着咖啡色压模地坪，他们来到老馆前，又看到那株君迁子。

“霏霏，记得去年在君迁子下你跟我说过的话吗？”德良问。

绮霏咯咯笑，随后，她一脸顽皮地歪着头看他，夸张地大大摇了摇头。

“霏霏，你真想不起来？你真得失忆症了？”德良又焦急地问。

“嗯。”绮霏肯定地点点头。

“唉，可怜的霏霏，命运为什么对你如此不公！”德良失声道。

“德良，别难过，我的失忆症是有的想不起来，有的能想起来，这会儿想不起来，等过会儿也许又能想起来了。”绮霏含着笑，拍拍德良后背安慰。

“哦，是这样啊，但愿以后都能慢慢回想起来。”德良松了口气。

进老馆，在二楼廊沿下走。他们看到饮水间有两列学生在排队接水。从饮水间正面墙那面镜中，德良又看到了自己，看到了身旁的绮霏。绮霏此时也正从镜中看他，绮霏的眼神灼灼生情。德良想起了去年中秋和绮霏在镜中相遇的那一瞬。

接水队伍前排一动，一个女孩接完水出来。德良心里蓦地一惊，从镜中看到，这个女孩正是素心。素心此时也正好从镜中看到他，看到他的一瞬，素心脸上倏然漾起惊喜，但惊喜之色瞬间黯淡下去，因为她看到了同他手挽手在一起的绮霏。

“素心。”德良跨上一步唤。

素心静静看着他，幽深的眼眸中，此时带着些许哀怨之色。

绮霏盯着素心看，盯她的目光在片刻后又忽地笑了，她揽过德良，柔情地在他颈部重重一吻。随后，绮霏冲素心咯咯笑出声来。

也就在此时，素心端着水杯从他俩身旁挤过，以一种非常悲怆的姿态跑出饮水间。

“素心——”德良追出饮水间朝素心喊。

“德良……”绮霏紧拽他一下娇声唤。

“霏霏，你，唉……”德良瞅一眼绮霏，叹了声气。

“你就是放不下她。”绮霏娇声责道。

“唉，什么呀！霏霏，你又想多了，你这样做会伤害她的！”德良脸上挂着几分担忧，“我一直以来心里都觉得很愧对她，都在想方设法弥补她，可你……”

“我……”绮霏欲言又止，又有些委屈。

“霏霏，我全心全意爱着你，你也同样爱着我，她待我好一些，你是不是也应该待她好一些呢？”

“德良……我……”绮霏如一只刚刚犯错的小鹿，头温顺地抵进他怀里。

德良抚着绮霏肩往外走，边走边缓缓道：“霏霏，我们不能伤害任何一个待我们好的人。我们来到这个世上，能相爱固然不易，相知亦不易，相遇也同样不易。伤害一个待我们好的人，那等于伤害了一颗爱心，爱心被伤害了，那么人心也就疏淡了，冷落了，世界也就会变得越来越冷漠了。这样的世界，也是我们最不愿看到的世界。”

绮霏静静倚着德良，领悟般地点点头：“我懂了，以后我不这样了。你就是太心软了，这样你很容易受伤害的，这也是我所担心你的呀……”

吃罢晚饭，天已黑下来，德良和绮霏在熙京大学灯火辉煌的校园内到处逛。他们在第一教学楼一楼大厅换了五元钱硬币，在自动饮料机前投币取了两瓶冰红茶，一人拿一瓶，边走边喝。

他们从一教逛到三教，从三教逛到五教，从五教逛到八教。在八教一层玻璃窗外，他们看灯光通明的教室里或上课或上自习的同学，欣赏他们学习的样子，欣赏老师的授课姿态。这一天对他们来说，是一个幸福的闲暇时间，终于可以作为一个旁观者，放松地欣赏一下与他们朝夕相处的这个学习环境了。

在八教一层玻璃窗外，德良看到了在教室里上自习的楚迪。德良指着楚迪给绮霏看："霏霏，这就是我们宿舍的楚迪。"

"哦，就是你说的那个三叶草文学社社长，学校的大诗人楚迪吗？"绮霏粲然一笑。

"对，就是他，特有才！"

"那他旁边坐的那个女孩是谁？"绮霏往里指了一下。

德良这才注意到，在楚迪旁边还坐着一个女孩，女孩鹅蛋脸，眼珠灵动，一脸顽皮精灵之气。她正专注地在纸上写着什么。

"是R.R.。"德良脱口说出。

"R.R.？R.R.是谁？"绮霏笑笑。

"R.R.叫冉然。楚迪曾写诗向她献过爱心。"德良压低声音神神秘秘道。

"哦，好浪漫呀！德良，你啥时候也给我写诗献献爱心呀？"绮霏也压低声音说。

"嗯，等着吧，等我灵感来了，我给你献诗一首。现在，没灵感！"德良附在绮霏耳边低声说。

"你啥时候来灵感呀？我看你这灵感一时半会儿是难来了！"绮霏咯咯笑。

"别急，就快来了！灵感正在路上走着呢！"德良也笑道。

"他们在纸上写什么呢？"

"好像在写诗。"

"那咱们走吧，小心被他们发现了！"

"好吧，撤吧！"

从八教拐过来，他们来到弗朗西斯·培根大广场。广场四周的强光灯把这里照得恍若白昼。有几个黑人留学生在广场一角跳街舞，音乐放得很大，黑人在地上翻腾着，跳得挺有节奏感。广场另一角有十多个学生似乎在排练什么节目，每个人手里拿着台词，都挺入角色，美中不足就是学生腔太重，有点煽情。

广场南侧，七个男女学生在跳滑轮舞，最前面的一个是领舞，其余六个排成两队，是跟舞。借着灯光，德良看清楚了，最前面的那个人正是炫五。

德良拉一下绮霏小声说："看！我们宿舍的何炫五。"

“哦，何炫五，见过他。舞跳得不错。”绮霏笑道。

“炫五最近情绪不对，天天晚上到这里跳滑轮舞。”

“他怎么了？”

“被三叶草文学社的一个叫梦幻雨荷的女孩给迷住了。梦幻雨荷不理他，他就到广场跳滑轮舞，排解烦恼。”

“哦，梦幻雨荷这么大魅力，她长得什么样？”绮霏好奇地问。

“没见过。不过听楚迪说，她长得像雾中清荷一样清新脱俗。”德良小声道。

“哼！她有我漂亮吗？有时间一定见识见识！哼，我生气了，走！”绮霏一副生气的样子扭身就走。

“哎，霏霏，别生气，你这是生哪门子气呀！没人说你没她漂亮呀！”德良追着绮霏解释。

“哼！”绮霏仍一副气咻咻的样子。

“哎呀，霏霏，在我心中，你是最漂亮的！我不是早跟你说过吗，你在我心中最漂亮，永远漂亮。你难道忘了？”

“哼，我就是听不惯说别人漂亮！”绮霏生气地说。

“唉，不是我说她漂亮，是楚迪和炫五觉得她漂亮，我要是见了她，还觉得她不漂亮呢！在我印象中，熙京大学比我们霏霏漂亮的女孩还没出生呢！如果我们霏霏坐了熙京大学第二漂亮的那把交椅，那第一漂亮的那把交椅还敢有人来坐吗？”德良嘻嘻笑着哄着绮霏。

绮霏终于又粲齿笑了。她捶了德良一拳：“德良，你现在怎么变得油嘴滑舌的，跟我刚认识你的时候一点也不一样了。”

“事物都是在发展变化的嘛。”德良又嘻嘻笑着，引用了一句经典马克思语录。

“不过，你变成什么样我都喜欢。在我心中，你永远是诚挚、善良、执着、上进的德良哥，永远是我最心爱的德良哥。”绮霏温情脉脉地说。

从弗朗西斯·培根大广场过去，又一直北走。在国立操场钢筋护栏网前他们停下，借着操场高大的四盏强光灯，他们看绿茵地上踢球的人，看跑道上坚持晚间长跑的人。

德良吻吻绮霏额头：“霏霏，记得我们第一次在这里认识的情景吗？”

绮霏娇红着脸点点头："嗯……这个，我记得。那时，你憨情的样子……好傻！"

"霏霏，从第一次你给我送伞的那一时刻，我就冥冥感觉到我有责任撑起一把伞，一生为你遮风挡雨。"

"嗯，谢谢你，认识你之后给了我这么多的爱，我会永远铭记的。"

德良和绮霏静静相偎着。过了良久，绮霏从他怀中出来，凝望着他，深情地吻他一下："德良，过几天，我就要走了。"

德良心里一惊："霏霏，你要去哪里？"

"我要去参加全国大学生'青春美小姐'选拔赛，先参加熙京地区55所高校比赛，胜出后再参加全国各地区的总决赛。"

"哦，这样啊，那，霏霏，祝你比赛胜利，拿下总冠军！"德良紧握一下绮霏的手。

"嗯，我要去比赛了，你要好好在学校里待着，到时熙京电视台和相关一些报纸媒体会有报道的。德良，你要为我加油啊，你为我加油，我能感觉得到的。"绮霏盈盈一笑道。

"嗯，我肯定会为你加油的。霏霏，祝你早日凯旋！"

离开国立操场，往回返。路上，德良忽然又想起什么似的问："霏霏，你真得失忆症了？"

"嗯……"绮霏盈盈笑着，夸张地点点头。随后，她又含着笑，背起手，一副骄傲的样子昂首阔步走在德良前面。

"霏霏，你没骗我吗？我怎么老有一种被愚弄的感觉？"德良跑到绮霏面前握住她的手道。

绮霏终于忍不住咯咯笑了。稍后，她敛起笑容，道："德良，你是理科状元，我来考你一道数学题。"

"什么数学题？"

"嗯……是这样的，你随便想一个数字，然后加52.8，再乘以5，然后减去3.9343后再除以0.5，最后再减去你所想数字的10倍，你算一算，这个所得的数字是多少？"绮霏道。

"是随便想一个数字吗？"德良问。

"嗯，是随便一个数字。"

德良沉思一会儿，脸上略显惊讶之色，朝绮霏道：“咦！怎么都得520.1314。霏霏，想了几个数，算出来的结果都是520.1314。”

绮霏盈盈笑着，朝德良满意地点点头：“你算得很准确！不管你想到的是什么数字，你算得的结果都是这个数。”

绮霏向前踱了几步，扭回头，笑吟吟对德良道：“德良，我今天把这个数字送给你，是什么意思由你回去禅悟。”

又走几步后，绮霏突然又咯咯乐了。她扭回身，满面笑容朝德良道：“我除了送你这个数字外，突然还想送你一个数字了！”

“还要送我一个数字？什么数字？”

“这个数字是——0487！”绮霏咯咯笑道。

绮霏在前面小跑着，回身咯咯笑着朝德良大声道：“德良，0487，这个数字也送给你，回去禅悟！”

回到宿舍，楚迪还没回来，炫五正一个人闷头坐在椅子里发呆。

德良坐在字台前，想着绮霏送给他的两个数字，啥意思？他茫然不知所云，扭头问正在发呆的炫五：“520.1314是啥意思？”

“啊！谁跟你说520.1314了？”炫五像被什么东西在身上扎了一下，一下子从刚才沉迷状态中醒过味来，一脸警觉地瞅着德良问。

“520.1314是啥意思？”德良又问。

“是——我爱你一生一世。德良，是哪个MM这样对你说了？”炫五惊讶地睁大眼睛道。

“哦……”德良低下头，掂量着这句话沉甸甸的分量。

过了片刻，德良又想起什么似的抬起头，朝炫五问：“0487是啥意思，炫五？”

炫五哈哈笑，拍着膝道：“德良，这也是MM送给你的吗？这个妙，它的意思是——你是白痴！”

44

全国大学生“青春美小姐”选拔赛熙京赛区的比赛拉开了帷幕。

正如绮霏所说，媒体都做了相关报道。从《熙京晚报》上，德良得知绮霏一路过关，进入熙京赛区决赛。同时进入决赛的二十名选手中，绮霏分数排在第一位。决赛取前三名，胜出者再参加全国总决赛。

这次决赛，熙京电视台要做现场直播。

决赛那天上午，德良早早走进第十餐厅，坐在靠近电视的位置，等待观看这场决赛，心中暗暗为绮霏祈福加油。

决赛开始了，T形台走出一个接一个风姿艳丽身着盛装的女孩，她们向评委和观众频频作秀。德良紧紧盯着荧屏，等待绮霏走出来的那一激动时刻。

但从比赛开始，一直到谢幕，一直到电视开始播放其他节目，一直到第十餐厅陆陆续续来了吃饭的同学，德良在荧屏上始终没见到绮霏的身影。

绮霏怎么没有参加这次决赛呢？德良预感到，肯定有什么意外事情发生了。他心里顿时涌起一阵紧张不安。给绮霏手机拨电话，绮霏手机关机。给她家里拨电话，家里没人接，似乎家里根本没人。

这一天，德良寝食难安，时时能体会到一颗紧攥着的心在针尖上跳动的感觉。

晚上十点，德良又给绮霏宿舍拨了电话，接电话的是她同寝一个女孩，这女孩告诉德良，绮霏刚刚回来，已经睡了。

德良终于透出一口气。绮霏回来了。毕竟，她平安回来了。但旋即又想，她肯定遇到什么不开心的事了，肯定有什么事让她不开心了，为什么她没参加决赛？德良又焦虑重重起来。

第二天一早，德良又给绮霏宿舍通了电话。接电话的仍是同寝女孩，她告诉德良，绮霏已早早起来去教室了。中午、下午，德良又分别给绮霏宿舍去了电话，得到的消息分别是：绮霏在睡觉，绮霏去上课了。绮霏的手机仍关着，德良愈发不安起来。

晚上九点半，他估摸着绮霏回到宿舍了，就又给她去了电话。

这一次接电话的是绮霏。绮霏拿着听筒没有说话。德良听到电话那端静静的喘息之声。

“霏霏，怎么了？”

电话那端静默着。

“你没事吧？”

“……”

“我陪你出去走走吧？”

又静默片刻，德良听到绮霏声音平静地说：“这段时间我想复习一下功课，快期末考试了。德良，你也抓紧准备一下吧，我们考完试联系！”

绮霏说完就把电话挂了，那端传来的只是失落的嘟嘟忙音。

七月十四号，熙京大学所有院系的期末考试都进行完了，暑假也接踵而至了。德良也于这天下午考完了最后一门课。

晚上，他给绮霏宿舍去了电话，接电话的是同寝一个叫小叶子的女孩。小叶子听出德良的声音，在电话里笑了：“绮霏姐昨天考完试就走了。她有一样东西托我带给你。十五分钟之后你在我们楼下等我。”

德良放下电话，匆忙下楼。当他赶到绮霏宿舍楼下时，小叶子已经在那里了。

小叶子笑吟吟递给德良一个信封：“绮霏姐昨天考完试已经坐车去津邑了，这是她托我转交给你的。”

小叶子看着德良，表情深重道：“绮霏姐平时很少提你，但我们能感觉出来，她心里装的全都是你呀！”又道：“最近一个月她心情不怎么好，你好好陪陪她吧！”

小叶子笑吟吟朝德良摆手道别：“祝你们幸福！再见——”

回到宿舍，德良拆开信封，里面有一张火车票，是明晚发往蓟州津邑的。还有一张字条，上面有绮霏隽秀的笔迹：

德良：

来看海吧！

感悟海吧！

感悟到海的深情，也就更深刻地理解了人间真情！

我在黄金海岸等你，同你一块儿感悟海的深情。

想你的霏霏

德良捂着这个炽热的字条，如捂着一颗炽热的心，久久难能平静。

七月十五日夜，德良怀着热烈跳动的心，踏上北去津邑的列车，去寻找他深爱和深爱他的那颗同样热烈的心去了。列车如一个壮汉，在夜色中奔跑着，喘息着，因为他知道，他黎明的爱人，正等待在清晨的曙光中向他挥舞着幸福的手帕。

七月十六日上午，德良站在沿海公路上时，生平第一次看到大海。辽阔无垠碧波万顷的大海，清凉微咸的海风，铺满阳光蜿蜒于天际间的金色海滩，让他顿时产生一种回肠荡气振臂欲呼的感觉。海的博大包容一切，在大海面前，人世间一切烦恼和重负都可以变得轻飘飘的微不足道。

德良看到绮霏了，她就在沿海公路一株水杉树下。绮霏身着孔雀蓝花短裙，孔雀蓝丝光渐变衫，秀发随风轻拂，远远看去，恍若凭海临风的西域孔雀公主。

绮霏也看到了德良，向他跑来。德良迎上去，两个心爱的人拥在一起。他们相吻着。绮霏有热泪滑出，德良轻轻为她拭净。他们静静地端详着对方，两颗炽热的心随着炽热的眼神跳动出最动人的音符。

绮霏忽地展颜一笑，拉着德良又向那株水杉跑去。在树下，德良看到那里停着一辆双人骑自行车。绮霏指指它，灿烂一笑：“咱们骑这个！”

德良骗腿上车，绮霏坐在后面。两个人同时蹬车，双人车顺着沿海公路，往南驶去。公路并没多少车辆，他们缓缓蹬车，感受着海滨自然风光。煦暖的阳光洒在身上，丝丝清凉海风拂面而过，碧海长空不时荡起海鸥悠长的叫声。

绮霏剥开一块巧克力，自己咬一口，把剩余半块塞进德良嘴里，缓缓嚼着，体味着爱情巧克力在这一刻所带来的甜蜜。他们彼此都不问去哪儿，因为此刻他们是自由的，他们想去哪儿就去哪儿。此时此刻，在德良内心深处，他更希望感受着这美丽的海滨风光，带着绮霏，他的爱人，沿着这条近海公路一直走下去，一直走到老，一直走完他们整个生命过程。这样的生命轨迹对他和绮霏来说，应该是美丽的、幸福的，生命究竟应该怎样划定幸福的含义呢？

行了一会儿，在距沿海公路不远出现一处沟坡，沟坡两侧开满鲜花，于是他们拐下公路，向那里驶去。到近前，才看到是红、黄、粉、橙各色百日菊在那里旺盛生长着，百日菊被一些牵牛花茎蔓缠绕，各色牵牛花也鲜艳亮丽地点缀其间。

绮霏欣喜地采摘坡侧的百日菊，德良下到沟底去扯缠绕其间的牵牛花茎蔓。没一会儿，绮霏就采了两大把百日菊，德良手里则拎着成串色彩艳丽的牵牛花。上了沟坡，他又顺手从坡边一株柳树上折了几根柳枝，对绮霏道："霏霏，咱们编花环吧?"

"好啊！给我编个花环，我戴头上！"绮霏欣然道。

德良用柳枝挽一个圈，把圈放在绮霏头上试一下，摇摇头："哦，圈太小了！戴在头上风一吹就掉了！"又把柳圈往大放放，在她头上一试，又摇头："哦，圈太大了！戴在你头上，恐怕把你身子都装进去了！"

绮霏粲齿笑："小笨熊，你就不会编个正好的吗？真笨！"

德良把柳圈稍紧了紧，放在绮霏头上，笑道："嗯，这个正好！"

他用牵牛花茎蔓把百日菊沿着柳圈一枝一枝缠好，然后又紧紧，打了个结，于是一个花叶相间的七彩花环便编结好了。绮霏欢天喜地地把它戴在头上。德良给自己也编一个戴在头上。

绮霏拉一下德良："走，咱们到沙滩上去玩！"

又上公路，沿着公路骑车飞驶一阵，黄金海岸一处开阔沙滩地闯入视野。于是他俩下公路，向那片沙滩驶去。

越接近沙滩中央，沙质越松，车在沙里行走越困难，他们蹬车越吃力。但他俩都没有下车意愿，一起用力蹬车，在齐声"加油"中，笑着把车艰难骑进沙滩腹地。在松软的沙滩地上，他俩又一齐翻身下车，相互抱着连连翻滚。直待滚出老远后，那辆双人车才不稳地向一旁倒下去。

绮霏咯咯笑着，全身舒展地躺在沙滩上，呼吸海洋深处带过来的新鲜空气，仰视蔚蓝清澈的天穹，聆听海面上海鸥起起落落的叫声和海浪轻舔海滩声音。绮霏眼神中充满遐想之色。少顷，她若有所思问："德良，你说，海的伟大在于什么?"

德良想了想，道："海洋面积占地球四分之三，海的伟大首先应该是它有着辽阔的面积。"

绮霏点点头："嗯，这是其一，还有呢?"

德良道："海的伟大还在于，它同我们陆地一样，海洋深处有山脉，有峡谷，有高原，有平原。也同我们陆地一样，有丰富的动物界和丰富的植物界。”

绮霏又点点头：“嗯，这也算其一，还有呢？”

德良又想想：“海的伟大还在于，它维系了大气圈、水圈和生物圈一个稳定的生态链。没有大海，地球生态将迅速恶化，地球将变成另一个样子。”

绮霏微笑点头：“嗯，这也算其一，还有呢？”

德良搔着头又想了想，搜肠刮肚道：“海洋还是一个大聚宝盆，海洋里含有丰富矿物质和微量元素，这些物质和元素是我们生活中必不可少的。”

绮霏又微笑点头：“嗯，这也算其一，还有呢？”

话至此处，德良只能苦笑着摇头：“实在想不起来了。霏霏，你说，海的伟大还在于什么？”

绮霏面含笑容道：“我觉得，海的伟大最重要在于，海也同我们人一样，有情感。”

绮霏遐想着：“人类有情感，所以人类组成了家庭，组成了社会。同样，海也有情感。海纳百川，这是海的包容；海给大地提供雨露，使万物生机勃勃，这是博爱；海平静的时候，海沉默了，海在思考；海也有微笑顽皮的时候，这时它会用浪花轻轻舔你的脚丫；海悲伤哭泣的时候，它会拍打着海岸呜咽诉说；当然，海也有发怒的时候，海面上就会出现海啸吞没生灵。”

绮霏遐想着：“海的伟大就在于海的深沉，海的含蓄，海的恬淡，海的包容，海的宽厚，海的博爱。海犹如一个胸怀博大的人，它不动声色，却超然于物外。海也如一个历经沧桑的人，它世事洞明，高瞻远瞩，内心弥足坚韧。海还如一个淡泊于尘世的人，它不再会大喜大悲，也不再会患得患失。”

绮霏接着道：“我们所看到的大海，在它平静的海面下，却酝酿着波涛汹涌，孕育着丰富的情感，所以它正是胸怀万物，感情丰富。”

绮霏和德良站起身，默默走近海边，放眼遥望大海。绮霏拥身进入他怀里，深情地斟字斟句对他说：“德良，你要做像大海一样的男人啊！”

45

沙滩上五颜六色形状各异的贝壳吸引着绮霏。

他们开始拾捡贝壳。绮霏拿着一个塑料袋，弯着腰，沿着海滩，细心捡着。不一会儿，两人就捡了满满一袋。他们又跑回刚才那块沙地坐下。

绮霏把袋里贝壳都倒在地上，然后如获至宝地一个个拿在手里欣赏着，“啧啧”称奇着。这些贝壳不但有着天然各色，在形状上，有的似斗笠，有的如陀螺，有的浑圆近球，有的状如宝塔，还有的就是一个圆盘。大大小小贝壳表面还有着千姿百态的天然纹理，确实令人叹为观止。

欣赏一会儿贝壳，绮霏冲德良歪头一笑：“来，咱们用贝壳拼图，看谁拼得快拼得好，输了的要有惩罚！”

德良：“好啊，那输了的怎么惩罚？”

绮霏：“惩罚由胜者说了算。但不管是什么惩罚，都不能赖账！”

德良笑道：“我输了肯定不赖账，你也不能赖账！”

绮霏笑笑：“那当然。”

德良：“那，拼什么图？”

绮霏：“题目由我来出，我说开始就开始。”

绮霏想了想，笑道：“拼只海燕，开始——”

口令下罢，绮霏便咯咯笑着抢贝壳开始拼，德良也慌忙抢地上的贝壳。两人笑作一团。

绮霏在沙地上画了一个海燕草图，然后拿大小不一的贝壳往草图里填充。不大一会儿，绮霏的海燕就拼好了。再看德良，这时才刚刚用贝壳拼了一个近似于鸟头的东西。绮霏咯咯乐，道：“德良，你输了，接受惩罚！”

德良苦笑一下，放下手中贝壳：“罚吧，罚什么？”

绮霏四处瞅瞅，看到倒在沙滩上的那辆双人车，笑道：“罚你扛着双人车朝南跑一百米，再扛着跑回来！”

德良说了声“这没问题”，就去扛车了。照绮霏所说，扛车沿沙滩一直往南跑，估摸差不多一百米了，听得绮霏远远喊：“好了——回来吧——”德良又扛车往回跑，一直跑到绮霏跟前，把车放下，大口喘气道：“我没赖账吧？”

绮霏点点头：“还可以吧，账倒是没赖，就是跑得有点慢。”

德良惊诧地张大嘴巴，堆起一脸苦难：“这可是在扛着车跑呀！还嫌慢！大小姐，你让我跑多快才算好呀！”

绮霏俯首笑：“还行，还行，表现不错！好，咱们再来！”又从包里拿出巧克力，自己吃一块，给他递一块：“辛苦了！犒劳一下，快补补能量！”

德良嚼着巧克力，自信地朝绮霏道：“来，出题吧，这次准保赢你！”

绮霏晃着头想了想，道：“听好了。拼只小狗，开始——”

两人又开始笑着抢贝壳拼。德良这次学精了，也学绮霏的样子，先在沙地画个草图，然后照着草图往里填充贝壳，果然比刚才要快多了。

但最终还是稍稍慢了绮霏半拍。这次德良只恨自己手太慢，只能等着接受惩罚。

绮霏指指沙地：“罚你原地做三十个俯卧撑。”

德良老老实实“吭哧吭哧”做完三十个俯卧撑，拍拍手上沙，坐下来不服地说：“再来，这回我成熟练工了，准保赢你！相信吧？”

绮霏歪着头，挑逗地冲着德良道：“是吗？那咱们开始吧？”

德良斩钉截铁一挥手：“开始吧！”

“拼条小船，开始——”绮霏下口令。

又开始抢贝壳拼。这次德良真有长进了，先迅速画草图，再取贝壳迅速填充，拼小船的速度居然抢在了绮霏前面。

德良拼完了，得意地拍拍手上的沙，兴致盎然地看绮霏拼图。绮霏此时还在往草图里填充贝壳。

德良呵呵笑，一指绮霏：“停。时间到，接受惩罚！”

绮霏仍笑吟吟地将图拼完。随后她瞅瞅德良的拼图，禁不住“扑哧”乐了。笑罢，绮霏从身边花环上折下一枝柳条，把这柳条又一分为二，然后把两截柳条分别放在自己拼好的小船两侧，拍拍手上沙，忍俊不禁地看着他：“德良，你的小船怎么没船桨呢？来来，接受惩罚！”

德良一拍脑袋，这才后悔，拼小船怎么忘了拼船桨出来呢？心里暗骂自己，粗心大意，真是活该受罚！

绮霏这时已脱下一只凉鞋，掂在手里，然后使足劲向海里扔去，冲德良咯咯笑道："罚你到海里给我捡鞋去！"

德良只好脱下自己鞋，光着脚丫跑到海里给绮霏摸鞋。绮霏坐在沙滩上，冲海里猫腰找鞋的德良喊："德良，你就当一回张良，我就当回黄石公吧！赶明儿我也把兵书传你——"

德良费了老半天劲从海里摸到绮霏的鞋，拎着鞋跑回到她跟前："黄石公老先生，张良已把鞋捡回，是否给黄老先生您穿上？"

绮霏咯咯乐："免了，接着玩！张良。"言罢，又笑道："德良，你啥时又改名张良了？"

德良冲绮霏咬牙发狠道："你瞅着我怎么赢你！你瞅着，看我赢你后怎么惩罚你！"

绮霏又开始摇头晃脑盘算着。稍后，她眼睛倏地一亮，出题道："德良，拼个女孩子随身带的香囊，开始——"

绮霏开始笑吟吟地捡贝壳拼，这次她不画草图，直接拼。

香囊？女孩子带的香囊？这对德良来说头一次听说，他没见过香囊什么样，当然更不会拼。

德良只能傻傻地坐在那里，看绮霏怎么拼，自己也跟着怎么拼。结果，他当然又一次落败。

绮霏咯咯笑着又脱下另一只脚凉鞋，使劲扔向海里，让德良去捡。

德良老老实实又去把鞋捡回来，放在绮霏面前，郁闷道："香囊我没见过，这个不算。再来，出个我见过的！"

绮霏又笑吟吟冲德良道："拼个女孩子用的……"

"停——"德良打断绮霏出题，郁闷道，"霏霏，你能不能别再出女孩子用的？女孩子用的一些东西我没见过，我怎么能拼得出来？"

听德良这么说，绮霏又咯咯笑得一时直不起腰来。

绮霏抬起头，敛了敛满脸笑容，又狡诈出题道："德良，来，咱们拼个……拼个我家那条街的居委会王大妈！"

绮霏开始忍着笑拼居委会王大妈。德良却只能干巴巴地坐在那里看绮霏怎么拼。王大妈啥样？是高是矮是胖是瘦？他没见过，当然不会拼。

不一会儿绮霏就拼出了王大妈。这王大妈原来是一个大胖子，手里还拿着一个烟锅袋子，王大妈居然还是个“烟民”。

绮霏又笑着把一只鞋扔到海里去了。德良只好又硬着头皮去摸鞋。

摸鞋回来，德良郁闷道：“不玩这个了，你尽搞些刁钻古怪的题，咱们换个别的玩法!”

绮霏忍着笑：“换什么玩法?”

德良在贝壳堆里拨了几下，拣出一枚五分钱币大小的圆形贝壳，放在手里掂了掂，觉得同五分钱币分量相同，德良不由心中大喜，把这枚贝壳给绮霏看：“咱们来玩掷贝壳。贝壳带花纹的是正面，不带花纹的是反面。由我来掷。正反面由你来选，你选好了，我掷。掷出贝壳落地后向上一面如果被你选中了，算我输。如果你选错了，算我赢。惩罚由胜者说了算。”

绮霏粲然一笑：“好啊，你掷吧，我猜落地后是正面。”

德良儿时上学衣兜里经常留着一枚五分硬币，他课间和小同学的游戏之一，就是掷硬币赌正反面。所以掷硬币德良相当有窍门，一出手就能决定硬币落地的正反面。这枚贝壳在大小、重量和纹理上恰恰与一枚五分硬币相差无几。

德良把这枚贝壳拈在手里，冲绮霏神秘笑笑，装模作样在贝壳上吹口气，道一声：“起!”同时把贝壳抛向空中。贝壳在空中画了一条美丽弧线，然后飘落地面。

绮霏欣然跑过去看，失望了。贝壳是反面。她只有等待受罚。

德良呵呵笑，悠哉道：“这回可算逮着你了吧，该怎么惩罚你呢?”

绮霏娇红着脸：“听你的，你说怎么惩罚就怎么惩罚吧。”

德良轻咳两声，舒坦地伸了个懒腰，艰难活动一下肩胛，摆出一副地主派头懒洋洋命令：“丫头，过来，给我揉肩侍候!”

绮霏抿嘴乐，凑他身后，在他肩头轻揉慢捺，边揉边柔媚道：“好了吗？地主老财。”

德良闭了双眼，享受这一胜利时刻，咧嘴笑：“真是个乖丫头，侍候得真舒服！赏你点什么好呢？来，赏吃块饼干吧!”将随身带的一盒饼干递给她吃。

绮霏含着笑，又柔媚凑到他耳边：“好了吗？地主老财。再不好农奴阶级可要反抗了！”

还未等德良回答好或不好，这时绮霏却使出不大不小的劲在他肩胛骨上狠狠捶了两拳。

德良“哎哟哟”一咧嘴，急忙苦笑制止：“好了，好了！丫头，手下留情！”

接着又掷贝壳。

德良如法炮制。

绮霏又输。德良又赢。

这一次德良提出的惩罚要求是捶腿。刚捶几下，德良便见好就收地赶紧喊停。因为他知道，再不喊停，这位农奴阶级又要反抗了。

掷贝壳一直玩了好几把。绮霏一把没赢，全输了。

绮霏全输了，玩这个游戏的兴致就越来越小了，绮霏的小嘴就噘起来了。末了，绮霏噘嘴道：“咱们玩别的吧？不玩掷贝壳了。”

德良赢了个过瘾，美滋滋道：“不玩掷贝壳，那玩啥？”

绮霏晃着头想来想去，突然大喜于色道：“咱们玩猜贝壳！”

德良：“怎么猜？”

绮霏拨着地上一堆贝壳，从里面选出一个小指甲大小的叶状贝壳，捏在手里，对德良道：“这个贝壳我攥在一只手里，然后你猜在哪个手里。你猜对了我就输了，你猜错了我就赢，好不好呀？”

德良微笑：“好呀，这个胜负概率各百分之五十，公平！”

绮霏把两手放在背后，挡住德良视线，左右手在背后转移着手里的贝壳。转移完毕，绮霏把攥紧的两手伸到德良面前，笑吟吟道：“德良，你猜！”

“左手！”德良猜。

绮霏诡诈地展开左手。左手没有贝壳。

“德良，捡鞋去！”绮霏又咯咯笑着把鞋扔进海里。

德良又重新开始了捡鞋运动。

捡回来接着玩。

绮霏又在身后一阵诡秘转移，转移后又伸出攥紧的双手，笑吟吟道："德良，你猜！"

"右手！"德良又猜。

绮霏诡诈地展开右手。右手没有贝壳。

绮霏又一次把鞋扔进海里。

德良又去捡。

捡回来接着玩。

德良接着输。

连输数把之后，德良逐渐有些纳闷了。按照概率来计算，这个双手猜贝壳游戏应该胜负各占百分之五十，怎么玩了这么多把，自己竟然一把也没赢呢？难道其中有诈？德良不由得起了疑心。

又一把开始了。

绮霏又把手放在身后一阵诡秘转移，然后诡秘地伸出双手："德良，猜猜！"

"左手！"德良猜道。

绮霏诡诈地展开左手。左手没有贝壳。还未等她喊出"德良捡鞋"的话，德良冷不丁抓住她右手，然后把她攥着的右手慢慢地掰开。

德良看到绮霏的右手也空空无物。

绮霏的两手都没有贝壳。两手都没贝壳，这意味着德良永远也猜不中手里的贝壳。

绮霏在耍诈。

还未等德良做出进一步反应，绮霏看事情败露，已咯咯笑着从地上一跃而起，扭身就跑，边跑边笑着喊："小笨熊呀小笨熊，笨得出奇呀真出奇！"

德良开始在后面追赶绮霏，他要追上去好好惩罚惩罚这个狡诈的小鬼头。

眼看着德良就要追上绮霏了，绮霏却咯咯笑着踅身往海里跑。德良也踏着海水往海里追。

绮霏仍一个劲地往深海方向跑。

看到绮霏已跑到海水能触及她短裙的地方了，德良不再追，高声冲她喊："霏霏，不追你了，快回来吧！海水深！"

绮霏停下来，回过头望着德良。绮霏的眼神中此时充满无限柔情。她转过身，向德良伸出双手，充满爱怜地柔声道："来，德良哥，背背我吧！"

绮霏的眼神让人无法抗拒。德良走到绮霏跟前，俯下身。绮霏攀在德良背上。

绮霏幽咽着声音柔声道："德良哥，上一次，你从雪山里把我背出来。这一次，你再把我从海里背出来吧！"

绮霏又幽咽着道："德良哥，我的命是你救出来的，我是属于你的，我还想体味一下你救我的感觉，我还想体味一下我们一起同生共死的感觉。德良哥，你背着我在海里走走吧！"

沿着海岸线，在近海的海水里，德良背着绮霏，默默地走着，走着，海水打湿了他们的裙裤，泪水打湿了他们的衣襟，他们仍坚定不移地向前走着。上午煦暖的阳光洒在他们身上，给他们镀上了一层幸福到苍凉到悲壮的金晖。

46

中午，德良和绮霏在海滨一家海鲜店吃了海鲜，从另一家店铺租了一架华盖遮阳伞，又回到海边沙滩上来。

中午躺在松软滚烫的沙滩上，华盖伞遮住灼烈的阳光，然后做午间小憩，那绝对是一件享受的事情。绮霏光着脚丫，在沙滩上快活地跑来跑去。跑累了，坐在华盖伞下，静静端详着正闭目养神的德良。

绮霏凑过脸，轻轻吻他清秀的眉宇，吻他挺拔坚毅的鼻梁，吻他轮廓清晰的脸颊。德良睁开眼，也心领神会地抱紧她，热烈亲吻着她。他们紧紧相拥着，远远看去，恍若两尾干涸在沙滩上相濡以沫的鱼。

热吻良久，绮霏看着德良，若有所思问："假如我们的祖先古老鳍鱼没有登陆，假如我们此时是生活在海洋里的两尾鱼，我们还能这么相爱吗？"

德良冲绮霏点点头："肯定会的，如果我们是两尾鱼，也会相爱的。"

德良遥想着："假如我们在同一时代，你生活在太平洋，我生活在大西洋，我们远隔万水，但我也会远涉重洋，不远万里来找你。虽然路途有劳累，有危险，但我也不会畏惧，也不会放弃，因为我知道你就在那里等我，因为我们心中怀着一个坚定不移的爱的信念。"

绮霏又幽声问："那，如果我们是不同时代的两尾鱼呢？"

德良遥想着："如果我们是生活在海里不同时代的两尾鱼，那我会在等待你的生命中死去，死后化作一块化石，沉入海底。许多年过去以后，当你静静从我身边游过的时候，你就会看到我，因为在那石头上面会有一滴思念你的眼泪，那块石头掩体也就是保护你躲避危险栖息的地方。"

绮霏终于忍不住嘤嘤哭了，她偎在德良怀里，深深点着头："德良哥，我也会的，我也会在等待你的生命中化作一块思念你的化石的。当你游到我身边的时候，一定不要忘记停下来啊！"

两个爱人终于又抱在一起泪流满面了。

良久过后，绮霏平静下来，偎在德良怀里怯声道："德良，我错了，我对你说假话了，我没有得失忆症。你原谅我吧！"

德良微微一笑，刮一下她鼻子："我一直就在纳闷，你得了失忆症，怎么比正常人脑子还好使了呢？你这狡诈的小鬼头！"

听德良这么说，绮霏又躲进他怀里"扑哧哧"乐，举起一双粉拳，在他前胸雨点般一通乱敲。

"德良，那天我让你出来找我，而又不告诉你时间地点，就是想看看你对我们在一起的过去还有多少记忆。那天一早，我就骑车在不远处跟着你，看你到雪松后面找我，看你顺着紫荆路到翠清池，看你到老馆前那棵君迁子树下，看你又到了那个小足球场……德良，你没有忘记我们在一起的过去！当我看着你走过我们在一起的记忆，我心里真的好高兴啊！"

"霏霏，我怎么会忘记我们在一起的过去呢？我们在一起美好的过去会永远烙印在我心中，你的一颦一笑也会永远留在我心中，永远也不会被抹杀掉。"

静默一会儿，绮霏回忆着道："从寒假那次出行回来，我就时常在想，我们当时处于那样一种绝境，生存几乎已经没有可能，为什么我们还能活着回来？这里面是不是就包含着强大的爱的力量？你深爱着我，忍不得没有我，我也深爱着你，忍不得没有你，所以上苍才垂怜我们，让我们双双活着回来……”

德良抚着绮霏长发，体味着她的这番话，记忆再一次如一只北去的候鸟，盘旋在去年冬季嘉嵇北部山区那个寒冷的上空。

绮霏美目微闭，似乎睡着了。

德良也似乎睡着了。

正午金色的阳光洒在海滩上，天空宁静而高远，偶尔有丝丝海风拂面而过。

德良牵着绮霏的手，沿着海岸线，在铺满金色阳光的海滩上欢快地奔跑。他们手中拿着百日菊和牵牛花编织的七彩花环，赤着足，踩着松软灼热的沙滩，身上披着青春气息，向着他们憧憬的那个幸福的海天一线奔跑着。

一朵七色云彩从天而降，在他们前面低低滑行。

德良拽紧绮霏，紧跑几步，纵身跃上那朵云彩。七色云彩带着他们又缓缓上升，渐入云端。

高空中有风，风吹动着云彩不断前进。在风的推动下，他们乘着这块七色云彩顺风飞翔。他们身在蓝天白云之间，飞鸟从他们脚下飞过。他们看到在他们高空深处就是波澜壮阔浩瀚无垠的大海。他们一路顺风飞翔，此时幸福就掌握在他们手中，他们感到无比幸福。

高空的风大起来，强劲起来。在强劲的风的作用下，他们脚下那块七色云彩，像秋季渐次枯萎而去的艳丽花朵，纷纷凋落了它那瑰美的云片。七色的云散去了，他们从高空翻着跟头摔落下去。

他们在高空呼叫着，双双坠落于大海。

德良在海中奋力搏击着海浪，寻到了绮霏，抓住她的手。绮霏的衣衫被海水紧紧粘在身上，浸湿的头发零乱贴在脸上。绮霏面色惨白，表情非常惊恐。

她冲德良哭喊：“德良哥，怎么办呢？”

德良也非常惊恐，但他还是对绮霏说：“霏霏，别慌，别慌！”

海上的浪很大，德良只能牵着绮霏的手顺着浪潮往前游，他们想凭借浪潮尽快地游回到海岸。

他们开始奋力地游啊，游啊……

这时，意外的情况发生了。就在他们前面的海面上，出现了一群像海豚一样的鱼，少说也有四五十条，个个长着尖尖的吻。它们很擅长游泳，逆着海浪迅速朝这边游过来。

鱼群游到德良和绮霏跟前停下。它们摆开队形，围住了他俩。

德良非常着急，大声冲着这群鱼喊："你们散开，让我们回去!"

鱼群没有理会德良的话，而是改变队形。它们分成两个包围圈，用尖尖的吻把德良和绮霏分开，簇拥着他们分别进入两个包围圈内。

德良非常愤怒，冲着这群鱼大喊："你们散开！还我霏霏——"

围住德良的鱼群中，这时有一条体型较大的鱼说话了，它用尖尖的吻瓮声瓮气地问德良："她是你什么人?"

"我的爱人。"德良毫不犹豫答。

鱼又问："你们在一起会幸福吗?"

"当然会。"德良毫不犹豫答。

鱼听后"嗬嗬"地笑了。笑罢，这个鱼嘲弄地对德良冷冷道："何来幸福？你们把握不了这个世界，怎么能把握自己的命运！你们把握不了自己的命运，怎么能把握自己的幸福!"

鱼又"嗬嗬"笑着大声嘲弄道："你们何来幸福？何来幸福呀?"

鱼群终于不由分说地簇拥着绮霏逆浪而行。绮霏此时非常着急，她大声呼救："德良哥，救救我——救救我——"

但汹涌的海浪和围截的鱼群何容德良动得半步。他只能眼巴巴地看着绮霏被鱼群簇拥着往前走。

德良嘶哑着声音无助地呼喊着越来越远的绮霏。绮霏也无助地呼喊着他。在绮霏消失在他视线尽头的时候，他听到绮霏悲恸欲绝地喊："德良哥——记住——不要想念我——找一个比我更好的女孩——好好生活——找回自己的幸福——"

又一个汹涌的浪涛朝德良劈面砸来，德良浑身上下急骤悲痛冷凝到了冰点，但他仍能听到周围鱼群对他"嗬嗬"的嘲笑声……

“德良，醒醒，醒醒！”

德良听到绮霏在耳边呼唤。他缓缓睁开眼，看到绮霏正面色焦灼地坐在自己跟前。他看到他和绮霏仍然在上午那个海滩上，阳光仍暖洋洋地晒着沙滩，海面上风平浪静。他才知道他们哪儿也没去，什么也没发生，绮霏仍安然无恙地在他身边。

又是令人惊悸疼痛的一梦。

“霏霏。”德良握紧绮霏的手，沉浸在刚才梦境的疼痛中。

“你又做噩梦了！”绮霏给德良擦着额头的汗。

“霏霏，我们不要分开！”德良握着绮霏的手说道。

“我们没有分开。你做什么梦了？”绮霏欣然问。

“梦到……一群鱼将我们分开……”德良沉重地回忆。

绮霏盈盈一笑：“一群鱼？一群鱼怎么会将我们分开？”

德良沉重道：“嗯，是一群鱼。它们将我们分开，其中还有一条鱼对我说，我们把握不了这个世界，怎么能把握我们自己的命运！我们把握不了自己的命运，又怎么能把握自己的幸福！它还嘲笑地问我，我们何来的幸福？”

言罢，德良又陷入沉重的回味中。

伴着德良回味，绮霏也静下来细细品味着鱼说的这番话。

47

下午，德良和绮霏蹬着双人车到鹦珀岛。

鹦珀岛在津邑黄金海岸南部，方圆十平方公里，由渤海和泻湖从东北西三面环绕。

鹦珀岛素有京东大沙漠的美誉。这里的奇特之处在于，海洋、沙漠、森林同在这个小岛上完美和谐构成一个整体。岛的一侧是汪洋大海，而与汪洋大海所接壤的则是黄沙茫茫一望无际的大漠奇观，沙漠尽头则又是树木蓊郁、绿草如茵的森林植被。

鹦珀岛的形成是自然界长期作用的结果。发源于蓟州北部的滦河，经八百八十多公里的长途奔涉，携带着大量泥沙，在渤海入海，并将泥沙堆积在入海口。自东南而来的潮汐将这些泥沙搬运到鹦珀岛附近，季风又将这些沙子吹起，堆积在岛上，长年累月下来，鹦珀岛就成为一个海洋性沙漠岛。

德良和绮霏拉着手在鹦珀岛的槐林中穿行。大朵如脂胜雪的槐花在枝间争香斗艳，花叶交相掩映，林间芳草悠悠，恍若步入世外桃源。槐林尽头，草地上生长着大片蓝紫色成串花朵，这些小花一丛丛一簇簇，颖秀典雅，香气逼人。这就是有着“香草之后”美称的薰衣草。薰衣草浓郁的香气使人微酡欲醉。他们蹲在花丛间，感受着花香荡漾，感受着阳光洒在身上暖暖的感觉。绮霏完全沉浸在这大自然的馈赠中，忘情地欣赏着面前一株株美艳的香草，两腮泛起醉人的娇红，花影映在她脸上，使人一时难以分清哪是人面，哪是花影。

俏也不争春，
只把春来报。
待到山花烂漫时，
她在丛中笑。

从花丛中出来，一路欢快奔跑，很快，他们站到一座沙丘上。举目远望，沙浪滚滚，浩瀚壮阔。沙丘连绵起伏，形态各异，有的如横卧的巨龙，有的如凫水巨鲸，有的刀削斧劈，形如埃及金字塔。在黄沙尽头，隐隐能看见淡蓝的海天一线。

德良和绮霏脱掉鞋，拎手里，沿着隆起的沙脊，开始疯狂奔跑。脚下黄沙灼热地吻他们脚丫，他们身后，留下深深浅浅欢乐的爱的足迹。

曾有几回，德良和绮霏脚下踩空，他们就双双往沙丘下滚，一路滚，一路欢笑。一直滚到丘底，又相互拉着往上攀。攀上去之后，又接着在沙脊上跑，接着欢笑，接着摔倒，接着双双往下滚，又接着拉手往上攀……

一路狂奔之后，他们跑到那个像金字塔一样的沙丘上。这个沙丘一侧斜入海面，在这一侧，当地修了滑沙道。

从附近摊位租了一个滑沙板，他们决定尝试一下鹦珀岛最具特色的滑沙运动。

在更衣室里换上泳装，拎着滑板到沙丘顶滑道口。德良坐滑板后面，绮霏坐前面。滑板载着他们离开出口，沿着沙道风驰电掣向谷底俯冲，冲入谷底后，又载着他们直入大海。

在他们一同被淹没于海水中时，德良抱紧绮霏，绮霏贴紧德良，在他们内心中，又一次体会了和自己爱人在一起同生共死的幸福感。

从海中出来，拎着滑板攀上沙丘，又沿着滑道再一次俯冲入海，再一次体会在一起同生共死的感觉。

一次又一次滑沙入海，一次又一次的幸福体验。

在滑沙后的好长时间，德良和绮霏静静卧在一个沙丘上，晒太阳。在这段时间里，一会儿是绮霏把德良埋在沙里，一会儿德良又把绮霏埋在沙里。后来，他们用手刨出一个双人沙坑，躺进去，再刨沙往身上盖，待沙子完全盖住身子的时候，他们相视笑了。因为此时能感觉到，他们就像一对共用一床棉被相拥而睡的夫妇。后来，德良的一句话让绮霏又垂泪了。

他说："我愿以这种姿态注视着你，直到老死。以这样的姿态一直注视着你，对我来说是一件极其幸福的事情。"

绮霏开始用沙子创造未来。

她先用沙子筑了一个长方形沙墩，对德良说，这是我们住的房子。

从房子两侧，绮霏又向前围成一个方形，对德良说，这是我们的院子。

绮霏又在院子前面画了一个长方形轮廓，说，这是咱们家的菜地，咱们要吃自己亲手种的菜。

从身边的花环上，绮霏摘下一截柳枝，然后分成数截，分别插在菜地前面和房子后面。绮霏对德良说，咱们家菜地前面和房子后面要有树林，这样住着空气新鲜，如果住的地方没有树，咱们可以自己种树。

绮霏又在前面那片树林的远处画了一条弧线，对德良道，咱们家最好是建在海滨，这样你就可以每天傍晚带着我到海滩漫步，看晚霞，看日落。

绮霏又在房子后面的树林旁画了一条斜线，对德良道，这是我们上班的道路，我们沿着这条道路一起骑车去上班，下班我们又相约沿着这条道路一起骑车回家。

看着自己设计的家园，绮霏凝神了一会儿，在沙墩房子上又画了四道线，对德良道，我们的房子最好应该是四间，一间是我们做饭吃饭用的，一间是我们的卧室，一间是我和你的书房，还有一间应该是留给我们孩子用的。

话至此处，绮霏脸上倏忽之间荡起一抹红霞，分外娇人。她偷偷看看德良的脸，低声道："我最喜欢小孩了，我们要有一个孩子。"

看到德良正欣然微笑着聆听她的设想，绮霏鼻子里却又不屑地"哼"了一声，重重白他一眼，说了句："臭美吧你！"才重又高兴起来。

绮霏乐哈哈地从塑料袋里拿出一个方形贝壳，往院子里一点，乐哈哈道："这是我们喝酒的小方桌。"

德良笑道："你又要喝酒了？"

绮霏道："那当然，在天气晴朗的时候，我们又闲暇无事，我就炒几个小菜，把这方桌搬到院子里来，我要和你围着桌子面对面，喝酒放歌！"

太阳在不知不觉中西下了。马上快近傍晚了。鹦珀岛的气温也渐渐有些凉了。

德良和绮霏换下泳装，一起蹬车到鹦珀岛附近一家饺子馆吃了顿海鲜什锦馅水饺。然后，他们沿着黄金海岸往北走。

这时，天已完全黑下来，海滨高层建筑的灯光折射到海面上，随着海浪轻轻涌动，这些灯光被弄得斑斑驳驳，有些游离，也有一些凄迷。海浪轻舔着海滩，似乎是有一个人蹲在黑暗中在轻声叹息。

绮霏倚在德良身边，默默走着。绮霏的脸色凄清，让人心存怜惜，德良感到她此时有着诸多心事。

"霏霏，冷了吧？"德良紧揽一下绮霏。

绮霏摇摇头。

又静静在沙滩上走了好久，绮霏默默道："德良，青春美小姐选拔赛的决赛我放弃了，你肯定会不理解，但我就是不能让比赛蒙羞。"

"为什么？"德良接口问。提起青春美小姐选拔赛，他确实对这件事有着很大不解。

绮霏转过脸，用凄清的目光看着德良："我爸妈涉及在这次比赛中了，这次比赛被一些人暗中操纵了。"

"你爸妈?"

"对，我爸妈。比赛的评委被疏通了，有人给我拉了选票，虽然这并不是我爸妈直接干的，但是他们的社会关系已经在这次比赛发挥了作用。"

"哦，是这样的……"

"嗯，就是这样。当我决赛时，得知我背后发生了这样一些事，为了不玷污比赛的纯洁，为了不使比赛蒙羞，我就主动退出了这次比赛。"

"哦……"

他们又静静走了一会儿，绮霏神情默默地看着德良，道："德良哥，我现在长大了，总想着独立地干一些事情，总想着社会给我一个客观公正的评价，总想着真正认清我自身的价值。可是，父母在这些方面……总是让我这些愿望不能现实。他们仗着他们手中的权力，总是直接间接地影响着我的生活道路，影响着我对自己的准确判断和定位。"

话至此处，绮霏脸上掠过让人心痛的凄冷和苍白。德良不由停下来，把她紧紧拥进怀里。

绮霏在他怀中幽咽着声音道："我好想离开这个家呀!"

良久过后，德良感觉绮霏的情绪渐渐平静下来，扶起她的脸，刮刮她鼻子，微笑道："好了，不想那些了，开心点！我带着你玩，咱们放烟火，怎么样呢?"

绮霏立刻高兴起来，跳着脚拍手："好啊！海边放烟火，肯定特好看!"

沿海公路旁有卖土特产的，在这些摊位上，也卖烟花。蹬车到这样一个摊位，绮霏立刻被各种烟花品种吸引住了，她瞅瞅这个，看看那个，脸上溢满喜悦。德良忽然发现摊上还有单枝鲜玫瑰出售，心中一喜，偷偷买下一枝，藏进衣袖中。

买了烟花，又蹬车回到海滩。德良把彩珠筒、魔术弹、三报喜都插进沙里，然后一一点燃。

夜空中绽放起一个又一个明亮的彩球，红色的，橙色的，紫色的，绿色的……彩球悄无声息落在海面上，把幽深的海水映得五光十色，奇幻莫测。

艳丽的彩球映在绮霏脸上，绮霏脸上带着一些喜悦，带着一些幸福安详的平静。她看着夜空中静静绽放的彩球，似乎默默在心中祈祷着什么。

“德良，人的一生是不是就像烟花一样，绽放了自己最美丽的一瞬，然后悄无声息地离去?”绮霏拥着德良静静道。

仰望着这些在夜空中绽放出自己灿烂生命的烟花，德良默默点了点头。

沙滩上又亮起了七色菊、孔雀开屏、冰山瀑布，缤纷的烟花把海滩夜色装点得绚丽多彩。德良把电光花和绮霏分了，每人手里攥一把，点燃之后手里晃着，沿着沙滩跑，亮如白昼的电光花映在两张孩子般童真的脸上，分外动人。

跑了一会儿，他们停下。面对着大海，面对寂静的夜空，德良用手中电光花在半空画着，左一下右一下上一下下一下画着，他对绮霏说：“霏霏，你不是让我也给你写诗吗？我现在灵感已经一路狂奔赶进家门了，我写在夜幕上给你看。”

绮霏盈盈笑着，看着德良写。绮霏也用电光花在夜幕上写。

当然，德良在夜幕上写的诗只有绮霏才能看得明白。绮霏在夜幕上写的也只有德良才能看得明白。

烟火熄下去了，海滩的夜又归复于平静。德良从包里取出一张旧报纸，把它卷起来，用右手两个手指夹住报纸下端，给绮霏看：“这是一张卷着的报纸吧?”

绮霏点点头：“是一张卷着的报纸呀，你要做什么?”

德良并不答话，又把夹在指间的报纸伸到绮霏面前：“这报纸里什么也没有吧?”

绮霏凑近仔细看看，点头道：“对呀，是什么也没有呀?”

德良掏出火机，不动声色地把报纸前端点燃，举到绮霏面前：“现在报纸成了燃烧的火把了吧?”

绮霏笑道：“是啊，看样子它算个火把吧!”

德良冲绮霏扮个鬼脸，神秘笑笑：“下面，就是见证奇迹的时候了!”

绮霏先被德良的表情给逗乐了，附和着睁大眼睛，一副惊诧状：“啊！要见证奇迹了！”

此时，德良手中“火把”已将燃尽。德良口中念：“唵嘛呢叭咪吽——”只听“嘭”的一声，燃火把那只手上火光四溅，随着火把烟飞烬灭，那只手中却赫然跳出一枝色彩鲜艳的红玫瑰。

绮霏被突如其来的这一幕惊呆了，娇红的面颊布满惊喜之色。

德良双手捧着玫瑰款款走到绮霏面前，向她微一鞠身，轻声道：“霏霏，拿着，我送给你的红玫瑰，祝你一生幸福!”

绮霏小心翼翼捧过玫瑰，脸上溢满喜悦之情。德良双手捧住绮霏捧玫瑰的手，默默注视着她。绮霏也怀着无比幸福激动的心情默默注视着德良。两个爱人就这样在仲夏某个夜晚里，在黄金海岸风平浪静的海滩上，默默地注视着，享受着爱情带来的巨大幸福和宁静。

蹬车往回返的路上，绮霏静静坐在后面，什么话也没说，紧紧搂着他，脸贴在他腰际，似乎轻轻睡着了一样，又似乎沉浸在某种想象中，沉浸在某种遥远美丽的憧憬中。

从沿海公路望下去，望潮楼在夜色中发着橘黄色静谧的灯光，仿佛是镶嵌在海滨夜幕上的一座圣诞小楼。这家客栈的主人是一对安度晚年的夫妇，院子里挂着防爆灯，他们就坐在灯下藤椅中，手里拿着蒲扇，桌上放着茶盏，他们在静静享受着海滨夜晚带来的丝丝清凉和悠闲，他们的面色安详平和，与这里宁静的夜色融为一体。

德良和绮霏踩着木制楼梯上了客栈二楼，牵手走进房间。淡淡橘黄灯光映着室内洁白的墙壁和洁白的床单，一种温馨和谐的气息扑面而来。

绮霏进浴室试了水温，出来后打开衣柜，找出一件米色睡衣，递进德良怀里，浓情道：“洗个澡吧，把这个换上!”

德良在淋浴下冲了一会儿，穿着睡衣出了浴室。看着头发湿漉漉的德良，绮霏脸上掠过一片绯红，她微微颔首，“扑哧”一声乐了。

稍后，绮霏也进了浴室。

手机正低声放着舒缓清悠的《月光小夜曲》。此时此刻，德良能听到浴室里哗哗的水声和绮霏低声哼歌的声音，还隐隐能听到远处海浪轻声冲刷海滩的声音。

浴室的水声停了。绮霏出来了。

绮霏此时只着一袭淡粉轻纱，在橘色光线下，玲珑剔透冰肌雪肤的玉体已在纱下尽现天真。绮霏羞娥凝绿，腮晕潮红，她轻摇金步，柔情地向着德良走来。在他近前停下，身上轻纱悄无声息地飘然落地。绮霏躺下来，面色荡漾着醉人的娇红，目光中充满幸福的期盼之色。德良的睡衣滑落在地上。

起风了。风是爱的使者，携带着爱的信号。

风驱动着海浪，带着深沉的爱，向着海滩滚滚而来。海滩看到了，听到了，感受到了海浪的到来。海滩的表情恬静而又安详。海滩伸展出无数手臂，舒展开全身每一寸毛孔，欢呼着海浪的到来。

海浪一个浪头扑进海滩的身体，海滩松软了，海滩湿润了。海滩睁大眼睛，感受着它们一生两难相缺的缘，感受着它们一生分不开的命中注定的爱。

海浪又一个接一个扑进海滩，海滩闭上眼睛，海滩大口喘息着，震颤着，沉浸在海浪带来的爱的讯息中，沉浸在海浪带来的一次次爱的洗礼中。

海面上终于掀起了风暴，风暴卷起滔天巨浪，疯狂地奔腾着，朝着海滩席卷过去，海滩被淹没了，海滩失去了方向，也没有了时间，任凭着这滔滔巨浪一直滚到天荒地老。

天要塌了，海要漏了。海滩隐去了，海滩已经完全融入自己爱人的身体里了，海面上只有轰隆隆的惊涛骇浪。

海滩笑了。海滩哭了。海滩在大海的怀抱中幸福地哭了又笑，幸福地又哭又笑……

……

48

七月二十四日，熙京大学三农学会要远赴西部进行社会实践了。

这一天，从凌晨三点就莫名地刮起一股奇怪的风，这股风如一个阴魂不散的幽灵在熙京大学四处游荡，吹得学校屋瓦树枝间呜咽作响，像一个不白冤魂在凄冷哭诉。许多人被这股奇怪的风从睡梦中惊醒，有的人甚至从窗帘背景上看到一个鬼魂摩挲玻璃从窗前经过的剪影，许多人被这股阴邪的风惊得缩在床角瑟瑟发抖。

早上五点，天又莫名地下起了小雨。小雨淅淅哀哀地下着，冰凉凉的雨水粘在人脸上，黏稠得难以滑下。雨水中还能闻到一股腥味，似乎里面掺杂着一个死去良久的人的冰冷黏稠的血浆。

三农学会就在这样一个凄风苦雨的日子里出发了。

会长杨戟做了出发前总动员。他慷慨道，我们最贫困的农村究竟是个什么面貌？贫困农村的农业究竟是什么状况？那里的农民究竟生活在怎样的命运线上？他们的文化素质究竟停留在何种程度？他们平日里在想什么，做什么；他们喜欢什么，爱好什么，他们最高兴的是什么；他们不喜欢什么，讨厌什么，最愤恨的是什么；他们害怕什么，最不愿看到的是什么；他们最大的希望又是什么？

杨戟慷慨道，我们这一次践行不是出去游山玩水，不是出去度假。我们是要切实深入到最贫困的农村中去，对农村、农业、农民做一份真实的社会调查试卷，了解他们的生活，体恤他们的饥苦，真挚地向他们伸出友爱援助之手。大家一定要不枉此行，有所收获，真真切切地做一些实实在在的工作。

杨戟的慷慨陈词给这次西部践行平添了些许悲壮色彩。

德良打着雨伞站在出行人群中，静静聆听着。素心站在他身边，也默默看着淅淅的雨出神。素心的发梢被雨水打湿了，粘在脸上，颜面间带着一些苍白和凄凉，黑黑幽深的眼眸如深不见底的湖水，看了让人心存怜惜。

德良把雨伞往素心头上遮遮：“素心，东西都带齐了吧？”

素心点点头。

“去西部践行这事给妈妈打电话了吗？”

素心又点点头。

“吃早饭了吗？”

素心抬头看看德良，没有答话。看出素心没吃早饭，德良接着道：“你等着，我去给你买点早餐带在路上吃。”

“不，我不饿，你不要去，车马上就要走了。”素心拉住德良。

送站的大客这时已在不远处发动了。三农学会的同学在雨中纷纷登车。

德良和素心刚上车坐好，丹宁也上来了。看到德良，丹宁笑着过去，同他击一下掌：“哥们儿，这回到西部长长见识!”

这次西部践行丹宁刚好同德良素心在一个活动小组。看到素心在德良旁边，丹宁坐在了他们前面一个座位上。

车在雨中出发了。他们要先到熙京西站，在熙京西站换车到各自要去的西部省份。德良素心丹宁要去的是西部穆州，然后再从穆州到那里最偏僻的农村去。

车上素心仍默默无语，眼睛出神地望着窗外，脸上挂着诸多忧思。车窗外，有打着雨伞行走的人，淅淅细雨把这些人弄得影影绰绰，亦真亦幻。

盯着窗外好大一会儿，素心忽地侧过脸，神情黯淡问：“德良，你说，人死了会有魂魄吗?”

素心的话让德良心里一怔，他此时真有些为素心担忧了。

“素心，你怎么了，没事吧?”

素心摇摇头，又把目光投向窗外。

“是不是身体不舒服?”德良说着，抬手在她前额一试，确实感到有些发烫，“你发热了!”

素心没答话，依然看着窗外。德良在背包里找了一下，把几粒药片递到素心手中：“扑热息痛，退烧药，我正好带着。”又把水杯拿出来，递给她：“素心，快把药吃了!”

素心把水杯捂在双手，静静看着德良，目光中充斥着异常复杂的情感。过了一会儿，素心默默道：“德良，我没事，只是有些疲倦。”

“昨晚没睡好吗?”

素心看着他，默默点点头。

“想家了?”

素心摇摇头。

“那为什么?”

过了好一会儿，素心抬起头，神情黯淡地道："德良，昨晚的风好大，我在蒙眬睡意中一直听着风中有个声音唤我的名字。"

德良心头不禁一惊。

稍息片刻，德良把素心一只手拉过来，双手捂住她这只手，一副若无其事的样子对她笑笑道："素心，你是在做梦了！"

素心侧过脸看着德良，像要从他那里寻得一些什么。

德良捂着素心的手，微笑着安慰她："素心，做梦是正常的，我还经常做梦呢，做的梦都稀奇古怪。一次是梦到一群蓬头垢面的穷苦人扛着麻包，我帮助他们，他们却把一个又一个麻包压在我身上，当时我都感觉自己已经没命了！最近一次是梦到从空中掉到海里，被一群鱼给围住了，那些鱼还会说话！"

德良又笑笑道："还有一次，我还梦到你了呢！"

素心眼前一亮，脸上掠过一片红云，嘴角露出两涡浅笑："你梦到我什么了？"

德良回忆着："梦得可古怪呢！梦到咱们学校，还有许多其他地方，都被一些穿着人的衣服的怪物给统治了。人如果愿意留下就得变成怪物，不屈服的人就要被投到山洞里去。这个世界变了，咱们的家园没了。我被投进山洞里，在山洞里就看到你，我们都是不屈服的人。当时你还让我回家去看一看呢，看看自己的家是不是还在。"

听德良饶有兴趣地讲梦境，素心终于展颜笑了。稍息片刻，素心轻叹一口气，自言道："要是那样倒好了，起码我们能永远在一起了。"

听了素心的话，德良无语了。两个人都坐在那里默默地想着心事。

到熙京西站了。

在雨中，三农学会的同学都静静地下车，冒着雨，静静进站。

在列车驶出熙京西站那一刻，德良从车窗望出去，他看到站台上站着好多送别的人。在细雨中，那些人模糊着一张张泪水婆娑的脸，看了让人揪心难过，有的人在跟着列车跑，在雨中挥手，口中喊着一些听不清但能明白的最后嘱咐，但无情的列车终究还是把车上车下的人活生生地分开了，扬起长长汽笛，向着远方驶去。

德良想起寒假时送别素心的情景，心中不免有些伤感。素心也正默默看着窗外，似乎有着同样的心事。

车厢里送食品的小推车过来了。

德良买了一包方便面两根火腿肠，到饮水间接开水冲了一份泡面，把泡面端到素心跟前："你早上没吃饭，吃份泡面吧！"

又给她剥火腿肠。火腿肠的两头用铅丝封着，很难剥开。德良就用牙咬住封口丝在嘴里拧圈，这样他的表情就有些变形，也就符合了形容人丑陋的那个词——歪瓜劣枣。

素心看了他这个模样，又不由笑了，朝他一伸手："我来！"

德良叼着火腿肠在嘴里接着拧，冲素心挤眉弄目地摇头。费了好大劲，封口拧断了，德良满面赤红地把它给素心递过去，笑道："拧了三千六百度，火腿肠质量过硬，险些崩掉我过硬的牙齿！"

素心听了又俯首笑，道："火腿肠要真把你牙齿给崩掉了，我就去投诉厂家，追究他们未提示不准用牙开封的过失，让他们赔偿损失！"

德良故意调侃："厂家就是赔偿损失，我牙齿也没了，一辈子少俩牙齿，成豁牙子了，多难看呀！那咋办呢？"

素心笑着接道："那我负责给你镶两颗金牙，镶了金牙，德良哥出去更有派儿了，成暴发户了！"

素心这一说，德良喷笑了。素心也跟着笑了。

49

列车驶出蓟州荆台，雨就停了，明晃晃的太阳悬在半空。

列车进入荃州境内。德良的家乡在荃州峒城碛砀山区。进入荃州，德良心底就有一种浓浓的思乡情节。毕竟，他有近一年时间没回家了。

素心看出德良神情上这一细微变化，探过脸来，轻声问："德良，想家了吗？"

德良点点头："有那么一点点。"

素心轻声笑："嗯，想家就回去看看。这次活动结束，就回去看看，咱们就坐这趟车返回，在你家乡下车，你带着我，我也去你们那儿看看，好吗？"

素心又接着道："去年在开学典礼上你说到你家乡的情况，我一直就有个想法，亲自去你家乡看看，了解一下你们那里的风土人情、生活状况，这也算是咱们在进行社会实践活动嘛！"

听素心这么说，德良点点头："嗯，这个想法也不错。其实我除了过去上小学中学的几个地方外，对我家乡许多地方都不熟悉，我们可以到处走访一下，了解一下各地情况，这也算社会实践活动，我们肯定能增长不少见识，学到不少东西。"

素心拍手喜道："好好，咱们就这么定了，返回时中途下车到你家乡，进行社会实践！"

看着素心高兴的样子，德良心里也高兴。因为素心刚才提的社会实践想法，正好与自己近期以来内心深处的一种渴望相吻合。从入学到现在，德良遇到了许多事情，许多事情的发生都是顺其自然自然而然的，然而许多事情的发生都令自己始料未及，都震颤着自己心灵。自己为这些事情的发生失望过，痛心过，恼火过，甚至大打出手过，然而这一切事情的原委曲折究竟在哪里呢？这些事情的发生难道仅仅是个偶然吗？那造成人和人之间心灵上的缺失和差距究竟缘于何故？

路漫漫其修远兮，吾将上下而求索。德良还清楚地记得自己在开学典礼上所喊出的这句豪言壮语。这当然不是自己夸大其词哗众取宠的一句空话，而确实代表着自己将全力以赴努力的心志、决心和方向。

格物致知。德良还清楚地记得陈天衣校长给自己馈赠的这四个字，这好比是一把钥匙，一把探求真知的钥匙，一种方法论，一种寻求真理的方法论。

然而，如何格物？如何致知？面对自己陷入越来越深的人事困扰，自己再也难以坐在学堂里搞自己的自然科学理论和科学试验了，他现在急需要走出去，走到社会中，走到那些已经产生或将要产生问题的土壤中去，来认识这些问题，来认识这个世界，进而寻求解决问题的答案。所以，参加社会实践，是自己当务之急的必须选择。

时间不觉到中午了。

在车厢里吃了盒饭，素心坐在那里静静地看着德良。德良注意到素心面带一些倦色，知她昨晚没睡好，这时有些困了，就对她说："素心，在桌子上趴着睡一会儿吧！”

素心看着德良的脸，摇摇头：“不睡，我想多看你一会儿。”

德良笑了，道：“素心，又不是以后你看不到我了，以后想看你可以天天看，现在你困了，得睡觉！”

素心又使劲摇摇头：“就怕看不到你！”

顿了顿，素心又默默道：“德良，跟你一起走这么远的路，这是生平头一次，也许一生就这么一次。德良，你信不信，这也是一种缘分？”

素心的话让德良心中产生酸酸的伤感，他在素心肩头捺一下，轻声安慰：“素心，开心点，你现在是困了，先好好睡一会儿，不要胡思乱想了！”

看素心还坐着未动，德良又诱导：“来，咱俩都伏在桌上，比一比，看谁入睡快！”言罢，德良先伏在桌子上，做出睡觉的样子。

伏了一会儿，他感觉素心并没照着他的意图也伏在桌上，而是仍在默默注视着他，看他睡觉的样子。又过一会儿，他感觉素心在用手抚自己的头发，素心手中充满柔情，就像一个母亲抚摸自己孩子那样，轻轻地，慢慢地，一下一下地。

德良终于难以抑制内心的感动了，他伏着没有动，而是抬起手，接住素心的手，轻轻带了一下。在这轻轻一带之下，素心悄无声息地伏在桌上，她跟德良头抵着头，静静入睡。

本来是诱导素心睡觉，德良自己却真的睡着了。在浓浓睡眠中，他感觉素心的手一直紧紧抓着自己的手，他没有避开素心这样做，他知道素心此时心情很冷落，需要一只手的温暖。

一觉醒来，已是下午五点多了。

素心睡觉之后，精神好多了，脸上泛着红润。她一边梳理头发，一边含笑看着德良。

吃罢晚饭，德良陪素心玩五子棋。

德良是个五子棋新手。素心的五子棋下得很好。一开局，素心就连二、活二、跳二进行激烈争夺，同时还阻止破坏着德良的活二。

玩了几盘，德良是败多胜少。素心娇红着脸咯咯乐。

看着素心高兴，德良也由衷地欣慰。

车厢里有卖扑克牌的，德良买了扑克牌，和素心玩起了“捡红点”。

“捡红点”非常简单，就是用手中牌和桌面翻开的牌凑“10”，凑好了收归自己，比看谁凑得快凑得多。德良和素心规定，谁输了都要被弹脑门的。

当然，玩这种捡红点两人各有输赢。于是德良和素心就都有了弹对方脑门的机会。

每次素心输了的时候，德良就笑道：“好了，又轮到我敲小木鱼了！”然后把手指圈在嘴里哈着气，做出一副凶神恶煞的样子。

每逢此时，素心都咯咯笑着用牌挡住额头，但她能感觉到，他每次手指弹到的地方，都是轻轻的。

在素心赢了的时候，素心异常兴奋，摩拳擦掌地从座位上站起，笑道：“好了，又轮到我挑瓜了，来敲敲，看是生的还是熟的？”

德良此时则抱着脑袋缩头藏脑。素心使劲掰开他的手，还是照直弹下去。弹罢，素心轻轻给他揉着，拍拍他的头：“这瓜还行，不是生瓜蛋子，是熟的！”

玩了“捡红点”，又玩“拱猪”，一路走一路玩。

外面天色已慢慢黑下来，估计到晚上八点钟左右了。德良扬扬手中的牌，对素心道：“素心，来，用扑克牌给你占一卦！”

素心拍手喜道：“好啊，你就算算我啥时有喜事发生？”

德良取出牌中大小王，把牌交给素心，指示道：“素心，把牌洗洗。”

素心咯咯笑，洗了两遍牌。

德良又指示：“把手中的牌分成两摞，倒扣在桌上。”

素心照着做了。

德良又道：“素心，拿下这两摞牌的顶牌，看一下，是多少。”

素心翻开这两摞牌的顶牌，看了一下，一张牌是方块四，另一张是梅花五。

德良把这两张牌拿在手里，又对素心道：“把桌上剩下的牌再洗一遍，放好。”

素心照着德良说的又洗了一遍，然后成一摞叠整齐了，扣放在桌面上。

德良对素心指示道：“素心，从上往下数九张牌，拿掉它们，看看第十张牌是什么牌。”

素心照着德良吩咐，去掉九张牌，然后翻开第十张牌。

这是一张方块K。

方块K，德良心底蓦地一惊。按德良所识扑克牌的占卜意义，方块K所代表的是：注意，要有意外的事故发生！

素心这时有些着急，她把方块K举到德良面前：“方块K是啥意思?”

德良没言声，把素心手中的方块K拿过来，塞进牌里，一脸若无其事的样子对素心笑笑：“素心，你这牌是咋洗的？——没洗开。占卦最讲究洗牌了，我来教你，是这么洗——”德良说罢，把牌分两摞，分别卡在两只手里，牌对牌做了一个经典洗牌动作。

德良对素心道：“你照我这样洗牌，我再来占一遍！”

素心嘟着小嘴又按德良的要求，把牌反复洗了几遍。然后又把牌分成两摞，翻开顶牌。

这次两张顶牌分别是黑桃八和红心七。

德良拿掉这两张顶牌，吩咐素心：“再洗一遍桌面上的牌，成一摞扣好，再从上到下数，数十五张，把这十五张牌去掉，看看第十六张是什么。”

素心照着德良的吩咐做了，翻开那神秘的第十六张牌。

令人惊讶的是，那张牌竟依然是方块K。

惊讶的同时，德良内心隐隐为素心生出一些担忧。

素心此时却很淡然，拿起那张方块K，冲德良好奇道：“怎么又是它，它是啥意思啊?”

德良迟疑一下，然后朝素心笑笑，接过那张牌，指着牌上国王头像对素心道：“看，国王，这表示尊贵的人，你抽到了这张国王牌，就说明你最近身边有一位尊贵的男士要出现了。”

素心咯咯乐。随后，近似天真地问：“这是真的吗?”

德良看着素心的脸，肯定地点点头。

素心又笑，道：“他什么时候出现呀？这位尊贵的男士是不是德良哥呀?”

德良一笑："我算什么尊贵的人呀，我素心妹妹身边要出现一位比我强百倍的白马王子。"

话音未落，素心小嘴一噘，急道："不，我什么王子都不要，我就要德良哥。"

话至此处，德良无言地笑笑，把目光投向窗外。

已至亥时。窗外，夜色茫茫。列车风驰电掣地穿行在这茫茫夜色中，如穿行在一个黑暗的死亡隧道中。在这漫无边际的黑夜中，偶尔会有如豆灯火，如鬼火，看了让人毛骨悚然。列车正向着一个陌生的，叫人难以预测的世界驶去。

意外事故发生？素心会有意外事故发生？德良陷入深思。素心会有什么意外事故发生？这种扑克牌占卜会是准确的吗？能把它当真吗？

"我困了，想睡一会儿。"素心轻声打了个哈欠。

"嗯，素心，伏着睡会儿吧！"德良道。

"德良，你也睡会儿。"素心声音中已带着几分睡意。

"我一会儿就睡，现在还不困。"

素心双手放在桌上，脸伏着手背，秀发散下遮住半个脸颊，娇柔的背胛随着呼吸轻轻起伏着，似乎已进入梦乡。望着眼前这个娇弱女孩，德良想，不管怎样，只要有自己在她身边，就一定不让她有事。

大约睡了半个时辰，素心又直起身，蒙眬着睡眼抱怨："德良，有好多蚊子呢，在我耳边嗡嗡叫。"

德良凑近素心，仔细看她周围。他没看到蚊子，也没听到蚊子叫。于是对素心说："没有蚊子呀？"

"有。"素心嘟着小嘴肯定地说。

德良又仔细看看素心周围，他确实没看到一只蚊子，也没听到蚊子叫。

"就是有好多蚊子，现在还在我耳边嗡嗡叫。"素心又肯定地说。

德良看看自己身旁的乘客，是位中年妇女。德良指指素心对她道："大姐，能换个座位吗？她老说有蚊子，让她坐我这边试试看？"

中年妇女一笑，同意了。

德良让素心坐里边，对她讲："这下好好睡吧，有蚊子我也能看见。"

素心冲德良笑笑，又伏头入睡。这一次，素心没有再起来抱怨蚊子。

列车在“咔嗒、咔嗒”声中西行，车厢渐渐变得安静下来，昏黄的灯光随着车厢晃动摇曳着，附近座位传来闷闷的鼾声。大部分旅客都入睡了。德良也随着车厢晃动渐渐入睡。

不知过了多久，德良感觉素心坐起来，枕着他肩胛迷迷糊糊入睡。德良没有阻止素心这样做。

又不知是什么时候，德良感觉自己的手被一只温软的手紧紧握着，而且耳边还有轻微的喘息，接着有一张温软湿润的唇贴在自己嘴上。德良睁开眼，他看到素心满面娇红地吻着自己。

也许是由于长期以来积压在内心对素心的愧疚之情，此时此刻，德良也抱紧素心，热烈地吻着她。素心感受到了，她备受鼓舞，以一种更热烈的方式回应着。欲望似乎在顷刻之间就要冲破理智的躯壳。

德良定了定神。他想到了绮霏，想到和绮霏在一起的日子，想到绮霏的一颦一笑，想到和绮霏说过的话。德良冷静下来，他轻轻拍拍素心后背。

素心没有停止。

德良又拍拍她后背。

素心感到了，她停下来，慢慢松开德良。

素心目光静静地看着他，看了一会儿，缓缓侧过身，把目光投向窗外。

东方天边已隐隐出现一丝光线了。但就是那么一丝光线，把外面这个世界渲染得更加神秘莫测，更加光怪陆离。

素心凝望着窗外，过了许久，默默对身后德良道：“你说，人死了后会有魂魄吗?”

德良心里一怔。对于素心这句话，此时他又不知该如何回答。

素心又道：“德良，你相信命吗?”

德良无语。

素心默默道：“我信命!”

看着东方天际那一丝光线，素心默默地说：“在我小的时候，妈妈给我请了个算命的，算命的说我命里缺水，说我以后生活和工作应多接触水，远离缺水的地方。所以我上大学选择的专业也是化学。”

“素心，你信这个？”德良忍不住问。

素心默默地点点头。

50

上午八时，列车进入穆州站了。

三农学会在穆州下车的同学都纷纷下车。德良素心下车后，丹宁也刚好从卧铺车厢下来。丹宁补了卧铺票，看样子休息得不错，他走过来笑哈哈道：“终于到了！在车里待这么久，人都快自闭了！”又仰头看看远处连绵高山，笑道：“这就是穆州市，早听说穆州是两山加一河，果然不错啊！待会儿吃完饭看看黄河去，作为炎黄子孙，来到穆州不看黄河枉费此行！”

三个人出了站，到托运处提出他们募捐的衣物图书。德良对素心丹宁道：“咱们先吃早饭，然后想想去哪个乡村实践！”

车站附近有多家饭店，丹宁挑了一家门面较大的进去。三个人在一张桌旁坐定，丹宁冲吧台那边喊：“吃早饭！”

一个服务生走过来，并不说话，用手指指饭店一侧墙壁。顺着手指方向，这才发现，原来这半壁墙上写着店里各种饭菜名称。找到早餐部分，看到有：拉面、面片、碎面、长面、捞面、笼面、卤面、炒面、臊子面……

丹宁斜一眼服务生，嘟了句：“早餐就没别的吗？怎么都是面！”

服务生面无表情地回了丹宁一眼，仍未答话。

瞅了墙上一会儿，德良和丹宁各点一大碗臊子面，素心点了一小碗臊子面。服务生这时开口了，一口浓重的当地口音：“先给钱后吃面，把钱先给一下吧！”

付了钱，坐着等了一会儿，臊子面上来了。三个人围在一起吃面。刚吃两口，丹宁大呼上当，他大叫：“这叫什么臊子面？还不如我家门口孙小二做的酸汤面呢！”

丹宁的叫声被正在柜台算账的两个头戴小白帽子的回回听到了，这两人立刻抬起头来，向丹宁投去不友好的目光。

德良生怕丹宁再说出什么让人不爱听的话，忙捅他一下，小声道：“这里可不是在熙京，入乡随俗，你就凑合着吃吧！”

丹宁总算没再说别的，用筷子拨弄着碗中面，勉强往嘴里送。德良拿过水壶，给素心丹宁二人杯子里倒了开水，给自己也添满，拿起杯喝一口，诙谐笑笑道：“吃穆州臊子面，这可是咱们这次西部践行的首次经历，很有纪念意义，我们可要记住啰！”

素心笑了，不说话，细细地吃着面前这碗面。

丹宁又吃几口，觉得实在难以下咽，把碗筷一推，拿起水杯，喝起了水。喝几口，又觉得不甘心，看到柜台有拼盘牛肉，于是要了一盘。可能这盘牛肉味道还不错，丹宁吃着牛肉，对德良一笑：“要是有点酒喝就更好了！要不，咱们喝两杯？”

德良抬头看了眼丹宁：“别喝了，我们还有事在身呢！”

过了一会儿，德良看看都吃得差不多了，又给每人杯里倒了开水，边喝边对素心丹宁道：“现在咱们商量一下吧，到哪个乡村社会实践比较好？”

素心欣然道：“咱们就找这一带最贫困的农村，把所带衣物图书捐了去，参与那里的实际生活，亲身体验生活甘苦，并做好贫困农村的社会调查。”

德良笑笑，冲素心点点头，又侧身问丹宁：“丹宁，你的意见呢？”

丹宁低着头，正用一支筷子拨着他面前那碗剩面，丹宁的目光这时变得沉沉的。少顷，他抬起头，看着德良，手中那支筷子无声地指指桌面。

“你说，丹宁，你是什么意见？”德良不解，又问道。

丹宁端起水杯，淡淡品一口，淡然道：“如果让我拿意见，我的意见是，就在穆州市找个地方住下来，在穆州市找个学校把衣物图书捐出去，再在穆州市找好玩的地方玩两天。然后，打道回府。”

“你说什么？”德良纳闷。显然，他对丹宁一席话听得不太明白。

素心也用疑问的目光指向丹宁。

丹宁呵呵一笑，冲德良素心道：“我的意思是，咱们就在穆州市进行社会实践，哪儿也不去了。”

德良纳闷：“穆州，这可是城市呀！咱们是要到农村参加社会实践的呀！”

丹宁呵呵乐：“你们还真要去最贫困的农村吗？这不过是说说而已，那穷乡僻壤的地方有什么可去，那里的苦你们吃得了吗？”

“再苦我们也要去！不去我们怎么知道农民的苦！”德良终于听明白丹宁的想法了，提高声音断然道。

“我们就是要深入到最贫困的农村去！体验农民的苦，做好那里的社会调查！”素心也大声说。

丹宁依旧不急不慌呵呵乐，他用手中筷子指指碗里剩面：“你们看呢，这是穆州市，在穆州市吃得就这个样子，到了农村，你们可想而知。”

“吃得好不好我们都要去，我们不是到这儿开宴会来的！我们不是到这儿游山玩水来的！”德良断然道。

“就是，我们是到西部农村进行社会实践来的！是换取真经来的！你不愿去你别去，你在这儿玩吧，我跟德良去！”素心冲丹宁道。

丹宁沉默了，开始用那支筷子拨着碗里面条，目光又变得沉沉的。过了好长时间，丹宁抬起头，看着德良素心，缓缓道：“穷山恶水出刁民！这句话你们听说过吧？你们可想清楚了，最贫困的农村和在贫困线上的农民，也并非是你们想象中的那个样子！”

“什么？丹宁，你辱骂我们的农民是刁民？你这是什么思想？”德良震怒了。

“真不知你这种思想的人加入我们三农学会是什么意图！”素心也谴责丹宁。

听了素心的谴责，丹宁哈哈大笑，道：“什么意图？这还不是和尚头上的虱子明摆着吗？我加入三农学会，然后才认识了青桃，有了青桃，我的生活才变得更加滋润，更加舒适，这就是我的最大意图！”

“你……”素心怒视丹宁，气得浑身发颤。

德良赶紧拍拍素心背胛，示意她别动气。

丹宁不再说话，重又开始用筷子拨着碗里面条。过了好一会儿，才低沉着声音道：“穷山恶水出刁民，这并不是我在辱骂农民，这句话既然被流放于社会，必然有它存在的合理性。”

“丹宁。”德良一摆手，打断丹宁，“你怎么不说‘农民是我们衣食父母’这句话呢？你刚入三农学会的时候，不也说过‘民惟邦本，本固邦宁’这句话吗？不也说过‘治国保民就必须先知稼穑之艰辛，要怀保小民，惠鲜鳏寡’这句话吗？不也说过‘天视自我民视，天听自我民听’吗？不也说过‘我们国家是舟，我们老百姓是水，水可载舟也可覆舟’吗？你不也讲过大禹治水田桓子贷粮康熙永不加赋雍正摊丁入亩唐太宗告诫大臣莫要割股啖腹这些历史典故吗？”

丹宁听德良提起自己曾在三农学会的发言，含笑点头：“不错，我是曾这么说过。不过，此一时彼一时，我现在的看法已完全变了。”

三人的谈话就此陷入僵局。德良素心丹宁都沉默了。沉默好大一会儿，素心对德良道：“道不同，不相为谋。德良，咱们走，到农村去，让他留在穆州市玩吧！”

德良一脸正色看着丹宁：“你到底是在这儿玩呢，还是跟我们一起去农村？”

丹宁一脸麻木坐着。好大一会儿，他拍了下桌子，叹口气：“去。你们都去，我不去不就成逃兵了？回去怎么交代？”

德良和素心相顾一笑。德良拍了把丹宁：“好兄弟，够意思！”

于是三个人坐下来盘算到哪儿去。

丹宁的意见是，从穆州坐车往西南方向走，过永忻，到石鸣山一带农村去，石鸣山与嗣州接壤，还可以去嗣州一些地方了解一下。

德良的意见是，从穆州出发，坐火车，往西偏北方向走，在祝安下车，到祝安一带农村进行社会实践。

素心的意见是，从穆州出发，坐北上火车，过石湖，在常侍下车，然后搭车到黑椹山，到穆州、瓯州、虢州三省交界地带的农村去。素心认为，那里地处大西北三省交界，贫穷落后偏僻，在管理上容易出现疏忽和纰漏，容易形成“三不管”的真空地带。所以，到那里去体察民情进行社会实践是最合适不过的了。

素心说的有些道理，德良和丹宁都听素心的，买北上常侍的车票，到穆州、瓯州、虢州三省交界地带的农村进行社会实践。

德良负责与黑椹山当地政府联系，办理衣物托运。丹宁负责买车票。素心负责看护他们的行包物品。三个人整装待发。

51

车行五个小时路程，到常侍站了。

常侍是虢州的一个县。黑椹山是常侍的一个乡，在常侍西北方向。出了站，德良按照黑椹山乡政府的安排，在路边等一个叫卓三的接站人。

时值下午三时，空气闷热难当，似乎预示着一场雨的到来。等了一会儿，西边一条土路卷起黄尘，有一辆带着拖斗的小型拖拉机“突突突”地向这边驶来。到近前，拖拉机停下，从驾驶座上跳下一个精瘦中年男子，男子操一口虢州口音朝他们问：“你们是去黑椹山的吗？”

德良知道这个人就是卓三了，赶忙迎上去：“是啊。您是卓师傅吧？”

精瘦男子冲德良一点头，指指后面拖斗：“都上去吧！我捎带你们过去！”

德良素心丹宁把所带衣物图书都搬上拖拉机的拖斗，一起上了车。由于拖斗里已装着三只黑铁水箱，放了衣物图书后再坐三个人就显得有些挤了，德良便坐在水箱上。卓三看到了，提醒一句：“都坐好了啊！这里的路很不好走！”

拖拉机掉转车头，沿着黄土道“突突突”向西驶去。

出了常侍县，展现在眼前的是一望无际的黄土坡。黄土坡上有稀稀落落的麦地，还有长得不景气的马铃薯地和棉花地。卓三在驾驶座上侧过脸朝后问：“你们是学生？”

“是啊。”素心答。

“你们到黑椹山干啥呀？”

“我们参加社会实践。”德良答。

“社会实践？”卓三对这个词听得有点不大明白，随后，又进一步明确问，“是实习吗？”

“算是吧。”丹宁冲德良一笑道。

“哦，到黑椹山实习！你们为啥不在常侍实习，或到虢州或其他地方实习?”卓三颇感新奇。

“黑椹山怎么了？卓师傅。”德良问。

“不怎么，不好呗!”卓三咕哝一句。

“您是黑椹山人?”德良又问。

“嗯……从小在这里长大……”卓三的声音低了些，听着有些含糊。

德良又仔细看了看卓三，三十多岁，精瘦，穿一件半新蓝布褂，裤管高高卷起，在阳光下暴露着赤铜色的肌肤。

眼前的路开始弯曲起来，拖拉机吃力地爬着一道崎岖不平的黄土坡，排气筒里突突喷着黑烟。卓三又朝后提醒一句：“都坐好了，路不好走!”

拖斗上下颠簸左摇右晃，德良素心丹宁牢牢抓紧车身，随着拖斗一起颠簸摇晃。在颠簸之中，拖斗的黑铁水箱有水溅出，溅在德良脸上和素心身上。三个人相顾笑了一下。

上了这道坡，德良擦着脸上水问卓三：“卓师傅，你拉水是干什么用的?”

“当然是给中小学和乡政府拉的了。”卓三头也没回道。

“中小学和乡政府怎么还得拉水呀？还跑这么远！黑椹山的水不好喝吗?”素心笑了一下问。

“不是不好喝，是根本没水喝。噢，这个你们不知道呀?”卓三侧一下头问。

卓三的话让德良素心丹宁心里一怔，三个人不由相互看了一眼。过了好大一会儿，德良担忧地问：“卓师傅，你们黑椹山没水喝，那你们吃水用水怎么办？难道都是靠拉吗?”

“怎么可能全靠拉呢?”卓三淡淡一笑，“全靠拉水，全乡那么多人口，那得多大本钱？况且还有乡十里八村的，那得拉多少水才够?”

“乡十里八村都没水喝?”德良急问。

“是啊，黑椹山这片地方出水难引水难，周围十里八村都没水喝。”卓三叹了口气。停一会儿，卓三又道：“我从常侍拉水给乡政府，由乡政府把一部分水给中小学，孩子们还小，不能没水喝。剩下的由乡里定量分给各户人家，每家的水仅够喝、煮饭。如果谁家用超了，那就只得花钱买，虽然水价不是很高，但在黑椹山这地方，有几家能花得起钱买水呀?”

“吃的水一旦不够了，又买不起水，那怎么办呢?”素心也紧声问。

卓三呵呵一笑，淡然回道：“天上给点，尕娃河里取点，但不常有。”

卓三最后一句话说得不甚明了。但三人已不再说话，他们面面相觑，心中怀负着许多复杂的东西。

拖拉机给足马力在山腰间行驶，车后抛起滚滚黄尘。抬眼望去，黄土坡上稀疏长着一些枝干弯曲枝条稠密的灌木，这些灌木披棘带刺，通体挂着一层灰蒙蒙的星毛，仿佛一个个蹲缩在黄土地上大口喘热的灰色刺猬。德良知道，这应该就是沙枣树了，一种生长在西北高原耐干旱耐盐碱抗风沙的树。

拖拉机在热浪灼面的高原上奔驰了四个小时路程，黑椹山到了。黑椹山是个不大不小的乡村，看样子二百来户人家，有土坯房有砖瓦房。拖拉机在村子里七拐八拐，拐进了乡政府大院。

乡领导外出未归，负责接待德良他们的是乡办秘书小关。德良同小关说明了此行目的，把带来的衣物图书委托小关捐给这里的孩子们。小关连连道谢，把他们安排住在一个姓樊的老伯家。

樊老伯和老伴倪婶都六十多岁年纪，儿女均在外地打工，家里闲置着几间房子。乡政府招待所还未盖好，一些来乡访客大都会被安排在樊老伯家住。小关领着他们到了樊伯家，在吃住上嘱咐了一番就回去了。

此时天已渐渐黑下来，但不难看出空中积着一些阴云。倪婶在隔壁收拾房间，樊伯盘腿坐在炕上捏着烟袋锅子同三个人聊着天。刚聊没一会儿，忽听外面响起一声闷雷，一股凉风从窗口掠过，紧接着空中有几缕湿湿的东西飘下。樊伯口中“哎呀”一声喊，趿拉着鞋子向院子里跑去。

倪婶也疾步往外走，一脸兴奋地对德良三个人说：“你们真是贵人呢，你们一来就带来了今年的第一场雨!”

今年的第一场雨！倪婶的话让三个人着实又是一惊，不由跟了出去。在门口，德良看到天空中有雨点落下，“扑扑”地溅起地上阵阵尘土。就在此时，乡村里响起敲锣打鼓的声音，还有敲击其他器皿的声音，这些声音夹杂着一些人的大声喊叫，形成一片欢腾之声。又有一声闷雷从空中滚过，雨点渐密，噼噼啪啪落地有声。村里几乎所有人都立在院子里，他们沐在雨中，脸上溢满喜悦。

倪婶踮着步子，把桶、壶、瓢、盆凡能盛水的家什都拿到院子里接水。樊伯拿着铁锹疏通水槽，德良也帮着樊伯清理水槽中的杂物。水槽是正对雨檐修的水渠，雨点落在屋顶，从檐上流下汇入渠中，然后一直流到一口像水井样的窖中。樊伯告诉德良，这个窖叫水窖，他家院里有两口，田里有三口，水窖不出水，只蓄水，黑椹山的生活离不开水窖，家家户户都有，水窖专门用来收集雨水和尕娃河里取来的水。

提起尕娃河，德良想到卓三说的那句“天上给点，尕娃河里取点，但不常有”，便问樊伯。

樊伯蹲在窖口，看着潺潺流入窖中的雨水，呵呵一笑：“说的是啊！黑椹山这地方一年两年不下雨是常有的事，现在这场雨就是自去年七月以来下的第一场雨。尕娃河是村东一条小河，那里偶尔会有水流过，但更多时候那里是干的。在尕娃河里有水时，村里人就会去取水存入自家水窖，天上下雨窖里再积些雨水，乡政府给每户人家再分点吃的水，黑椹山的生活和庄稼就是这么来维持的。”

回到屋里，倪婶正在做饭，锅里烙着一圈圆圆的馍，倪婶说这叫饦饦馍。又拿出土豆和西葫芦准备弄菜，素心赶紧抢上去帮忙，倪婶摆手笑道：“你弄不了！”

倪婶从缸里小心翼翼舀了水倒进盆里，先洗西葫芦，洗了西葫芦又洗土豆，洗罢把盆中水倒入一个桶中，倪婶对素心说：“这些洗菜水，留着，待明天沉去泥沙了，洗脸，洗过脸后，再用它们浇菜。”

听了倪婶的话，德良和素心面面相觑，他们因此懂得了在倪婶这样的缺水之家究竟该如何节约水资源了。

不大一会儿，倪婶把饭菜准备好了，主食烙饦饦馍，一个醋熘土豆丝，一个醋熘西葫芦，外加一个辣子炒咸菜。德良素心丹宁和樊伯倪婶围在一起吃饭。饭桌上，丹宁阴沉着一张脸始终一声不吭。看得出，丹宁有着满腹怨气。德良咬着饦饦馍小心地问樊伯倪婶：“这地区都是这种情况吗？水都是这么紧缺吗？”

樊伯话语间抛出一些从容来，他笑道："黑椹山这地方还算好的呢！要是搁在祖嘎村，一个人一辈子只洗三次澡，出生一次，结婚一次，去世一次。"

"真的吗？有这样的事！"素心紧张地问，脸上挂满焦虑。

"可不，比起祖嘎村，黑椹山这里情况要好多了！"樊伯面露宽慰之色。

"那，樊伯，祖嘎村在什么地方？祖嘎村算得上这一带最贫困的农村吗？"德良关切地问。

"离这里不远，七十多里路。不过那村已过了虢州地界，属瓯州管。嗯……祖嘎村可能算得上这一带最穷的农村吧。"樊伯脸上也悬起一些忧虑。

吃罢饭，外面的雨仍在下，德良素心丹宁聚在一起商量明天开展的工作。德良说："西部一些地区种植压砂瓜很见成效。来这之前，尉迟教授教了我一套压砂瓜的新种植方案，明天我去一趟乡技术推广站，就那套方案与那里的同志交流一下心得。"

素心说："我想看看这里的孩子们，明天我去一趟中小学，我是学化学的，条件允许的话，我给孩子们补补化学课。"

丹宁低着一张脸，不吱声。德良对丹宁说："丹宁，要不明天你也同素心一道去学校，你是学法学的，视情况给孩子们普及一下法律常识？"

丹宁面无表情地点点头，算是同意。

农村夜晚睡觉早，再赶下雨，樊伯倪婶早早回房休息了。素心坐了一天的车，也感觉累，进了自己房间。

丹宁一声不吭爬上炕，把鞋脱下丢在地上，稍一寻思，又跳下地，把鞋捡回来放在窗台，瞟了德良一眼，不冷不热道："噢，提醒你一句，鞋子脱下不要丢在地上，这里晚上常有老鼠进来，会啃烂鞋帮子的！"

丹宁又拿起笤帚一声不吭扫炕席上的土，扫罢后把笤帚丢在灶台，一骨碌躺在席子上，仰面长叹道："睡吧！跑这鬼地方过夜，这下都满意了！"

德良知道丹宁不情愿，冲他一笑道："这次来到黑椹山，咱们算是来对了，今天所看到的这里的生活，确实超出了过去的想象，我感到收获非常大!”

“收获?!”丹宁瞅了德良一眼，鼻子不屑地反问一句。

“是啊，过去我们常听说西部某些地方缺水，但不知道他们的生活是这个样子。过去我们也常提倡节约用水，但只有来过这里的人，节水观念才会变得那么强烈，节约用水算是深深记在我心底了。”德良感触颇深地说。

丹宁沉默了。过了良久，又闷声问：“那我们啥时返程?”

德良一笑：“既然大老远来了，咱们就多待几天，多做一下深入了解，这样才符合我们来这里的目的，才不枉此行呀!”

听了德良的话，丹宁面朝墙壁蜷起身，“唉”地一声长叹。

窗外，雨在静静地下，雨檐上水珠落在檐下水槽中，发出滴滴答答好听的声音。黑椹山已经很久没有这样潮湿祥和的夜晚了。德良躺在炕席上，感受着这个意义不同寻常的夜晚，脑子里想着这一天的事，想起卓三的话：“天上给点，尕娃河里取点，但不常有。”又想起樊伯说的“要是搁在祖嘎村，一个人一辈子只洗三次澡，出生一次，结婚一次，去世一次”。德良的心头不禁感慨万千。

雨下到半夜就停了，不知从哪个方向刮来干燥的风，风挟带着细沙，撞击着玻璃窗沙沙作响。

第二天一早，乡办秘书小关来过，小关和乡里另外一个办事人员代表乡政府给德良他们带了一些米面，还送来两桶水。随后，德良素心丹宁同小关他们一同出去。德良去了乡技术推广站，素心和丹宁去了中小学。

虽然昨夜下过一场雨，可并没给这天的空气增加多少湿度。相反，却愈发有些闷热难当。到了中午，突然又狂风大作，风席卷着尘沙到处肆虐，整个乡村隐没在一片弥漫的黄尘之中。

德良中午回来的时候，素心也刚好从外面回来。素心这时看上去有些反常，她行色匆忙，一只手的两个手指却紧紧捏着自己鼻孔。德良迎上去，喊了一声“素心”。

素心冲德良点了下头，脸上露出一点笑容。就在这时，德良看到素心捏着的鼻孔有细细的血流出，德良一惊，急问：“素心，你怎么了?”

素心摇摇头，进屋翻自己的包，从包里找出卫生纸，撕成小块，拧成卷塞进出血的鼻孔，做完这一切，素心长吐一口气，对德良一笑道："鼻子出血了，可能是天热上火的原因吧。"

德良也吁了一口气，给素心倒了杯水，端给她："快喝点水，降降暑吧！"

素心一边喝着水，一边同德良聊着上午她在中小学的一些事。说起学校的孩子们，素心的眼里有泪花在闪动。素心说，许多孩子的衣服两年多都没洗过一回，就是因为缺水。素心说，不少孩子的嘴唇和手都有不同程度的皲裂，跟这里的天气、水和吃的东西有关。素心说，有的孩子上学要走三十里路，这样的暑天，又处在这一片缺水地区，不知他们是怎么走着来上学的。

说了一会儿话，素心鼻子里塞的纸卷也取掉了。本来以为这样就好了，可到就要吃饭的时候，素心鼻子里又突然出血，倪婶在旁看到了，说："是上火，干燥燥的！这里人夏天上火鼻出血，都用七七牙草，挺管事！"于是差樊伯取了七七牙草来。

倪婶把七七牙草的针去掉，放在手中细细揉，一直揉成泥状，然后把它塞进素心出血的鼻孔。令人称奇的是，素心鼻孔中的血就此立刻被止住了，几个人都觉得非常高兴。

中午在樊伯倪婶家吃的是拉条子，炒辣子酱。吃罢饭，休息了一会儿，大约在下午两点多钟，从外面来了几个人。这几个人中就有小关。经小关介绍，德良才知道，原来这一行人中有乡长、乡党委书记，还有乡里的其他头头脑脑。乡长和书记跟德良三个人聊起了黑椹山过去的状况，黑椹山当今发生的变化，以及今后的发展规划。末了，乡长说："欢迎你们来黑椹山进行社会实践，谢谢你们的爱心捐助，希望社会给我们这片土地以更多关注。当然，如果能有像你们这样有知识有文化的人投身于这片热土的建设，我们更是倍感荣幸！"

乡长最后一句话包含着对这片土地深深的感情和改变这里面貌的深切期望。对于这句话，德良深深印在了脑海中。

乡长书记一行人走后，素心对德良说："咱们到尕娃河去看看吧，看看那是一条什么样的河，看看那里有没有水，若有水，看看人们是如何从尕娃河取水。”

素心这个提法，德良同意。德良邀丹宁一起去，丹宁摇摇头，不愿去。德良不再勉强，同素心一块儿前往。

尕娃河在村东，德良和素心走了二十分钟路程，就到了。打老远望过去，在一条黄土道下，集了好多人，有男人有女人，有大人有小孩，他们手里大都拿着盛水物什，铁桶、皮桶、水壶、水袋，他们旁边还有驴子和手推车。显然，这些人都是取水来的，尕娃河里有水。但德良和素心唯独没看到的，却是那条尕娃河。

德良素心朝着这群人走近。在到他们跟前时，他俩看到那里有一个一米见方的小水洼，一脉细细的水流从远方流入洼中。有两个人正蹲在水洼边，拿着水桶从洼里舀水，其他人立在一旁候着这两人。舀水的人水桶斜入洼中，洼中水竟不能淹没桶身，每舀一次是小半桶，将它倒入另一桶中，接着再舀。

德良纳闷，问人群中的一个人：“尕娃河呢？”

被问的这个人奇怪地上下打量了德良一下，朝眼前这个小水洼努努嘴：“这不？”

德良和素心内心一震，这就是尕娃河！这个流入小水洼的溪流就是卓三口中说到的那个尕娃河！德良抬眼远望，尕娃河细细的水流在日头下闪动着一点白光，它从远方艰难地淌过黄土地，无声无息地融入这个水洼中。德良问几个等着取水的人：“尕娃河常会是这样流着水的吗？”几个人都一致摇头：“昨夜下了雨，所以尕娃河里有水，要在平时，很难有，尕娃河多数时候是干的。”

看着眼前这个被称作“河”的时而存在时而消失的小溪流，看着这些从四面八方赶来取水的人，德良内心再一次被震撼了。

在这群取水的人中，德良注意到一个十岁左右的男孩，这个男孩衣着褴褛，蓬头垢面，神情呆板，眼睛里饱含着一些疲劳和辛酸之色。男孩已取水完毕，正在把盛着水的水桶、水袋往一头驴身上放。男孩个头矮，往驴身上放这些东西很吃力，德良就过去帮忙。

德良问男孩：“小弟，家里就你一个人过来取水吗？”

男孩直愣愣地看着德良，没吭声。

德良又问："你叫什么名字？"

男孩依旧不出声。

"你家是哪个村的？小弟。"德良又问。

男孩直愣愣地盯着德良看了一会儿，开口了，嗫嚅着答："祖……嘎……村。"

德良心里一怔，祖嘎村，不就是那个从樊伯嘴里说出来的"可能是这一带最穷的农村"吗？不就是那个"一个人一辈子只洗三次澡，出生一次，结婚一次，去世一次"的祖嘎村吗？

德良急忙跨前一步，紧声问男孩："小弟，你是走了七十里路从祖嘎村到这里来取水的吗？"

男孩已不再答话，赶起那头驮水的驴子，向西而去。取水人中有认识这男孩的，告诉德良："这孩子，为了取水，凌晨两点就骑着驴子从祖嘎村往这里走，到现在，总算取到水了。"

望着那个渐渐远去牵驴驮水的矮小身影，想象着在漆黑夜晚中在坡高壑深高原路上一个孩子骑着驴来取水的情景，德良内心又久久难能平静。

素心静静站到德良身旁，凝望着远方，悠声喟叹道："他们真不容易啊！"

这天晚饭后，德良素心丹宁讨论起明天要开展的工作，素心突然提议："明天我们到祖嘎村去看看吧！祖嘎村是这一带最贫困的农村。"

对于素心这个提议，德良赞成。毕竟，到最贫困的农村进行社会实践，这是他们此行的初衷。他们就是要深入到最贫困的农村去，体验那里的民情，做好那里的社会调查。

德良征求丹宁的意见。丹宁拧着眉头道："到祖嘎村，七十里路。要是走路的话，就这暑天，不是被热死，也得被累死。要是走路，打死我我也不去！"

素心驳斥丹宁："你难道还不如一个十岁的小孩？十岁的小孩从祖嘎村到这里取水往返一个来回还没被累死。"

德良想了想，忽然想到卓三的拖拉机，于是招呼素心丹宁道："要不，让卓师傅开拖拉机送咱们去一趟？"

素心说："要是他肯送，那最好了。"

丹宁仍是一脸的不乐意："先说好了，如果坐拖拉机去，去了可就是看一看，不做停留，看完后还坐着拖拉机回来。"

听丹宁这么说，素心重重地白了丹宁一眼，半晌没说出话来。

事情就这么定下来了，明天一早去找卓三，让他开拖拉机带着往祖嘎村跑一趟。

黑椹山的夜晚很快过去了。

第二天上午，德良素心丹宁一起往村南去，因为樊伯告诉他们，卓三家在村南住。路过乡政府时，却看到卓三就在乡政府大院里，他正在给他的拖拉机加油。德良三个人高兴起来，走过去，喊了一声："卓师傅。"

卓三抬起头，看到他们仨，脸上露出笑："是你们呀！"

德良开门见山："卓师傅，我们今天想去一趟祖嘎村，你可不可以开拖拉机带我们去那儿一趟？"

听到德良这个请求，卓三抱歉地一笑："不行呢，我一会儿就得往常侍去，去给乡里拉水。"

卓三的回答让德良尴尬在那里，一时不知怎么办。丹宁对德良素心索然道："看到了吧？不是我们不想去祖嘎村，是没办法去。"说罢转身欲走。

卓三这时又抬起头："你们要去祖嘎村的话，可以找找我四弟，他家也有一个拖拉机，让他带你们过去。"

德良立刻又高兴起来："是吗？那太好了！你四弟家在哪儿住？"

"不远，就在乡政府后面住。"卓三用手指了指。言罢，他又凑到德良跟前笑笑，压低声音道："我四弟是个抠门，能算计，跑这一趟他会跟你们算路费的。"

"噢。"德良嘴里应着，目光征求地看了看素心和丹宁。素心点点头，算是同意。丹宁面无表情，不表示同意也不表示反对。

于是三个人同卓三道了别，按卓三所指引的，去找他的弟弟卓四。

很快在乡政府后面一户农家里找到卓四，还看到了他家院子里停着一辆拖拉机。卓四也三十多岁年纪，长得不像卓三那么瘦，身上也是赤铜色肌肤。卓四的话不多，听清三个人来意，卓四沉默了。

丹宁猜想卓四在算计路费，来了个单刀直入："带我们到祖嘎村多少钱？"

"二十。"卓四回答得蛮痛快。

"十五行不行？"丹宁杀起了价钱。

"不行。"卓四言辞干脆。

"我们打一个来回给你三十五，行吧？"丹宁接着还价。

"不行，打一个来回给四十。"卓四分厘不让。

没辙，遇到会算计的了，只有四十元成交。付了钱，卓四摇动摇把将车发动起来，德良素心丹宁坐进了后面拖斗中。卓四的拖拉机比卓三的还小，后面带着的拖斗可以一跨步就进去。卓四说这样的小拖拉机跑起来省油。

拖拉机驶出黑椹山村，沿着一条向西的黄土道行驶。

卓四坐在前面驾驶座上，手扶方向盘，只开车，不说话。转过两道山坡，前面的地形渐渐开阔起来。土地上有一块一块像草垫子一样贴地生长的猫头刺，还有茎叶密披灰白细毛的白沙蒿。偶尔会有庄稼地出现，地里似乎是糜谷和大豆，但都长得蔫巴巴一副病态的样子。

在距庄稼地不远，会有村落出现，有五六十户的，也有七八十户的，有土坯房有泥瓦房，稀稀落落，在烈日下昭显着一种原始和荒凉。

跑了大约两个小时路程，前面又出现一个村庄。这个村庄与其他村庄没多大不同，也六十多户人家的样子，村边有一片低矮的玉米地。

卓四在玉米地边停下车，对身后德良三个人说："到了。"

三个人一听说到祖嘎村了，都振奋。下了车，德良对卓四说："卓师傅，找个阴凉地方等着我们，待会儿我们回来。"丹宁也扭身对卓四说："等着我们呀！我们去去就回来。"

卓四高声回道："早点回来啊！下午回家地里还有活。"

踏着脚下黄尘，德良、素心、丹宁往祖嘎村里走去。时值午时十一点，太阳烈烈地炙烤着大地，扑面而来的热风卷着尘土袭在脸上，让人干裂裂生疼。有几只蝗虫嘶鸣着从不远处飞过来，其中一只落在素心头发上，接着又轻轻一个纵跃欢快地飞走了。道边有开淡黄小花的蒺藜，还有毛茸茸大尾巴似的白色狼尾花。在这里，德良看到了地椹子，地椹子的根茎贴地匍匐着，簇拥着，疯狂生长着，上面长着殷红滴血一般的浆果。

这是一条由东向西的进村道路。

他们敲响村头第一户人家的门。这户人家并排盖着三间泥瓦房，院墙有一人那么高，用土坯围砌着，墙上零乱插着一些碎玻璃碴。敲了一会儿，门没开，院门从里面闩着。给他们的感觉是，这户人家要么主人在睡觉，要么家里根本就没人。于是三个人不再敲，往村里走，敲第二户人家的门。

第二户人家也是院门紧闭，门口堆放着一些往年的玉米秆。敲了半晌，里面也没应声，院门也是从里面闩着的。德良素心丹宁都觉奇怪，相互递了一眼。就在这时，他们注意到一户特别的人家，这户人家位于距他们十几步远的地方。

之所以觉得这户人家特别，是因为这家外观看上去跟其他农户不大一样。院墙红砖磨缝，修得高高，只能看到院子里悬山顶屋瓦。院门上有挑檐门楼，梁枋上有彩绘雀替卦落，均以S形表示着“曲生吉，直生煞”的观念。这样的彩绘使德良不禁想起熙京大学的老馆，老馆就有着这样的彩绘。院门两侧蹲着一对青灰石狮，石狮半人多高，一副凶煞的样子。院门是对开的黑铁皮大门，装有青铜椒图门环，椒图衔环的面孔也是一副凶煞的样子。在这样一个小村庄里，出现这么一户人家，确实让人感到有些特别。

德良素心丹宁不约而同朝这户人家走过去。

在大门口，他们停下，开始敲门。院门是虚掩着的。叩了几下门环，站在那里静静听了听，没听到院子里有什么动静，于是他们轻轻一推门，就进去了。

他们看到院子里除了墙上挂着镰刀等一些农具外，其实什么都没有，空空如也。正面是连在一起的四间砖瓦房，靠近院门的房间门也虚掩着，从门缝望进去，里面黑漆漆的，看得不甚清楚。

德良轻敲虚掩的房门，这扇门却在轻敲之下翕然打开了，外面的光线射进屋里，黑暗的屋子在倏忽之间亮了许多。也就在屋子亮起来的时候，他们三人同时听到屋里有一个“呜呜”的被窒息着的人的闷声叫唤。

德良素心丹宁都站在门槛儿往里看，借着屋外光线，他们看到了一副令他们非常吃惊的情景。正对门的一张大炕上，坐着一个衣服凌乱披头散发的女人，女人两只手臂被反绑着，嘴里塞着一团棉絮样的东西，女人两腿还被绳索拴着，一直固定在屋里一个看不清的位置上。炕上女人此时也看到了德良三个人，嘴里又“呜呜”地呼救，女人眼中充满惊惧求助之色。

德良被这副情景惊呆了，一时不知眼前究竟发生了什么。当他正想进去探个究竟的时候，院子外边由远及近传来一阵喊声。也就在这个时候，丹宁大叫一声：“不好！快走！”

三个人疾步到院门口，他们看到有两个裸着赤铜色上身的汉子由村里向这边跑来，这两人手中都拎着寒光闪闪的镰刀。三人均感情况异常，冲出院子，向村外跑去。

丹宁德良素心展开全力向卓四那辆拖拉机跑，丹宁脚下生风地跑在最前，德良紧拽素心跑在其后。在他们后面，那两个裸着上身的汉子拼命追。

这两个汉子跑得飞快，没追多远就接近德良素心了。德良又紧拽素心一把，急声喊：“素心快跑！”

素心终究还是步子小，德良使劲拽着，她也全力跑着，但还是跑得慢了些。德良焦急地回头看，他看到那两个汉子就要追上他俩了，他甚至看到了他们怒目圆睁凶恶的面孔。也就与此同时，德良还看到从村里一些别的什么地方跑出几个同样赤裸上身的汉子，他们也朝这边追来，他们手中都拿着镰刀、菜刀和铁叉一些家什，他们脸上都带着穷凶极恶的表情。

卓四的拖拉机还未熄火，卓四正在旁边吸烟。看到眼前这一幕，卓四手中的烟停在嘴边，惊呆了。

眼看着丹宁德良素心就要跑到卓四的拖拉机跟前了，素心却突然脚下一绊，摔倒了。

德良赶紧拉素心起来。就在这时，那个跑在最前面的汉子已到他们跟前了，这个男人挥起镰刀，朝着德良狠狠砍去。德良身子闪了一下，但他拉素心的手却没有闪，镰刀重重地砍在他手臂上。德良手臂一阵剧烈疼痛，血汩汩地外涌，拉素心的手也绵软无力地松开了。

“快跑！”正往拖斗上爬的丹宁回过头大声冲德良喊。看到德良右臂被砍中，丹宁转过身，去拽他。

德良忍着疼痛，又用另一只手搀素心起来，由于紧张而声音喑哑地喊：“素心快跑！”

这时，那汉子的镰刀又向德良头部斩去。德良一低头，镰刀斩空了。

就在此时，素心从地上爬起，她向这个男人扑过去，双手扑住他挥镰刀的手，冲德良急喊一声：“德良，快跑！”喊罢，朝这个男人手腕狠狠一口咬下去。男人痛得一声怪叫，拿镰刀的手垂下了。

第二个男人却在此时赶到了，他也向德良挥起手中镰刀。素心看到了，她松开第一个男人手臂，又向这个男人扑去。她抓住这个人拿镰刀的手臂，急声喊：“德良快跑！”又一口咬在这个男人赤裸的臂膊上。这个男人一疼之下，挥起另一只手，把素心重重摔倒在地。

不远处尘土飞腾，脚步杂沓，另外几名男子也马上就要追到近前了，他们个个凶相毕露，嘴里嗷嗷叫着：“砍他！一个也别让他们跑了！”

丹宁冲德良急声大喊：“快跑！再不跑就来不及了！”使劲拽他。看到德良捂着流血的手臂又要向素心冲去，丹宁腾出一只手，照着他太阳穴重重一拳砸过去。德良猝不及防，在丹宁一记重击之下，眼前金星乱冒，接着昏暗一片。丹宁从地上抓起两把土，朝眼前两个男人扬过去。趁这两人眼睛被迷时刻，丹宁拖住昏过去的德良，爬上拖斗，冲着被突如其来的恶斗惊得目瞪口呆面无血色的卓四急喊：“快开车！跑！”

就在卓四拖拉机冲出去的一刹那，自后赶上的人手中的铁叉镰刀重重砸在拖斗边上。丹宁蜷在拖斗里，金属撞击的碎屑溅在他和德良的脸上。

52

拖拉机载着丹宁和昏迷的德良，卷起滚滚黄尘，在祖嘎村通往黑椹山的道路上疯狂奔驰。

奔了许久，德良渐渐清醒。当他看清眼前一切，慢慢回忆起刚才发生的事时，德良第一反应就是想到了素心。他猛地一下坐起，大声询问：“素心，素心呢？”

看到丹宁惊魂未定呆坐着，德良急得心脏几乎要从体内跳出，他冲丹宁大叫道：“你怎么把素心丢下了！”又朝前面开车的卓四大喊：“停下！快停下！”

卓四扭头往后看看，见没人追来，终于把拖拉机减速停下来。德良从车上跳下，扶着受伤的胳膊，沿着黄土道，又向祖嘎村方向跑去。

丹宁也从拖斗跳下，使劲撵上德良，拽住他问：“你要去哪儿？”

“我要去救素心！”德良一把推开丹宁。

“你要去送死？你要去送死你就去！”丹宁挡住厉声道。

“让我去死！我死也要救素心！”德良又一把推开丹宁向前跑。

丹宁又追上德良，截在他面前，厉声道：“你知道那些人是干什么的吗？”

德良被丹宁纠缠急了，大叫道：“你滚开！混蛋！”侧身撞开丹宁，扶着受伤的胳膊，又向前跑去。

丹宁又追上去，截在德良面前，抬起手，照着德良一记耳光抽过去，厉声道：“你清醒一下吧！你知道那些是什么人？那些是拐卖妇女的人口贩子。我们撞上了拐卖妇女的人口贩子，知道吗！”

丹宁又厉声叫道：“拐卖妇女是什么罪？——死罪！是要枪毙的！他们不会不知道的！我们看到了他们的秘密，他们就是要跟我们玩命，杀我们灭口！你回去就是送死！”

听了丹宁的话，德良内心突然产生一种难言的疼痛，他是想到素心此时可能会遭遇的不测而心痛的。德良愤怒地朝挡住路的丹宁一脚踹去，怒吼道：“你滚！让我去死！让我去送死吧！”

丹宁在一踹之下坐倒在地。德良抱着受伤的胳膊开始没命地向祖嘎村跑去。

德良一路跑一路祈祷。他祈道：“素心，你千万不要有事啊！我马上就来了！”“素心，你再等一会儿啊！我就来救你了！”“素心，你就在那里哪儿也别去啊！我这就去找你！”

一路祈祷，一路奔，好几次德良摔倒，他又爬起来接着跑，身体已经精疲力竭了，但他还是往前跑。手臂的伤口染红了袖子，血珠淌下来，滴到地上，被黄尘一卷，无声无息融入整个贫瘠的土地。德良扯下衬衣，把伤口裹了裹，又拼命往祖嘎村跑去。此时他只有一个念头，只要有一口气在，有一滴血在，他就要往前跑，跑到素心身边，保护她，不允许她有任何闪失受到任何伤害。

身后黄尘飞扬，道路此时显得如此漫长，德良恨不得插上翅膀，飞越这个距离的障碍。这是一条行将赴死的道路，死在此时对他来说并不恐惧，他恐惧的是她的安危，为了她的平安，他甘愿赴死。

终于看到祖嘎村了。德良完全没有一丝恐惧，几步冲到刚才出事地点。

刚才发生恶斗的那片黄土地，此时却空空如也，一如他们来时那样，一派死寂。太阳烈烈地悬在当空，干燥的热风卷起地上黄尘，有几只蝗虫得意地从眼前嘶鸣而过。德良所能看到的只是土地上杂乱的脚印，他甚至能辨出素心的脚印，那一串串令他揪心不安的脚印。

“素心——”德良大喊一声。然后，他朝他们刚才进去的那户人家跑去。

德良几乎是一头撞向院门，但门此时却岿然不动。院门从外面上锁，是用铁链子锁着椒图门环。

德良喊着素心的名字，疯狂拍打着冲撞着这家院门，但黑漆漆的铁皮门板和凶煞的椒图面孔此时却无情地拒斥着他，甚至在阴险地嘲笑着他。

德良不停拍打撞击着大门，不停喊着素心的名字，他感觉自己身体都麻木了，身体每一个器官在这酷暑之中竟然寒彻无比，他感觉大脑此时也麻木了，思维陷入了无限空洞和混乱之中。

不知什么时候，德良感觉他身后聚了许多人，他听到这些人中有一个漠然的声音对他说了句：“没人了。”

没人了！德良缓缓转过疲惫的身体。他看到眼前站着一群自己似曾在梦中见过的人。这群人中有男人有女人，有老人有小孩，男人裸着被风吹日晒赤铜色的上身，女人抱着一丝不挂的小孩，他们中许多人都光着脚板，头发肮脏而又凌乱，他们脸上大都带着红肿和皲裂之状。

这群人在围着德良看，眼睛里存着一些猜测和疑虑。德良向他们跨上几步，张开双臂询问："素心呢？你们看见素心了吗？"

人群没有应声。

德良又跨上一步，大声询问："素心，一个女孩，你们看到了吗？"

人们依然没有应声，脸上那些猜疑之色逐渐被胆怯之情所替。而且，随着德良跨步，人群在撤步，德良向前跨一步，人群就向后撤一步。

德良疾步走向人群一个白胡子老人，询问道："大爷，看见素心了吗？一个女孩，刚才还在这儿。"

白胡子老人神色惊恐地看了德良一眼，扭过身，颠着不稳的步子迅速走开了。

德良又疾步走向人群一个中年男子，询问道："大哥，看见素心了吗？一个女孩，刚才还在这儿。"

中年人狐疑地看了德良一眼，转过身，漠然走开了。

德良又向一个十一二岁的男孩跑去，大声问："小弟，看见素心了吗？比你大，一个女孩，刚才她还在这儿。"

还未等德良把话说完，男孩就撒腿一溜烟跑了。

德良又向其他人撵过去，打听素心的下落。但是，每个人都随着他的靠近迅速躲开、离去，人群开始在散开，围观的人纷纷逃回到自己家里。

德良开始满村庄地跑，满村庄地喊，满村庄地打听，但此时家家都关门闭户，甚至连自家的狗都被叫回家里。德良拍打着一户户院落的木板门，哀求房子里的人开门告诉他一些素心的消息。可是，每户院门都从里闩着，没有一户人家给他开门。

德良又跑回到他们先前进入的那户门前。那院门仍朝外锁着，原封未动。德良想起来了，刚才围观的人群已给了他唯一一个信息，那就是——没人了。

没人了！德良冷静一想，立刻惊出一身冷汗。没人了，那意味着他们先前看到的屋里那个被捆绑的女人被转移了，那意味着这个房子的主人也离去了，所有与这个房子有关的人都离去了，那也意味着素心很可能被那伙穷凶极恶追赶他们的人劫走了。想到这个可能的结果，想到素心可能遭遇的不测，德良骤然感觉自己万箭穿心般疼痛，紧跟着又有一种灵魂出窍的感觉，全身没一丝气力，忽地双膝一软，一头栽倒在地。

德良大口喘着气，缓解着自己行将虚无的神智，尽力让自己清醒一下，理出一点头绪，寻找出一些希望。他又摇摇晃晃站起，向先前恶斗的那块土地走去。刚走两步，就双腿一软又栽倒了，于是他就向那里爬着，使劲爬着……手臂流出的血染红了衣裤，抹在他爬过的土地上，看上去似一抹凄怆悲绝的晚霞。

终于爬到那块发生恶斗的黄土地了。德良摇摇晃晃站起，查看那些杂乱的脚印，里面有自己的，有丹宁的，还有一些陌生脚印，那是那些穷凶极恶的人留下的。德良找到了令自己揪心疼痛的素心的脚印。他要查看一下素心的脚印是往哪个方向去了，那些恶人把素心带到什么地方了？

德良四下查看，可是，素心的脚印除了从那个院子到这片恶斗土地依稀可辨外，其他地方却再没发现她的脚印。德良在周围附近到处找，他希望能发现一点线索，能发现一点寻找素心的线索。可是，这片贫瘠而无情的黄土地什么线索和希望也没给他留下，留给他的只是汹涌在心头的巨大悲怆和绝望。

望着土地上素心同恶人搏斗时留下的脚印，脑中浮现出素心咬住恶人手臂喊着让自己快跑的情景，德良再难抑制内心巨大悲恸之情，举起手臂仰天“嗥——”地一声大叫，眼前一片昏暗，身体跌入无底深渊。

德良又一次失去了知觉。

53

德良醒过来后的第一眼就是看到了丹宁。德良还看到其他一些人，这些人中有卓四，有小关，有黑椹山的乡长和书记，还有一些身着制服的人他不认识，丹宁说他们是治安人员。

丹宁对德良说，由于这一带是穆州、瓯州、虢州三省交界地带，所以在治安管理责任区划分上还有些不甚明了，不过虢州常侍方面已介入此事的调查了。丹宁说，他已经跟学校和三农学会的负责人联系了，学校已派人前往，三农学会会长杨戟也正在从穆州赶往这里的路上。

德良紧紧地盯着丹宁的脸，此时他发现丹宁原来是那么的冷酷，那么的凶狠。丢失素心的彻骨疼痛此时在德良心中转化成对丹宁的彻骨的恨。德良猛地从地上跃起，挥起那只还没受伤的手照着丹宁太阳穴狠狠就是一拳。

丹宁被打蒙了，蹲下身，嚷嚷着："你干什么！你疯了！"

德良狠狠踢着蹲在地上的丹宁，边踢边喊："你害了素心！是你害了素心！"

丹宁抱着头辩白："不是我！不是我害的！我们不跑一个也跑不了！都得死！"

德良听了又以更猛烈的方式暴打丹宁，痛声骂："你混蛋！你不是人！你坏良心了！"

丹宁被打得在地上连滚带爬，嗷嗷号叫，治安人员忙着把德良拉开了。德良蹲在地上，抱着头"呜呜"哭了。

治安人员把那户他们进去过的院门链锁撬开，查看这个院子的每一个房间。他们看到炕上有丢弃的绳索，有女人的鞋子、衣裳，地上有棉絮和破布，还有凌乱撒落的棍棒和农具。在这个院落里，德良没发现任何素心留下的东西。

德良忍着巨大悲痛摇摇晃晃走出这个院落，他要到哪里去？他不知道。他此时大脑中所知道的就是去找素心，去找他们一起来到这片贫瘠土地上进行社会实践奉献爱心体恤民情然而却意外失散的好同学。德良在风扬起的黄尘中"呜呜"哭着，跌跌撞撞不分方向走着，终于，眼前一股强劲风沙把他四顾无助薄软羸弱的身影吞没了，德良一头栽在黄尘中，身体再一次没了知觉。

当德良再次醒来的时候，他发现自己在一家医院中。白白的窗帘，白白的墙壁，还有戴着白帽子穿着白大褂的医生和护士。

在这里，德良看到了绮霏。绮霏就坐在自己的身边，绮霏的眼中充满焦灼之色。看到德良醒了，绮霏眼中滑下眼泪，她握着德良的手，欣慰地点头："德良，你终于醒了，好让我担心啊！"

"霏霏。"德良声音暗哑地喊了一声。

“德良。”

“我在哪儿？”德良弱声问。

“在穆州白铜市一家医院。”

“我怎么会到这里？”

“德良，你昏迷了，是三农学会的同学把你送到这儿的。你已经昏迷两天了，我也是今天才赶到。”

“霏霏，素心呢？素心找到了吗？”德良焦急询问。

绮霏颜面掠过一些忧虑，低声道：“没有，还没有。”

德良顿时又感一阵穿心疼痛，他挣扎着，要从床上起来。绮霏伸过双手，按住他双肩，急声道：“你不能动！医生说了，你身体太虚弱了，又带着伤，如果不好好休息，会有生命危险的。”

绮霏又道：“德良，你放心，相关方面已经勘查现场了，学校派的人也过去了，社会许多人士都介入了此事，大家都在竭尽全力寻找，相信很快就会找到素心的。”

德良重又倒回在床上，两眼直直望着洁白的屋顶，痛苦之情在腹内千回百转。

之后的每天，绮霏都要走出医院，在门口买点水果，到面馆里要碗鸡蛋面，然后带回去给德良吃。回去的同时，绮霏不会忘记德良此时心中最挂念的事，那就是打电话，向各方询问查找素心的进展情况。

一天过去了，两天过去了……四天过去了……六天过去了。绮霏每天买饭回来，看到德良忧伤焦灼的眼神，心里会阵阵难过。她同德良一样，为素心的下落悬着一颗忧忡不安的心。

第七天早上，绮霏出去了，她给德良买了早点豆腐脑、油条和煮鸡蛋，然后拎着这些东西往回走。这一天天空阴阴的，太阳不知躲到什么地方去了，空气中滞留着一股闷得让人窒息的气流。就在这时，绮霏接到一个电话。听完电话，绮霏面容惨淡得如一张白纸，腹部一阵绞痛，身体软软地蹲下。

绮霏蹲坐在地上。绮霏眼中迸出眼泪。她哭了。此时，天空中响起闷雷，一场大雨马上就要降临了。

绮霏舒缓着自己悲痛的心情，她思忖着，如何把这个不幸的消息告诉德良。她站起身，擦干脸上泪水，尽量让自己看上去显得平静一些。

绮霏缓步回到医院，推开德良的病房门。看绮霏回来了，德良眼中燃起期冀之色。绮霏知道，德良想从她这里得到今天素心的消息。

“德良，来，吃点热豆腐脑，今天的豆腐脑做得挺好吃的！”绮霏坐到德良跟前。

绮霏舀出一匙豆腐脑，吹一吹，送到德良嘴边，深情地看着他吃下去。又把油条掐成小块，放在豆腐脑中拌几下，再夹出来送到他嘴边：“来，吃点油条！”

德良吃下去，仍然期冀地看着绮霏。绮霏一边剥鸡蛋，一边默默说：“德良，好好把饭吃了，咱们一会儿坐车去穆州。”

德良一愣，握住绮霏的手：“霏霏，为什么要去穆州？有素心的消息了吗？”

绮霏冲着德良微微一笑：“有了。”

“素心现在哪里？”德良从床上一下坐起来。

“素心在穆州呢，她在穆州等着咱们呢。”绮霏默默道。

“素心没事吧？”德良又紧着问。

“素心没事，就是身体有点不大舒服，她在穆州休息呢。”绮霏出神地看着手里剥好的鸡蛋。

“真的吗？素心真的在穆州吗？素心真的没事吗？”德良激动地问。

绮霏默默点点头，冲德良展颜一笑，把鸡蛋递到他嘴边：“快把鸡蛋吃了，我去买车票，咱们这就去看素心。”

德良高兴起来，狼吞虎咽吃着绮霏买回来的饭，眼神中绽放出数日来难见的光彩。看着德良欣喜的样子，绮霏心中不忍，眼中似乎马上就有泪水涌出。强忍内心悲痛，她回过身，出去买票了。

过了没多久，绮霏买车票回来。德良的饭也吃完了。德良和绮霏一起坐上前往穆州的汽车，去看素心了。

车上，德良精神好多了，他把绮霏揽在怀中，悄悄对她说：“霏霏，从黄金海岸回来，一直到我来西部的那些天，我每天都在想着你，想你的音容笑貌，想我们在一起的快乐日子，想起这些，我感觉我是世界上最幸福的人。”

绮霏娇红了脸，浓情道："德良，虽然你离开我到西部才刚刚这么几天，可我感觉好像过了好几年那样漫长，我在家里每一天每一时，都无不在想着你，挂着你，想你此时此刻在干什么，想你此时此刻到什么地方了，你吃得惯吗？住得好吗？想起这些，我就有一种幸福的阵痛感。"

"霏霏，你我在一起这是命运安排吗？如果是，我真的很感谢命运之神，感谢他对我们如此垂怜，他让我感受到了幸福的真正内涵。"

"德良，如果是命运安排你我走到一起，我真的很感谢生命中遇到了你，你使我体会到了什么是幸福，什么是爱和被爱，什么是彻骨的爱。我的生活中不能没有你，没有你我的日子不可想象会是个什么样子，你的影子已深深植根在我脑子里，挥之不去，驱之不散，你是我生活的一个部分，你是我身体的一个部分，我和你一生是分不开的。"

德良和绮霏相拥着，体味着这深沉的无边无际的爱的力量。

54

车快进入穆州市境内了。

绮霏内心悲伤之情渐盛，她竭力抑制着悲伤情怀的表情流露，竭力使自已变得平静一些，镇定一些。

但悲伤的事实终究还是要来的，悲痛终究还是悲痛。现在她最担心的还是德良，因为她最了解他，在德良坚韧的个性背后，是他温柔和情深义重的一面。当德良知道即将到来的现实时，她不知道他会是多么悲痛。她不敢预测。她此时就是想着如何把这种悲痛减到最小程度。她除了要克制自已悲伤外，她还有义务看护好德良，保证他不要因过度悲伤而伤害到了身体。

如何让德良也能够接受这个不幸的现实呢？

车进入穆州市区了，天空下起了雨，外面灰蒙蒙的一片，如裹在人心尖上的一层厚厚蚕茧，紧得人喘不过气来。有雨水从车窗外飞进来，打在脸上，让人彻骨的寒。

"德良，你爱我吗？"绮霏看着窗外，默默的。

"霏霏，为什么又问这个问题？这还用回答吗？"德良纳闷。

“那，德良，你肯为我做一件事吗？”绮霏转向德良，目光沉静地看着他。

“当然可以啊，只要是我能做到的，义不容辞，在所不惜。”德良掷地有声地说。

绮霏淡淡一笑，噘了下嘴：“什么义不容辞！什么在所不惜！你有多少生命可以牺牲？德良，我知道你有情有义，别人对你的好，你总是念念不忘，总是要想方设法回报人家，但这样你也会被情义所累。德良，你是国家的栋梁，你能不能为了我，保护好你的有用之躯呢？”

“嗯，为了你，我保护好自己的有用之躯。霏霏，你让我做的事是什么呢？”

“嗯，我让你做的事就是少一点点义不容辞，少一点点在所不惜，保重自己的身体。”绮霏静静道。

“我除了现在有一点小伤，不是好好的吗？身体不是一直保重得很好吗？”德良朝绮霏动了下那只受伤的胳膊，笑了笑。

绮霏静静看着德良的脸，表情严肃道：“但是，你得答应我，为了我，以后无论遇到什么情况，无论发生什么事情，你都要坚定，不要悲伤，不要伤了身体。因为，德良，你不只是属于你自己的，你也是属于我的，你要是伤了你自己，就等于伤了我，你懂吗？”

德良看着绮霏，默默点点头。旋即，他又紧握一下绮霏的手：“是有什么事情吗？霏霏，你告诉我，到底是什么事情发生了？”

绮霏把肃穆而惨淡的目光投向窗外，看着让人沉闷的雨幕，幽咽着声音道：“你一定要记住我说的话，这可是你答应我的啊！”

车停了。他们要去的地方到了。

绮霏和德良下车，绮霏撑起雨伞，他们在雨幕中穿街而过，然后，向前走，拐过一个路口。前面是好大好大一片白杨林，雨水把一棵棵一株株白杨树洗刷得干干净净，杨树皮经过雨水冲洗，惨白得叫人心里发慌，发抖。绮霏和德良撑着雨伞，沿着白杨林旁一条石子路往前走。

走到白杨林尽头的时候，德良看到在那里聚了许多人，这些人打着雨伞，伫在雨中。透过雨幕，德良看到在那里还有车，白色的车，像救护车。再往近走了一看，德良发现，这些人许多他都认识，有许多是他们三农学会的同学，还有许多是熙京大学其他一些同学，他们的胸前都戴着白色小纸花，个个神情哀哀的。

德良这时注意到了，在他们身后，有一幢黑白相间的巨大建筑物。德良使劲擦着飞入眼帘的雨水，他要看清楚这是什么地方。隔着雨幕，他终于还是把这幢建筑门楣上的三个大字看清楚了：殡仪馆。

德良的心猛地往下一沉，嗓子干得似乎就要生出烟来。这时，德良看到了这群人中的杨戟，三农学会的会长杨戟。杨戟站在人群中，表情悲痛至极。

德良撇开绮霏，踏着雨水向杨戟跑去。德良抓住杨戟的手，急声问："是谁？是谁？"

杨戟悲痛地咬着嘴唇，摇摇头，呜呜地哭了。德良撇开杨戟，飞也似的穿过人群，向殡仪馆里跑去。

绮霏在雨中使劲追着德良，悲声喊："德良，记住我跟你说的话，你是答应过我的啊！"

德良几步冲进祭奠堂，他看到祭奠堂正中围了许多人。德良冲过去扒开人群。

他看到了。他看到了素心。他看到了一直让他心痛牵挂的素心。素心安静地平躺在鲜花中央，身上盖着洁白的被单。素心面色惨白，双目紧闭着，素心似乎睡着了。

"素心——"德良用尽平生力气大喊一声，向素心冲过去。他想把在鲜花中睡觉的素心抱起来，他想问一问她，这些天她是怎么过的，他想告诉她，丢失她的这些天，他是多么地心痛，多么地想她挂念她。

但是，周围的人把德良拉开了，残忍地把他拉开了，不让他碰素心一下。

人群中响起哀恸的哭声。人们在围着素心致敬，做最后的告别。

德良想哭，可是喉管此时却像烧了几十年的烟道，干得发不出一点声音。他想流泪，可他的眼睛却又像两个经年累月有风穿行而过的山洞，风经过这里留下呜咽之声，却带走了这里的最后一点润泽。德良想再次冲上去，可他感觉有人在拉着他，虽然拉他的力气并没有多大，但他已经疲软无力了，紧随着还有他疲软无力的勇气，因为他已意识到，素心已经离他而去了，永远地离他而去了。

德良终于目光呆呆的，身子软软的，直直地向着素心跪倒了。在跪倒的那一瞬，德良的泪水忽然间滂沱而下。

德良不知自己是怎么走出殡仪馆的，也不知自己是怎么又住进医院的。当他睁开眼睛的时候，他看到的又是白白的窗帘，白白的墙壁，戴着白帽子穿着白大褂的医生和护士。

德良又看到了坐在自己身边的绮霏。绮霏眼圈红红的，有些肿。显然，绮霏是刚刚哭过。看到德良醒了，绮霏抹了下自己发红的眼圈，握住他的手，启颜笑了："德良，你醒了！我好担心你呀！"

德良抚着绮霏肩胛，绮霏枕着德良胸口，他们什么也没说。此时，他们只是在默默缓解心头创伤，默默祷告着，为他们逝去一个好同学好朋友好妹妹默默祷告着。

雨整整下了三天。三天以后，学校发来通知，学校勒令三农学会全体成员立即停止西部社会实践，急速返校。

绮霏伴着伤痛中的德良，登车了。

车还是那趟发往穆州的返程车。可斯人已逝，物是人非。德良坐在车窗边，看着窗外闪身而过的景物，心中的悲伤澎湃起伏。他想起来的时候在这趟车上和素心玩五子棋，想起他们玩"捡红点"，玩"拱猪"，想起他们输了惩罚弹脑门，想起素心弹罢自己再用手轻轻地给他揉着，想起这些，德良的泪水又夺眶而出了。原来，这一切游戏的前面都冠着一个令人悲痛的副词——最后。

德良忽又想起自己在车上用扑克牌给素心无意间占的一卦。想到这件事，德良又对自己追悔不迭了，那卦象不是分明把这次行程的结果暗示给他了吗？为什么他会犹疑不定？为什么预测到可能的后果还没有尽好保护素心的责任？想到这些，德良又懊悔地流出了眼泪。为什么不把卜卦所得的真实信息告诉素心？是怕她为她自己担忧吗？德良，你是想大包大揽吗？可结果怎样？你却妄自害了素心的性命。德良呀，德良，你犯下了不可饶恕的错误。想到这些，德良心头又如刀绞一般疼痛。

吃着车上的速泡面，德良又想到素心，想到素心辛辛苦苦，怀着一颗炽热的爱心，投身于西部社会实践，可却不幸丢失了自己年轻的生命，想到这个活生生的现实，德良不禁扪心自问，这一切究竟是怎么回事呀？

车入荃州境内了，德良又悲伤地想起了素心，想起素心对自己说返程途中在他家乡下车，到他家乡农村也进行社会实践，体验一下他家乡生活。可是，望着沿途的一村一庄，德良悲痛地意识到，素心这个愿望却永远也不能实现了。

55

三农学会西部践行发生了这么大的事，熙京大学非常震动。学校给三农学会会长杨戟以严重的处分。学校为素心的家庭承担了全部丧葬费和全部抚恤金。残害素心的凶手也已相继落网，等待法律的判决。

然而，这一切能唤回素心年轻宝贵的生命吗？站在熙京大学校园里，德良睹物伤情，在这片求学热土上，仍弥留着素心温热的足迹，校园的一草一木都映着她的影子，校园空气中还聚敛着素心亲切的气息未散。

看着素心送给自己的自行车，德良的泪又流下来。他拿出一块干净的棉布，把这辆车擦了又擦，他想清清楚楚地再看看素心，他知道素心的身影就附在这辆车上，素心的气息也附在这辆车上，素心正候在那里用幽幽的目光看着他，素心在等着他来给自己拂去身上的尘土，素心在等着他再牵牵她的手，素心在等着他走近了再亲切地唤他一声“德良哥”。

德良不愿再去第十餐厅，不愿再去康博斯，不愿再去老馆，不愿再去他和素心一起待过的任何地方。因为到了那里，他就会想起素心。想起素心，他就徒自悲伤，徒自落泪。

素心的离逝，给德良带来了沉重的伤害。虽然他身上的伤口渐渐愈合了，但他心头的创伤却永难痊愈了。他开始经常失眠，经常做梦，经常在梦中见到素心。

望着日见消瘦的德良，绮霏心里难过，她不能阻止自己爱人心中悲痛，因为她心中和德良一样悲痛。她能做的就是默默陪在他身边，默默地在校园中走，让心中悲痛随着时光流转静静地融在风中。

九月了。开学了。

许多回家的学生都陆续返校，学校又要按着以往的日程安排，所有的往事都要成为往事。德良要进入大学的第二年学习，素心也该是二年级的学生了，可素心再也来不了了，素心会随着人们的谈论在人们记忆中渐渐淡忘下去。

开学第二天，一大早，德良就昏昏沉沉地从宿舍里出来，昏昏沉沉下楼，昏昏沉沉地出去了。他又度过一个失眠之夜。

德良沿着熙京大学一条街道盲目走着。天空不时刮过一股不稳定的风，风推动地上一片纸屑，“沙沙”地往前走。因为太早，清洁工还没来得及清扫这条街道。

在街道尽头，德良看到一个熟悉的身影在前面缓缓走着，这个身影看上去有一些凄凉，有一些颓唐，似乎同自己一样，也是一夜未眠。

是杨戟，德良看出来了。德良快步追上去。

“杨戟。”德良喊一声。

杨戟停下来，转回身看。看到追上来的是德良，杨戟惨淡地笑一下，点点头：“德良。”

德良站在杨戟面前，握住杨戟的手，然后拉他到道边一处僻静地。

“杨戟，害死素心的是什么人?”德良愤愤道。

听到德良问这个，杨戟又呜呜地哭了。

德良抓住杨戟一条手臂，使劲摇，急声道：“你说呀!”

杨戟呜咽道：“是几个……拐卖妇女的人贩子……还有几个……收买妇女的……当地村民。”

德良听罢后痛哭了。他又摇着杨戟的手臂，愤怒道：“他们为什么要杀害素心?”

杨戟呜咽道：“是因为……他们害怕事情败露，还有……素心骂了他们。”

德良悲痛地大声问：“他们是怎么杀害素心的？素心是怎么死的?”

杨戟抱着头呜呜痛哭着，样子非常凄惨。

德良使劲晃着杨戟，急声道：“杨戟，你说呀！你快说呀!”

杨戟呜咽着声音悲痛道："他们强暴了她，玷污了她，他们殴打她……素心一直对他们骂不绝口……后来，他们残忍地割断了她的喉咙。"

听罢杨戟的话，德良仰天一声大叫，几欲又昏了过去。

德良开始在校园里疯狂地跑，疯狂地哭喊。

他哭喊："素心，你死得好可怜呀！"

他哭喊："人啊，你究竟是怎么了！你为什么要如此残忍！你为什么要杀害一个热爱着你们的人呢！"

他哭喊："灭绝人性啊！人性呢？人性都到哪里去了？！"

德良跑累了，喊累了，哭累了，他蹲在地上，抽泣着。就在这时，德良脑海中忽然浮现出一个人，一个名叫张志新的女子，这是一个坚持真理对党和人民赤胆忠心的共产党员，这是一个在十年浩劫中被以惨绝人寰的方式迫害致死的弱女子。

为什么人会残忍到如此地步！

想到这里，德良停止了哭泣。他的脑海中此时此刻只浮现着这样两个概念：

——人。

——人性。

是啊！人是什么呀？人的人性是什么呀？

德良，你认识你自己吗？

我是谁？你是谁？他是谁呀？

为什么到现在自己对这些个简单得不能再简单平白得不能再平白普通得不能再普通的问题还没搞清楚？

为什么自己到现在还对身边的一些基本人事一无所知？而这些人这些事却一而再、再而三地影响着自己，震动着自己，沉重地伤害着自己，甚至悲痛地打击着自己。

然而，在这些与自己朝夕相处息息相关的基本问题没有搞清之前，自己却乐此不疲地坐在试验室里研究着蛋白，研究着基因，研究着一些深奥的遥不可及的自然科学命题，这岂不荒唐？岂不可笑？岂不是大错特错了吗？

德良冷静下来，他抹干眼泪，开始认真地思考起来。他开始对自己的学习做着重新的打算和安排，开始对自己的研究选择重新的出发点。

德良不再去试验室了，他开始旷课，他对他曾喜欢的生物科学不再喜欢也不再感兴趣了。

德良开始出没于熙京大学图书馆。在那里，他看书，拼命地看书，看一些与人、社会、伦理、道德、行为、心理等方面有关的书。他思考，他认真地思考，思考一些与人和人性有关的问题。他边看边思考着，边思考着边看着。

结果，德良更迷惑了。

在中国，对这些问题的看法一团混乱。

孔子认为，人的本性是善的。他摇头晃脑地对弟子们传授：人之初，性本善。

荀子批评了他的先师孔子。荀子愤愤地说：人是恶的，人性生来就是恶的，礼义道德那些都是后天学来和环境影响的。荀子叫嚣着：人不为己，天诛地灭！

董仲舒察言观色，做了个老好人，调和上面两派道：人性有善也有恶，善是出自于性，但性中有情，只不过情是恶的。

老子和庄子过惯了闲云野鹤的生活，清心寡淡地说：人性无善也无恶，无知也无欲，无所作为，人生就是目的，人的本性就是无知无欲的婴儿状态。

国外也乱作一团了。

马斯洛喊：人的本性是善的。

奥古斯丁率领基督徒们针锋相对，他们说：人是恶的，人在胚胎中就是有罪的，人一生就应该不断地给自己洗罪。

霍布斯晴天霹雳地呐喊一声，说：人的本性不是善的，是恶的，人对人是狼！

休谟息事宁人地说：人的仁慈之心是存在的，人既有善的一面也有恶的一面。

洛克纳闷：人的本性怎么会有善恶呢？人原本什么观念都没有，人的心灵原本就像一块白板，白板上面没有记号，只是后来通过日常经验，人的心灵中才有了感觉、印象、情感，才有了善恶观念。

莱布尼茨对洛克非常不满，反驳道：人原本怎么会没有观念呢？明明是有着一些“天赋观念”，这些观念作为“倾向、禀赋、习性或自然潜在能力”天赋在人们心中。天赋观念的作用常常是感觉不到的，但感觉不到不等于不存在。

所以，莱布尼茨说：人的心灵原本应该是有善恶倾向的，不应该是洛克所说的白板，而应该是带着纹理的大理石。

心理学家华生则别出心裁，他嚷嚷道：人的一切品性都是通过条件反射的。所以，善恶也是通过条件反射出来的。人原本无善也无恶，只不过先有了产生善恶的条件，在这些条件作用下，善恶才产生出来了。

众说纷纭。

混乱，一片混乱。迷惑，愈加的迷惑。

德良从图书馆出来，拖着疲惫的步伐，缓缓走在熙京大学一条僻静小道上。天气平添了些许寒意，树梢间有落叶滑落它一生的短暂。已入深秋季节了。

凉叶飘黄处，立得瘦清影。

望着渐已逝去的秋天，德良不禁黯然神伤。从小到大，认识他的人都说他聪颖过人，都说他是难得的奇才，可这些天来，面对困扰在自己心中的那些个问题，他苦苦研究，苦苦思索，却终究一筹莫展，这是为什么？为什么这些个平白得不能再平白简单得不能再简单寻常得不能再寻常的问题竟如此难解？以至于没有一个统一的令自己满意的答案。

人究竟是什么啊？

人性究竟为何物啊？

我是谁？你是谁？他是谁？

想想素心的遇害，想想素心遇害背后深藏的这些问题，德良除了痛苦和困惑之外，更增添了一些对素心的深深愧疚和不安之情。素心为此付出了生命，而自己，却连发生在她身上的这些个最基本的问题还弄不清楚，素心的在天之灵会安心吗？

想到此，德良不禁潸然落泪了。

56

立冬了。

这是一个天空洒满阳光的冬日上午，德良坐在新馆的弧形玻璃窗前看外面。这时，绮霏来了，绮霏身上带着冬日暖阳的味道。

绮霏的表情看上去与往日不大一样，耳鬓间似乎挂着一丝淡淡的欣喜，但欣喜之色更多是被忧伤所覆盖。

绮霏倚在德良胸口，把他一只手拉入自己怀里，温情道："累了吧？"

德良抚着绮霏长发，摇摇头。

绮霏又道："我知道你心中的苦痛和困惑，我不能说服你不去思考下去。但，德良，你要注意身体啊，不要太劳累。还有，不要再旷课了。"

话至此，绮霏直起身，抚着他双肩："德良，你是优秀的，虽然你的专业对你来说不成问题，但你也不要再旷课了，这样下去对你不利。"看着德良的脸，绮霏又婉婉道："过去的苦痛都让它慢慢过去吧，心中的困惑也会慢慢解开的。德良，我相信你。"

看着绮霏充满信任期望的眼神，德良默默点点头，把她紧紧拥入怀中。

热拥良久，绮霏脸上带着几分欣喜在他耳边悄悄说："德良，告诉你一件事，邈邈回来了。"

德良一愣。邈邈，就是那个绮霏曾跟自己提起过的男孩？那个曾教绮霏打网球给她诵诗辅导过她功课的她的高中同学徐邈邈？一个绮霏曾喜欢过的男孩，他回来了？

"他不是失踪了吗？"德良诧异。

"嗯，是失踪了，他又回来了。"绮霏黯然道，言罢，终于按捺不住内心难过，嘤嘤哭出声来。

绮霏扑进德良怀里，哽咽道："他好苦呀！整整两年，他受了整整两年的苦啊！"

德良心里一惊，轻拍着她，柔声道："霏霏，别难过，到底是怎么回事？"

绮霏抓紧德良的手，眼中噙着泪水：“德良，他人残废了，性格也变了，真的好可怜呀！”

德良又是一惊，安慰着：“霏霏，别急慢慢说，到底是怎么回事，他到底出了什么事？”

绮霏擦干两眼泪水，拉着德良：“走，咱们看邈邈去！”

他们出了新馆。路过第七餐厅，绮霏进去买了茶蛋、小笼包、豆浆和榨菜，她用食品袋拎着这些东西，和德良往南校门急步走。

出了南校门，踩着临街青灰方砖，向西走了半盏茶工夫。在一棵泡桐树近处，绮霏停下，小声对德良说：“我过去一下，邈邈就在那里。”言罢，朝树下走去。

这棵泡桐树下坐着一个男人，绮霏跟这个男人说着话。男人面前放着修鞋的鞋撑子，地上摆着盛鞋掌鞋钉鞋补丁的木头盒，旁边还有盛锤子钳子锥子的工具盒。男人正用锤子往一只女鞋的鞋跟上砸鞋掌。

男人是个修鞋匠。

德良往近走了走，他听到绮霏对这个鞋匠说：“邈邈，冷不冷？”

男人摇摇头。

绮霏又对这个男人说：“邈邈，饿了吧？”

男人点点头。

绮霏拎起手中食品袋，在男人面前一晃，笑笑道：“邈邈，我给你买了包子豆浆，先别干了，快吃点吧！”

男人停下手中活，眼睛直直地看着绮霏。绮霏把包子和豆浆给男人递过去，然后给他剥茶蛋。

德良静静转到这个修鞋男人正面，仔细看他。看罢，德良惊了一跳，这就是绮霏跟自己讲起的那个曾让她朝思暮想的男孩徐邈邈吗？一张风吹日晒皲红的脸，脸上疤痕累累，双目失神，表情木讷，身上棉袄油污发亮，由于岁月的磨砺，从他身上已看不出实际年龄，这就是绮霏跟自己讲过的那个聪明过人的徐邈邈吗？德良简直不敢相信自己的眼睛。

徐邈邈闷声吃着包子。绮霏又把剥好的茶蛋递过去：“邈邈，吃个茶蛋！”

徐邈邈犹豫一下，还是伸出一只脏脏的手接住了。

绮霏摸了一下邈邈身上那件棉袄，心疼道："邈邈，过两天我给你买件新棉袄，这件你就不要穿了。"

听了绮霏这句话，徐邈邈如受惊吓一般，立刻裹紧身上的棉袄，头连连摇着，嗓子里发出"呃呃"的声音。

绮霏又婉婉道："邈邈，这件棉袄太脏了，不能穿了，我给你换件新羽绒服。"

徐邈邈听了更加害怕，以更大的声音"呃呃"着，嘴唇哆嗦着，头频频摇着，手把棉袄裹得更紧了，身子缩成一团，像个受到惊吓的刺猬一样。

看着邈邈这个样子，绮霏落泪了。她把身子背过去，看着德良，抹了把泪。

这时，有个中年妇女拎着一双高跟皮鞋走过来。她把皮鞋撂在邈邈面前，颐指气使道："钉个鞋掌!"

邈邈拿起皮鞋，掂在手里看着。

绮霏又转过身，指指邈邈手中茶蛋："邈邈，先把茶蛋吃了!"

中年妇女这时注意到蹲在一旁说话的绮霏。也许是被绮霏的美貌所惊，也许是被绮霏与眼前这个丑陋鞋匠之间的强烈反差所惊，也许是被这个美貌女孩居然让这个丑陋鞋匠吃鸡蛋这层关系所惊，中年妇女双目定定地停在绮霏和邈邈中间，看着两人下一步的反应。

邈邈终于意识到中年妇女在注意他和绮霏了，木讷的表情突然起了变化。他面带怒色艰难地站起来，嘴里"呃呃"两声，冲绮霏嚷嚷着："你走!"

绮霏也站起来，满眼关切道："邈邈。"

邈邈盛怒了，大声"呃呃"着，步履蹒跚地跨出一步，手指前方冲绮霏怒道："你走!"

看到邈邈这种表情，绮霏掩着悲伤从邈邈面前跑开了。

邈邈盛怒未息地重又坐回去。从邈邈站起向前跨步到坐回去的体态，德良完全可以判断，邈邈是个瘸子。

德良赶上在哭泣中奔跑的绮霏，陪她走着。绮霏抽泣着："德良，邈邈他好可怜呀!"

绮霏抽泣着："邈邈他以前不是这个样子，他是在外面受了很多苦才变成现在这个样子的。"

绮霏抽泣着："邈邈他现在无家可归了，我好想帮他呀，他太需要人帮助了！"

德良抚着绮霏肩，陪她慢慢走着，轻声问："霏霏，邈邈他究竟发生什么事了？"

绮霏和德良在一片苗圃的石阶上坐下。绮霏向德良讲述起有关邈邈的一段不同寻常的往事。

时间又退回到绮霏高二年级的那个夏天，那个熙京丁香花烂漫盛开的夏天。邈邈在绮霏忧忡难舍的目光中离开熙京城，去学着做一个"硬汉子"，去寻找存留在他心底的一个个疑惑难解的问题答案。那一年，邈邈十八岁。

邈邈坐上北上的列车，他去了闾州。

在闾州市下车，他又前往麻梨镇的袁家村。邈邈要到袁家村一带寻找一个神秘的怪坡。

从袁家村往北走，翻过一个当地人叫作寒水岭的不高的山岭，邈邈又向东，穿过公路，走了大约两里路。此时，时间也正好到了这一天的中午。

邈邈沿着一条坡度平缓的道路往山上走。走了一半路程的时候，他看到前面不远处挤着许多人，这些人都站在那里观看他们眼前那段并不陡的上坡道路，有不少人对着这段斜坡指指点点，嘴里还不时说着笑着。邈邈看到这段斜坡上有车在来来回回走，有人在来来回回走，还有人骑着自行车在来来回回走。邈邈看明白了，站在那里观看的人指点说笑的是正发生在这段斜坡上的事。

邈邈估摸着，这就是他要找的地方了。

邈邈飞快地跑过去，站在人群一边看。邈邈发现，这个斜坡就是一个普通斜坡，坡长八十多米，坡宽大约二十五米，由东边低坡缓缓升至西边高坡。但是，令邈邈惊讶的，是出现在这段斜坡上的事。

邈邈首先注意到的是坡上骑自行车的那些人。这些人中有男人有女人，这些人在上这段坡时，他们的两脚不是在蹬自行车而是在溜自行车，而他们在下这段坡时却是在吃力地蹬着车。

然后，进入邈邈视线的是那些徒步上这段坡的人。他们在上坡时是小跑着上坡的，而且，他们的跑不像是自己在使劲，而完全就像身体在惯性作用下的身不由己状态，他们上坡看上去不像是在上坡，倒好像是在下坡。而对于下这段坡的那些人，看上去则显得有些费力，那样子不像是在下坡，倒像是在上坡。

这些人脸上都挂着新奇兴奋的笑容。邈邈明白了，在这段斜坡上，这些徒步的、骑自行车的，还有那些驾车来来回回的人，都是到这里来体验这个神秘怪坡的游客。

邈邈从斜坡右侧往坡上跑，他想立刻亲身体验一下这个传闻中的怪坡。跑在上坡路上，邈邈才感觉到，他确实有一种下坡的感觉，整个身子有一股前冲惯性力，双脚不由自主地往前跑着，就这样，他毫不费力地从坡底跑到坡顶。然后，邈邈又从另一侧下坡，这时，他脚下却有着上坡时那种吃力感，他费了一些力气才从坡顶走到坡底。

邈邈看到坡道上有一个十二三岁的男孩骑着一辆自行车在来来回回兴致勃勃地玩。待男孩走近，邈邈就对他说："小弟，我也骑你的自行车试试行吧？"

男孩慷慨地把自行车让给邈邈，兴奋道："骑吧！可好玩呢！"

邈邈就骑着男孩的自行车上了坡，然后又下坡。邈邈的感觉是上坡容易下坡难。就像其他那些骑车人一样，在上坡时，他脚不蹬车，自行车自动溜到坡顶。而在下坡时，他却费力地蹬车才到坡底。

把自行车还给男孩，邈邈纳闷，这是个什么坡呀？怎么上坡容易下坡难呢？真怪呢！

这时，有一辆面包车载着五六个人从邈邈面前缓缓驶过，面包车车门敞着，车里有人冲还在纳闷的邈邈盛情喊："兄弟，是不是想坐车上坡看看呢？上来吧！"

邈邈正有这个愿望呢，一听车里人是冲自己说的，非常高兴，赶紧跑过去跨进车门。

这是一辆来这儿游玩的车，车里人玩得尽兴，所以就向正在那里纳闷发愣的邈邈也盛情发出了邀请。面包车开始上坡了。邈邈看到司机从驾驶座上移开，坐在副驾驶位置上。奇怪现象也在此时出现了，这辆面包车在自动地向着坡上溜车，司机仅一只手搭着方向盘，脚根本没触油门，车却从坡底一直溜到坡顶。

车里人都在笑，有人就说：“明明看着是上坡，怎么会自动溜车呢！从坡下往坡上溜车，真是头一次见！”

车上还有人称奇：“这真是天下之大，无奇不有，真是怪事了！”

车又开始下坡了。这回却恰恰相反，面包车除了向坡下溜不了车，要想下这段坡，司机必须得给足油门往下开，否则车将又会朝坡上倒溜回去。

邈邈下车了。他站在坡边，瞅着这个怪坡发怔。邈邈想，明明看着上坡路却是在下坡，明明看着下坡路却是在上坡，这是怎么回事？

邈邈从不远处一家商店买来一瓶矿泉水，拧开瓶盖喝了一口，然后把剩余的水都倒在这段怪坡的一个地方。邈邈注意观察坡面水的流向。他看到的是这摊水在朝着坡上流。

水往低处流，水应该往坡下流。水朝坡上流，这说明人们看到的高坡实际上是低坡。

难道真是人的视觉出了问题？还是这块地方隐藏着其他更大的奥秘？难道怪坡这块地方是由特殊岩石矿物构成？这里是一片特殊的磁场？它对汽车、自行车、人体和水都有着特殊的引力？

邈邈思忖着。

邈邈在这个怪坡附近旅店住下来。他想认真研究一下这个怪坡，解开这个怪坡之谜。

邈邈从当地一家杂货铺买到一个小小的铁球。称好这个铁球重量后，邈邈又在这一带商店和杂货铺里寻找着买一个同这铁球重量相等的玻璃球。后来，邈邈买到了这样的玻璃球。他称一称，玻璃球和铁球的重量刚好相等。

邈邈自己动手做了一个天平样的东西。就是一个支撑架上面托着一根平衡木，平衡木两端用等长棉线分别悬挂着铁球和玻璃球，并保持两个球在天平上处于水平位置。随后，邈邈跑了一趟麻梨镇。在那里，他又买到一个指北针。

邈邈把做好的天平和买到的指北针都带着，又来到那个出现怪现象的怪坡上。

邈邈开始做试验了。

他把天平放在这道怪坡的任何一个位置，进行测试。他发现，挂球的两根棉线仍保持平行，两个悬挂的球没出现任何异常。这就说明，这道斜坡在地下岩石矿物的构成上并无特殊，并不存在与其他地方不同的磁场。因为，如果斜坡是由特殊岩石矿物构成或者它有着特殊磁场，天平两端球就会因受不同引力作用而失衡，悬挂球的两条平行棉线也会失去平行位置。

邈邈又用指北针在怪坡上反复测试，指北针显示，这里的地质磁场与其他地方并无两样。

站在这道被人们传闻为怪坡的地方，邈邈开始思索了。怪坡真的很怪吗？既然这块地方的地质磁场没有异常，既然经过无数次证明的万有引力定律在这里没有被打破，那它究竟怪在哪里？

难道就怪在眼睛所看到的汽车往坡上溜水往坡上流人们上坡容易下坡难这些现象吗？

邈邈是最不相信眼睛的了。

难道就怪在人们感觉该是上坡路了而实际却不是上坡路，该是下坡路了而实际却不是下坡路，难道就怪在人们的这种感觉上了吗？

邈邈是最不相信感觉的了。视觉常常会产生偏差，感觉也常常会变为错觉。那么，凭什么说，怪坡的上坡路就是上坡路？怪坡的下坡路就是下坡路？

举目环望这段怪坡周围环境，邈邈突然有所顿悟了。这段怪坡位置是处于两段陡坡之间。从怪坡底处往顶处看，迎面是山。从怪坡顶处往底处看，那正好是路面和天空之间的交界线。在怪坡周围，则是一些起伏倾斜的山坡山道。这就是这段怪坡周围的地形地貌特征。

邈邈不禁自问，在这样的地形地貌衬托下，人的视觉会不会产生误差？因为邈邈知道，人眼睛对物体的定向定位活动，是离不开参照系的。而面对怪坡周围这样的地形地貌，人的眼睛是很难找到一个可以作为基准参照的水平面的。

邈邈注意到怪坡两侧的护栏和石柱，这些东西最容易被人的眼睛作为怪坡的定位参照，所以需要对它们进行检测一下。

邈邈用铅垂线悬吊在每一个护栏和石柱上，分别对这些护栏和石柱进行测试。结果，他惊讶地发现，这些护栏和石柱，原来都不是垂直地面的，而是一律平行地倾斜了大约五度。

而按照日常生活习惯，人们总会把柱子视为是垂直的。如果一条水平道路两侧的柱子一律向左倾斜，就会使人感觉到这是一条左高右低的坡路；相反，如果道路两侧的柱子一律向右倾斜，就会使人感觉到这是一条右高左低的坡路。而在倾斜度不大的情况下，人们一般都不会怀疑倾斜的是柱子，而会认为道路是倾斜的。

邈邈此时明白了，这个怪坡其实并不怪，而是人在视觉上产生了误差。不知是谁有意地把这段坡道两侧的护栏和石柱全部小角度地平行斜修，使人们误把石柱顶点走势当作道路走势，再加上周围特殊的地形地貌，才产生了视觉上的偏差。

邈邈对传闻中怪坡之谜的探寻结束了。

邈邈从中得出结论，怪坡并不怪，可怪的是人的视觉和感觉，视觉和感觉都带着浓厚的主观臆断性，都是不可靠的。所以，人，不要轻易相信自己的眼睛和感觉。

57

从闾州出发，邈邈买了到恽州禾城的火车票，去了禾城。然后，从禾城出发，邈邈又乘车去了蔺州。邈邈要到蔺州去寻找一个被人们传闻称作“哭谷”的地方。

哭谷在蔺州阳田县，邈邈就坐到阳田的汽车。

在阳田境内，邈邈一路上向人们打听着这个地方。有人就告诉他，往西北方向走，看到一条又深又长又窄的大峡谷那就是哭谷了。

邈邈就照着人们的指示走。那一天，天气很热，邈邈翻过好几座山头，穿过好几片丛林，包里带的水都喝光了，但他还是不停地走，他想早一点看到这个传闻中的哭谷。

一直到下午三点，有一条又深又长又窄的大峡谷出现在邈邈面前。邈邈打听了一下当地人，人们说，这就是哭谷。邈邈长吁一口气，终于到目的地了。

走进这条寂静的峡谷，邈邈看到谷中怪石嶙峋，峡谷两侧绝壁千仞，仰头看去，天空只有那么窄窄一线。虽然这一天天气炎热，但在谷中行走，却会感到周身有一股阴森森的寒气。

据传闻，就是这条峡谷，在阴雨天气，谷内会传出枪声，还有大人小孩凄厉的哭喊声，非常恐怖。传闻中说，在解放前曾有一个戏班子途经这里，被一群土匪屠杀于谷中，据说当时那天正好是阴雨天，戏班子里大人小孩男人女人遇害的惨叫声还有枪响声就被录在这道峡谷中。后来，每遇到与当时相同的天气情况时，录下的这些声音就会再次重现。所以，这道峡谷也就成了名副其实的“哭谷”。

邈邈想知道，在这条峡谷中，是不是真有这样的情况出现？如果是真的，邈邈想知道，为什么当时的那些声音会被录制到这条峡谷中？为什么这条峡谷会有这样的录音效果？是在什么条件具备下这条峡谷的录音才会被保存下来？这条峡谷为什么只保存了那次的声音？

邈邈在峡谷附近乡镇住下来，他要等待一个阴雨天，然后亲自到峡谷里探个究竟。

住下来后的几天，邈邈每天都在留意哭谷一带的天气。有一天上午，邈邈忽然看到哭谷上空阴云密布。邈邈赶紧就往哭谷跑，一口气跑到谷下，他看到哭谷上空仍布满阴云，看样子马上就要下雨了。

邈邈非常高兴，穿好雨衣就跑进谷里，他要听一听那些被峡谷录下来的声音。邈邈坐在一块岩石上等着雷雨的到来，侧耳聆听这个峡谷里发出的每一个声音。

但邈邈没有等到。邈邈看到谷顶一线天空的阴云在迅速向西南方向移动，似乎有风，风推动着这些阴云迅速移动。很快，谷顶那片阴云被风吹走了，阴云散去了，天晴了。

邈邈怅然若失。

从谷里出来，邈邈脱掉雨衣，闷闷不快地走。

走了一会儿，邈邈在道边找了个地方坐下，想歇一歇。这时，有一个男人骑着一辆半旧摩托车从邈邈面前道路上驶过。

从邈邈面前驶过时，这个男人顺便瞟了邈邈一眼。随后，男人从不远处掉回车头，骑到邈邈近前停下。

“兄弟，怎么了？”男人两腿叉着摩托车，冲邈邈说话。男人恽州口音，脸色通红，大约三十左右年纪。

邈邈没说话，邈邈心里郁闷。

男人又对邈邈道：“兄弟，是不认识路了吗？要去哪儿呀？我带你一程吧！”

邈邈摇摇头。

男人冲邈邈笑笑，又道：“兄弟，是有什么事吗？说出来，看我能不能帮你。”

邈邈抬头看了眼这个男人，郁郁道：“你听说过这个哭谷的事吗？”

男人听邈邈提起哭谷，立刻来了精神，连声道：“听说过呀！听说过呀！”

男人从摩托车上下来，走到邈邈跟前，蹲下身，扭头看着那个峡谷，饶有兴趣道：“哭谷我当然听说过了。”

邈邈看着男人的脸，急切询问：“在下雨天，这个谷真的有哭喊声吗？”

男人笑了。笑罢，男人问邈邈：“你是来看哭谷的？”

邈邈点点头。

男人笑着拍拍邈邈的肩，道：“你今天可算打听对人了，哭谷的事，我是最了解的了。”

邈邈听男人这么说，立刻兴奋起来，急催着这个男人：“那你快说，下雨天哭谷会有哭喊声吗？人们的传闻是真的吗？”

男人呵呵乐，拍了一下邈邈肩道：“半真半假。”

“什么意思？”邈邈不解。

男人乐着道：“这么跟你说吧，一年的整个雨季，如果赶上一个下雨天能听到哭谷的哭声，那就算是幸运的了。”

“哦，原来是这样啊！”邈邈心中一恍。

“嗯，我经常来这里，对这个哭谷的事是最了解的了，有时候一年的整个雨季里都赶不上一次。”男人又道。

听了男人这番话，邈邈的心绪有些低落了。照这个男人的说法，那就是说，自己大老远来到这里看哭谷，就是赶上雨天，也不一定能听到传闻中哭谷的哭声。

“如果明天或后天下雨，哭谷会有哭声吗？”由于心切，邈邈近似于天真地问眼前这个男人。

“那谁知道，这种事只有天知道。”男人随口应道。

隔了一会儿，男人瞅着邈邈，问：“你非得看哭谷吗？”

邈邈点点头。

男人道：“我大哥家有个事非常怪，不知你想不想去看看？”

“什么事？”邈邈问。

男人思虑着，一副费解的样子道：“就是他家厨房里老出现一桩怪事。”

“什么怪事？”邈邈催问。

男人缓缓道：“事情是这样的，前些日子的一天，我嫂子在厨房里做饭，忽然看到厨房白色地板砖上印出一张人的面孔，她吓了一跳，就赶紧找来一块抹布擦，她想擦掉这张人脸，可是她怎么擦也擦不掉，反而越擦越明显，面部轮廓、五官都清晰可见，而且那双眼睛还睁得大大的，似乎就在紧瞅着她。”

“是吗？有这等怪事？”邈邈惊讶道。

“还不止这些呢。”男人道，“我嫂子感到特别害怕，她就找人把这块地板砖挖出来，然后在这个地方换上一块新的地板砖。可怪事又出现了！”

“又出现什么怪事了？”邈邈忙问。

“时间没过了多久，这块新换的地板砖上又印出了那张人脸。”男人道。

“是吗？”邈邈惊了一跳。

“是啊。而且，事情怪就怪在，当人们把新换的印着人脸的地板砖换掉，再换上新的地板砖，这块新的地板砖上还会出现人脸。”男人道。

“有这等事！”邈邈大惊。

“嗯，所以啊，我嫂子特别害怕，这间厨房就再没敢用过，现在封起来了，闲置了。”男人道。

“哦……”邈邈长出一口凉气。

思忖片刻，邈邈推了一下男人胳膊：“哥，能不能带我去看看你嫂子家地板砖上的那张人脸？”

男人呵呵乐，道：“可以啊，不过，就是挺远的。”

“在哪里？”

“我大哥和我嫂子都在恽州。”

“哦……”邈邈犹豫了。

“不过，你要真想去看看，我也可以帮你这个忙，正好我三弟要回我大哥那里一趟，让他顺便带着你。我看你也挺有诚意的，我就帮你这个忙。”男人道。

“是吗？哥，你真肯帮我这个忙？谢谢你了！你三弟在哪儿？”邈邈高兴道。

男人呵呵乐，点点头，道：“不谢，他在那边正等着我呢，你跟我走！”

男人重新跨上摩托车。邈邈跟着也上了男人的摩托车，坐在男人后面。

邈邈问男人：“哥，我该怎么称呼你呢？”

男人豪爽一笑，道：“你就叫我二哥吧！”

邈邈在男人后面亲切地喊了一声“二哥”！

二哥哈哈大笑，脚下一踩离合器，摩托车抛下尾烟，向东疾驰而去。

58

摩托车一路奔驰，大约跑了有多半个时辰。

在公路边一辆面包车跟前，二哥停下。二哥对身后的邈邈冷冷道：“下车！到了。”

邈邈从二哥的摩托车上下来。二哥指指坐在面包车驾驶室里的一个男人，对邈邈道："过来，我给你介绍，这是我三弟，你叫三哥。你跟着他去找我大哥！"

邈邈凑到那个被称作三哥的男人跟前，亲切地叫了一声："三哥！"

三哥斜了一眼邈邈，鼻子里喷了一声："嗯。"

邈邈上了三哥的面包车。

邈邈看到二哥附在三哥的耳边小声说着话，两人还不时地"嘿嘿"乐着。

说了一会儿话，二哥给三哥递了一根烟，自己嘴里也咬一根，冲三哥道别："好了，三弟，路上小心！我走了！"

三哥也摆手冲二哥笑道："你也注意！回见！"

二哥别转摩托车，沿原路飞驰而去。三哥把烟卷点燃叼在嘴里，在闲适的轻烟缭绕中，打火发动车。

邈邈注意到，在面包车后面的座位上，已经坐着五个男青年了，他们看上去和自己年纪相差无几。

三哥的车行驶在砥荡的沥青路面上，三哥鼻子里渐渐哼起了流行音乐。邈邈问身边一个青年："你去哪儿？"

"到珲州。"青年操一口南方口音。

"干什么去？"邈邈又问。

"打工。"青年道。

"你这么大年纪就出来打工？家里不反对吗？"邈邈关切道。

青年没吭气，默默的。邈邈又问这青年："啥工作？"

青年摇摇头："是别人给介绍的，具体干啥他也没说，说是待遇挺好，一月能给发八九百。"

由于青年的南方口音较重，邈邈听着有些吃力，所以交谈就难以进行下去。邈邈又问坐在身旁的其他两个青年，他们的回答基本同第一个青年相同：

到珲州。

打工。

是别人给介绍的，具体干啥他也没说，说是待遇挺好，一月能给发八九百。

邈邈听口音，他们分属南方不同省份。面包车在公路上一直跑着，中途经过一家小商店，车停了一次，三哥让车上的人都下来，买了吃的东西，方便一下。邈邈买了两个面包和一瓶矿泉水，边吃边又往车上走。

车接着跑。在下午三四点钟的时候，面包车穿过一个村庄，向一个平缓的山坡爬去。

在半坡的一片空地上，邈邈看到那里整整齐齐码着成排成排正在晾晒的砖坯，这些砖坯都用防雨塑料布盖着。不远处停着几辆正在卸土的拖拉机，有搅拌机在滚动，搅拌机后面有一台出砖坯的简易设备，大量砖坯就是从这台设备里出来的。邈邈看到四五个赤着膀子的男子在搅拌机前上水上土，有几个衣衫褴褛的男子，每人拉着一辆装满砖坯的平板车费力地往坡上走。

面包车再往坡上驶，邈邈看到的则是许多砖垛，都是些新砖，柑红色的成品新砖。紧接着，邈邈看到了一字排开倚坡修筑的十窟砖窑。

砖窑一侧有户人家，门面挺阔的一户人家。砖窑另一侧却是一栋挺大的破破烂烂的砖房，房子表面烟熏火燎的，房顶铺着油毡，正面墙有一叶窗户，窗户上似乎附着钢筋铁丝之类的东西。紧挨这栋破砖房，有两间看上去还不错的砖瓦房。砖瓦房边有狗棚，狗棚里养着一条大狼狗，大狼狗此时正蹲坐在棚里，脖子直直威风凛凛地朝外警惕着。

邈邈看到在砖窑前面场地上，有一些蓬头垢面衣着褴褛的人在干活，有的推砖，有的装车，有的铲煤，有的拖水，他们的神情个个都木呆呆的。

面包车驶进那户门面挺阔的人家院里。三哥从驾驶室里跳下来，走到后面拉开车门，冲里面坐着的六个青年喊："下车，下车！"

邈邈六个人鱼贯从车里出来。这时，从这户人家堂屋里走出一人，四十岁左右年纪，穿着讲究，满面红光发亮。在他身后跟着六个彪形大汉。

这个为首男人一边往外走一边拍着巴掌，乐哈哈地冲三哥道："三弟，辛苦了，辛苦了！哎呀，又给我这儿送来了新鲜血液，太好了，太好了！"

三哥呵呵乐，冲为首男人叫了一声"大哥"，走过去，站在他身后。

听三哥唤这个为首男人大哥，邈邈知道，自己要找的人就是他。邈邈走过去，向这个为首男人微微一躬身："大哥，我是专程来找你的，听说你家厨房里出了点怪事，地板砖上老有张人脸？让我看看这张人脸，我是专程来看这张人脸的。"

听了邈邈说这一通，为首男人面露迷惑之色，随后，他把迷惑的目光投向三哥。

三哥呵呵乐，附在大哥耳边小声嘀咕了几句。大哥听罢，哈哈大笑，道："这个老二，啥招他都能想出来，真有他的！回来我得好好赏赏他。"

大哥说罢，收起笑容，开始对邈邈六个人大声讲话："我是身后这个砖厂的老板，你们现在都是我这儿的工人了，你们在我这里好好干活，我们有福同享，有难同当，我不会亏待大家的，我这里包吃包住，你们的工资我在年底结算，一并发给大家。"

一听说在砖厂里干活，而且工资是年底结算，邈邈身后的五个年轻人都起了不小的骚动，其中两个青年就抱怨起来，另外三个则愤愤说不在这儿干了，返身要走。

大哥身后的六个彪形大汉立刻向五个青年包抄过去，他们将这五个青年团团围住。

邈邈这时有些着急，跨步到大哥跟前，恳切道："大哥，你家的人脸呢？让我看看你家的人脸！"

大哥没理邈邈的话，而是伸出一只手，将挡在眼前的邈邈用力一拨，冲后面五个青年严肃道："我可是把丑话说在前面啊，到我这儿的，都得给我好好干活，不然的话，可别怪我手下无情对不住大家啊！"

邈邈在大哥一拨之下，趺了一个趔趄。邈邈急了，又跑到大哥面前，拽住大哥胳膊道："我不是来这儿干活的，我是来看人脸的，你让我看人脸！"

大哥被邈邈的纠缠惹恼了，他抬起巴掌，照邈邈脸上一掌劈过去，骂道："看你妈个屎，以后你给我在这儿好好干活，看我的脸，看我的脸色，懂吗！"

邈邈被大哥一劈倒地，他还欲再起来分辩，却有两个彪形大汉走到邈邈跟前，朝着他全身不分方位地踢起来。

邈邈被踢得浑身疼痛，他抱紧头，蜷紧身子。此时他才意识到，他受骗了。

打了一会儿，邈邈听到大哥制止打他的两大汉：“四郎、七郎，别打了！留着他还干活呢。”

邈邈听到大哥对其他五个青年道：“你们看到了，不听话就是这个样子，这还算轻的，你们最好都老老实实的。”

邈邈又听到大哥对三哥说：“三弟，把他们都带到工地上去，现在就让他们干活。把地上这小子先扔到工棚里去，明天让他干活。”

邈邈被两个大汉拖起来，拖出院子，拖着走，一直拖到他刚才看到的那栋破破烂烂的砖房里。邈邈被丢在一张大通铺上，紧接着，有人给他扔进一床破旧的绿被子。

邈邈鼻青脸肿，全身剧痛，他艰难地爬起来，环视这间屋子。屋子四壁也是烟熏火燎油迹斑驳，地上到处丢着破旧不堪的鞋子，门边放着一口盛凉水的大缸，正当地摆着一张旧桌子，上面放着几个喝水缸子和几十个饭盒子。

邈邈身下的大通铺，就是在地上垫起砖块，把一块块木板放在砖块上，沿着四壁搭成的一张公共连体通铺，铺上扔着几十床花花绿绿分不清颜色的破被子。邈邈看到地上有几只老鼠，它们有的探头探脑，像对邈邈这个乍到者感到好奇，有的则仍然专心致志地啃着地上的鞋帮子，角落还有几只蟑螂在欢快地疾速窜来窜去。屋里弥漫着一股难闻的酸臭味。

这时，邈邈看到，在大通铺的一个角落，还躺着一个人，是个蓬头垢面的男子。邈邈看这人时，这个人也正用无神的目光呆呆地看着邈邈。

“你是谁？这里是什么地方？”邈邈问这个躺着的人。

这个男子没有说话，依然用无神的目光看着邈邈。男子大约二十几岁，他的头朝着墙里，脚朝外伸着，一动不动地躺在那里，表情恹恹的，像是生病了。邈邈这时注意到了，男子朝外伸着的脚又红又肿，还布满了血泡，完全是一副灼伤的样子。

邈邈感到很吃惊，他朝这个男子爬过去。爬到男子跟前，邈邈又问：“你是谁？”

男子张了张干裂的嘴唇，吞出两个字："苗青。"

邈邈又问："你的脚怎么了？"

苗青弱弱道："烧的，进砖窑烧的。"

邈邈惊了一跳，道："你进砖窑干什么呀？谁让你进砖窑啊？"

苗青凄凄地弱声道："你刚来，不知道，咱们都得进砖窑，背砖，砖窑还没冷却，就让进去，砖都是烫的，地面也是烫的，一碰上去，就烫伤了。"

邈邈大惊，他道："这是谁让这么干的呀？这是什么地方呀？"

苗青凄然一笑，弱声道："你还不知道呀！这是他们开的砖厂，咱们是他们的劳工。"

苗青呆直地望着邈邈，又弱弱问："你也是被他们骗来的吧？"

想到自己受骗，邈邈擂了一拳床板，"嗐"地叹息一声。

苗青苦笑一下，弱弱道："来了，就好好干吧，千万别想着跑，周围全是他们的人，如果跑被抓住了，他们往死里打，我听说他们打死过一个，就埋在后面的山沟里，打残的有好多了。"

听苗青这么一说，邈邈愈加地懊悔和恐惧，急问苗青："他们是些什么人呀？竟这样无法无天？"

苗青弱弱道："前面那个大院里，那个被叫作大哥的人，是这个砖厂的包工头，他手下有八个监工，其实就是打手，自称八大金刚，这个大哥唤他们'郎'，从大郎一直排行到八郎。"

邈邈愤怒道："难道他们就无法无天了？"

苗青又一声叹息："哪儿有法哪儿有天呀！那个大哥，其实也不是这个砖厂的真正主人，你看到山坡下那个村庄了吗？那个村庄里村支书的儿子，才是这个砖厂的主人，是他把砖厂包给这个大哥的。那个村庄的村支书，才是他们的幕后主使人。"

苗青又弱弱续道："所以，有当地的村支书撑着，这个地方就是打死人了，也没外人知道，也没人过问。所以，这个地方，就是出人命了，也没人来查！就是查，也查不出来！"

听了苗青这一番话，邈邈慨然一声长叹，悲伤、失望、痛苦、懊悔、恐惧的泪水一并涌了出来，他此时清醒地意识到，自己已陷入一个前途未卜的命运掌控之中。

59

天快黑的时候，开饭了。

邈邈看到两个系着饭裙的老汉进来，他们从外面抬进一个大铁桶，铁桶里盛着米汤，把铁桶放在正当地，他们又反身出去。过了没一会儿，这俩老汉又抬进一个大箩筐，箩筐里是刚蒸出的馒头。一个老汉把一袋咸菜撂在桌上，转身到门口，两手圈嘴边，冲外边喊："开饭啰——"

声音落下没多久，外面传来一阵嘈杂，紧接着，三十多个蓬头垢面的劳工蜂拥而进，他们跑到桌前抢自己的饭盒，然后抓馒头，抢咸菜，往饭盒子里舀汤。有的劳工因为一时抢不上，嘴里就嚷嚷起了粗话。这时，跟在后面的监工就开始骂起来，并动手打那些抢得多的贪婪的劳工。

有个监工扔给邈邈一个饭盒子，一双筷子，并指示他吃饭。

邈邈坐在铺上看这些吃饭的劳工，除了那刚来的五个青年外，这些人通通都蓬头垢面，目光呆滞，他们蹲在地上狼吞虎咽吃着馒头，吃着咸菜，喝着米汤，他们表情麻木，似乎这一切都已习以为常。

目睹此情此景，邈邈怎么都不会激起吃饭的热情。这时，有个劳工走到邈邈跟前，悄悄给他递过两个馒头，低声对他说："吃吧，吃饱了就不想家了。"

邈邈看这劳工，这劳工大约二十七八岁样子，也是蓬头垢面，衣着褴褛，邈邈把他递过来的馒头接在手里。

这劳工又把邈邈的饭盒拿过去，到桶前盛了米汤，用饭盒盖盛了咸菜，然后放到邈邈跟前。他在邈邈旁边坐下，一边吃一边又小声说："吃吧，吃饱了就不想家了。"

邈邈有些感动，看着这劳工，不禁问一句："你叫啥？"

"常欿。你呢？"劳工道。

"邈邈。徐邈邈。"邈邈道。

虽然邈邈和常欿说话的声音不大，但他俩说话已被一个监工听到了，这个监工指了下常歆，骂道："肠子，你他妈的是吃饭呀还是说话呀，赶紧给我吃！吃完了干活去！"

常歆不敢再言声，默默闷头吃饭。

所有的劳工都闷头吃饭，昏暗的屋子里此时只能听到嚼东西的声音和喝汤的声音。

吃罢饭，劳工们又被赶到工地上去干活了。邈邈看到工地的电线杆上亮起几盏电灯，那些衣衫褴褛的人在灯光下晃动着瘦弱的身影，他们踏着黄尘，拉水的拉水，抬土的抬土，推车的推车，上煤的上煤，砖窑的火光印在他们脸上，僵直的面孔写满愁苦和辛酸。

屋子里漆黑一团。邈邈知道苗青还在墙角，他可能已睡着了。苗青双脚被烫坏了，站起来都困难，所以现在他只能躺着。

此时此刻，邈邈想到了逃跑。逃跑是他唯一出路，只有逃跑，才能摆脱这个可怕地方。他不属于这个地方，压根就不属于，他不能说服自己要在这个地方待下去，哪怕是那么一天。邈邈想，自己还是个学生，还要回去上学，还要考熙京大学，怎么能在这个地方待下去呢？自己才十八岁，怎么会在这里做劳工呢？

跑，一定要跑。想到这里，邈邈忍着疼痛，轻轻下了铺，轻手轻脚地走到门口。借着工地灯光，邈邈看到不远处一个砖垛下，蹲着两个彪形大汉，他们虽然嘴里说着话，但眼睛却紧盯着工地上干活的人，耳朵似乎也在警觉地听着周围一切动静。邈邈还看到，在砖窑一侧山坡上，还有其他几个黑暗的地方，隐隐约约有吸烟的星星亮光在一闪一灭。邈邈知道，在那些一闪一灭的星星亮光后面，有一双双猎狗一样的人的眼睛，他们伏在黑暗中，随时准备捕捉一个准备逃跑的生命。

邈邈想到苗青那会儿对他说的话，如果逃跑被抓住，会被往死里打。他有些胆怯了，此时他似乎看到，那八大金刚就候在黑暗中，他们吸着烟，嘿嘿笑着等着他逃跑。

邈邈气馁了。他思忖着，自己还是先观察几天再做打算吧，此时自己身上有伤，对这里的地形也不熟悉，如果莽撞行动，一旦失败，后果将不堪设想。

邈邈又退回到铺上，躺在扔给他的那床绿被子上。邈邈闭上眼，想着心事，在不知不觉中，竟然睡着了。

大约夜晚十二点，邈邈被一阵嘈杂惊醒。他睁开眼，看到屋顶吊着的一盏小灯泡亮起来了，那些蓬头垢面的劳工回来了，屋里人影晃动，顿时乱哄哄起来，这些劳工有的站在水缸前咕咚咕咚喝水，有的在铺上翻找被子，有的脱鞋上铺，有的站在门口做临睡前的最后小解。有些劳工嘴里生出一些嘟囔抱怨之声，但立刻被跟在后面的监工呵斥住。

邈邈此时忽觉口渴难忍，他爬起来，拿着自己的饭盒也站在水缸前舀了水喝。常欹把自己的被子放在邈邈旁边，开始默默脱鞋上床睡觉。

解手的人都从外面跑进来了，监工查点一下人数，发现一个不差，随手把屋里灯拉灭。监工出去了。邈邈听到外面一阵锁门的声音，监工把这个屋子的门从外面上锁了。

屋里又复归于平静。

片刻之后有鼾声响起。鼾声似乎也在招呼自己志同道合的伙伴，一时间有十几种不同声音的鼾声相继响起，鼾声此起彼伏，相互呼应，屋内顷刻间成为号角鸣奏的战场。汗臭味、脚臭味和其他腥臊臭味借着黑暗的掩护，以势不可当的力量迅速蹿入人鼻腔，邈邈被这些臭味呛得有一种要窒息的感觉，他赶紧堵住鼻子。

邈邈推了推睡在旁边的常欹，常欹似乎已睡着了，鼻息里也是鼾声如雷。邈邈又推了推他，问："喂，你哪儿的?"

常欹翻了一个身，迷迷糊糊答："莆州。"

常欹话刚说完，却从隔壁那边传来一个声音："他妈的，谁说话！不想活了！给我老老实实睡觉！"隔壁那堵墙在此时突然出现一个亮着光的小洞，那声音就是从洞那边传过来的。原来，那些监工八大金刚就住在隔壁，这堵墙上挖着这么一个小洞，平时用布帘子挡着，是专门用来监视这些劳工的。

邈邈不再敢吭声了。他静静躺着，等待着熬过这个夜晚。他现在心里只有一个念头，那就是，在这几天尽可能短时间里，观察好地形，把握好时间，做好周密计划，然后逃出这个该死的地方。

邈邈静静地躺着，在黑暗中睁着一双黑洞洞的黑眼睛，想着心事，计划着自己逃跑日程。不知过了多长时间，邈邈忽然感觉自己有一些腹胀，而且胀得越来越厉害，他立刻意识到，刚才自己口渴时喝了缸里的凉水，一定是自己对这里的凉水还没习惯所致的腹胀。

邈邈极力忍着，但还是腹胀欲泻。邈邈从铺上一纵起来，穿鞋下地，拉开灯，扑向门口，邈邈要出去大解一下。

邈邈使劲敲着门板，喊着监工给他开门。有好几个劳工被邈邈的声音吵醒，他们在迷迷糊糊中睁着木呆呆的眼睛看邈邈。有个监工被吵醒了，隔着墙壁的小洞怒骂："他妈的，没长眼睛吗？从门旁拐进去！"

邈邈在骂声中才注意到，在门旁的两面墙壁间留着一条窄缝。从窄缝挤进去，经过一个上着锁的小柴火屋，再往前走又是一个小屋，小屋木头门半开着，还没到跟前，就有一股强烈的臭味袭来。邈邈想，这里面应该就是能大解的地方。

原来，这些劳工睡觉的房间、柴火屋、茅厕同属于一个连体大屋。邈邈这才明白，难怪睡觉的房间总有一股难散的腥臊臭，是这间茅厕蹿出的臭味和劳工身上久不洗澡的汗臭、脚臭混在一起，在这个季节里，才形成一股奇特的臭味。

茅厕里黑灯瞎火的，邈邈一时不知怎么走进去。这时，茅厕门口的灯亮了。邈邈看到常畝站在自己身后，是常畝把灯打开的。

常畝睁着迷迷糊糊的睡眼，递给邈邈一张旧报纸："进去吧！"

邈邈接过报纸，进去了。在这间茅厕里，邈邈看到到处都是人拉的粪便，到处都是人扔的便纸，到处都有人的尿渍，肮脏不堪，奇臭无比。后墙下有几个便坑，但坑内已堆满粪便。借着灯光，邈邈看到有一些白色的长着尾巴的肉滚滚的粪蛆在满地乱爬。

这间茅厕可能很久没人掏过了。邈邈恶心欲吐。

邈邈跳着脚找到一个能立足的地方，蹲下身，闭着眼，堵住鼻子，总算大解完了。

出来后，邈邈重又躺回铺上。

想着隔壁的隔壁那间恶心的茅厕，想着这个可恶的地方，闻着屋里难闻的臭味，听着那些此起彼伏的鼾声，邈邈此时再也难以入睡了。

60

天很快就蒙蒙亮了。

邈邈听到有人在开房门外的锁。房门被打开了，两个监工进来，两个监工每人手里都拎着一根木棍。监工呵斥还在酣睡中的劳工：“起，起，都他妈起了！”劳工中有起得慢的，监工手中的木棍便落在他们身上。

邈邈赶紧穿鞋下地，他知道，按那大哥说的，今天，他该去工地干活了。

送饭的那俩老汉又来了，他们送来的早饭依然是馒头、米汤和咸菜。屋子里又是一片咀嚼东西的声音和喝汤的声音。邈邈也蹲在地上，默默嚼着馒头和咸菜，默默喝着米汤。

吃完饭了，劳工们被赶到工地上去干活。邈邈被安排的工作是，跟着常歆到砖窑顶上加煤。

上了砖窑，邈邈就有了观察周围地形的机会。他看到，身后的这座山是个坡度很缓的小山包，砖窑倚山而修，就建在半坡上。睡觉工棚到砖厂工地也就一百米远。工地东侧是成垛成垛的出窑成品砖，这些成品砖东边，就是那块有搅拌机转动的生产砖坯的场地。

那个大哥家在砖厂南侧。砖厂东南方向有一个不小的村庄，那村庄应该就是苗青说的这个砖厂真正主使者——村支书所在的村。砖厂东北方向有一片树林，一片不小的榆树林，榆树林和村庄之间是成垄的小麦地。

邈邈看到那监工八大金刚的位置是，身后山坡上站着两个，工棚和大哥家那边各站一个，成品砖垛下蹲着一个，另外三个在砖坯场地那边。四个方向都有监工把守。看来，这个包工头大哥为了防止劳工逃跑，已经有了一套严密把守方案。

不知有没有这些监工疏于防范的时候？邈邈兀自在想，如果有，自己可以趁着他们疏忽大意的时候逃跑。邈邈又看了一遍地形，然后初步计划着，如果一旦出现监工疏于防范的机会，自己要跑，那一定是往东北方向那片树林里跑，只要跑进树林，凭借树木掩护，他就很容易逃脱。

此时他只能等待机会，伺机逃跑。

烧砖过程很简单。先是由劳工把场地那边晾干的砖坯送进砖窑，在窑里把这些砖坯码好，然后封住各个窑门，在窑里点火烧砖。

砖窑顶上有上百个添煤用的孔洞，脚掌大小，孔洞通进下面窑里。烧砖时，站在窑顶顺着孔洞可以观察窑里砖坯变化，在砖烧到八九成时，从孔洞可以看到窑里砖在烈火烧炙下红光闪亮晶莹剔透的景象。邈邈和常欹的工作就是，用铁钩子钩开窑顶孔洞上的一个个铁盖子，用铁锹轮流不停地往窑里添煤。

邈邈看到砖窑前停着三辆拉砖车，大部分劳工都在往车上装砖，这些人中有比自己还小的男孩，也有六十岁以上的男人。邈邈问常欹："你在这儿干了多长时间了?"

常欹："三年。"

邈邈："你咋来的?"

常欹："被骗来的。我出来打工，到了邵州火车站，刚下车，有人说给介绍个工作，说待遇很好，结果就被骗到这里来烧砖了。"

邈邈："这三年你回过家吗?"

常欹叹息一声："还回家呢！我三年每天都在这个工地上干活，别的什么地方都没去过，整整干了三年!"

邈邈心里一阵悲凉。

常欹慨叹一声："地狱呀！这里就是地狱!"展开双手给邈邈看："你看我这手!"

邈邈这才看到，常欹的两只手掌里都长着一层厚厚的肉茧，在肉茧中央，都裂着一道很深的口子，像被刀横切过似的，有血水正从这两道口子里缓缓渗着。

"这是怎么回事?"邈邈吃惊道。

常欹伤心道："前些日子，工头让进窑搬砖，可当时窑里的砖还没冷却，手一摸砖就被烫伤了，烫伤了他们还让接着干活，结果就裂开这样的血口子了。"

邈邈立刻想起苗青，苗青的脚也是在砖窑里烫伤的，邈邈不由一阵心怵。

常歙伤心欲哭道：“地狱呀！他们从早上天还不亮就让我们干活，一直干到晚上十二点，十六个小时多，可他们给我们吃的什么？每天是馒头米汤咸菜，偶尔也弄个菜，就是醋拌白菜。工资说是到了年底给发，可是到了年底，一分钱也见不着，我们是白白出卖劳力啊！”

邈邈内心涌起对这个地方切齿的恨，对常歙道：“就没想过跑吗？”

常歙一阵苦笑，指指在下面砖窑前干活的人：“你说这些人哪个想在这儿干呀？他们都想到了跑，可跑得了吗？有好几个因为逃跑被打得全身都是伤。别说逃跑，就是活干得慢点都得挨打。”

常歙指着窑下干活的那些人：“你说这些人哪个身上没伤？都带着伤，不是被监工打伤就是被砖烧伤烫伤。可只要不是一步也走不了，就还得干活，这里真是地狱啊！”

邈邈一时茫然了。他不知自己的命运下一步会怎样。

中午到了。

中午饭又开了。果如常歙所说，中午饭给这些劳工变换了花样，添了一道菜，是拌白菜。就是把白菜切开，热水过一下，用醋和咸盐一拌，就是一道菜。主食依然是馒头米汤外加咸菜。

劳工们吃完，又被赶到工地上干活。监工们也吃完饭了。由于中午天气炎热，吃过饭的监工都有一些倦怠，山坡上的两个监工坐在地上开始打盹，其他几个地方的监工或坐或蹲，也都不同程度地犯困。

这是一个逃跑的好机会，邈邈想。

邈邈站在窑顶一边添煤，一边观察着那条通往榆树林的路线，如何趁这些监工不注意悄悄溜进榆树林呢？邈邈仔细观察着，选择着一条最隐蔽最安全的逃跑路线。

就在这时，邈邈看到有一个正在铲煤的劳工丢下手中铁锨，撒开腿，朝着通往榆树林的方向跑去。

有人逃跑了。

也就在此时，邈邈看到有几个监工也一个激灵从刚才的困倦中清醒过来。工棚边的监工拎起木棍，朝着那个逃跑的身影追去。

“逮住他！”

“逮住他！”

邈邈听到坡上的监工叫喊着。包工头大哥家那边的监工从砖垛后面斜穿过去，向逃跑的劳工包抄，取近路堵截那劳工的逃跑。看到这种情形，邈邈想，这个逃跑的劳工这下凶多吉少了。

果然，两个监工像包饺子似的把这个劳工包住了，监工手起棍落，几下就把这个劳工打得蹲在地上。两个监工开始拖着这劳工往回走，他们一直把他拖到砖窑前那片空地上。

这时，那个包工头大哥也听到了外面异常，他端着一个插着半支烟的烟嘴子，光着肉滚滚的上身，趿拉着一双拖鞋出来了。那两个监工把逃跑的劳工拖到包工头大哥面前：“大哥，逃跑的，怎么处置？”

大哥把逃跑劳工的下颔端起来，仔细端详着，道：“面生呀？是不是新来的？”

旁边监工对大哥答：“他是新来的那几个人。”

“叫啥？”大哥问。

“他叫何冲，大哥。”一个监工道。

“啊，何冲，名字还蛮好听的。”大哥冷笑道。

邈邈这时也认出来了，这个逃跑的劳工就是昨天和他一起坐车来的五个青年中的一个。

大哥嘿嘿笑着，用烟嘴子点着这个劳工，道：“昨天都跟你们讲清楚了，你们他妈就是不听，看来是逼我动点真的是不是？”

大哥轻咳一声，冲旁边那个监工冷声道：“八郎，给他见点血，来点狠的！”

站在一旁那个被唤作八郎的监工“哎”地应了一声，然后转身从地上寻了一块砖头。八郎提着砖头走到逃跑的何冲跟前，左手揪住何冲头发，右手举起砖头，照着何冲劈面砸下。

邈邈几乎不敢看这惨烈的一幕。只听得何冲一声惨叫，双手捂住颜面，身子软软地蹲下，血却从他指缝间流出来。何冲的鼻梁这下肯定是被砸断了。

大哥指着蹲在地上的何冲大声对场地上的劳工说：“你们都看清楚了，这就是逃跑的下场，你们最好老老实实给我干活，不然的话，别怪老子不客气!”

大哥颠着肉滚滚的身子回去了。蹲在地上的何冲被监工带到监工屋里去做临时的伤口处理。工地上又恢复了原来的秩序，劳工们不敢懈怠，干活干得更卖力了。

由于亲眼目睹了逃跑者被打的惨状，邈邈一时心怯了，他暂时打消了逃跑的念头。接下来的一段日子里，邈邈老实下来，他跟随其他劳工一起，老老实实地一起做工，老老实实地一起吃饭，老老实实地一起睡觉。

61

转眼之间，就到九月份了。

九月份，邈邈知道，他上学的时候到了。他该上高三了。

在这个时节里，邈邈又萌生了逃跑的念头。邈邈一遍又一遍地扪心自问，自己怎么能在这里长期待下去呢？自己怎么会属于这个地方呢？自己还是一个学生，还要回去上学，还要考熙京大学，怎么能在这里做起劳役做起苦工了呢？

邈邈想起离家时和绮霏的约定，想起临行前跟绮霏说过的话，想着绮霏此时还在翘首等着他，等着他一起上高三，一起上大学，一起上熙京大学。想到这里，邈邈一天也待不住了。他要走，立刻要走，他要离开这个不属于他的地方，他要回去上学，做学生。

邈邈脑子里又开始做着逃跑策划了。

劳工夜晚睡觉门要被从外面反锁，工棚的窗户也已用钢筋铁护栏焊死，所以夜晚睡觉时想逃出去是不可能的。上午下午监工都看得很紧，逃跑是很困难的。中午逃跑看来也是不成立的，何冲逃跑造成的惨重代价已成为前车之鉴。在中午，那些监工看上去很懈怠，可这些人心里还警觉着，工地上一旦出现异常，他们会立刻做出反应。

邈邈注意到了，唯一有的逃跑机会，还是在吃过晚饭到晚上十二点睡觉之间。这段时间，因为天黑，借着夜色掩护，逃跑起来会较为隐蔽，不易被发现。邈邈打定主意，就在晚饭后到睡觉前这段时间里逃跑。

这一天，刚好赶着一期成品砖要出窑，砖窑各窑门大开，窑中砖正在冷却之中。

天黑了，劳工在工棚里吃完饭，又照常到工地上去了。邈邈走在劳工们的后面，他对跟在后面的监工大郎讲："一会儿我帮芋头倒煤渣吧！芋头说他今天肚子疼。"

大郎上下看了邈邈，道："你肚子不疼？"

邈邈道："不疼。"

大郎呵呵笑，道："那你就去帮他倒吧，不过等到砖窑出砖的时候，你得跟着再过来搬砖，知道吗？"

邈邈痛快地答一声："知道了！"

在窑门口煤渣堆前，邈邈找到芋头，对他说："芋头，我来帮你倒煤渣，你歇会儿。"

芋头感到意外，因为邈邈和芋头并不很熟。虽然他们同在一起吃同在一个工棚睡，但他们成天在工地各干各的活，吃饭睡觉也不让说话，所以他们很少有说话的机会，甚至芋头都叫不上邈邈的名字，邈邈也仅知道这个劳工的外号叫"芋头"，仅知道芋头的工作是把窑前煤渣装到推车上，然后推到远处倒掉。

芋头傻呆呆一脸茫然地看着邈邈。邈邈推了把芋头，从他手中拿过铁铲，附在芋头耳边悄声说："如果别人问你，我为什么帮你倒煤渣，你就跟他们说，你的肚子疼。因为你肚子疼，所以我就帮你倒煤渣。记住了？"

芋头愣愣地看着邈邈，片刻后，才愣呆呆地点点头。邈邈把窑门口堆的煤渣一铲一铲往小推车里装。看到装得差不多了，他放下手中铁铲，推起小推车，沿着工棚那边道路往东走。

煤渣堆在工棚东边。去往煤渣堆的道路也正是通往麦地和榆树林的道路。

邈邈推着装煤渣的手推车，大模大样地从两个监工的视线中走过。然后，他推着手推车，沿着往东去的道路，一直往东走。走了四五分钟，就到了煤渣堆，窑里废弃的煤渣在这儿堆积成一座小丘。邈邈把手推车停在煤渣堆前，一掀车，煤渣全倒在堆上。煤灰在堆上腾起，顺风飘散。

邈邈四下里看了看，他看到，砖坯工地上，劳工们在灯光下干活，监工们在看着这些劳工干活。在砖窑工地上，劳工们也在灯光下干活，那边的监工也正在看着那些劳工干活。

没有人注意到他，周围夜色一片寂静。

此时，邈邈意识到，自己不能再犹豫了，也不能再停留了，这是一个绝好的逃跑机会，错过了可能再也没有了。想至此处，邈邈丢下手推车，撒开腿，飞也似的向东边那块麦田跑去。邈邈知道，自己跑进麦田，再在麦田里跑一百米，就可以穿过麦田，然后再往前跑一百米，就能跑进榆树林。只要跑进榆树林，自己就隐蔽多了，安全多了，跑进榆树林就等于成功了一半。邈邈悬着一颗咚咚直跳的心，开始拼命朝那块麦地跑去。他此时心里清楚，自己一旦被发现，一旦这次逃跑失败，那后果就不堪设想，何冲逃跑的后果就是一个先例。想到此，邈邈更是没命地向麦田跑去。

就在邈邈刚刚跑进麦田的时候，他忽然听到砖窑工地那边传来狗的叫声，而且狗叫声愈来愈凶。邈邈猛然间想起监工房间旁那个狗棚，猛然间想起狗棚里那条竖着脖子威风凛凛蹲坐着的狼狗。肯定是这条狗在叫。这条狗在冲着邈邈逃跑方向狂吠着。显然，它已用它警觉的耳朵听到邈邈的行踪，它在狂吠着向它主人报告。这条忠实于主人的狗！这条该死的狗！邈邈开始后悔，自己逃跑时怎么没考虑到这条狗呢！

果然，砖窑工地那边传来一片混乱之声，有监工在喊："有人逃跑了——"

有手电光束从工地那边射过来，是监工在用手电照。邈邈赶紧伏在麦地里。但此时，狗的叫声离自己这边越来越近，紧接着，传来一阵急促的四足奔跑声音，从麦穗间隙中，邈邈看到那条狗喘着气向自己飞速奔来。

狗停在邈邈面前，狂吠着。有几个监工朝麦地跑来。伏在地上的邈邈被强光手电照住。一只强有力的大手抓住邈邈头发，把他从地上拖起来，这只大手就这么拖着他，一直拖着往回走。邈邈两手在做着挣扎动作，但很快被身后监工的棍棒打得不再挣扎了。

邈邈一直被拖到砖窑前的工地上。在灯光下，他看到了大哥，看到了大郎。大哥眯着眼睛仔细看着邈邈，扭头问身旁的大郎："他叫啥？"

“他叫徐邈邈。”大郎答。

“他是怎么跑的？”大哥问。

“去趁着倒煤渣的时候跑的。”大郎答。

“他是倒煤渣的吗？”大哥问。

“他不是，他是给窑里加煤的。”大郎答。

“那他怎么去倒煤渣？”大哥问。

“他说倒煤渣的芋头肚子疼，他说他帮肚子疼的芋头去倒煤渣。”大郎答。

“芋头呢？给我把芋头找过来。”大哥道。

芋头被大郎叫过来了。大哥问芋头：“你肚子疼吗？”

芋头哆哆嗦嗦站着，不敢看大哥的脸。

大哥把大郎手中的棍子拿过来，在手里掂着，然后用棍头轻拍芋头的肚子，假惺惺关切道：“你肚子真的疼吗？”

芋头被大哥吓得“哇”地一声哭了，哭着道：“不疼，不疼，我肚子不疼。”

大哥一张脸冷下来：“你肚子不疼不去倒煤渣！”

芋头指着邈邈，哭着嚷嚷：“是他，是他让我说肚子疼，是他，是他硬要替我倒煤渣，是他，是他想跑才要替我倒煤渣。不关我的事啊！不关我的事啊！”

大哥哈哈笑，转过头来，用棍子挑着邈邈的下颌轻声问：“你肚子疼吗？”

邈邈想到自己此番既落虎口，肯定不会有好的结果，懊悔和乞求都是没有用的，索性也不去乞求。邈邈凛然从容答：“不疼！”

大哥愣一下。显然，邈邈这种从容坦然的表情超出了他的意料。停了片刻，大哥掂着木棍，微笑着点头：“不疼，好，是条汉子！”

此时，砖窑里的砖冷却得差不多了，再等一会儿，砖就该出窑了。大哥扭头朝砖窑那边瞅了瞅，问身边六郎：“砖窑的砖现在能不能往外搬呢？”

“大哥，还得等一会儿，现在往外搬，烫手。”六郎答。

“烫手，是吧？我家里有一双石棉手套，你戴着它进去给我拿一块出来，我看看。”大哥对六郎道。

六郎“哎”地应一声，就往大哥家跑，在大哥家，他找到了那双石棉手套。戴着这双隔热石棉手套，六郎到一个窑里拎了一块砖出来。六郎拎着这块烫手的砖跑到大哥跟前：“大哥，取来了。”

大哥呵呵笑着，指尖轻碰一下那砖，然后又被烫似的迅速缩回，手指举到嘴边“嘘嘘”吹着做烫疼状。

大哥笑眯眯道：“水泊梁山一百单八将，个个都是英雄好汉，可十有八九都是因为犯了事，被刺字打了金印。”又笑眯眯道：“咱们这儿也有一位英雄好汉，不知是真的好汉，还是充的好汉？他说肚子不疼，现在我想试一试，给他也打个金印。”

大哥点点六郎七郎八郎，下令道：“你们把这块砖放在这个肚子不疼的小子肚子上，看他喊疼不喊疼!”

大哥命令一下，七郎八郎把邈邈摁倒在地，把邈邈衣衫掀起，六郎把那块灼热烫手的砖放在了邈邈的腹部。一股青烟腾起，伴着浓烈的烧炙皮肉味道，邈邈感到腹部一阵无比剧烈的灼痛。

邈邈一声惨叫，昏了过去。

62

邈邈醒过来的时候，发现自己躺在工棚里。外面人声嘈杂，是劳工们在干活。

邈邈此时不能动，他的腹部火烧火燎的疼。外面的天是黑的，邈邈回想起来了，自己就是在刚才被那些凶恶的人用砖烫伤的。

邈邈的泪水流下来，是痛苦、失望、懊悔、委屈、无助的泪水。自己此时该怎么办呀？今后该怎么办呀？自己怎么会落到这个地步呢？自己身处的是一个什么样的世界啊？

想一想，自己曾经想着做一个硬汉子，想着出来认识这个世界，认识自己。然而，此番经历却让自己触目惊心，却让自己身陷囹圄，却让自己遭受到了非人的待遇。这一切是真实的吗？我们生活中竟然存在着这样的世界？自己所经历的是一个巧合，是一个偶然吗？我们生活中还有多少像这样的世界？

为什么这样的世界会在光天化日之下存在？为什么我们的法治社会还有这样的世界存在？

邈邈想着，流着泪。流着泪，想着。

邈邈在工棚里养了七天，就被监工赶到工地上干活了。从这一回开始，邈邈被指令干的是到砖窑里搬砖。

日子一天一天挨过，渐渐地，邈邈的手跟常欹差不多了，邈邈的脚也跟苗青差不多了。邈邈的胳膊在砖窑里被烫伤了。邈邈的腿被烫伤了。邈邈的后背被烫伤了。邈邈的脸也被烫伤了。

邈邈常常挨监工的殴打，干得少打，干得慢也打。邈邈和其他劳工一样也变得蓬头垢面衣衫褴褛了。慢慢地，邈邈的神情呆板了，邈邈的目光也呆滞了。

有时候，邈邈在干活间隙里会呆呆地往山下看，他看到山下地里有农民在忙农活，树林和村庄附近也时常有农民的身影，那些农民偶尔也会朝砖场这边望。这时候，邈邈就把求助的渴望寄托在这些农民身上，希望这些农民能走近他们，能了解他们这些在砖厂干活的人正在过着地狱一般生活，希望这些农民能为他们申冤鸣不平给他们带来一些解救。

可这些农民也仅仅是随便地朝砖厂这边望望，然后就各忙各的。他们似乎对这个砖厂内幕完全不知晓，或许晓得，他们也视作平常，毕竟如苗青所说，这个砖厂背后有村支书撑着，有谁会为砖厂的不公而得罪支部书记呢？

邈邈有时也会看到有轿车驶进这个村庄，轿车里会时常出来一些官员模样的人，这些官员模样的人会被村里官员模样的人陪着，站在山坡下，远远看着这个砖厂，面带笑容地朝着砖厂这边指指点点，好像在做着一些部署规划，但他们从不走近，部署完了规划完了，他们就都钻进小轿车，几辆小轿车一溜烟地驶向村外。邈邈这时会想，吃饭时间到了，他们或许是寻饭馆吃饭去了吧。

有时候，邈邈也会看到有外地夫妇来到砖厂工地，他们对着这些受地狱之苦的劳工仔细瞅着。邈邈知道，他们是来寻自己失踪孩子的父母。邈邈就把希望寄托在这些寻孩子的父母身上，邈邈会走上前去，求这些父母把自己带走吧。邈邈看到这些父母眼中饱含热泪，他们是看到邈邈这些受苦的孩子想到了自己丢失的孩子。但寻孩子的父母很快会被赶到的监工棍棒赶跑，监工对这些父母说，这儿没你们的孩子，你们到别的砖厂去找。

到别的砖厂？难道这里还有许多这地狱一样的地方吗？

后来邈邈从常歆那儿知道了，在这一带，像这样的小砖厂有很多，在那些个砖厂里干活的人都同他们一样过着苦难的生活。常歆说，黄河流经黄土高原给这里带来了特质黏土，却也膨胀了一些人的私心，他们私开砖厂，非法挖掘黏土，诱骗人口，廉价使用劳动力，虐待残害劳工，劳工在这里过着非人的生活。

邈邈恨这个砖厂的包工头大哥，恨那帮号称八大金刚的监工，邈邈也恨狗棚里那条高度警惕的狗，恨这条忠实于主人专门监管劳工的看门狗。

邈邈恨这条狗，心里有恨怼，他就常狠狠地看这条狗，早上出工的时候看，每次收工回来也看，目光像刀子一样刺在狗身上。说来也怪，这条狗自从为监工抓邈邈立下功劳之后，每次看到邈邈狠狠看它时，它都哀哀地叫着，夹着尾巴在狗棚里转圈圈，好像做了一件错事心里有愧似的。

七个月之后，这条忠实于它主人的狗终于死了。

狗死得很奇怪，没有生病也没有其他原因，是在狗棚里突然一天不明真相地死亡的。上午这条狗还蹲坐在那里威风凛凛地警惕着外面。中午，邈邈收工回来吃饭，路过狗棚时又狠狠地剜了它一眼，这条狗就哀哀地一声惨叫，口吐白沫，死掉了。这一天是五月一日，国际劳动节，邈邈在这里做劳工也已经九个多月了。

看门狗死了，监工们也没什么遗憾的，他们把狗皮剥了，把狗肉剁成块炖锅里，把包工头大哥请过来，一帮人吃肉喝酒闹腾了一天。

狗没了，邈邈又动起了逃跑的念头。

邈邈算一算，自己若在学校，现在应该是高三年级学生了，应该进入高三后半期学习了，高考也马上要进行了。想起高考，邈邈更是焦急万分，自己不能不参加高考，自己还要考大学，还要考熙京大学，这是和绮霏的约定，绮霏此时也正等着他，他们要一起上熙京大学。

跑，一定要跑，一定要逃离这个地狱一样的地方。即使仍有危险，也一定要逃。

邈邈又开始策划逃跑方案了。

邈邈早晨、中午、晚上仔细观察着，寻找着监工们出现疏漏的时间和场合。但是，三天过去了，邈邈没寻到任何可乘之机。那条看门狼狗死了，监工们的警惕性似乎也相应地提高了，他们看守得更严了。

第四天，邈邈中午回工棚吃饭的时候，看到大郎从外面带回来一只猫，是一只黑猫。大郎把黑猫丢进监工房间，对二郎说：“这猫是大哥从外地买来的，大哥让留在咱这儿养着它，让它逮老鼠。而且，听大哥说，这猫还挺通灵性。”

二郎问大郎：“它怎么个通灵性？”

大郎答不上来，就对二郎敷衍道：“以后看看就知道了。”

邈邈看到这只黑猫不带一点杂色，通体长着像黑缎子一样油光发亮的皮毛。黑猫眼球碧绿，眼仁幽邃，看人的神情总带着那么一些精灵和诡黠之气。

黑猫不爱叫，准确地说，邈邈就没听到这只黑猫叫过。

黑猫逮老鼠的能力很强，自从黑猫来到这里之后，工棚和监工房间里的老鼠就再也不敢轻易出洞了。监工房和工棚之间那堵墙上隔着帘子的小方洞，是这只黑猫来往于这两个房间的通道。平日里，邈邈总看到这只黑猫顶开帘子从监工那边钻到工棚这边来，潜伏在劳工铺下静候老鼠。当捉到老鼠时，黑猫会叼着老鼠跳到铺上，然后穿过那个墙洞，到监工那边慢慢地享用鼠肉。

黑猫来砖厂的第七天，工棚那边发生了一点新的变化，这个变化就发生在与工棚连体的那间茅厕里。那天下午，邈邈装完一车砖后就去工棚那边撒尿，这时他瞅见了在工棚茅厕后面干活的苗青和何冲，苗青和何冲正在清理茅厕后面粪池里的粪便，他们在清理茅厕。苗青站在粪池里用铁锨挖粪便，何冲把苗青挖出来的粪便用铁桶倒掉。

邈邈问苗青和何冲是谁让他们清理茅厕的。

苗青和何冲说是监工让他们把堵塞在茅厕粪池便坑里的粪便全部清

理干净。

邈邈站在那儿，静静地看了一会儿苗青和何冲清理茅厕。继而，邈邈脑海中倏忽间一亮。

这天天黑下来后，劳工们都回工棚吃晚饭。在吃饭间隙，邈邈悄悄往工棚里那间茅厕跑了一趟。这时他看到，茅厕内遍地的粪便都已清理干净，后墙根下那几个便坑内的粪便也已清理得干干净净。

便坑不再堵塞了，便坑重新恢复了高度和跨距。从便坑的坑跨距间，邈邈能看到月光泻在外面粪池里皎白的片片亮色。邈邈用目光测了一下便坑的跨距，不由心头大喜。

一个安全的逃跑方案在邈邈脑海中瞬间形成了。

这一天的夜晚十二点，劳工们还同往日一样，干完一天的活，回到工棚休息。监工也同以往一样，查点完人数，把工棚里的灯熄灭，然后把工棚门从外面上锁。

邈邈躺在铺板上，闭着眼，但他却没有入睡，他在等待一个时间。

时间在一分一秒地往过走。

邈邈听到工棚里响起鼾声，鼾声渐渐此起彼伏起来，最后，工棚里的鼾声连成一片。隔着墙壁，邈邈还隐隐听到隔壁监工们的鼾声。

所有的人都入睡了。

邈邈躺在铺板上，按捺着自己怦怦心跳，又静静地躺了一会儿。今晚，是他又一次逃生的日子。今晚，又是一次决定他命运的日子。

成功与否在此一举。

邈邈不再多想，他轻轻地翻身起来，轻轻下地，轻轻穿好鞋，轻轻走到门旁，然后从门旁两面墙的窄缝间轻轻挤进去，再轻轻往前走，一直走进茅厕。

顺着便坑坑道，邈邈又欣喜地看到泻在外面粪池片片皎白的月光，这是让他看到生路的希望之光。邈邈不再犹豫，迅速走近一个便坑，探脚把自己下到坑道里。他在便坑坑道里，侧着身子，小心地往外挤，使劲地往外挤，他要把自己挤出坑道。

就在邈邈头也快挤到坑道外面时，一个谁也意想不到的情况发生了，那只自来到这个砖厂一声也没叫过的黑猫这个时候突然叫了。黑猫在邈邈走进这间茅厕时，它就已经蹲在茅厕一个角落里了，它一直瞪着碧绿的眼睛鬼精地朝着邈邈看，看邈邈把身子下到便坑坑道里，看邈邈侧着身子往坑道外面挤，看邈邈的头也快挤到坑道外面了，然后，这只黑猫开始叫了。

黑猫“喵喵”地一声不停地叫着，凄厉地叫着，夺命地叫着。黑猫的叫声让人抓心，让人恐慌。工棚和监工房里几乎所有的人都被黑猫的叫声吵醒了。

这个时候，邈邈也挤出坑道了，他在黑猫让人心惊肉跳的叫声中爬上粪池，然后撒开步子，踏着看上去同样让人心惊肉跳的惨白的月光，仓皇向那片榆树林逃去。

监工们在黑猫的叫声中听出了异常，他们打开工棚房间的门锁，拉开灯，开始清点人数。很快，他们发现邈邈不见了。监工们一时炸开锅了，他们纷纷穿好衣服，带好逮人的家伙，蜂拥着冲出屋，分开方向追赶逃跑了的邈邈。

七郎拿着绳索，八郎拿着铁锨，他俩往榆树林方向追去。借着月光，他们很快发现了即将跑进榆树林的邈邈。八郎快追几步，欺到邈邈身后，然后，举起铁锨，朝正在疯狂奔跑的邈邈劈落。八郎的铁锨劈在邈邈右腿上，邈邈一个跟头栽翻在地，他感到自己右腿撕裂般锥心的疼。邈邈知道，自己的右腿这下肯定是断了。

邈邈被七郎八郎拖着往回走。七郎八郎一直把邈邈拖回到工棚前，然后丢在地上。这时，大哥也披着衣服出来了。大哥用手电照着躺在地上的邈邈，纳闷道：“又是他！”

大哥纳闷道：“这小子真是不要命啊！”

大哥又用手电照了照邈邈身下的一摊血，然后对邈邈道：“站起来！”

邈邈躺在地上，不动。邈邈右腿钻心的疼，他的右腿已不听使唤了，他动不了。

大哥指令七郎八郎：“把他扶起来！”

七郎八郎把邈邈从地上扶起来。

大哥又对七郎八郎道：“撒开！”

七郎八郎又松开邈邈。邈邈失去了把扶，整个身子又软软地瘫倒在地。

大哥惋惜地看了八郎一眼："八郎，你手重了！"

之后，邈邈被带到监工房间做了简单伤口处理。

之后，邈邈又被送回到工棚里。

之后的几天里，大哥来过工棚几次，他观察了邈邈的伤势，然后对身边的大郎道："这小子，腿残了，在工地上恐怕干不了了，以后让他给工人们蒸馒头吧！"

邈邈的腿瘸了。

瘸了腿后的邈邈给砖厂的劳工做饭。每天，他蒸馒头，熬米汤，从早到晚，围着锅台转。

从此之后，邈邈木讷而少言了。

从此之后，邈邈万念俱灰也心如死灰了。

63

时间一直到邈邈来砖厂第三年的十月二十八日。

这一天，是重阳节。重阳节是大哥的生日，砖厂里一片欢腾，监工们都吃肉喝酒，为大哥的生日庆祝，就连劳工们的碗里也破例地见了荤腥。

邈邈这一天胃口大开，一连吃了八个馒头，外加一碗带着肉腥的炖白菜。

大哥这一天特高兴，喝得红光满面，他在三哥的搀扶下到处走，到处看。在邈邈吃饭的时候，大哥正好就在邈邈旁边。大哥瞪着惊诧的眼睛看着邈邈吃饭，看着邈邈一口气把八个馒头吃下，看着邈邈把带着肉腥的炖白菜吃得干干净净。大哥摇摇头，叹了口气，自言自语道："这瘸子，不能再养了，忒费粮食了！"

大哥对三哥道："三弟，明儿你去省城，把这瘸子也捎到火车站吧！这瘸子，活干得不多，吃得倒不少，咱可养不起他！这瘸子，咱不要了！"

就这样，邈邈第二天被三哥用面包车拉着，一直拉到省城火车站，然后，弃在入站口。检票员看邈邈是个残疾人，就让他进站了。邈邈就搭上东去熙京的列车，回熙京了。

绮霏在讲完邈邈的遭遇之后，已是泪流满面。绮霏偎在德良怀中，啜泣着说："德良，邈邈他太苦了，他好可怜呀！"

绮霏啜泣着说："他的父母现在也找不见了，有人说他父母去南方了，有人说他父母离异了，邈邈他现在无家可归了。"

绮霏啜泣着说："德良，邈邈他现在太需要人帮助了，我好想帮帮他呀！"

抱紧痛苦中的绮霏，德良满腹凄苦地无言地点了点头。

之后的每天，绮霏都要给邈邈送饭。绮霏骑着一辆小木兰摩托车，来往于学校七餐厅和南门外那棵泡桐树之间。每到吃饭时间，绮霏会从七餐厅买了饭，然后骑着木兰给在泡桐树下修鞋的邈邈送去。

绮霏给邈邈在校南门附近一条巷子里租了房子，让邈邈住在那里。绮霏买了羽绒服和保暖的棉靴子，给邈邈送去。

一天中午，天空晴朗。

德良路过学校第七餐厅。在餐厅门口，德良看到从里面走出的绮霏，绮霏手里拎着给邈邈买的午饭，匆匆忙忙往外走。

德良走上去，喊了一声："霏霏。"

绮霏看到德良，神情有些慌乱。德良这才注意到，今天绮霏的颜面下部遮着一块粉色纱巾。

发现德良在看她遮着的纱巾，绮霏神情紧张地把那块纱巾又往上拉拉。

看到绮霏这种神情，德良心里诧异，走到她跟前关切道："霏霏，怎么了？"

绮霏眼里似乎要有泪水迸出，哽咽着声音唤："德良。"

德良心里一紧，忙问："发生什么事了？"

绮霏眼里终于飞出泪水，她一头扑进德良怀里，呜呜地哭了。绮霏颜面下部的纱巾松落下来。德良看到绮霏腮部留着一道道血红的手指印——这分明是被人用巴掌打的。

德良震惊了，大声道："这是谁？这是谁干的？"

绮霏在德良怀里呜呜哭着道："德良，我不怪他，这不是他的错，不是他的错。”

绮霏又呜呜哭道：“他以前不是这样的，不是这样的，他是受了很多苦才变成这样的，这不怪他，不怪他。”

德良明白了，这个他就是邈邈。

对于这个邈邈，对于这个邈邈打了绮霏，德良此时又能说什么？又能做什么呢？他此时只能抱紧绮霏，满腹凄苦地仰天饮着泪。

绮霏依然日复一日地照顾着邈邈。两个月下来，绮霏明显消瘦下来。绮霏的脸上也不再施妆，颜面间常常带着一些倦色。过去悉心染过的雌黄头发与现在新生的黑发杂间着，绮霏已经很久没时间染发了。由于照顾邈邈，绮霏也经常迟到、旷课。

新年来临了，新的一年开启了。但对邈邈来说，新的一年并不意味着有一个崭新的开始。

一月八日那天，在宿舍里，德良接到绮霏一个电话后，他匆忙往楼下跑。在草坪间那棵雪松后面，德良看到绮霏哭得跟个泪人似的。看到德良下来，绮霏一头扑进他怀里。

绮霏难过地呜呜哭着。德良知道，绮霏肯定又遇到什么不顺心的事了。

“霏霏，怎么了？”德良轻声问。

绮霏止住啼哭，抬起泪眼，哽咽着道：“邈邈被人打了。”

德良心底蓦地一惊，急问：“谁打的？谁打邈邈了？”

绮霏又失声哭出来，道：“是爸爸、妈妈，是爸爸妈妈那帮人打了邈邈。”

“爸爸、妈妈？爸爸妈妈那帮人？”德良不解。

绮霏抹一把泪眼，解释道：“是爸爸妈妈讨厌邈邈，他们听说邈邈又回来了，不让我去见邈邈。爸爸妈妈说嫌他丢人，说他影响市容，让他滚出熙京去，后来，他们就派人把邈邈给打了。”

德良急问：“那邈邈现在怎么样了？他没事吧？”

绮霏哽咽着道：“他现在没事了，在我给他租的那房子里躺着呢。”

德良舒了一口气，轻拍绮霏背胛，安慰道：“好了，没事就好了。”

绮霏又抬起泪眼，委屈道：“德良，爸爸妈妈说事还没完，他们说如果邈邈不尽快离开熙京，他们就让他在这个世界消失。”说罢，又“哇”地一声哭了，绮霏哭着道：“我该怎么办呢？邈邈他的命怎么这么苦呢？”

怎么办？按绮霏所说，邈邈如果再滞留在熙京城，那真的很有可能性命不保。如果邈邈离开熙京，那他又该去哪儿呢？哪里肯收容他这个无家可归的可怜的残疾人呢？离开了熙京，脱离了绮霏的照顾，邈邈的日子可能会更惨。

抱紧在无助中啼哭的绮霏，仰视头顶那一方自由的天空，德良一筹莫展地一声长叹。

64

两天后的那个中午，德良又接到绮霏打来的一个电话。

绮霏在电话里焦急万分，她道：“德良，邈邈一直高烧不退，现在昏迷了，我正在送他去医院。”

德良忙道：“你等一下，我马上过去，我跟你一块儿送他去医院。”

绮霏焦急道：“我急的还不只是邈邈，还有荸荸。”

“荸荸？荸荸是谁？”德良问。

“她是我妹妹，在惠新中学上初二。”

“你有妹妹？没听你说过！”

“我小姑家的孩子，刚转学到这儿。”

“哦，她怎么了？”

“她又要跟人打架了，听说就今天中午，就在惠新中学门口。”

“哦……”对于女孩子打架，德良从小到大就没听说过几回，今天居然发生在绮霏妹妹身上了。

绮霏在电话里又焦急道：“我现在送邈邈去医院，脱不开身，你去给我劝劝荸荸，叫她别惹事了。我以前说过她好几回，她就是不听。德良，你这次好好劝劝她，她或许听你的。”

德良迟疑了，劝女孩子别打架，这种事，他从来没做过也从来没曾想过会怎么去做。绮霏在电话里听出德良在犹豫，就急着道：“德良，你快去吧！再不去，就晚了！他们说不准现在就打起来了！”

“我……我能行吗？”德良还待再说，但听到绮霏已把电话挂了，她急着去送邈邈了。

不能再耽搁了，否则晚了真出事了，德良借来一辆自行车，骑着赶紧往东校门去。

出了东校门，往南骑五百米，穿过人行横道线，就是惠新中学大门。在中学门口，德良举目一望，果然看到校门南侧一百米地方聚了不少中学生，这些中学生大多穿着印有“惠新中学”的校服。

德良把车靠在一棵槐树旁，赶紧跑过去。他看到这群中学生分为对峙的两派，一派人少力薄，只有三个人，为首的是一个瘦高个男生，在他左边站着一个戴小眼镜男生，右边站着一个长小粉刺男生。

另一派人多势众，为首的是一个女孩。这女孩，长着一张圆圆鹅蛋脸，双眉修长如画，眼眸流动如星，两颊融融，肤光胜雪。德良乍看去，以为是绮霏，只是她脸上更多了一些活泼顽皮之气。女孩短发顶上歪歪扎起一个像笤帚把似的硬邦邦发髻，彰显着桀骜不驯的非主流个性。这女孩两侧如左右护法似的站着两个胖小子，两个胖小子手里各拎着一条板凳腿。女孩身后还站着一些男女中学生，一看便知，这些人都是这个女孩的追随者。

鹅蛋脸女孩一派和瘦高个男生一派对峙着。德良这时注意到，鹅蛋脸女孩旁边还有一个身材娇小的女生，这个小女生此时正一边抽泣一边向鹅蛋脸女孩倾诉着什么，像是受了什么委屈。

鹅蛋脸女孩听完小女生倾诉，开始指着瘦高个男生骂了：“麻秆，你丫的胆肥了，是不是？

“你敢欺负我兄弟，活腻了是不是？

“信不信我削平了你？”

鹅蛋脸女孩责令瘦高个男生：“丫的麻秆，赶紧向我兄弟道歉！”

那个被唤作“麻秆”的瘦高个男生此时脸上也有不忿表情，双方剑拔弩张。从长相上观察，德良判断这个鹅蛋脸女孩应该就是绮霏的妹妹苳苳，于是赶紧跨上一步，试探地喊一声：“苳苳。”

听到喊声，正在对峙的两派人把目光齐刷刷地投到德良身上。鹅蛋脸女孩右侧那个胖小子一个箭步窜到德良跟前，用板凳腿一指他，大声道："干什么的？"

鹅蛋脸女孩那派中有个男生喊："是麻秆请来的帮手，堵住他！"

这男生这么一喊，鹅蛋脸女孩身后的男生女生"呼啦啦"一下过去四五个，把德良围在中央。

站在德良跟前的那胖小子又用板凳腿点着德良："干什么的？说！"

德良道："我找苳苳。"

胖小子又点着德良大声道："我们老大是你喊的吗？说，你是谁？"

德良道："我是苳苳的姐姐的朋友，我要找苳苳，苳苳呢？"

胖小子愤怒了，举起板凳腿，作势要向德良头顶劈落，口中怒道："丫的，还敢充大，看我不劈了你！"

这时，鹅蛋脸女孩站过来了，她制止胖小子："钢镚，住手！"

这个被唤作钢镚的胖小子对鹅蛋脸女孩汇报："大哥，这家伙敢冒充你姐的朋友，看我不收拾他。"说着又举起板凳腿，向德良作势劈下。

鹅蛋脸女孩冲钢镚一摆手："下去，钢镚，让我看看，看看他是谁。"

钢镚听话地站到鹅蛋脸女孩身后了。鹅蛋脸女孩站在德良面前，目光逼视着他，板起面孔，冷声问："你是谁？你找苳苳干什么？"

德良朝鹅蛋脸女孩询问："你是苳苳吗？我找苳苳。我是苳苳的姐姐齐绮霏的朋友，我叫魏德良。"

鹅蛋脸女孩在此时眼前倏地一亮，她朝德良跨上一步，紧声道："你是……"

鹅蛋脸女孩不再说下去了，两颊掠过潮红，双眸热热地细细打量着德良。然后，她目光不离地瞅着德良踱步转到他身后，在身后又细细打量着他，然后，又目光不离地踱步重新转到他身前。站在德良面前，鹅蛋脸女孩脸上绽出灿灿笑容，她歪着头，顽皮地又问："你再说一遍，你叫啥？你是苳苳的什么人？"

德良又道："我叫魏德良，我是苳苳的姐姐绮霏的朋友。"

接下来的一个情形让德良着实窘红了脸，把在场这些中学生们也着实惊了一跳。鹅蛋脸女孩跨上一步，一把揽过德良胳膊，亲昵地冲着他喊："姐夫，你是我姐夫，我是苳苳，是绮霏姐的妹妹。"

本来刚才剑拔弩张的场面，突然被苳苳认亲喜剧般的一幕给冲淡了。钢镚走到苳苳跟前，郁闷道：“大哥，麻秆他们，咱们怎么办？”

苳苳开心地揽着德良胳膊：“今天碰到我姐夫了，我高兴，看在我姐夫的面子上，麻秆他们，就饶过他们，让他们以后小心点，别再犯在咱手上。”

钢镚答应着，下去吩咐了。苳苳冲着她的追随者大声道：“今天大家都散了，回家吃饭，有事再招呼。”

追随者们纷纷答应着散去了。麻秆和他的跟班也闷闷不乐地走开了。

苳苳搂紧德良胳膊，开心道：“姐夫，走，我请你去吃麦当劳。”

德良红着脸，冲苳苳笑笑：“苳苳，别那么叫，喊我名字就行。”

苳苳调皮地晃着头，做着遥想的样子，然后咯咯笑：“那我以后喊你姐夫，现在，我就喊你德良哥哥。”

进了麦当劳店，坐在临街的落地玻璃窗前，苳苳咬着薯条，吸着可乐，目光含笑地瞅着德良又吃又喝。

德良对苳苳道：“苳苳，以后别再打架了！”

苳苳嚼着薯条，频频点头：“嗯，我不打了。”

德良又对苳苳道：“苳苳，好好学习，向你绮霏姐学习！”

苳苳点头：“嗯，以后我会好好学习的，向德良哥哥和绮霏姐学习，考上熙京大学。”

德良点点头：“苳苳，这样就好。”

苳苳胃口大开地吃喝了一会儿，又瞅着德良，满腹心事道：“德良哥哥，我要是考上了熙京大学，会不会也像绮霏姐一样，能碰上一个像德良哥哥一样的好男孩？”

对于苳苳这个问题，德良一时又陷入了窘境，他语塞了。

看着德良的窘态，苳苳又开心地笑了。笑罢，苳苳又默默道：“德良哥哥，绮霏姐经常和我聊起你，她对我说，你是最优秀的男孩，是她最疼最爱的人，她说你们的爱情是世界上最真的爱情，最美的爱情，她说你们的爱情是经过生死考验和洗礼过的爱情。”

苳苳神情脉脉地说：“德良哥哥，我真的好羡慕你们呀！”

65

学校就要放寒假了。

德良站在宿舍楼阳台上，看着冬日骄阳万丈光芒。已经很长时间没有看到绮霏了。给绮霏的手机打过电话，绮霏手机关机。给绮霏的宿舍打过电话，宿舍人说绮霏已经好长时间没回来了。给绮霏家里打过电话，绮霏不在家。

德良已冥冥意识到，绮霏去干她该干的事去了。德良太了解绮霏了，她是一个美丽聪明的女孩，她是一个善解人意心地善良的女孩，同时她也是一个勇敢的敢于承担责任和义务的女孩。

绮霏肯定是走了，肯定是离开这里去干她该干的事情去了。父母的压力让她不堪忍受，在孤立无援两难选择的情况下，她肯定是离开这里，离开了熙京城，离开父母的监控和恫吓，去到一个父母找不到的地方，去尽一份未了的义务去了。

想到绮霏为此所偿付的代价，所做出的牺牲，所需要的勇气和力量，德良不禁落泪了，他为人世间有这样的好女孩而黯然落泪了。

寒假在无声无息中来临了。

校园开始变得冷冷清清。晚上，德良接到绮霏宿舍小叶子的一个电话，小叶子约德良出来一趟。

在路灯下，小叶子递给德良一个粘得很好的信封。德良知道，绮霏要向他告知这些日子她的状况了。德良轻轻撕开信封，他看到了滴着绮霏泪水的信纸，绮霏忧心如焚的面容仿佛又出现在他面前。

德良：

在写这封信时，我正在复杂和痛苦的心情中挣扎，在辛酸的泪水中做着选择。我终于决定，我不得不走了。

昨天，他们又砸了邈邈的鞋摊，殴打了他，把他住的房子给查封了。邈邈这个可怜的孩子，再一次无家可归了，再一次在街上可怜地爬着。

为什么他们不给这样可怜的人一个生存的机会呢？为什么一个已经这样不幸的人仍然让他饱受苦难呢？为什么他们要赶尽杀绝呢？为什么这样一个原本聪明的孩子为这个世界所不容呢？

看了邈邈的惨状我悲痛万分，我决定要走了，带着他离开这里，离开这个不容他生存的地方，我决定要和他共同来承受命运带给他的苦难。我不知道自己的这个决定对不对，但我决定了就义无反顾。德良，原谅我不能陪在你身边了。我知道，我的这个决定对你有些不公，但替我想一想邈邈，邈邈已经非常不幸了，我不能让他再遭受苦难了。

德良，你依然是我最爱的人，我没有忘记我们的爱情誓言，没有忘记我们在一起美好的日子，我和你在一起是世界上最幸福的人。但命运再一次让邈邈这个可怜的孩子出现在我面前，为了一个不幸和可怜的人，我此时只能痛苦地承担起义务，痛苦地牺牲掉自己的幸福。德良，现在我才清楚明白地懂得，原来，爱情和幸福是操控在命运之神的手中的。

德良，我走了，离开学校，离开父母，离开熙京，带着邈邈去找一个能允许他生存的地方去了。德良，不要思念我，好好把大学读完，我会一直念着你的……

最爱你的霏霏

看罢绮霏的信，德良慢慢坐在路阶上，再一次有泪水涌出眼眶，他哭了，他为绮霏做出的沉痛决定和偿付的沉重代价哭了。哭罢，德良又红肿着泪眼笑了，他为人世间有这样的好女孩而笑了。德良哭罢又笑，笑罢又哭。

小叶子坐下来，静静坐在德良身边，静静地看着德良，轻声道：“不要难过了，绮霏姐也是迫不得已的。”又道：“你难过，绮霏姐心里也会难过的。”

小叶子又轻声劝慰：“你不能再难过了，素心出了事你已经够难过的了，你不能再伤心了。”

想起死去已久的素心，德良悲情更盛，他强迫着自己不要再流出泪来。看到德良愈加悲痛的表情，小叶子慌慌地揽住他一条胳膊，慌慌说：“你要是以后想绮霏姐和素心的话，就找我说说话吧。”

德良忍着悲凉冲小叶子深深点头，幽咽着道：“谢谢你，小叶子。”

整个寒假，德良又没有回家。

没回家的德良躺在宿舍里，有如一只蛰伏在洞穴里的可怜的寒虫。他抖动着冰冷的身子，抵御着来自他周围的寒冷，他不时让自己清醒一些，让自己的大脑清晰一些，以防在漫长的冬季沉眠过去。

但冬季的严寒却愈加让他乱无头绪。

他在漫长寒冷的冬季思考着，思考着在漫长寒冷中求生存的一只昆虫的自身意义和生活法则。

他在寒冷中孤独地煎熬着，他在企盼着、想象着那个充满和风、阳光和笑脸的繁花烂漫的春天。

除夕夜来临了。

德良站在窗前，看着夜空中七彩绚丽绽放的烟花，想起和绮霏一起在黄金海岸放烟花的情景，想起绮霏对他说过的话：德良，人的一生是不是就像烟花一样，绽放了自己最美丽的一瞬，然后悄无声息地离去？

想起这些，德良鼻子里酸酸的难受。霏霏，在这样一个烟花灿烂的夜晚，你生活得好吗？苦吗累吗？过得顺心吗？你是否此时也站在窗前想我们一起在海滨放烟花的日子？

德良又想起了素心。素心，你在另一个世界里生活得好吗？寂寞吗？在冬天那里冷吗？那里也有节日吗？在这样的一个夜晚里，那里也放烟花吗？

德良想了绮霏又想素心，想了素心又想绮霏。在这个烟花烂漫的除夕之夜，德良任凭思念的泪水纵横。

德良睡着了。在沉沉睡眠中他感觉自己身子轻飘飘的，好像立在云端，好像立在云端随风飘荡，他看到的是幽蓝深邃的天穹，还有大团大团白色云朵飘来飘去，他踏着一朵云在这浩瀚的天穹间随风飘荡，他感到这个世界好大，好寂寞呀！

他看到绮霏了，绮霏踩着一朵云向他飘来，绮霏脸上挂着思念的泪水，绮霏看到他后向他展开臂膀，他也欣喜地向绮霏张开臂膀。但他们却没有拥在一起，他们脚下的云朵飘得太快了，载着他们朝不同方向飘去，他们连手也没勾住一下就飘向各自不同天际了。在擦肩而过的那一瞬，他听到绮霏痛苦的嘤嘤哭声。

他又看到素心了，素心也踩着一朵云飘来。素心是从他身后飘来。他欣喜地大声喊着素心的名字张开臂膀，他看到素心也在喊着自己展开臂膀，素心的脸上写满忧思。但他们却没有拥在一起，素心的云朵飘得太快了，他还没有勾住一下素心的手那朵云就载着素心向前方飞去，素心的身影很快就消失在遥遥天边了，他听到天边隐隐传来素心悲恸无比的哭声。

德良哭了，放声地号啕大哭了。他的哭声虽然很大，但在空阔寂寥的天际间只有他自己才能听见。

……

房间外响起一阵敲门声。敲门声惊醒了昏睡中的德良，他擦了擦眼里泪水，穿好衣服，下床开门。

打开房门的刹那，德良惊喜得心都快跳出来了。他看到门口站着一个女孩，这女孩不正是绮霏吗？她穿着厚厚的宝蓝色羽绒服，头戴彩虹拼色条纹套头帽，脸部下半围着一条亮紫色毛线围巾，像刚刚从远方赶回来。她的手里拎着装有饭盒的塑料袋，笑吟吟地看着德良。

“霏霏，你回来了！”德良惊喜地跨上一步，将女孩紧紧抱住。

女孩在德良怀抱中跳着脚，也抱紧他，嘴里快活地咯咯笑。女孩把毛线围巾从脸上拉下来，笑吟吟道：“德良哥哥，我是苳苳。”

“哦……是苳苳。”德良看清楚了，原来真是苳苳。他红了脸，不好意思地松开手。

“苳苳，快进来！”德良朝苳苳招呼。

苳苳踱着步，兴高采烈地走进德良宿舍，满怀好奇地环顾宿舍里的一切。

德良道：“苳苳，你怎么来了？”

苳苳道：“德良哥哥，今天是什么日子？”

德良想了想：“今天是大年初一。”

苳苳嘻嘻笑：“对呀！大年初一。德良哥哥，大年初一你怎么能一个人在这里这样过？”苳苳晃晃手中装着饭盒的塑料袋：“我给你带饺子来了，快点趁热吃了！”

苳苳把两个饭盒拿出来，放在桌子上，然后哈着手，揭开饭盒盖。两个饭盒里，一个盛的是热气腾腾白嫩诱人的水饺，一个盛的是菜，两个菜，一个熘肥肠，一个清炒笋片。

苳苳笑嘻嘻道：“水饺是爸爸妈妈和我亲手包的，菜是妈妈炒的。德良哥哥，你看一看，这里面哪些个饺子是我包的呀？”

德良纳闷道：“苳苳，你怎么知道我一个人在这里？”

苳苳默默道：“绮霏姐出走这么长时间了，她爸妈都在到处找她。绮霏姐对我说，他们就是翻地三尺也找不着。”

德良紧声问：“苳苳，你看到绮霏了？绮霏在哪儿？”

苳苳摇摇头：“没有，我也不知道她在哪里。绮霏姐只是给我打过一次电话，她说她离家老远了。”

苳苳又默默道：“绮霏姐对我说，她知道德良哥哥你寒假里在宿舍，她不给你打电话，就是怕她自己会哭，怕她自己会改变主意。我感觉她心里好难过呢！”

听苳苳讲罢这些，德良木木地站着，他的心底再一次涌起酸酸的苦和酸酸的痛。

苳苳重又高兴起来，把脸凑到德良跟前，笑吟吟道：“德良哥哥，你快猜猜，看看饺子里哪些是我包的？”看到德良依旧一脸苦痛呆立着，苳苳拿起筷子，夹一个饺子送到他嘴边：“这些饺子分三种馅，有虾仁三鲜的，有韭黄鸡蛋的，有羊肉萝卜的。德良哥哥，你吃这个看看什么馅？”

德良把苳苳递过的饺子吃下去。苳苳歪着头，看着他吃饺子，脸上写满心满意足之情。

德良给苳苳倒了杯热水，递到她手中：“苳苳，坐，喝水！”

苳苳接过水杯，坐在床上，两手捂着杯壁，一边取暖，一边依然笑吟吟瞅着德良看。

德良坐在苳苳身边问：“苳苳，假期里作业多吗？”

“多。”苳苳答。

德良笑了：“那得抓紧做了！”

“嗯。”苳苳答。

“但又要认真做！”德良又补充。

“嗯。”苳苳心事重重道。

德良又夹了一个饺子吃。苳苳默不作声坐了一会儿，把捂在手中的杯子放桌上，把头上的彩虹拼色条纹套头帽摘下来，也放在桌上。德良这时注意到，苳苳头顶扎的那个像笤帚把似的硬邦邦非主流发髻不见了，变成了整整齐齐的学生头。

“苳苳，你的头发？”德良纳闷。

苳苳默默站起来，静静蹲到德良面前，手抚德良双膝，看着他，然后默默把头枕在他一条膝上。苳苳满腹心事地默默道：“德良哥哥，我会为你变乖的。”

德良心里一惊，赶紧搀蹲在地上的苳苳，急声道：“苳苳。”

苳苳依然枕在德良膝上未动，又默默道：“德良哥哥，你爱我吧！”

德良恍然明白了。他急搀蹲在地上的苳苳，他把苳苳搀起来让她重新坐在床上。

德良道：“苳苳，你还小，你才上初二，怎么可以说这个呢？”

苳苳默默看着德良，默默道：“德良哥哥，我懂，我知道我已经爱上你了。”

苳苳又默默道：“德良哥哥，绮霏姐出走之后，我知道你心里特难过。还有，绮霏姐跟我讲过，素心姐姐的死，给你带来了很大的痛苦。德良哥哥，我知道你现在心里特苦、特难，你不能再痛苦再难过了。所以，我想陪你一起渡过这个难关。”

德良静静地看着苳苳那张纯真善良的脸，热泪盈眶。他掂着这份沉甸甸的爱，冲苳苳深深地点点头，沉重着声音说：“苳苳，谢谢你！谢谢你的爱！”

66

寒假结束了。春天来了。

春天来了，和风来了，花开了，天气变暖和了。

绮霏依然没有回来。

素心离去已久了，可素心遇害背后深藏的那些个纠结的问题却依然未能找到合适的答案。

发生在德良身边一直影响着他困扰着他的那些个复杂的人事，关于它们发生背后的动因，德良一个也没有找到合理的解释。

春天来了，德良寒冷冰封的心却并没有因春天的到来而融化。他时常黯然神伤，时常悲痛落泪。

为什么你的眼里总噙着泪水，
因为你对这个世界爱得深沉。
为什么你的眉头常常紧蹙，
因为你的心里总充满困惑。

德良习惯于孑然一身在校园里游荡。他看荡漾着春水的翠清池，在池水里他会看到绮霏的影子。站在那个废弃的小足球场上，他会想起绮霏看他的盈盈笑容，想起和绮霏一起躺在写着爱的雪地里看天空云来云往的情景。走到老馆的君迁子树下，他会想起和绮霏相偎着瞻仰老馆的情景，想起绮霏说给他那番鼓励的话。

走进康博斯，他会想起素心，想起素心给自己要的大碗烩面，想起素心在那张座位上等了自己那么久。走出康博斯，看到穿着SRT衣衫的同学，德良又会想起素心拉着自己报名的情景。

在新亚西亚的十七层高楼上，德良会想起素心，想起素心拿着香槟酒为自己庆贺。在国立大操场外，在体育馆游泳馆前，在酹月湖的湖堤上，他又会想起绮霏。

在生命科学院的实验室门口，德良会想起素心送给自己自行车的情景。在建筑学院楼前，在新亚西亚门口，在世纪大讲堂，在弗朗西斯·培根大广场，在紫荆路、重阳路、金凤路、银杏道，德良又会想起绮霏。

在八教，在老馆，在第十餐厅，德良会一会儿想着绮霏，一会儿想着素心。

德良习惯于这么孑然一身地在校园里游荡，任凭时光在自己周围静静流淌，任凭风从自己身边悄悄拂过，任凭自己和自己的影子相依为伴，任凭叹息声惊起花丛中的彩蝶，任凭心灵和心灵独自对白。

德良经常旷课，他很少再去上他的专业课了，专业课的学习对他来说已是无足轻重。在那些一直困扰在他心头的一个个沉甸甸难解的人事问题没有化解之前，他是不会再关注那些遥不可及的自然科学问题的。

同宿舍的楚迪不忍看着德良这样一天天颓唐下去。一天吃过晚饭，楚迪对德良说："德良，走，看诗朗诵去，在世纪大讲堂。今晚朗诵诗的有我们文学社的小丑。"

小丑，德良听楚迪说过，一个很有思想的男生。

德良就跟着楚迪去了。在世纪大讲堂里，德良看到一个个朗诵诗的年轻人。楚迪指指那个走上台的面带忧郁的年轻人，道："他，就是小丑，他要朗诵的是北岛的诗，诗的题目叫《我不相信》。"

德良听到了，听到了这首诗这样的声音：

……
告诉你吧，世界
我——不——相——信！
纵使你脚下有一千名挑战者，
那就把我算作第一千零一名。

我不相信天是蓝的，
我不相信雷的回声，
我不相信梦是假的，
我不相信死无报应。

如果海洋注定要决堤，
就让所有的苦水都注入我心中，
如果陆地注定要上升，
就让人类重新选择生存的峰顶。

新的转机和闪闪星斗，

正在缀满没有遮拦的天空。

那是五千年的象形文字，

那是未来人们凝视的眼睛。

德良悄悄出去了，德良掩着泪悄悄地走出了世纪大讲堂。

德良又开始漫无目的地走着。

他在弗朗西斯·培根大广场游荡着。他在培根的雕像前停下来，再一次仰视这位过去四个多世纪的伟大人物。

培根雕像的碑基上赫然刻着他的名言：

知识就是力量

面对这位伟大人物，面对他的名言，德良此时感慨涕零。培根，你是近代自然科学的引路人，你是整个现代实验科学的真正始祖，你对科学是那么的重视。然而，我要问一问你，科学能最终解决人类的所有问题吗？科学能为我们的生活设立目的吗？科学能回答我们人自身的意义问题吗？科学能发现隐藏在我们经验世界和日常生活背后的真理吗？

培根，你对知识是那么的重视，你说知识就是力量，你让人们读书吧，你说读书足以怡情足以博彩足以长才。可培根，你知道不知道，我现在读的书越多，我却知道得越少。你知道不知道，我现在掌握的知识越多，我却越来越无知，越来越困惑。

培根，你能告诉我吗？我是谁啊？

培根，你能帮我认识我自己吗？

培根，你能帮我认识这个世界吗？

培根，你能帮我认识我周围的这些人和发生在我周围的这些事吗？

培根，你能帮帮我吗？我不想就这么无知下去。你能帮帮我吗？我究竟该怎么做，我的出路究竟在哪里？

德良拍打着培根像，无助地哭泣着，他的哭声在熙京大学寂静的夜晚里分外凄凉。

春天就这样过去了。夏天又来到了。

那一天，德良清楚地记得，是这一年的七月七日那天。那天下午，楚迪给德良领进来一位老人，一位头发花白满面忧伤的老人。楚迪对德良说，这是素心的爸爸，刚从秀州赶来这里。

楚迪说罢就出去了，屋子里就只剩下德良和素心的爸爸。

素心的爸爸看到德良非常高兴。素心的爸爸对德良说，以前常听素心说到你，说到你时素心可兴奋了，她说你是她见过的男孩中最好的。那时我和她妈妈就想看看你。

素心的爸爸对德良说，以前素心还告诉我们，说你们常在一起，在一起学习，在一起吃饭，还在一起参加活动。她每次打电话都告诉我们，说跟你在一起可开心呢。

素心的爸爸说这次是去东北路过这里，顺便带了点家乡土特产。素心的爸爸在提包里翻着，翻出两袋精装麻花。他把麻花放在桌上，对德良说，这是秀州石壶街大麻花，油酥脆的，可好吃了。

德良赶紧问，素心妈妈的病怎么样了？

老人面露悲恸之色，叹了一口气，哀声道："去年素心离开后不久，也跟着素心一起走了。"

听到这个消息，德良惊得几乎又要哭出来。

老人内心的悲凉亦渐渐强盛起来，于是匆忙向德良道了别，就往外走。走到门口，老人犹豫了一下，缓缓将手伸进衣袋，摸着。老人摸出一块白色手绢，手绢用塑料袋套着。

老人把手绢塞进德良手中，悲痛道："这是素心离开时整理她衣服发现的，过去听她说，你送过她一块手绢，或许就是这块。"

老人对德良道："把它留下吧，这算你们的一个纪念了，素心她一直把你当亲哥哥的。"

老人走了。

老人走了，德良又悲痛地哭了，他展开这块手绢，看到上面绣着的两只展翅翻飞的大蝴蝶。手绢是经仔细洗过的，但上面依然印着淡淡的血迹，那是素心在生命最终时留下的鲜血。

想着素心生病中的妈妈在素心离开后也离开了人世，德良更是悲痛万分，一个原本完整的家庭就这样支离破碎了，命运呀，为什么如此残酷！

德良摇摇晃晃地走在熙京大学校园里。他感到自己似乎是醉了，全身没有感觉，似乎是喝了不少酒，他喝的是一种用沉痛和伤情经久酿制的太悲太苦的酒。

天黑了，校园的路灯都亮起来了。德良摇摇晃晃地走着，他不知自己走到什么地方了，似乎正在穿过弗朗西斯·培根大广场。他看到前面有一个礼堂，似乎这个礼堂就是世纪大讲堂。他看到讲堂的大门洞开着，于是他就摇摇晃晃地闯了进去。

讲堂里灯光很暗，他看到许多人坐在阶梯坐席上，他们肃着脸，看讲台大幕上正在放映的纪录片。

银幕上正在放映的是一个关于日军侵华的纪录片。德良恍惚之间想起来了，这一天是七月七日。七·七卢沟桥事变，勿忘国耻。这里肯定是为了纪念历史上那场抗日战争而在放片。

德良坐下来，他在黑暗中坐在后面的一张座位上。此时，他看到银幕上正在放映着一幕幕血腥场面，他看到日本士兵烧毁村庄，肆意杀戮中国军民。他看到日本人对被俘的中国人挖眼，割鼻，剥皮，做活人的人体实验。他看到日本人奸淫中国妇女，将孕妇腹中的孩子用刺刀活生生地挑出。

德良再也忍受不了这样血腥和残忍的场面了，他愤怒地大叫一声，从座位上站起来，大叫道："这还是人吗?!"

德良大叫道："人为什么会残忍到这个地步！"

德良大叫道："人性呢？人性都到哪里去了！"

在场观看影片的中国人都骚动起来，他们对日本人残害中国军民的这种历史罪行而义愤填膺。

愤怒过后的德良又颓然坐在了座椅里，他又呜呜哭了，这一次，他是为素心遭遇到的几乎相同的残害而痛声泣哭的。德良浑身疲软地坐在座椅里，掩着面，呜呜哭着，喃喃自语着："为什么？这是为什么?"

不知是什么时候，德良感觉到有一只软绵绵的手在轻抚着他的背，一下一下的，似乎以这样的方式来抚平他内心的创伤。德良抬起头来，他看到自己身旁座椅上坐着一个女孩，一个面容清秀的女孩，乌黑的头发，白皙的皮肤，是这个女孩在用手抚着自己。

"你是谁?"德良问。

"我叫宫崎久美子，我的中国名字叫宫崎原罪。"女孩用日语答。

听了女孩的回答，德良一愣，追问道："你是日本人?"

女孩点点头，用汉语道："我是熙京大学的日本留学生。"

或许是因为刚才的影片，或许是因为刚才想起了遭受残害的素心，德良听罢宫崎久美子的回答震怒了，他一把抓住她的手，硬声道："知道我是谁吗？我，魏德良，中国人!"

还未等宫崎久美子做出进一步反应，德良就站起来，拽着宫崎久美子的手往外走。

出了世纪大讲堂，德良仍一直拽着久美子往前走。久美子急道："魏德良，你干什么?"

德良一边拽着久美子一边道："跟我先去一趟宿舍楼，你在楼下等我，我上去拿钱，完了之后我请你喝咖啡。"

听德良这么说，久美子笑了，道："好啊！那我不客气了。"

到了宿舍楼，德良让久美子在楼下待着。他飞快地跑上楼，跑回宿舍，拿起自己的背包，然后又飞快地跑下楼。他看到久美子还待在那里。

德良一拽久美子的手，对她道："走，喝咖啡去!"

出了西校门，德良在路边摊买了一瓶矿泉水，拽着久美子的手快步走，一直走进助学旅馆。在旅馆门口登了记，德良拽着久美子上楼，走到房间门口开门。

久美子问德良："在哪儿喝咖啡?"

德良打开房门，把久美子往房间里一推："就在这个房间。"

德良把门关好，开始脱衣服。他把身上衣服脱掉一件一件地掷到地上，然后对久美子说："脱吧!"

久美子定定地看着德良浑身膨胀着雄性力量的身子，笑了。随后，久美子也开始无言地脱身上的衣服。

久美子躺在床上，看着德良，道："我叫宫崎久美子，我的中国名字叫宫崎原罪，宫崎原罪，原罪……知道吗?"

德良把矿泉水打开，往嘴里灌一口，然后把矿泉水瓶子掷在地上，冷脸看着久美子："知道，你叫宫崎久美子，你叫宫崎原罪，你是日本人！"

久美子闭了眼，喃喃道："原罪……原罪……"

德良的大脑一片空白，身子疯狂地动作着。

许久之后，德良才注意到身下的久美子在笑。

她在笑！她居然在笑！她为什么在笑？她很开心吗？

德良停下来，掴了久美子一个耳光，怒道："你很开心吗？"

久美子爬起来，满眼泪水地笑着，抚着德良胸脯柔声道："谢谢你，魏德良，谢谢你成就了我。"

"什么？你说什么？我成就了你！"德良大叫着，又掴了久美子一个耳光。

久美子捂着脸，依然含笑点点头："是你成就了我，使我体会到了快乐！"

德良听了气坏了，他从背包里翻。他翻出文具盒。他打开文具盒，从里面取出铅笔刀。德良把铅笔刀架在久美子脖子上，厉声道："你信不信？我一刀宰了你。"

久美子看着德良咯咯笑，轻轻把架在脖子上的铅笔刀推开，伸手试了试铅笔刀的刀锋，用一口地道的汉语故作惊讶道："哦！我头一次见着，用铅笔刀宰人的！魏德良，你还没有学会杀人！"

久美子开始心满意足地穿衣服。她把衣服穿好收拾停当之后，给德良递过一张名片，柔媚道："上面有我电话，要找我，打电话！"

久美子走了。

屋子里只剩下德良一个人，他木呆呆地站在那里，木呆呆地出神。这是怎么回事？这到底是怎么了？难道又是我错了？

德良狠狠地抽了自己一个耳光，他抓起久美子留下的名片，气急败坏地把它撕了个粉碎，然后，颓然坐倒在地。

德良抱着头，满腹困顿地呜呜哭了。

德良睡着了。

睡梦中的德良又一次看到了素心。他看到素心一个人在荒芜的西北高原上走，素心的周围飞扬着黄沙。他喊着素心追着她。他看到素心在飞扬的黄沙中软软地摔倒了。他追上去，抱起素心。他看到素心一张惨白的脸，还看到素心干裂的唇。

素心声音弱弱地对他说："德良哥，我好渴呀！"

素心又对他弱弱地说："德良哥，我一个人好孤单呀！"

听到素心说这些，德良抱着素心放声哭了。

梦醒了。梦醒后的德良眼里浸满泪水。

德良看了看窗外，夜已深。德良想，到时候了，是到该启程的时候了。

素心妹妹，你曾问过德良哥，人死了有魂魄吗？德良哥现在告诉你：——有。素心妹妹，你的魂魄仍然滞留在西北高原上。德良哥这就去西北陪你，我不会让你孤单。我会在那里引水修井，不会让你渴。那里生活着最贫困的人，我会去那里了解他们，关注他们，进而去帮助他们。德良哥这就走，素心妹妹，等着我。

德良整好背包，推开房门。

仰视夜空，满天星光璀璨。

黑夜给了你黑色的眼睛，你却用它来寻找光明。

尾 声

德良坐在一趟西去的列车上，默默地看着窗外。

窗外夜色茫茫。德良从衣袋里拿出在那棵银杏树下绮霏送给他的心形叠纸，小心地打开它。他看自己和绮霏的结发。绮霏雌黄的头发和自己乌黑的头发依然紧紧结在一起。

德良捏着他和绮霏的结发，怔怔的。此时，他忽然想起自己在黄金海岸做的那个奇怪的梦，他想起了那条鱼对他说过的话。

那条鱼对他说："你们把握不了这个世界，怎么能把握自己的命运！你们把握不了自己的命运，怎么能把握自己的幸福！"

鱼又"嗬嗬"嘲笑他们："你们何来幸福？何来幸福呀？"

想着鱼对他们说过的话，看着自己和绮霏的结发，此时此刻，德良不由得苦苦地笑了。

三天以后。

有一个女孩风尘仆仆地来到熙京大学。女孩眉似墨画，目似秋水，纤巧挺拔，颖美绝伦，只是颜面间多添了许多劳顿和疲倦之色。

女孩嘤嘤哭着，她从翠清池到那个废弃的小足球场，从足球场到老馆的君迁子树下，从老馆又到酹月湖的湖堤上，从酹月湖又到国立大操场外，她到体育馆游泳馆前，她到建筑学院楼前，她到新亚西亚研究中心和世纪大讲堂门口，她到弗朗西斯·培根大广场，她到八教和十餐厅，她走紫荆路、重阳路、金凤路、银杏道。

女孩一路走一路哭。

女孩哭着道："德良，是我把你给害了，是我的出走让你伤心了。"

女孩哭着道："你为什么就不听我的话呢，为什么就不等大学读完你再走呢。"

女孩哭着道："德良，你等着，我会带着邈邈到西部去找你。你等着，我这就到西部去陪着你。"

五年以后。

在九月晴朗的一天里，有两个女孩坐在熙京大学酽月湖的湖堤上。她们身上都穿着印有熙京大学字样的文化衫，一个穿着白色文化衫，一个穿着红色文化衫。

红衫女孩问白衫女孩："苳苳，你大学毕业了准备去哪里？"

白衫女孩畅想着，欣然道："去西部。"

红衫女孩问："为什么？"

白衫女孩畅想着："因为，在西部，有我的两个姐姐和两个哥哥。我的哥哥是我第一个喜欢的人，他对我说，在西部，生活着最贫困的一群人，他们需要理解，需要关爱，需要帮助。"

完成于2010年冬

图书在版编目（CIP）数据

天使也会痛 / 永筠 著. -- 北京 ：作家出版社，2013. 10

ISBN 978-7-5063-7072-1

Ⅰ. ①天… Ⅱ. ①永… Ⅲ. ①长篇小说－中国－当代
Ⅳ. ①I247. 5

中国版本图书馆CIP数据核字（2013）第216657号

天使也会痛

作　　者：永　筠
责任编辑：田小爽
装帧设计：孙惟静
出版发行：作家出版社
社　　址：北京农展馆南里10号　　**邮　　编**：100125
电话传真：86-10-65930756（出版发行部）
86-10-65004079（总编室）
86-10-65015116（邮购部）
E-mail:zuojia@zuojia.net.cn
http://www.haozuojia.com（作家在线）
印　　刷：三河市紫恒印装有限公司
成品尺寸：152×230
字　　数：293千
印　　张：27
版　　次：2013年10月第1版
印　　次：2013年10月第1次印刷
ISBN 978-7-5063-7072-1
定　　价：32.00元